ELIN HILDERBRAND

Der beste Sommer aller Zeiten

GOLDMANN
Lesen erleben

Buch

Die Familie Levin aus Boston verbringt die schönste Zeit des Jahres seit jeher im Haus der Großmutter auf der Insel Nantucket. Doch im denkwürdigen Sommer 1969 ist alles anders: Die älteste Tochter Blair wartet zu Hause auf die Geburt ihres ersten Kindes, Sohn Tiger ist als Soldat in Vietnam und Tochter Kirby jobbt in einem Hotel auf der Nachbarinsel Mary's Vineyard. So fährt nur Jessie, die Jüngste, mit ihren Eltern und der Großmutter nach Nantucket. Noch ahnt keines der Familienmitglieder, welche Überraschungen dieser Sommer bereithält – und dass sie am Ende doch wieder alle auf der Insel landen …

Weitere Informationen zu Elin Hilderbrand sowie zu lieferbaren Titeln der Autorin finden Sie am Ende des Buches.

Elin Hilderbrand

Der beste Sommer aller Zeiten

Roman

Aus dem Amerikanischen
von Ulrike Thiesmeyer

GOLDMANN

Die amerikanische Originalausgabe erschien 2019 unter dem Titel
»Summer of '69« bei Little, Brown and Company,
Hachette Book Group, New York.

Dieses Buch ist auch als E-Book erhältlich.

MIX
Papier aus verantwortungsvollen Quellen
FSC® C014496
FSC
www.fsc.org

Penguin Random House Verlagsgruppe FSC® N001967

1. Auflage
Deutsche Erstveröffentlichung Juli 2021

Umschlaggestaltung: UNO Werbeagentur GmbH
Umschlagmotiv: FinePic®, München;
arcangel/Maria Heyens; arcangel/Marie Carr
Redaktion: Ann-Catherine Geuder
LS · Herstellung: ik
Satz: GGP Media GmbH, Pößneck
Druck und Bindung: GGP Media GmbH, Pößneck
Printed in Germany
ISBN: 978-3-442-49160-5
www.goldmann-verlag.de

Besuchen Sie den Goldmann Verlag im Netz

Dieses Buch ist für die drei Menschen, die in den frühen Morgenstunden des 17. Juli 1969 bei mir waren:

meine Mutter, Sally Hilderbrand, bei der vier Wochen vor dem errechneten Geburtstermin die Wehen einsetzten;

meine Großmutter mütterlicherseits, Ruth Huling,
die »bei Rot über sämtliche Ampeln gerast« ist,
um meine Mutter noch rechtzeitig ins
Boston Hospital for Women zu bringen;

meinen Zwillingsbruder Eric Hilderbrand, der sich,
so stelle ich es mir zumindest vor,
mir im Mutterleib zugewandt und gesagt hat:
»Na, bist du so weit, kann's losgehen?«

Prolog

FORTUNATE SON

Als für Tiger Post von der Regierung eintrifft, überlegt Kate spontan, ob sie den Umschlag wegwerfen soll. So geht es doch sicher allen amerikanischen Müttern, wenn der Einberufungsbescheid für ihren Sohn ins Haus flattert? Kate könnte einfach so tun, als wäre der Bescheid in der Post verloren gegangen, und Tiger damit noch ein paar Wochen Freiheit erkaufen, ehe die U.S. Army einen weiteren Brief schickt – und bis dahin ist dieser fürchterliche Krieg in Vietnam vielleicht schon vorbei. Nixon hat ja versprochen, ihn zu beenden. In Paris laufen zurzeit Friedensgespräche. Le Duan wird den Verlockungen des Kapitalismus nicht länger widerstehen können, oder Thieu fällt einem Attentat zum Opfer, und stattdessen kommt ein vernünftigerer Mann ans Ruder. Ob Vietnam kommunistisch wird, ist Kate eigentlich herzlich egal. Sie will bloß ihren Sohn beschützen.

»Auf dem Küchentisch liegt ein Brief für dich«, sagt Kate, als Tiger von seinem Fahrschuljob nach Hause kommt.

Tiger scheint darüber nicht weiter beunruhigt. Er pfeift vor sich hin, in seinem Fahrlehrerhemd aus Polyester von der Walden Pond Driving Academy mit seinem Namen, der über der Brusttasche eingestickt ist: *Richard*. Auch auf dem Brief steht dieser Vorname – er ist an Richard Foley adressiert –, aber so nennt ihn eigentlich niemand. Alle Welt kennt ihn nur als Tiger.

»Heute hatte ich eine echt süße Schülerin, Ma«, sagt Tiger. »Magee hieß sie, mit *Vornamen*, was ich echt abgefahren fand. Sie ist neunzehn wie ich, macht gerade eine Ausbildung zur Dentalhygienikerin. Ich habe mein Prachtgebiss blitzen lassen und dann gefragt, ob sie heute Abend mit mir essen gehen will, und sie hat Ja gesagt. Du wirst sie mögen, jede Wette.«

Kate tut geschäftig, sie steht an der Spüle, wo sie Narzissen in einer Vase arrangiert. Sie schließt die Augen und denkt: Das sind die letzten unbeschwerten Gedanken, die er je haben wird.

Und Tatsache, gleich darauf sagt er: »O Mensch, o wow …« Er räuspert sich. »Ma?«

Kate dreht sich zu ihm um, mit einer Handvoll Narzissen im Arm, die sie vor sich hält wie ein Kruzifix, um einen Vampir abzuwehren. Auf Tigers Gesicht liegt ein Ausdruck zwischen Schock, Aufregung und Schrecken.

»Ich bin einberufen worden«, sagt er. »Ich soll mich am einundzwanzigsten April beim Rekrutierungsbüro der Army in South Boston einfinden.«

Am 21. April hat Kate Geburtstag. Achtundvierzig wird sie dieses Jahr. In diesen achtundvierzig Jahren ist sie zweimal verheiratet gewesen und hat vier Kinder bekommen, drei Töchter und einen Sohn. Dass sie den Sohn am meisten liebt, würde sie nie sagen; nur, dass sie ihn anders liebt. Es ist die wilde, alles verzehrende Liebe, die jede Mutter für ihr Kind empfindet, aber mit einem Extraklecks Nachsicht angereichert. Ihr hübscher Sohn – seinem Vater äußerlich so ähnlich, aber liebenswert. Und gut.

Kate nimmt zwanzig Dollar aus ihrem Portemonnaie, die sie vor Tiger auf den Tisch legt. »Für deine Verabredung heute Abend«, sagt sie. »Geht irgendwohin, wo es nett ist.«

Am 21. April ist es Kate, die mit Tiger von Brookline nach South Boston fährt. David hatte angeboten, das Fahren zu übernehmen, aber Kate wollte ihn nicht dabeihaben. »Es ist *mein* Sohn«, erklärte sie. David sah sie verblüfft an, und ein schmerzlich-gekränkter Ausdruck huschte über sein Gesicht. Sonst reden sie nie in solchen Kategorien – *ihre* Kinder, also nicht seine. Kate bereute ihre Wortwahl umgehend, dachte aber gleichzeitig, dass David, um zu erfahren, was wirklicher Schmerz ist, gern mit ihr tauschen könne. Tiger verabschiedete sich in der Auffahrt von David und seinen drei Schwestern. Kate hatte den Mädchen eingeschärft, nicht zu weinen. »Er soll nicht denken, dass er nie zurückkommt«, sagte sie zur Begründung.

Und doch ist es genau diese Furcht, die Kate im Würgegriff hält: dass Tiger in einem fremden Land sterben wird. Er könnte einen Bauch- oder Kopfschuss erhalten, von einer Granate getötet werden. In einem Reisfeld ertrinken; bei einem Hubschrauberabsturz verbrennen. Kate sieht es seit Jahren in den Nachrichten, Abend für Abend. Amerikanische Jungen verlieren ihr Leben, und wie reagieren Kennedy und Johnson und jetzt Nixon darauf? Sie schicken weitere Jungen in den Krieg.

Am Rekrutierungsbüro macht Kate hinter einer Schlange anderer Autos Halt. Ein Stück vor ihnen umarmen Jungen ganz wie Tiger ihre Eltern, einige von ihnen zum letzten Mal. Nicht wahr? Ein gewisser Prozentsatz dieser Jungen hier in South Boston geht seinem Tod entgegen, das lässt sich nicht abstreiten.

Kate schaltet in die Parkstellung. Es wird nicht lange dauern, nach dem, was sich bei allen anderen beobachten lässt. Tiger schnappt sich seinen Rucksack von der Rückbank, und Kate steigt aus und eilt um den Wagen herum. Sie nimmt sich kurz die Zeit, sich Tiger noch einmal einzuprägen. Er ist neunzehn, misst einen Meter achtundachtzig und bringt achtzig Kilo auf die Waage. Sein blondes Haar hat er lang wachsen lassen, sehr zum Entsetzen von Kates Mutter Exalta, es reicht ihm bis über den Hemdkragen, aber darum wird sich in Kürze die Army kümmern. Er hat klare grüne Augen, und die eine Pupille ist länglich geformt, wie ein Tropfen Honig an einem Löffel. Es sehe aus wie ein Tigerauge, hat jemand mal gesagt, und daher hat er seinen Spitznamen.

Tiger hat die Highschool abgeschlossen und ein Semester an der Framingham State University hinter sich. Er hört gern Led Zeppelin und The Who; er liebt schnelle Autos. Es ist sein Traum, eines Tages als Rennfahrer am Indy 500 teilzunehmen.

Und dann gerät Kate ohne Vorwarnung in den Sog der Vergangenheit. Tiger ist eine Woche später auf die

Welt gekommen als eigentlich errechnet und wog bei der Geburt stolze 4.420 Gramm. Seine ersten Schritte hat er mit zehn Monaten getan, was sehr früh ist, aber er wollte nun mal unbedingt Blair und Kirby nachlaufen. Mit sieben kannte er die Mannschaftsaufstellung der Red Sox in- und auswendig; Ted Williams war sein Lieblingsspieler. Mit zwölf erzielte er bei seinem letzten Spiel in der Baseball-Little-League drei Home Runs hintereinander. In der achten Klasse wurde er zum Jahrgangssprecher gewählt und war danach so gescheit, rasch jedes Interesse an Politik zu verlieren. Auf Nantucket fing er als Zeitvertreib für Regentage mit Bowling an und gewann schon bald darauf sein erstes Turnier. In der Highschool dann kam der Football hinzu. Tiger Foley hält sämtliche Receiver-Rekorde an der Brookline Highschool, darunter auch die Gesamtzahl von erzielten Yards, ein Rekord, der nach Einschätzung von Coach Bevilaqua niemals je übertroffen werden kann. Er wurde angeworben, um an der Penn State zu spielen, aber Tiger wollte nicht so weit von zu Hause weg, und die Mannschaft an der University of Massachusetts hier in Boston war nicht spannend genug – behauptete Tiger jedenfalls. Kate vermutet eher, dass Tiger die Begeisterung für den Football verloren hat oder dass er auf dem Gipfel seines Ruhms aufhören wollte oder dass er nach der Schule einfach so gar keine Lust auf vier weitere Jahre Studium hatte. Am liebsten würde Kate ihm an den Kopf knallen, dass er jetzt nicht in dieser Lage wäre, wenn er ein Studium begonnen hätte, egal an welchem

College, oder als Teilzeitstudent an der Framingham State geblieben wäre.

»Denk dran, dich um Magee zu kümmern«, sagt Tiger. »Du hast es mir versprochen.«

Magee. Er sorgt sich um Magee. Tiger und Magee hatten an dem Tag, als Tigers Einberufung eintraf, ihr erstes Date, und seither sind sie unzertrennlich. Sich zwei Wochen ehe er in den Krieg musste, in eine Beziehung zu stürzen, hielt Kate insgeheim eher für unklug, aber vielleicht hatte er diese Art von Ablenkung gebraucht. Kate hat zugesagt, nach Magee zu sehen, die es Tiger zufolge sehr mitnehmen wird, dass er fort ist. Aber dass eine Freundin nach einer zweiwöchigen Beziehung ebensolche Trennungsqualen empfinden sollte wie die Mutter des Soldaten, dürfte wohl ausgeschlossen sein.

Ein Kampfeinsatz dauert dreizehn Monate, das ist kein Leben lang, und dennoch nehmen einige der Mütter hier vor dem Rekrutierungsbüro, ohne es zu ahnen, Abschied für immer, und Kate ist sich sicher, dass sie dazugehört. Die anderen Mütter haben nicht etwas so Schreckliches auf dem Gewissen wie sie. Sie hat eine Strafe verdient; sie hat jeden glücklichen Tag der vergangenen sechzehn Jahre genossen wie etwas, das sie nur geborgt hatte, und jetzt ist es wohl so weit: Jetzt ist Zahltag. Kate hatte im Stillen mit so etwas wie einer Krebsdiagnose gerechnet, mit einem Autounfall oder einem Hausbrand. Dass sie ihren Sohn verlieren würde, wäre ihr nie in den Sinn gekommen. Doch hier steht sie nun. Es ist allein ihre Schuld.

»Ich hab dich lieb, Ma«, sagt Tiger.

Ich dich auch wäre die naheliegende Antwort, doch Kate sagt stattdessen: »Es tut mir leid.« Sie umarmt Tiger so fest, dass sie seine Rippen unter der leichten Übergangsjacke spüren kann. »Es tut mir so leid, Baby.«

Tiger küsst sie auf die Stirn und lässt ihre Hand erst in allerletzter Sekunde los. Als er schließlich reingeht, steigt Kate hastig wieder ins Auto ein. Durchs Fenster sieht sie, wie Tiger auf die offene Tür zusteuert. Ein Herr in einer braunen Uniform bellt ihm etwas zu, worauf Tiger merklich Haltung annimmt und die Schultern strafft. Kate starrt auf ihre Finger, die das Lenkrad umklammern. Sie kann es nicht ertragen, ihn verschwinden zu sehen.

Erster Teil

☮

Juni 1969

BOTH SIDES NOW

Sie reisen am dritten Montag im Juni nach Nantucket, so wie jedes Jahr. Jessies Großmutter mütterlicherseits, Exalta Nichols, hält sehr viel von Traditionen, und das gilt ganz besonders für die Routinen und Rituale des Sommers.

Jessies dreizehnter Geburtstag fällt dieses Jahr auf ebenjenen dritten Montag im Juni und wird daher übersehen werden. Das stört Jessie nicht weiter. Ohne Tiger könnten sie ohnehin nicht richtig feiern.

Jessica Levin (»Reimt sich auf Heaven«, so ihr Standardsatz, wenn Leute sich mit der Aussprache schwertun) ist das jüngste der vier Kinder ihrer Mutter. Jessies Schwester Blair ist vierundzwanzig und wohnt in der Commonwealth Avenue. Blair ist mit Angus Whalen verheiratet, einem Professor am Massachusetts Institute of Technology. Sie erwarten im August ihr erstes Baby, und das bedeutet, dass Kate, Jessies Mutter, in dieser Zeit nach Boston zurückkehren wird, um ihnen beizustehen, während Jessie mit ihrer Großmutter allein auf Nantucket zurückbleibt. Exalta ist keine warmherzige, treusorgende Großmama, die Plätzchen backt und einem in die Wangen zwickt. Jede Interaktion mit Exalta gleicht für Jessie einem Sturz in eine Dornenhecke: Ohne Blessuren geht das niemals ab, die Frage ist nur, wo und wie schlimm sie zerkratzt wird. Jessie hat angeboten, gemeinsam mit Kate nach Boston zurückzukehren, aber davon wollte ihre Mutter nichts hören. »Dein Sommer soll dadurch nicht vermasselt werden«, so ihre Begründung.

»Es würde ihn nicht vermasseln«, versicherte Jessie mit Nachdruck. Tatsache ist, es würde ihren Sommer eher retten, wenn sie früher zurückkönnte. Jessies Freundinnen Leslie und Doris verbringen die Ferien daheim in Brookline und gehen im Country Club schwimmen, dem Leslies Familie angehört. Letzten Sommer haben Leslie und Doris sich enger angefreundet, während Jessie fort war. Seither bildet die Freundschaft der beiden die stabilste Seite des Dreiecks, und Jessie fühlt sich ein bisschen außen vor. Leslie gibt in ihrem Trio den Ton an, weil sie blond und hübsch ist und ihre Eltern gelegentlich bei Teddy und Joan Kennedy zum Essen eingeladen werden. Sie scheint der Auffassung zu sein, sie würde Doris und Jessie einen Gefallen tun, indem sie mit ihnen befreundet bleibt, jedenfalls ist das der Eindruck, der sich ihnen mitunter aufdrängt. Sie verfügt über so viel Sozialprestige, dass sie auch mit Pammy Pope und den wirklich populären Mädchen abhängen könnte, wenn sie das wollte. Und wer weiß, vielleicht wird Leslie ja für immer aus ihrem Leben verschwinden, wenn Jessie den ganzen Sommer über fort ist.

Jessies nächstältere Schwester, Kirby, studiert im dritten Jahr am Simmons College. Kirbys Streitereien mit ihren Eltern sind nicht nur lautstark, sondern auch spannend. Da Jessie seit Jahren heimlich die Gespräche ihrer Eltern belauscht, versteht sie mittlerweile, was das Hauptproblem ist: Kirby ist ein »Freigeist«, sie »weiß nicht, was gut für sie ist«. Kirby hat am Simmons zweimal das Hauptfach gewechselt und dann versucht, sich ein Hauptfach nach eigenem Gusto maßzuschneidern, »Gender und Race«, aber das wurde vom Dekan abgelehnt. Und so traf Kirby den Entschluss, dass sie als erste Studentin am Simmons College überhaupt ihr Examen *ohne* Hauptfach machen würde. Was beim Dekan abermals auf Ablehnung stieß.

»Ein Examen ohne Hauptfach, hat er gesagt, das wäre in etwa so, als würde man zur Abschlussfeier splitternackt erscheinen«, berichtete Kirby Jessie. »Worauf ich gesagt habe, dass ich die Idee gar nicht so schlecht finde.«

Jessie kann sich ohne Weiteres vorstellen, wie ihre Schwester im Evaskostüm über die Bühne schreitet, um ihr Diplom in Empfang zu nehmen. Kirby hat sich schon zu Highschool-Zeiten an politischen Protesten beteiligt. Sie ist mit Dr. Martin Luther King Jr. von Roxbury durch die Slums und gefährlichen Stadtviertel bis zum Boston Common marschiert, wo Jessies Vater sie dann abgeholt und nach Hause gebracht hat. Dieses Jahr hat Kirby bereits an zwei Antikriegs-Demonstrationen teilgenommen und wurde beide Male verhaftet.

Verhaftet!

Jessies Eltern verlieren langsam die Geduld mit Kirby – Jessie hat ihre Mutter sagen hören: »Bis sie gelernt hat, sich vernünftig zu benehmen, bekommt dieses Mädchen von uns keinen einzigen Cent mehr!« –, doch Kirby ist inzwischen nicht mehr ihre Hauptsorge.

Ihre Hauptsorge ist Jessies Bruder Richard, aller Welt nur als Tiger bekannt, der im April in die U.S. Army eingezogen worden ist. Nach der Grundausbildung ist Tiger mit der Charlie Company des Zwölften Regiments der Dritten Brigade der Vierten Infanterie ins zentrale Hochland von Vietnam entsandt worden. Die Situation hat die Familie bis in ihre Grundfesten erschüttert. Bislang hatten sie alle angenommen, dass nur Jungen aus der Arbeiterklasse in den Krieg müssten, keine erfolgreichen Footballspieler von der Brookline Highschool.

Nach Tigers Entsendung fingen alle an der Schule an, anders mit Jessie umzugehen. Pammy Pope lud Jessie zum alljährlichen Memorial-Day-Picknick ihrer Familie ein – Jessie lehnte dankend ab, aus Loyalität Leslie und Doris gegenüber, die nicht gefragt worden waren –, und an einem Montagmorgen Anfang Juni holte Miss Flowers, die Vertrauenslehrerin, Jessie zu einem Gespräch aus dem Unterricht, um zu hören, wie es ihr ging. Es war die Hauswirtschaftsstunde, und die anderen Mädchen sahen Jessie neidvoll nach, weil sie sich nun nicht mehr an ihrer Nähmaschine abmühen musste, um ihre Weste aus dunkelblauem Cord bis Ende des Schuljahrs fertigzustellen. Miss Flowers ging mit Jessie in ihr Büro, schloss die Tür und bot ihr eine Tasse Tee an. Jessie trank sonst keinen Tee, wobei sie allerdings Kaffee gern mochte – Exalta erlaubte ihr einen Becher Milchkaffee zum Sonntagsbrunch, ungeachtet Kates Protesten, dass

Jessies Wachstum dadurch gehemmt würde –, doch es war ihr sehr recht, hierher in Miss Flowers' gemütliches Büro entkommen zu sein. Miss Flowers hatte eine Holzkiste voll exotischer Teesorten – Kamille, Chicorée, Jasmin –, und Jessie ließ sich Zeit bei der Auswahl, als würde ihr Leben davon abhängen, dass sie die richtige Sorte erwischte. Sie entschied sich für Hibiskus. Der Tee war und blieb blässlich orange, obwohl sie den Beutel ewig lang ziehen ließ. Jessie fügte drei Würfel Zucker hinzu, aus der Sorge heraus, dass der Tee sonst keinen Geschmack haben würde. Und sie hatte recht; das Gebräu schmeckte wie orangefarbenes Zuckerwasser.

»Also«, fing Miss Flowers an. »Wie ich höre, ist dein Bruder in Übersee. Hast du schon von ihm gehört?«

»Ja«, sagte Jessie. »Zwei Briefe.«

Der erste Brief war an die gesamte Familie gerichtet gewesen und enthielt Einzelheiten aus der Grundausbildung, die, wie Tiger schrieb, *überhaupt nicht so hart ist, wie man überall liest; für mich ist das ein Kinderspiel.* Der andere Brief war nur für Jessie gewesen. Ob Blair und Kirby auch eigene Briefe bekommen hatten, wusste sie nicht, doch irgendwie hatte sie ihre Zweifel daran. Blair, Kirby und Tiger waren Vollgeschwister – sie waren die Sprösslinge von Kate und ihrem ersten Ehemann, Lieutenant Wilder Foley, der am achtunddreißigsten Breitengrad in Korea Dienst getan und sich dann nach seiner Heimkehr versehentlich mit seiner Beretta in den Kopf geschossen hatte –, am innigsten aber fühlte Tiger sich Jessie verbunden, seiner Halbschwester. Tatsächlich durften sie die

Begriffe *Halbschwester, Halbbruder* und *Stiefvater* nicht benutzen – das hatte Kate ihnen strikt verboten –, doch durch die Familie zog sich nun mal eine Bruchlinie, ob es zur Sprache gebracht wurde oder nicht. Sie waren zwei Familien, die zusammengenäht worden waren. Das Verhältnis zwischen Tiger und Jessie allerdings fühlte sich echt an, vollständig und gut, und was er in dem Brief geschrieben hatte, war der Beweis dafür. Schon bei der Anrede, *Liebe Messie*, kamen Jessie die Tränen.

»Briefe sind das Einzige, was es etwas einfacher macht«, sagte Miss Flowers, und dabei standen auch ihr die Tränen in den Augen. Miss Flowers' Verlobter, Rex Rothman, war im Vorjahr bei der Tet-Offensive umgekommen. Miss Flowers hatte sich eine ganze Woche freigenommen, und Jessie hatte ein Foto von ihr in der *Boston Globe* gesehen, auf dem sie neben einem Sarg stand, der mit dem Sternenbanner verhüllt war. Im September darauf jedoch, zu Beginn des neuen Schuljahrs, schien es, als würde sich zwischen Miss Flowers und Eric Barstow, dem muskulösen Sportlehrer, eine Romanze anbahnen. Die Jungen hassten Mr Barstow und hatten zugleich Respekt vor ihm, während Jessie und die anderen Mädchen an der Schule ihm mit Misstrauen begegneten – bis er anfing, Miss Flowers zu umgarnen, und plötzlich zum romantischen Helden wurde. In jenem Frühjahr beobachteten sie einmal, wie er Miss Flowers ein zartes Sträußchen Maiglöckchen brachte, eingewickelt in ein feuchtes Papierhandtuch, und nach Schulschluss trug er ihr jeden Tag ihre Bücher und Akten auf den Parkplatz.

Jessie hat die beiden zusammen bei Miss Flowers' leuchtend orangerotem VW Käfer stehen sehen, ins Gespräch vertieft, während Mr Barstow einen Ellbogen aufs Autodach stützte. Und einmal hat sie vom gerade abfahrenden Schulbus aus sogar gesehen, wie sich die beiden küssten.

Manche Leute – Leslie beispielsweise – finden es nicht in Ordnung, dass Miss Flowers sich nach dem Tod ihres Verlobten schon *vor* Ablauf eines Trauerjahrs mit einem neuen Mann einlässt. Jessie aber versteht, was für ein Vakuum nach dem tragischen Verlust eines Menschen zurückbleibt, und die Natur, das haben sie in Bio gelernt, verabscheut ein Vakuum. Jessie weiß, dass ihre Mutter nach Wilders Tod einen Anwalt engagiert hatte, um gegen die Behauptung der Versicherung anzugehen, es habe sich um einen Selbstmord gehandelt; der Anwalt argumentierte, dass sich, als Wilder die Beretta in seiner Werkstatt in der Garage reinigte, versehentlich ein Schuss gelöst habe. Ein Unfall also. Eine Unterscheidung, die nicht nur der Lebensversicherung wegen von großer Bedeutung war, sondern auch für den Seelenfrieden von Kates drei kleinen Kindern – Blair war damals acht gewesen, Kirby fünf und Tiger gerade einmal drei.

Der Anwalt, den Kate engagierte – der das Gericht mit Erfolg davon überzeugen konnte, dass es sich um einen Unfall gehandelt hatte –, war kein anderer als David Levin gewesen. Sechs Monate nach Abschluss des Falls fingen Kate und David an, sich näher kennenzulernen. Schließlich heirateten sie, Exaltas heftigen Einwänden zum Trotz, und schon wenige Monate nach der Trauung wurde Kate mit Jessie schwanger.

Da Jessie keine Lust hatte, sich mit Miss Flowers über Tiger und Vietnam zu unterhalten, wechselte sie das Thema. »Der Tee ist ganz köstlich.«

Miss Flowers nickte abwesend, während sie sich an den Augen herumtupfte, mit dem Taschentuch, das stets griffbereit hinter dem Gürtel an ihrem Kleid steckte, um es Schülerinnen notfalls anbieten zu können (schließlich war sie als Vertrauenslehrerin für Heranwachsende zuständig, deren Hormone und Gefühle im Stundentakt Amok liefen). »Du sollst bloß wissen«, sagte sie, »dass du jederzeit zu mir kommen und reden kannst, falls dir im Lauf des Schultages mal dunkle Gedanken kommen sollten.«

Jessie starrte auf ihre Tasse. Sie wusste, dass sie Miss Flowers' Angebot nie wahrnehmen würde. Wie sollte sie über ihre dunklen Gedanken reden, ihren Bruder betreffend – der noch am Leben war, ihres Wissens –, wo doch Miss Flowers selbst bereits den Verlust ihres Verlobten zu beklagen hatte?

Und obwohl sie nachts im Bett von allen möglichen Horrorvisionen gequält wurde – dass Tiger durch Mörserbeschuss oder Handgranaten getötet wurde oder in Gefangenschaft geriet und hundert Meilen durch den Dschungel marschieren musste, ohne Nahrung oder Wasser –, suchte sie Miss Flowers kein einziges Mal in ihrem Büro auf. Es gelang ihr mit Erfolg, einer Vieraugenbegegnung mit der Vertrauenslehrerin aus dem Weg zu gehen, bis zum letzten Tag vor den Ferien, an dem Miss Flowers Jessie auf ihrem Weg zum Ausgang an sich zog und ihr ins Ohr flüsterte: »Wenn ich dich im September wiedersehe, ist dein Bruder wohlbehalten wieder zu Hause, und ich werde mit Mr Barstow verlobt sein.«

Jessie nickte, den Kopf an das raue Leinen von Miss Flowers' Pulli gedrückt, und als sie den Blick zu Miss Flowers' Augen hob, sah sie, dass diese ihre Worte wahrhaftig glaubte – und einen gloriosen Moment lang glaubte auch Jessie daran.

7. Juni 1969

Liebe Messie,

ich schreibe jetzt schon einen Brief, um sicherzugehen, dass er Dich rechtzeitig zum Geburtstag erreicht. Es heißt zwar, dass die Post von hier in die Staaten nur eine Woche braucht, aber wenn ich an die Entfernung denke, die sie zurücklegen muss, sage ich mir: Lieber auf Nummer sicher gehen.

Alles Gute zum Geburtstag, Messie!

Dreizehn Jahre alt, kaum zu glauben. Ich weiß noch genau, wie Du geboren wurdest. Das heißt, ich erinnere mich nur daran, wie Opa mit uns bei Brigham's Eis essen war. Ich bekam zwei Kugeln Karamell-Eis, und dann ist mir das verflixte Waffelhörnchen aus der Hand gefallen, und Opa sagte nur, Hoppala, und hat mir gleich ein neues besorgt. Ich weiß nicht, wie gut Du Dich an Opa erinnerst, Du warst ja noch ziemlich klein, als er den Löffel abgegeben hat. Jedenfalls, er war schon ein Teufelskerl. Vor der Einschiffung hierher hat Nonny mir seinen Klassenring aus Harvard gegeben, aber wir dürfen keine Ringe tragen, deshalb steckt er vorn in der Tasche an meiner Flakweste, was nicht so schlau ist, denn wenn ich in die Luft gesprengt werde, ist der Ring für alle Zeit verloren, aber ich trage ihn gerne nah an meinem Herzen. Ich fühle mich damit irgendwie sicher, was sich vielleicht blöd anhört, aber Messie, was hier so alles als Glücksbringer gilt, Du würdest es nicht glauben – manche Typen tragen Kreuze oder Davidsterne, andere haben Kaninchenpfoten dabei. Ein Typ hat immer den Schlüssel vom Fahrradschloss seiner Freundin bei sich, ein anderer eine Spielkarte, ein Pik Ass, mit dem er beim Poker groß abgeräumt hat, am Abend vor der Abreise hierher. Und ich habe eben Opas Klassenring aus Harvard dabei, womit ich aber nicht hausieren gehe, weil die Jungs denken könnten, ich will mit meiner Herkunft angeben. Aber was ich Dir, glaube ich, sagen will, ist, dass die Typen Sachen dabeihaben, denen sie magische Kräfte zuschreiben, oder Sachen, die sie daran erinnern, warum sie gern am Leben bleiben würden.

Es gibt einige von uns, die bewiesen haben, dass sie von Natur aus Überlebenslebenskünstler sind, was gut ist, weil unsere Kompanie mitten im Getümmel abgesetzt worden ist. Ich habe hier in der Charlie

Company zwei echte Freunde gefunden – Frog und Puppy (eigentlich Francis und John). Die anderen Typen nennen uns den Zoo, weil wir alle Tier-Spitznamen haben, aber sie sind neidisch darauf, wie zäh wir sind. Wir drei liefern uns alberne Wettkämpfe, etwa, wer die meisten Klimmzüge an einem Ast schafft, wer die meisten Kraftausdrücke auf Vietnamesisch lernen und wer am schnellsten eine ganze Zigarette wegqualmen kann, ohne das verdammte Ding auch nur einmal aus dem Mund zu nehmen. Frog ist ein Schwarzer (Potzdonner! – was Nonny wohl davon hielte?) aus Mississippi, und Puppy ist so weißblond und blass, dass er fast als Albino durchginge. Wir hätten ihn Casper nennen sollen oder Gespenst, aber diese Spitznamen waren schon an andere Typen in unserem Regiment vergeben, und da er der Jüngste im Zug ist, heißt er nun eben Puppy. Puppy ist aus Lynden, Washington, ganz oben an der kanadischen Grenze – Himbeerland, sagt er, Sträucher, so weit das Auge reicht, an denen dicke, saftige Himbeeren wachsen. Puppy hat Sehnsucht nach diesen Himbeeren, und Frog hat Sehnsucht nach dem Essig-Krautsalat seiner Mama, und ich habe Sehnsucht nach Brigham's Karamell-Eis.

Wir sind also eine bunte Mischung, ein Querschnitt unseres grandiosen Landes, wenn man so will. Ich liebe diese Jungs von ganzem Herzen, obwohl ich sie erst seit ein paar Wochen kenne. Wir drei fühlen uns zusammen unbesiegbar, wir fühlen uns stark –

und Messie, ich sag's ja wirklich ungern, aber ich weiß, dass ich von uns dreien der Stärkste bin. Erst dachte ich, das käme daher, dass Coach Bevilaqua die Mannschaft so viele Wiederholungssprints hat machen lassen und uns dazu verdonnert hat, alle Treppen im Stadium hochzutraben, aber das macht einen nur nach außen hin zäh, und um hier zu überleben, muss man auch innerlich zäh sein. Wenn man an der Reihe ist, beim Angriff auf eine Stellung die Spitze zu übernehmen, muss man mutig sein, und ich meine wirklich mutig, *weil die Chancen gut stehen, dass man Charlie als Erster begegnet. Wenn man auf Feindbeschuss trifft, ist man der Kugelfang. Als ich meine Kompanie das erste Mal angeführt habe, waren wir auf diesem Dschungelpfad unterwegs, die Mücken lärmten wie brüllende Löwen, es war tiefste Nacht, und eine Gruppe Vietcong hat sich von hinten angeschlichen und Rizzi, der das Schlusslicht bildete, die Kehle durchgeschnitten. Wir lieferten uns ein Feuergefecht, und ein paar andere wurden angeschossen, Acosta und Keltz. Ich dagegen bin heil aus der Sache rausgekommen, bis auf zwei Dutzend Mückenstiche.*

Andere Einheiten haben sogar Psychoklempner angefordert, die ihnen helfen sollen, mit solchen Erlebnissen klarzukommen, weil man davon leicht plemplem werden kann. Wenn wir zu einer Mission aufbrechen, steht so gut wie fest, dass einer von uns draufgehen wird. Welcher von uns, das ist nur eine

Frage des Glücks, ungefähr so wie beim Entenschießen mit der Wasserpistole auf der Kirmes, wo man auch nie weiß, welche Enten man treffen wird. Als ich Fahrlehrer in Brookline war, wusste ich, dass es diesen Krieg gibt, ich habe es mit Dir und Mom und Dad im Fernsehen gesehen, hab die Todeszahlen gehört, aber es hat sich nicht real angefühlt. Jetzt bin ich hier, und es ist zu real. Jeder Tag erfordert innere Stärke. Tapferkeit. Was dieses Wort bedeutet, habe ich erst hier so richtig begriffen.

Nachts, wenn ich Wachdienst habe oder versuche, gleichzeitig einzuschlafen und ein Auge offen zu halten, denke ich darüber nach, wem in der Familie ich am meisten ähnele. Wessen DNA wird mich am Leben erhalten? Erst dachte ich, es müsste Opa sein, weil er ein erfolgreicher Banker war, oder mein Vater, weil er Lieutenant in Korea war. Aber weißt Du, was mir dann klar geworden ist? Der zäheste Mensch in unserer Familie ist Nonny. Sie ist wahrscheinlich der zäheste Mensch auf Erden. Unsere Großmutter könnte es, glaube ich, mit jedem Vietcong aufnehmen, mit jedem meiner befehlshabenden Offiziere. Kennst Du das, wie sie einen ansieht, wenn man sie enttäuscht hat? Als wäre man nicht gut genug, um ihr die Schuhe zu lecken? Oder wenn sie diesen Tonfall anschlägt und sagt: »Was soll ich jetzt von dir halten, Richard?«

Ja, ich weiß, dass Du das kennst, und deswegen graut Dir davor, nach Nantucket zu fahren. Wenn es

Dir also ein Trost ist, dann denk daran, dass die Eigenschaften von Nonny, die Dich unglücklich machen, auch die Eigenschaften sind, die Deinem Lieblingsbruder dabei helfen, am Leben zu bleiben.

Ich hab Dich lieb, Messie. Alles Gute zum Geburtstag.

Tiger

Am Abend vor der Abreise nach Nantucket sitzen Jessie und ihre Eltern am Küchentisch und teilen sich eine Pizza vom Lieferdienst – Kate ist vor lauter Packen nicht zum Kochen gekommen –, als es an der Haustür klopft. Jessie, Kate und David halten wie versteinert inne. Ein unvermutetes Klopfen an der Tür abends um halb acht, das bedeutet …

Jessie sieht nur eines vor sich, zwei Offiziere, die draußen mit der Mütze in der Hand auf der Treppe stehen und gekommen sind, um die Hiobsbotschaft zu überbringen, die die Familie zerstören wird. Kate wird sich davon nie wieder erholen; bei Blair könnten schlimmstenfalls vorzeitig die Wehen einsetzen; Kirby wird am meisten Theater machen, und sie wird lautstark der Politik die Schuld geben, Robert McNamara, Lyndon B. Johnson und ihrem besonderen Hassobjekt, Richard Milhouse Nixon. Und Jessie – was wird Jessie tun? Sie kann sich nur vorstellen, dass sie sich auflösen wird wie die Alka Seltzer, die ihr Vater abends in ein Glas Wasser fallen lässt, wenn er an einem stressigen Fall arbeitet. Sie wird zu einem feinen Staub zerfallen und dann davongeweht werden.

David steht auf, mit grimmig entschlossener Miene. Er ist zwar nicht Tigers leiblicher Vater, aber er hat diese Rolle ausgefüllt, seit Tiger klein war, und seine Sache, Jessies Ansicht nach, gut gemacht. David ist schmal und drahtig (er spielt Tennis, das ist das Einzige, was in Exaltas gestrengen Augen für ihn spricht), während Tiger groß und breitschultrig ist, ganz wie Lieutenant Wilder Foley. David ist Rechtsanwalt, aber nicht die Sorte, die in Gerichtssälen herumschreit. Er ist ruhig und bedächtig; er ermuntert Jessie immer, erst nachzudenken und dann zu reden. David und Tiger haben ein enges, fast zärtliches Verhältnis, und Jessie vermutet, dass ihm jetzt übel ist, als er sich auf den Weg zur Tür macht.

Kate greift über den Tisch nach Jessies Hand und drückt sie. Jessie starrt auf die halbe Pizza, die noch im Karton ist, und überlegt, dass keiner von ihnen je wieder wird Pizza essen können, falls Tiger tot ist, was übel wäre, weil Pizza Jessies Leibgericht ist. Dann kommt ihr ein sogar noch unpassenderer Gedanke: Falls Tiger tot ist, braucht sie nicht mit ihrer Mutter und Exalta nach Nantucket. Ihr Leben wird ruiniert sein, aber ihr Sommer wäre in gewisser Weise gerettet.

»Jessie!«, ruft ihr Vater. Er klingt leicht gereizt. Sie steht auf und huscht zur Haustür.

David hält die Fliegengittertür auf. Draußen stehen Leslie und Doris, beschienen vom Verandalicht.

»Ich habe deinen Freundinnen erklärt, dass wir gerade

beim Essen sitzen«, sagt David. »Aber da wir morgen abreisen, gebe ich dir fünf Minuten. Sie sind gekommen, um sich von dir zu verabschieden.«

Jessie tritt auf die Veranda hinaus. »Fünf Minuten«, sagt David noch einmal, ehe er die Netzgittertür hinter ihr zufallen lässt.

Jessie wartet, bis sich ihr rasender Herzschlag etwas beruhigt hat. »Seid ihr zu Fuß gekommen?«, fragt sie. Leslie wohnt sechs Blocks entfernt, Doris sogar fast zehn.

Doris nickt. Sie macht ein mürrisches Gesicht, wie üblich. Ihre Brille mit den dicken Gläsern ist ihr bis zur Nasenspitze hinabgerutscht. Sie hat ihre Jeans-Schlaghose mit der Blümchenstickerei auf den Vordertaschen an – logo. Doris lebt geradezu in dieser Jeans. Immerhin, als Zugeständnis an die Hitze trägt sie dazu heute ein weißes Neckholder-Top mit Lochstickerei, das sehr hübsch aussähe, wenn da nicht der Ketchup-Fleck wäre, genau vorne drauf. Doris' Vater betreibt als Franchisenehmer zwei McDonald's-Filialen; sie isst also viele Hamburger.

Die Luft ist mild, und zwischen den Bäumen am Straßenrand sieht Jessie das Leuchten von Glühwürmchen aufblinken. Ach, wie gerne würde sie den Sommer in Brookline verbringen! Sie könnte mit Leslie und Doris zusammen zum Country Club rausradeln, und am späten Nachmittag würden sie sich am Eiswagen ihr Lieblings-Wassereis am Stiel kaufen. Sie könnten in den Geschäften in Coolidge Corner abhängen und so tun, als würden sie bestimmten Jungs von der Schule ganz zufällig über den Weg laufen. Kirby hat Jessie gesagt, dass dies der Sommer ist, in dem die Jungs in ihrem Alter endlich einen Wachstumsschub durchmachen.

»Wir sind hier, um dir *bon voyage* zu wünschen«, sagt Leslie. Sie überzeugt sich mit einem wachsamen Blick, dass niemand hinter der Fliegengittertür steht und lauscht, und fährt dann mit gedämpfter Stimme fort. »Außerdem habe ich Neuigkeiten.«

»Zwei Neuigkeiten sogar«, ergänzt Doris.

»Erstens«, sagt Leslie. »Sie sind gekommen.«

»Sie«, wiederholt Jessie, obwohl sie weiß, dass Leslie ihre Tage meint.

Doris legt sich ihrerseits einen Arm um den Leib. »Ich fühle mich auch irgendwie krampfig«, sagt sie. »Also werde ich wohl die Nächste sein.«

Jessie weiß nicht ganz, was sie sagen soll. Wie soll sie die Neuigkeit aufnehmen, dass eine ihrer besten Freundinnen den ersten Schritt auf dem Weg zum Frausein hinter sich hat, während sie, Jessie, ganz entschieden weiter ein Kind ist? Jessie beneidet sie, und zwar heftig, denn seit »dem Gespräch«, das die Schulschwester letzten Monat mit ihnen geführt hat, unterhalten sie und die beiden anderen sich fast nur über das Thema Menstruation. Jessie ist davon ausgegangen, dass Leslie als Erste von ihnen ihre Tage bekommen würde, weil sie schon recht weit entwickelt ist. Sie hat bereits kleine, feste Brüste und trägt einen Sport-BH, während Jessie und Doris noch so platt wie ein Bügelbrett sind. Jessies Neid und Sehnsucht und, an manchen Tagen, Angst – ihr ist Gerede über ein Mädchen zu Ohren gekommen, das ihre Tage *überhaupt nie* bekommen hat – sind blödsinnig, das weiß sie. Jessies ältere Schwestern jammern beide über ihre Periode; Kirby nennt sie »den Fluch«, was in ihrem Fall recht passend ist, denn bei ihr geht die Blutung jeden Monat mit Migräne und lähmenden Krämpfen einher und schlägt ihr übel auf die Stimmung. Blair drückt sich etwas gewählter aus, wenn es um ihre Periode geht, wobei die allerdings zurzeit auch gar kein Thema ist, da sie ja schwanger ist.

Leslie kann jetzt schwanger werden, denkt Jessie, eine Vorstellung, die beinahe zum Lachen ist. Und eigentlich würde sie am liebsten nicht länger über dieses Zeug reden; sie möchte gern wieder rein und ihre Pizza weiteressen.

»Und was ist die zweite Neuigkeit?«, fragt Jessie.

»Das hier.« Leslie hält ihr ein flaches, viereckiges Geschenk entgegen, das sie bisher hinterm Rücken versteckt hatte. »Alles Gute zum Geburtstag.«

»Oh.« Jessie ist ganz überrumpelt. Wie alle, die im Sommer Geburtstag haben, hat sie die Hoffnung aufgegeben, ihn jemals zünftig mit ihren Mitschülern feiern zu können. Sie nimmt das eingepackte Geschenk in Empfang; es handelt sich um eine LP, so viel ist klar. »Danke.« Sie strahlt erst Leslie an und dann Doris, die sich noch immer den Arm an den Leib presst, gegen eingebildete Krämpfe, und dann reißt sie das Geschenkpapier auf. Zum Vorschein kommt *Clouds* von Joni Mitchell, ganz wie von Jessie erhofft. Sie ist besessen von dem Song

»Both Sides Now«. Es ist der schönste Song aller Zeiten. Jessie könnte ihn sich von früh bis spät anhören, ununterbrochen, von heute bis ans Ende ihrer Tage, und würde ihn trotzdem nie sattbekommen.

Sie umarmt Leslie, dann Doris, die sagt: »Wir haben uns die Kosten geteilt«, eine Aussage, die wohl auf ein weiteres Dankeschön abzielt, das Jessie dann auch pflichtschuldig abstattet, und zwar speziell Doris. Es freut sie zu hören, dass die beiden die Platte wirklich gekauft haben, denn in den zwei Wochen seit Ferienanfang haben sie sich sporadisch mit Ladendiebstahl beschäftigt, alle drei. Leslie hat bei Irving's zwei rosa Radiergummis und eine Packung Buntstifte mitgehen lassen, Doris hat in der koscheren Bäckerei einen Bagel mit Ei vom Vortag eingesteckt, und Jessie hat, unter dem massiven Druck ihrer Freundinnen, bei Woolworth in Coolidge Corner ein Mascara von Maybelline geklaut, was sehr viel riskanter war als die beiden anderen Diebstähle, weil der Woolworth angeblich mit versteckten Kameras ausgerüstet ist. Diebstahl ist unrecht, das weiß Jessie, aber Leslie hat daraus eine Mutprobe gemacht, und da hatte sie das Gefühl, ihre Ehre stünde auf dem Spiel. Als Jessie an jenem Tag den Woolworth betrat, schlotterte sie förmlich vor Angst und legte sich bereits im Geist zurecht, wie sie sich bei ihren Eltern rechtfertigen würde, nämlich, indem sie ihr Fehlverhalten auf die Belastung durch den Militärdienst ihres Bruders zurückführen würde. Doch als sie den Laden dann kurz darauf wieder verließ, mit dem Mascara in der Tasche ihrer orangeroten

Windjacke, spürte sie einen ungeheuren Adrenalinschub, so ähnlich, als wäre sie high; zumindest stellte sie sich das so ähnlich vor. Sie fühlte sich *großartig*! Sie fühlte sich *mächtig*! Im Überschwang ihrer Hochstimmung machte sie unterwegs an der Tankstelle an der Ecke Beacon und Harvard Station, wo sie die Wimperntusche gleich mal ausprobierte, vor dem fast blinden Spiegel der Damentoilette.

Der weniger berauschende Teil der Geschichte war, dass Kate die Wimperntusche sofort auffiel, als Jessie nach Hause kam, gefolgt von der spanischen Inquisition. Was hatte Jessie da bitteschön an den Augen? War das Wimperntusche? Wo hatte sie die denn her? Jessie hatte Kate die einzig glaubhafte Ausrede aufgetischt: es sei Leslies Wimperntusche. Jessie hoffte und betete, dass Kate nicht bei Leslies Mutter anrief, denn wenn Leslies Mutter ihre Tochter danach befragte, standen die Chancen, dass Leslie ihr ein Alibi liefern würde, höchstens fifty-fifty.

Kurz und gut, Jessie ist erleichtert, keine gestohlene LP geschenkt zu bekommen. Sollte ihre Mutter je hinter den Ladendiebstahl kommen, würde sie Jessie den Umgang mit Leslie wohl für alle Zeit verbieten, um sie ihrem schlechten Einfluss zu entziehen.

»Wann bist du wieder da?«, fragt Leslie.

»Anfang September. Am Labor Day.« Die Zeit bis dahin kommt Jessie wie eine halbe Ewigkeit vor. »Ihr könnt mir gern schreiben. Die Anschrift habt ihr noch, oder?«

»Ja«, sagt Doris. »Ich hab schon eine Postkarte an dich losgeschickt.«

»Echt jetzt?«, sagt Jessie. Dieser unvermutete Akt der Zuneigung rührt sie, zumal von der grummeligen alten Doris.

»Du wirst uns fehlen«, sagt Leslie.

Jessie drückt die LP an sich, während sie ihnen zum Abschied nachwinkt, und kehrt dann ins Haus zurück. Sie war nicht die Erste, die ihre Tage bekommen hat, vielleicht wird sie nicht mal die Zweite sein, aber das ist nicht weiter tragisch. Ihre Freundinnen haben sie gern – sie haben ihr etwas gekauft, wovon sie wussten, dass sie es sich wünscht – und, wichtiger noch, ihr Bruder lebt. Einen kurzen Moment lang am Ende ihres zwölften Lebensjahrs ist Jessica Levin glücklich.

In aller Frühe pocht es leise an Jessies Zimmertür. Dann steckt ihr Vater den Kopf herein.

»Bist du schon wach?«, fragt er.

»Nein«, brummt sie. Sie zieht sich die Bettdecke über den Kopf. Das Hochgefühl vom Vorabend hat sich verflüchtigt. Jessie will nicht nach Nantucket. Es kommt nicht mal in Betracht, *jetzt beide Seiten* zu berücksichtigen. Es gibt nur eine Seite, nämlich, dass es auf Nantucket ohne ihre Geschwister – und, später dann, ohne ihre Mutter – nicht zum Aushalten ist.

David lässt sich behutsam neben ihr auf der Bettkante nieder. Er trägt seinen leichten Sommeranzug, dunkelblau, dazu ein weißes Hemd und eine breite, orangeblau gestreifte Krawatte. Sein lockiges Haar ist gezähmt, und er duftet nach Arbeit, sprich, nach Aftershave, Old Spice.

»Hey.« Er zieht die Bettdecke zurück. »Herzlichen Glückwunsch zum Geburtstag.«

»Kann ich nicht einfach hier bei dir bleiben und an den Wochenenden hinfahren?«, fragt Jessie.

»Süße.«

»Bitte?«

»Das überstehst du schon«, sagt er. »Ach was, es wird dir gefallen. Ein großer Sommer für dich. Dreizehn bist du nun. Endlich bist du ein Teenager, kannst dich aus dem Schatten deiner Geschwister lösen …«

»Ich mag ihren Schatten aber«, sagt Jessie. Letzten Sommer hatte Kate Jessies Geschwister dazu verdonnert, jeden dritten Tag etwas mit ihr zu unternehmen. Blair fuhr mit Jessie immer zum Cliffside Beach. Sie besorgten sich Hot Dogs und Schoko-Frappés in der Galley und kümmerten sich dann fleißig um ihre Sonnenbräune, während Blair in John Updikes Partnertausch-Roman *Ehepaare* schmökerte; die Skandalstellen las sie Jessie jeweils laut vor. Updike verwendete gern und oft das Wort *Erektion*, und als Blair es das erste Mal vorlas, blickte sie Jessie über die Buchseiten hinweg an und sagte: »Du weißt, was das ist, oder?«

»Klar«, erwiderte Jessie, obwohl sie keinen blassen Schimmer hatte.

Blair hatte das Buch sinken lassen. »Es gibt keinen Grund, Sex eklig zu finden. Er ist vollkommen natürlich.

Angus und ich haben jeden Tag Sex, mitunter sogar zweimal.«

Jessie fand diese Information ebenso faszinierend wie abstoßend, und danach sah sie Angus mit ganz neuen Augen. Er war zehn Jahre älter als Blair und hatte dunkles, stets unordentlich wirkendes Haar, weil er vor lauter Denken nicht dazu kam, sich zu kämmen. Er war immerzu mit mathematischen Problemen beschäftigt, und Nonny mochte ihn so gern, dass er bei Besuchen bei ihr in All's Fair sogar in Opas Ledersessel sitzen durfte, an Opas antikem Schreibtisch. Angus zog es selten an den Strand, weil er Sand nicht ausstehen konnte und leicht Sonnenbrand bekam. Den Gedanken an Angus' unersättlichen Geschlechtstrieb fand Jessie eher unangenehm. Blair war bildhübsch und intelligent obendrein, sie hätte jeden Mann haben können, aber sie hatte Angus geheiratet und ihre Stelle als Englischlehrerin an der Winsor School aufgegeben, um ihm den Haushalt zu führen. Inzwischen schwor sie auf die Kochbücher von Julia Child und trug biedere Blümchenkleider von Lilly Pulitzer – am Strand allerdings wirkte sie kein bisschen wie eine matronenhaft-gesetzte große Schwester, sondern eher wie eine spritzig-freche Tante. Sie rauchte Kents, die sie mit einem silbernen Feuerzeug von Tiffany anzündete; in das Feuerzeug war eine Liebeserklärung eingraviert, von Angus' jüngerem Bruder Joey, mit dem Blair liiert war, ehe sie mit Angus zusammenkam. Sie trug jedes Mal frischen Lippenstift auf, wenn sie aus dem Wasser kam, und flirtete ungeniert mit Marco, dem Rettungsschwimmer am Cliffside Beach, der aus Rio de Janeiro war. Blair beherrschte ein paar wenige Sätze auf Portugiesisch. Sie war glamourös.

Kirby fuhr mit Jessie ebenfalls an den Strand, wobei sie allerdings die Südküste der Insel bevorzugte, den Tummelplatz der Surfer und Hippies. Kirby ließ immer etwas Luft aus den Reifen des feuerroten Geländewagens, Typ International Harvester Scout, den ihre Großmutter für Fahrten auf der Insel gekauft hatte, und dann bretterten sie durch die Dünen los, direkt zum Madequecham Beach, wo jeder einzelne Sonnentag ein Grund zum Feiern war. Leute spielten Volleyball und tranken Dosenbier, Marke Schlitz, das in Zinkwannen voller Eis kühlte, und in der Luft hing der unverkennbare Geruch von Marihuana. Irgendwer hatte immer ein Transistorradio dabei, und so lauschten sie den Beatles, Creedence Clearwater Revival und Kirbys Lieblingsband, Steppenwolf.

Jessie fand, dass Kirby sogar noch hübscher war als Blair. Kirby hatte langes, glattes Haar, und im Gegensatz zu der eher fraulichen Blair war sie spindeldürr. Surfer in Neoprenanzügen, die ihnen nass vom Leib hingen wie eine abgestreifte Haut, warfen sich Kirby gern über die Schulter und schleuderten sie in hohem Bogen in die Wellen. Sie schrie und kreischte zwar dabei, aber insgeheim, das wusste Jessie, fand sie es toll, und anders als Blair war es Kirby egal, wie sie aussah, wenn sie aus dem Wasser stieg. Sie war immer ungeschminkt und ließ ihr blondes Haar von der Sonne trocknen, ohne es durchzukämmen. Sie rauchte Joints statt Zigaretten, aber immer nur zwei Züge, wenn sie auf Jessie aufpasste; das war ihre eiserne Regel. Nach zwei Zügen fühlte sie sich angenehm entspannt, sagte sie, und wenn sie wieder nach All's Fair kamen, war die Wirkung längst abgeklungen.

Jessies Tage mit Tiger waren die reinsten Abenteuer. Sie fuhren mit ihren Fahrrädern zum Angeln an den Miacomet Pond; sie unternahmen Wanderungen zum Altar Rock, der höchsten Erhebung auf Nantucket, und feuerten Tigers Kartoffelkanone ab. Am liebsten aber gingen sie zum Bowling. Tiger war im Mid-Island Bowl, dem Bowlingcenter, eine lebende Legende, und das schon, seit er zwölf war. Alle Einheimischen kannten ihn, zählten für ihn beim Spiel mit und spendierten Jessie Kräuterlimos, die sie mit Genuss schlürfte, weil Exalta keinerlei Limonadengetränke duldete, mit Ausnahme von Ginger Ale mit Grenadine im Club. Und selbst davon durfte Jessie nur ein Glas trinken, mehr nicht.

Tigers Talent als Bowler war bemerkenswert, zumal, da sie diesem Hobby nur auf Nantucket nachgingen, und das nur bei Regenwetter. Exalta hielt nichts davon, dass Kinder an sonnigen Sommertagen zu Hause rumhockten. Als Tiger alt genug war, um selbst Auto fahren zu können, konnte er natürlich zum Bowling, wann immer er Lust hatte. An Tagen, wenn er sich um Jessie kümmerte, nahm er sie immer mit, aber das hielten sie vor Exalta geheim, was die Sache nur noch aufregender machte. Wenn Tiger erst mit der Kugel die Pins anvisierte und sie dann mit Schwung auf die Bahn schickte, wobei er das eine Bein hinter sich in die Höhe reckte, wirkte er dabei wie ein Tänzer. Er war anmutig, er war stark, und er war zielgenau. Meistens gelang ihm bei seinen Würfen auf Anhieb ein Strike, bei dem alle zehn Pins auf einmal fielen, als würde er einen Tisch abräumen. Jessie hat gehofft und gebetet, dass sich sein gottgegebenes Talent als genetisch bedingt erweisen würde und sie dieses Talent ebenfalls geerbt hatte, aber dem war leider nicht so; ihre Würfe hatten immer einen Drall nach links oder rechts, und bei über der Hälfte davon landete die Kugel gar seitlich in der Rinne.

Jessie versucht, sich einen Sommer auf Nantucket ohne ihre Geschwister vorzustellen. Sie wird einsam und allein in All's Fair herumgeistern, mit ihrer Ferienlektüre, die sie fürs kommende Schuljahr lesen muss, *Das Tagebuch der Anne Frank* – na ja, wenn sie nicht gerade beim Tennisunterricht ist, den ihre Großmutter ihr mit Nachdruck verordnet hat, obwohl Jessie für diesen Sport überhaupt nichts übrighat. So undankbar, die Aussicht auf einen Sommer auf Nantucket als öde zu bezeichnen, ist sie natürlich nicht, aber trotzdem – warum nur, warum, darf sie nicht einfach zu Hause bleiben?

Ihr Vater, der neben ihr auf dem Bett sitzt, bringt aus seiner Jackentasche ein kleines Schmucketui zum Vorschein. »Wenn man dreizehn wird, ist das in der jüdischen Tradition ein wichtiger Einschnitt«, sagt er. »Ich hatte damals eine Bar Mitzwa, aber da wir dich nicht jüdisch erzogen haben, fällt eine solche Feier bei dir flach.« Er hält inne, wendet kurz den Blick ab. »Aber ich möchte dir dennoch zu verstehen geben, wie wichtig dieses Alter ist.«

Jessie setzt sich aufrecht hin und klappt das Etui auf. Es enthält ein Silberkettchen mit einem kleinen Medaillon, so groß wie eine Fünfundzwanzig-Cent-Münze. In das Medaillon ist ein Baum eingraviert.

»Der Lebensbaum«, erklärt David. »In der Kabbala ist der Lebensbaum ein Sinnbild für Reife und Verantwortungsbewusstsein.«

Es ist ein hübsches Kettchen. Und Jessie liebt ihren Vater mehr als jeden anderen Menschen, sogar mehr als Tiger, obwohl ihr bewusst ist, dass man Liebe nicht quantifizieren kann. Sie verspürt einen Beschützerinstinkt ihrem Vater gegenüber, denn während Jessie mit allen in der Familie verwandt ist, ist David nur mit einer Person blutsverwandt, mit ihr. Sie fragt sich, ob er je darüber nachdenkt und sich wie ein Außenseiter vorkommt. Dass ihr Vater sich entschieden hat, dieses Band zwischen ihnen durch sein Geschenk zu betonen, findet sie wundervoll. Sie hat gehört, dass man, um als »richtiger« Jude zu gelten, eine jüdische Mutter haben muss, und falls das stimmt, scheidet Jessie damit aus. Aber als sie den Verschluss des Kettchens zuhakt und das Medaillon kühl und schwer auf ihrem Brustbein ruht, fühlt sie eine Verbindung zu ihrem Vater – etwas Spirituelles, etwas Größeres als bloß normale Liebe. Ob Anne Frank wohl auch eine Kette mit einem Lebensbaum-Medaillon besessen hat? Nach kurzem Nachdenken kommt sie zu dem Schluss, dass Anne, falls sie ein solches Kleinod besaß, es vermutlich zusammen mit den restlichen Wertsachen ihrer Familie versteckt hat, damit es den Nazis nicht in die Hände fiel.

»Danke, Daddy«, sagt sie.

Er lächelt. »Du wirst mir fehlen, Kleine. Aber wir sehen uns ja an den Wochenenden.«

»Da ich von nun an reif und verantwortungsbewusst sein sollte, darf ich wohl nicht länger darüber jammern, dass ich wegfahren muss«, sagt Jessie.

»Ja. Bitte«, erwidert David. »Und ich mache dir einen Vorschlag. Wenn ich auf die Insel komme, bummeln wir zum Sweet Shoppe, kaufen dir zwei Kugeln Malachit-Eis mit Stückchen, und dann kannst du dich nach Herzenslust über deine Großmutter beklagen. Abgemacht?«

»Abgemacht«, sagt sie, und einen kurzen Moment lang zu Beginn ihres dreizehnten Lebensjahrs ist Jessica Levin glücklich.

BORN TO BE WILD

Das Gespräch verläuft ungünstig, aber das ist nicht weiter ungewöhnlich, wenn sich eine junge Frau von einundzwanzig im Sommer 1969 mit ihren Eltern unterhält.

»Ich brauche Raum zum Atmen«, erklärt Kirby. »Ich brauche Luft unter meinen Schwingen. Ich bin erwachsen. Da sollte ich meine eigenen Entscheidungen treffen können.«

»Du kannst dich erwachsen nennen und deine eigenen Entscheidungen treffen, sobald du für dich selbst aufkommst«, sagt David.

»Wie gesagt«, sagt Kirby. »Ich habe einen Job gefunden. Und ich werde nicht weit weg sein. Nur eine Insel weiter.«

»Kommt überhaupt nicht infrage«, sagt Kate. »Du bist schon zweimal verhaftet worden. *Verhaftet,* Katharine.«

Kirby zuckt zusammen. Ihren eigentlichen Vornamen bemüht ihre Mutter nur, wenn sie streng klingen will. »Aber ich war nicht im Gefängnis.«

»Aber man hat dir eine Geldstrafe aufgebrummt«, sagt David.

»Ohne jeden Grund!«, sagt Kirby. »Es ist, als ob die Bostoner Polizei noch nie was von Versammlungsfreiheit gehört hätte.«

»Du musst irgendwas getan haben, um den Polizisten zu provozieren«, sagt David. »Etwas, das du uns verheimlichst.«

Na klar, denkt Kirby. Liegt ja auf der Hand.

»Und wir mussten deiner Großmutter etwas vorlügen«, sagt Kate. »Wenn sie herausfindet, dass du verhaftet worden bist – zweimal – wird sie …«

»Mir meinen Treuhandfonds wegnehmen?«, fragt Kirby. »Das kann sie nicht, das ist uns doch wohl allen klar.« Die Kontrolle über ihren Treuhandfonds erhält Kirby bei Abschluss ihres Studiums oder an ihrem fünfundzwanzigsten Geburtstag, was auch immer eher eintritt. Nur deswegen bleibt sie weiter am Simmons College eingeschrieben, es ist ihre einzige Motivation.

David seufzt. »Was ist es denn für ein Job?«

Kirby setzt ein triumphierendes Lächeln auf. »Ich werde als Zimmermädchen arbeiten, im Shiretown Inn in Edgartown.«

»Als *Zimmermädchen*?«, sagt Kate.

»Du kannst doch nicht mal in deinem eigenen Zimmer Ordnung halten«, sagt David.

»Jetzt übertreibst du aber«, sagt Kirby. Sie beschließt, weiter auf Eifer und Enthusiasmus zu setzen, weil sie weiß, dass das überzeugender wirkt als Wut und Empörung. »Hört zu, mir ist klar, dass ich noch nie irgendwo gearbeitet habe. Aber auch nur, weil ich meine Freizeit komplett für meine politischen Anliegen geopfert habe.«

»Wir haben *unsere* Freizeit für deine politischen Anliegen geopfert«, sagt Kate und verdreht unverhohlen die Augen.

»Dad meinst du wohl«, sagt Kirby. »Weißt du noch, als ich an der Highschool war? Du wolltest ja nicht mal, dass ich mit Dr. King marschiere. Ich sei zu jung, hast du zu mir gesagt!«

»Du warst ja auch noch zu jung!«, erwidert Kate.

»In Wahrheit meintest du aber was anderes. Dass ich zu weiß war«, sagt Kirby.

»Leg mir keine Worte in den Mund, junge Dame.«

»Mit Dr. King wird niemand je wieder marschieren können«, sagt Kirby. »Diese Erinnerung ist jetzt also offiziell unbezahlbar, und du hättest mich fast daran gehindert. Ich bin Miss Carter die ganze Zeit nicht von der Seite gewichen, es konnte nichts Schlimmes passieren; es war ein gewaltloser Protest, genau darum ging es doch! Die Antikriegs-Demos dieses Frühjahr waren anders, weil sich das Land inzwischen geändert hat. Studierende wie ich sind der Feind des Establishments – aber ihr solltet froh sein, dass ich meinen Verstand gebrauche und mich nicht schnöde an alles anpasse!« Kirby legt eine Pause ein. David scheint mittlerweile etwas milder gestimmt, doch ihre Mutter bleibt weiter unnachgiebig. »Ich werde mir diesen Sommer einen Job suchen, und nach dem Examen will ich Karriere machen. Bloß Ehefrau und Mutter zu sein, das genügt mir nicht. Ich möchte nicht so enden wie … Blair.«

»Nimm dich in Acht«, sagt Kate. »Mutter zu sein ist ein Segen.«

»Aber du musst doch zugeben …« Kirby bremst sich, ehe ihr etwas nicht so Nettes über ihre ältere Schwester herausrutscht. Blair und Kirby werden schon lange als die Überfliegerin und die Versagerin bezeichnet. (Gut, laut ausgesprochen hat es noch niemand, aber Kirby weiß, dass es alle denken.) Blair war die gesamte Highschool über eine Einserschülerin und ging dann ans Wellesley College, wo sie es jedes Semester auf die Bestenliste schaffte. Man verlieh ihr den Preis für herausragende Leistungen im Fachbereich Englisch, und ihre Diplomarbeit über Edith Wharton wurde von einem Gremium, dem Professoren aller sieben maßgeblichen Frauencolleges angehörten, mit einer Art Sonderauszeichnung prämiert. Blair hatte eine Stelle als Oberstufenlehrerin einer Begabtenklasse an der elitären Winsor School ergattert, eine Chance, die sich nur alle fünfzig Jahre ergab. Von dort wäre es nur ein kurzer Sprung zu einem Promotionsstudium und einer anschließenden Professur gewesen. Was bitte aber hatte Blair gemacht? Angus geheiratet, ihre Stelle gekündigt, und dann war sie schwanger geworden.

»Was soll ich zugeben?«, fragt Kate.

Dass Blair eine Enttäuschung ist, denkt Kirby. Aber das stimmt nicht. Tatsächlich ist es eher Kirby, die hinter allen Erwartungen zurückbleibt.

Kirby würde mit ihren Eltern gern Klartext reden. Ihnen beichten, dass sie die schlimmsten drei Monate ihres Lebens hinter sich hat, körperlich ebenso wie seelisch. Sie muss die Erinnerung an die Proteste austilgen, an die Festnahmen, an ihre Liebesaffäre mit Officer Scott Turbo, den Trip an den Lake Winnipesaukee. Sie hatte ein Blatt voller Luschen erwischt, mit dem sie nur verlieren konnte, bestehend aus Angst, Unbehagen, Kummer und Scham.

Sie braucht einen Neuanfang.

Sie wendet sich an David, der schon immer ein mitfühlenderer Mensch war als ihre Mutter. »In meinen Kursen am Simmons schmiere ich ab, weil sie langweilig sind. Ich möchte keine Bibliothekswissenschaften studieren, und ich möchte auch keine Vorschullehrerin werden.«

»Du möchtest Hotelzimmer putzen?«, fragt David.

»Ich möchte *arbeiten*«, sagt Kirby mit Nachdruck. »Und das ist nun mal der Job, den ich gefunden habe.« Hier schlägt sie die Augen nieder, weil es nicht der vollen Wahrheit entspricht.

»Auf Martha's Vineyard kennst du keine Menschenseele«, gibt Kate zu bedenken. »Wir sind Nantucket-Leute. Du, ich, Nonny, Nonnys Mutter, Nonnys Großmutter. Du bist in fünfter Generation Nantucketerin, Katharine.«

»Genau diese Einstellung, dieses Wir-gegen-die, ist dabei, unser Land kaputt zu machen«, sagt Kirby. Als David daraufhin in Gelächter ausbricht, weiß Kirby, dass sie ihren Willen durchsetzen wird. »Den Sommer mal woanders zu verbringen wird lehrreich für mich sein. Erinnert ihr euch noch an Rajani, meine Studienfreundin? Ihre Eltern haben ein Haus in Oak Bluffs, und sie haben gesagt, dass ich bei ihnen wohnen kann.«

»Du willst den ganzen Sommer bei Rajanis Familie wohnen?«, fragt David. »Das klingt ein wenig übertrieben.« Er sieht Kate an. »Nicht wahr? Rajanis Familie sollte unsere Tochter nicht den ganzen Sommer beherbergen und beköstigen müssen.«

»Ganz recht«, sagt Kate. »Unsere Tochter sollte nach Nantucket kommen, wo sie hingehört.«

»Es gibt noch eine andere Möglichkeit, eine Pension ein paar Blocks von Rajanis Eltern entfernt, auf die ich in den Kleinanzeigen gestoßen bin. Sechs Zimmer zu vermieten, Collegestudentinnen bevorzugt. Kostenpunkt hundertfünfzig Dollar, den ganzen Sommer über.«

»Schon viel vernünftiger«, sagt David. »Wir können die Miete übernehmen, aber für deine Lebenshaltungskosten musst du selbst aufkommen.«

»Oh, danke!«, sagt Kirby.

Kate winkt mit beiden Händen ab. Sie muss sich wohl oder übel geschlagen geben.

Kirby und Rajani Patel, ihre beste Freundin vom Simmons College, fahren in Rajanis weinrotem MG Cabrio nach Woods Hole, mit offenem Verdeck. Kirby hat sich für den Sommer ein Zimmer in der Pension an der Narragansett Avenue gesichert. Sie hat ihren Eltern die Telefonnummer und den Namen der Inhaberin gegeben, Miss Alice O'Rourke.

»Ah. Dürfte wohl irisch-katholisch sein«, hat David kommentiert. »Wollen wir hoffen, dass sie ihren Laden fest im Griff hat.«

Als Rajani und Kirby im MG an der Anlegestelle in Oak Bluffs von der Fähre rollen, legt Kirby die Hände vor ihrem Herzen flach zusammen, zum Ausdruck ihrer Dankbarkeit. Sie beginnt ganz allein einen neuen Lebensabschnitt, an einem Ort, der ihr gänzlich fremd ist.

Gut, okay, vielleicht nicht *gänzlich* fremd. Sie befindet sich noch immer auf einer Insel vor der Südküste von Cape Cod; in Luftlinie ist sie gerade mal elf Meilen von Nantucket entfernt. Sie hätte auch in die Armenviertel von Philadelphia gehen können, um den Sommer über mit benachteiligten Jugendlichen zu arbeiten. Sie könnte durchs ländliche Alabama fahren, um Wähler zu registrieren. Das hier ist also bloß ein erster Schritt, aber er wird ihr guttun.

Rajani spielt für sie Reiseführerin, was ihr sichtlich Spaß macht. »Da ist der Ocean Park.« Sie deutet auf ein ausgedehntes Rasengelände mit einem filigranen weißen Aussichtspavillon in der Mitte. »Und hier links ist das Flying Horses Carousel und das Strand Theater, da laufen richtig gute Filme.«

Kirby dreht unentwegt den Kopf hin und her, um nichts zu verpassen. Es herrscht eine ausgelassene Atmosphäre, wie auf einem Jahrmarkt; das Stadtbild ist weit bunter und lebendiger, als Kirby erwartet hätte. Sie mustert das altmodische Karussell – Rajani zufolge das älteste noch in Betrieb befindliche Karussell der Vereinigten Staaten –, ehe sie ihr Augenmerk den Leuten zuwendet, die sich auf den Bürgersteigen frittierte Muscheln schmecken lassen, aus rot-weiß karierten Pappschälchen, oder genüsslich Softeis schlecken. Rajani hat nicht zu viel versprochen, die Stadt wirkt in der Tat erfrischend vielfältig. Auf einem Einrad rollt ein schwarzer Teenager vorbei. Irgendwo spielt ein Radio, gerade läuft der Hit von Fifth Dimension: *This is the dawning of the age of Aquarius.* Kirby wippt im Takt der Musik mit. Auch für sie dämmert hier etwas herauf. Aber was?

»Wir wohnen in Methodist Campground«, sagt Rajani, und Kirby verzieht unwillkürlich das Gesicht – auf einem Methodisten-Campingplatz …? Camping ist ja schon schlimm genug, aber dann noch unter religiöser Fuchtel? Doch der Campground entpuppt sich als Wohnviertel voller Häuser, so farbenfroh bemalt wie Ostereier und mit verschnörkelten Zierleisten. »Das da ist meins.« Rajani deutet auf ein violettes Haus mit einem kleinen Spitzgiebel über der Haustür; die weißen

Zierleisten an den Dachtraufen erinnern an Zuckerguss auf einer edlen Torte. Es ist ein putziges Häuschen wie aus einem Märchen, besonders im Vergleich zu der Architektur in der Innenstadt von Nantucket, wo jedes Haus an eine Quäker-Witwe erinnert.

»Das Blaue da ist auch nicht schlecht«, sagt Kirby. Das blaue Haus ein Stück die Straße hinunter ist ein echter Hingucker. Es ist fast doppelt so groß wie Rajanis Heim, mit einer von zwei Giebeln gekrönten malerischen Veranda mit einer Schaukelbank und grünem Farn in Hängeampeln. Der Weg durch den Vorgarten wird von blauen Hortensien gesäumt, und die Zierleisten an den Dachtraufen ringsherum erinnern ein wenig an Eiszapfen – diesen Eindruck macht es zumindest auf Kirby.

»In dem Haus wohnt mein Freund Darren«, sagt Rajani. »Er fängt im Herbst sein letztes Studienjahr in Harvard an. Sollen wir mal nachsehen, ob er da ist?«

Kirby wehrt ab. »Das müssen wir nicht.«

»Komm schon«, sagt Rajani. »Du möchtest doch neue Leute kennenlernen, oder? Ich sehe sein Auto nicht, aber vielleicht steht es in der Garage. Seine Eltern sind echt nett. Seine Mutter ist Ärztin und der Vater Richter.«

Eine Ärztin und ein Richter. Harvard. Nonny und ihre Mutter wären hocherfreut, das ist das Einzige, was Kirby durch den Kopf schießt. Sie lernt die richtige Sorte Leute kennen, ganz wie auf Nantucket, wo auch alle Richter oder Ärzte sind oder einen Lehrstuhl in Müheloser Überlegenheit an der Universität Wohlerzogen innehaben.

»Okay«, sagt Kirby. Sie beschließt, ihrer Mutter später eine Postkarte zu schreiben und ihr von all den angesehenen Leuten zu berichten, deren Bekanntschaft sie auf Martha's Vineyard gemacht hat. »Gehen wir mal hin und sagen Hi.«

Rajani marschiert durch den Vorgarten und klingelt an der Haustür. Kirby denkt über Darren nach, den Harvard-Studenten. Was mag er für ein Mensch sein? Einem Sommerflirt wäre sie nicht abgeneigt, jedenfalls, wenn sie, Kirby, dabei die Spielregeln bestimmen würde, statt am Ende ein emotionales Wrack zu sein. Es könnte nett sein, nicht länger an Officer Scottie Turbo zu denken, mit seinen umwerfenden grünen Augen, dem Geisha-Tattoo und den kräftigen Händen, mit denen er ihre beiden Handgelenke spielend leicht über dem Kopf festhalten konnte, während er die Stelle direkt unterhalb ihres linken Ohrs küsste.

Die Tür geht auf, und zum Vorschein kommt eine dunkelhäutige Frau in einem weißen Tenniskleid. Ihre Arme sind durchtrainiert und muskulös, auf ihrer Stirn schimmert ein dünner Schweißfilm. Sie hat ihr Haar zu einem Pferdeschwanz gebunden, in ihren Ohrläppchen schimmern Diamantohrstecker. Sie sieht beide Mädchen – Frauen! – vor ihrer Tür an, aber dann verharrt ihr Blick bei Rajani, und sie lächelt.

»Rajani!«, sagt sie. »Jetzt kann der Sommer offiziell beginnen!«

Kirby ist im ersten Moment verwirrt. Das Dienstmädchen?, überlegt sie, oder die Haushälterin? In einem

Tenniskleid und mit Diamantohrsteckern? Und gleich drauf schämt sie sich für ihre eigene Beschränktheit und, ja, Bigotterie. Es dürfte sich um Darrens Mutter handeln, die Ärztin.

Darrens Mutter hält die Fliegengittertür auf. Rajani tritt über die Türschwelle, und Kirby folgt ihr. Im Haus ist es hell, sommerlich und modern. Kirby wirft unauffällig einen Blick ins Wohnzimmer und sieht einen blau-weiß gestreiften Divan mit knallgelben Zierkissen sowie einen weißen Couchtisch in Nierenform. Kirby ist hellauf entzückt. In Nonnys Haus gibt es kein Möbelstück, das jünger wäre als hundert Jahre.

»Dr. Frazier«, sagt Rajani. »Darf ich vorstellen, das ist meine Freundin Kirby Foley.«

Dr. Frazier streckt ihr die Hand hin. »Nett, dich kennenzulernen, Kirby.« Sie mustert Kirby eine Idee länger als unbedingt nötig – oder bildet sie sich das nur ein? Dabei sieht sie heute anständig aus, überlegt Kirby, in einem Wickelrock mit Erdbeermuster, einem weißen T-Shirt mit U-Ausschnitt und Sandalen von Dr. Scholl. Für diesen Aufzug anstelle ihrer üblichen Minikleider, Bauernblusen und abgeschnittenen Jeans hat sie sich entschieden, um einen guten Eindruck auf ihre Pensionswirtin zu machen, Miss O'Rourke. Aus Dr. Fraziers Blick spricht eine gewisse Zurückhaltung. Liegt es daran, dass Kirby weiß ist? Sollte sie Dr. Frazier darauf hinweisen, dass sie engagierte Bürgerrechtsaktivistin und Feministin ist, dass sie mit Dr. Martin Luther King Jr. marschiert ist, an der Seite von Miss Carpenter, ihrer geliebten Gemeinschaftskundelehrerin, und dass sie Miss Carpenter persönlich gegen die rassistischen Sprüche der dummen Jungs in ihrer Klasse in Schutz genommen hat? Sollte sie Dr. Frazier ihre Mitgliedskarte von der *National Organization for Women* zeigen? Sollte sie erwähnen, dass sie Simone de Beauvoir gelesen hat, Aimé Césaire und Eldridge Cleaver?

All das würde sich anhören wie Prahlerei, befürchtet sie, oder schlimmer noch, als ob sie sich den Kampf der Schwarzen um Bürgerrechte und Respekt irgendwie aneignen wollte, obwohl doch jeder sehen kann, dass sie das reinste Weißbrot ist. Außerdem wäre es etwas übertrieben –Aimé Césaire hat sie zwar gelesen, aber kaum ein Wort davon verstanden. Schließlich kommt sie zu dem Schluss, dass echte menschliche Wärme immer noch die beste Verteidigung ist. Sie sieht Dr. Frazier lächelnd an, und dabei fällt ihr auf, dass sie diese Frau schon mal gesehen hat. Aber wo? Dr. Frazier arbeitet nicht am Simmons College, aber irgendwo … irgendwo ist Kirby ihr schon mal begegnet.

»Bist du nur für ein paar Tage hier?«, erkundigt sich Dr. Frazier. »Oder bleibst du den ganzen Sommer über?«

»Den ganzen Sommer über.« Kirby hofft, dass dieser Umstand für sie spricht. »Ich wohne bei Alice O'Rourke. Ich werde als Zimmermädchen in Edgartown arbeiten, im Shiretown Inn.«

»Als Zimmermädchen?«, hakt Dr. Frazier nach, ehe sie Kirby von Kopf bis Fuß mustert, ein wenig fassungslos, wie es scheint. »Wo kommst du her, Kirby?«

Kirby räuspert sich. »Meine Eltern wohnen in Brookline?« Vor Nervosität klingt ihre Antwort eher wie eine Frage.

»Kirby verbringt den Sommer sonst immer auf Nantucket«, schaltet sich Rajani ein. »Aber dieses Jahr möchte sie mal Martha's Vineyard kennenlernen.«

»Brookline und Nantucket«, sagt Dr. Frazier. »Und du willst Zimmer im Shiretown Inn putzen? Und hast dir ein Zimmer bei Alice O'Rourke gemietet? Wissen deine Eltern davon?« Ihr Ton ist entweder missbilligend oder belustigt; das vermag Kirby nicht recht einzuordnen. Es fühlt sich an, als hätte Darrens Mutter die Lage glasklar erfasst: eine junge Weiße aus begütertem Hause, die zum Spaß eine Zeit lang Proletarierin spielt. Im Grunde braucht Kirby den Job als Zimmermädchen nicht; tatsächlich nimmt sie ihn jemandem weg, der ihn wirklich nötig hätte. Oder Dr. Frazier denkt vielleicht, dass sie von ihrer Familie verstoßen worden ist, wegen dieser oder jener Verfehlung.

Und dann geht Kirby ein Licht auf, und ihr fällt ein, woher sie Dr. Frazier kennt. Ihr Gesicht wird glühend heiß und spannt auf einmal, wie bei einem üblen Sonnenbrand, sie merkt, wie sich ihr zusehends die Kehle zuschnürt. Sie muss hier weg, und zwar sofort. Aber noch ehe Kirby sich unter einem Vorwand entschuldigen kann, kommt Rajani ihr zuvor. »Wir wollten Darren mal guten Tag sagen. Ist er da?«

»Er ist mit seinem Vater zu Larsen's gefahren, um Hummer fürs Abendessen abzuholen«, sagt Dr. Frazier.

»Keine Ahnung, wann sie wieder zurück sind. Bei all dem Verkehr drüben im Westen.«

»Kein Problem«, sagt Rajani. »Dann kommen wir ein andermal wieder.«

»Tja«, sagt Dr. Frazier, ein wenig unschlüssig. Kirby würde darauf tippen, dass sie gerade überlegt, ob sie ihnen anbieten soll, noch zu bleiben und auf Darren zu warten, oder nicht. Schlussendlich jedenfalls entscheidet sie sich dagegen. »Es war schön, dich zu sehen, Rajani. Und nett, dich kennenzulernen, Kirby. Viel Vergnügen auf unserer Insel.« Sie öffnet die Fliegengittertür und hält sie auf, fast so, als hätte sie es eilig, Kirby wieder loszuwerden.

Sie weiß, wer ich bin, denkt Kirby, und damit löst sich ihr Traum von einem Neuanfang hier auf Martha's Vineyard, frei von jeder Vorbelastung, im Handumdrehen in Luft auf.

FLY ME TO THE MOON

Mit der Floskel *verheiratet mit Kindern* werfen die Leute um sich wie mit Kleingeld, denkt Blair. Niemand spricht je über das Drama, das Ehe und Elternschaft mit sich bringen. Ist es da ein Wunder, dass Blair komplett aus allen Wolken gefallen ist?

Angus Whelan, einen Professor für Astrophysik am MIT, hat Blair kennengelernt, weil sie mit seinem jüngeren Bruder Joey zusammen war. Sie hatten beide erst kürzlich ihr Studium abgeschlossen, Blair am Wellesley, Joey am Boston College. Blair war Lehrerin an der Winsor School, wo sie Oberstufenschülerinnen in Englisch und Literaturgeschichte unterrichtete. Joey wollte nach New York City ziehen und dort »ins Geschäftsleben einsteigen«, vorläufig jedoch wohnte er noch bei Angus in Cambridge und verdiente seine Brötchen als Kapitän von einem der Schwanenboote im Bostoner Public Garden.

»Mein Bruder ist ein verrücktes Genie«, erzählte Joey Blair. »Er hilft der NASA bei der Mondmission.«

Das machte Blair hellhörig. »Er ist Astronaut?« Blair schwärmte nämlich für Astronauten. So sehr, dass die Pinnwand in ihrem Wohnheimzimmer voller Fotos von ihren Idolen war, von Jim Lovell und Peter Conrad und dem bestaussehenden Astronauten von allen, Gordon Cooper.

»Nein, nicht direkt ein Astronaut«, sagte Joey. »Sprich, er wird jetzt nicht mit der Rakete ins All fliegen. Er stellt nur die Berechnungen an, damit die Raketen fliegen können.«

Passt schon, dachte Blair. Sollten sie und Joey am Ende heiraten, bekäme sie einen Schwager, der beinahe Astronaut war!

Blair sah sich zwar als moderne Frau, aber der Gedanke ans Heiraten beschäftigte sie schon. Fast alle Mädchen aus Blairs Jahrgang am Wellesley College waren zu der Zeit, als sie ihr Examen machten, verlobt. Die Ausnahme war Sallie, Blairs beste Freundin, die genau wie sie Karriere machen wollte.

Eine wahrhaft moderne Frau kann beides vereinbaren, dachte Blair.

Blair mochte Joey. Er sah gut aus, ein lebensfroher Typ, locker und umgänglich. Wenn Blair etwas an ihm störte, dann, dass er vielleicht eine Spur zu locker war – aber das war in Ordnung, sagte sie sich, denn sie war kompliziert genug für sie beide. Joey war bis über beide Ohren in Blair verliebt, und sie wurde von seiner Welle der Begeisterung einfach mitgerissen. Einmal schickte er ihr einen Riesenstrauß roter Rosen an die Winsor School, den die Schulverwaltung ihr mitten in ihrer Stunde über Carson McCullers überreichte. Blairs Schülerinnen waren hin und weg, und *Frankie* war vergessen, während die Mädchen tief an den Rosen schnupperten und dabei den, wie sie naiverweise annahmen, Duft der wahren Liebe einsogen.

Am Wochenende nach dem (störenden) Eintreffen der Rosen lud Joey Blair zu einer exklusiven Privatfahrt in seinem Schwanenboot ein. Es war Anfang Oktober, und das Laub der Bäume im Bostoner Public Garden erstrahlte in den buntesten Herbstfarben. Joey beförderte das pedalbetriebene Boot bis in die Mitte des Teichs, wo er eine Flasche Kalte Ente öffnete und ihnen beiden einen Pappbecher voll einschenkte. Er und Blair tranken und quatschten und lachten, bis die Dämmerung einsetzte. Irgendwann fingen sie an, sich zu küssen, richtig zu küssen, und das Schwanenboot neigte sich erst in die eine und dann in die andere Richtung. Joey löste sich von ihr, ganz außer Atem. »Kommst du noch mit zu mir?«, fragte er. »Bitte?«

Joey sollte nicht denken, dass sie leicht zu haben sei, aber die Kalte Ente war Blair ziemlich zu Kopf gestiegen.

»In Ordnung«, sagte sie. »Aber ich verspreche nichts.«

Joey bewohnte das gesamte Erdgeschoss einer der vornehmen Villen aus der Zeit der Jahrhundertwende in der Mount Auburn Street. Blair hatte mit einer typischen Junggesellenbude gerechnet – Poster von Jayne Mansfield und Marilyn Monroe, bergeweise Schmutzwäsche, leere Bierdosen –, aber als Joey die Wohnungstür aufschloss und Blair hineinwinkte, erlebte sie eine angenehme Überraschung. Gleich vorn in der Diele hing ein gerahmter Kunstdruck, *Bar in den Folies Bergère* von Edouard Manet, und irgendwo im Haus konnte sie Rachmaninoff spielen hören.

Kunst?, dachte Blair. Klassische Musik?

»Verflucht«, sagte Joey. »Na ja, ist eben die Wohnung meines Bruders.«

Dann gingen sie in den großen Salon, wo Blair sich rasch neugierig umsah: Orientteppich, Ledersofa, Zigarrentisch mit spiegelnder Tischplatte sowie, das war am eindrucksvollsten, eine Wand, die nur aus Bücherregalen bestand, vom Boden bis zur Decke. Im hinteren Bereich des Raums stand ein langer, massiver Holztisch, an dem ein Mann saß und im Schein von drei Stumpenkerzen arbeitete. Das musste Joeys Bruder sein, Angus, der Beinahe-Astronaut. Er beugte sich über eine Kladde und machte hektisch Notizen. Dass sie hereingekommen waren, schien er gar nicht bemerkt zu haben.

Joey war sichtlich befremdet. »Ich dachte, du wolltest zum Fakultäts-Potluck.«

Angus reagierte nicht. Er arbeitet doch!, dachte Blair. Lass ihn in Ruhe. Klar war allerdings, dass es unhöflich gewesen wäre, sich ins Schlafzimmer zu verziehen, um sich dort amourös zu vergnügen.

»Angus!«, sagte Joey. »Mach dich bitte vom Acker.«

Angus hielt den linken Zeigefinger in die Höhe, während er seinen Aufzeichnungen noch etwas hinzufügte. »So, das hätten wir!« Er schlug die Kladde zu und schien damit ins Hier und Jetzt zurückzukehren. »Wer ist ›wir‹?«, sagte er – und da fiel sein Blick auf Blair. Er sprang auf, sagte »Hallo?« und bewegte sich vorsichtig auf Blair zu, als wäre sie ein exotischer Vogel, den er nicht verscheuchen wollte. »Wer sind Sie?«

Hinter Angus' Brillengläsern befand sich ein Paar sanfter brauner Augen, wie Blair feststellte. Sie war noch immer beschwipst von der Kalten Ente.

»Blair Foley.« Sie streckte ihm die Hand entgegen. »Nett, Sie kennenzulernen. Ich bin vollkommen begeistert von Ihrer Wohnung. Beim Reinkommen ist mir der Manet aufgefallen. Ein Bild, das ich ganz besonders gern mag.«

»Haben Sie denn Kunstgeschichte studiert?«, fragte Angus.

»Ich dachte, du wolltest zum Fakultäts-Potluck«, drängte Joey ein weiteres Mal.

»Nein. Literaturwissenschaften«, sagte Blair. »Mit Schwerpunkt weibliche Autorinnen. Und da wieder mit dem Schwerpunkt Edith Wharton.«

»Edith Wharton«, sagte Angus.

Blair war drauf und dran, ihre Standardkurzbiografie der Autorin herunterzuspulen – *Amerikanische Romanautorin aus der New Yorker Oberschicht, die als erste Frau den Pulitzer-Preis für Literatur erhalten hat* –, weil viele, vor allem Männer, keine Ahnung hatten, wer Edith Wharton war. Dann aber überraschte Angus sie. »Ich habe all ihre Werke gelesen.«

»Ach ja?« Blair hatte den Verdacht, er wollte sich über sie lustig machen. »Welcher ist Ihr Lieblingsroman?«

Joey ließ ein lautes Schnarchgeräusch vernehmen, genau die Sorte Reaktion, die Blair bei Männern gewöhnt war, wenn sie über Wharton sprach. Sie beachtete ihn nicht.

»*Zeit der Unschuld*«, antwortete Angus. »Gräfin Olenska ist als die Andere konzipiert, mit der lilienweißen May Welland als Gegenpol.«

»Sie haben es tatsächlich gelesen!«, sagte Blair.

»Ja.« Angus nickte. »Wie gesagt, ich kenne alles von ihr.«

»Natürlich«, sagte Blair. »Es ist bloß … Joey hat mir erzählt, Sie wären Astrophysiker.«

Angus lächelte etwas gequält. »Und Astrophysiker dürfen keine Bücher von Edith Wharton lesen?«

Blair war kurz sprachlos. Auf einmal fühlte sie eine Verbindung zu Angus, als hätten sie beide dasselbe ferne Land bereist.

Joey nahm Angus' Kladde vom Tisch und hielt sie über die brennenden Kerzen. »Jetzt zieh schon Leine, Angus, oder das hier geht in Flammen auf.«

»Joey!«, sagte Blair.

Angus schüttelte den Kopf. »Das macht er ständig«, sagte er. »Sich wie ein Kind aufführen, wenn er sich nicht beachtet fühlt.« Er nahm Blairs Hand. »Bitte, gehen Sie mal mit mir essen?« Blair blickte in Angus' sanfte braune Augen und dachte: Dieses Date ist auf einmal sehr verzwickt geworden.

Blairs und Angus' Hochzeit wurde im Union Club gefeiert, im kleinen, aber überaus noblen Rahmen. Die Kosten hatte Exalta übernommen, die eine besondere Schwäche für Angus hatte. Bei Exalta galt man entweder als bemerkenswert oder wurde kaum zur Kenntnis genommen; dazwischen gab es nichts. Blair selbst fiel in die letztere Kategorie, aber da ging es ihr wie den meisten Menschen. Entgegen ihrer Befürchtung, dass Angus mit seinem verfeinerten Intellekt bei Exalta nur auf Geringschätzung stoßen würde, fand Exalta ihn im Gegenteil ganz wundervoll; als Blair und Angus sich verlobten, färbte Exaltas Wertschätzung für ihn spürbar auf Blair ab.

Blair liebte ihren Status als Braut. Sie liebte ihr Kleid, ein Traum in Trompetensilhouette mit Spitzenüberzug und einer Satinschärpe unter dem Busen sowie einem tiefen Rückenausschnitt. Es war von Priscilla's of Boston, und Priscilla persönlich hatte bei den Anproben Hand angelegt, wodurch Blair sich vorkam wie Grace Kelly. Blair liebte es, die Briefmarken auf die Einladungen zu kleben und dann gespannt auf die Antwortkarten zu warten. Fünfzig Gäste luden sie insgesamt ein; zweiundvierzig sagten zu. Blair bat ihre Schwester Kirby, ihre Trauzeugin zu sein, ihre Freundin Sallie sollte als Brautjungfer fungieren, und ihre Schwester Jessie durfte Junior-Brautjungfer sein. Was den Strauß anging, so entschied Blair sich für Pfingstrosen und Lilien, eine Palette aus Rosa und Grün. Es war ein strahlend schöner Junitag, und es gab Lammbraten und Ente, eine willkommene Abwechslung von Rindfleisch und Hähnchen; Exalta hatte sogar grünes Licht für französischen Champagner gegeben, Bollinger. Blair und Angus tanzten zu »Fly Me to the Moon«, eine scherzhafte Anspielung auf Angus' Beruf. Sie hielten unter dem Tisch Händchen, als Joey Whalen seinen süßen, lustigen und sehr angetrunkenen Toast ausbrachte (»Wir haben uns alle Sorgen gemacht, dass du nie eine Frau finden würdest. Und so kam es leider auch. Ich musste sie für dich finden.«). Nach der Feier kleidete Blair sich um, und dann hastete sie in einem apricotfarbenen Etuikleid aus Seide mit farblich passenden Pumps mit ihrem frischgebackenen Ehemann durch einen Hagel aus Reis zu ihrem Fluchtwagen, Angus' schwarzem Cabriolet, einem Ford Galaxie von 1966, der mit Krepppapier und leeren Blechbüchsen geschmückt war.

Ihre Hochzeitsreise ging nach Bermuda, wo sie eine Woche im Hotel Hamilton Princess flitterten – rosafarbener Sand, Männer in Kniestrümpfen, Sex. Angus war ein kundiger Liebhaber. Vermutlich ein Naturtalent, dachte Blair, so wie seine angeborene Intelligenz; denn vor ihr hatte er noch nie eine richtige Freundin gehabt, wie er ihr anvertraute.

In ihrer Flitterwoche musste Blair jedoch feststellen, dass Angus' messerscharfer, blitzschneller Verstand auch seine Schattenseiten hatte. Am dritten Morgen ihrer Reise weigerte sich Angus aufzustehen. Er schlief nicht; er lag einfach nur da, mit offenen Augen, aber seltsam leerem Blick. Blair befühlte seine Stirn. Sie war kühl. Kein Fieber.

»Angus«, sagte sie. »Du machst mir Angst. Was ist denn?«

Er schüttelte den Kopf. Dann verzerrten sich seine Züge, und es sah aus, als wollte er gleich losweinen.

»Was hast du, Angus?«, fragte Blair. Aber natürlich konnte es nur eine Erklärung geben. Er liebte sie nicht; er bereute es, sie geheiratet zu haben. »Angus?«

»Bitte geh«, sagte er. »Nur eine kleine Weile. Ich muss allein sein.«

Blair verließ das Zimmer. Was blieb ihr anderes übrig? Es war ja zumindest nur vorübergehend.

Blair streifte durch die Hotelgärten, in denen zwischen den duftenden Junirosen Schmetterlinge umherflatterten. Dann setzte sie sich mit einer Tasse Kaffee auf die Terrasse und hing ihren Gedanken nach, bis eine Stunde verstrichen war. Bei ihrer Rückkehr zum Zimmer hörte sie durch die Tür Angus' Stimme. Er telefonierte offenbar, was wohl ein gutes Zeichen war. Sie klopfte, ehe sie eintrat. »Ich muss Schluss machen«, hörte sie Angus sagen. »Wiederhören.«

Blair durchquerte das schummrige Zimmer, um Angus

einen Kuss auf die Stirn zu geben. Nach wie vor kühl. »Wie geht's dir?«, fragte sie.

»Etwas besser«, erwiderte er.

Sie wartete darauf, dass er ihr verriet, mit wem er telefoniert hatte, aber darüber schwieg er sich aus, und sie entschied, ihn nicht danach zu fragen.

»Es tut mir leid«, sagte Angus. »Aber manchmal wache ich morgens auf und bin einfach wie ... gelähmt.«

Es brauche ihm nicht leidzutun, beruhigte Blair ihn. Sie sorgte sich, dass er zu viel Sonne abbekommen hatte, oder nicht genug Schlaf. Daneben hatte sie den Verdacht, dass er überarbeitet war; selbst hier auf Bermuda saß er an dem kleinen runden Tisch auf ihrem Balkon und brütete über seinen Berechnungen, und wenn er damit fertig war, griff er nach einem der Bücher, die er eingepackt hatte. Er las Hermann Hesses *Siddharta* im deutschen Original und daneben noch, »zum Spaß«, *Der Tod des Iwan Iljitsch* von Tolstoi.

»Du denkst zu viel«, sagte Blair. »Dein Kopf braucht mal Pause, Angus.«

»Nein, das ist es nicht«, sagte er. »Es kommt einfach vor. Es ist ein Leiden.« Dann gestand er ihr, dass er von diesen »Episoden« schon seit seiner Jugend heimgesucht wurde. Die Lähmung – geistig und emotional – kam und ging, ohne Vorwarnung, wie ein Geisterspuk in einem Haus; weder Auslöser noch Dauer ließen sich irgendwie vorhersagen. Er hatte Hilfe in diversen Krankenhäusern gesucht, man hatte Tests mit ihm durchgeführt, ihm Tabletten verschrieben – doch nichts half, es wurde nicht besser.

»Ich habe es dir verschwiegen, weil du nicht denken solltest, dass du einen minderwertigen Mann heiratest«, sagte Angus.

»Das würde ich nie denken, Schatz«, beteuerte Blair. Ihr fiel ein, wie Joey Angus als »verrücktes Genie« bezeichnet hatte. Damals dachte sie, Joey wäre bloß eifersüchtig.

Der Rest jenes Sommers war in eine Art Nebel des Glücks gehüllt. Mit Beginn der Semesterferien am MIT konnte Angus zu Blair stoßen, die sich bereits auf Nantucket aufhielt. Während sie am Cliffside Beach in der Sonne lag, widmete er sich am Schreibtisch von Blairs Großvater seinen Forschungen. Am späten Nachmittag dann trafen sie sich gern im schattigen Garten neben dem Nantucket Atheneum und gönnten sich auf dem Nachhauseweg in der Island Dairy Bar ein Schoko-Vanille-Softeis im Hörnchen, das sie sich teilten, während sie nach All's Fair zurückbummelten. Nach dem Abendessen im Kreis der Familie fuhren sie entweder im Galaxie zum Strand raus und liebten sich dort auf dem Rücksitz oder spazierten die Main Street hoch und setzten sich schließlich zusammen auf eine Bank, um bei einer gemeinsamen Zigarette die Aussicht auf die funkelnden Lichter der Stadt zu genießen. Einmal die Woche gingen sie fein essen, im Opera House mit seinen original europäischen Kellnern, alle schon recht betagt und mit starkem Akzent, oder im Skipper, wo die jungen Servierkräfte Musicalnummern zum Besten gaben. Einmal unternahmen Blair und Angus eine Radtour bis hinaus zum Sankaty Head Light, dem alten Leuchtturm; ein andermal tuckerten sie in Exaltas Motorboot, einem vier Meter langen Boston Whaler, rüber nach Coate, wo sie es sich am Strand unter einem Sonnenschirm gemütlich machten. Da sie an jenem Tag ganz allein dort waren, löste Angus die Schleife an Blairs Bikinioberteil und drückte ihr Küsschen auf die Wirbelsäule, vom Po bis hinauf zum Nacken, ehe er sie umdrehte und mit ihr Liebe machte, mitten am Strand, wo sie von vorbeikommenden Booten aus hätten gesehen werden können. Was die Sache, wie Blair sich eingestehen musste, nur noch prickelnder machte.

Nach der Rückkehr in die Stadt aus diesen erweiterten Flitterwochen hatten sie ihren ersten Streit.

Er wünsche nicht, eröffnete Angus ihr, dass sie nach Winsor zurückkehrte.

»Was redest du da?«, sagte Blair. Sie war seit dem ersten August dabei, Lehrpläne auszuarbeiten; hatte bereits dreißig Exemplare von Flannery O'Connors Kurzgeschichte *Ein guter Mensch ist schwer zu finden* bestellt. Und das wusste Angus auch! Einige Mädchen hatten Blair sogar nach Nantucket geschrieben, um ihr zu beteuern, wie sehr sie sich schon auf ihren Kurs freuten. »Natürlich kehre ich dahin zurück.«

»Nein«, sagte Angus. »Ich brauche dich hier zu Hause. Damit du dich um alles kümmerst.«

»Um was denn kümmern?« Eine rein rhetorische Frage. Blair wusste, dass er damit den Haushalt meinte – Putzen, Kochen, Einkaufen, Wäsche waschen, sonstige Erledigungen. »So tüchtig, meinen Beruf und den Haushalt unter einen Hut zu bringen, bin ich allemal, Angus.«

Er neigte sich vor und küsste sie auf die Nase, eine so entmündigende Geste, dass sie ihn am liebsten mit einem Klaps verscheucht hätte. »Du bist mehr als tüchtig, ja doch. Aber du musst nicht arbeiten. Ich verdiene sehr gut, und deinen Treuhandfonds haben wir ja auch noch.«

Der Treuhandfonds umfasste fünfzigtausend Dollar, auf die Blair nach ihrem College-Examen Zugriff erhalten hatte. Das Geld lag nun auf einem Konto bei der Bank of Boston, das unter ihrer beider Namen geführt wurde.

»Dieses Geld ist nicht für tägliche Ausgaben gedacht«, sagte Blair. »Das weißt du.«

»Blair«, sagte Angus. »Ich möchte nicht, dass meine Frau berufstätig ist. Meine Arbeit ist sehr anstrengend. Bitte, ich brauche dich hier zu Hause. Mir ist klar, dass zu jeder Ehe auch Kompromisse gehören, und deswegen habe ich meine Wohnung in Cambridge aufgegeben.«

»Augenblick mal«, sagte Blair. Es stimmte, sie hatte den Wunsch geäußert, mit ihm nach Boston zu ziehen, und jetzt wohnten sie in einer modernen Zweizimmerwohnung in der Commonwealth Avenue zur Miete. Sie hatte aber nicht geahnt, dass durch diese Entscheidung ihr Job in Gefahr geriet!

»Blair«, sagte Angus. »Bitte.«

»Was soll ich denn den ganzen Tag lang machen?«, fragte sie.

»Das, was andere Frauen auch machen«, sagte Angus. »Und wenn du Leerlauf hast, kannst du ja lesen.«

Blair öffnete die noch verbliebenen Hochzeitsgeschenke. Manches davon gab sie zurück (Toaster, Teetassen, eine Angoradecke, die haarte wie verrückt), manches stellte sie in der Wohnung auf (Kristallvasen, Konfektschalen, einen marokkanischen Tajine-Topf, den sie kein einziges Mal benutzen würde, der sich aber in dem offenen Regal in der Essecke sehr dekorativ ausnahm). Sie bedankte sich auf Briefpapier, in das ihr neues Monogramm eingestanzt war: *BFW*. Sie eröffnete Kundenkonten in diversen Geschäften, beim Feinkostladen Savenor's in der Charles Street, im Wein- und Spirituosenladen, im Baumarkt. Sie ordnete die Fotos von der Trauung und der Hochzeitsfeier in das weiße Album ein, auf dem vorne drauf in silbernen Lettern stand: *UNSERE HOCHZEIT*.

Als sie all das erledigt hatte, war Blair ratlos, was sie als Nächstes anstellen sollte. Angus hatte ihr Lesen vorgeschlagen, aber nun, da Blair Stunden, Tage, womöglich ein ganzes Eheleben lang Zeit zum Lesen hatte, verloren Bücher schlagartig ihren Reiz, und in ihr stauten sich zunehmend Groll und Ärger an. Angus sagte, er wolle, dass sie zu Hause bliebe, aber aus welchem Grund? *Er* arbeitete die ganze Zeit. Er hatte Lehrveranstaltungen an der Uni und musste Doktoranden betreuen, am allermeisten aber beanspruchte ihn die Apollo-11-Mission. Er war nie zu Hause, und schon bald geriet Blair ins Grübeln, ob es vielleicht ein Fehler gewesen war, den einen Whalen-

Bruder gegen den anderen auszutauschen. Joey Whalen hatte Blair ein geheimes Hochzeitsgeschenk überreicht, hochvertraulich, ein schmales Silberfeuerzeug mit einer Gravur: *Ich habe Dich zuerst geliebt. Für immer Dein Joey*. Jedes Mal, wenn sie eine rauchte, fühlte Blair sich auf heimliche, köstliche Art begehrt. Wirklich, konnte es ein besseres Geschenk geben? Im Stillen wünschte sie sich, dass Angus das Feuerzeug mal entdeckte; sie ging dazu über, es herumliegen zu lassen, mit der Gravur nach oben. Angus aber interessierten die kleinen Details in Blairs Leben nicht, und wenn es nun ein kleines Geheimnis zwischen ihnen gab, entschied sie, hatte er sich das selbst zuzuschreiben.

Ende September reiste Angus erst nach Houston und dann nach Cape Kennedy. Blair blieb zu Hause und schmiss den Haushalt. Sie kaufte sich ein Kochbuch über die Finessen der Französischen Küche und beschloss, eine Gourmetköchin zu werden und zweimal im Monat einen schicken Salon abzuhalten, Abende mit Cocktails und delikaten Bissen, an denen sie und ihre Gäste sich über Literatur, Kunst, Musik, Geschichte und Reisen austauschen würden. An die Vision dieser Salons klammerte sich Blair einige fiebrige Tage lang; ihr schwebte so etwas Ähnliches vor wie die Zusammenkünfte beim Herzog und der Herzogin von Windsor. Dann jedoch versuchte sich Blair dreimal an einem *poulet au porto* und scheiterte ebenso oft daran – das Ergebnis war ungenießbar. Obendrein war wohl nicht damit zu rechnen, dass Angus sich

Zeit für zwei Abende im Monat freischaufeln konnte, und Freunde hatten sie ja eh keine.

Mitte Oktober fand das alljährliche Fakultäts-Potluck statt, genau der Anlass, den Angus im Vorjahr bekanntermaßen hatte sausen lassen. Diesmal wurde es von Dr. Leonard Cushions ausgerichtet, emeritierter Professor für Mikrobiologie; er wohnte in der Irving Street, nur wenige Hausnummern von Julia Child entfernt, der Kochbuchautorin. Blair freute sich schon auf das Potluck – endlich kam sie mal aus dem Haus und unter Leute. Sie mühte sich mit einer Galette ab, zu deren Zutaten Butterschmalz, Thymian und Rosmarin gehörten und die, in schmale Stücke geschnitten, ein kultiviertes Mahl zum Teilen abgeben würde. Sie konnte es kaum erwarten, Angus' Kollegen kennenzulernen und mal wieder mit anderen Erwachsenen zu interagieren. Um möglichst ernsthaft und intellektuell zu wirken, wählte sie als Aufzug eine schwarze Schlaghose mit einem ebenso schwarzen Rollkragenpullover. Ihr blondes Haar, das sie sonst immer offen trug, band sie zu einem Pferdeschwanz, den sie mit einem poppig schwarz, orange und rosa gemusterten Halstuch von Pucci umwickelte, einem Geschenk ihrer Freundin Sallie. Blair überlegte, ob sie noch silberne Kreolen tragen sollte, befürchtete aber, dass das einen Touch zu frivol wirken könnte. Auch beim Make-up hielt sie sich betont zurück: etwas Augenbrauenstift und klares Lipgloss, das war alles.

»Das willst du tragen?« Mit diesen Worten begrüßte Angus sie, als sie nach unten kam.

Blair streifte wortlos Ofenhandschuhe über, mit denen sie, ihm voran, die Galette nach draußen zum Wagen trug. Angus war ein Ass in Astrophysik und wusste auch einiges über Edith Wharton, aber von Damenmode verstand er rein gar nichts.

Oder täuschte sie sich da?

Blair musste mit Entsetzen feststellen, dass die anderen Ehefrauen beim Potluck elegante Etuikleider oder Dirndl in bunten Herbstfarben trugen – Goldrutengelb, flammendes Orange, Weinrot. Sie alle waren aufwendig frisiert und geschminkt, mitsamt künstlichen Wimpern und Lippenstift. Blair wurde von Mrs Nancy Cushions begrüßt, die gute dreißig Jahre jünger war als der hochverehrte Professor Cushion. Blair reichte Nancy die Galette, die von den anderen Gattinnen – Judy, Carol, Marion, Joanne, Joanne und Joanne – mit scheelem Blick gemustert wurde, während sie Häppchen auf Tabletts anrichteten, die überwiegend aus dreierlei zu bestehen schienen: Frischkäse, Oliven und Zahnstochern.

Als Blair sich mit allen bekannt gemacht hatte, war Angus wie vom Erdboden verschluckt.

»Wo ist denn mein Mann abgeblieben?«, fragte sie Nancy Cushion.

»Die Männer sitzen im Fernsehzimmer zusammen.« Nancy zog ihre zu schmalen Strichen gezupften Augenbrauen in die Höhe. »Da trinken sie Bourbon, rauchen Zigarren und fachsimpeln über die Wissenschaft.«

Man bot Blair ein Glas Chablis an, das sie mit Freuden annahm, und dann einen Selleriestick, gefüllt mit Lachsfrischkäse und garniert mit hauchdünnen Olivenscheiben, den sie zunächst dankend ablehnte, ehe sie es sich doch anders überlegte.

Sie wandte sich an ihre Nachbarin, eine Frau mit türkisem Lidschatten, der farblich genau auf ihren seidenen Bolero abgestimmt war. »Haben Sie in letzter Zeit mal was Interessantes gelesen?«, fragte Blair, in der Hoffnung, dass diese Frau – eine der Joannes, wie sie sich dunkel zu erinnern meinte – jetzt nicht *Krebsstation* von Alexander Solschenizyn antworten würde, denn damit hatte Blair es schon zweimal versucht und die Lektüre jedes Mal abgebrochen, weil es ihr zu deprimierend war.

»Oh, bitte«, sagte die Eventuell-Joanne. »Das Einzige, was ich in den letzten zwölf Monaten gelesen habe, waren Babys erste Bücher zum Fühlen und Begreifen.«

Gleich am nächsten Tag bewarb Blair sich um einen Studienplatz in Harvard, ein Promotionsstudium in Englisch, genauer gesagt. Angus sagte sie nichts davon. Es war schließlich nichts weiter als ein Jux, nur um zu sehen, ob man sie annehmen würde. Drei Wochen später kam Post von Harvard: Sie war angenommen worden. Die Veranstaltungen gingen im Januar los.

Als Angus an jenem Abend nach Hause kam – es war Viertel vor elf –, erwartete Blair ihn schon mit zwei bereits eingeschenkten Gläsern eines guten Scotch Whisky, den sie zur Feier des Tages besorgt hatte, sowie dem Annahme-Brief. Angus schien nicht erfreut darüber, dass sie noch auf den Beinen war.

»Worum es auch gehen mag, es muss warten bis morgen früh«, sagte er. »Ich merke, dass sich gerade eine Episode anbahnt.«

»Lies das bitte nur rasch«, sagte Blair und drückte ihm das Harvard-Schreiben in die Hand.

Angus vertiefte sich seufzend in den Brief; beim Lesen verzog er keine Miene. »Wunderbare Neuigkeiten«, sagte er schließlich, »aber du wirst das nicht wahrnehmen.«

»Was?« Blair war fassungslos. »Aber es ist Harvard. Ich habe einen Studienplatz in *Harvard* ergattert, Angus.«

»Hast du nicht mal erwähnt, dass dein Großvater in Harvard studiert hat?«, sagte Angus. »Das hat vermutlich nicht geschadet.«

Blair hätte ihm am liebsten eine gescheuert. »Von meinem Großvater habe ich in der Bewerbung nichts geschrieben«, sagte sie mit gepresster Stimme. Aber der Pfeil hatte sein Ziel getroffen: Angus glaubte nicht, dass Blair dank eigener Leistungen in Harvard angenommen werden könnte. Was noch eine andere, verstörende Tatsache ans Licht förderte: Angus schätzte Blairs Intelligenz offenbar nicht so hoch ein wie umgekehrt Blair seine Intelligenz.

»Wir waren uns doch einig, dass du nicht arbeiten gehst«, sagte Angus.

»Es ist ja keine Arbeit«, sagte Blair. »Es ist ein Studium. Gerade du solltest das doch …«

»Blair«, fiel er ihr ins Wort. »Das haben wir alles längst geklärt. Und jetzt gute Nacht.«

Blair bewahrte das Schreiben von Harvard in ihrer Wäscheschublade auf, wo sie es jeden Tag zu sehen bekam. Sie traf den Entschluss, das Thema bei Angus in ein paar Wochen noch mal anzuschneiden, diesmal morgens, an einem Wochenende vielleicht, wenn er es nicht so eilig hätte, früh in die Uni zu kommen. Sie würde darauf achten, dass es ihm an nichts fehlte. Würde ihm Corned-Beef-Haschee mit pochierten Eiern machen, sein Lieblingsfrühstück, und ihn davon in Kenntnis setzen, dass sie sich in Harvard einschreiben würde, egal, was er dazu sagte. Immerhin lebten sie im Jahr 1968; er konnte ihr keine Vorschriften machen.

Ihr erstes gemeinsames Thanksgiving verbrachten sie bei Exalta in Beacon Hill. Blair buk eine *Tarte Normande aux Pommes* aus Julia Childs Kochbuch und präsentierte sie stolz ihrer Großmutter, die den Kuchen an ihre Köchin weiterreichte. Danach hakte sich Exalta bei Angus ein und geleitete ihn in die Bibliothek, wo es Cocktails und Häppchen gab. An Thanksgiving reichte Exalta immer das Gleiche: Muscheln mit Tabasco, eine Rohkostplatte mit French Dressing und Schälchen mit Erdnüssen. Blair nahm sich eine Muschel und stürzte wenig später zur Toilette im hinteren Teil des Hauses, die von den Hausangestellten genutzt wurde, und übergab sich.

Eine Woche später hatte sie Gewissheit: Sie war schwanger.

Ihr Traum von einem Studium in Harvard musste vorerst auf Eis gelegt werden. Blair schrieb einen Brief an das Aufnahmegremium, in dem sie erklärte, dass sie ein Kind erwarte und sich gern erst im kommenden oder übernächsten Jahr einschreiben würde. Eine Antwort erhielt sie nicht; vermutlich hielt man das für entbehrlich, weil man aus ihrem Schreiben den selbstverständlichen Schluss abgeleitet hatte, den Blair selbst nicht wahrhaben wollte: Aus ihrem Studium in Harvard würde nie etwas werden.

Tatsächlich warf die Schwangerschaft Blair dermaßen aus der Bahn, dass dabei selbst die bescheidenen Abläufe auf der Strecke blieben, an die sie sich an der Commonwealth Avenue gewöhnt hatte. Sie war ständig müde, regelrecht geschafft. Mitunter kam sie tagelang nicht vor die Tür. Die Übelkeit setzte jeden Tag gegen fünf Uhr nachmittags ein, sie konnte die Uhr danach stellen. Dann kniete Blair mindestens eine Stunde vor der Toilette und musste immer wieder würgen. Das Einzige, was gegen die Übelkeit half, waren Zigaretten und ein kleines Glas Scotch, was kurios war, weil Blair sonst lieber Gin trank, aber ihr schwangerer Körper verlangte nach braunem Hochprozentigem, je älter und raffinierter, desto besser.

An dem Tag, als Blair den Weihnachtsbaum aufstellen wollte, kam ihre Mutter vorbei, um ihr zu helfen. Es gelang ihnen irgendwie, den Baum im Ständer zu verankern, und dann machte sich Kate daran, die elektrischen Christbaumkerzen anzubringen, während Blair sich mit einer Zigarette und zwei Fingerbreit Glenlivet auf den Diwan sinken ließ und darum betete, dass die Übelkeit sie verschonen möge, nur dieses eine Mal. Sie hatte ihre

Mutter und David zum Abendessen eingeladen und plante, Käsefondue zu kredenzen; dafür hatte sie bereits einen ganzen Laib Sauerteigbrot in Würfel zerkleinert und eine Räucherwurst in Scheiben geschnitten, beides am Morgen bei Savenor's besorgt. Angus hatte mittags angerufen und erklärt, er müsse länger arbeiten, wieder mal, worauf Blair das Essen am liebsten ganz abgeblasen hätte, aber Kate beharrte darauf, dass ihr Gesellschaft guttun würde. Nun konnte sich Blair also auf ein etwas einseitiges Fondue-Essen mit ihren Eltern freuen.

Sie beobachtete, wie ihre Mutter die Lichterkette um den Baum wand, unendlich geduldig und vorsichtig und ihrer Aufgabe vollauf gewachsen. Sie trug ein dunkelgrünes Hemdblusenkleid und Pumps und dazu sogar eine Perlenkette; ihr blondes Haar war zu einem glatten Knoten frisiert, ihr Lippenstift perfekt. Kate war stets makellos zurechtgemacht, bei ihr stimmte immer alles. Wie bekam sie das hin? Blair wusste, dass ihre Mutter dunkle Zeiten durchgemacht hatte. Blairs Vater, Wilder Foley, hatte den Großteil der letzten Jahre ihrer frühzeitig geschlossenen Ehe in Korea gekämpft, und als er dann aus dem Krieg heimkehrte, mussten, wie Kate es ausdrückte, »Anpassungen« vorgenommen werden. Blair konnte sich noch an die Heimkehr ihres Vaters erinnern. Er trug seine Ausgehuniform, als sie ihn am Flughafen abholten. Sie erinnerte sich daran, wie er im weißen Unterhemd am Frühstückstisch saß, rauchend und Eier essend, wie er seine Frau auf seinen Schoß gezogen und Blair zugeknurrt hatte, mit ihrer Schwester und ihrem Bruder nach oben zu gehen und zu spielen. Es war nicht Wilder, der Blair zur Schule oder zum Ballett fuhr; das übernahm ihre Mutter. Ihre Mutter kochte für sie, ließ ihnen ein Bad ein, las ihnen Gutenachtgeschichten vor und deckte sie anschließend zu. Blair erinnerte sich an einen Abend, als ihre Eltern essen gingen. Ihre Mutter trug ein rotes Etuikleid und Wilder seine Ausgehuniform, und Janie Beckett, die ein paar Häuser weiter wohnte, war als Babysitter vorbeigekommen, was sie alle ungeheuer aufregend fanden. Kate hatte für Janie Coca-Cola besorgt, und Blair hatte sich die drei Flaschen im Kühlschrank verstohlen angesehen; für die Foley-Kinder waren Limonadengetränke aller Art normalerweise tabu. An jenem Abend ließ Janie Blair mal einen Schluck Coke probieren: Sie schmeckte scharf und intensiv und kribbelte so sehr, dass es Blair in der Nase kitzelte und ihr die Augen tränten.

All diese Einzelheiten waren ihr noch klar präsent, an ihren Vater dagegen erinnerte sie sich nur undeutlich. Und dann war er auf einmal tot. Kate hatte Wilder leblos in seiner Werkstatt in der Garage gefunden, mit einer Schussverletzung am Kopf.

An jenem Morgen war ihr Großvater mit Blair in den Park gegangen, was sehr aus dem Rahmen des Üblichen fiel. Als sie nach Hause kam, standen vor dem Haus Männer herum, so viele Männer – Nachbarn, Mr Beckett (Janies Vater), ein Schwarm Polizisten und später noch, skurrilerweise, Bill Crimmins, der für gewöhnlich während ihrer Abwesenheit nach dem Haus auf Nantucket sah.

Blair kann sich nicht entsinnen, dass ihr irgendwer gesagt hätte, dass ihr Vater gestorben war. Womöglich hat sie es eher zufällig aufgeschnappt oder schlicht erraten. Ebenso wenig kann sie sich erinnern, dass ihre Mutter geschrien oder auch nur geweint hätte. Was Blair erst ungewöhnlich vorkam, als sie etwas älter war. Mit sechzehn hatte sie mal Krach mit Kate, die sich daran störte, dass Blair mit ihrem Freund, Larry Winter, in aller Öffentlichkeit Zärtlichkeiten austauschte, und bei dieser Gelegenheit hatte Blair ihrer Mutter ihre gefasste Haltung von damals zum Vorwurf gemacht. *Du hast nicht mal geweint, als Daddy gestorben ist! Keine einzige Träne hast du um ihn vergossen!*

Worauf Kate, der sonst nie der Kragen platzte, sie voller Zorn angefahren hatte: *Was weißt denn du schon darüber? Sag mir das bitte, Blair Baskett Foley. Was. Weißt. Du. Schon. Darüber.*

Blair hatte einräumen müssen, dass sie eigentlich gar nichts darüber wusste, und daran hatte sich bis heute nichts geändert. Nach dem unerwarteten Tod ihres Mannes fühlte Kate sich vermutlich haltlos, verlassen und am Boden zerstört. Blair war versucht, ihre Mutter jetzt danach zu fragen – wie es gewesen ist, ihn zu finden. Wie sie in der Folgezeit damit fertigwurde. Blair überlegte, ob sie womöglich etwas über ihre eigene Ehe lernen könnte, wenn sie Kate diese Fragen stellte. Genau in diesem Augenblick jedoch deutete ihre Mutter mit beiden Händen auf den Baum, um ihr Werk zu präsentieren. Die Christbaumkerzen waren gleichmäßig in den Zweigen verteilt, in unterschiedlicher Tiefe – ein dreidimensional leuchtendes Wunder.

»Na, was sagst du?«, fragte Kate.

Blair bewunderte ihre Mutter so sehr, dass ihr nun buchstäblich die Worte fehlten. Deshalb nickte sie bloß beifällig.

Alle versprachen Blair, dass es ihr im zweiten Trimester besser gehen würde, und genauso kam es auch. Der Monat April bildete die Idealphase ihrer Schwangerschaft. Die Übelkeit hatte aufgehört, und sie fühlte sich auch nicht mehr ganz so matt und erschöpft. Blairs Haare waren lang und glänzten; auf Essen hatte sie ebenso viel Appetit wie auf Sex. Angus jedoch war noch abweisender und distanzierter als sonst, und auch seine Episoden traten nun häufiger auf. Wenn er sich bei der Arbeit freinahm, lag er den ganzen Tag im Bett, bedrückt und niedergeschlagen.

Am Dienstag, dem 8. April, zwei Tage nach Ostern, wachte Blair morgens auf und verzehrte umgehend zwei gegrillte Käsesandwiches, einen Buttertoffee-Pudding, drei Schokoeier mit Kokosnussfüllung sowie eine Handvoll Lakritzbonbons aus dem Osterkorb, den Exalta nach wie vor für jeden ihrer vier Enkel zusammenstellte, trotz der Tatsache, dass drei davon inzwischen erwachsen waren. Es war herrliches Wetter, der erste warme Frühlingstag seit Monaten. Blair fühlte sich nach der Zuckerzufuhr so energiegeladen, dass sie beschloss, von ihrer Wohnung aus zu Fuß bis zum MIT-Campus zu laufen und Angus bei der Arbeit zu überraschen. Sie zog eins ihrer neuen Umstandskleider an, eine Neunmonatsgröße, obwohl sie erst im fünfeinhalbten Monat war. Ihr Leibesumfang war ihr insgeheim peinlich. Sie war *so* dick. An Ostern hatte Exalta darüber einiges Missfallen zum Ausdruck gebracht, und Blair hatte schon Angst bekommen, sie könnte ihr ihren Osterkorb vorenthalten. Blair hatte für ihren Umfang keine Erklärung, höchstens die, dass an ihrer Schwangerschaft bisher alles extrem gewesen war – in den ersten Monaten die extreme Erschöpfung und extreme Übelkeit, und jetzt eben ihr enormer Leibesumfang. Ihrer Vermutung nach war das ein Fingerzeig, dass das Baby ein strammer, gesunder Junge würde – klug wie Angus, hübsch wie Joey, sportlich wie Tiger.

Blair trug Schuhe mit flachen Absätzen, bequem zum Laufen, doch als sie zur Marlborough Street kam, wurde sie auf dem Bürgersteig von einer winzigen Dame mit bläulich getönten Haaren angehalten, die energisch der Ansicht Ausdruck verlieh, dass sie in ihrem Zustand auf der Straße nichts verloren hatte und unbedingt wieder nach Hause gehen solle.

Blair starrte die Frau entgeistert an. »Aber ich bin erst im fünften Monat«, sagte sie und bereute es umgehend, dieses private Detail ausgeplaudert zu haben. Dass sie durch ihre Schwangerschaft zu einer Art öffentlichem Eigentum wurde, verstörte sie jedes Mal aufs Neue. Ging es tatsächlich schon so weit, dass alte Schachteln, die irgendwann um die Jahrhundertwende Mutter geworden waren, sich das Recht herausnahmen, sie auf der Straße anzuhalten und nach Hause zu schicken?

Blair hatte ihren Weg fortgesetzt, hellauf empört, aber jetzt auch ein wenig gehemmt. Dass ihr Umstandskleid butterblumengelb war, passte zwar zu dem Frühlingstag, machte sie allerdings auch zu einem Blickfang. Sie hatte sich schon darauf gefreut, über die Longfellow Bridge zu schlendern und den Ruderern unten auf dem Charles River zuzusehen, doch nachdem sie ein paar weitere Blocks zurückgelegt hatte, hielt auf der Straße neben ihr ein Taxi an; der Fahrer kurbelte das Fenster auf der Beifahrerseite herunter und sagte: »Hey, Lady, wo soll's denn hingehen? Ich kann Sie gern fahren, umsonst.«

Blair wollte das Angebot erst ablehnen, aber die Füße taten ihr langsam weh, und bis zur Brücke war es noch ein ziemliches Stück, ganz zu schweigen von den zehn bis zwölf Blocks, die jenseits davon noch bis zum MIT zurückzulegen waren.

»Danke«, sagte sie also und stieg ins Taxi ein.

Bei ihrer Ankunft im Fachbereich Astrophysik erhielt Blair von dem jungen Mann am Empfang, einem Doktoranden, der sich als Dobbins vorstellte, die Auskunft, dass Angus außer Haus sei.

»Außer Haus?«, hakte Blair nach. »Wie ist das zu verstehen?«

Dobbins trug einen Anzug in Glencheck-Karo mit passender Fliege sowie Einstecktuch – Flott!, dachte Blair –, aber seine Miene war griesgrämig. Die Sekretärin des

Fachbereichs, Mrs Himstedt, war im Januar in den Ruhestand gegangen, und da Angus und seine Kollegen aus Zeitmangel noch nicht dazu gekommen waren, die Stelle neu zu besetzen, mussten sich um die niederen Arbeiten, für die einst Mrs Himstedt zuständig gewesen war, nun übergangsweise Doktoranden kümmern. Die meisten Studenten empfanden das als unter ihrer Würde, so offenbar auch der junge Dobbins. Blairs Schwangerschaft schien ihm ebenfalls nicht ganz geheuer zu sein; er behielt sie argwöhnisch im Auge, als hätte er die Sorge, dass sie jeden Moment platzen könnte. »Professor Whalen hatte um zehn Uhr einen Termin.«

Der Optimismus, mit dem Blair in den Tag gestartet war, geriet zusehends ins Bröckeln. »Wo ist denn der Termin?«

»Das kann ich Ihnen leider nicht sagen.«

»Ich bin seine Gattin.«

»Bedaure«, sagte Dobbins. »Nichts zu machen.«

»Sagen Sie mir bitte nur, wo er hin ist. Ist er irgendwo auf dem Campus?«

»Nun«, sagte Dobbins, »der Termin ist privater Natur.«

»Privater Natur?«

»So hat er es genannt.«

Privater Natur, dachte Blair. Wo könnte er sein? Zum Friseur ging er einmal die Woche, immer samstags, ohne Ausnahme, und sein nächster Zahnarzttermin war erst im kommenden Monat.

»Dann warte ich, bis er wieder da ist«, sagte sie.

Dobbins schob seine Brille die Nase hoch und vertiefte

sich in ein Lehrbuch, das aufgeschlagen vor ihm auf dem Schreibtisch lag. Blair nahm auf einem Stuhl mit gerader Rückenlehne Platz und stellte ihre Tasche vor sich auf dem Schoß ab, oder was davon noch übrig war. Sie behielt Dobbins verstohlen im Auge und erwischte ihn dabei, wie er von seiner Lektüre aufblickte, um sie sichtlich angewidert zu mustern. Wahrscheinlich flößte ihm ihre Fruchtbarkeit Unbehagen ein. Ein Phänomen, das ihr schon bei einigen Männern aufgefallen war.

Nach über einer halben Stunde war sie kurz davor, wieder zu gehen – sie würde sich ein Taxi nach Hause nehmen, hatte sie entschieden, weil sie vom langen Sitzen Kreuzschmerzen bekam –, als Angus durch die Tür gehetzt kam.

»Angus!«, rief Blair, der bei seinem Anblick ein Stein vom Herzen fiel. Sie kämpfte sich mühsam vom Stuhl hoch.

Bei ihrem Anblick trug Angus einen Gesichtsausdruck zur Schau, den sie so noch nicht bei ihm kannte. Er wirkte ... ertappt. Schuldbewusst irgendwie. Und er war auch reichlich derangiert, wie ihr nun auffiel – das Haar zerzaust, die Krawatte schief, das Sakko verknöpft. Blair blinzelte.

»Wo warst du denn?«, fragte sie.

»Was machst *du* denn hier?«, fragte er zurück. Und setzte hastig hinzu: »Ich war bei einer Fachbereichsbesprechung.«

Blair blickte zu Dobbins, der sich klugerweise wieder in sein Buch vertieft hatte. »Dieser nette junge Mann hat mir gesagt, du wärst bei einem Termin. Privater Natur. Mit wem, wenn ich fragen darf?«

»Würden Sie uns bitte kurz allein lassen, Dobbins?«, fragte Angus.

Das ließ Dobbins sich nicht zweimal sagen. Wenn ihm schon die Begegnung mit einer Schwangeren unangenehm war, dachte Blair, behagte es ihm vermutlich erst recht nicht, Zeuge eines Ehekrachs zu werden. Er sammelte seinen Kram ein und verließ fluchtartig das Büro.

»Was machst du hier?«, fragte Angus erneut.

»Ich wollte dich überraschen!«, sagte Blair und brach in Tränen aus. Sie war fett, so fett, bis zum Bersten gefüllt mit Kind und Flüssigkeiten. Sie war eine überreife Frucht. Sie war ... feucht, übelriechend, nässend, triefend. Blair musste so dringend mal und hatte dermaßen die Kontrolle über ihre Blase verloren, dass sie Angst hatte, sich jetzt gleich an Ort und Stelle vollzupinkeln.

»Ich muss aufs Klo«, sagte sie zu Angus. »Jetzt gleich.«

Angus war die Ablenkung sichtlich willkommen; bloß der Weg zur Damentoilette war ein kleines Problem. Davon gab es im Gebäude nämlich nur eine, weil der Fachbereich eine solche Männerdomäne war, und zwar unten im Erdgeschoss. Sie mussten also in den Aufzug steigen, und dann ging es durch einen stillen Flur, vorbei an geschlossenen Türen, hinter denen vermutlich Männer saßen und Berechnungen anstellten. Unterwegs hoffte Blair inständig, dass sie das Wasser noch halten konnte. Außerdem fragte sie sich, wer Angus' Geliebte sein mochte. Denn dass er eine Geliebte hatte, das stand für sie felsenfest.

Die meisten Professoren hätten etwas mit einer Studentin angefangen, aber Angus hatte nur Studenten, ohne Ausnahme, und auch die Kollegen im Fachbereich waren ausschließlich Männer. Es könnte eine der anderen Ehefrauen sein; vielleicht die Joanne mit dem türkisfarbenen Lidschatten. Möglicherweise war es auch eine Stewardess, von einem der Flüge, die Angus vergangenen Herbst unternommen hatte.

Sie erreichten die Damentoilette, und es war eine solche Erlösung für Blair, endlich ihre Blase entleeren zu können, dass alles andere unwichtig wurde. Und als sie dann in den Flur zurückkam, erklärte Angus, dass ihr Besuch eine wundervolle Überraschung war, aber nun müsse er dringend wieder an die Arbeit. Sie würden sich dann später zu Hause sehen.

»Aber …«, sagte Blair.

Angus küsste sie und drückte ihr zwei Dollar fürs Taxi in die Hand. Dann lächelte er, was in letzter Zeit selten vorkam. Wahrscheinlich sparte er sich sein Lächeln für die andere auf, dachte Blair. »Ich liebe dich«, sagte er, aber die Worte klangen hohl.

Blair machte sich auf den Weg zum Ausgang und blieb dann noch einmal stehen. »Angus?«, fragte sie.

Angus, der eben in den Aufzug steigen wollte, hielt die Tür auf und wandte sich zu ihr um. »Ja, Schatz?«

Sie wollte gern etwas Schreckliches sagen, etwa: *Es tut mir leid, dass ich dich geheiratet habe und nicht Joey*, oder:

Sobald dieses Baby auf der Welt ist, fang ich ein Studium in Harvard an, und wenn du dich auf den Kopf stellst. Sie würde es sich nicht kampflos bieten lassen, wenn Angus ihr lauter Lügen auftischte!

Aber sie konnte hier keinen Streit anfangen, in diesem öffentlichen Gebäude, an seinem Arbeitsplatz. Dazu war sie zu gut erzogen.

»Bring dein Sakko in Ordnung«, sagte sie. »Du hast einen Knopf verfehlt.«

TIME OF THE SEASON

Ihre Mutter steuert den Grand Wagoneer, und ihre Großmutter sitzt vorne neben ihr. Da weder Kirby noch Tiger dabei sind, hat Jessie die Rückbank ganz für sich. Sie kann sich also lang ausstrecken, mit einem Seesack als Kopfkissen. Sie haben bergeweise Gepäck dabei, der Wagoneer ist vollgeräumt bis obenhin mit Koffern und Taschen, Kisten und Säcken. Man kann nicht mal nach hinten raussehen; so ist das immer auf diesen Reisen, obwohl David Kate jedes Jahr anfleht, weniger »Krimskrams« mitzunehmen, und Kate jedes Jahr verspricht, nur das Allernötigste einzupacken. Einen Großteil der Fracht macht natürlich Kleidung aus – für Exalta, für Kate, für Jessie und sogar für Tiger, nur für den Fall, dass der Krieg irgendwann im Sommer endet und er nach Hause geschickt wird. Ihre Sommergarderobe ist völlig anders als das, was sie das restliche Jahr über in Boston tragen. Kate packt für sich Sommerkleider von Lilly Pulitzer ein, Espadrilles, für jeden Wochentag einen anderen Badeanzug, Caprihosen, Bermudashorts, T-Shirts mit U-Boot-Ausschnitt, ihre Tenniskleider sowie Gummistiefel. Jessie hat im Grunde ganz ähnliche Sachen dabei, aber natürlich jugendlicher, weniger elegant. Sie hat Jumpsuits aus Frottee dabei, eine weiße Schlaghose, zwei Sommerkleider, für die Anlässe, wenn sie essen gehen, ein Häkel-Top und einen dicken Fair-Isle-Pulli für die unvermeidlichen Regentage. Ein kleiner Koffer enthält nur Schlechtwettersachen: Regenjacken, Gummistiefel, Hüte, Schirme. Auch Kochzubehör haben sie in einem Karton dabei – Kates Pfanne aus Gusseisen, ihr Kochmesser und den Metzgerblock. In einer Kühltasche befinden sich Steaks und französischer Käse von Savenor's, weil auf Nantucket Fisch und Meeresfrüchte zwar von guter Qualität sind, alles andere aber eher suboptimal ist, verglichen mit der Stadt, jedenfalls Kate und Exalta zufolge. Jessie hat neben ihrer Ferienlektüre, dem *Tagebuch der Anne Frank,* auch ihre neue LP eingepackt. Sie haben Tennisschläger und Muschelrechen dabei, neue Schwimmwesten fürs Boot, neue Weidenkörbe für die Fahrräder.

Die Fahrt auf der Route 93 und dann der Route 3 ist eintönig, und Jessies Gedanken geraten ins Schweifen. Sie weiß nicht ganz, ob sie den Mut aufbringen wird, Exalta zu fragen, ob sie Joni Mitchell auf dem Magnavox auflegen darf. Ihre Großmutter hört vor allem Platten von Big Bands, am liebsten Glenn Miller. Ihre Mutter ist etwas besser – sie mag Ricky Nelson und die Beach Boys. Jessie wünschte, sie hätte einen cooleren Musikgeschmack. Kirby steht auf Steppenwolf und die Rolling Stones, und Tiger hört Led Zeppelin und The Who.

Ob Tiger daran denkt, seine Briefe nach Nantucket zu schicken? Jessie hat ihre Zweifel daran. Sie wird also immer warten müssen, bis David ihr seine Briefe am Wochenende mitbringt.

Sie spürt einen Stich im Bauch. Ist das vielleicht ein Krampf? Bekommt sie womöglich ihre Tage? Vermutlich ist es eher das Grauen vor den kommenden Wochen. Heute Abend werden sie in Susie's Snack Bar am Ende des Straight Warf essen, ganz zwanglos, wie immer am ersten Abend, und morgen fangen für Jessie dann die Tennisstunden im Field and Oar Club an. Aber was soll sie nachmittags anfangen? Mit ihrer Mutter an den Strand fahren? Ihre Mutter fährt gern bis nach Ram Pasture raus, weil dort nie eine Menschenseele ist. Dort kann sie ihren Liegestuhl aufbauen und in Ruhe lesen, schlafen und schwimmen. Ram Pasture ist auch der einzige Strand, an dem Exalta sich blicken lässt; sie und Kate fahren hin und wieder zusammen hin. Bei diesen Gelegenheiten trägt Exalta einen großen Strohhut und einen Badeanzug mit Rock. Jessie malt sich aus, wie sie mit ihrer Mutter und Großmutter dort ist. Es ist ein fröhliches Bild dreier Generationen, die sich an einem leeren Strand vergnügen – bloß, dass nichts der Wahrheit ferner liegen könnte.

»Jessie!«, reißt Kates Stimme sie aus den Gedanken.

»Was?«

»›Ja, Mutter‹«, berichtigt Kate sie.

»Ja, Mutter?«, sagt Jessie und setzt sich auf. Wenn Exalta dabei ist, legt ihre Mutter Wert auf Manieren.

»Die Brücke«, sagt Kate.

Unvermittelt taucht die Sagamore Bridge vor ihnen auf, majestätisch und unverwechselbar, überspannt von einem Bogen aus Stahl. Nüchtern betrachtet ist sie wohl eher hässlich, aber Jessie freut sich trotzdem, sie zu sehen, weil der Anblick dieser Brücke den Beginn des Sommers signalisiert, und zu ihrer Verwunderung verspürt sie sogar so etwas wie Vorfreude. Die Luft riecht salzig und nach Kiefern, und als sie sich mitten auf der Brücke befinden, sieht Jessie Boote, die die Gewässer des Cape Cod Canal kreuzen.

Der Optimismus hält bis zum Fähranleger an. Den Wagoneer in den Schiffsbauch der *Nobska* zu steuern, gehört zu den Familienritualen, und Jessie fühlt sich auf einmal privilegiert, dabei zu sein. Blair sitzt zu Hause in Boston fest, geplagt von Sodbrennen und mit dick geschwollenen Knöcheln; Kirby ist auf Martha's Vineyard, unter lauter Fremden. Tiger ist im Dschungel von Vietnam. Er würde vermutlich sonst was darum geben, jetzt hier sein zu dürfen. Das wird Jessie sich vor Augen halten, ehe sie noch mal über irgendwas meckert.

Sie parken den Wagen so, dass er Stoßstange an Stoßstange zu ihrem Vordermann steht, einem Käfer-Cabrio, und Jessie muss an Miss Flowers' orangefarbenen VW Käfer denken – aber die Schule ist mit einem Mal sehr weit weg. Es ist eine Familientradition, aufs oberste Deck hochzusteigen und »die Seeluft zu schnuppern«, wie Exalta es nennt, also folgt Jessie ihrer Mutter und Großmutter brav auf der Metalltreppe nach oben, erst aufs Hauptdeck, wo es neben Damen- und Herrentoiletten, in denen die Klos statt mit Wasser mit einer blauen Chemikalie gefüllt sind, auch eine Snackbar gibt, die Hot Dogs und sämige Fischsuppe feilbietet, und dann weiter aufs Oberdeck, wo die Sonne am hellsten ist und der Wind am stärksten weht.

»Oh, da ist ja Bitsy Dunscombe«, sagt Kate. »Ich gehe mal rüber, Hallo sagen. Magst du mitkommen, Mutter?«

»Gütiger Himmel, nein«, sagt Exalta. »In dieser Familie sind alle so schrecklich ermüdend.«

Das sieht Jessie genauso. Bitsy Dunscombe ist Mutter von Zwillingen, Helen und Heather, die in Jessies Alter sind. Schon seit ihrer frühesten Kindheit versucht man, Jessie zu einer »Freundschaft« mit den beiden zu nötigen. Es sind eineiige Zwillinge, absolut identisch, beide weißblond und kurzhaarig, mit Sommersprossen auf der Nase und einer kleinen Lücke zwischen den Schneidezähnen und, seit Neuestem, Ohrsteckern (was Jessie skandalös findet, da man ihr beigebracht hat, dass ein Mädchen sich erst mit sechzehn Ohrlöcher stechen lassen soll). Heather Dunscombe ist lieb und nett, aber Helen Dunscombe ist biestig und gemein. (Helen fragt Jessie zum Beispiel regelmäßig, wann sie sich die Nase operativ verkleinern lässt.) Jessie hätte nichts dagegen, sich mit Heather die Zeit zu vertreiben, aber die beiden sind nur im Doppelpack zu haben, deshalb hält sie sich von ihnen lieber fern, wenn es irgendwie geht.

Kate zieht los, während Exalta und Jessie an der Reling zurückbleiben und aufs Wasser starren. In der Ferne wirkt es blau, aber grün, wenn Jessie den Blick direkt nach unten senkt, und in einem Glas, so viel weiß sie, wäre dieses Wasser durchsichtig. Wasser hat keine Farbe, das hat sie in der Schule gelernt. Was Leute stattdessen sehen, ist eine Reflektion des Lichts. Jesse überlegt, ob sie diesen Wissensschnipsel mit Exalta teilen soll, um das Schweigen zu überbrücken, aber Exalta summt vor sich hin, als würde sie irgendwie meditieren, und wirkt dadurch ganz anders als sonst.

Schließlich wendet sie sich Jessie zu, deutet mit dem Kopf auf sie und fragt: »Wo hast du denn die Kette her?«

Jessie legt reflexhaft die Hand an das Medaillon. »Die hat mir mein Vater heute Morgen geschenkt. Es ist ein Lebensbaum.«

Exalta hebt das Medaillon in die Höhe, um es sich näher anzusehen. »Ein Lebensbaum, sagst du? Hat das irgendwas zu bedeuten?«

Eine irgendwie heikle Frage. »Er ist ein Sinnbild für Reife und Verantwortungsbewusstsein«, sagt Jessie. »In der jüdischen Tradition ist dreizehn ein wichtiges Alter.«

Da Exalta eine große, klobige Sonnenbrille à la Jackie Kennedy Onassis trägt, bleibt Jessie verborgen, wie sie darauf mimisch reagiert.

»Ich hab heute Geburtstag«, ergänzt sie. »Ich bin heute dreizehn geworden.«

Wieder lässt sich wegen der Brille nicht abschätzen, ob ihre Großmutter von dieser Mitteilung überrascht ist. Es wäre nicht untypisch für Exalta, wenn sie Jessies Geburtstag vergessen hätte. Das einzige Enkelkind, bei dem ihr das nie passiert, ist Kirby, weil sie am gleichen Tag Geburtstag hat wie Exalta, am 30. September. Deswegen ist Kirby auch ihr Liebling, zumindest ist das einer der Gründe.

Exalta stellt ihre Handtasche auf die Reling, klappt sie auf und nimmt ein kleines Schmucketui mit Samtbezug heraus.

»Herzlichen Glückwunsch, Jessie«, sagt sie. »Alles Gute zum Geburtstag.«

Jessie ist sprachlos. Exalta hat nicht nur an ihren Geburtstag gedacht, nein, sie hat ihr sogar ein Geschenk besorgt, und es ist definitiv kein Sparbrief, wie Jessie ihn sonst standardmäßig erhält. Sie nimmt das Etui entgegen, öffnet es aber erst, nachdem Exalta sie mit einem Nicken dazu ermuntert hat.

Es ist eine Halskette. Das Goldkettchen ist so filigran, dass es an Goldstaub erinnert. An dem Kettchen hängt ein fein gearbeiteter Goldknoten, in den ein Diamant eingelegt ist, etwa stecknadelkopfgroß.

»Die hat mir dein Großvater zum ersten Hochzeitstag geschenkt, damals 1919«, erklärt Exalta. »Leg sie mal an.«

Jessie kann es kaum fassen, dass Exalta ihr eines ihrer Schmuckstücke schenkt. Als Jessie noch kleiner war, haben sie und Kirby sich immer leise in Exaltas Schlafzimmer geschlichen, um ihren Schmuck durchzuwühlen und Überlegungen anzustellen, welches Stück sie wem in ihrem Testament hinterlassen würde. Auf Exaltas Frisierkommode steht eine ganze Reihe Ringschatullen aus Porzellan, und Jessie fand diese Schatullen fast ebenso schön wie die Schätze, die sich darin verbargen. Ein Ring mit einer schwarzen Perle in einer klauenartigen Platinfassung war immer Kirbys Lieblingsstück, während Jessie einen Goldring mit drei irregulär geformten Opalen am schönsten fand. Opale fand sie geradezu magisch, als sie kleiner war; vielleicht, weil sie im Licht in allen Farben des Regenbogens schillerten. Blair, die schon zu alt für dieses Spiel war, aber wiederum nicht zu alt, um Jessies Meinung zu kritisieren, nannte Opale kitschig, was Jessie insgeheim freute; denn falls Exalta diesen Ring irgendwann einmal Blair hinterließ, würde die ihn vielleicht Jessie überlassen, wenn sie sie darum bat.

Diese spezielle Kette hat Jessie noch nie gesehen, aber sie weiß, dass Exalta einige ihrer wertvolleren Stücke in einer verschließbaren Schmuckschatulle aufbewahrt – ihre Perlen beispielsweise, ein Diamantarmband und den Klassenring aus Harvard von Jessies Großvater, den Ring, den Exalta Tiger geschenkt hat, ehe er nach Vietnam musste. Dass sie jemals etwas aus der verschlossenen Schatulle geschenkt bekäme, hätte sich Jessie nie träumen lassen.

Das Dumme an diesem Geschenk ist nur, dass sie dafür die Kette ihres Vaters abnehmen muss. Jessie sieht keine Alternative, also nimmt sie die Silberkette ab und lässt sie mitsamt Medaillon in der Tasche ihrer Shorts verschwinden. Dann legt sie das Kettchen ihrer Großmutter an, die sie mit einem zufriedenen Lächeln mustert. »Ha, ganz wie gedacht. Sie steht dir ausgezeichnet.«

Jessie lächelt etwas gequält zurück. Sie freut sich natürlich über die Kette und darüber, dass Exalta sie für würdig befindet, sie zu tragen, doch es tut ihr wegen der Kette leid, die sie von ihrem Vater bekommen hat. Ihr kommt der ungute Verdacht, dass Exalta ihr ganz bewusst den Goldknoten mit dem Diamanten geschenkt hat, um den Baum des Lebens zu ersetzen. Damit Jessie kein Symbol ihrer jüdischen Herkunft trägt.

Was soll sie nun machen?

»Wir sollten sie wieder ins Etui tun«, sagt Exalta. »Für den Alltag ist sie nichts, dafür ist sie zu kostbar. Die trägst du nur zu besonderen Anlässen. Ich werde sie in meinem Zimmer aufbewahren, da ist sie gut aufgehoben.«

Jessie fällt ein Stein vom Herzen. Nur zu besonderen Anlässen. Ansonsten kann sie den Baum des Lebens tragen. Ausnahmsweise haben sich die Dinge mal perfekt gefügt.

»Danke, Nonny.« Jessie gibt ihrer Großmutter einen Kuss auf die Wange.

Auf Nantucket bleiben die Dinge immer beim Alten, auch das macht den Reiz der Insel aus, zumal jetzt, wo das ganze Land in Aufruhr ist. Als John F. Kennedy erschossen wurde, war Jessie in der ersten Klasse und noch zu klein, um zu verstehen, was das bedeutete. Letztes Jahr dann, als Jessie in der Fünften war, wurde Martin

Luther King in Memphis erschossen, und später im selben Jahr erwischte es Bobby Kennedy in Kalifornien. Jessies Eltern waren über diese Morde tief bestürzt, und Kirby war schier untröstlich. »Jeder Mann, der dieses Land zum Besseren verändern will, wird kaltblütig abgeknallt!«

Nicht zu vergessen natürlich Vietnam, wo jeden Tag amerikanische Soldaten umkommen.

Jessie findet es wohltuend, all die vertrauten Läden und ihre Schilder zu sehen, während sie im Grand Wagoneer die kopfsteingepflasterte Main Street entlangrollen. Die Charcoal Galley, ein kleines Speiselokal, hat immer bis tief in die Nacht geöffnet, als Anlaufstelle für die Gäste der Kneipe gleich nebenan, Bosun's Locker. (Man hat Jessie beigebracht, die Straßenseite zu wechseln, wenn sie hier unterwegs ist, um einen Bogen um Bosun's Locker zu machen; was den Laden nur umso faszinierender macht.)

In Charlie's Market geht ihre Mutter immer einkaufen, und Jessie begleitet sie manchmal. Und dann ist da noch Buttner's, das Kaufhaus. Vor ein paar Sommern hatte eine Haushälterin den Wagen ihrer Arbeitgeber, einen Bonneville, direkt davor geparkt. Nach einigen Besorgungen kehrte sie zum Wagen zurück, startete den Motor und legte den Rückwärtsgang ein – dachte sie jedenfalls; tatsächlich hatte sie versehentlich in die Fahrstellung geschaltet. Der Bordstein bremste den Wagen im wahrsten Sinne des Wortes aus, und da die Haushälterin nicht begriff, warum der Wagen nicht zurücksetzen wollte, trat sie voll aufs Gas, worauf das Fahrzeug mitten durchs Schaufenster von Buttner's schoss. Als sie in All's Fair hörten, was passiert war, waren Tiger und Jessie umgehend losgesaust, um sich die Sache anzusehen. Jessie war vollkommen erschüttert; sie konnte sich nicht vorstellen, wie der Schaden am Gebäude je wieder behoben werden sollte. Tiger dagegen, das weiß sie noch, war begeistert. Er stand dabei und sah zu, wie ein Polizist die hysterische Haushälterin zu beruhigen versuchte und sich ein Kollege um Miss Timsy bemühte, seit langen Jahren Verkäuferin bei Buttner's und ebenfalls völlig aufgelöst, während der Fotograf des *Inquirer and Mirror* fleißig Bilder machte. Der Wagen hatte praktisch keinen Kratzer abbekommen, und Verletzte gab es glücklicherweise auch nicht. Zwei Wochen lang war Buttner's Schaufenster mit braunem Karton verhängt. Eines Tages dann befand sich in dem Rahmen eine neue Glasscheibe, ein Mann kam und pinselte den Namenszug in Schwarz und Gold aufs Glas, und alles war wie früher, als wäre nie etwas geschehen.

Sie kommen an Claire Elaine's Beauty Shop und Mitchell's Book Corner vorbei, und dann am Sweet Shoppe, wo Jessie mit ihrem Vater hingehen wird, um Malachit-Eiscreme mit Stückchen zu schlecken und ihm ihr Leid zu klagen.

Nachdem sie die Pacific Bank hinter sich gelassen haben, gelangen sie auf die Upper Main Street, wo die meisten von Exaltas Freunden wohnen. Manche Familien kommen schon vorm Memorial Day auf die Insel, aber Exalta findet es hier im Mai noch zu kühl. Sie hat einen festen Ankunftstag, an dem sie Jahr für Jahr festhält, den dritten Montag im Juni. Am kommenden Donnerstag, das weiß Jessie, wird im *Inquirer and Mirror* eine Bekanntmachung erscheinen: »Mrs Pennington (Exalta) Nichols hat in ihrem Haus an der Fair Street für den Sommer Wohnsitz genommen, nachdem sie den Winter in ihrem Haus an der Mount Vernon Street in Boston verbracht hat«.

Die Familie ist sich einig, dass die Fair Street die hübscheste Straße auf der ganzen Insel ist. Sie ist schmal, eine Einbahnstraße in Richtung Stadt; viel Verkehr herrscht allerdings nicht, da von der Fair nur kleine Seitenstraßen abzweigen. Die Häuser an der Fair Street sind alt, aber wohlerhalten. Die meisten sind Grau in Grau mit Schindeln verkleidet, mit weißer Holzrahmung, die alle paar Jahre frisch gestrichen wird. Manche Nachbarn liefern sich einen inoffiziellen Wettstreit um die schönsten Blumenkästen, was Exalta als »absurde Zeitverschwendung« abtut, aber Jessie und Kirby hatten immer ihren Spaß daran, auf ihren Rädern die Straße hoch- und runterzufahren und den Geranien, Petunien, Stiefmütterchen und Springkräutern den jeweils ersten, zweiten und dritten Preis zuzuerkennen. Nahezu alle Häuser haben Namen – Fair and Square, Fairytale, Family Affair. Exaltas Haus, unverwechselbar mit seiner leuchtend gelben Schindelfassade, heißt All's Fair, in Anlehnung an die Redensart »All's fair in love and war« – im Krieg und in der Liebe ist alles erlaubt. Jessies Lieblingshaus steht ein paar Häuser weiter auf der rechten Seite, aus viktorianischer Zeit, mit einem Turm und verspielten Zierleisten; doch diese Vorliebe behält sie für sich, denn sie weiß, dass Exalta beleidigt wäre und sie womöglich sogar auffordern würde, bei den Blackstocks anzuklopfen und zu fragen, ob sie vielleicht bei ihnen wohnen dürfe, da ihr deren Haus so gut gefalle.

Sie parken den Wagoneer in einer Seitenstraße, der Plumb Lane. Wie aus dem Nichts taucht Mr Crimmins auf, der Hausmeister, um Exalta die Wagentür zu öffnen und ihr beim Aussteigen behilflich zu sein.

»Oh, Bill«, sagt Exalta. »Das wäre doch nicht nötig gewesen, dass du uns hier empfängst. Ich weiß doch, dass viel zu tun ist.«

»Du siehst bezaubernd aus wie eh und je, Exalta«, sagt Mr Crimmins. Er nimmt Exaltas Hand und blickt sie kurz an. »Ich hab gehört, dass Tiger rübergeschickt worden ist. Das tut mir leid.«

»Ihm passiert schon nichts.« Damit entzieht Exalta ihm energisch ihre Hand.

Mr Crimmins wendet sich Jessies Mutter zu. »Katie, wie geht's dir?«

»Hast du meinen Brief bekommen, Bill? Wegen des …«

»Ist alles vorbereitet«, sagt er. »Gewissermaßen. Im kleinen Wohnzimmer, ganz nach deinen Wünschen.« Mr Crimmins zwinkert Jessie zu. »Sieht aus, als wärst du etwa dreißig Zentimeter gewachsen, Miss Jessica.« Er holt ein Kaubonbon mit Apfelgeschmack aus seiner

Hemdtasche hervor und reicht es Jessie. Auch das ist eine Tradition. Mr Crimmins schenkt ihr zur Begrüßung ein Kaubonbon mit Apfelgeschmack, solange sie denken kann, obwohl es sich heute zum ersten Mal kindisch anfühlt, es von ihm anzunehmen. Mit dreizehn ist sie zu reif und verantwortungsbewusst, um sich noch für Süßigkeiten zu interessieren, und doch wäre es undenkbar, das Bonbon abzulehnen.

»Danke«, sagt sie.

»Und es ist Post für dich gekommen«, sagt Mr Crimmins. Als er in die hintere Hosentasche greift, macht Jessies Herz einen Satz – ein Brief von Tiger! Ihre Mutter denkt offenbar dasselbe, denn sie tritt gespannt vor, aber was Mr Crimmins zum Vorschein bringt, ist eine Postkarte. Er reicht sie Jessie.

Vorne ist ein Foto von Coolidge Corner in Brookline drauf. Jessie dreht die Karte verwirrt um und liest: *Liebe Jessie, der Sommer ist langweilig. Du fehlst mir so, so sehr! Viele Grüße, Deine Freundin Doris*.

»Sie ist von Doris«, sagt Jessie. Ihre Mutter seufzt.

Exalta, Kate und Jessie betreten das Grundstück durch das schmiedeeiserne Tor seitlich im Zaun und steigen die Backsteinstufen zu der Tür an der Hausrückseite hoch; die eigentliche Haustür nach vorne raus wird nur von Gästen benutzt. Die Küche nimmt den gesamten hinteren Teil des Hauses ein, und mit dem backsteingemauerten Kaminofen dort fühlt man sich in alte Kolonialzeiten zurückversetzt. Der erste Besitzer des Hauses hieß Ebenezer Raymond, Schmied seines Zeichens. Seine beiden

Brüder waren Maurer, und sie hatten ihm das Haus erbaut, im Jahr 1795. Damals wurden die Menschen nicht sehr alt, und Säuglinge starben oft schon kurz nach der Geburt. Ebenezer heiratete, aber seine Frau starb; er heiratete ein zweites Mal, und dann, mit siebenunddreißig, starb auch er. Seine zweite Frau bewohnte das Haus weiter, mit ihrem Kind sowie zweien der Kinder aus Ebenezers erster Ehe. Bei den vielen Menschen, die schon in All's Fair gestorben sind, wundert es Jessie, dass es hier nicht spukt wie in manch anderen Häusern auf Nantucket. Aber andererseits kann Jessie sich auch nicht vorstellen, dass Exalta in ihren vier Wänden einen Geist dulden würde – oder ein Geist umgekehrt Exalta.

Im Haus riecht es wie immer, also alt und staubig, wie in einem Museum. Jessies Großvater hat hier früher Pfeife geraucht, und ein zarter Hauch von seinem Tabak liegt noch in der Luft.

Jessie hält das *Tagebuch der Anne Frank* in der einen und ihren wichtigsten Koffer, in dem sich die LP befindet, in der anderen Hand, aber nun lässt sie beides am Fuß der Treppe zurück, um einen Blick in die vorderen Zimmer zu werfen. Rechts ist das formelle Wohnzimmer, das mit einer besonderen Attraktion aufwartet, die bei Gästen immer für Staunen und Begeisterung sorgt, wenn sie sie zum ersten Mal sehen: Drei der vier Wände sind mit einer Ansicht des alten Nantucket um 1845 bemalt, ein Jahr vor dem Großen Feuer, bei dem die Unterstadt restlos niederbrannte. Im hinteren Teil des Wohnzimmers, in einem Alkoven, der beinahe, aber nicht ganz ein separater kleiner Raum ist, steht der Schreibtisch ihres Großvaters mitsamt Ledersessel.

Die älteste Antiquität im Haus ist ein hölzernes Spinnrad, das angeblich der Tochter von Ebenezer Raymond gehört hat. Vor Jahren, noch vor Jessies Geburt, hat Kirby das Rad zu schnell sausen lassen und dabei das Pedal kaputt gemacht. Da Kirby die Entschuldigung, die Exalta von ihr forderte, stur verweigerte, sperrte Exalta sie zur Strafe in die Butterkammer – ein dunkles Kämmerchen unter der Treppe, in dem man in alter Zeit Butter und Milch aufbewahrte –, volle zehn Minuten lang, eine Vorstellung, bei der es Jessie bis heute schaudert. Als Kirby aus der Butterkammer kam, wollte sie noch immer nicht um Entschuldigung bitten, und da nannte Exalta sie »kleine Rebellin« und schenkte ihr ein Erdbeerbonbon, wie oft und gern erzählt wurde.

Links von der Treppe ist das kleine Wohnzimmer, sehr gemütlich mit einem Kamin. Dort steht die Musiktruhe mit dem Magnavox-Plattenspieler, außerdem bewahrt Exalta in dem Raum eine Sammlung von Whirligigs auf, eine ihrer Leidenschaften. Jessy ist von der Sammlung ihrer Großmutter immer schon fasziniert gewesen, sie findet die leichten Holzfiguren, deren bewegliche Teile durch ein kleines Windrad in Gang gesetzt werden, ganz allerliebst, und es ist jedes Jahr, als würde sie alte Freunde wiedersehen. Da ist der Indianerhäuptling mit seinem großen Kopfschmuck aus Federn, aufrecht in seinem Kanu mit den beweglichen Paddeln sitzend; ein blauer Wal mit klappbaren Flossen; ein Bauer, der, wenn er sich bückt, immer wieder von seinem Maultier in den Allerwertesten getreten wird; der kleine Junge und das kleine Mädchen in holländischer Tracht, die sich neben einer Windmühle mit drehbaren Flügeln küssen; und Exaltas Lieblingsstück, der Schnurrbartträger in einem rot-weiß geringelten Pyjama auf einem altmodischen Dreirad. Jessie geht die Whirligigs der Reihe nach durch und nimmt das eine oder andere in die Hand, um die beweglichen Teile in Gang zu setzen, aber ganz vorsichtig, um nichts zu beschädigen; sie möchte auf gar keinen Fall in die Butterkammer gesperrt werden. Als sie sich zum Gehen wendet, fällt ihr noch etwas ins Auge. Vor Überraschung entfährt ihr ein kleiner Aufschrei.

Auf einem Tisch in der Ecke steht ein Fernseher, ein richtig großer.

Jessie nähert sich behutsam, als wäre der Fernseher ein Raumschiff, das jeden Moment abheben könnte – denn hier im Haus ist dieser Apparat ein völliger Fremdkörper. Er ist sogar größer als der Fernseher zu Hause bei Doris, und Doris hat den größten Fernseher von allen an der Schule, weil ihr Vater sich gern die Werbespots von McDonald's anschaut. Der Fernseher hier ist in die Steckdose eingestöpselt, und oben drauf steht eine Zimmerantenne, wie ein Paar Hasenohren. Jessie dreht zaghaft am Knopf, und der Bildschirm erwacht zum Leben, zeigt aber bloß ein graues Schneetreiben.

Jessie schaltet das Gerät wieder aus und kehrt eilig in die Küche zurück, wo Kate gerade ihr Kochzubehör auspackt; Exalta sitzt am Tisch, mit einem Gin-Tonic und ihrem Scheckbuch vor sich. Bei ihrer Ankunft übergibt Mr Crimmins ihr immer einen ganzen Stoß Rechnungen von den hiesigen Dienstleistern.

»Im kleinen Wohnzimmer steht ein Fernseher«, verkündet Jessie.

Exalta blickt ruckartig auf. »Was?«

»Mutter«, sagt Kate.

Jessie bereut es, so mit der Tür ins Haus gefallen zu sein. Es hat Jahre gedauert, bis ihre Großmutter sich zur Anschaffung des Magnavox überreden ließ, und sie sperrt sich dagegen, ihn endlich durch eine modernere HiFi-Anlage zu ersetzen, obwohl Kirby und Tiger sie deswegen schon seit Jahren beknien. Nie und nimmer hätte Exalta dem Kauf eines Fernsehers zugestimmt. Das muss Jessies Mutter eingefädelt haben.

Es entbrennt ein heftiger Streit.

»Schaff ihn raus«, sagt Exalta.

»Ich denke nicht daran. Wir haben ihn bezahlt, David und ich.«

»Das will ich auch schwer hoffen!«, sagt Exalta. »Aber nichtsdestotrotz, das hier ist mein Haus. *Mein Haus*, Katharine, und ich will das Ding hier nicht haben.«

»Entschuldige, Mutter. Klar, ich hätte vorher fragen sollen, aber ich dachte mir, dass du Nein sagen würdest.«

»Natürlich hätte ich Nein gesagt. Ich sage auch jetzt Nein. Nein!«

»Ich muss aber unbedingt Walter Cronkite gucken«, sagt Kate. »Tut mir leid, Mutter, aber Tiger ist mein Sohn.

Er ist so weit weg, und um zu erfahren, was da drüben los ist, muss ich die Nachrichten sehen.«

»Schatz«, sagt Exalta. Sie stürzt ihren restlichen Gin-Tonic hinunter, und als sie dann weiterspricht, ist ihr Tonfall nicht mehr ganz so ruppig. »Wenn es irgendwas zu wissen gibt, unterrichtet man dich.«

»Das ist herzlos, Mutter.«

»Aber die Wahrheit. Solange wir nichts anderes hören, können wir beruhigt sein, dass er noch lebt. Ich wüsste nicht, was es dir nützen soll, Walter Cronkite zu schauen. Außer, dass du dich deswegen verrückt machst. Und die Namen, die sie sich für diese Schlachten einfallen lassen – Hamburger Hill? Da dreht sich einem der Magen um.«

»Ich brauche den Fernseher für meinen Seelenfrieden.«

»Tut mir leid, Schatz. Ich werde Bill bitten, ihn dahin zurückzubringen, wo er ihn herhat. Du hättest mich nie so hintergehen sollen.«

»Ich bin eine erwachsene Frau, Mutter. Der Fernseher bleibt hier.«

»Wenn du es auf eine Willensprobe ankommen lassen willst«, sagt Exalta, »hast du dir die falsche Gegnerin ausgesucht.«

»Wenn der Fernseher wegkommt, verschwinde ich auch«, sagt Kate.

»Das kann nicht dein Ernst sein.«

»Find's doch heraus.«

Jessie fragt sich, ob ihr sehnlicher Wunsch so leicht in Erfüllung geht. Wird Kate Nantucket wieder verlassen und Jessie mitnehmen? Dass ihre Mutter und Großmutter sich streiten, erlebt sie heute zum ersten Mal. Normalerweise läuft es so, dass Exalta ihre Wünsche äußert und alle sich förmlich ein Bein ausreißen, um ihr entgegenzukommen. Jessie weiß, dass sie einen Kampf ausgefochten haben, als Kate bekanntgab, dass sie David Levin heiraten wollte, aber dabei ging es um wahre Liebe gegen religiöse Vorurteile. Jetzt geht es um … einen Fernseher. Jessie staunt, wie wichtig Kate die Fernsehnachrichten offenbar sind, das war ihr gar nicht richtig klar. Ihre Eltern schauen unter der Woche allabendlich Walter Cronkite, so viel weiß sie, aber dieselben grundlegenden Informationen lassen sich auch in der *Boston Globe* finden, und was die Fernsehnachrichten angeht, muss Jessie ihrer Großmutter zustimmen. Die *sind* grausig. Sie möchte gar nicht jeden Abend die neuen Todeszahlen erfahren. Ehe Tiger nach Vietnam musste, war das für Jessie bloß eine abstrakte Größe. Jetzt erst begreift sie, dass sich hinter jedem einzelnen dieser gezählten Toten ein Mensch verbirgt, mit einem Namen und einer Familie, mit Talenten und Eigenarten, Vorlieben und Abneigungen. Und ihr ist ebenso klar, dass Tiger im Falle seines Todes zu einer bloßen Nummer zusammenschrumpft, nur ein Toter mehr unter Zehntausenden.

Jessie kann das Gezänk zwischen Kate und Exalta nicht länger mit anhören. Sie schlüpft aus der Hintertür in die kühle, frische Luft des Gartens. Der Garten besteht aus einer Backsteinterrasse und einem überschaubaren Stück Rasen. Am Rasen entlang führt ein gepflasterter Weg zu dem zweiten Haus auf dem Grundstück, bekannt als Little Fair, das zur Plumb Lane hinausgeht. In Little Fair sind im Sommer immer Blair, Kirby und Tiger untergebracht. Im oberen Stock befinden sich zwei Schlafzimmer, ein Badezimmer und ein kleiner Wohnbereich mit einer Kochecke. Im Erdgeschoss gibt es ein drittes Schlafzimmer sowie eine Gästetoilette. Zu Little Fair gehört auch eine ringsum abgeschlossene Außendusche, seitlich neben der Hauswand. Exalta ist der Auffassung, dass es im Sommer keinen Grund gibt, im Haus zu duschen, sie besteht also darauf, dass alle Bewohner von All's Fair und Little Fair die Außendusche benutzen, ungeachtet der Tatsache, dass es im Haupthaus drei Badezimmer mit allem Drum und Dran und hier im kleineren Haus immerhin ein Bad mit Dusche gibt.

Jessie beschließt, in Little Fair nach dem Rechten zu sehen. Sie ist jetzt dreizehn und weiß, dass ihre Geschwister als Teenager allein in Little Fair untergebracht waren, doch sie bezweifelt irgendwie, dass sie vom Haupthaus je wird hierher umsiedeln dürfen. Als Clubhaus aber könnte sie es vermutlich schon nutzen – ein ruhiges Plätzchen zum Lesen und ein Ort der Zuflucht, um den Spannungen drüben im Haupthaus zu entkommen.

Als Jessie die Fliegengittertür öffnet – das Knarren dabei ist ihr so vertraut wie die eigene Stimme –, fragt sie sich, warum Kate nicht auf die Idee gekommen ist, den Fernseher in Little Fair aufstellen zu lassen. Exalta verirrt sich nie hierher.

Im Haus duftet es nach knusprigem Speck. Speck?, denkt Jessie. Hat hier jemand gekocht? Ihr knurrt spontan der Magen. Sie wirft einen Blick in das Zimmer im Erdgeschoss, in dem sonst immer Tiger wohnte. Das Bett ist ungemacht, und auf dem Nachttisch liegt ein Buch, *Der Pate*. Jessies Blick wandert zum Kleiderschrank. Es befinden sich Sachen darin, Männersachen.

Was?

Mit einem Mal kommt Jessie sich vor wie Goldlöckchen. Sie schleicht leise die Treppe hoch, denn jetzt hört sie auch ein Geräusch, ein wiederholtes dumpfes Pochen, und dann einen halblauten Fluch: »Verdammt!«

»Hallo?«, ruft Jessie. Sie steckt den Kopf zwischen die Stäbe des Geländers und sieht einen Jungen, vielleicht zwei, drei Jahre älter als sie, der auf der Couch lümmelt, mit einem dieser paddelartigen Schläger, an denen mit Gummiband ein Ball befestigt ist. Der Junge trägt nur eine senfgelbe, knapp knielange Badehose, dazu eine Muschelkette, eng am Hals anliegend, und ein weißes Seilarmband.

Er setzt sich auf. »Oh, hi. Du bist sicher Jessie.«

Der Junge ist bereits braun gebrannt, und sein Haar hat einen goldenen Schimmer, der sich, das weiß Jessie, nur erzielen lässt, indem man die Haare, nachdem man im Meer war, an der Sonne trocknen lässt. Behauptet jedenfalls Kirby. Jessies Haar ist dunkelbraun, und daran ändert sich den ganzen Sommer nichts. Das Seilarmband des Jungen, fällt ihr auf, dürfte ziemlich neu sein; es ist noch schneeweiß und hängt ihm locker ums Handgelenk. Diese Armbänder waren Jessie zwischenzeitlich ganz entfallen. Zu Beginn des Sommers gingen sie, Kirby und Tiger immer zum Seven-Seas-Souvenirshop, wo sich jeder ein nagelneues schneeweißes Seilarmband aussuchte, das dann im Lauf des Sommers, je öfter man im Meer schwamm, immer mehr verwitterte und zusammenschnurrte. Am Sommerende war das Band dann ganz grau und schmiegte sich eng um Jessies Handgelenk, doch Kate gelang es trotzdem irgendwie, die Scherenklinge zwischen Seil und Haut zu zwängen, um das Armband durchzuschneiden, ehe sie nach Brookline zurückkehrten.

»Wer bist du?«, erkundigt sich Jessie.

»Pickford Crimmins«, sagt der Junge. »Sag Pick zu mir.«

»Pick«, sagt Jessie. »Bist du irgendwie mit Mr Crimmins verwandt?«

»Ja. Ich bin sein Enkel.«

Enkel? Jessie wusste nicht, dass Mr Crimmins überhaupt Vater war, geschweige denn einen Enkelsohn hatte.

»Ich bin Jessie«, sagt sie. »Jessie Levin.«

»Ich weiß«, sagt Pick. »Bill hat mir von dir erzählt.«

»Du nennst deinen Großvater *Bill?*« Exalta nennt Jessie ihre Großmutter nur in Gedanken; sie würde wohl bis ans Ende ihrer Tage in die Butterkammer gesperrt werden, wenn sie sich erdreisten sollte, ihre Nonny mit *Exalta* anzureden.

»Ja. Er hat mich selbst darum gebeten«, sagt Pick. »Ich hab ihn erst Anfang Mai kennengelernt.«

»Du hast deinen Großvater jetzt erst kennengelernt?«

Pick wirft den Schläger mitsamt Ball beiseite, erhebt sich von der Couch und baut sich am Kopf der Treppe auf, wo Jessie ihn sich genauer ansehen kann. Pick ist groß und schlank und … süß, entscheidet Jessie. Sehr süß, süßer als alle Jungen an der Schule, was aber nur zur Folge hat, dass sie sich auf einmal unsicher fühlt. Kurz herrscht in ihrem Kopf völlige Leere, ehe sie sich wieder zusammenreißt. Was macht er hier?

»Was machst du hier?«, fragt sie.

»Ich mache Mittagessen«, erwidert er. »Sandwiches mit Speck, Salat und Tomaten auf getoastetem portugiesischem Brot, das Bill in diesem Laden namens Aime's Bakery besorgt hat. Schon mal davon gehört?«

Portugiesisches Brot von Aime's, noch eine Sommertradition, die Jessie entfallen war. Es handelt sich um ein feines Weißbrot, aus dem sich der weltbeste Toast zaubern lässt. Manche Leute kaufen am Ende des Sommers zwanzig Laibe davon, die sie mit nach Hause nehmen und im Gefrierschrank lagern, um so ganzjährig in den Genuss dieses Brotes zu kommen, aber das halten Exalta und Kate für Schummelei. Portugiesisches Brot, ganz wie die Tomaten und der Mais vom Bauernstand an der Hummock Pond Road, ist eine Köstlichkeit, die man nur im Sommer genießen sollte.

»Klar, die Bäckerei kenne ich«, sagt Jessie. »Donnerstags gibt es da Hähnchenpastete und samstags immer gebackene Bohnen aus dem Steinofen.«

»Gut zu wissen!«, erwidert Pick. »Also, soll ich dir auch ein Sandwich machen?«

»Ja, gern«, sagt Jessie. Sie ist verwirrt und versteht nicht ganz, was Pick hier in Little Fair verloren hat; irgendwie ist ihr nicht wohl dabei, aber ihr Hunger ist stärker. Ihr Blick fällt auf knusprig-braunen Speck, mindestens ein Pfund, der zum Abtropfen auf einer Papiertüte liegt. Daneben liegen zwei Tomaten und ein Eisbergsalat auf einem Schneidebrett. Sie erkennt es wieder, Tiger hat es vor Jahren mit einem heißen Topf versengt.

»Nimmst du Majo?«, fragt Pick.

»Ja, bitte«, sagt Jessie. Sie setzt sich auf einen der Stühle an dem kleinen Tisch für drei und fragt sich, was ihre Geschwister wohl davon hielten, wenn sie diesen Fremden hier in der Küche von Little Fair sehen könnten. Wobei »Fremder« technisch gesehen wohl das falsche Wort ist. Er ist der Enkel von Mr Crimmins, und Mr Crimmins kennen sie alle schon ihr Leben lang. Aber wissen Kirby, Blair und Tiger, dass Mr Crimmins einen Enkel hat? Schließlich hat Pick gesagt, er habe Mr Crimmins erst im Mai kennengelernt. Wie ist das bitteschön zu verstehen?

Ja, Jessie hat Fragen, doch vorläufig ist sie ganz davon in den Bann gezogen, wie Pick die Sandwiches zubereitet. Er toastet das kostbare Brot, bis es goldbraun ist, bestreicht es mit Mayonnaise und belegt es mit Speck und Tomatenscheiben. Anschließend kommt der Eisbergsalat oben drauf, den er gekonnt in Streifen raspelt, mit dem stumpfen Kochmesser, das vermutlich schon länger zum Inventar von Little Fair gehört, als Jessie am Leben ist. Er richtet die Sandwiches auf Tellern an und nimmt zwei Gläser aus dem Schrank. Offenbar kennt er sich hier in der Küche gut aus. Wie kann das sein? Er stellt einen Krug Limonade auf den Tisch, kalt beschlagen, frisch aus dem Kühlschrank, dazu die Gläser und die Teller mit den Sandwiches. Dann klappt er den schmalen Vorratsschrank auf und nimmt eine zylindrische Dose mit Jays Kartoffelchips heraus. Jessie klappt der Mund auf. Kartoffelchips sind in beiden Häusern ausdrücklich untersagt. Eine Ausnahme macht Kate nur, wenn sie im Club essen, dann darf Jessie sich zu ihrem Hähnchensalat-Sandwich Chips bestellen. Wenn allerdings Exalta dabei ist, muss Jessie darauf verzichten und stattdessen Möhren-Sticks knabbern.

Eine ganze Büchse Kartoffelchips, hier in Little Fair!

Pick prostet Jessie mit seinem Glas Limonade zu. »Nett, dich kennenzulernen«, sagt er.

Jessie starrt ihn an. Er hat eisblaue Augen, die Farbe von besonders seltenem Strandglas.

»Okay«, sagt sie. Auch sie hebt ihr Glas und stößt mit ihm an, ein wenig verlegen, denn sie hat noch mit keinem Jungen so angestoßen. Und sie hat auch noch nie allein mit einem Jungen gegessen, Tiger mal ausgenommen.

Nachdem sie ihr Sandwich zur Hälfte gegessen hat, zusammen mit einer großen Handvoll Chips – es kostet sie all ihre Beherrschung, nicht die ganze Dose zu vertilgen –, sieht sie ihn fragend an. »Wohnst du hier?«

»Ja«, sagt er. »Und mein Großvater wohnt in dem Zimmer im Erdgeschoss.«

Jessie ist so schockiert, das zu hören, dass es ihr vorübergehend die Sprache verschlägt.

Pick schnippt ihr mit den Fingern vor der Nase herum. »Erde an Jessie.«

Jessie kann nicht anders. Sie lächelt ihn an. »Ich bin hier«, sagt sie.

16. Juni 1969

Lieber Tiger,

danke für Deine Geburtstagsgrüße. Ich habe eine LP und zwei Halskettchen bekommen, aber das schönste Geschenk war der Brief von Dir. Eine Torte gab es dieses Jahr nicht, weil wir an meinem Geburtstag nach Nantucket gefahren sind, aber nach den gebackenen Garnelen bei Susie's Snack Bar waren wir noch in der Island Dairy Bar, und da habe ich einen Eisbecher mit Karamellsauce gelöffelt.

Es gibt zweierlei, was ich Dir berichten muss. Erstens, Mom und Dad haben einen Fernseher gekauft, und Mom hat ihn von Mr Crimmins im kleinen Wohnzimmer in All's Fair aufstellen lassen, ohne Nonny Bescheid zu geben! (Schöne Grüße von Mr Crimmins übrigens, aber zu ihm gleich mehr.) Mom und Nonny hatten Streit deswegen und sind richtig laut geworden, und Mom hat mit Abreise gedroht. Ich hab das Ende des Streits nicht abgewartet, aber stell Dir vor, der Fernseher ist geblieben! Mom hat mir später erzählt, wie sie Nonny doch noch herumbekommen hat, den Apparat zu behalten: Sie hat sie darauf hingewiesen, dass Wimbledon dieses Jahr erstmals im amerikanischen Fernsehen übertragen wird. Nonny kann sich also darauf freuen, ihren großen Schwarm spielen zu sehen, Rod Laver.

Jessie hält inne, um daran zu denken, wie Kirby Rod Laver im Beisein Exaltas mal als »lavaheißen Lover« verulkt hat, was Exalta offenbar köstlich amüsierte, jedenfalls lachte sie herzlich darüber. Tiger war ebenfalls dabei, und sie beide waren sich später einig, dass Kirby sich wirklich alles erlauben durfte. Für Rod »the Rocket« Laver (auch mit diesem Spitznamen trieb Kirby ihre anzüglichen Scherze) hatte Exalta seit jeher eine Schwäche, und nach Opas Tod verstärkte sich das noch. Es war ein überaus geschickter Schachzug ihrer Mutter, Exaltas Vorliebe für ihn bei ihrem Kampf um den Fernseher so eiskalt auszunutzen.

Die zweite Neuigkeit ist, dass Mr Crimmins den Sommer über in Little Fair wohnen wird, zusammen mit seinem Enkel, Pickford Crimmins, kurz »Pick«. Pick ist fünfzehn und hat bisher mit seiner Mutter in Kalifornien gelebt, die sich »Lavender« nennt, aber in Wirklichkeit Lorraine heißt. Lavender ist Mr Crimmins' Tochter, hat aber Nantucket damals verlassen, als sie feststellte, dass sie schwanger war. Pick sagt, sie hätten in Kalifornien mal hier, mal da gelebt, immer auf Achse, darunter die letzten fünf Jahre in einer Kommune in der Nähe einer Birnenplantage. Eines

Morgens jedoch kam Lavender zu dem Schluss, dass sie »ein bisschen in der Welt herumreisen« wolle, hat ihre Siebensachen gepackt und ist abgehauen, ohne Pick, einfach so! Jemand anderes aus der Kommune hat sich bei Mr Crimmins gemeldet, und der ist dann in seinem alten Pick-up nach Kalifornien gefahren, um Pick zu sich nach Nantucket zu holen. Pick hat jetzt einen Küchenjob im North Shore Restaurant. Er ist für Salate zuständig, hofft aber, im Lauf des Sommers zu den Warmgerichten befördert zu werden. In der Kommune hat er nämlich kochen gelernt, weil er da in der Küche gearbeitet hat. Es war eine Vegetarier-Kommune, Pick hatte also noch nie im Leben Fleisch gegessen, bis zu der Rückfahrt aus Kalifornien mit Mr Crimmins, als sie unterwegs bei einem McDonald's eingekehrt sind. Jetzt isst Pick für sein Leben gern Fleisch. Am liebsten mag er knusprigen Speck, und ich hab ihm erzählt, dass Du den auch am liebsten magst.

Jessie legt eine Pause ein und überfliegt den Brief noch mal. Sie überlegt, ob sie womöglich ein bisschen zu viel von Pick erzählt. Ob Tiger merkt, dass sie in Pick verknallt ist? Denn das ist sie, und sie spürt es sogar körperlich; seit ihrer Begegnung ist ihr merkwürdig weh ums Herz, das sich anfühlt wie eine Orange in einer Saftpresse, als würde noch der letzte Tropfen Gefühl aus ihm herausgepresst werden.

Morgen früh fange ich mit den Tennisstunden an. Ich will nicht sagen, dass mir davor graut (na gut: mir graut davor), weil ich weiß, dass Du viel Schlimmeres durchzumachen hast, als zwei Stunden auf heißer Tonerde Bälle über ein Netz zu schmettern. Du fehlst mir, Tiger. Bitte pass gut auf Dich auf.

Alles Liebe
Messie

MAGIC CARPET RIDE

Kirby, setzt Evan O'Rourke sie in Kenntnis, ist das letzte Mädchen, das als Sommergast in der Pension an der Narragansett Avenue eintrifft. Evan ist Alice O'Rourkes Neffe, ein Junggeselle mit Halbglatze und Bauch, der zu seinem weißen Hemd trotz der Junihitze eine braune Anzughose und braune Lederschnürschuhe trägt.

Kirby steckt immer noch ihre Begegnung mit Dr. Frazier in den Knochen. Sie hat ihr kurzes Gespräch im Geist mehrmals Revue passieren lassen und versucht, im Nachhinein aus Dr. Fraziers Mimik und Tonfall schlau zu werden. *Wissen deine Eltern davon?*

Genau dieselbe Frage hatte Dr. Frazier Kirby auch bei ihrer ersten Begegnung gestellt.

Evan erzählt Kirby, dass er im Souterrain des Hauses wohnt und sich für seine Tante um alles kümmert, die nahezu taub ist und unter grauem Star leidet.

Kirby entscheidet, dass es nicht schaden könnte, bei Evan ihren Charme spielen zu lassen. »Tja, Ihre Tante kann auf jeden Fall von Glück sagen, dass sie Sie hat.«

Evan läuft rot an. Er folgt Kirby die Treppe hoch in den zweiten Stock – wodurch er von ihr noch mehr zu sehen bekommt als bloß ihre charmante Seite –, und sie überlegt, dass Evan in diesem Job vermutlich alle Aufregung geboten bekommt, die er sich nur wünschen kann. Als sie oben bei der Dachkammer ankommen, hat er einen hochroten Kopf.

»Sie haben Glück«, sagt er. »Das Mädchen, das hier erst drin war, wollte ungern allein auf einer Etage wohnen, deshalb ist sie nach unten in das Zimmer gezogen, das ursprünglich für Sie bestimmt war, winzig klein, eine bessere Telefonzelle. Jetzt bekommen Sie also dieses Zimmer, in dem ein Doppelbett steht. Inklusive eigenes Waschbecken.«

»Es ist grandios«, sagt Kirby. Die Dachkammer ist, wie zu erwarten, geräumig und staubig. Trotz der Dachschrägen links und rechts reicht der Platz für ein Doppelbett, eine Kommode, einen Kleiderschrank und einen Standventilator, dessen Metallflügel für eine willkommene Erfrischung sorgen, nicht zu vergessen das versprochene Waschbecken, über dem ein winziger runder Spiegel an der Wand hängt. Es gibt auch ein Fenster, das sich anscheinend zu einer unteren Portion des Dachs hin öffnet. Prachtvoll.

»Ich bin begeistert«, fügt Kirby hinzu. Evan stellt ihren großen Koffer ab, und Kirby entledigt sich ihrer Reisetasche und platziert ihr wichtigstes Mitbringsel – einen tragbaren Plattenspieler Marke Silvertone – auf dem Bett. »Die Miete hat mein Vater schon bezahlt, richtig?«

»Richtig«, bestätigt Evan. »Darin enthalten ist auch ein tägliches Frühstück, außer sonntags. Dusche und Toilette sind im ersten Stock, die teilen Sie sich mit drei anderen Mädchen.«

»Frauen«, berichtigt Kirby.

»Sind Sie Feministin?«, fragt Evan mit auf einmal neu erwachtem Interesse. Vielleicht überlegt er, ob Kirby auf freie Liebe steht, ob sie manchmal keinen BH trägt, ob sie die sexuellen Hemmungen abgestreift hat, die jungen Mädchen in den prüden Fünfzigern noch zu schaffen machten.

Selbstverständlich ist Kirby Feministin! Sie war früher recht leichtlebig (vor Officer Scottie Turbo hatte sie schon zwei Liebhaber), doch nach dem, was sich dieses Frühjahr abgespielt hat, hat sie sich geschworen, nie wieder mit einem Typen in die Kiste zu springen, wenn keine Liebe im Spiel ist. Mit Evan O'Rourke würde sie nie und nimmer ins Bett gehen. Aber vielleicht kann sie anderweitig ein bisschen Spaß mit ihm haben.

»Rauchen Sie Gras, Evan?«, fragt sie.

Er sieht sie erschrocken an, und Kirby fragt sich, ob sie sich in ihm getäuscht hat. Vielleicht fordert er sie jetzt auf, das Haus zu verlassen, ehe sie auch nur einen Minirock ausgepackt hat. Dann wird sie Rajani doch fragen müssen, ob sie bei ihr wohnen kann. Vielleicht bleibt ihr sogar nichts anderes übrig, als den Sommer auf Nantucket zu verbringen, mit Exalta, Kate und Jessie. Nicht auszudenken. Wann, wann, wann lernt sie endlich, ihre große Klappe zu halten?

Dann setzt er unvermittelt ein schiefes Grinsen auf. »Ab und zu mal«, sagt er. »Wobei Rauchen, technisch gesehen, im Haus verboten ist. Auch Alkoholkonsum und Herrenbesuche sind streng verboten.«

»Das ist alles verboten?«, fragt Kirby. »Ist denn wenigstens Musik erlaubt?«

»Ja. Solange sie nicht zu laut ist«, sagt Evan.

Kirby spitzt die Lippen. Sie wird Evan ganz behutsam einarbeiten, nach und nach. Sie öffnet den Reißverschluss ihrer Reisetasche. »Ich hab nur sechs Platten dabei«, sagt sie. Die Auswahl ist Kirby nicht leichtgefallen, aber mehr als sechs Platten passen nicht in ihre Tasche; letzten Endes kam sie zu dem Schluss, dass es am wichtigsten war, Alben für verschiedene Stimmungen dabeizuhaben: Jubel, Wut (privat und politisch), Hoffnung (privat und politisch), Kummer, abgeklärte Innenschau und Regentage/Sonntage. Voller Optimismus holt sie *The Second* aus der Tasche. »Wie finden Sie Steppenwolf?«

Einige Minuten später liegen Kirby und Evan O'Rourke draußen auf dem Dach, auf die Ellbogen gestützt und nett zugekifft; im Hintergrund jammert John Kay. Vom Dach aus hat man eine sagenhafte Aussicht auf die Circuit Avenue, den Ocean Park und den Vineyard Sound. In ihrem jetzigen Zustand findet Kirby Evan schon erheblich erträglicher.

»Ich hab einen Job als Zimmermädchen im Shiretown Inn«, sagt sie.

»Das ist in Edgartown«, sagt Evan. »Hast du denn ein Auto?«

»Nein«, sagt Kirby. »Kein Auto.«

»Ein Fahrrad?«

»Auch kein Fahrrad«, sagt Kirby. »Und kein Geld, um mir eins zu kaufen, nicht mal gebraucht.«

»Und wie willst du dann nach Edgartown und wieder zurück kommen?«, fragt Evan.

»Ich könnte vielleicht laufen, hab ich gedacht?«

Evan bekommt einen Kicheranfall. Wenn Kirby die Augen schließt, könnte sie schwören, da kichert ein zehnjähriges Mädchen.

»Es ist zu weit zum Laufen«, sagt er dann. »Drei Meilen. Mindestens.«

»Drei Meilen, das geht doch.« Kirby winkt lässig ab, obwohl ihr dabei etwas bang ums Herz wird. Sie ist an Nantucket gewöhnt, wo es nur eine Stadt gibt. Auf Martha's Vineyard gibt es gleich sechs verschiedene Gemeinden, einige davon ziemlich weit von hier entfernt. Was ihr vorher auch vage bewusst war, doch wie sie zur Arbeit kommen soll, darüber hat sie sich bisher keine Gedanken gemacht. »Was soll ich deiner Meinung nach sonst tun?«

»Du könntest per Anhalter fahren«, sagt Evan. »Ein hübsches Mädchen wie du, das sollte kein Problem sein.«

Am Morgen darauf ist Kirby früh auf den Beinen und eine der Ersten beim Frühstück. Es gibt Porridge mit frischen Blaubeeren, braunem Zucker und Milch sowie Schwarzbrot mit Butter und Aprikosenmarmelade. Kirby ist sonst nicht der Typ, der üppig frühstückt, und Porridge oder Schwarzbrot sind nun wirklich nicht ihr Fall, aber da das Essen schon mal nichts kostet, beschließt sie, sich ordentlich satt zu essen.

Als die Frauen vollzählig um den Tisch versammelt sind, stellt Kirby fest, dass sie sich an den richtigen Platz gesetzt hat. Die einzige Mitbewohnerin, die auch nur ansatzweise sympathisch wirkt, sitzt neben ihr. Sie ist pummelig, hat aber ein hübsches Gesicht, lange dunkle Haare, große blaue Augen, rosige Lippen und ein offenbar fröhliches Naturell.

»Patricia O'Callahan.« Sie streckt ihr die Hand hin. »Aber du kannst Patty zu mir sagen.«

»Katharine Foley«, sagt Kirby. »Sag Kirby zu mir.«

»Du hast die Dachkammer genommen?«, fragt Patty.

»Ja. Und sie gefällt mir sehr«, sagt Kirby.

Ein Mädchen mit auffallend schmalen Lippen gegenüber am Tisch schnaubt abfällig. »Da oben kommt man um vor Hitze«, sagt sie. »Und es gibt eine Maus.«

»Ich hab den Ventilator laufen lassen«, sagt Kirby. »Und ich fürchte mich vor nichts.«

»Da hast du's, Barb«, sagt Patty.

Barb wirft ihr einen bösen Blick zu, und Kirby bereut ihr angeberisches Gerede. Ganz so furchtlos ist sie nämlich nicht – vorm Trampen etwa fürchtet sie sich schon, und vor der Aussicht, arbeitslos zu sein. Mit der Behauptung, sie hätte einen Job, hat sie nämlich alle belogen, ihre Eltern, Dr. Frazier und Evan O'Rourke. Die Frau, mit der sie im Shiretown Inn telefoniert hat, hat lediglich gesagt, dass sie Zimmermädchen suchen. Ob Kirby eingestellt wird, entscheidet sich erst nach einem Vorstellungsgespräch.

Beim Frühstück erzählt Patty von sich: Sie ist das jüngste von neun Kindern, ihre Eltern wohnen in South Boston, und sie ist hierhergekommen, weil ihr Bruder Geschäftsführer im Strand Theater ist und ihr einen Job am Ticketschalter besorgt hat, bei Matineen und einigen Abendvorstellungen. Patty möchte Schauspielerin werden; sie hat sich schon bei Lee Strasberg in New York beworben, wurde aber nicht angenommen, und ein Studium in Yale kann sie sich nicht leisten. Also hat sie sich überlegt, sich die Schauspielerei selbst beizubringen, per Osmose sozusagen, indem sie sich so viele Filme wie möglich ansieht, und das kann sie bei ihrem Kino-Job. Außerdem bekommt sie kostenlos Popcorn.

»Mein Bruder wohnt mit zwei anderen Typen draußen in Chilmark«, sagt Patty. »Ich mach dich gern mit ihnen bekannt.«

»Hast du vielleicht ein Auto?«, fragt Kirby hoffnungsvoll.

»Nur ein Fahrrad.« Patty mustert sehnsüchtig die Butter und die Aprikosenmarmelade. »Ich hab das Ziel, diesen Sommer zehn Kilo abzuspecken.«

Nach dem Frühstück zeigt Patty Kirby ihr Zimmer. Es ist im Erdgeschoss, gleich links neben der Haustür (sehr günstig, sagt sie, um sich nach der Ausgangssperre noch aus dem Haus zu stehlen), und sie muss sich das Bad nur mit einer anderen teilen – Barb, die die Dach- gegen die Abstellkammer eingetauscht hat. Barb ist ein Ekel, vertraut Patty ihr an. Sie ist immer schlechter Laune und hat Patty gerügt, weil sie letzten Sonntag ausgeschlafen hat, statt in die Kirche zu gehen.

»In die Kirche?«, sagt Kirby. »Im Sommer geht doch niemand in die Kirche.«

»Lass mich raten«, sagt Patty. »Du gehörst der Episkopalkirche an.«

»Schuldig im Sinne der Anklage«, sagt Kirby. St. Paul's, die Episkopalkirche auf Nantucket, steht an der Fair Street, nur anderthalb Blocks von Exaltas Haus entfernt, aber sie und die Familie gehen im Sommer nur einmal hin, meist zu einer Abendandacht. Wobei sie dieses Jahr, wegen Tigers Einsatz in Vietnam, vielleicht öfter hingehen. Kirby überlegt, ob sie mit Patty mal zur Messe gehen sollte, um eine Kerze für ihren Bruder anzuzünden.

»Die anderen drei Mädchen, die im ersten Stock wohnen, kommen alle aus Irland, aus County Cork. Ich nenne sie nur »die drei M«, für Miranda, Maureen und Michaela. Sie sind sehr spießig – trinken nicht, rauchen nicht, vögeln nicht in der Gegend herum.«

Kirby entscheidet an Ort und Stelle, dass sie Patty klasse findet. »Wie langweilig«, sagt sie.

Für das Vorstellungsgespräch im Shiretown Inn macht Kirby sich betont seriös zurecht, wie Patty es ihr geraten hat, mit einem knielangen Rock und einer adretten Bluse. Ihre Haare bürstet sie gut durch und frisiert sie zu einem ordentlichen Dutt. Dann macht sie sich auf den Weg zur Seaview Avenue, wo sie am Straßenrand den Daumen in die Luft reckt.

Ein paar Fahrzeuge brausen vorbei, ohne anzuhalten, darunter ein Wäschereiwagen und ein offener Jeep voller Jungs im Collegealter. Einer der Jungs pfeift anerkennend, und ein anderer spreizt zwei Finger zum Peace-Zeichen, aber der Jeep verlangsamt seine Fahrt nicht, und für Kirby wäre ohnehin kein Platz mehr, der Wagen ist vollbesetzt. Kirby setzt sich in Bewegung und marschiert am Wasser entlang. Die Gegend wirkt heiter-idyllisch und vollkommen sicher, doch sie grübelt trotzdem darüber nach, was wohl ihre Mutter und – Gott behüte – Großmutter sagen würden, wenn sie sie beim *Trampen* sehen könnten. Sie würden sie vermutlich für lebensmüde erklären. Warum sonst sollte sie zu einem Wildfremden ins Auto steigen? Dabei könnte sonst was passieren – sie könnte entführt, zerstückelt, vergewaltigt, ermordet werden.

Ein kirschroter Chevy Corvair verlangsamt seine Fahrt, und Kirby sieht, dass am Steuer ein Schwarzer sitzt. Sie weiß, das sollte keinen Einfluss auf ihre Entscheidung haben, ob sie die Mitfahrgelegenheit annimmt oder nicht; wie kann sie sich progressiv nennen, wenn sie dieselben Vorurteile praktiziert, gegen die sie doch angehen will? Der Wagen hält, und ein junger Mann kurbelt das Fenster herunter. Gut sieht er aus, das fällt ihr auf, in seinem blütenreinen weißen T-Shirt und mit der dunklen Ray Ban Wayfarer vor den Augen. »Wo soll's hingehen?«, fragt er.

»Nach Edgartown?«, sagt sie. »Zum Shiretown Inn?«

»Kenne ich gut«, sagt er. »Steig ein.«

Kirby zögert, aber nur ganz kurz. So läuft das doch beim Trampen, oder? Wenn jemand anhält und anbietet, einen mitzunehmen, nimmt man das Angebot an.

Kirby läuft um den Wagen herum und steigt auf der Beifahrerseite ein. Der Wagen ist blitzsauber – nirgends ein Stäubchen, kein Sand, kein Abfall. Kirby denkt voller Wehmut an den International Harvester Scout, den sie auf Nantucket fährt. Sie war fast stolz darauf, in welchem Zustand sich der Scout am Labor-Day-Wochenende Anfang September befand, voller Andenken an einen erlebnisreichen Sommer: ihr Bing-Pintail-Surfbrett, eine Handvoll Bikinihöschen, Sanddollars und Pantoffelschnecken, zusammengeknüllte Imbissverpackungen vom Seagull in Madaket, ein halbes Dutzend feuchtklamme Strandlaken, diverse zusammengedrückte Bierdosen, der Pfeilschwanzkrebspanzer, den sie zufällig gefunden hatte, eine wellige, ramponierte Taschenbuchausgabe von *Tal der Puppen* und etwa eine halbe Tonne Sand.

Der Wagen hier dagegen wirkt, als käme er frisch vom Händler.

»Ich bin unterwegs zu einem Vorstellungsgespräch«, erklärt sie.

»Nett«, sagt er. »Bist du gerade erst angereist?«

»Gestern«, sagt Kirby. »Eigentlich studiere ich am Simmons College.«

Der Typ lacht. »Ich studiere in Harvard«, sagt er. »In Cambridge.«

»Moment mal«, sagt Kirby. »Bist du vielleicht … Darren?«

»Ja, ganz recht.« Er schiebt die Sonnenbrille hoch und sieht sie an, ehe er gleich darauf ein strahlendes Lächeln aufsetzt. »Dann musst du Rajanis Freundin sein. Wie war noch der Name …« Er schnipst mit den Fingern. »Katy? Kitty?«

»Kirby«, sagt sie. »Eigentlich heiße ich Katharine, aber alle nennen mich Kirby.«

»Hat Rajani mir nicht erzählt, dass deine Familie ein Haus auf Nantucket hat?«, fragt Darren.

»Ich fürchte, ja«, sagt Kirby.

»Und, warum der Wechsel hierher?«, fragt Darren. »Versteh mich bitte nicht falsch, wir auf Vineyard nehmen jedes hübsche Mädchen, das wir kriegen können, aber ich dachte, Nantucketer halten ihrer Insel die Treue.«

»Ich brauchte mal einen Tapetenwechsel«, sagt Kirby. Sie sieht aus dem Fenster, während sie gerade eine Holzbrücke überqueren; rechts von ihnen dehnt sich ein großer, stiller Teich, der von einem Schilfgürtel umgeben ist. »Ich hatte ein schwieriges Jahr.« Sie schließt die Augen und schüttelt den Kopf; das hatte sie *nicht* sagen wollen. »Mein Bruder ist im Mai nach Vietnam geschickt worden.«

»Verdammt«, sagt Darren. »Das ist übel.«

»Ich wollte ihn überreden, nach Kanada zu gehen, aber er hat gesagt, Kanada sei nur was für Leute, die Angst haben, unter Beschuss zu geraten. Sicher, den Krieg an sich findet er auch falsch …«

»Total falsch«, betont Darren.

»Aber er hat es als seine Pflicht angesehen. Unser Vater« – Kirby schluckt schwer – »war in Korea. Er war ein richtiger Held, nehme ich an. Keine Ahnung. Er ist ein paar Monate nach seiner Rückkehr gestorben, ich habe ihn also nie richtig kennengelernt, aber … ich meine, man hat ihn uns immer als Kriegshelden dargestellt. Dieses Vermächtnis hat Tiger, glaube ich, ziemlich ernst genommen.«

»Ja, verstehe«, sagt Darren. »Ich hab Schulfreunde von der Boston Latin, die eingezogen worden sind, und dann hat sich mein Mitbewohner aus meinem ersten Studienjahr in Harvard freiwillig gemeldet. Er ist in der Schlacht bei Dak To umgekommen.«

»Von der Schlacht hab ich in den Nachrichten gehört«, sagt Kirby. »Es tut mir leid. Das ist einer der Gründe, warum ich gegen den Krieg bin. Westmoreland hat amerikanische Soldaten dahin geschickt, um diesen Hügel um jeden Preis zu erobern, und ein paar Wochen später hat die Army ihn dann still und leise wieder geräumt.«

»Abrams sei besser, das hört man oft«, sagt Darren. »Deinem Bruder passiert schon nichts.«

»Ihm *darf* nichts passieren«, erwidert Kirby. Das hatte sie Tiger zum Abschied mit auf den Weg gegeben. Er *musste* am Leben bleiben und zurückkommen. Andere Familien mochten stark genug sein, um den Verlust ihrer Söhne und Brüder zu verkraften, aber nicht die Foley-Levins. Keine Chance. Oder vielleicht war es nur Kirby, die daran zugrunde gehen würde. Ihr eigenes Leben war gerade ziemlich aus den Fugen, als Tigers Entsendung näher rückte; damals litt sie wegen Scottie unter schlimmstem Liebeskummer. Sie hatte Tiger sogar angeboten, mit ihm nach Kanada zu gehen. Sie könnten sich eine Bleibe in Montreal suchen, Französisch lernen, versuchen, dem Eishockeysport etwas abzugewinnen. Sie würden zusammen auswandern und nie wieder einen Blick zurückwerfen.

Sie muss dringend das Thema wechseln. »Und, womit verdienst du dir dein Geld?«

»Ich bin Rettungsschwimmer am Inkwell Beach«, sagt Darren. »Dahin war ich gerade unterwegs, als ich dich an der Straße stehen sah.«

»Und jetzt fährst du meinetwegen einen Umweg!«, sagt Kirby. »Oh, das tut mir leid. Aber vielen lieben Dank. Das wäre zu Fuß ganz schön weit gewesen.«

Ein Ortseingangsschild verkündet, dass sie nun nach Edgartown kommen, und Kirby betrachtet die reizenden, weiß geschindelten Häuser, die die grünen, baumbestandenen Straßen säumen. Hier ist es sogar noch malerischer als in der Innenstadt von Nantucket, was Kirby nie für möglich gehalten hätte. Sie kommen an der schneeweißen Old Whaling Church vorbei, an einem erlesenen Pocket-Garten mit schattigen Steinbänken, einem Gebäude namens Preservation Hall mit einem weißen Säulenvorbau.

»Mein Dienst fängt erst um zehn an«, sagt Darren. »Ich bin bloß gern bereits etwas früher da. Um mit gutem Beispiel voranzugehen, du weißt schon.« Er grinst, und Kirby kann nicht anders – sie schmilzt praktisch dahin. Darren ist so cool und sieht wirklich blendend aus. Kirby war noch nie mit einem Schwarzen befreundet, versteht sich allerdings gut mit den schwarzen Kommilitoninnen am Simmons, vor allem Tracy aus ihrem Englischseminar, die sie mit der Dichtung von Gwendolyn Brooks bekanntgemacht hat. Rajani ist Inderin, und mit ihr führt sie oft stundenlange Gespräche über alles, was mit der Rassenfrage zu tun hat. Kirby hat deshalb das Gefühl, dass sie klar sieht; sie möchte in einem Land ohne Vorurteile leben, das ist ihr größter Wunsch.

Sie fragt sich, wie es wohl wäre, Darren zu daten. Aber natürlich ist er nicht auf eine Verabredung mit ihr aus. Er hat sie bloß beim Trampen mitgenommen, mehr nicht.

Als Darren mit Kirby vor dem Shiretown Inn anhält, steigt gerade eine Frau mit hellroten Haaren und in einem grünen Kleid die Eingangstreppe hinauf. »Hey«, ruft Darren, »Mrs Bennie!«

Die Rothaarige bleibt stehen und hält sich eine Hand über die Augen, gegen die grelle Sonne, während Kirby aus dem Wagen aussteigt, ihren Rock sittsam mit einer Hand zusammengehalten. Mrs Bennie ist die Frau, mit der sie telefoniert hat, und Kirby fragt sich, was es wohl für einen Eindruck macht, dass sie von Darren hier abgeliefert wird.

»Hey, Darren, hallo!«, sagt Mrs Bennie. »Richte deinen Eltern bitte aus, wie gut es mir neulich Abend bei euch gefallen hat. Es geht wirklich nichts über Muscheln im Hause Frazier.«

»Mach ich«, verspricht Darren.

Mrs Bennie winkt noch mal und verschwindet dann im Gebäude.

»Danke fürs Fahren«, sagt Kirby. »Du hast mir das Leben gerettet.«

»Viel Glück bei deinem Vorstellungsgespräch«, sagt Darren. »Wo wohnst du?«

Kirby nennt ihm die Adresse.

»Miss O'Rourkes Pension«, sagt Darren.

»Kennst du die?«

»Da wohnen jeden Sommer die hübschesten Mädchen«, sagt Darren. »Und wie ich sehe, ist auch dieses Jahr keine Ausnahme.«

»Oh, danke.« Kirby deutet einen Knicks an.

»Sieh dich nur vor Evan vor«, sagt Darren.

»Mit Burschen wie Evan kenne ich mich aus«, sagt Kirby. »Die sind Wachs in meinen Händen.«

»Mit Sicherheit«, sagt Darren. »Also, hey, wie wär's, komm doch mal zum Inkwell Beach? Ich bin immer da, und von den O'Rourkes aus ist es nicht allzu weit. Ein kurzer Spaziergang.«

»In Ordnung«, sagt Kirby. »Mache ich.«

»Ist mein Ernst«, sagt Darren. »Komm vorbei.«

Kirbys Herz schlägt einen Purzelbaum. »Ich mein's auch ernst«, sagt sie. »Ich komme vorbei.«

Darren winkt zum Abschied und fährt davon, und Kirby bleibt auf dem Bürgersteig stehen und sieht ihm nach, bis der Wagen in der Ferne verschwunden ist.

Es war die beste Entscheidung ihres Lebens zu trampen.

Mrs Bennie entpuppt sich als Geschäftsführerin des Shiretown Inn. Sie bittet Kirby in ein kleines Büro hinter der Rezeption.

»Woher kennen Sie Darren?«, fragt Mrs Bennie.

Kirby liegt auf der Zunge, dass sie ihn gerade erst beim Trampen kennengelernt hat, doch das würde wohl ein etwas zweifelhaftes Licht auf sie werfen. »Vom Studium her«, sagt sie stattdessen.

Mrs Bennie überfliegt Kirbys Lebenslauf, der vor ihr auf dem Schreibtisch liegt. »Aber Sie studieren am Simmons«, sagt sie. »Das ist ein reines Mädchencollege.«

Frauencollege, berichtigt Kirby im Geist. »Ich habe ihn über eine Freundin von mir am Simmons kennengelernt«, präzisiert sie. »Sie und Darren verbringen hier seit Jahren die Sommermonate zusammen.«

»Na ja, wissen Sie, Darrens Familie lebt hier schon ewig«, sagt Mrs Bennie. »Ich kenne den Jungen, seit er ein kleines Baby war.«

Es freut Kirby, das zu hören. Martha's Vineyard ist also ein Ort, an dem die Rassen harmonisch zusammenleben!

Mrs Bennie deutet auf eine handschriftliche Notiz am

Rande von Kirbys Lebenslauf. Kirby hat stundenlang an der Schreibmaschine ihrer Schwester gesessen und das Dokument immer wieder neu getippt, bis endlich alles stimmte, und jetzt hat jemand einfach etwas draufgekritzelt. »Hier steht, dass Sie sich für eine Stelle als Zimmermädchen interessieren«, sagt Mrs Bennie. »Aber tut mir leid, diese Jobs sind alle vergeben. Die jungen Irinnen, wissen Sie. Die kommen schon im Mai her.«

Das trifft Kirby hart. Die jungen Irinnen – Mädchen wie Miranda, Maureen und Michaela im ersten Stock – sind also im Mai hergekommen und haben sich alle Jobs unter den Nagel gerissen. Wenn selbst Putzstellen weg sind, was bleibt dann noch für sie? Tankstellenaushilfe? Einkäufe im Supermarkt eintüten?

»Ich wäre gerne früher angereist«, sagt Kirby. »Aber ich musste erst mein Semester beenden.«

Mrs Bennie blickt auf und scheint Kirby erst jetzt richtig wahrzunehmen. »Sie sind hübsch«, sagt sie. »Und Sie haben drei Jahre College hinter sich.« Sie beugt sich über den Tisch vor und gewährt Kirby dabei Einblick in ihr matronenhaft ausladendes Dekolleté. »Es wäre eine Stelle am Empfang zu besetzen. Was sagen Sie dazu?«

Es klingt zu schön, um wahr zu sein. Kirby nickt, weil es ihr kurz die Sprache verschlagen hat.

»Ich musste nämlich gerade ein Mädchen feuern«, erklärt Mrs Bennie. »Wegen Indiskretion.«

Kirby weiß, was sich gehört und hakt nicht nach, aber sie rätselt natürlich spontan, was das Mädchen wohl angestellt hat.

Es ist, als könnte Mrs Bennie Gedanken lesen. »Ein Herr war bei uns abgestiegen, und Veronica hat der *Gattin* dieses Herrn einen Schlüssel zu seinem Zimmer ausgehändigt, ohne es erst mit ihm oder mir abzuklären. Was überaus missliche Verwicklungen nach sich gezogen hat.«

Der Herr wurde mit einer Studentin erwischt, kombiniert Kirby. Oder mit seiner Sekretärin. Oder der Frau eines anderen. Sie verdrängt jeden Gedanken an Scottie Turbo.

»Ehe Sie die Stelle annehmen, muss ich Sie allerdings auf einige Aspekte aufmerksam machen. Pünktlichkeit wird vorausgesetzt. Sie müssen sich anständig kleiden und frisieren. Keine Hosen oder Hosenröcke. Keine nackten Arme. Wir sind ein gehobenes Haus mit entsprechenden Gästen, Geschäftsleute, Leute von der Wall Street. Tatsächlich habe ich gerade ein Zimmer für Senator Edward Kennedy gebucht. Er wird nächsten Monat bei uns zu Gast sein.«

Teddy Kennedy! Kirby kann es kaum fassen.

Mrs Bennie fährt fort. »Das Wohlergehen und die Privatsphäre unserer Gäste haben bei uns oberste Priorität. Ist das klar?«

»Kristallklar.« Kirby nickt. Sie ist froh, dass sie ihr Haar für diesen Termin zusammengebunden hat, sorgt sich aber im Stillen wegen ihrer Garderobe. Sie wird sehen müssen, ob es hier auf Vineyard einen ähnlichen Laden wie Buttner's gibt, wo sie sich mit entsprechenden Sachen ausstatten kann. Teddy Kennedy! Sie kann es kaum erwarten, Rajani davon zu erzählen. Wobei, nein … sie muss ja Diskretion wahren.

»Die neu zu besetzende Schicht geht von elf Uhr abends bis sieben Uhr morgens. Wäre das ein Problem für Sie?«

Elf Uhr abends bis sieben Uhr früh – das muss Kirby erst mal sacken lassen. Mrs Bennie bietet ihr also die Nachtschicht an. Wäre das ein Problem? Kirby überschlägt es rasch im Kopf. Nach der Arbeit käme sie pünktlich zum Frühstück mit den anderen Mädchen in die Narragansett Avenue zurück und könnte sich dann schlafen legen. Wenn sie von acht bis zwei schläft, kann sie nachmittags noch an den Strand gehen und hat auch den Abend frei. Optimal ist es nicht, aber sie wird sich hüten, eine solche Gelegenheit abzulehnen.

»Habe ich am Wochenende frei?«, fragt sie hoffnungsvoll.

»Nein. Immer montags und dienstags«, sagt Mrs Bennie. »Ihr Dienst endet montagmorgens um sieben, und am Mittwochabend um elf geht es wieder los. Sie erhalten einen Wochenlohn von neunzig Dollar.«

Neunzig Dollar die Woche! Kirby verachtet sich dafür, vor der Macht des US-Dollars einzuknicken, aber sein Reiz ist unwiderstehlich. Sie muss ihre Wochenenden opfern, was jedoch möglicherweise gar nicht so schlecht ist, bei ihrer bewegten Vergangenheit. Sie muss sich bewähren, muss einen gewissen Arbeitsethos entwickeln. Mrs Bennie bietet Kirby eine Chance, unter Beweis zu stellen, dass sie erwachsen und verantwortungsbewusst ist. Obendrein braucht sie sich bei diesen Arbeitszeiten morgens nicht mit den anderen um das Badezimmer im ersten Stock zu balgen, und auch ihre Eltern werden keinen Grund zur Klage haben.

Kirby wird Empfangsdame!

»Einverstanden«, sagt sie. »Ich nehme den Job an.«

THOSE WERE THE DAYS

Sie ist einen Pakt mit dem Teufel eingegangen.

Sie hatte keine andere Wahl.

Militärische Opfer sind Kate nicht fremd. Wilder ist gestorben, als er wieder auf heimischem amerikanischem Boden war, doch im Grunde, so viel weiß Kate, ist er nie wirklich aus Korea zurückgekehrt. Einen Sohn in den Kampf zu schicken, das ist allerdings etwas ganz anderes, und auch Vietnam ist ein anderer Krieg. Der Dschungel dort ist nahezu undurchdringlich, die Hitze mörderisch, die Insekten sind eine blutsaugende Plage, die Sümpfe tückisch und voll grünem Morast. Die Bedingungen im Land sind also schon schwierig genug, ganz zu schweigen vom Kampf gegen den skrupellosen, grausamen Vietcong. Ihre Sprengfallen sind berüchtigt – Bambustrittfallen, Schlangengruben, Büchsenhandgranaten.

Kate und David sind schon seit 1965 stille Gegner des Krieges. Ein Anwaltsgehilfe aus Davids Kanzlei hat sich in jenem Jahr freiwillig verpflichtet, und dieser junge Mann, gerade mal zweiundzwanzig, kam bei der Schlacht im Ia-Drang-Tal ums Leben, nur eine Woche nach seiner Ankunft im Land. Auch bei Tiger hatte Kate die Sorge, dass er sich gleich nach seinem Highschool-Abschluss melden würde, aber er schrieb sich halbherzig an der Framington State University ein. Mittlerweile bedauert sie es, dass er sich damals nicht verpflichtet hat; dann hätte er zumindest gewisse Wahlmöglichkeiten gehabt. Er hätte sich für eine Funktion entscheiden können, die gewährleistet hätte, dass er nicht an die Front musste.

Doch Tiger hat es drauf ankommen lassen, und nun ist er ein einfacher Rekrut bei der Infanterie, einer von Tausenden. Er ist entbehrlich.

Kates einzige Hoffnung, Tiger rasch wieder nach Hause zu holen – vielleicht schon im September –, ruht auf Mr Crimmins. Als sie Bill Crimmins brieflich unterbreitet hat, dass Tiger eingezogen worden war und diesen Sommer nicht nach Nantucket kommen würde, schrieb Bill zurück, sein Schwager sei ein alter Kriegskamerad von Creighton W. Abrams – sie hatten 1944/45 zusammen an der Ardennenschlacht teilgenommen – und halte bis heute Briefkontakt mit dem General; sie schrieben sich einmal die Woche, tauschten sich über Privates ebenso aus wie über militärische Angelegenheiten. Bill schrieb, er werde seinen Schwager bitten, seinen Einfluss bei dem General geltend zu machen, um Tiger aus Vietnam rauszuholen.

Aber Bill bat sie dafür um einen Gegengefallen.

Das Drama wegen des Fernsehers bildete eine gute Ablenkung von dem Drama um den Jungen. Kate erspäht ihn vom Fenster ihres Schlafzimmers aus, als sie gerade ihren Koffer auspackt. Pick steigt auf sein Fahrrad. Kate fällt die Form seiner Schultern auf, der goldene Schimmer in seinem Haar. Sie stellt fest, dass sie zittert.

Entgegen Kates anfänglichen Befürchtungen hat Exalta sich dem Plan nicht widersetzt. Kate hatte ihr die Lage vor ein paar Wochen erläutert – Mr Crimmins hatte überraschend erfahren, dass Lorraine drüben in Kalifornien einen Sohn hatte; Lorraine (die inzwischen Lavender hieß) hatte sich aus dem Staub gemacht, und Mr Crimmins war losgefahren, um den Jungen zu sich zu holen. Seine Einzimmerwohnung an der Pine Street allerdings war zu beengt für sie beide, und von hier aus war es nur ein kurzer Schritt, um Exalta die Lösung schmackhaft zu machen: Bill Crimmins würde zusammen mit seinem Enkel in Little Fair wohnen.

»Es wird nett für uns sein, einen Mann in der Nähe zu haben«, sagte Exalta. Kate sparte sich den Hinweis, dass David ja an den Wochenenden vorbeikommen würde; sie war einfach nur froh, dass Exalta gegen dieses neue Arrangement nichts einzuwenden hatte. Mehr noch, Exalta ging sogar dazu über, so zu tun, als wäre die Idee, Bill Crimmins und seinen Enkel Little Fair als Dach über dem Kopf anzubieten, auf ihrem Mist gewachsen.

Nun wird alles gut, schärft Kate sich ein. Bill Crimmins hat seinem Schwager letzte Woche geschrieben, einen Tag, ehe er mit seinem Enkel hierhergezogen ist, und es ist damit zu rechnen, dass er diese oder kommende Woche von ihm Antwort erhält. Tiger wird so unvermittelt aus der Gefahrenzone geholt werden, wie er hineingeraten ist. Und dann kommt er wieder nach Hause.

Hinter dem Jungen taucht aus Little Fair noch jemand auf, eine junge Frau. Halt, erkennt Kate, es ist *Jessie*. Wie sie so dasteht und mit dem Jungen redet, eine Hand in der Taille, die Hüfte leicht ausgestellt, wirkt sie sehr erwachsen. Na ja, denkt Kate, sie ist ja schon dreizehn … seit heute. Die arme, süße Jessie hat ihren Geburtstag der Fahrt hierher und der Ankunft im Haus opfern müssen. Eine Feier wird es nicht geben, dazu ist Kate zu geschafft; sie werden sich mit einem Abendessen bei Susie's begnügen müssen, und das ist ein alljährlicher Brauch an ihrem ersten Abend auf Nantucket, der nichts mit Jessies Geburtstag zu tun hat. Aber ein Abstecher in die Island Dairy Bar auf dem Heimweg wird wohl drin sein, überlegt sie, zum Eis-Essen.

Was für eine dürftige Art, den Eintritt ihrer jüngsten Tochter ins Teenageralter zu begehen! Kate beschließt, es kommende Woche bei Jessie wiedergutzumachen, wenn sich die Lage etwas beruhigt hat. Sie weiß auch schon, wie. Sie werden zusammen essen gehen, nur sie beide, im Mad Hatter, Jessies Lieblingsrestaurant.

Kate stellt ihren Koffer in den Wandschrank und schiebt ihn ganz nach hinten, so wie jedes Mal; auf die Weise verbannt sie den Gedanken, dass sie ihn am Ende wieder wird packen müssen. Dann sieht sie sich im Zimmer um, dasselbe Zimmer, in dem sie schon ihr Leben lang die Sommerwochen verbringt. Sie hat es als kleines Mädchen bewohnt, als Amerika noch glücklich und wohlhabend war; als Teenager in den Depressionsjahren, als Männer von der Insel an die Tür klopften, um nachzufragen, ob Kates Eltern irgendwelche Arbeiten am Haus zu erledigen hatten. In jener Zeit, erinnert sich Kate, haben sie Bill Crimmins als Hausmeister und seine Tochter Lorraine als Hausmädchen und Köchin eingestellt. Bill hatte sich mit seiner Tochter ganzjährig auf Nantucket niedergelassen, nachdem er seine Arbeit in der Textilfabrik in Lowell, Massachusetts, verloren hatte; seine Frau war gestorben, als Lorraine noch ganz klein war.

Kate hat hier als junge Ehefrau von Wilder Foley gelebt, mit seinen manisch-depressiven Schüben und seinen krankhaften Lügen, und dabei doch so unwiderstehlich attraktiv. Sie entsinnt sich noch genau, wie sie hier auf der breiten Fensterbank saß und auf Wilder gewartet hat, an einem der vielen Abende, wenn er mal wieder in Bosun's Locker versackt war. Sie hat hier als verwitwete Mutter dreier vaterloser Kinder gelebt, in jenem grauenhaften Sommer 1953. Lorraine Crimmins hatte sich nach Kalifornien abgesetzt, und so gab es für Kate niemanden, der ihr mit den Kindern half. Sie schnitt mit Blair und Kirby Papierpuppen aus; sie brachte Blair in der Plumb Lane das Radfahren bei; sie buddelte am Steps Beach mit Tiger Löcher in den Sand und verbarg ihre Tränen hinter ihrer riesigen Sonnenbrille. Als Nächstes hat sie hier als Gattin von David Levin gelebt, dem jüdischen Anwalt, den Exalta niemals akzeptiert hat, obwohl er ein guter Mann ist, liebenswert und in sich gefestigt –

besonnen und vernünftig, ein Gegenpol zu Wilder, der stets unbesonnen war, ein Draufgänger, unberechenbar – und noch dazu bereit, sich dreier Kinder anzunehmen, die nicht seine sind, und sie nicht anders zu behandeln als Jessie, seine eigene Tochter. Und jetzt ist Kate achtundvierzig, ein Alter, dessen sie sich eigentlich erst dann recht bewusst wird, wenn sie an einem Ort ist, der auf gewisse Weise all ihre verschiedenen Leben in sich birgt, so wie dieses Zimmer.

Auf der Kommode steht ein Familienschnappschuss, aufgenommen in den Dünen am Steps Beach: Kate und David in der Mitte, mit Blair und Angus zu ihrer Linken und Kirby zu ihrer Rechten, und vor ihnen im Sand sitzen Tiger und Jessie. Sie alle lächeln und sehen unverkennbar sommerlich aus, braun gebrannt und mit von der Sonne aufgehelltem Haar. Exalta hatte jenen Ausflug zum Strand versäumt, weil sie an jenem Tag nach einem Gin-Tonic zu viel beim Mittagessen eingeschlafen war. Und Kate ist jetzt noch froh, dass sie nicht dabei gewesen ist. Das hier ist *ihre* Familie; die Matriarchin ist sie. Sie betrachtet ihr Gesicht auf dem Foto, das ein naives Gefühl von Sicherheit ausstrahlt. Ihr bricht schier das Herz dabei.

Those were the days, my friend, we thought they'd never end. Es waren schöne Zeiten, und sie dachte wirklich, dass es immer so weitergehen würde.

Tigers Abwesenheit ist nur vorübergehend, schärft Kate sich ein. Sie wird auf Bill Crimmins vertrauen. Sie wird ihr Bestes tun, damit sich der Junge willkommen fühlt, und dafür wird sie entlohnt werden. Mr Crimmins findet eine Möglichkeit, Tiger nach Hause zu holen. Sie werden wieder eine Familie sein.

SUSPICIOUS MINDS

Die Temperatur in Boston steigt auf siebenundzwanzig Grad, und Blair, bei der gerade das dritte Trimester anfängt, passt nicht mehr in ihre Umstandssachen. Nur ein einziges Kleid ist noch voluminös genug. Es sieht aus wie ein gelbes Zirkuszelt, aber sie muss es notgedrungen tragen, wenn sie außer Haus geht, was sie so gut wie möglich zu vermeiden versucht. Angus hat eingewilligt, die Einkäufe von Savenor's ins Haus liefern zu lassen, trotz der Extrakosten, und er sagt auch nichts zu der explodierenden Stromrechnung; Blair lässt die Klimaanlage rund um die Uhr laufen. Die Wohnung fühlt sich an wie der Nordpol, doch Blair schwitzt trotzdem, während sie vorm Fernseher sitzt, sich die Sitcom *That Girl* anschaut und dabei Käsetoast futtert, gefolgt von Karamellpudding, einem Becher nach dem anderen.

Statt sich darüber zu freuen, dass Angus all die zusätzlichen Ausgaben klaglos hinnimmt, fasst Blair sein Entgegenkommen als Ausdruck seines schlechten Gewissens auf. Er ist nach wie vor nicht bereit, ihr zu verraten, wo er an jenem Tag war, als sie ihn in seinem Büro überraschen wollte; er beharrt steif und fest darauf, dass er bei einer Besprechung war, obwohl die genaue Natur dieser

Besprechung sich bereits dreimal geändert hat, und er hat auch keine Erklärung dafür, warum sein Haar zerzaust und sein Sakko verknöpft war.

Es hat auch einen verdächtigen Anruf gegeben. Eine kühle, melodische Frauenstimme fragte nach Mr Whalen – und das, obwohl alle am MIT Angus entweder Dr. Wahlen oder Professor Whalen nennen. Blair schöpfte also Verdacht und reagierte schlagfertig: »Bedaure, er ist gerade nicht da. Spricht da Joanne?« Die Frau legte wortlos auf.

Eines Abends Anfang Juni klingelt das Telefon, und Angus geht am Küchenapparat ran, gleichzeitig mit Blair, die den Hörer des Schlafzimmertelefons abnimmt, neben ihr auf dem Nachttisch. Sie liegt in Unterwäsche im Bett, nur mit einem dünnen Laken bedeckt, und wartet missmutig darauf, dass Angus ihr ein Fertiggericht warmmacht und dann serviert wie ein Kellner vom Zimmerservice.

»Hallo«, sagt Angus. »Hier Whalen.«

»Mr Whalen?«, sagt die silbrige Stimme. »Ich bin's, Trixie.«

Angus weiß nicht, dass sie mithört, das begreift Blair schon nach wenigen Augenblicken.

»Trixie«, sagt Angus. »Hör mal, tut mir leid wegen heute. Bei der Arbeit ist was dazwischengekommen, aber ... ich würde dich morgen gern sehen.«

»Das geht in Ordnung, aber ich werde die Stunde heute trotzdem abrechnen müssen.«

»Ja«, sagt Angus. »Das verstehe ich. Natürlich.« Blair schnappt vor Empörung laut nach Luft. Angus räuspert sich, ehe er sagt: »Schatz, bist du da am Apparat?« Er hält kurz inne. »Blair?«

Blair beendet die Verbindung hastig per Knopfdruck, ehe sie leise den Hörer auflegt. Dann streckt sie sich lang im Bett aus und stellt sich schlafend, möglichst überzeugend, wie sie hofft.

Gleich darauf pocht Angus leise an die Tür, und Blair steigt ein kombinierter Duft von Hacksteak, Erbsen und Apfelauflauf mit Teigkruste in die Nase. »Schatz?«

Blair liegt weiter mit geschlossenen Augen da. Angus hat eine Affäre mit einem Callgirl, einer Prostituierten. Was sie einerseits irgendwie beruhigt, weil es nicht Joanne mit dem türkisfarbenen Lidschatten ist, und weil zugleich Blairs anderer Verdacht ausgeräumt wird, nämlich, dass Angus etwas mit einem seiner anzugtragenden Studenten hat.

Andererseits ekelt sie sich bei der Vorstellung, wie Angus es mit einer Prostituierten treibt. Es ist so schmierig, so unter seiner Würde. Er bezahlt für Sex! Das erklärt womöglich auch, warum er so gut im Bett ist – weil er schon früher zu Nutten gegangen ist. Aber was ist mit Krankheiten? Nimmt Angus wirklich so wenig Rücksicht auf sie und das ungeborene Kind?

Trixie, denkt Blair. Wie schön, endlich den Namen ihrer Nebenbuhlerin zu kennen. Die Prostituierte heißt Trixie.

Während Blair auf den nächsten mysteriösen Anruf lauert, werden die Tage immer wärmer. Kirby kommt vorbei, um sich zu verabschieden. Sie verbringt den Sommer diesmal nicht auf Nantucket, sondern auf Martha's Vineyard; aber warum, das will Blair nicht recht einleuchten.

»Ich hab's satt, immer unter Moms Fuchtel zu stehen«, erklärt Kirby. »Ich muss endlich erwachsen werden, mein eigenes Ding machen.«

Das wiederum findet Blairs volle Zustimmung. Kirby fehlt es an Disziplin, sie lässt sich im Leben mal hierhin, mal dorthin treiben. Dass das Erwachsensein maßlos überschätzt wird, diese bittere Pointe verschweigt Blair ihrer Schwester lieber.

»Du arbeitest als Zimmermädchen?«, fragt sie stattdessen. »War das der beste Job, den du finden konntest?«

»Wenigstens *habe* ich einen Job«, sagt Kirby, während sie das Durcheinander auf Blairs Bett mustert – zerknüllte Imbissverpackungen, leere Puddingbecher, die Fernsehzeitschrift und *Die Liebesmaschine* von Jacqueline Susann, ein Beispiel dafür, was heutzutage so als Literatur gehandelt wird.

Blair liegt eine schnippische Erwiderung auf der Zunge, aber sie weiß selbst, dass ihre Situation armselig ist, und außerdem fehlt ihr die Energie, sich jetzt geistig mit ihrer Schwester zu messen; ihr Hirn hat sich in Consommé verwandelt.

Die Rollenumkehr ist deprimierend. Damals in den dunklen Tagen nach dem Tod ihres Vaters – Blair war acht, Kirby fünf – kam Kirby immer wimmernd zu ihr ins Bett geklettert. Sie war alt genug, um zu wissen, dass etwas nicht stimmte, aber noch nicht alt genug, um die Wahrheit zu erfahren, und Kate hatte alle Hände voll mit Tiger zu tun, der erst drei war und ihre ungeteilte Aufmerksamkeit beanspruchte. Blair erinnert sich daran, wie jemand zu ihr gesagt hat – ihre Großmutter vielleicht, oder Janie Beckett –, dass Kirby von Glück sagen könne, eine große Schwester wie sie zu haben. Sie könne ihr als Vorbild dienen. Und Blair hat diese Vorbildrolle überaus ernst genommen. Ihr ganzes Leben ist seither eine Art Lehrstunde darüber, wie man mit gutem Beispiel vorangeht.

Jetzt aber dürfte Kirby denken, *so möchte ich auf keinen Fall enden*, wenn sie Blair ansieht.

»Ich hätte meine Stelle nicht aufgeben sollen«, sagt Blair. »Ich hätte weiter meine Schülerinnen unterrichten sollen. Aber Angus wollte, dass ich zu Hause bleibe.«

»Warum hast du ihm nicht Kontra gegeben?«, fragt Kirby. »Du weißt, was Betty Friedan dazu sagen würde …«

»Betty Friedan ist ja auch nicht mit einem Astronauten verheiratet!« Diese Feststellung klingt so absurd, dass Blair beinahe lachen muss, und sicher wird Kirby sie jetzt darauf hinweisen, dass auch sie nicht mit einem Astronauten verheiratet ist – nicht wirklich. »Und jetzt sitze ich in der Falle. Barfuß und schwanger. Ich langweile mich halb zu Tode. Vor Langeweile brütet meine Fantasie irgendwelche dummen Verschwörungstheorien aus …«

»Hast du herausbekommen, wer hinter der Ermordung der Kennedys steckt?«, fragt Kirby.

Blair kann darüber nicht mal lächeln. Sie würde Kirby so gern von Angus und Trixie erzählen – aber noch eine Niederlage eingestehen? Nein, auf keinen Fall. Erst muss sie sich von ihrem Mann mehr oder weniger das Arbeiten verbieten lassen, und dann betrügt er sie auch noch!

»Amüsier dich gut auf Vineyard«, sagt Blair. »Putzen ist ehrliche Arbeit. Ich bin stolz auf dich.«

»Oh, Blair.« Kirby legt ihrer Schwester die Hand auf den Bauch, und das Baby fängt an zu treten.

»Das ist deine Tante Kirby«, sagt Blair.

»Hey, Kleines«, sagt Kirby. »Mach dich startklar für 1969. Ich hab dir einige Protestsongs beizubringen.«

Am Tag darauf schaut Kate vorbei, um sich ihrerseits zu verabschieden, ehe es mit Jessie und Exalta nach Nantucket geht.

»Dad ist ja noch hier, falls irgendwas sein sollte«, sagt Kate zu Blair. Sie legt einen Stoß Frauenzeitschriften aufs Bett – *Good Housekeeping, Ladies' Home Journal, Woman's Weekly*. Nichts mit richtigen Nachrichten. Blair weiß, dass ihre Mutter ihr unnötige Aufregung ersparen will, aber was interessieren sie schon Artikel wie »Zehn kalte Mahlzeiten für den Sommer« oder »Stickarbeiten fürs Wochenende«. Sie bräuchte vielmehr eine Zeitschrift mit Artikeln wie »Ihr Mann geht zu einer Prostituierten – was nun?«. Sie braucht die *Cosmopolitan*.

»Und am ersten August bin ich wieder da, wie besprochen, um dir bei der Geburt beizustehen.«

»Ich verlasse Angus«, sagt Blair unvermittelt.

Kate lässt sich nicht aus der Ruhe bringen. »Ich weiß, Häschen, er muss viel arbeiten. Aber die Mondlandung …«

»Zum Teufel mit der Mondlandung!«, faucht Blair. Der Start von Apollo 11 ist für den 16. Juli vorgesehen, wobei aber noch tausend Dinge dazwischenkommen könnten, die eine Verschiebung erforderlich machen würden, mehr in Richtung des errechneten Geburtstermins. Inzwischen hofft sie geradezu, dass Angus dann in Houston ist; sie will ihn dabei nicht in der Nähe haben. »Er hat ein Verhältnis mit einer gewissen Trixie.« Zu erwähnen, dass es sich um eine Prostituierte handelt, bringt sie nicht über sich; aber vielleicht zählt Kate ja bereits bei einem Namen wie »Trixie« eins und eins zusammen.

»Wirklich?« Kate klingt skeptisch. »Bist du dir sicher? Es ist recht verbreitet, weißt du, sich einzubilden, dass der Mann fremdgeht, weil man sich nicht mehr begehrenswert fühlt …«

»Das bilde ich mir nicht nur ein, Mutter«, sagt Blair. »Sie hat hier angerufen. Ich hab ihre Stimme gehört.«

»Tja. Aber ich bin mir sicher, wenn das Baby erst da ist, kommt Angus schon wieder zur Vernunft«, sagt Kate.

Blair schließt die Augen und sieht rot. Unwillkürlich geht ihr der Gedanke durch den Kopf, dass ihr Blutdruck derart massiv ansteigen könnte, dass das Baby förmlich aus ihr herausgeschossen käme. Beruhig dich, denkt sie. Du musst dich beruhigen. Sie öffnet die Schublade an ihrem Nachttisch, nimmt ihre Kents heraus und steckt sich eine an. »Du schlägst also vor, dass ich abwarten soll, bis das von allein aufhört? Du findest, dass ich das tolerieren sollte?«

»Schatz, du bist im siebten Monat schwanger«, sagt Kate. »Du kannst ihn nicht verlassen, und du kannst nicht die Scheidung einreichen, und du kannst auch Angus nicht zur Rede stellen, weil derartige Gefühlsturbulenzen dem Baby nicht guttun würden.«

Blair bereut es, sich ihrer Mutter anvertraut zu haben. Sie hätte besser ihren Stolz heruntergeschluckt und Kirby ins Vertrauen ziehen sollen. Kirby würde ihr ganz sicher nicht raten, bei ihrem fremdgehenden Mann zu bleiben. »Das sind unglaublich altmodische Ansichten, Mutter«, stellt Blair fest. »Was würde Betty Friedan dazu sagen?«

»Wer?« Kate sieht sie fragend an.

Blair schüttelt den Kopf und sammelt sich kurz. »Ich könnte vielleicht in Nannys Haus ziehen, habe ich mir überlegt«, sagt sie. »Weil sie ja die nächste Zeit nicht da ist.«

Kate lacht.

»Das Haus steht doch leer«, lässt Blair nicht locker. Das Stadthaus ihrer Großmutter in Beacon Hill ist groß, kühl und vornehm, mit Uhren, die zur vollen Stunde schlagen, und handgeknüpften Seidenteppichen, die sich unter den nackten Füßen einfach nur himmlisch anfühlen. Das Bett im Gästezimmer hat Übergröße, und das Fenster dort geht auf den Hinterhof hinaus, in dem ein großer, schmiedeeiserner Springbrunnen beruhigend vor sich hin plätschert. Es wäre zwar nicht so schön wie eine

Flucht auf die Inseln, aber es wäre allemal besser, als hier in der Commonwealth Avenue zu bleiben.

»Und es wird auch weiter leer stehen«, sagt Kate. »So leid es mir tut, Liebling. Du bist eine erwachsene Frau von vierundzwanzig, verheiratet und schwanger, und du musst dich benehmen wie eine Erwachsene und nicht wie ein Kind, das vor seinen Problemen Reißaus nimmt. Angus ist im Beruf überaus erfolgreich, und er sorgt sehr gut für dich. Wenn er ein Techtelmechtel mit dieser … Trixie hat, dann vermutlich, weil er unter unglaublichem Druck steht. Wirklich, du solltest eher dankbar sein.«

»Dankbar?«, sagt Blair. »Dankbar, Mutter? Er ist nie zu Hause, er arbeitet die ganze Zeit, und bei den seltenen Gelegenheiten, wenn er sich mal blicken lässt« – sie hält inne, ist sich nicht sicher, wie viel mehr sie ihrer Mutter verraten will. Kate sieht sie gespannt an –, »ist er … schlecht gelaunt. Unberechenbar. Manchmal hat er so gar keine Ähnlichkeit mehr mit dem Mann, den ich geheiratet habe.«

»Ach, Süße.« Kate sieht sie mitfühlend an. Sie beugt sich vor, um Blair eine Strähne aus der Stirn zu streichen, und Blair lehnt sich kurz an die wohltuend kühle Hand ihrer Mutter. Früher hat sie mitunter Fieber vorgeschützt, nur um die sanfte und beruhigende Hand ihrer Mutter auf ihrem Gesicht zu spüren. Die Erinnerung endet, als Kate wortlos aufsteht und das Schlafzimmer verlässt. Wenig später kehrt sie mit einem Glas zurück, in dem sich eine braune Flüssigkeit mit Eis befindet. Erst denkt

Blair, es wäre Eistee, doch dann schnuppert sie daran und stellt zu ihrer Freude fest, dass es Scotch ist.

»Hast du nicht morgen deinen Arzttermin?«, fragt Kate.

Den Termin bei Dr. Sayer, jawohl. Der erbärmliche Dr. Sayer mit dem wild wuchernden Vollbart, der Blair mit kalten Händen abtastet, während seine Froschaugen hinter den Brillengläsern verschwimmen.

»Ja.« Blair drückt ihre Zigarette in dem Aschenbecher neben sich aus und nippt an dem Scotch. Die entspannende Wirkung stellt sich umgehend ein. »Um zehn.«

»Wird Angus dich begleiten?«

»Geplant ist es schon«, sagt Blair. »Aber vielleicht hat er's vergessen und sich stattdessen mit Trixie verabredet.«

Kate lacht. »Das ist die richtige Einstellung, nur nicht den Humor verlieren. Gib mir Bescheid, wie es war. Wir müssten so gegen vier auf Nantucket angekommen sein. Ich hab dich lieb, Häschen. Mach's gut.« Sie beugt sich vor, um Blair auf die Stirn zu küssen, und drückt ihr aufmunternd die Schulter, und einen Augenblick lang vergisst Blair alle ihre Sorgen.

»Tschüss«, sagt Blair. Wie locker ihre Mutter auf die Neuigkeit reagiert hat, macht sie schon etwas fassungslos. Sie hätte wohl erwähnen sollen, dass diese Trixie eine Prostituierte ist; vielleicht hätte Kate dann die angemessene Empörung gezeigt. Ihre Mutter ist in einer Zeit aufgewachsen, als von jungen Frauen erwartet wurde, die Untreue ihrer Ehemänner einfach hinzunehmen. Aber sie befinden sich inzwischen im Jahr 1969, und Blair wird sich das nicht bieten lassen. Wenn sie schon nicht in Nonnys Haus ausweichen kann, wird Blair eben den Sommer auf Nantucket verbringen. Sie wird ihr Baby dort auf der Insel zur Welt bringen, in dem Cottage Hospital.

Aber … zwei Stunden Autofahrt und zwei Stunden auf der Fähre, das übersteht Blair nicht. Und allein die Holperfahrt über das Kopfsteinpflaster der Main Street könnte bei ihr vorzeitige Wehen auslösen.

Sie sitzt fest.

Angus hat Blairs Arzttermin am Tag darauf nicht vergessen, sehr zu Blairs Erleichterung. Die Vorstellung, in ihrem Zustand irgendwelche Gänge allein erledigen zu müssen, hat für sie etwas Beängstigendes.

Ruth, die Sprechstundenhilfe am Praxisempfang, wirft nur einen Blick auf Blair und Angus und führt sie umgehend ins Sprechzimmer, wo Dr. Sayer rauchend an seinem Schreibtisch sitzt. Blair weiß nicht zu sagen, ob Ruth von ihrem Umfang beunruhigt ist oder es eher beeindruckend findet, dass Dr. Whalen es sich nicht nehmen lässt, seine Gattin zu dem Termin zu begleiten, obwohl er ein so vielbeschäftigter Mann ist, der an einem für das Prestige des Landes so bedeutenden Projekt arbeitet. Vielleicht ein wenig von beidem.

Dr. Sayers Reaktion allerdings lässt in der Hinsicht keine Fragen offen. Als er Angus sieht, springt er sofort auf und schüttelt ihm betont herzlich die Hand. Danach folgt eine längere Unterhaltung über die Mondmission und die Verdienste der verschiedenen Astronauten – Angus ergreift uneingeschränkt Partei für Armstrong und Aldrin, aber Dr. Sayer findet, dass Jim Lovell ebenfalls zur Crew gehören sollte –, und dann geht Angus zu eher fachspezifischen Thematiken über, spricht über Schubkraft, elliptische Umlaufbahnen und den Hohmann-Transfer, und Dr. Sayer hört nickend zu, obwohl Blair darauf wetten würde, dass er von all dem Fachchinesisch ebenso wenig versteht wie sie.

Als sie es nicht mehr aushält, wie Luft behandelt zu werden, räuspert sie sich vernehmlich.

»Ach ja«, sagt Angus. »Meine Frau macht sich Sorgen wegen …«

»Meinem Umfang«, sagt Blair. Sie hat endlich Dr. Sayers ungeteilte Aufmerksamkeit und weiß, dass sie diese Gunst besser nutzen sollte. »Ich bin massig. Dick wie ein Elefant. Mir passt kein einziges Kleid mehr, bis auf das hier.«

Dr. Sayer mustert sie kurz und kommt dann hinter seinem Schreibtisch hervor, um ihr die Hand an den Bauch zu legen. Blair fühlt, wie das Baby zu treten anfängt. »Schicken wir Sie mal zum Ultraschall«, sagt er dann.

Angus zieht es vor, im Sprechzimmer zu bleiben, während eine Arzthelferin Blair in einen Raum weiter hinten im Flur führt und sie auffordert, sich auf einen kalten Metalltisch zu legen. Ein paar Tränen rinnen ihr übers Gesicht. Mit Sicherheit wird man feststellen, dass sie mit einem Riesen schwanger geht, einem Monster, einem

Oktopus. Sie bereut es, Angus je geheiratet zu haben, dass sie sich von ihm hat schwängern lassen. Sie malt sich aus, wie ihr Leben nun aussähe, wenn sie einen anderen Weg eingeschlagen hätte: Blair Foley, schlank wie eh und je und geistig rege, wäre zu einer anerkannten Kapazität auf dem Gebiet der Frauenliteratur des zwanzigsten Jahrhunderts geworden, angefangen mit Edith Wharton, wobei ihre Expertise mit der Zeit auch Autorinnen wie Shirley Jackson, Flannery O'Connor, Anne Sexton und Adrienne Rich umfassen würde. Sie hätte immerzu wechselnde Männerbekanntschaften, so wie Sallie, würde das eine Wochenende mit einem Architekten verbringen und das nächste mit einem Museumskurator. Nie und nimmer jedenfalls würde sie jetzt hier auf diesem Metalltisch liegen wie ein Stück Rindfleisch und darauf warten, dass man ihr eröffnet, was für eine Kreatur des Grauens in ihr heranwächst; sie würde sich vielmehr am Cliffside Beach in der Sonne aalen, und Marco, der Rettungsschwimmer aus Rio de Janeiro, würde ihren knackigen Po bewundern, wenn sie von ihrem Liegeplatz mit dem Sonnenschirm zum Meer schlenderte, um sich im Wasser zu erfrischen.

Sie würde eine verrückte, leidenschaftliche Affäre mit Marco eingehen, der ihr völlig ergeben wäre und nur Augen für sie hätte; sie müsste Marco mit niemandem teilen, schon gar nicht mit einer Person namens Trixie.

Blair schließt die Augen, um sich besser in ihre Vision von Rausch und Verzückung hineindenken zu können, und dabei nickt sie wohl ein. Denn als Nächstes hört sie eine Stimme und öffnet ruckartig die Augen. Die Arzthelferin wedelt mit einer verschwommenen Ultraschallaufnahme vor ihr herum und fragt: »Möchten Sie mal ein Bild von Ihren Zwillingen sehen?«

Zwillinge.

Blair bricht in Schluchzen aus.

Am Tag darauf klopft es nachmittags an der Wohnungstür. Blair vermutet, dass es ihre Mutter ist, die auf die Neuigkeit hin, dass es statt einem Enkel zwei geben wird, umgehend aus Nantucket abgereist und nun wieder in Boston ist. Als Blair öffnet, steht stattdessen ein Bild von einem Mann vor ihr, groß gewachsen und in einem hellen Sommeranzug mit tadelloser Bügelfalte. Sie stutzt kurz, ehe sie erkennt, dass es Joey Whalen ist, Angus' Bruder.

»Joey!«, sagt Blair. »Das ist aber nett. Blendend siehst du aus. Was für eine Überraschung!«

»Eine Überraschung, dass ich blendend aussehe?«, erwidert Joey breit lächelnd. Er küsst Blair auf die Wange, ehe er ihr eine Flasche in braunem Packpapier und eine Bäckereitüte reicht, die nach Schokolade duftet.

»Babka, frisch aus dem Ofen«, erklärt Joey. »Und dazu unser alter Freund, Kalte Ente.«

»Genau richtig, um ein Mädel auf andere Gedanken zu bringen.« Blair tritt beiseite und hält ihrem Schwager die Tür auf.

Zwillinge.

Das Wort empört sie von Mal zu Mal mehr, wenn sie daran denkt. Zwillinge. Zwei Babys. Zwei Babys auf einmal. Die tiefgreifende Lebensumstellung, wenn man Mutter wird, hat sich mal eben verdoppelt. Alles, was sie zurzeit hat – einen Stubenwagen, ein Kinderbett, einen Kinderwagen –, wird sie noch mal anschaffen müssen. Es fühlt sich erdrückend an.

Joey kommt rein, lockert seine Krawatte und legt sein Sakko ab, während Blair ihn bewundernd ansieht. Er ist kurz nach Blairs und Angus' Hochzeit nach New York gezogen, wo er einen Job in einer angesehenen Werbeagentur gelandet hat, die auf Lebensmittelprodukte spezialisiert ist. Er hat an der Sara-Lee-Kampagne mitgewirkt und ist nun mit der Aufgabe betraut worden, die Marke in Neuengland und einigen Regionen in Ostkanada zu promoten. Drei bis sechs Monate wird er in Boston sein, erzählt er Blair; die Agentur hat für ihn eine Suite im Hotel Parker House an der Tremont Street angemietet, nicht weit von Blairs Lieblingsrestaurant, dem Marliave, und Joey ein Hauskonto eingerichtet. Sein schicker Anzug ist maßgeschneidert, bei Alan David in New York, und dazu trägt er glänzende Loafer von Florsheim. Sein Haar ist akkurat geschnitten, er ist frisch rasiert, und er riecht gut – in krassem Gegensatz zu Angus, der oft vergisst, sich die Zähne zu putzen oder Aftershave aufzusprühen, ehe er morgens überstürzt das Haus verlässt.

»Babka«, sagt sie. »Ich glaube, das habe ich noch nie probiert.«

»In New York gibt es die tollsten polnischen Bäckereien«, berichtet Joey. »Ich esse so viel Zeug von Sara Lee, dass so was Handgemachtes mal eine nette Abwechslung ist. Aber psst, das dürfen meine Chefs nicht hören.« Er trinkt einen Schluck Kalte Ente. »Was ich an New York noch liebe, ist die Thai-Küche. Hast du schon mal thailändisch gegessen?«

»Thailändisch?«, fragt Blair. Dass Joey Whalen, der mal als Schwanenboot-Kapitän gejobbt hat und für den der Austerneintopf im Durgin-Park der höchste der Genüsse war, nun ein so kultivierter Bonvivant ist, haut sie fast um. Sie muss daran denken, wie er damals die Kladde mit Angus' Berechnungen über die brennenden Kerzen hielt, weil er sich nicht beachtet fühlte, und wie ihr dabei schlagartig klar wurde, dass sie mit Angus weitaus besser fahren würde. Kristallklar sogar.

Mittlerweile ist sie sich da nicht mehr so sicher. Wenn sie stattdessen Joey das Ja-Wort gegeben hätte, könnte sie nun in New York leben, sonntagnachmittags ins Metropolitan Museum of Art gehen und im Greenwich Village mit Größen wie Bob Dylan und Allen Ginsberg abhängen.

»Wie geht's deinem Bruder?«, fragt Joey, ein vermutlich ganz naheliegender Übergang, denkt Blair – von Thai-Küche zu den Schlachtfeldern in Vietnam.

»Er ist am Leben«, sagt Blair. »Schickt Briefe.«

»Dieser Krieg ist unmoralisch«, sagt Joey. »Unsere Jungs bringen da drüben Frauen und Kinder um.«

Mit dem ersten Bissen Babka fangen die Babys an zu treten. Blair kann kaum glauben, dass Joey sich inzwischen eine politische Meinung zugelegt hat. Insgeheim findet sie den Krieg auch unmoralisch. Den letzten drei Regierungen war und ist die Ausmerzung des Kommunismus wichtiger als die Leben amerikanischer Soldaten. Aber Blair weiß auch, dass Tiger da drüben ist, um für die Erhaltung der Freiheit hier in Amerika zu kämpfen, und dafür ist sie stolz auf ihn.

»Also, ich habe zwei Neuigkeiten«, sagt Blair. »Erstens, ich erwarte Zwillinge.«

Joey stößt einen Freudenschrei aus, und dann rückt er den Couchtisch beiseite, um vor ihr auf die Knie gehen und ihr über den Bauch reiben zu können, völlig verrückt. »Ist ja unglaublich. Nicht bloß ein menschliches Leben in dir, sondern gleich zwei. Zwei!« Seine Berührung ist angenehm, und Blair fühlt sich leicht erregt, sexuell erregt, was in mehr als einer Hinsicht grundverkehrt ist. Sie gibt ihm lachend einen Klaps. »Komm, steh auf.« Joeys Begeisterung ist ihr dennoch lieber als Angus' Reaktion, die eher leidenschaftslos ausfiel, in erster Linie geprägt von wissenschaftlichem Interesse. Er hatte die Ultraschallaufnahmen studiert und zu ergründen versucht, ob es sich um eineiige oder zweieiige Zwillinge handelt. Und dann hatte er die gesamte Heimfahrt über im Auto laut darüber nachgedacht, ob zumindest einer der Zwillinge ein Junge würde.

Joey setzt sich wieder aufs Sofa, diesmal dichter neben Blair als zuvor. »Wie lautet die zweite Neuigkeit?«

Blair atmet durch, so tief es eben geht. Die Babys engen nämlich langsam ihre Lungenkapazität ein. »Angus hat eine Affäre mit einer gewissen Trixie«, sagt sie. Immer, wenn sie den Namen ausspricht, sieht Blair eine Trickfigur von Disney vor sich. »Er trifft sich tagsüber mit ihr, während der Arbeitszeit. Sie hat sogar mal hier angerufen.«

Joeys Hochgefühl wegen der Zwillinge schlägt umgehend in erbitterten Zorn um. »Das ist doch wohl ein Witz!«

»Ja, schön wär's«, sagt Blair und bricht in Tränen aus.

»Oh. Hey«, sagt Joey. »Blair, hey, komm schon.« Er legt ihr den Arm um die Schulter, und Blair lässt sich an ihn sinken und schluchzt ihm das edle weiße Hemd nass. »Angus ist solch ein Schwachkopf! Wirklich, ein echter Trottel. Er hat das, was er hat, nie richtig zu schätzen gewusst – er ist ja so verdammt schlau, da nimmt er alles als selbstverständlich.«

»Und ich dachte, er liebt mich!«, jammert Blair.

»Das tut er ja auch, ganz sicher«, sagt Joey. »Das weiß ich. Das hier ist bloß … na ja, er wird ein bisschen Panik wegen der Mondmission schieben, oder … wegen der Babys.«

»Panik wegen der Babys?«, sagt Blair. »Für die Babys bin ich zuständig, seiner Auffassung nach, ich allein. Um Babys haben sich Frauen zu kümmern, während für die Raketen Männer zuständig sind.« Sie bricht erneut in Tränen aus.

»Ach, Blair, nicht weinen«, sagt Joey. »Du bist so hübsch und gescheit, ein solcher Hauptgewinn für einen Mann wie Angus … diese Trixie kann dir sicher nicht das Wasser reichen. Ernsthaft, wie soll das gehen?«

Vielleicht liegt es daran, dass Blair genau diesen Zuspruch bitter nötig hatte, oder vielleicht sind es die Hormone von nicht nur einem, sondern zwei Babys, die ihr die Sinne vernebeln – im nächsten Moment jedenfalls hängt Blair Joey Whalen am Hals und küsst ihn, und er küsst sie zurück. Blair begreift selbst nicht, wie das passieren konnte, doch es fühlt sich so gut an, dass sie gegen diese Aufwallung der Leidenschaft machtlos ist. Angus rührt sie schon seit einiger Zeit nicht mehr an. Mit dem Sex haben sie vergangenen Monat aufgehört, weil Blair gelesen hat, dass das im letzten Schwangerschaftstrimester nicht mehr sicher sei, aber seither hält Angus auch nicht mehr ihre Hand, massiert ihr nicht mehr den Rücken und küsst sie auch nicht mehr.

Joey schmeckt nach Kalter Ente und warmer Schokolade. Blair kann gar nicht genug bekommen von ihm, von seinen Lippen, seiner Zunge, seiner Berührung. Es ist wie ein Déjà-Vu jenes Nachmittags im Schwanenboot; bei der Gelegenheit, als sie noch dachte, dass sie Joey heiraten würde, war in ihr dieselbe Leidenschaft aufgeflammt. Joeys eine Hand fährt an ihrem Oberschenkel hoch, und die andere massiert sanft ihre Brustwarze durch das verschossene Kleid hindurch.

Sie muss dem ein Ende setzen, denkt Blair, jetzt auf der Stelle. Stattdessen aber kochen die Gefühle immer höher. Joey fängt an, ihr Kleid aufzuknöpfen; wenn es nach Blair ginge, könnte er es ihr auch gerne vom Leib reißen.

Sie tastet gerade nach Joeys Gürtelschnalle, als die Tür

aufgeht und Angus in die Wohnung geplatzt kommt, mit einem Riesenstrauß Flieder und Pfingstrosen im Arm. Blairs Lieblingsblumen.

YOUNG GIRL

Am Dienstagmorgen in aller Frühe machen Jessie und Exalta sich auf den Weg zum Field and Oar Club, wo Jessie heute ihre erste Tennisstunde hat. Alle Geschäfte haben noch zu, doch aus der Charcoal Galley zieht schon ein Duft nach krossem Speck ins Freie, und vor Bosun's Locker fegt ein Mann die Scherben einer Flasche zusammen.

»Eine Kneipenschlägerei?«, fragt Exalta den Mann.

»Nicht schlecht geraten«, brummt er zurück. Exalta bricht in herzhaftes Gelächter aus, und Jessie weiß nicht recht, ob sie sich darüber freuen oder sich eher Sorgen machen soll. Sie wirft ihrer Großmutter verstohlen einen Blick von der Seite zu und sieht ein anscheinend echtes Lächeln. Vielleicht ist ihre Großmutter so guter Laune, weil sie sich freut, zum hundertsten Mal hintereinander auf Nantucket zu sein, oder weil Jessie sich endlich dazu hat breitschlagen lassen, in Tennisstunden einzuwilligen. Bisher hat sie sich immer geweigert – ihr einer, kleiner Akt des Widerstands –, aber dieses Jahr, kurz nach Tigers Entsendung nach Vietnam, hat Kate sie förmlich angefleht, es sich noch mal zu überlegen (»Es würde Nonny so glücklich machen«), und Jessie hat klein beigegeben, weil sie ihre Mutter nicht enttäuschen wollte.

Jessie ist unkoordiniert, fast schon tollpatschig. Beim Tennis wird vermutlich bloß deutlich werden, wie unsportlich sie ist. Selbst die Aussicht, den Sommer über jeden Morgen in einem Zahnarztstuhl zu sitzen und sich an den Zähnen herumbohren zu lassen, erscheint ihr reizvoller.

Jessie beschließt, Exaltas gute Laune auszunutzen. »Warum wohnt Mr Crimmins jetzt eigentlich in Little Fair?«, fragt sie.

»Oh!«, trällert Exalta. Das Licht ist so früh am Morgen noch erträglich, deshalb klemmt ihre Sonnenbrille oben auf dem Kopf, in ihrem stumpf geschnittenen silbergrauen Haar, und Jessie kann ausnahmsweise ihre Mimik sehen. Sie scheint zu überlegen, ob sie Jessie die volle Wahrheit oder nur einen Teil davon erzählen soll. »Nun, er brauchte für den Sommer ein Dach über dem Kopf.«

»Hat er nicht eine Wohnung an der Pine Street?«, fragt Jessie. »In dem Haus mit den Kirchenfenstern?«

»Das alte Gebäude der Steamboat Company, ganz recht«, sagt Exalta. »Ja, er hat die Wohnung nach hinten raus jetzt seit Jahren gemietet, aber sie hat nur ein Zimmer, gerade groß genug für eine Person. Und diesen Sommer hat er seinen Enkel bei sich. Pickford. Den Namen verdankt der Junge einem zehntklassigen Musiker, sagt Bill. Schade, ich hatte gehofft, er wäre nach Mary Pickford benannt worden, der größten Schauspielerin unserer Zeit.« Exaltas Blick schweift entrückt in die Ferne. »Amerikas Sweetheart … das Mädchen mit den Ringellocken.

Pickford ist ein starker Name, auch ohne irgendwelche familiären Bindungen dahinter. Ich war angenehm überrascht, dass Lorraine ihrem Kind nicht so einen Nonsens-Namen verpasst hat wie Oleo oder Bangladesh, das muss ich schon sagen.«

»Lorraine, das ist Mr Crimmins' Tochter, oder?«, fragt Jessie.

»Ganz recht.«

»Kennst du sie?«

»Ich kannte sie, vor Jahren«, sagt Exalta. »Sie hat früher bei mir geputzt. Und gekocht. Sie konnte vorzüglich backen; bei den Mengen der Zutaten war sie immer sehr genau. Sehr schade, dass sie damals dann so plötzlich die Insel verlassen hat. Sie hätte etwas aus sich machen können.«

»Sie hat für dich gekocht und geputzt?«, fragt Jessie. »Das wusste ich ja gar nicht.«

»Das war noch vor deiner Geburt«, sagt Exalta, und Jessie versteht, was damit gemeint ist. Sie hat nicht selten das Gefühl, dass alles Wichtige vor ihrer Geburt passiert ist, als Wilder Foley noch lebte, ihre Geschwister noch klein waren und ihre Mutter glücklich. Jessie ist regelrecht neidisch auf diese Zeit, was sicher nicht normal ist. Wenn davon erzählt wird, hören sich jene Jahre immer an wie ein goldenes Zeitalter, unerreichbar, als könnte es so etwas Schönes nie wieder geben.

»Ich hab gestern erst erfahren, dass Mr Crimmins eine Tochter hat«, sagt Jessie. »Er hat sie mir gegenüber noch nie erwähnt.«

»Ihre Zeit hier nahm kein gutes Ende«, sagt Exalta. Und sieht plötzlich aus, als würde sie sich auf die Zunge beißen. Als hätte sie sich irgendwie verplappert. »Nun komm, wir wollen uns nicht verspäten.«

Der Field and Oar Club befindet sich direkt am Nantucket Harbor, auf fünf Morgen wertvollstem Grund und Boden. Jessie weiß, dass es ein feiner Club ist, also exklusiv, aber das eigentliche Clubhaus ist ein schlichter Holzbau, der, das gibt sogar Nonny zu, schon bessere Tage gesehen hat, da hilft auch der frische weiße Anstrich nicht, der ihm jedes Frühjahr verpasst wird. Der Club wird von älteren Leuten wie Exalta bevölkert, die Kinder in Kates Alter und Enkel in Jessies Alter haben, und allen drei Generationen soll es einzig um zweierlei gehen, wenn sie über die Clubschwelle treten: Spitzenleistungen im Tennis und Überlegenheit beim Segeln. Als Jessie mal gefragt hat, was es mit dem Clubnamen auf sich hat, hat Exalta gesagt: »Er ist ganz charmant, oder? Aber veraltet. *Field* bezieht sich auf die Tennisplätze, die früher noch aus Rasen bestanden.«

»Tatsache?«, fragte Jessie, die nur orangegelbe Tonerde als Belag kennt.

»Und das *Oar*, das Ruder, bezieht sich natürlich auf die Boote«, sagte Exalta.

Natürlich, dachte Jessie, obwohl weit und breit kein Ruderboot, Kanu oder Kajak zu sehen war. Dafür gab es Motorboote, Kabinenkreuzer und Segelschiffe in allen Größen. Jessie ist mit dem Anblick von Kindern in leuchtend gelben Schwimmwesten aufgewachsen, die grüppchenweise unterwegs zum Segelunterricht waren; sie sollte vermutlich froh sein, dass ihr das erspart geblieben ist.

Jessies Mutter liebt den Club, weil sie nie etwas anderes kennengelernt hat als den Field and Oar. Sie und Exalta kommen zwei- bis dreimal die Woche zum Essen draußen auf der Terrasse her, und Kate besucht abends auch gern die Tanzdinner. Der Club, sagt sie, ist die letzte Bastion der Eleganz auf der Insel; alle anderen Einrichtungen sind längst von Hippies und anderen Freidenkern unterwandert.

Jessie folgt ihrer Großmutter an den Empfangstresen, aber dann sieht Exalta Mrs Winter, die sie schon seit dem letzten Jahrhundert kennt, und damit ist Jessie sich selbst überlassen. Die Empfangsdame lächelt ihr zu. Sie heißt LIZZ, ihrem Namensschild zufolge. Lizz ist hübsch – blond mit strahlend weißen Zähnen. Die Angestellten des Field and Oar könnten alle als Models arbeiten, ausnahmslos nur schöne Menschen.

»Ich bin wegen meiner Tennisstunde hier«, sagt Jessie. »Levin ist mein Nachname.«

»Levin, sagst du?« Lizz geht ihr Klemmbrett durch. »Ich sehe hier keinen Levin. Um wie viel Uhr wäre deine Stunde?«

»Äh … um acht?« Jessie hält den Atem an und überlegt, ob etwa ein Wunder geschehen ist und Exalta irgendein Fehler unterlaufen ist. Vielleicht bleibt Jessie heute noch mal verschont. Sie kann wieder nach Hause gehen, auf ihr Rad steigen und Pick zum Surfside Beach folgen. Dort fährt er jeden Morgen um neun hin, hat er ihr erzählt, und kommt dann gegen zwei zum Essen wieder nach Hause, obwohl er manchmal auch einen Hamburger an der Strandbude isst. Um halb fünf findet er sich zur Arbeit im North Shore ein, macht zwischen zehn und elf Feierabend, und am nächsten Tag geht dasselbe Programm wieder von vorne los.

Auf einmal taucht Exalta neben ihr auf. »Jessie hat um acht eine Tennisstunde. Jessica Nichols.«

»Nichols«, wiederholt Lizz. »Ah, okay. Mir hat sie den Namen Levin genannt.«

»Weil das mein Nachname ist«, sagt Jessie.

»Nichols«, sagt Exalta. »Der Mitgliedsname lautet Nichols.«

»Ich gebe Garrison Bescheid, dass du da bist«, sagt Lizz. »Du kannst schon mal rausgehen, Platz elf.«

»Der Platz direkt am Wasser«, sagt Exalta. »Hast du aber ein Glück.«

»Das verstehe ich nicht«, sagt Jessie. »Mom benutzt den Namen Levin, wenn sie herkommt.«

»Das macht sie nur, um mich zu ärgern«, sagt Exalta.

»Und Blair, Kirby und Tiger benutzen Foley«, sagt Jessie mit leicht herausforderndem Unterton. »Nicht wahr? Das tun sie. Das wissen wir beide, du und ich.«

»Foley ist was anderes«, sagt Exalta.

»Weil es kein jüdischer Name ist.« Jessie bleibt unvermittelt stehen. Auf einmal ist sie schrecklich wütend. Sie hält den Griff ihres Schlägers umklammert, ein Wilson

Jack Kramer mit aufgedrucktem Autogramm, den ihre Großmutter ihr für diese Stunden eigens gekauft hat, nagelneu. Sie würde ihn am liebsten auf den Gehwegsteinen kaputt schlagen.

»Nein«, sagt Exalta. »Weil Lieutenant Foley im Begriff war, hier Mitglied zu werden, ehe er starb. *Dein* Vater hat ja kein Interesse an einer Mitgliedschaft.«

Jessie liegt die Frage auf der Zunge, ob er denn überhaupt Mitglied werden könnte, falls er wollte. Aber sie bringt kein Wort heraus; die Sonne scheint ihr heiß auf den Scheitel, und ihr fällt ein Junge in Tenniskluft ins Auge, der geduldig vor dem Platz direkt am Wasser wartet – Garrison, ihr Tennislehrer.

»Aber meine Kette nehme ich nicht ab«, zischt Jessie wütend.

»Das verlangt auch niemand von dir«, sagt Exalta.

Jessie befürchtet, Exalta könnte dableiben, um bei der Stunde zuzusehen und kritische Kommentare abzugeben, doch ihre Großmutter findet es offenbar reizvoller, mit Mrs Winter auf der Terrasse Mimosa-Cocktails zu schlürfen. Exalta übergibt Jessie an ihren Lehrer und sagt: »Wir sehen uns dann in einer Stunde wieder. Hör bitte auf den Herrn.« Dann wendet sie sich an Garrison. »Bringen Sie ihr bitte unter keinen Umständen eine beidhändige Rückhand bei.«

»Ja, Ma'am«, sagt Garrison, der offenbar irgendwo aus dem tiefen Süden kommt, seiner gedehnten Aussprache nach. Jessies Einschätzung, dass im Club ausnahmslos schöne Menschen arbeiten, potenzielle Fotomodelle, erweist sich als nicht ganz richtig, denn Garrison sieht eher seltsam aus. Er hat einen langen, schmalen Torso und lange, dünne Arme und Beine, und die Art, wie er seinen Schläger an sich drückt, erinnert Jessie an eine Gottesanbeterin. Außerdem ist er Brillenträger, und seine Augen unter dem Sonnenvisier wirken hinter den dicken Gläsern klein und sehr weit weg. Jessie hatte gehofft, Topher als Lehrer zu erwischen. Topher mit seinem dichten braunen Haarschopf und dem markanten Kinn erfreut sich im Field and Oar Club bei Damen allen Alters großer Beliebtheit. »Du meine Güte, ist das ein schöner junger Mann« – das hat Jessie letztes Jahr einmal ihre Mutter sagen hören. Topher hätte ihr die Tennisstunden entschieden versüßen können.

Jessie wartet, bis Exalta außer Hörweite ist. Dann streckt sie Garrison die Hand entgegen. »Ich bin Jessica Levin«, sagt sie. »Levin, nicht Nichols.«

»Garrison Howe«, erwidert er. Er sieht sich nach Exalta um. »Deine Oma?«

Jessie seufzt. »Ja.«

»Energisch. Sie weiß, was sie will«, sagt er. »Gefällt mir.«

Exalta hat Garrison als Herrn bezeichnet, doch in den ersten fünf Minuten ihrer Bekanntschaft stellt sich heraus, dass er gerade mal neunzehn ist. Er fängt im Herbst sein zweites Jahr am Sewanee College an, ein reines Männercollege in Tennessee. Um den Job hier hat er sich auf Anregung seines Trainers am Sewanee beworben, der den Profilehrer des Clubs von früher her kennt, aus dem Ferienlager.

»Und siehe da, man hat mich genommen«, sagt Garrison. »Wahrscheinlich, weil alle anderen weg sind und gegen die Schlitzaugen kämpfen.«

In Jessie regt sich Widerstand. Ihr Vater hat ihr erklärt, dass dieses Wort rassistisch ist. »Mein Bruder ist auch in Vietnam«, sagt sie. Damit hofft sie, Garrison von vornherein gnädiger zu stimmen, damit er es nicht ganz so eng sieht, wenn sie sich bei den Tennisstunden, wie zu befürchten, als komplett unfähig erweist. »Er ist in deinem Alter. Neunzehn. Wenn er das College nicht geschmissen hätte, käme er jetzt auch bald ins zweite Studienjahr, genau wie du.«

Garrison starrt Jessie an. Sie fragt sich, ob es irgendwie ungehörig war zu erwähnen, dass ihr Bruder in den sumpfigen Dschungeln von Vietnam seinem Land dient, während Garrison hier im Club als Tennislehrer eine ruhige Kugel schiebt. Vielleicht zahlt er es ihr mit gleicher Münze heim. Oder er entpuppt sich als entschiedener Kriegsgegner. Was soll Jessie dann tun? Aufgebracht den Platz verlassen und einen anderen Lehrer verlangen? Auch sie ist ja gegen den Krieg, so wie ihre ganze Familie. Was nicht im Widerspruch dazu steht, dass sie auf Tiger stolz sind und sich um ihn sorgen.

Endlich erwacht Garrison aus seiner Starre. »Du hast hübsche Augen, Jessie.«

Das kommt so unerwartet, dass Jessie lachen muss.

»Ich mag Frauen mit dunklen Augen«, sagt Garrison. »Die haben so was Geheimnisvolles. Und deine langen dunklen Haare sind auch genau mein Fall. Ja, ich stehe auf Brünette.« Er hält das Tor auf und winkt Jessie auf den Platz. »Und jetzt würde ich sagen, auf geht's. Spielen wir ein bisschen Tennis.«

Tennis wirkt auf den ersten Blick täuschend einfach, wie so viele Sportarten. Man muss den Ball mit einem Schläger über ein Netz befördern, abwarten, dass der Ball vom Gegner zurückbefördert wird und ihn dann abermals übers Netz schlagen. Aber es gibt Nuancen, wie bei so vielen Sportarten – Tempo, Kraft und ein schwer definierbares Element namens Spin, abhängig von dem Winkel, in dem man den Schläger hält und von der Art, wie man den Ball trifft.

Garrison fängt mit dem Grundlegendsten an, Vorhandgriff und Vorhandschlag. Er legt ihr den Schläger in die Hand, stellt sich dann hinter sie und zeigt ihr, wie sie den Arm bewegen muss.

»Versuch, etwas lockerer zu werden«, sagt Garrison. »Du bist sehr steif, und das führt dann zu hölzernem Spiel.«

Jessie kann nicht lockerer werden. Bei dem Ausdruck »hölzernes Spiel« sieht sie eine ähnliche Spielfigur wie aus der Sammlung ihrer Großmutter vor sich, ein Mädchen mit einem Tennisschläger, der immer und immer wieder nach vorne schnellt. Jessie ist es etwas unangenehm, dass Garrison so dicht hinter ihr steht, mit den Händen an ihrem Arm und Rücken, nicht zu vergessen seine beunruhigenden Worte, ehe sie auf den Platz gegangen sind. Sie hat hübsche Augen? Ihr dunkles Haar ist genau sein Fall? Außer ihren Eltern hat ihr noch nie jemand gesagt, dass sie hübsch sei, und selbst diese Äußerungen waren immer an bestimmte Situationen oder Aspekte gebunden. *In Rot siehst du ganz entzückend aus. Du kannst froh sein, du hast schöne Haut. Das Kleid steht dir.* Von einem Jungen hat Jessie noch nie zu hören bekommen, dass sie hübsch sei, und sie hätte vielleicht vermutet, dass Garrison sich einen Spaß mit ihr erlaubte, wenn sein Tonfall nicht so ernst und aufrichtig gewesen wäre.

Garrison hat einen Rollwagen voll gelber Tennisbälle und liefert ihr eine präzise Vorlage nach der anderen, indem er den Ball vor ihr vom Boden aufspringen lässt; Jessie schwingt den Schläger auf die zuvor demonstrierte Art, und der Ball fliegt jedes Mal übers Netz, sogar ein ganzes Stück darüber.

Sie hat den Bogen raus!

Garrison feuert sie laufend an – *Jawohl, weiter so! Gut gemacht! Genau so, prima!* –, während Jessie einen Ball nach dem anderen übers Netz schlägt, bis der Wagen leer ist; nur zwei Bälle prallen gegen das Netz und landen davor am Boden.

»Kein einziger Fehler«, sagt Garrison. »Das ist beeindruckend. Ich glaube, du hast das Zeug zur nächsten Billie Jean King.«

Er übertreibt maßlos, das ist Jessie klar, aber es keimt dennoch Hoffnung in ihr auf. Sie fragt sich, ob sie am Ende vielleicht doch ein Talent für Tennis hat. Ganz unwahrscheinlich wäre es nicht – Exalta ist (oder war) eine gute Tennisspielerin, und ihre beiden Eltern spielen ebenfalls. Jessies Geschwister haben alle das obligatorische eine Jahr Tennisunterricht genommen, aber wirkliches Talent hat keiner von ihnen gezeigt. Vielleicht sind alle Tennis-Gene bei Jessie gelandet. Ihr wird ganz warm bei dem Gedanken, wie stolz Exalta auf sie wäre, wenn sie sich als Tenniskanone entpuppt. Vielleicht verdrängt sie sogar Kirby aus ihrer Gunst und rückt zur Lieblingsenkelin auf.

»Jetzt sollten wir zur Rückhand übergehen«, verkündet Garrison. Zunächst sammeln sie gemeinsam die Bälle ein. Einmal ertappt Jessie ihn dabei, wie er sie ansieht, und dabei fühlt sie … was genau fühlt sie? Etwas ganz Neues, Ungewohntes. Sie fühlt sich begehrt.

Sie gehen zur Rückhandlektion über. Jessie stellt sich innerlich auf die neue Herausforderung ein.

»Deine Oma hat mir zwar ausdrücklich untersagt, dir eine beidhändige Rückhand beizubringen, aber ich glaube nicht, dass du die nötige Armkraft hast, um den Ball mit einer Hand übers Netz zu schlagen.«

Jessie vernimmt es mit Enttäuschung. »Kann ich es nicht trotzdem mal probieren?«, fragt sie, denn sie hat Angst, sich nicht haargenau an Exaltas Vorgaben zu halten.

»Klar«, sagt Garrison. »Vielleicht überraschst du mich ja.« Wieder zeigt er Jessie, wie sie den Schläger halten muss, und seine Hand ruht noch länger an ihrem Arm und Rücken als beim ersten Mal. Seine Berührung macht

Jessie verlegen. Garrison liefert ihr die erste Vorlage, Jessie schwingt den Schläger und verfehlt den Ball. Auch bei seiner zweiten Vorlage schlägt sie daneben, und beim dritten Versuch ebenfalls. Vor Demütigung kommen ihr die Tränen, alles schwimmt ihr vor den Augen. Ihr ist warm, sie schwitzt, sicher riecht sie unangenehm. Sie hätte sich nie Hoffnungen machen dürfen, dass sie diesem Spiel gewachsen ist.

»Versuchen wir's doch mal beidhändig«, sagt Garrison. »Das ist leichter. Komm, ich zeig's dir.« Er stellt sich hinter Jessie, so dicht, dass sich seine Brust an ihren Rücken drückt, und legt die Arme um sie. Sie versteift sich spontan. »Ganz locker, immer locker«, raunt er ihr ins Ohr, kaum lauter als im Flüsterton. »Hol mit den Armen *so* nach hinten aus und dann … abziehen.« Bei der Bewegung spürt Jessie, wie etwas sie von hinten anstupst, irgendein Körperteil von Garrison. Sie betet, dass sie sich das nur einbildet, aber dann spürt sie es wieder, hart und gerade wie der Griff eines Tennisschlägers – seine *Erektion* – ein Begriff aus dem Pubertätsvortrag, den sie sich am Schuljahrsende alle anhören mussten. Garrison hat eine Erektion bekommen, als er dabei war, ihr die beidhändige Rückhand beizubringen, und diese Erektion drückt sich nun von hinten an sie. Jessie will sich von Garrison losmachen, aber er hält ihre Arme fest.

»Ich fühle mich nicht gut«, sagt sie, doch er geht nicht darauf ein. Er steht hinter ihr und wippt vor und zurück, während er ihr vermeintlich zeigt, wie sie den Schläger schwingen muss. Der Horror, der jetzt in ihr aufsteigt, hat nicht nur mit Garrison und seiner Erektion zu tun. Ebenso spielt noch mit hinein, wie Exalta einfach ihren Nachnamen unterschlagen hat, und dass Tiger nun so weit weg ist und im Dschungel Krieg führen muss. Jessie gelingt es, sich aus Garrisons Umklammerung zu befreien, mit einer Kraft, von der sie bisher nicht ahnte, dass sie in ihr schlummert. Sie rennt vom Platz und auf die Terrasse zu, wo Exalta gerade den Verzehrbeleg quittiert. Auf dem Tisch zwischen ihr und Mrs Winter stehen leere Champagnergläser.

Exalta sieht Jessie an und strahlt. Wie jedes Mal, wenn sie was getrunken hat, liegt ein gewisser Glanz auf ihren Augen. »Na, wie war's?«

Jessie räuspert sich. »Ich hätte morgen gern einen anderen Lehrer.«

»Was?«, sagt Exalta. »Aber warum?«

Jessie reißt die Augen auf, in der Hoffnung, so ihrer Not Ausdruck zu verleihen. Ihre Großmutter war früher selbst eine schöne Frau. Da hat sie doch sicher auch den einen oder anderen unerwünschten Annäherungsversuch erlebt. Aber Jessie fehlen die Worte, um zu erklären, was passiert ist, und vor Mrs Winter kann sie darüber schon gar nicht reden. Erektion, denkt sie. Das Wort kam auch in dem Roman vor, den Blair damals am Strand gelesen hat. Sie muss an Blairs Worte denken. *Es gibt keinen Grund, Sex eklig zu finden*. Aber im Augenblick verspürt sie nichts als Ekel.

»Er hat mir die beidhändige Rückhand beigebracht«, sagt Jessie.

Exalta steht auf und hält sich dabei am Tisch fest. »Hat denn der Kerl keine Ohren? Unmöglich. Das geht nicht an«, sagt sie. »Wir finden jemand anderes für dich.«

»Ein Mädchen diesmal«, sagt Jessie. »Bitte.«

Mrs Winter klebt an Exalta wie eine Klette, und als sie sagt: »Sag mal, Exalta, wie geht es denn Blair? Sie hat doch einen Astronauten geheiratet, oder? Ich habe sie immer schon so gern, obwohl sie meinem Larry das Herz gebrochen hat«, entschuldigt Jessie sich und geht in die Umkleide. Sie klatscht sich kaltes Wasser ins Gesicht. Es glüht, ob von der Sonne oder wegen der Demütigung, die sie gerade erlitten hat, weiß sie nicht. Sie wird einfach das Gefühl nicht los, wie Garrison sich an ihr gerieben hat. Es ist, als hätte er sie gebrandmarkt. Sie möchte am liebsten heulen und schreien, aber das geht hier im Club nicht. Wenn sie wieder zu Hause ist, erzählt sie ihrer Mutter, was geschehen ist, und dann wird Garrison gefeuert und zurück nach Tennessee geschickt. Aber Jessie ahnt bereits, dass sie nicht den Mut aufbringen wird, es ihrer Mutter zu erzählen. Und es ihrem Vater zu erzählen, kommt für sie auch nicht infrage. Blair oder Kirby könnte sie es erzählen, aber die sind beide nicht hier. Ihre älteren Schwestern haben sie im Stich gelassen.

Als Jessie aus der Umkleide kommt, sieht sie, dass Exalta immer noch mit Mrs Winter auf der Terrasse schwatzt. Jessie möchte einfach nur weg von hier, aber da sie weiß, dass es nicht ohne Folgen bliebe, wenn sie allein nach Hause ginge, wartet sie am Empfangstresen. Er ist unbesetzt, von Lizz fehlt jede Spur. Auf einem Regal hinter dem Tresen liegen allerlei Clubartikel: Polohemden, Sonnenvisiere, Cocktailservietten und Briefpapier, alles versehen mit dem gelbgrün-weißen Signalwimpel des Clubs. Jessie bekommt spontan Herzklopfen. Sie sieht sich um: kein Mensch weit und breit. Sie beugt sich über den Tresen und schnappt sich das Erste vom Regal, was sie zu fassen bekommt – ein Paar Schweißbänder aus Frottee, in Zellophan verpackt. Das Zellophan knistert laut, und Jessie macht sich beklommen darauf gefasst, dass nun gleich jemand auftaucht und sie nach Exaltas Mitgliedsnummer fragt, um ihr Konto mit dem Kaufbetrag zu belasten. Aber niemand kommt, niemand bemerkt etwas, und Jessie lässt die Schweißbänder in der geräumigen Tasche ihres Tennisrocks verschwinden. Dann geht sie raus auf die vordere Veranda, um dort auf Exalta zu warten.

EVERYDAY PEOPLE

Nachdem sie einundzwanzig Jahre konsequent gegen den Strom geschwommen ist – sie hat Autoritäten hinterfragt, sich gegen Vorschriften aufgelehnt, unüberlegt gehandelt –, stellt Kirby nun überrascht fest, dass es gerade die stille Ordnung und Routine ist, die ihr an dem Rezeptionsjob im Shiretown Inn am meisten zusagt. In dem Hotel gibt es insgesamt zwölf Zimmer, jedes mit eigenem Bad, und die Klientel des Hauses, das in bester Lage in der Innenstadt von Edgartown steht, ist in der Tat betucht und anspruchsvoll, ganz wie von Mrs Bennie angekündigt. Sie beherbergen einige Pärchen auf Flitterwochen, die meisten Gäste jedoch gehören der Generation von Kirbys Eltern an oder sind sogar noch älter. In ihrer ersten Arbeitswoche hat sie keinen Grund zur Klage: Alle, mit denen sie zu tun hat, sind höflich und angenehm im Umgang.

Ihre Schicht entwickelt bald einen Rhythmus. Zwischen elf Uhr abends und ein Uhr früh kehren die Gäste, die abends ausgegangen sind, ins Haus zurück – von einem Dinner im Dunes, von Strandpartys am Lagerfeuer, vom Deck der Navigator, wo sie sich noch einen Schlummertrunk genehmigt haben. Mrs Bennie hat Kirby eingeschärft, auf Anzeichen von Ärger zu achten, doch die Gäste wirken allesamt fröhlich und entspannt, ein bisschen beschwipst vielleicht, aber nichts, was aus dem Rahmen des Üblichen fiele. Kirbys Lieblingsgäste sind die Eltringhams aus New Hope, Pennsylvania. (Kirby ist von dem Ortsnamen New Hope einfach nur entzückt und bezieht ihn auf ihre aktuelle Situation. Nach zwei Verhaftungen und der unsäglichen Geschichte mit Scottie Turbo hat sie das Gefühl, dass ihr der Aufenthalt und die Arbeit hier auf Vineyard genau das erschließen: eine neue Hoffnung.) Mr Eltringham ist Banker in Philadelphia, und Mrs Eltringham betreibt einen kleinen Antiquitätenladen daheim in New Hope. Für sie beide ist es die zweite Ehe; Mr Eltringham hat erwachsene Kinder aus erster Ehe, und Mrs Eltringham ist früher Krankenschwester im St. Vincent's Hospital in New York gewesen, in der Verbrennungsabteilung. Kirby staunt, wie viel sie schon über die Eltringhams weiß, und das nach nur einer Handvoll gezielter Fragen. An Kirbys drittem Abend an der Rezeption bringen ihr die Eltringhams aus dem Art Cliff Diner ein Pfirsichpastetchen mit, was so völlig aus heiterem Himmel kommt, dass Kirby kurz misstrauisch wird. Aber das kleine Gebäck schmeckt absolut köstlich. Kirby muss lernen, anderen Menschen wieder mehr zu vertrauen.

Leicht allerdings fällt ihr die Nachtarbeit nicht. So gegen zwei Uhr kommt Kirby an ihren toten Punkt, und ihr fallen die Augen zu. Bis dahin hat sie die Rechnungen der Gäste überprüft, die am Morgen auschecken, hat die kleine Eingangslobby gesäubert und sich überzeugt, dass alle zwölf Zimmerschlüssel vergeben sind. Sie sehnt sich fast nach ein bisschen Wirbel – ein übrig gebliebener Schlüssel etwa oder eine Beschwerde wegen Lärmbelästigung –, weil sie dann auf Trab gehalten würde und an Schlaf nicht zu denken wäre.

Hin und wieder geht Kirby nach draußen auf die Veranda, um in der kühlen Nachtluft frische Energie zu schöpfen, so wie auch jetzt gerade; sie lässt den Blick über die stillen, menschenleeren Straßen von Edgartown schweifen und versucht, nicht an die anderen Bewohner der Insel zu denken, die jetzt alle tief und fest schlafen.

Kirby fragt sich, wie es elf Meilen von hier entfernt laufen mag, auf Nantucket. Als sie ihre Mutter vom Haustelefon aus angerufen hat, um ihr von dem Job zu erzählen, sagte Kate nur knapp, »Oh, schön für dich« und setzte sie dann davon in Kenntnis, dass Blair Zwillinge erwartet. Es ärgerte Kirby ein wenig, dass ihre guten Nachrichten derart übertrumpft wurden. Liebe Güte, natürlich erwartete Blair Zwillinge! Was hätte es für ihren elefantösen Leibesumfang sonst für eine Erklärung geben sollen?

»Wie geht's Jessie?«, fragte Kirby. Die arme Jessie musste wahrscheinlich allein sehen, wie sie zurechtkam, da Kate ganz von der Sorge um Blair und Tiger in Atem gehalten wurde. Jessie war ein empfindsames Kind, dabei aufgeweckt und ein bisschen verträumt; sie las gern und viel. Kirby bemühte sich schon länger, ihre kleine Schwester mit ihrer Wildheit und ihrem Widerspruchsgeist anzustecken, aber ohne Erfolg. Bisher zumindest.

»Jessie?«, fragte Kate in einem Tonfall, als wüsste sie gar nicht, wen Kirby meinte, und das sagte eigentlich schon alles.

Wenn sie ihren ersten Lohn bekommen hat – neunzig Dollar! –, will Kirby für Jessie ein Batik-T-Shirt mit dem Aufdruck MARTHA'S VINEYARD kaufen, und wenn sie es ihr in die Fair Street schickt, legt sie Jessie einen Brief mit dem Tipp bei, das Teil im Field and Oar Club zu tragen. Kirby sollte wirklich mal ein Handbuch schreiben, Titel: *Wie man Nonny schockt und trotzdem mit heiler Haut davonkommt.* Sie lacht bei der Vorstellung, geht dann wieder rein und setzt sich in den Sessel im Back Office, wo sie sich das Radio anschaltet. Es läuft gerade »A Whiter Shade of Pale« von Procol Harum, ein Song, den Kirby eigentlich sehr gern mag; aber er lief auch in

Scottie Turbos Auto, als sie zum Lake Winnipesaukee hochgefahren sind. Kirby und Scottie hatten einen Blick gewechselt und den Text dann voller Inbrunst mitgeschmettert – *That her face, at first just ghostly, turned a whiter shade of pale*.

Sie schaltet das Radio seufzend aus.

Ein wiederholtes glockenhelles Bimmeln lässt sie aus dem Schlummer aufschrecken – es ist Mr Ames, der Nachtwächter, der nebenan die Rezeptionsklingel betätigt. Kirby springt auf, streicht sich den Rock glatt und eilt in die Lobby, um ihn zu begrüßen. Mr Ames ist Mitte sechzig; er war früher Polizist in South Boston und hat sich mit seiner Frau Susanna auf Vineyard zur Ruhe gesetzt. Sie bewohnen ein Cottage in East Chop, eine Wohngegend, die technisch gesehen zu Oak Bluff gehört, aber nichts mit dem Methodist Campground zu tun hat. In Kirbys erster Nacht hier am Empfang hat Mr Ames ihr ein Foto seiner Frau gezeigt, und Kirby stellte überrascht fest, dass Susanna schwarz war. Sie bemühte sich aber, sich nichts anmerken zu lassen. »Sie ist wunderschön. Wo haben Sie sich kennengelernt?«

»In Boston«, sagte er. »Wir fuhren beide regelmäßig mit der Red Line der U-Bahn, und ich sah sie hin und wieder, in ihrer Krankenschwesterntracht. Einmal war der Zug völlig überfüllt, und ich hab ihr meinen Platz angeboten.«

»Oh, wie romantisch!«, sagte Kirby. »Haben Sie auch Kinder?«

»Susanna hat eine Tochter aus erster Ehe«, sagte Mr Ames. »Aber Denise ist längst erwachsen und hat schon eigene Kinder.«

Kirby hätte ihn schon bei ihrer ersten Begegnung gern gefragt, ob es schwierig ist, Teil eines gemischtrassigen Paares zu sein, oder ob es nicht weiter ins Gewicht fällt. Das Thema brennt ihr unter den Nägeln. Seitdem er sie beim Trampen mitgenommen hat, geht ihr Darren nicht mehr aus dem Kopf. Sie würde ihn gern wiedersehen.

Mr Ames hat ihr einen Kaffee mitgebracht, in einem Styroporbecher. »Hab mir gedacht, den könnten Sie vielleicht gebrauchen«, sagt er. »Mit Milch und Zucker, ich hab's nicht vergessen.«

»Dankeschön«, sagt Kirby. Es ist mittlerweile drei Uhr; bei dem Gedanken, noch vier Stunden wachzubleiben, wird ihr ganz anders. »Oben alles in Ordnung?« Mr Ames dreht in der Nacht insgesamt drei Runden: eine um halb zwölf, eine um halb drei, und die letzte morgens um halb sechs.

»Der Herr in Zimmer acht schnarcht wie ein Schwarzbär«, sagt Mr Ames. »Obwohl gerade ich besser den Mund halten sollte.« Er zeigt mit dem Finger auf Kirby. »Es ist keine Schande, mal einzunicken. Kein Grund, sich zu schämen. Wenn was ist, wecke ich Sie.«

»Danke, Mr Ames. Sehr nett.« Kirby geht mit dem Kaffee wieder ins Back Office und sinnt darüber nach, wie sehr sie es genießt, ganz ohne ein Gefühl von Scham zu leben.

Scham.

Bei der Frage, ob sie mit Darren Frazier anbandeln soll, gibt es noch ein weit größeres Problem als seine Hautfarbe – seine Mutter. Dr. Frazier weiß, wer Kirby ist … vielleicht, möglicherweise. Es sei denn, junge Studentinnen mit blonden Haaren sehen für sie alle gleich aus. Kirby sollte sich Darren besser aus dem Kopf schlagen; eine komplizierte Beziehung ist so ziemlich das Letzte, was sie braucht. Wobei Kirby an Darren vor allem gefällt, dass er so locker wirkt. Es war nett von ihm, sie in seinem Chevy mitzunehmen und bis nach Edgartown zu kutschieren; er studiert in Harvard, ist also intelligent; er ist stolz auf seinen Ferienjob; er ist selbstbewusst und selbstsicher. Und er hat ein hinreißendes Lächeln. Wie himmlisch wäre es, sich den ganzen Sommer über an diesem Lächeln zu wärmen? Und wie wundervoll, mit ihm im Corvair zu Larsen's zu fahren, um Hummer einzukaufen und ihn anschließend in dem blauen Märchenhaus zu essen?

Kirby seufzt. Himmlisch, wundervoll, aber nur ein Traum. Er war nett zu ihr, weil er mit Rajani befreundet ist. Wer weiß, vielleicht hat er sogar ein Auge auf Rajani geworfen. Ein Gedanke, der Kirby weitaus mehr beunruhigt, als vermutlich angebracht wäre.

Sie versucht ein weiteres Mal ihr Glück mit dem Radio und erwischt diesmal Peter, Paul and Mary. *The answer, my friend, is blowing in the wind*. Sie schließt die Augen.

Kirby schreckt bei den ersten Sonnenstrahlen um Viertel nach fünf hoch und setzt sich umgehend in Bewegung. Sie sieht die Rechnungen noch einmal durch und eilt dann auf die Toilette, um sich rasch etwas frischzumachen. Sie bringt die Kaffeemaschine in Gang und richtet puderzuckerbestäubte Donuts aus einer Schachtel für die Gäste auf einem Teller an. Um Punkt sechs Uhr erscheint ein Gast namens Bobby Hogue, aus Zimmer drei, in kurzer Sporthose und Tennisschuhen in der Lobby. Bobby Hogue hat nur noch eine Hand, die Rechte. Die Linke hat er während einer Vernichtungs-Mission in Quang Nam bei der Explosion einer Granate verloren; er war Marine, und es war sein zweiter Einsatz in Vietnam. Einmal Marine, immer Marine, lautet Bobby Hogues Devise, deshalb ist er nach wie vor Frühaufsteher und beginnt jeden Tag morgens um sechs mit einem Fünf-Meilen-Lauf.

»Guten Morgen, Mr Hogue«, sagt Kirby.

»Guten Morgen, Kirby«, erwidert Bobby Hogue.

Draußen landen mit einem dumpfen Aufschlag die Zeitungen auf der Veranda, und Kirby eilt hinter dem Tresen hervor, um sie reinzuholen. Doch Bobby Hogue kommt ihr galant zuvor, er liest den Packen Zeitungen mit seiner einen Hand vom Boden auf und legt ihn auf den Säulentisch in der Mitte der Lobby. In Kirby steigt ein Gefühl echter Bewunderung auf, und dann huscht ihr Blick verstohlen zu dem abgerundeten Stumpf, wo sich einst seine Hand befand.

»Heute werde ich keine Nachrichten lesen«, verkündet

Bobby Hogue. Er lächelt ihr freundlich zu; Kirby hat ihm erzählt, dass ihr Bruder im zentralen Hochland stationiert ist. »Und dasselbe rate ich Ihnen auch.«

»Abgemacht«, sagt Kirby. Sie ist nur zu gern bereit mitzuspielen, so zu tun, als wäre auch der Rest der Welt so ruhig-heiter wie Edgartown, Massachusetts, morgens um sechs an einem schönen Sommertag.

Bobby Hogue winkt ihr mit seinem Stumpf noch einmal zu, ehe er locker die Verandatreppe hinunterfedert.

An ihrem ersten freien Tag beschließt Kirby, sich am Inkwell Beach umzutun. Daran gedacht hat sie seit Darrens Einladung jeden Tag, aber der Versuchung bisher widerstanden, ganz untypisch für sie. Sie denkt an die ersten, aufregenden Tage mit Scottie Turbo zurück, mit welcher Begeisterung sie in sein Cabrio eingestiegen ist, um mit ihm zum Lake Winnipesaukee zu fahren. Sie hatte sich damals zum Narren gemacht; ein weiteres Mal würde ihr das nicht passieren.

Es herrscht Bilderbuchwetter – Sonnenschein, ein seidenblauer Himmel, geringe Luftfeuchtigkeit, dazu eine herrliche Brise vom Wasser her, die Kirby am offenen Fenster in Mr Ames Pick-up genießt. Kirby hatte sechs Dollar von ihrem sauer verdienten Geld für Taxifahrten zur Arbeit und wieder zurück aufgewendet, ehe Mr Ames ihr als rettender Engel das Angebot machte, sie morgens immer nach Oak Bluffs mitzunehmen, da sie denselben Tagesablauf hatten. In der Regel sind sie auf diesen Fahrten beide zu müde, um sich groß zu unterhalten, aber an diesem Montagmorgen ist Kirby ganz aufgekratzt vor Vorfreude.

»Ich gehe heute an den Inkwell Beach«, sagt sie zu Mr Ames. »Waren Sie da schon mal?«

»Früher, als ich noch jünger war«, sagt Mr Ames, »bin ich da ab und zu hin. Mit der Familie meiner Frau.« Er schweigt kurz. »Sie und Ihre Freundinnen fühlen sich vielleicht am Katama oder am State Beach wohler.«

»Freundinnen habe ich eigentlich noch keine«, sagt Kirby. »Wobei, eine Freundin vom College wohnt hier – sie jobbt als Kindermädchen draußen in Chilmark, und ich freunde mich gerade mit einem Mädel aus meiner Pension an.«

»Und warum wollen Sie gerade zum Inkwell Beach?«, fragt Mr Ames. »Wenn ich so direkt fragen darf.«

»Ich hab einen Jungen kennengelernt, der mich dorthin eingeladen hat«, sagt Kirby. »Darren Frazier? Er ist Rettungsschwimmer am Inkwell.«

»Ja, Darren kenne ich«, sagt Mr Ames. »Die Schwester meiner Frau ist mit einem Cousin von Richter Frazier verheiratet.«

»Oh, cool«, sagt Kirby. Darren ist der Sohn von Dr. Frazier, die vielleicht, möglicherweise über Kirbys missliche Vergangenheit Bescheid weiß, und von Richter Frazier, der vielleicht, möglicherweise Zugriff auf Kirbys Polizeiakte hat, in der ihre Festnahmen dokumentiert sind. Darren Frazier ist also der letzte junge Mann in Massachusetts, für den Kirby sich interessieren sollte.

»Darren hat Sie also an den Inkwell Beach eingeladen?«, hakt Mr Ames nach.

Kirby nickt.

»Tja, wenn das so ist«, sagt Mr Ames. »Na dann, viel Spaß.«

Kirby schenkt sich das Frühstück mit den anderen, weil ihr die Nervosität auf den Magen schlägt, und auch an Schlaf ist nicht zu denken, dazu ist sie viel zu aufgeregt. Sie geht hoch in ihr Zimmer und legt sich eine Platte auf – *Stand!*, von Sly and the Family Stone, das Album, das sie für Phasen der Hoffnung eingepackt hat. Sie dreht die Musik so laut wie eben noch vertretbar. (Eine der jungen Irinnen, Michaela, kam neulich abends zu ihr hochgestürmt, als sie gerade Crosby, Stills and Nash hörte, ihre Musik für nachdenkliche Momente, und forderte sie mit breitem irischem Akzent auf, die Musik gefälligst leiser zu drehen. Kirby hatte einen spöttischen Konter parat: »Oh, Verzeihung, ich wusste ja nicht, dass du schon fünfzig bist.«)

Kirby entscheidet sich für ihren roten Bikini und darüber ein extralanges Batik-T-Shirt mit einem handgepinselten Peace-Zeichen vorne drauf. Dieses T-Shirt hatte sie auch bei der Demo an, zusammen mit einer Jeans und fransenbesetzten Wildlederstiefeln, bei der Scottie sie verhaftet hat. Er hatte sie sich aus der wogenden Menge herausgepickt, weil sie »in dem Top so gut aussah«, wie er ihr später verriet. Kirby bindet sich noch ein rotes Tuch um ihr Haar, das sie zum ersten Mal seit einer Woche offen trägt, und setzt dann ihre Sonnenbrille auf. Damit ist sie strandfertig.

Aber sie braucht noch eine Mitstreiterin. Rajani fällt aus, sie ist unter der Woche durch ihren Kindermädchenjob gebunden. Kirby eilt mit ihrer Strohtasche nach unten, in der sich neben Sand vom Madequecham Beach auch noch diverse Muscheln befinden, die Jessie dort gesammelt hat, und klopft an Pattys Tür.

Patty trägt noch ihren Schlafanzug; sie hält einen angebissenen Schokoriegel in der Hand.

»Ich hab gestern Abend zu tief ins Glas geschaut«, erklärt sie. »Mit meinem Bruder und seinen Freunden. Hab auch mit einem rumgeknutscht, so einem reichen Schnösel aus New York namens Luke, und mich von ihm befummeln lassen.«

»So, so, befummelt hat er dich, ja?«, sagt Kirby. »Er hat dir also gefallen?« Sie lehnt sich an den Türrahmen und beobachtet, wie Patty rot anläuft. Es fehlt ihr, Freundinnen zu haben. Im Wohnheim am College macht derartiger Klatsch und Tratsch ständig die Runde.

»Süß ist er schon«, sagt Patty. »Ich konnt's gar nicht fassen, dass er sich für mich interessierte. Aber … er hat gemeint, er stünde auf leicht füllige Mädchen mit langen Haaren, an denen er ziehen kann.«

Kirby muss lachen. »Damit wollte er wohl nur sagen, dass er auf hübsche Mädchen steht, wie dich.« Sie stupst Patty an. »Komm doch heute mit zum Strand, wie wär's?«

»Erst muss ich mich noch mal hinlegen. Ich war bis in die Puppen auf und muss heute Abend arbeiten«, sagt

Patty. »Aber vielleicht stoße ich später zu dir. Wo gehst du denn hin?«

»Inkwell«, sagt Kirby.

Patty stößt eine Art spitzen Schrei aus. »Was? Hat dich denn niemand aufgeklärt?«

»Aufgeklärt?«, fragt Kirby. »Worüber denn?«

Patty senkt vertraulich die Stimme. »Das ist der Strand für Schwarze. Daher der Name *Inkwell*, Tintenfass, verstehst du?«

Kirby wird spontan flau im Magen. »Ich weiß«, behauptet sie. Ihr steigt die Hitze in die Wangen, und sie weiß kurz nicht, soll sie flüchten oder kämpfen. Kämpfen, denkt sie. »Ich hab einen kennengelernt, der da Rettungsschwimmer ist. Er hat mich dahin eingeladen.«

Peggy starrt sie kurz wortlos an, und Kirby fragt sich erschrocken, ob sich etwa ihre Lieblingsmitbewohnerin in der Pension, die eine, die sie von Anfang an als mögliche Freundin eingestuft hat, als Rassistin entpuppen sollte. Auf einmal ist sie wieder sechzehn und bekommt in Gemeinschaftskunde mit, wie Steve Willard und Roger Donnelly Miss Carpenter, Kirbys erklärte Lieblingslehrerin, mit dem N-Wort verunglimpfen. Kirby war aufgestanden und hatte vor Roger aufs Pult gespuckt, was in der Klasse einen kleineren Tumult auslöste – und Kirby wurde aufgefordert, nach dem Unterricht noch dazubleiben. Als Miss Carpenter fragte, was bitteschön Kirby zu einem so unwürdigen Benehmen veranlasst hatte, blieb sie ihr eine Antwort schuldig. Sie brachte es nicht übers Herz, Miss Carpenter zu erklären, dass sie für sie in die Bresche gesprungen war. Aber ihre Lehrerin erriet den Sachverhalt wohl auch so, denn sie sagte: »Gegen Sprache oder Verhaltensweisen, die man als beleidigend empfindet, setzt man sich am besten durch *friedlichen* Protest zur Wehr. Verstanden, Katharine?«

Ja, sagte Kirby, sie habe verstanden. Nach einer Entschuldigung hatte sie Rogers Pult gründlich gereinigt, und in der Woche darauf fragte Miss Carpenter sie, ob sie mit ihr an Dr. Kings friedlichem Protestmarsch teilnehmen wolle.

»Ich unterstütze die Bürgerrechtsbewegung«, sagt Patty nun, und Kirby atmet im Stillen auf. »Meine Schwester Sara war Wahlkampfhelferin für Robert Kennedy. Aber ich kann trotzdem nicht mit dir da hingehen.«

»Warum nicht?«, sagt Kirby. Es imponiert ihr, dass Pattys Schwester sich für Bobby Kennedy eingesetzt hat, aber es wäre rassistisch von Patty, wenn sie Inkwell irgendwie als minderwertig ansähe, weil der Strand von Schwarzen besucht wird.

»Weil wir dort nicht hingehören«, sagt Patty. »Die Leute da wollen keine Weißen, sie wollen unter sich sein.«

»Darren hat mich doch eingeladen«, sagt Kirby. »Er hat gesehen, dass ich Weiße bin, und es schien ihn nicht weiter zu stören. Denk an Bob Dylan – ›*the times, they are a-changin*‹.«

»Aber so sehr haben sich die Zeiten eben doch nicht geändert.« Patty setzt ein wehmütiges Lächeln auf. »Du wirst schon sehen.«

Kirby bricht allein zum Strand auf, stolz und hocherhobenen Hauptes. Ungnädige Gedanken über Patty gehen ihr durch den Kopf – sie muss ein ziemliches Flittchen sein, wenn sie sich von einem Typen, den sie nicht mal näher kennt, befummeln lässt, und außerdem hat sie offenbar null Willenskraft. Sie will angeblich zehn Kilo abnehmen, und das Erste, was sie morgens nach dem Aufwachen mümmelt, ist ein Schokoriegel! Wahrscheinlich hat sie einen ganzen Vorrat im Nachttisch liegen. Und kann es sein, dass Patty sich da gestern Abend eine Art Psycho angelacht hat – er steht auf lange Haare, an denen er ziehen kann, das klingt doch krank! Kirby möchte nicht schlecht von Patty denken; sie mag sie ja eigentlich, aber was sie da gerade abgesondert hat, war nicht gerade das Gelbe vom Ei. Wer weiß, vielleicht kennt Patty bloß keine Farbigen persönlich. Sie wird sie mal mit Rajani und Darren bekanntmachen, beschließt Kirby. Sie nimmt sich vor, Patty über den Sommer zu progressivem Gedankengut zu bekehren.

Kirby spaziert auf den Inkwell Beach, als wäre es die normalste Sache der Welt, und das ist es gewissermaßen auch. Sommer, das ist für Kirby immer schon gleichbedeutend mit Sand und Sonne. Ihre Mutter hat sie schon als Baby zum Steps Beach auf Nantucket mitgenommen, und an diesen Strand sind sie, bis zum Tod ihres Vaters, jeden Sommer zurückgekehrt. Danach ersetzte ihre Mutter ihre Babysitterin Lorraine (die von der Insel abgehauen war) durch ein neues Mädchen namens Ivy (von Blair nur »Poison Ivy« genannt), die mit ihnen immer zum Cisco Beach fuhr, wo es die großen Wellen gab. Blair hatte Angst, dort zu schwimmen, im Gegensatz zu Kirby und Tiger, und Kirby fühlt sich bis heute am lebendigsten, wenn sie ausgiebig über Wellen springen kann und sich dann von der Sonne trocknen lässt. Als sie klein war, war sie berühmt dafür, dass sie nicht mal ein Badetuch benutzte. Sie ließ sich mitten in den Sand plumpsen, und wenn sie dann wieder aufstand, war sie paniert wie ein Fischstäbchen.

Inkwell Beach liegt am Sund; es gibt also nicht die Sorte Wellen, die Kirby so gern mag. Die Aussicht aber ist traumhaft schön: Das Wasser liegt ganz glatt da wie ein Laken aus blauem Satin. Eigentlich ist es ganz ähnlich wie am Steps Beach auf Nantucket. Ein Grüppchen Frauen hat es sich auf ihren Liegestühlen im Halbkreis gemütlich gemacht, um sich besser unterhalten zu können; manche von ihnen tragen Sonnenhüte, andere halten ihr Gesicht in die Sonne. Am Strand buddeln kleine Kinder Tunnel, die sicher bis nach China reichen sollen, und Mädchen mit Plastikeimern sind auf der Suche nach Muscheln. Teenager stehen bis zur Taille im Wasser und bespritzen sich gegenseitig; hinter ihnen schwimmt ein älterer Herr im Wasser, gemächlich zwar, aber mit ruhigen, stetigen Schwimmzügen. Zwei Typen ungefähr in Kirbys Alter liegen bäuchlings auf Badelaken da; der eine schläft gerade, der andere ist in ein Buch vertieft, *Schlachthof Fünf* von Kurt Vonnegut, mit einer Miene, die wegen seiner Sonnenbrille unergründlich ist.

Alle sind schwarz. Ausnahmslos.

Na ja, gut – was hat Kirby denn erwartet? Dass alle Strandbesucher schwarz sein würden, darauf war sie gefasst, aber nicht darauf, was das in ihr auslösen würde. Sie fühlt sich nicht bedroht oder eingeschüchtert, das nicht. Sie hat schlicht das Gefühl, extrem aufzufallen, als würde sie von allen Seiten angestarrt, und niemand beurteilt sie danach, ob sie dick oder dünn, schön oder hässlich ist – nein, das ist ganz nebensächlich. Sie ist weiß, nur darauf kommt es an.

Sie stapft an der Damenrunde vorbei, und alles verstummt kurz, ehe das Gespräch gleich darauf in gedämpftem Tonfall wiederaufgenommen wird. Kirby ist, als würde sie ihren Namen aufschnappen, aber das kann natürlich nicht sein. Sie nähert sich unbeirrt dem Wasser, vorbei an den buddelnden Kindern. Sie halten zwar kurz inne und sehen sie an, zeigen aber sonst keine nachteilige Reaktion. Kinder sind eben farbenblind. Daraus schöpft sie ein wenig Zuversicht.

Der junge Mann, der gerade Vonnegut liest, blickt zu ihr hoch und schüttelt warnend den Kopf, wie um ihr nahezulegen, besser wieder zu gehen. Der ist ja so schlimm wie Patty! Ihm wird doch hoffentlich klar sein, dass Kirby ebenso sehr das Recht hat, sich hier aufzuhalten wie alle anderen.

Pattys Worte hallen ihr durch den Kopf: *Wir gehören dort nicht hin.*

Kirby hört einen Pfiff. Sie wendet sich um und entdeckt Darren, oben auf seinem Wachturm aus Holz mit den weißen Querverstrebungen. Er winkt. Meint er sie?

Sie wendet sich zum Wasser um – dort ist niemand –, ehe sie durch den Sand losstapft, auf ihn zu, barfuß, ihre Sandalen an zwei Finger gehakt, als könnte nichts ihre gute Laune trüben.

»Hey«, sagt sie. Ihr ist zumute, als hätte Darren ihr gerade den Rettungsring zugeworfen, der seitlich an dem Turm hängt.

»Du bist tatsächlich gekommen!«, sagt er. »Ich fasse es nicht.«

»Ja, logo.« Kirby zuckt betont unbekümmert die Achseln. »Heute ist mein erster freier Tag, und von der Pension aus ist es ja nicht allzu weit.«

»Großartig«, sagt Darren. Ist er wirklich so begeistert? Sie versucht, aus seinem Tonfall und seiner Miene schlau zu werden. »Willkommen am Inkwell Beach. Hier bin ich aufgewachsen.«

»Hübsch ist es hier«, sagt Kirby, ganz wahrheitsgemäß.

Darren wird auf irgendetwas hinter ihr aufmerksam, und sein Lächeln gefriert auf einmal. Kirby dreht sich um und sieht, dass eine der Frauen aus dem Halbkreis sich erhoben hat und nun mit in die Hüften gestemmten Händen dasteht. Sie trägt einen Schlapphut.

»Meine Mutter«, erklärt Darren, und Kirbys Stimmung landet am absoluten Tiefpunkt. »Sie will wohl, dass ich weiter meiner Arbeit nachgehe.«

»Ich hab deine Mutter schon kennengelernt«, sagt Kirby und winkt Dr. Frazier zu, die jedoch bloß ein böses Gesicht zieht. »Bei euch zu Hause.«

»Ja«, sagt Darren. »Hat sie mir erzählt.«

»Hat sie irgendwas über mich gesagt?«, fragt Kirby.

Darren schüttelt den Kopf. »Bloß, dass du mit Rajani kurz da warst.« Er richtet den Blick aufs Meer. »Sie sieht's nicht gern, wenn ich mich von meinem Job ablenken lasse.«

Wirkt Dr. Frazier nur deswegen so ungehalten?, überlegt Kirby. Oder sieht sie es nicht vielmehr ungern, wenn Darren von *weißen* Mädchen abgelenkt wird? Oder, um ganz genau zu sein, von Kirby Foley alias Clarissa Bouvier, wie Kirby sich seinerzeit in Boston genannt hat?

Weiß Darrens Mutter, dass Kirby mit Clarissa Bouvier identisch ist?

»Danke jedenfalls, dass du mal vorbeigekommen bist«, sagt Darren. Seine Haltung entspricht jetzt mehr seiner Aufgabe – ein Rettungsschwimmer, der alles wachsam im Auge behält –, und Kirby entgeht nicht, dass er sie gern los wäre. »Ich komme diese Woche mal bei euch vorbei, dann hole ich dich ab und zeige dir unser Karussell. Hättest du Lust dazu?«

Sie sollte dankend ablehnen. An Karussellfahren hat sie kein Interesse, und selbst wenn es anders wäre, sollte sie Darren nicht noch ermutigen. Eine Beziehung zwischen ihnen, das würde nicht funktionieren. Aber Kirby hört nicht auf ihren eigenen guten Rat, wie üblich. »Ja, unbedingt!«, sagt sie. »Dann sehen wir uns die Woche ja noch. Bis dahin.« Sie verlässt den Strand an der nächsten sich bietenden Treppe und steht dann auf dem heißen Gehweg erst mal da, noch ganz benommen.

War das ein Misserfolg oder nicht?

Nein, entscheidet Kirby. Darren hatte sie eingeladen, ihn am Inkwell Beach zu besuchen, und das hat sie nun getan. Jetzt er ist am Zuge.

Es ist noch früh. Kirby beschließt, per Anhalter an die Südküste zu fahren und an einem der Strände dort auf ihrem Badelaken ins Koma zu fallen. Sie fühlt sich erschöpft.

Sie hat am Straßenrand kaum den Daumen in die Höhe gereckt, als auch schon ein offener olivgrüner Willys-Jeep rechts ranfährt. Vorne sitzt ein junges Pärchen, auf der Rückbank aber ist noch reichlich Platz für Kirby.

Der Fahrer sieht schnuckelig aus; er trägt ein weißes Polohemd und eine dunkle Sonnenbrille. Das Mädchen hat lange dunkle Haare, die zu einem dicken Zopf geflochten sind. Erst da erkennt Kirby, dass es sich um Patty handelt.

»Hey, Kirby!«, sagt Patty. »Darf ich vorstellen, das hier ist Luke.«

Kirby grinst. »Hi, Luke«, sagt sie. »Schön zu sehen, dass jemand das Mädel hier aus den Federn gescheucht hat.« Sie steigt hinten in den Jeep ein und verspürt sogar so etwas wie Vorfreude, als Patty die Arme in die Höhe reckt.

»Auf geht's zum Katama Beach!«

MORE TODAY THAN YESTERDAY

Sonntag, 22. Juni 1969

Lieber Tiger,

ich hatte eigentlich auf einen Brief von Dir gehofft, als Dad gestern hergekommen ist, aber er sagte, es wäre keiner angekommen, was mir die Laune verdorben hat. Mom war sogar noch schlechterer Stimmung deswegen. Sie hat sich am Abend im Skipper betrunken, aber nicht so, dass sie gesungen hat, als sie nach Hause kam, sondern so, dass sie in Tränen aufgelöst war. Nonny bekam nichts davon mit, sie hat das alles verschlafen, weil sie mit ihrem Gin-Tonic schon um vier statt um fünf angefangen hat, obwohl sie eigentlich abends auf mich aufpassen sollte, während Mom und Dad aus waren. Sie ist schon um sieben zu Bett gegangen, mit Ohrstöpseln wohlgemerkt. Ich habe mir ein Erdnussbuttersandwich gemacht und im kleinen Wohnzimmer ferngesehen, Meine drei Söhne.

Ich hasse meine Tennisstunden.

Jessie streicht den letzten Satz durch. Sie wird *nicht* über Tennisstunden jammern, während sich ihr Bruder mit zwanzig Kilo Ausrüstung auf dem Buckel durch das hüfthohe Wasser auf einem Reisfeld kämpfen muss. Es stimmt zwar, Jessie hasst ihre Tennisstunden, aber dieser Hass geht in erster Linie auf ihr Erlebnis mit Garrison zurück. Schon bei der Ankunft im Club beschleicht Jessie jedes Mal ein mulmiges Gefühl. Exalta erlaubt Jessie noch immer nicht, ihren wahren Nachnamen zu benutzen – Levin –, wenn sie sich anmeldet oder einen Verzehrbeleg quittieren muss, wie neulich nach der letzten Stunde, als sie sich einen Schoko-Frappé und einen Käsetoast in der Snackbar holen ging.

»N-drei!«, hatte Exalta ihr nachgerufen, als sie sich auf den Weg zur Snackbar machte. »Nichols!«

Jessie war auf ihre Großmutter so sauer, dass sie, als der junge Imbisskoch ihr den Rücken zukehrte, sich eine Tüte Fruchtgummis vom Tresen schnappte und sie in ihrer Rocktasche verschwinden ließ. Wieder machte sie sich darauf gefasst, dass sie gleich jemand von hinten an der Schulter packen und zur Rede stellen würde, aber nichts geschah.

Meine Tennisstunden fingen nicht so toll an, sind aber besser geworden, seit ich um eine neue Lehrerin gebeten habe. Sie heißt Suze, kurz für Susan; sie wurde nach Susan B. Anthony benannt, die, falls Du in Geschichte nicht aufgepasst hast, eine Vorkämpferin für das Frauenwahlrecht war. Das Coole ist, dass Suze auch Feministin ist, genau wie ihre Namenspatin. Gleich am ersten Tag hat sie mir erzählt, dass sie nur Schülerinnen unterrichtet, keine Jungen, weil es schon genug männliche Tennisstars auf der Welt gäbe. Als sie dahintergekommen ist, sagt sie, dass sie als Tennislehrerin schlechter bezahlt wurde als ihre männlichen Kollegen im Field and Oar Club, ist sie schnurstracks zu Ollie Hayward marschiert, dem Tennis-Chef, und hat mit Kündigung gedroht, wenn er ihr nicht dasselbe zahlt. Ollie hat eingewilligt – wahrscheinlich nicht aus Einsicht, sagt Suze, sondern weil sie von allen Lehrkräften die beste Spielerin ist.

Hier macht Jessie einen Punkt, obwohl sie von Suze den ganzen Tag erzählen könnte. Suze ist irischer Abstammung, deswegen hat sie feuerrote Haare, die sie kurz wie ein Junge trägt, und unfassbar blasse Haut. Zum Schutz vor Sonnenbrand muss sie beim Tennis ein langärmliges Trikot tragen und sich die Nase dick mit Zinksalbe einschmieren. Als Jessie ihr berichtete, dass Garrison Howe ihr bescheinigt hatte, für eine einhändige Rückhand nicht genug Kraft im Arm zu haben, sagte Suze: »Ich verrat dir jetzt mal was über Garrison Howe.«

Jessie hielt den Atem an. Sie war darauf gefasst, dass Suze ihr ein ähnliches Erlebnis mit Garrison anvertrauen würde; dass er seine Erektion auch an ihr gerieben hatte, gegen ihren Willen.

»Er ist eine schwachsinnige Kanalratte«, sagte Suze.

»Ehrlich?«, fragte Jessie.

»Ehrlich«, bestätigte Suze. »Aber Beschimpfungen sind nur was für Schwache. Die Starken reden nicht, sie handeln. Verstanden?«

»Verstanden.« Jessie nickte.

Ich hatte bisher vier Stunden und bekomme langsam den Bogen raus. Meine Vorhand ist ganz anständig, und mit der Rückhand bekomme ich etwa die Hälfte der Bälle übers Netz. Ich kenne inzwischen auch die Punktzählung: Love, fünfzehn, dreißig, vierzig. Mit sechs Spielen gewinnt man einen Satz, aber nur, wenn man zwei Spiele Vorsprung hat. Bei Frauen gilt ein Match mit zwei Sätzen als gewonnen, bei Männern mit drei Sätzen. (Suze findet, dass die drei Sätze für beide Geschlechter gelten sollten. Tennis ist die am meisten von Männern dominierte Sportart der Welt, sagt sie.) Nächste Woche lerne ich den Aufschlag. Suze sagt, dass sie Kindern den Aufschlag bisher mit viel Erfolg beigebracht hat; der Juniormeister hier ist ein ehemaliger Schüler von ihr.

Ansonsten gibt es weiter nichts zu berichten.

Das ist nicht die volle Wahrheit. Jessie würde Tiger gern von der neuesten Entwicklung mit Pick erzählen, aber Tiger ist ihr Bruder, und sie ist sich nicht sicher, wie er es aufnehmen würde. Sie hat überlegt, Leslie oder Doris in einem Brief davon zu schreiben, doch dafür fühlt es sich noch zu neu an; und auch zu privat, um es weiterzuerzählen.

Als Kate und David von ihrem Abendessen im Skipper nach Hause kamen, fing Kate bitterlich an zu weinen, und davon wachte Jessie auf. Sie wusste, dass ihre Mutter Tiger ganz schrecklich vermisste, dass sie von früh bis spät Angst um ihn hatte, sich sorgte, dass er erschossen oder, schlimmer noch, gefangen genommen und gefoltert würde. Ihr Baby. Ihr einziger, heißgeliebter Sohn. Jessie lag in ihrem dunklen Zimmer und hörte alles mit, was sie in der Küche redeten, stellte sich mit weit aufgerissenen Augen ebenfalls vor, was Tiger alles Schlimmes zustoßen könnte – ohne Brief war völlig unklar, ob es ihm gut ging. David beruhigte Kate, so gut es ging – sagte, dass Tiger stark und schnell sei und nicht auf den Kopf gefallen, trotz seiner enttäuschenden Schulnoten; dass er einen guten Zugang zu allem hatte, was mit Technik zusammenhing, wie man Sachen auseinandernahm und wieder zusammensetzte. Vor allem aber war er zäh, nicht zuletzt mental, und darauf kam es an. Jessie ging es nach Davids Worten schon viel besser, aber Kate weinte immer noch, und David schlug ihr vor, schlafen zu gehen. Danach hörte Jessie nur noch das gedämpfte Schluchzen ihrer Mutter hinter der geschlossenen Schlafzimmertür.

Jessie merkte, dass sie Hunger hatte – bis auf das Erdnussbuttersandwich hatte sie den ganzen Abend nichts zu sich genommen –, deshalb ging sie leise nach unten, um in der Küche noch einen Happen zu essen.

Beim Blick aus dem Fenster sah sie draußen etwas Weißes, das sich bewegte, und erstarrte kurz vor Schreck. Spukte es vielleicht doch hier, schwebte da der Geist von Ebenezer Raymond oder einem seiner Kinder herum? Doch als sie näher ans Fenster trat, sah Jessie, dass es Pick war, der in T-Shirt und Levi's-Jeans gerade von seiner Schicht im North Shore Restaurant zurückkehrte.

Ohne lang nachzudenken, öffnete sie die Tür, trat auf die Terrasse hinaus und flüsterte halblaut: »Pick!«

Er fuhr herum, entdeckte sie und winkte sie zu sich. Jessie huschte über die Terrasse und den gepflasterten Gartenweg zu Pick, der gerade ein Paket vom Gepäckträger seines Fahrrads nahm, das er mit Kordel gesichert hatte. Es war eine Mitnahmebox aus Karton, wie Jessie gleich darauf sah.

»Gehen wir hoch auf die Dachterrasse«, flüsterte er.

Sie traten leise ins Haus, kamen an der geschlossenen Tür vorbei, hinter der Mr Crimmins schlief, und schlichen sich die Treppe hoch. Jessie hatte ganz vergessen, dass es in Little Fair eine Dachterrasse gab, zur Plumb Lane hin; Kirby und Tiger hatten dort früher immer ihre Joints geraucht, damit Kate und Exalta nichts von dem Geruch mitbekamen. Die Terrasse war sehr klein, gerade groß genug für zwei Personen. Pick tauchte mit zwei grünen Flaschen und der Pappschachtel auf. Jessie dachte erst, es wäre Bier und überlegte rasch, wie viel Rebellion sie wagen sollte, aber dann sah sie, dass es Ginger Ale war. Für sie immer noch tabu, eigentlich, aber nicht annähernd so schlimm.

Pick ließ sich neben ihr auf der Terrasse nieder und klappte die Schachtel auf. »Sie geben mir jeden Abend noch Speisen mit, die übrig geblieben sind«, sagte er. »Heute ist Samstag, da haben wir das ganz große Los gezogen.«

Jessie nahm erfreut wahr, dass er »wir« gesagt hatte, und spürte prompt ihren Magen knurren. »Ich komme um vor Hunger«, gestand sie ihm. »Meine Großmutter musste sich schlafen legen, ehe sie mir was zu essen machen konnte.«

»Bill hat mir erzählt, dass deine Großmutter gern Gin trinkt«, sagte Pick.

»Allerdings«, sagte Jessie, obwohl sie es nicht sehr fein von Mr Crimmins fand, Pick solche Details zu verraten. Doch sie hatte die Vermutung, dass jetzt eh alle Familiengeheimnisse ans Licht kämen, wo Bill und sein Enkel bei ihnen wohnten. Jessie beäugte die Schachtel. »Was hast du denn alles mitgebracht?«

Pick öffnete die Schachtel noch weiter. »Hackbraten«, sagte er. »Und Fischfrikadellen. Beides in Unmengen, also schlag zu.«

Jessie mochte eigentlich keine Fischfrikadellen und aß auch Hackbraten nur im äußersten Notfall, aber sie hatte Hunger und freute sich so sehr, hier draußen mit Pick zu sitzen, dass es ihr vorkam, als hätte sie selten zuvor etwas so Köstliches gegessen. Sie aßen beide mit den Fingern, und ein paar Mal kam es vor, dass sich ihre Hände beim Griff in die Schachtel berührten. Dann hielt Pick ihr das letzte Stück Hackbraten hin. Sie lehnte zwar ab, doch er sagte, »Na komm, zier dich nicht« und schob es ihr in den Mund, und ihr wurde ganz anders, als seine Finger dabei ihre Lippen streiften.

Sie trank etwas Ginger Ale – es war kalt und schmeckte würzig – und überlegte, ob sie nun gehen sollte, doch Pick räumte die Schachtel von der Terrasse und setzte sich danach andersherum hin, mit dem Rücken zum Geländer, sodass er sie ansehen konnte. Als er seine Beine ausstreckte, streifte er dabei ihr nacktes Knie. Er hatte es womöglich gar nicht mitbekommen, aber Jessie kam es vor, als wären dabei all ihre Nervenenden aktiviert worden und verlangten nun sehnlich nach mehr. Schon ulkig – als Garrison sie berührte, hatte es sie geschüttelt vor Ekel, doch beim kleinsten Körperkontakt mit Pick fühlte sie sich, als hätte sie Zauberbohnen geschluckt.

»Also, Jessie«, sagte Pick. »Wie ist der Stand der Dinge?«

»Mein Vater ist gestern Abend angekommen«, sagte sie. »Er ist Anwalt in Boston und kommt nur an den Wochenenden her. Ich dachte, er würde mir einen Brief von Tiger mitbringen, meinem Bruder, aber leider Fehlanzeige.«

»Tiger ist in Vietnam«, sagte Pick, als würde er ihr damit etwas Neues mitteilen.

»Er fehlt mir«, sagte sie.

»Er ist dein Halbbruder, richtig?«, sagte Pick. »Und du hast auch noch zwei Halbschwestern?«

»Blair und Kirby.« Jessie nickte. Was hatte Mr Crimmins denn noch alles über ihre Familie ausgeplaudert? Das fand sie nicht in Ordnung. Und wenn sie selbst die Vorsilben *Halb-* und *Stief-* nicht benutzen durften, warum sollte Pick das dann so ungeniert tun dürfen? Sie entschied, dass es an der Zeit war, den Spieß umzudrehen. »Was ist mit deiner Mutter?«, sagte sie. »Fehlt sie dir?«

Pick stieß hörbar die Luft aus, sagte aber nichts, und Jessie hätte sich für ihre dumme Frage ohrfeigen können.

»Du kennst noch nicht die ganze Geschichte.« Pick beugte sich zu ihr vor. »Sie ist nicht ohne Grund abgehauen. In der Kommune lebt ein gewisser Zeppelin, und er und meine Mutter waren zusammen. Aber er hat ihr oft wehgetan, deshalb ist sie schließlich abgehauen.«

Jessie musste daran denken, wie dringend sie vor Garrison hatte flüchten wollen. »Hat sie dir was davon gesagt, dass sie wegwollte?«

»Nein«, sagte Pick. »Aber als ich an dem Tag aufwachte und feststellte, dass sie fort war, wusste ich gleich, dass das der Grund war. Mit mir hatte es nichts zu tun.«

Jessie fragte sich, ob das alles so stimmte oder ob Pick sich diese Geschichte nur ausgedacht hatte, um sich besser zu fühlen.

Pick redete weiter. »Als meine Mom weg war, hatte ich Angst, dass Zep sich nun an mir schadlos halten würde. Aber er fing sofort was mit einer anderen Frau an. Bunny.«

»Oh«, sagte Jessie.

»So ist das eben in der Kommune«, sagte Pick. »Alle teilen alles miteinander, auch die Partner. Da gibt es keine traditionellen Beziehungsrollen. Meine Mom wusste, dass es okay war, mich zurückzulassen, weil es noch viele andere Leute gab, die sich um mich kümmerten.« Pick stand auf und spähte über das Geländer, als wäre die Plumb Lane ein Schwimmbecken, in das er gleich springen wollte. Jessie rappelte sich ebenfalls auf die Beine. Sie sollte besser wieder zurück nach drüben. Nicht auszuschließen, dass Kate in ihrer bekümmerten Stimmung auf den Gedanken kam, bei Jessie nach dem Rechten zu sehen, ihrem einzigen Kind, das noch bei ihr zu Hause war. Jessie wollte sich lieber nicht ausmalen, wie ihre Mutter reagieren würde, wenn sie ihr Bett leer vorfand.

»Ich weiß, wo ich meine Mutter finde«, sagte Pick.

»Tatsächlich?«, sagte Jessie.

»Im August soll ein großes Konzert steigen«, sagte Pick. »In einem kleinen Ort namens Woodstock, New York. Jimi Hendrix wird auftreten, und noch viele andere, Creedence, Janis Joplin, Jefferson Airplane, The Who, Joe Cocker, Joan Baez, The Band, Crosby, Stills, Nash and Young …«

»Auch die Beatles?«, fragte Jessie voller Hoffnung. Sie hatte zwar von den meisten Leuten schon gehört, die Pick aufgezählt hatte, aber so richtig gut fand sie die alle nicht. »Was ist mit Joni Mitchell?« Jessie dachte kurz darüber nach, wie es wohl wäre, »Both Sides Now« mal live zu hören, leibhaftig gesungen von Joni Mitchell. Sie hatte ihre Platte noch gar nicht auf dem Magnavox laufen lassen.

»Der Punkt ist, alle werden da sein«, sagte Pick. »Und meine Mutter … tja, ein solches Happening würde sie sich nicht entgehen lassen, das steht mal fest.«

»Du willst also dahin?«, fragte Jessie. »Zu diesem Ort in New York State, Woodstock?«

»Ja, im August«, sagte Pick. »Ich spare das Geld, das ich im Restaurant verdiene. Dann nehme ich ein paar Tage vorher die Fähre, steige in den Bus nach Boston und trampe dann von dort aus.«

»Und wie kommst du dann wieder zurück?«, fragte Jessie; doch was sie eigentlich wissen wollte, war, ob er überhaupt hierher zurückkommen würde.

Pick zuckte mit den Schultern. »Wir lassen uns schon was einfallen, meine Mom und ich. Es werden Tausende Leute dahinkommen, da wird uns sicher jemand im Auto mitnehmen können. Meine Mom findet immer leicht neue Freunde.« Er wandte sich ihr zu und knipste unvermittelt sein Lächeln an. »Magst du nicht mitkommen? Wie wär's?«

Jessie öffnete den Mund, um über sein widersinniges Angebot zu lachen, oder vielleicht auch, um zu bedauern, dass sie leider noch zu jung war, um die Insel allein zu verlassen. Aber stattdessen sagte sie schlicht: »Okay.«

»Heißt okay, dass du mitkommst?«, fragte Pick.

Jessie nickte. Sie war verliebt, wurde ihr in diesem Moment klar. Restlos verliebt in diesen ungewöhnlichen Jungen, dessen Mutter sich einfach aus dem Staub gemacht hatte.

Pick hielt ihr die Hand hin. »Schlag ein«, sagte er.

Sie schüttelten sich die Hände, und Pick hielt ihre Hand noch etwas länger fest. »Das ist toll«, sagte er. »Dann muss ich jetzt nicht allein fahren.«

Er muss nicht allein fahren; sie wird ihn begleiten, obwohl sie keinen blassen Schimmer hat, wie sie das genau anstellen soll. Aber bis August sind es noch fast zwei Monate, sie hat also genug Zeit, um sich etwas einfallen zu lassen. Vielleicht kann sie Kirby irgendwie einspannen, oder vielleicht ist der Krieg in Vietnam bis dahin zu Ende und Tiger kommt rechtzeitig nach Hause, um mit ihr und Pick zu diesem Konzert zu fahren. Was natürlich fast zu schön wäre, um wahr zu sein.

Jessie starrt auf den Brief, an dem sie gerade schreibt, sieht dann aus dem Fenster auf die Fair Street und fragt sich, wie Tigers Umgebung wohl aussehen wird, wenn er ihre Zeilen liest.

Hoffentlich geht es Dir gut. Ich denke jeden Tag an Dich, und falls es Dich interessiert, nein, ohne Dich ist nichts so, wie es sein sollte. Schreib mir bitte ganz bald.

Alles Liebe
Messie

PIECE OF MY HEART

Für die Fahrt zum Cape in Joey Whalens Lincoln Continental bindet Blair sich ihr Pucci-Tuch ums Haar und setzt ihre runde schwarze Sonnenbrille auf, ein modisches Accessoire, das sie ungeniert von Jackie Kennedy Onassis abgekupfert hat, der früheren First Lady. Joey möchte das schöne Wetter ausnutzen und mit offenem Verdeck fahren, wogegen Blair nichts einzuwenden hat; Hauptsache, der Platz im Wagen reicht für sie und ihre Leibesfülle.

Joey trägt einen blauen Anzug und eine dunkle Ray-Ban. Unterwegs auf der Route 3 nach Cape Cod lassen sie sich vom Autoradio beschallen; im Augenblick röhrt gerade Janis Joplin aus den Lautsprechern. Blair wirft

Joey einen verstohlenen Blick von der Seite zu, aus halbgeschlossenen Augen. Er wirkt völlig gelassen und unbekümmert, während er im Takt auf dem Lenkrad herumtrommelt.

Nachdem Angus sie beide, Joey und Blair, in flagranti erwischt hatte, war es zu einer entsetzlichen Szene gekommen – dass bei ihr nicht an Ort und Stelle die Wehen einsetzten, grenzt an ein Wunder. Seit ihrer Heirat hatte Angus sie noch kein einziges Mal zu Hause überrascht; Blair kann es noch immer nicht fassen, dass er ausgerechnet in dem Moment hereingeplatzt ist, als sie ihrem Verlangen nach Joey nicht länger widerstehen konnte.

Angus hatte Blair und Joey entgeistert angestarrt und den Blumenstrauß – eine Aufmerksamkeit aus Anlass der frohen Kunde vermutlich, dass sie Zwillinge erwarteten – fallen gelassen.

»Was zum Teufel ist denn hier los?«, brüllte er.

Joey und Blair wollten sich erschrocken voneinander lösen, aber ein Faden von Blairs schon etwas zerfranstem Umstandskleid hatte sich an einem Knopf von Joeys maßgefertigtem Hemd verheddert, es galt also zunächst, mit diesem peinlichen Malheur fertigzuwerden. Bis das geschafft war, war Angus bereits durchs Zimmer gestürmt und ragte drohend über ihnen auf.

»Wie lange läuft das schon zwischen euch?«

Blair überließ das Reden Joey. Zwischen ihnen lief gar nichts, stellte Joey klar. Er sei vorbeigekommen, und da es Blair nicht gut ging, habe er versucht, sie zu trösten.

Dabei seien die Dinge wohl etwas aus dem Ruder gelaufen.

»Und das soll ich dir abnehmen?«, sagte Angus und fixierte seinen Bruder mit zu Schlitzen verengten Augen; Blair war ganz verstört darüber, wie zornig Angus war. Seit dem Sommer ihrer Hochzeit hatte sie bei ihm keinen solchen Gefühlsausbruch mehr erlebt. Nach ihrer Rückkehr nach Boston in jenem September, als Angus wieder seine Arbeit am MIT aufnahm, war er immer mehr zu einer Art Roboter geworden, wie programmiert darauf, seiner Alltagsroutine nachzugehen. »Du warst doch immer schon scharf auf meine Frau.«

»Na ja.« Joey erhob sich von der Couch und baute sich vor Angus auf. Er war größer als er und breiter. »Immerhin war sie ja ursprünglich auch meine Freundin.«

Blair wollte schlichtend eingreifen, doch noch ehe sie ein Wort herausbekam, landete Angus einen Hieb unter Joeys Auge, worauf Joey sich mit einem Schlag in Angus' Magengrube revanchierte. Es entspann sich ein regelrechter Zweikampf, bei dem die beiden Brüder einander lauernd umkreisten und alte Kümmernisse aufs Tapet kamen. Angus konnte es Joey nicht verzeihen, dass er Blair noch immer heimlich liebte und ihr ein so mehrdeutiges Hochzeitsgeschenk gemacht hatte, das silberne Feuerzeug mit den eingravierten Worten: *Ich habe Dich zuerst geliebt. Für immer Dein, Joey*. (Blair hob bestürzt die Hände an den Mund; Angus hatte also von dem Feuerzeug sehr wohl Notiz genommen!) Joey wiederum kreidete Angus an, dass er ihm Blair ausgespannt hatte, einfach so, ohne ein

Wort der Entschuldigung. Irgendwann ging der Box- in einen Ringkampf über, der eine umklammerte den anderen und riss ihn zu Boden, wo das Gerangel weiterging. Blair hätte sie vermutlich beschwören sollen aufzuhören, aber ihre Neugier war stärker; sie wollte hören, was die Brüder einander noch so zu sagen hatten.

»Immer setzt du deinen Kopf durch und bekommst, was du willst«, schnaufte Joey. »Weil du ja angeblich ein Genie bist.«

»Das sagt der Richtige!«, gab Angus wütend zurück. »Du hast dich immer auf dein gutes Aussehen verlassen können, deinen Charme, deine sportlichen Qualitäten. Dir flogen alle Herzen zu. Ein Mädchen wie Blair hätte ich nie gefunden, wenn du sie mir nicht vorgestellt hättest.«

»Ganz genau, so ist es!«, sagte Joey. »Du hast eine Frau geheiratet, die viel zu gut für dich ist, und du hast es völlig versemmelt!« Joey kauerte inzwischen rittlings auf Angus, drückte ihm die Arme überm Kopf zu Boden und holte jetzt mit der anderen Faust zum Schlag aus. Angus schien sich auf alles gefasst zu machen, und Blair schrie entsetzt auf. Das schien Joey zur Vernunft zu bringen: Er ließ Angus los und rappelte sich auf die Beine. »Sie sagt, du hättest was mit einer anderen.«

Angus richtete sich auf. »Das ist ja wohl die Höhe!«

»Du belügst deine schwangere Frau, hintergehst sie.« Joey wandte sich zu Blair um. »So etwas würde ich nie tun. Ich wäre treu wie Gold.«

Angus zeigte auf die Tür. »Hau ab. Raus mit dir.«

»Gern doch«, sagte Joey. Er streifte sich sein Sakko über und neigte sich noch mal zu Blair hinab. »Falls du mich brauchst, ruf einfach im Parker House an.«

Blair saß mit gesenktem Kopf da, bis Joey die Wohnung verlassen hatte. Angus klopfte seine Kleidung sauber und verschwand in die Küche. Blair blieb auf der Couch zurück und sammelte die nötige Energie zum Aufstehen. Irgendwie war sie fast froh darüber, dass Angus früher nach Hause gekommen war und sie mit Joey auf frischer Tat ertappt hatte. Sie war keine graue Maus! Sie war begehrenswert, nach wie vor – auch im schwangeren Zustand!

Sie hievte sich von der Couch hoch und watschelte in die Küche. Angus stand mit dem Rücken zu ihr da.

»Wer ist Trixie?«, fragte Blair.

Angus starrte an die Wand über der Küchenspüle, wo Blair ein Stickbild mit einem Sinnspruch aufgehängt hatte: MAN ERNTET, WAS MAN SÄT. Welch Ironie. Es brachte sie beinahe zum Lachen.

»Weißt du, was ich denke?«, sagte Blair. »Ich denke, dass du schon vor unserer Hochzeit was mit ihr hattest. Und du hast sogar in unseren Flitterwochen mit ihr telefoniert.«

Sie konnte sehen, wie sich Angus' Schultern anspannten. Es schien, als läge ihm viel auf der Seele, was er gleich loswerden wollte – ein Geständnis möglicherweise.

»Und der Tag, als ich zu dir ins Büro gekommen bin? Dein Student, dieser Dobbins, hat mir gesagt, du hättest einen privaten Termin.«

»Das haben wir doch schon durchgekaut«, sagte Angus.

Blair lachte. Es sollte hochmütig klingen, wie bei ihrer Großmutter immer, doch es hatte eher etwas von einem Wiehern. »Ich denke, da warst du gerade bei ihr. Und neulich habe ich euch beide gehört, am Telefon. Sie hat ihren Namen genannt. Und du hast gesagt, dass du sie sehen willst.«

Angus drehte sich um. Er hielt die beiden Hälften seiner Brille in der Hand; sie war bei der Rangelei mit Joey entzweigegangen. Es kam selten vor, dass Blair ihrem Mann so direkt in die Augen sehen konnte. Sie waren braun, mit grünen Einsprengseln. Sooft Blair ihn schon verwünscht und verflucht hatte, er schlug sie noch immer in seinen Bann.

»Du hast recht«, sagte er. »Ich habe auf Bermuda tatsächlich mit Trixie telefoniert. Und ich war auch bei ihr, als du bei mir im Büro vorbeigekommen bist.«

Blair fühlte sich wie überrollt von seiner Offenheit; damit bestätigte er zwar nur, was sie bereits vermutet hatte, aber es aus seinem Munde zu hören, das tat weh.

»Jetzt habe ich dir die Wahrheit gesagt, nun bist du mir bitte auch eine ehrliche Antwort schuldig. Hast du die ganze Zeit weiter heimlich Joey geliebt?« Angus lachte unfroh. »Ich meine, ich habe euch beide ja erwischt. *Bei uns zu Hause*. Die Antwort lautet also Ja, klare Sache.«

Blair verschlug es kurz die Sprache. Angus hatte ein unverblümtes Geständnis abgelegt: Ja, er hatte sich mit Trixie getroffen. Aber was da gerade mit Joey passiert war, das verstand Blair selbst nicht. Empfand sie noch etwas für ihn? Rein körperlich funkte es ja offenbar noch zwischen ihnen, was Blair sich jedoch damit erklärte, dass sie sich so einsam gefühlt hatte – und so voller Zorn auf Angus gewesen war. Er hatte Blair als Person Stück für Stück demontiert. Erst hatte er ihr untersagt, weiter berufstätig zu sein, und mit der Schwangerschaft jetzt hatte sie nicht nur ihren Körper eingebüßt, sondern auch ihre Autonomie. Angus erwartete von ihr, das Heimchen am Herd zu spielen. Und ja, sie hatte sich in diese Rolle gefügt, während sie zugleich als Brutkasten für die Zwillinge fungierte. Was hatte Angus dagegen ihr gegeben? Er hatte nie Zeit für sie; er geizte mit Liebe und Zuneigung; hatte für sie kein Wort der Entschuldigung, nie ein Lob, nie ein Dankeschön.

»Du bist nie zu Hause«, sagte Blair. So schwach und kläglich es auch klingen mochte, genau das war der Kern der Sache. Sie und Angus sahen sich kaum noch, weil er immer arbeiten war – oder eben bei Trixie. Sie war seine Ehefrau, in Anspruch genommen wurde er allerdings von anderen – von Trixie, von seinen Studenten oder von der Regierung.

»Ich denke, du solltest den Rest der Schwangerschaft besser auf Nantucket verbringen«, erklärte Angus.

Blair ließ sich nicht anmerken, wie sehr seine Worte sie verletzten, dazu war sie zu stolz. »Nach Nantucket?«, fragte sie. »Wie soll ich denn dahinkommen? Autofahren kann ich in meinem Zustand jedenfalls nicht.«

»Joey fährt dich sicher gerne«, sagte Angus. »Geh und pack deine Koffer.«

Joey hat sich den Tag freigenommen und sogar ein Picknick für unterwegs dabei; der Korb steht hinten auf dem Rücksitz. Unweit der Ausfahrt nach Plymouth passieren sie einen älteren Herrn am Steuer eines kirschroten Ford Mustang Cabrio. Er hupt ihnen zu und hebt zustimmend den Daumen, und Joey winkt zurück. Von den Schultern aufwärts ist Blair nicht anzusehen, dass sie in anderen Umständen ist. Auf den älteren Fahrer des Mustangs dürften sie und Joey wohl wie ein x-beliebiges junges Paar auf Spritztour wirken.

Joey legt Blair die Hand aufs Knie, und sie erwägt kurz, ob sie sie wegschieben soll. Ist es bloß die harmlose Geste des liebenswerten Schwagers und netten Kerls, der sie nach Hyannis kutschiert, oder signalisiert er damit einen Besitzanspruch? Ist sie von einem Bruder an den anderen weitergereicht worden wie ein Wanderpokal? Was Betty Friedan von all dem halten würde, darüber braucht Blair nicht lange nachzugrübeln. Die Antwort kennt sie bereits.

Auf Blairs Wunsch hin legen sie ihre Mittagsrast erst hinter der Sagamore Bridge ein, bereits auf Cape Cod. Joey fährt zum Craigville Beach, wo es Picknicktische mit Blick aufs Wasser gibt. Er breitet eine rot karierte Tischdecke aus, auf der er den Imbiss anrichtet, den er vom Koch des Parker House hat vorbereiten lassen: kaltes Roastbeef und Sandwichbrötchen, hart gekochte Eier, saure Gurken, Krautsalat und zum Dessert einen Sandkuchen und halbierte Erdbeeren. Blair würde gern behaupten, dass ihr nach dem Rauswurf durch ihren untreuen Ehemann der Appetit vergangen sei, aber sie hat Kohldampf wie immer. Joey beobachtet fasziniert, wie sie erst ein Roastbeef-Sandwich vertilgt, garniert mit Ei, Krautsalat und sauren Gurken – massenhaft sauren Gurken! –, ehe sie sich eine dicke Scheibe Kuchen abschneidet und dicht mit Erdbeeren belegt. Etwas fehlt noch.

Sie seufzt. »Mein Königreich für etwas Schlagsahne.«

Joey hält einen Finger in die Höhe, und Blair rechnet halb damit, nun darüber belehrt zu werden, dass sie eine verwöhnte Göre ist. Aber nein, er springt auf und flitzt zu dem Eiswagen ein Stück den Strand hinunter. Blair späht blinzelnd hinüber und sieht, wie er Geld herauskramt, und dann ist Joey auch schon wieder zurück, mit einem kleinen Becher Schlagsahne, den er ihr hinstellt.

»Bittet, so wird euch gegeben«, sagt er. *»Bon appétit.«*

So, denkt Blair. Genau so fühlt es sich an, von einem Mann vergöttert zu werden.

Bei ihrer Ankunft an der Fähre lädt Joey ihren Koffer auf die Gepäckablage und stützt fürsorglich ihren Arm, als er sie zur Rampe für Fußgänger geleitet.

»Ich sollte mit dir auf der Fähre rüberfahren«, sagt er.

»Nein, nein«, wehrt Blair ab. Kaum auszudenken, wie ihre Mutter und Großmutter es aufnähmen, wenn sie statt mit Angus mit Joey Whalen auf Nantucket eintrudelte. Insbesondere ihre Großmutter wäre alles andere als amüsiert, und Blair müsste zu weitschweifigen Erklärungen ausholen. »Du hast schon mehr als genug für mich getan. Ab jetzt komme ich alleine klar.« Sie hält ihre Lektüre für die Überfahrt in die Höhe, eine schon recht zerfledderte Ausgabe von *Haus Bellomont*. Der Roman ist ihre literarische Schmusedecke, sie hat ihn bereits sechsmal gelesen.

Joey nimmt ihr das Buch aus der Hand und sieht es sich näher an. »Edith Wharton«, sagt er. »Das sollte ich mal lesen. So hat Angus dich doch rumbekommen, nicht wahr?«

»Oh, Joey.« Blair stellt sich auf die Zehenspitzen und küsst ihn auf die Lippen, ganz sittsam.

Er sieht sie an. »Wenn du dich drüben ein bisschen eingelebt hast, komme ich dich mal besuchen.«

»Ich gehe eher davon aus, dass ich nächste Woche wieder in Boston bin.« Sie spekuliert darauf, dass Angus in absehbarer Zeit zur Vernunft kommt und sie dann anfleht, wieder nach Hause zu kommen.

Joeys Miene hellt sich auf. »Das wäre grandios!« Er umarmt Blair, und zwar so fest, dass sie schon um das Wohlergehen ihrer Babys fürchtet. Nach einem letzten Händedruck macht er sich auf den Weg zurück zum Wagen.

Blair sieht sich noch einmal nach ihm um, ehe sie in den schummrigen Schiffsraum tritt. Joey sitzt schon am Steuer des Lincoln und winkt wie verrückt. Blair winkt zurück, ist aber trotzdem erleichtert, als er schließlich losfährt.

EVERYBODY'S TALKIN'

24. Juni 1969

Lieber Tiger,

Du wirst es nicht glauben.

Ich bin jetzt schon eine Woche auf Nantucket und war erst einmal am Strand, am Sonntagnachmittag, nur ich, Mom und Dad, und Dad bestand darauf, bis ganz zum Great Point rauszufahren, weil er dort in der Brandung angeln wollte. Wir waren über eine Stunde unterwegs, und dann wären wir in den Dünen fast im Sand stecken geblieben, weil Dad die Luft in den Reifen immer nur auf fünfzehn statt auf elf Pfund rauslässt, wie es richtig wäre. Mom hatte eine Flasche Chablis in der Kühltasche dabei und fing sofort an zu trinken, als wir endlich am Great Point ankamen. Auf ihre Pflichten als Mutter pfeift sie anscheinend inzwischen – deswegen musste Dad einspringen und die Sandwiches machen, und ich musste dann mein Käsesandwich an die Möwen verfüttern, weil er es mit Senf gemacht hatte. Wir waren die Einzigen da draußen, bis auf einige Fischer und einen Seehund, der vor der Küste herumschwamm. Der Seehund deute darauf hin, dass es hier Fische gäbe, meinte Dad, aber Mom sagte, der Seehund sei ein Zeichen, dass es hier Haie gäbe, deswegen durfte ich nicht ins Wasser und schwimmen. Mom hat nicht angeboten, mich mit Sonnenmilch einzucremen, und ich habe mich nicht getraut, sie darum zu bitten, also habe ich jetzt Sonnenbrand am Rücken.

Es war der schrecklichste Strandtag meines Lebens.

(Aber das ist noch nicht das, was Du nicht glauben wirst. Dazu komme ich noch ... Geduld bitte!)

Mom hat eigentlich versprochen, mit mir zum Cisco Beach zu fahren, damit ich mit Gleichaltrigen abhängen kann, aber nach Dads Abreise am Sonntagabend war sie so bedrückt, dass sie erklärte, sie müsse sich erst mal einen Tag erholen. Es sollte also heute (Dienstag) zum Cisco Beach gehen, nach meiner Tennisstunde. Meine Tennisstunden mit Suze laufen so weit ganz gut ...

An dieser Stelle hält Jessie inne. Heute hatte sie sich bei der Anmeldung trotzig als Jessica Levin eingetragen, worauf Exalta ihr verärgert den Stift aus der Hand riss und das Levin kurzerhand durchstrich. Dann hatte sie ihr einen kleinen Vortrag gehalten, so laut, dass es alle mitbekamen, darunter auch die Dunscombe-Zwillinge und Mrs Winter. »Die Familie Nichols, Jessica, gehört diesem Club schon seit 1905 an, dem Jahr der Gründung. Die Rechnungen begleiche *ich*, nicht dein Vater. Du wirst also meinen Namen verwenden, solange du diesen Club nutzt, oder ich entziehe dir deine Zeichnungsberechtigung. Ist das klar?«

Um nicht loszuheulen, stellte Jessie sich bildlich vor, wie Exalta die North Beach Street überquerte, ohne erst nach links und rechts zu sehen, wie so oft im wirklichen Leben, und von einem Wagen überfahren wurde.

Jessie entschuldigte sich und verzog sich in die Umkleide, wo eine der beiden Dunscombes – ob Helen oder Heather, wusste sie nicht – in einer Toilettenkabine verschwand. Sie hatte auf der Ablage zwischen den Waschbecken ihre Handtasche zurückgelassen, eine Bermuda Bag aus dunkelblauem Leinen, in das ein Monogramm gestickt war. Jessie beäugte die Tasche. Das Monogramm lautete HAD; wie die Zwillinge jeweils mit zweitem Vornamen hießen, wusste sie nicht, doch es war möglich, wenn nicht gar wahrscheinlich, dass Helen und Heather sogar dieselben Initialen besaßen. Während ihr noch durch den Kopf ging, dass sie nie etwas von den Dunscombes stehlen würde – das schien irgendwie ungleich schlimmer, als den Club zu bestehlen –, hob Jessie auch schon den Holzgriff der Tasche, klaubte heraus, was ihr als Erstes in die Finger fiel – einen Fünf-Dollar-Schein und ein Lipgloss mit Root-Beer-Geschmack –, und ließ beides in der Tasche ihres Tenniskleids verschwinden.

Die Klospülung rauschte. Gleich darauf kam aus der Kabine die Zwillingsschwester zum Vorschein und lächelte ihr zu.

»Hi, Jessie«, sagte sie.

Es war Heather, die Nettere der beiden. Jessie wurde ganz schwer ums Herz. »Hi«, sagte sie.

Aber mit dieser Geschichte, entscheidet Jessie, wird sie Tiger nicht belasten. Dass sie sich zur abgebrühten Verbrecherin mausert, während er in Vietnam heldenhaft für Amerika kämpft, braucht er nun wirklich nicht zu erfahren. Denn eigentlich will sie ja gar nicht klauen. Es passiert einfach so.

… aber beim Aufschlag habe ich noch gewisse Schwierigkeiten. Als ich Suze gefragt habe, ob schon mal jemand ein ganzes Match lang nur Doppelfehler gemacht hat, meinte sie, ich hätte die falsche Einstellung und müsste daran arbeiten.

Jessie merkt, dass Suze in dieser Darstellung gemeiner wirkt, als sie ist; dabei ist sie bloß auf gute Weise streng. Jessie soll nicht mal daran *denken*, ein ganzes Match lang Doppelfehler zu machen. Stattdessen ermuntert Suze sie dazu, positive Visualisierung einzusetzen. Dafür verwendet sie immer dieselben Sprüche: *Und den Schlag voll durchziehen! Los, ran ans Netz!* Sie hat Jessie aber auch schon Ratschläge erteilt, die nichts mit Tennis zu tun haben. Etwa: *Leg niemals deinen Mädchennamen ab* und: *Sieh zu, dass du später dein eigenes Geld verdienst.*

»Du willst doch nicht finanziell von einem Mann abhängig sein, oder?«, hatte Suze sie an jenem Morgen gefragt, als sie auf dem Platz gerade Tennisbälle einsammelten.

»Äh … nein?«, lautete Jessies Antwort.

Suze schob sich einen Ball mit dem Schläger vorn auf ihren Tennisschuh, ließ ihn dann mit einer raschen Bewegung hochschnellen und fing ihn aus der Luft. »Sag mal, Jessie, hast du eigentlich irgendwelche Vorbilder?«

»Meinen Bruder, der in Vietnam ist«, sagte Jessie. »Er dient unserem Land.«

»Weibliche Vorbilder, meine ich«, sagte Suze.

Jessie dachte kurz nach. Eigentlich hätte sie gesagt, ihre Mutter, obwohl Kate weder einen Beruf ausübte noch ihr eigenes Geld verdiente, ebenso wenig wie Exalta. Blair war mal Lehrerin, hatte aber ihren Job nach der Hochzeit mit Angus an den Nagel gehängt. Kirby drüben auf Vineyard arbeitete zurzeit – sie hatte einen Job in einem Hotel gefunden –, aber sie war auch ein Freigeist und rauchte Marihuana; sosehr sie ihre Schwester auch liebte und anhimmelte, als Vorbild taugte sie wohl eher nicht.

»Dich?«, sagte Jessie.

»Auf jeden Fall.« Suze kickte einen weiteren Tennisball in die Höhe.

Jessie wendet sich wieder dem Brief zu. Ermahnt sich zur Konzentration.

Also, und nun der Teil, den Du nicht glauben wirst. Als ich von der Tennisstunde zurückkam, bin ich nach oben in mein Zimmer geflitzt, um meinen Badeanzug anzuziehen, UND JETZT RATE MAL, WER AUF MEINEM BETT SASS?

Blair. Die saß da.

Mom und Nonny hat sie erzählt, sie hätte sich in Boston einsam gefühlt, weil Angus immer bei der Arbeit sei. Und weil sie Angst hätte, dass bei ihr die Wehen einsetzen, wenn sie ganz allein zu Hause ist, sei sie nach Nantucket gekommen.

Sie ist wirklich unglaublich dick, Tiger. Sie sieht aus, als hätte sie einen ganzen VW Käfer verschluckt.
Aber in Wirklichkeit …

Hier hält Jessie wieder kurz inne. Eigentlich hat sie Blair gelobt, die wahre Geschichte keiner Menschenseele zu erzählen, aber Tiger ist weit weg, und sie hat seit Wochen nichts mehr von ihm gehört; wer weiß, ob ihn ihre Briefe überhaupt erreichen? Ebenso gut könnte sie sie auch als Flaschenpost ins Meer werfen.

… betrügt Angus Blair mit einer gewissen Trixie. Dann ist vorgestern Joey Whalen bei ihnen vorbeigekommen. Blair hat ihm von Angus' Untreue erzählt und angefangen zu weinen. Und danach, sagt Blair, habe eins zum anderen geführt. Wie das eben mitunter so sei, ich wüsste schon.

Als würde Jessie sich damit irgendwie auskennen! Na ja.

Und dann ist Angus überraschend nach Hause gekommen und hat Blair und Joey beim Küssen erwischt! Dann hat Angus Blair rausgeschmissen!
Ich freue mich, dass sie hier ist. Dumm ist nur, dass Mom Blair mein Zimmer gegeben hat, und ich muss rüber nach Little Fair und oben in dem zweiten Zimmer schlafen. Ich weiß nicht mehr, ob ich Dir das schon geschrieben habe, aber in dem anderen Zimmer oben ist gerade Mr Crimmins Enkel untergebracht,

und Mr Crimmins selbst wohnt unten. Wird schräg werden, wir drei zusammen in dem kleinen Haus, aber sonst hätte ich nur die Möglichkeit gehabt, neben Nonny im Doppelbett zu schlafen.

Nein, danke.

Am Donnerstagabend geht Mom mit mir ins Mad Hatter, um meinen Geburtstag nachzufeiern. Diesen Abend hat sie gewählt, weil Nonny, erinnere Dich, donnerstags immer Bridge spielt. Sie sei zu unförmig, um unter Leute zu gehen, sagt Blair, deshalb werden wir nur zu zweit sein, Mom und ich.

Der einzige andere, den ich gern dabeihätte, bist Du. Ich wollte, Du wärst hier.

Bitte lass bald von Dir hören. Du kannst auch Mom oder Blair oder Kirby schreiben, oder sogar Nonny, aber bitte schreib auf jeden Fall, damit wir wissen …

Jessie schreibt um ein Haar, *dass Du noch lebst.*

… dass es Dir gut geht.

Alles Liebe
Messie

Am Sonntagabend fährt Kate David zum Steamboat Wharf, damit er die letzte Fähre nach Hause erwischt. Als sie angekommen sind, beugt er sich zu ihr, küsst sie auf die Wange und sagt: »Du trinkst zu viel.«

Kate will ihm empört widersprechen, aber David kommt ihr zuvor. »Wenn du so weitermachst, endest du noch genauso wie deine Mutter. Und das wollen wir doch beide nicht.« Damit steigt er aus dem Wagen aus und schließt sich dem langen Zug von Leuten an, die nun nach einem herrlichen Sommerwochenende wieder in den Alltag zurückkehren. Kate blickt hinüber und wartet, ob er noch winken wird, aber der Wagen hinter ihr hupt, und sie muss weiterfahren.

David hat gesagt, was er zu sagen hatte.

Und er hat recht. Sie trinkt zu viel.

Mit dem Trinken hat es am 25. Mai angefangen, einem Sonntag. Am Tag davor war Tiger nach Abschluss seiner Grundausbildung nach Vietnam entsandt worden, ins zentrale Hochland. Sie gingen mit Exalta Brunchen, und Kate betrank sich so sehr, dass David sie hinterher aus dem Union Club tragen musste. Zu Hause brachte er sie ins abgedunkelte Schlafzimmer, wo sie sofort einschlief, obwohl es erst drei Uhr nachmittags war. Um Mitternacht kam sie wieder zu sich und brach in lautes Schluchzen aus, als ihr klar wurde, dass in Vietnam gerade Mittag war. In ganz Amerika zeigten Mütter eine vorbildliche Haltung, gestärkt durch ihre Liebe zum Vaterland und den Hass auf den Kommunismus, aber zu derlei patriotischen Gefühlen war Kate nicht imstande. Tiger verfügte über gute Instinkte, er hatte Köpfchen, war findig und gewieft; er war der Sohn eines Berufsoffiziers und verkörperte alles, was man von einem Soldaten erwarten konnte. Kate hätte stolz sein sollen, voller Zuversicht – aber sie wurde einzig von dem Gedanken beherrscht, dass sie ihn vielleicht nie wiedersah.

Da ist Alkohol das Einzige, was hilft. So armselig es auch klingen mag.

Wenn David zur Arbeit gegangen und Jessie in der Schule war, machte Kate sich morgens zu Hause in Brookline eine Flasche Chablis auf, die mittags leer war. Den Nachmittag über trank sie dann Wodka mit Soda – weil Wodka geruchlos ist, im Gegensatz zu Gin –, und wenn David nach Hause kam, goss sie ihnen beiden einen Scotch ein, den sie bei den Nachrichten mit Walter Cronkite tranken. Danach öffneten sie eine Flasche Wein zum Abendessen, und zu guter Letzt ließ Kate ihren Tag mit einem Schlummertrunk ausklingen, entweder Cream-Sherry oder Brombeerlikör.

Es war nicht ganz so schlimm, wie es sich anhörte, Kates Auffassung nach jedenfalls. Schließlich waren es nur neun oder zehn Drinks am Tag, weniger als einer in der Stunde, obwohl sie an manchen Abenden zum Essen noch Martinis trank, wie auch am Samstagabend im Skipper. Eingeläutet hatten sie das Dinner mit Champagner, um auf Davids erstes Wochenende auf Nantucket anzustoßen. Was eigentlich eine Farce war – David *hasste*

Nantucket. Er betonte zwar immer, dass er die Insel an sich liebte; unerträglich fand er es nur, mit Exalta unter einem Dach wohnen zu müssen. Das Haus war schlicht zu klein für sie alle, selbst wenn man Little Fair noch hinzurechnete, und es war eine Qual, sich nach Exalta und ihren Vorgaben richten zu müssen. Außerdem gefiel David nicht, wie sehr ihr Gesellschaftsleben um den Field and Oar Club kreiste; er fühlte sich dort außen vor, als sei er höchstens bedingt willkommen.

»Wir hatten ein erfolgreiches Jahr in der Kanzlei«, sagte David beim Essen im Skipper, »und ich darf mich auf eine stattliche Prämie freuen. Kaufen wir uns doch ein eigenes Haus hier.« Er hatte ein Immobilienangebot gesehen, für ein Haus draußen in Madaket, ein Sommercottage mit einer Aussicht auf den Atlantik. »Sechs Zimmer«, sagte er. »Viereinhalb Badezimmer. Dazu ein Garten, der groß genug für einen Tennisplatz ist. Unseren eigenen Tennisplatz.« Hier hatte er nach Kates Hand greifen wollen, aber sie hob stattdessen ihr Champagnerglas und leerte es. Sie konnte verstehen, warum David ein eigenes Haus wollte, und es war eine verlockende Vorstellung, Exalta zu eröffnen, dass sie nicht länger bei ihr wohnen würden. Aber … Madaket? Madaket lag sechs Meilen weiter im Westen, die reinste Einöde. Wie sollte Kate sich an ein Leben außerhalb der Stadt gewöhnen? Daran, dass Charlie's Market, der Club oder der Skipper für sie nicht mehr bequem zu Fuß zu erreichen waren? Und das Gerede von einem eigenen Tennisplatz meinte David doch wohl hoffentlich nicht ernst. Es wäre eine äußerst protzige Art, aller Welt zu zeigen, was für ein erfolgreiches Jahr Davids Kanzlei zu verzeichnen hatte. Sogar protziger noch als ein eigener Swimmingpool.

Doch Kate war vor allem an ihre Mutter gekettet, an All's Fair und das Leben, das sie seit achtundvierzig Jahren hier auf Nantucket gewöhnt war – das war die traurige Wahrheit. Sie mochte all das nicht missen. Wünschte keine Veränderung.

»Mutter hat ja nicht das ewige Leben«, sagte Kate.

Das entlockte David nur ein Lächeln – weil er ein guter, lieber Mensch war und nicht mit ihr streiten wollte, obwohl sie gerade seiner Hoffnung auf ein neues Leben hier eine brüske Absage erteilt hatte. »Was wollen wir wetten?«

Auf dem Heimweg gab es dann Unstimmigkeiten. Kate hatte ihrem Mann noch nichts davon erzählt, dass Little Fair zurzeit von Bill Crimmins und seinem Enkel bewohnt wurde; er ahnte nichts von dem Arrangement, das sie getroffen hatte.

»Ach ja«, sagte sie. »Mutter lässt Bill Crimmins über den Sommer in Little Fair wohnen. Ganz vergessen, das zu erwähnen.«

»Exalta hat mir allerdings erzählt, dass *du* ihm das angeboten hast«, sagte David. »Und seinem Enkel.«

Kate nickte. Sie war so betrunken, dass es ihr vorkam, als würde sie unter Wasser dahinwaten. »Stimmt, das war ich. Bist du mir böse?«

»Es ist sehr aufmerksam von dir, Katie. Bill Crimmins hat sich dir gegenüber ja auch immer anständig verhalten, oder?«

Kate senkte den Kopf und verfolgte, wie ihre flachen rosa Ballerinen von Papagallo sich vorwärtsbewegten, erst der Linke, dann der Rechte, und so weiter. Als würden diese Füße gar nicht ihr gehören, so kam es ihr vor Trunkenheit vor. Hatte sich Bill Crimmins ihr gegenüber immer anständig verhalten? Das ließ sich so pauschal nicht sagen, dazu war ihr Verhältnis viel zu kompliziert, aber das konnte David nicht wissen, er wusste ja nichts von Kates gemeinsamer Vergangenheit mit der Familie Crimmins. Und davon konnte sie ihm nicht erzählen, ebenso wenig wie von dem Tauschhandel, den sie mit Bill Crimmins diesen Sommer eingegangen war. David musste es so vorkommen, als sei sie einfach großzügig, obwohl sie Little Fair ja tatsächlich als Gegenleistung für Tigers Sicherheit eingetauscht hatte.

Kate brach in Tränen aus. David hatte keinen Brief von Tiger dabeigehabt. Briefe aber waren Sauerstoff, und ohne Sauerstoff konnte Kate nicht überleben.

Es gelingt ihr, den Montag ohne einen Tropfen Alkohol durchzustehen, aber auch nur, indem sie Exalta nicht zum Mittagessen im Club begleitet und Jessie, mit der sie eigentlich zum Strand wollte, vorerst vertröstet; um das eine wie das andere zu überstehen, benötigt Kate nämlich Wein. Stattdessen geht sie bei Charlie's einkaufen und besucht den Bauernstand an der Hummock Pond

Road. Für Mais oder Tomaten ist es noch zu früh, Kate muss sich also mit Radieschen und Feldsalat zufriedengeben. Zuletzt geht sie noch zu Aime's Bakery, um portugiesisches Brot zu besorgen, und sie hat Glück, bei ihrem Eintreffen werden gerade frische Laibe aus dem Ofen geholt. Sie plant ein sommerliches Abendessen – das Brot mit gesalzener Butter, dazu den Feldsalat, die in Scheiben geschnittenen Radieschen sowie pochierte Hähnchenbrust mit selbst gemachtem French Dressing, und sie wird den einen oder anderen Käse auf den Tisch bringen, aus dem Sortiment, das sie vor der Abreise bei Savenor's besorgt hat. Es scheint ein wenig üppig nur für sie drei, Exalta, Jessie und sie selbst, deshalb überlegt sie, ob sie Bill Crimmins noch mit zu Tisch bitten soll. Ob er das wohl zudringlich fände? Kate möchte wissen, ob er inzwischen von seinem Schwager gehört hat, dem persönlichen Freund und Vertrauten von General Creighton W. Abrams. Aber Bill wird schon von selbst zu ihr kommen, wenn er Neuigkeiten hat; sie wird ihn nicht einladen, denn wenn er mit am Tisch säße, käme sie vor Neugier halb um.

Kate schaut Walter Cronkite, und danach setzt sie sich mit Exalta und Jessie in der Küche zu Tisch. Exalta lobt das Dressing und verzehrt gleich vier Scheiben Brot. Dazu trinkt sie zwei Gin-Tonic mit viel Eis und einem Limetten-Twist – den Twist schält sie selbst von der Limette, der einzige Küchentrick, den sie draufhat –, und nach dem Essen räumt Kate noch im Alleingang in der Küche auf, um sich zu beschäftigen. Um halb acht, als sie den Abwasch erledigt und die Reste des Abendessens eingepackt und in den Kühlschrank geräumt hat, scheint noch immer die Sonne. Vor gerade drei Tagen war Sonnenwende, und es bleibt lange hell, zu lange. Kate ist erschöpft. Es war anstrengend, den ganzen Tag ohne Alkohol durchzustehen.

Sie geht schlafen.

Schafft sie es am Dienstag noch mal? Morgens hört sie Jessie und Exalta, die wegen Jessies Tennisstunde früh auf den Beinen sind; sie würde gerne mitgehen, doch ihre Mutter wird sich einen Mimosa genehmigen, und dem könnte Kate nicht widerstehen; garantiert würde sie sich dann ebenfalls einen Cocktail bestellen. Sie lässt sich im Bett wieder zurücksinken, zieht sich ein Kissen über den Kopf, um die Sonne auszusperren.

Als sie wieder aufwacht, herrscht Stille im Haus. Sie schlägt die Bettdecke zurück und steht auf. Durchs Fenster sieht sie Pick, der soeben auf seinem Fahrrad die Fair Street hinab verschwindet, entgegen der Einbahnstraße. Er ist barfuß und nur mit einer gelben Badehose bekleidet, dazu hat er ein Badetuch um den Hals geschlungen. Offenbar ist er unterwegs zum Strand. Kate denkt an die unbeschwerten Sommertage ihrer eigenen Kindheit zurück, ein bisschen wehmütig. In aller Form kennengelernt hat sie den Jungen bisher noch nicht; Bill Crimmins scheut sich wohl, ihn ihr vorzustellen, aus leicht ersichtlichen Gründen. Früher oder später jedoch wird es sich nicht vermeiden lassen.

Kate wartet, bis Pick in der Ferne verschwunden ist. Dann geht sie nach unten, um sich in der Küche einen Wodka-Orange zu mixen, extrastark.

Sie hat ihren zweiten Drink bereits zur Hälfte getrunken, als sie hört, wie jemand durch die hintere Tür ins Haus hereinkommt. Kate hat sich ins kleine Wohnzimmer gesetzt und sieht dabei zu, wie Exaltas Whirligigs vom leichten Sommerwind in Bewegung versetzt werden. Den Indianerhäuptling im Kanu hat Tiger immer am liebsten gemocht.

Jessie und Exalta können es nicht sein, dazu ist es noch zu früh; es dürfte also Bill Crimmins sein.

Vielleicht war er bei der Post. Vielleicht hat er ihre Antwort.

Sie lässt den Wodka-Orange im kleinen Wohnzimmer zurück. Falls Bill ihr erzählt, was sie gern hören möchte – was sie so dringend hören muss –, hört sie für immer mit dem Trinken auf, das gelobt sie dem Herrgott hoch und heilig.

Als Kate in die Küche kommt, entfährt ihr vor Schreck ein kleiner Aufschrei. Weil es nicht Bill Crimmins ist, den sie dort vorfindet, sondern – Blair! Kate blinzelt, denkt zunächst an eine Halluzination, weil sie so früh am Morgen schon Wodka trinkt, eine Vermutung, die zusätzlich durch den Umstand gestützt wird, dass Blair nicht aussieht wie Blair. Sie ähnelt eher einer Comicversion ihrer selbst – wie eine Blair, die man bis fast zum Platzen mit Luft vollgepumpt hat.

»Häschen?«, sagt Kate.

Blair bricht in Tränen aus.

Kate mixt zwei frische Wodka-Orange und geleitet Blair dann nach oben in ihr eigenes Zimmer, wo sie die Klimaanlage anschaltet und ganz hochdreht. Exalta sieht es nicht gern, wenn die Klimaanlage im Haus vor Juli benutzt wird, aber es herrscht jetzt schon drückende Hitze. Die arme Blair ist nicht nur hysterisch, sondern obendrein in Schweiß gebadet; was sie nun braucht, ist ein kühles Zimmer, wo sie sich ungestört unterhalten können, und das Lärmen der Klimaanlage ist so laut, dass es ihre Stimmen übertönt, wenn Jessie und Exalta später wieder nach Hause kommen.

Kate macht sich ernsthaft Sorgen, ob Blair es die Treppe hochschafft. Sie ist wirklich ungeheuer dick.

Blair lässt sich aufs Bett plumpsen und kickt die Sandalen von ihren geschwollenen Füßen. Kate reicht ihr einen Wodka-Orange.

»Trink einen Schluck«, sagt sie. »Der Wodka wird dich beruhigen, und der O-Saft ist voller Vitamin C, gut für die Babys.«

Blair setzt das Glas an und leert es in einem Zug. Kate nimmt ein Taschentuch aus ihrer Wäscheschublade. Wenn Blair hier ist, muss es sehr schlimme Neuigkeiten geben, doch es hat auch sein Gutes; es wird Kate von der ewigen Sorge um Tiger ablenken.

»Was ist passiert?«, fragt Kate.

Blair schüttelt den Kopf. »Es ist aus mit Angus.«

»Also, Blair«, sagt Kate. »Ich hab dir doch gesagt …«

»Das hab nicht ich entschieden«, fällt Blair ihr ins Wort, »sondern Angus. Er hat mich aufgefordert, die Wohnung zu verlassen.«

»*Was?*«, sagt Kate. Sie hält Angus für ein bisschen sonderbar, ein bisschen linkisch im Umgang, vielleicht wegen seiner außergewöhnlichen Intelligenz, aber sie hätte ihn nie für die Sorte Mann gehalten, der seine schwangere Frau auf die Straße setzt. Das ist … barbarisch, genau. Zumal Blair ja auch noch Zwillinge erwartet. »Ist es wegen diesem Weib?« Kate schließt die Augen und verdrängt mit aller Gewalt jeden Gedanken an Wilder und all den Kummer, den sie seinetwegen auszustehen hatte.

»Er hat zugegeben, dass er sich mit ihr getroffen hat«, sagt Blair. »Und dann hat er mich rausgeworfen, mehr oder weniger.«

»Ich … ich bin sprachlos«, sagt Kate. »Wie kann Angus so grausam sein, das verstehe ich nicht.«

Blair senkt den Blick auf ihren prall gewölbten Leib. »Es war nicht ganz allein Angus' Schuld. Joey Whalen ist auf Besuch vorbeigekommen, und …«

Lieber Gott, denkt Kate, was wird Blair als Nächstes sagen?

»… und ich habe ihn geküsst, Mutter. So richtig geküsst. Und dann hat Angus uns erwischt!« Blair fängt von Neuem an zu weinen. »Angus wollte mich zu Hause mit einem Strauß Blumen überraschen, um die Neuigkeit mit den Zwillingen zu feiern, und ich mache mit seinem Bruder auf der Couch rum!«

Oje, denkt Kate. Dass Blair heimlich weiter in Joey verliebt ist und umgekehrt, vermutet sie schon lange.

»Angus wird doch wohl verstehen, dass du wegen seiner Affäre mit dieser anderen nicht gerade glücklich warst? Und du hast ihm doch sicher erklärt, dass du in deinem Zustand ein bisschen neben dir stehst?«

»Das wollte er alles gar nicht hören«, sagt Blair. »Und Joey hat es auch noch schlimmer gemacht, indem er seine Liebe zu mir herausposaunt hat. Sie haben sich einen Faustkampf geliefert, vor meinen Augen, und dann hat Angus zu mir gesagt, seiner Ansicht nach wäre ich mit Joey ohnehin glücklicher.«

»Was?«, sagt Kate. »So ein Unsinn!«

»Joey hat mich in seinem Wagen zur Fähre gebracht. Ich glaube, er empfindet immer noch was für mich. Nein, das weiß ich sogar.«

»Was Joey Whalen empfindet oder nicht, tut nichts zur Sache«, sagt Kate. »Es geht hier nur um deine Empfindungen, und du liebst doch Angus. Nicht wahr?«

Blair zögert, aber ihre Antwort auf diese Frage ist nicht von Belang. Sie hat Angus das Ja-Wort gegeben, in guten wie in schlechten Zeiten. Angus ist der Vater dieser Babys, nicht Joey. Eine Vaterschaft ist nichts, was man einfach so auf einen anderen Mann abschieben kann. Obwohl Kate genau das getan hat; David hat ihre drei Kinder großgezogen, als wären es seine eigenen.

»Joey ist aufmerksam und liebt mich über alles«, sagt Blair. »Er würde mich sicher unterstützen, wenn ich nach der Geburt der Babys wieder arbeiten gehen wollte.«

»Du willst nach der Geburt der Babys wieder arbeiten gehen?«, sagt Kate. »Du bekommst *Zwillinge*, Häschen. Mit denen wirst du genug Arbeit haben.«

»Ich wollte gern Schlagsahne zu meinem Kuchen haben, und Joey ist losgerannt und hat mir welche beim Eiswagen besorgt«, sagt Blair.

Kate legt ihrer Tochter den Arm um die Schultern. »Du musst aufhören, solchen Unsinn zu reden. Du bist mit Angus verheiratet, du wirst mit Angus verheiratet bleiben, und du wirst zu Hause bleiben und diese Kinder großziehen, ganz wie auch ich zu Hause geblieben bin und euch großgezogen habe. Als Mutter muss man Opfer bringen. Gerade das macht es so lohnend.«

»Aber …«

»Angus wird in ein paar Tagen wieder zur Vernunft kommen«, sagt Kate. »Spätestens in einer Woche. Und dann bringen wir dich wieder nach Hause.«

Während Blair in ihr Taschentuch schluchzt, denkt Kate darüber nach, was es logistisch bedeutet, Blair auch nur eine Woche hierzuhaben. Noch am Nachmittag werden sie im Cottage Hospital anrufen und sich vergewissern müssen, dass es dort einen Arzt gibt, der die Babys im Notfall auf die Welt bringen kann. Und wo soll Blair schlafen? Kate kann sie unmöglich bei den Crimmins' in Little Fair einquartieren; sie wird Jessies Zimmer nehmen müssen, und Jessie kann drüben nach Little Fair umsiedeln. Das ist nicht unbedingt ideal, aber es ist ja nur für eine Woche. Das übersteht Jessie schon.

Arme Jessie. Kate hat ihr einen Tag am Strand versprochen, das fällt nun flach, und ihr Zimmer muss sie obendrein auch noch räumen. Kate kippt ihren Wodka-Orange hinunter, und eine große Ruhe macht sich in ihr breit, trotz des ganzen Durcheinanders. Sie wird Donnerstagabend mit Jessie essen gehen, wenn Exalta beim Bridge ist. Und sie wird anfangen, Jessie etwas mehr Freiheiten zu gewähren. Das wollen doch alle jungen Leute heutzutage, denkt Kate. Freiheit.

MAGIC CARPET RIDE (REPRISE)

Ihre ersten arbeitsfreien Tage verbringt Kirby als fünftes Rad am Wagen mit Patty und Luke, aus denen sehr rasch ein Paar geworden ist. Luke Winslow studiert BWL im Hauptfach, im Herbst beginnt sein viertes und letztes Jahr an der Columbia University. Nach dem Examen geht es für ihn direkt an die Wall Street, sagt er, um in der Investmentfirma seines Vaters anzufangen, Drexel Harriman Ripley. Wie es sich trifft, gehört Lukes Eltern sogar das Haus auf Vineyard, in dem Pattys Bruder Tommy und sein Zimmerkumpel Eugene wohnen, unten in Chilmark. Kirby stellt sich ein Zwischending aus Absteige und Verbindungshaus vor, doch als sie nach der wunderschönen Fahrt, die quer über die Insel führte, durch ländlich-idyllische, hügelige Gegenden, in die Auffahrt einbiegen, erblickt sie ein Anwesen mit Aussicht auf einen großen Salzteich, den Nashaquitsa Pond. Es besteht aus zwei Ranchhäusern, die sie mit ihrer Verkleidung aus Zedernschindeln an Nantucket erinnern. In dem etwas kleineren Haus wohnen die Jungen. Das andere ist das Sommerhaus von Lukes Eltern, aber sie kommen immer nur am Wochenende auf die Insel.

Das Haus der Jungen haut Kirby regelrecht vom Hocker. Durch Schiebetüren gelangt man in einen lang gezogenen Raum mit schlichten weißen Wänden und weißen Deckenbalken. Die Einrichtung ist modern und geschwungen. An einer Wand steht ein lippenstiftrotes Sofa, das aussieht wie eine auf der Seite liegende Frau; es wird flankiert von zwei Schalensesseln, der eine türkisfarben, der andere limettengrün. Moderne Kunst gibt es auch: Die Wände zieren riesige Leinwände, lauter Frauenakte, stilistisch irgendwo zwischen Matisse und Chagall. Am einen Ende des Raums befindet sich eine minimalistische Küche – drei drehbare Barhocker vor einem marmornen Frühstückstresen, auf dem eine große Holzschale voller Pflaumen und Kirschen steht; ein offenes Regal, in dem ländlich-rustikales Geschirr aufgestapelt ist.

Vis-à-vis davon, am anderen Hausende, befinden sich zwei Schlafzimmer, das eine mit zwei Einzelbetten (für Tommy und Eugene), das andere mit einem Bett in Übergröße (für Luke), alle sehr edel in Weiß bezogen. Die Verbindung zwischen den Zimmern bildet ein schneeweiß gekacheltes Badezimmer, mit einem Fußboden aus schieferblauen Flusskieseln.

Okay, denkt Kirby. Das ist das absolut coolste Haus, das sie je gesehen hat. Im Wohnzimmer hängt eine

Deckenlampe, die an einen Origami-Fisch erinnert. Aus Reispapier, erklärt Luke.

»Von wem sind die Bilder?«, fragt Kirby. Die nackten Frauen auf den Bildern sehen alle ähnlich aus, üppige Formen und wehendes Langhaar à la Botticelli.

»Von meiner Mutter«, sagt Luke. »Elsa Winslow?« Er sagt den Namen, als müsste er Kirby schon mal zu Ohren gekommen sein. Am Simmons hat sie auch ein Seminar in Kunstgeschichte besucht, daher ihre Kenntnisse über Matisse und Chagall, doch der Name Elsa Winslow sagt ihr nichts. Kirby fragt sich, ob Elsa Winslow wohl berühmt ist. Vielleicht genießt sie irgendwie Kultstatus, so ähnlich wie Andy Warhol.

»Sie malt unwahrscheinlich gut!«, sagt Kirby.

»Ja«, sagt Luke. »Und das weiß sie auch.«

Kirby sieht ihn auf einmal mit ganz neuen Augen. Zunächst hatte sie Luke für einen ganz normalen Typen gehalten – privilegiert zwar, klar, das verrät der aufwendig restaurierte Willys-Jeep, mit dem er über die Insel kurvt, aber nicht so anders als die Jungs in Brookline. Jetzt aber, in diesem superhippen Strandbungalow, entdeckt sie an ihm noch interessantere Facetten. Beim Gedanken an seine Eltern – der Vater ein Finanzmogul von der Wall Street, die Mutter eine Künstlerin aus dem Greenwich Village – wird sie ein bisschen neidisch. Geld spielt bei ihnen offenbar keine Rolle, und auch sonst dürften seine Eltern die Dinge nicht so eng sehen, anders als ihre. Immerhin haben sie Luke im Grunde ein eigenes Haus geschenkt, in dem er mit seinen Freunden wohnen kann.

Kirby wirft einen Blick in die Schlafzimmer. »Ist ja echt super-aufgeräumt hier. Nichts für ungut, aber bei drei Typen, die hier wohnen, hatte ich eher mit einem mittleren Saustall gerechnet.«

»Wir haben eine Haushälterin«, sagt Luke. »Martine. Sie wohnt drüben im anderen Haus.« Luke schnappt sich Patty, die in wildes Kreischen ausbricht, als er anfängt, sie durchzukitzeln. Am Ende landen sie zusammen auf der roten Couch und fangen an zu knutschen. Kirby will keine Spielverderberin sein, aber etwas unangenehm ist es ihr schon. Sie verzieht sich diskret zum Küchentresen, um sich die Obstschale näher anzusehen. Die Pflaumen und Kirschen haben fast, aber nicht ganz, dieselbe Farbe – dunkles Lila und kräftiges Dunkelrot –, und Kirby kommt der Gedanke, dass hier sogar das Obst ein Kunstwerk ist. Sie nimmt sich eine Kirsche, die so prall und saftig wirkt, dass Kirby nicht widerstehen kann und sie sich in den Mund schiebt. Seit sie hier auf der Insel ist, ernährt sie sich ausschließlich von Frühstücksporridge, frittierten Muscheln von Giordano's und pappigen Donuts vom Vortag im Hotel. Es kommt ihr vor, als hätte sie noch nie eine so süße Kirsche gekostet. Als kein Fruchtfleisch mehr am Kern ist, spuckt sie ihn sich unauffällig in die Hand. Vom Sofa her, hinter ihr, sind unverkennbare Kussgeräusche zu hören, dazu der schwere Atem der beiden; sie bemüht sich, nicht an Scottie Turbo zu denken. Kirby ist wahrlich nicht prüde, aber sie hat keine Lust, hier herumzustehen, während Luke und Petty miteinander rummachen. Sie tritt aus der offenen Schiebetür. Aus dem Augenwinkel bekommt sie mit, wie Luke mit Patty auf sein Schlafzimmer zusteuert. Gleich darauf hört sie, wie die Tür geschlossen wird.

Auch gut.

Sie versteht selbst nicht, warum ihr die Situation so peinlich ist, denn wenn sich jemand genieren sollte, dann ja wohl eher die beiden. Patty weiß es vielleicht nicht besser, aber Luke hat ja eindeutig eine gute Kinderstube genossen. Doch er ist eben auch ein Junge … und Jungen wollen nun mal, was sie wollen, wenn sie es wollen. Das hat Kirby auf die harte Tour lernen müssen.

Um auf andere Gedanken zu kommen, lässt sie den Blick über die Landschaft mit dem Teich schweifen; die Aussicht ist ein Traum, einfach hinreißend. Kirby hofft im Stillen, dass Patty Luke heiratet und dieses Anwesen irgendwann von dem Finanz-Vater und der Künstler-Mutter in ihren Besitz übergeht, damit Kirby sie ihr Leben lang besuchen und an dieses Fleckchen Erde zurückkehren kann.

Sie setzt sich auf die Terrasse und lässt sich die Sonne ins Gesicht scheinen; wenig später tauchen Patty und Luke bei ihr auf. Patty ist rot bis über beide Ohren; Luke grinst triumphierend.

»Und, wollen wir jetzt an den Strand?«, fragt er.

Als Einwohner von Chilmark hat Luke Zugang zum Lucy Vincent Beach. »Der exklusivste Strand auf ganz Vineyard«, erläutert er. »Ihr Mädels könnt von Glück sagen, dass ihr mich kennengelernt habt.« Er grinst entwaffnend. Es fällt schwer, ihm böse zu sein, aber Kirby empfindet doch langsam eine gewisse Abneigung.

Als sie dann zum Lucy Vincent kommen, muss sie ihm allerdings recht geben – sie (beziehungsweise Patty) können tatsächlich von Glück sagen, Luke Winslow kennengelernt zu haben. Der Strand ist breit und golden und dehnt sich vor einer Kulisse von schroffen, dramatischen Felsklippen. Der Inkwell Beach kann sich damit nicht messen, nicht mal annähernd. Kirby ist insgeheim empört, sie überlegt, ob hier ein Fall von institutionellem Rassismus vorliegt, ehe sie beschließt, sich wieder abzuregen – Inkwell ist ein Strand in Stadtnähe, und das ist hier ist ein Strand im ländlichen Süden der Insel, windgepeitscht und wild.

Kirby fällt schon bald ein Mann auf, der gerade unterwegs zum Wasser ist, und zwar ohne einen Fetzen Textil am Leib. Splitternackt. Sie kann seinen Penis sehen, der ihm schwer zwischen den Beinen baumelt. Ein rascher Rundumblick verrät Kirby, dass hier am Strand nur Nackedeis sind. Sie sitzen in Liegestühlen und lesen; sie liegen auf dem Bauch da und schlummern, mit dem Po gen Himmel; sie bummeln Hand in Hand über den Sand, plaudern angeregt – alle nackt.

Kirby ist redlich bemüht, sich nichts anmerken zu lassen. Im Jahr 1969 sollte Nacktheit kein Drama mehr sein, schon klar, aber … du liebe Güte. In ihrer Kleidung fühlt sie sich unter all den Nackten schlimmer fehl am Platz als neulich als Weiße unter Schwarzen. Gilt hier so eine Art ungeschriebenes Gesetz – muss sie sich etwa ebenfalls vollständig entblättern? Sie wirft einen verstohlenen Blick zur Seite. Patty hat einen hochroten Kopf, ob vor Verlegenheit oder bloß von der Sonne, ist schwer zu sagen. Als gute Katholikin jedoch dürfte sie das hier ziemlich schocken.

Luke macht für sie ein freies Plätzchen ausfindig und stellt ihre Kühltasche im Sand ab, in der sich außer Dosenbier auch Hähnchenbrustsandwiches befinden, vorbereitet von Martine, dem französischen Dienstmädchen. (Kirby hat einen Blick auf sie erhaschen können, adrett mit weißer Schürze und sogar einem Häubchen auf dem Kopf.) Danach klappt er ihre Liegestühle auf. Kirby wartet gespannt ab, wie es nun weitergeht. Patty streift sich ihren durchscheinenden schwarzen Strandhänger über den Kopf, unter dem ein sittsamer schwarzer Badeanzug zum Vorschein kommt.

»Wir sind hier am Lucy Vincent«, sagt Luke. »Also, alles runter.«

Patty schüttelt den Kopf.

»Patricia«, sagt Luke.

»Sie möchte eben nicht«, schaltet sich Kirby ein. »Und mir geht's da genauso.« Sie legt ihre abgeschnittene Jeans und die Bauernbluse ab, beschließt aber, ihren Bikini anzubehalten.

Patty allerdings pellt sich nun doch aus ihrem Badeanzug, bis sie im Evaskostüm vor ihnen steht. Dünn ist sie nun wirklich nicht, sie hat eine klassische Rubensfigur. Wie die Frauen auf den Bildern von Eva Winslow sieht sie aus, stellt Kirby fest, mit ihren runden Brüsten und den rötlichen Brustwarzen, den üppigen Schenkeln und dem Bauch, der sich über dem dunklen Schamhaar wölbt. Kirby wird mit einem Mal klar, dass Luke in Patty eine Verkörperung der Kunst seiner Mutter gefunden hat.

Dann aber sieht Kirby, dass Patty leise zittert. Und ihr fällt auch eine leuchtend rote Stelle seitlich an ihrem Po auf – ein Handabdruck.

Luke schält sich aus seinem Anzug, mit dem Rücken zu Kirby, sodass sie außer seinem weißen Hintern nichts zu sehen bekommt. Sie breitet unterdessen ihr Badelaken aus, auf dem sie sich bäuchlings ausstreckt. Für nahtlose Bräune löst sie die Schleife ihres Bikinioberteils, aber das ist auch schon das höchste der Gefühle. Als sie den Kopf umwendet, sieht sie Patty und Luke, die zusammen zum Wasser gehen, beide nackt.

Kirby lässt den Kopf auf ihre zusammengelegten Arme sinken. Sie hatte ihren Eltern nicht zu viel versprochen, der Sommer hier auf Vineyard entpuppt sich in der Tat als ziemlich lehrreich.

Einige Tage später steigt das Quecksilber auf dreißig Grad, mit hundert Prozent Luftfeuchtigkeit. Anfang der Woche geht vom Meer her noch ein leiser Wind, doch am Freitag ist der Himmel mit schweren grauen Wolken bezogen, und es ist drückend schwül. Zu allem Unglück stirbt der Ventilator in Kirbys Zimmer ausgerechnet in dieser Woche einen dramatischen Tod. Seine Flügel hören aus heiterem Himmel auf, sich zu drehen, ohne ersichtlichen Grund, und als Kirby zur Wandsteckdose geht, um am Stecker zu rütteln, sprühen urplötzlich elektrische Funken auf, und es stinkt beißend.

Ohne Ventilator ist sie verloren. Hitze steigt bekanntlich nach oben, und sie wohnt unterm Dach; sie kann zwar das Fenster aufreißen, aber das bringt wenig, denn ohne Ventilator steht die Luft im Raum. Sie passt Evan ab, Miss O'Rourkes Neffen, der ihr verspricht, einen neuen Ventilator zu besorgen; es wäre ihm ein Vergnügen.

Am Nachmittag klopft es an Kirbys Tür. Sie liegt auf dem Bett und hört gerade Aretha Franklins *Lady Soul*, das Album für ihre Stimmung an Regen- oder Sonnentagen. Falls es wieder Michaela ist, die sich über die Lautstärke beschweren will, wird Kirby sie vielmals um Entschuldigung bitten und dann, wenn Michaela wieder unten ist, ihr Album für wütende Stimmungen auflegen, *Electric Ladyland* von Jimi Hendrix, und richtig laut aufdrehen.

Es könnte aber auch Patty sein. Luke hat sie vor ein paar Stunden abgeholt, um sie zu Hummerbrötchen in Menemsha einzuladen; Patty hat Kirby gefragt, ob sie mitkommen will, aber sie hat abgelehnt. Schließlich ist nicht sie mit Luke zusammen, sondern Patty, und sie findet es langsam eigenartig, dass Patty sie jedes Mal dabeihaben möchte, wenn sie was mit Luke unternimmt. Kurzzeitig hat sie sogar überlegt, ob Patty womöglich Angst vor Luke hat. Nach dem Tag unten in Chilmark hatte sie ihre Freundin auf die rote Stelle an ihrem Po angesprochen.

»Hat er dich geschlagen, als ihr zusammen im Bett wart?«, fragte sie. »Hat er dir … keine Ahnung … den Hintern versohlt?«

Patty lachte ein wenig unbehaglich. »Es ist ein Spiel«, sagte sie. »Rollenspiel nennt sich das.«

»Rollenspiel?«, hakte Kirby nach.

»Vergiss nicht, ich bin Schauspielerin«, sagte Patty.

Als Kirby die Tür öffnet, steht allerdings Barb vor ihr. Das wundert Kirby; mit Barb hätte sie hier oben unterm Dach, wo man vor Hitze schier umkommt und obendrein eine Maus ihr Unwesen treibt, nun wirklich nicht gerechnet.

»Da ist ein Besucher für dich«, teilt Barb ihr mit.

»Echt?«, fragt Kirby. Das wird Evan sein, überlegt sie, mit dem neuen Ventilator; wurde aber auch Zeit. Sie schlüpft eilig in ein Minikleid mit Pünktchenmuster und bindet sich ein Tuch ums Haar. Unterwegs nach unten überlegt sie auf der Treppe, was Evan wohl als Dankeschön erwartet.

Barb lauert oben am Kopf der Treppe im ersten Stock, zusammen mit Miranda und Maureen – Michaela ist gottlob nicht dabei –, und Kirby geht durch den Kopf, dass die drei wirklich Langeweile haben müssen, um sich derart für Evan in seiner braunen Polyesterhose und den Sonntagstretern zu interessieren.

Unten an der Haustür aber versteht Kirby, warum die drei so neugierig auf ihren Besucher sind. Es ist gar nicht Evan. Es ist Darren Frazier. Herrenbesuch, so viel weiß Kirby, ist für diese Mädchen eine große Sache. Und ein dunkelhäutiger Herrenbesuch dürfte für sie völliges Neuland sein.

Bei seinem Anblick schwillt Kirby das Herz in der Brust wie ein Heißluftballon. »Hey, du!«

»Hab heute frei«, sagt er. »Da hab ich mir gedacht, du würdest vielleicht gern mal Karussell fahren.«

»Absolut«, sagt Kirby. Sie dreht sich um und winkt den Mädchen zum Abschied zu, die noch immer oben an der Treppe stehen, als würden sie *Rat mal, wer zum Essen kommt* schauen. »Bis später, Mädels!«

Wie es das Pech will, laufen sie draußen auf dem Bürgersteig Evan in die Arme; er schleppt einen riesigen Karton an, mit einer Klimaanlage, wie der seitliche Aufdruck verrät.

»Ist die für mein Zimmer?«, fragt sie hoffnungsvoll.

»Ja. Vorgesehen ist es schon.« Evan wuchtet den Karton mit einem Ächzen auf die oberste Treppenstufe vor der Haustür.

Eine Klimaanlage, das ist mehr, als Kirby sich in ihren kühnsten Träumen erhofft hatte. »Dafür kann ich dir wirklich nicht genug danken, Evan. Du machst dir keine Vorstellung, wie es da oben ist. Ich schmore regelrecht im eigenen Saft.« Im nächsten Moment würde sie sich für ihre krasse Wortwahl im Beisein zweier Herren am liebsten ohrfeigen. Ihre Mutter wäre hellauf entsetzt. »Ich bin dir sehr dankbar.«

Evan zieht ein Taschentuch aus der Hosentasche und wischt sich über die Stirn. »Ich habe keine Ahnung, wie ich das schwere Ding bis ganz nach oben bekommen soll.«

»Lass mich mal machen, Mann.« Darren tritt einen Schritt vor.

»Darren?«, sagt Evan und blinzelt hinter seiner eckigen Brille. »Darren Frazier? Wo kommst du denn auf einmal her?«

Darren hat natürlich die ganze Zeit mit dabeigestanden. Wie kann es sein, dass Evan ihn übersehen hat? Hatte Ralph Ellison etwa recht – waren Schwarze für Weiße tatsächlich unsichtbar? Als Kirby Ellisons Roman in der Schule las, erschien ihr diese These stark übertrieben, aber nach der Szene, die sie soeben miterlebt hat, gerät sie doch ernsthaft ins Grübeln.

Darren hebt den Karton mit Leichtigkeit hoch. »Frische Arme«, sagt er. Andere Typen würden jetzt eher mit ihrer Kraft protzen, überlegt Kirby, aber Darren stapelt bewusst tief. »Nach oben in die Dachkammer?«

»Ja«, bestätigt Kirby. »In die Dachkammer.«

Evan bleibt Darren auf der Treppe dicht auf den Fersen. Anscheinend fühlt er sich vorgeführt; jedenfalls bietet er zweimal an, den Karton wieder zu übernehmen.

»Nein, es geht schon«, sagt Darren. Er gerät weder ins Keuchen noch ins Schwitzen, und die Art, wie sein Bizeps vorspringt, ist unleugbar attraktiv. Kirby bildet das Schlusslicht, sodass Evan ihr heute nicht unter den Rock linsen kann. Darren erweist sich in mehr als einer Hinsicht als Held des Tages.

Als Kirby die Tür ihres Dachzimmers öffnet, wird sie von der heißen, muffigen Luft fast umgehauen. Es ist geradezu erstickend, als würde ihr eine feuchtwarme Mohairdecke über den Kopf geworfen.

»Alles klar«, sagt Darren. »Jetzt verstehe ich die Dringlichkeit der Mission. Du wohnst hier oben? Ernsthaft?«

»Ich hatte einen Ventilator«, sagt Kirby, »aber der ist kaputtgegangen.« Sie lässt hektisch den Blick durchs Zimmer huschen, ob sie noch irgendwelche peinlichen persönlichen Gegenstände rasch verschwinden lassen muss. Hätte sie geahnt, dass sie heute Besuch bekommt, darunter noch dazu Darren, hätte sie den Raum ein bisschen besser inszeniert; sie hätte die Packung mit Damenbinden wegräumen und dafür vielleicht ein Bikinioberteil über die Stuhllehne drapieren können. Hätte ihre Taschenbuchausgabe von Ellisons *Der unsichtbare Mann* auf den Nachttisch legen können. Im Hotel hat sie neulich einen Benimmratgeber von Emily Post aus dem Bücherregal mitgenommen, in der Annahme, er könnte ihr für die Arbeit nützlich sein; jetzt hofft sie, dass Darren das Buch nicht bemerkt, das auf ihrem Bett liegt. Sonst hält er sie noch für hoffnungslos spießig.

Darren stellt den Karton ab und mustert das Fenster, nachdem er die Klimaanlage aus der Styroporverpackung befreit hat. »Müsste passen, oder?«, stellt er fest und sieht Evan an, der bloß die Achseln zuckt. Offenbar hat Evan sich nicht die Mühe gemacht, das Fenster erst zu vermessen; damit könnte Kirbys Traum von klimatisierter Luft jäh zerplatzen. Darren setzt die Anlage ins

Fenster ein; links und rechts sind jeweils einige Zentimeter Luft.

Darren wendet sich Kirby zu. »Hast du eventuell ein paar Bücher?«

Das ist Kirbys große Chance! Sie kramt in dem alten Aktenkoffer ihres Vaters, den sie für ihren Studienkram benutzt. Von den sechs Büchern, die sie als Ferienlektüre eingepackt hat, hat sie noch kein einziges angerührt. Nun wählt sie zwei Bücher aus, mit denen sie Belesenheit und Bildung zu demonstrieren hofft – *Die Blütezeit der Miss Jean Brodie* von Muriel Spark und *Ginger Man* von J.P. Donleavy.

Darren nimmt die Bücher in Empfang, überfliegt die Titel und hält *Ginger Man* in die Höhe. »Das fand ich großartig«, sagt er. »Eine Schande eigentlich, es für diesen Zweck zu benutzen, aber es ist ja nur vorübergehend. Ich hab ein paar Kanthölzer in der Garage, die ich passend für die Lücken zurechtschneiden kann.«

Kirby wirft Evan einen Blick zu, um zu sehen, ob er alles mitbekommen hat. Darren liest nicht nur anspruchsvolle Literatur, sondern kann auch Kanthölzer passend für die Lücken in dem Fenster zurechtschneiden, das Evan nachlässigerweise nicht vorab vermessen hat. Evan steht mit vor der Brust verschränkten Armen da und behält Darren mit finsterer Miene im Auge; er tut schon gar nicht mehr so, als wolle er mit anpacken. Kirby ärgert sich über ihn, aber schon einen Augenblick später ist die Klimaanlage fertig installiert. Darren stöpselt den Stecker ein und schaltet sie an. Kirby stellt sich vor den Schwall herrlich kühler Luft und schließt die Augen.

»Einfach himmlisch«, sagt sie.

»Gern geschehen«, sagt Evan. »Häng es bitte nicht an die große Glocke, weil für die anderen Zimmer keine Klimaanlage drin ist, finanziell, meine ich. Aber hier oben … die Hitze hier oben kann man wirklich niemandem zumuten.«

»Dankeschön«, sagt Kirby.

»Dankeschön«, sagt Kirby zu Darren, als sie wieder unten auf der Straße sind.

»Evan hat dir eine Klimaanlage besorgt, weil er dich gern mag«, sagt Darren. »Ein zwölf Kilo schwerer Liebesbrief, sozusagen.«

»Bitte hör auf«, sagt Kirby. »Ich glaube, ich muss mich für Evan entschuldigen. Weil er einfach nur dastand und dir die ganze Arbeit überlassen hat.«

Darren zuckt mit den Schultern. »Ich hab mich ja angeboten. Ich wollte dich beeindrucken.«

Kirby grinst. »Ach ja?«

Er nimmt sie an der Hand, und es fühlt sich an wie die normalste Sache der Welt.

Da der Tag bewölkt ist und kein Badewetter herrscht, ist der Andrang am Flying Horses Carousel groß, und sie müssen sich in eine lange Warteschlange einreihen. Darren besorgt ihnen Tickets und eine große Tüte Popcorn, die sie zusammen knabbern, während sie dabei zusehen, wie Jung und Alt auf den alten Karussellpferden ihre Runden drehen. Während der Fahrt haschen alle nach Silberringen aus einem Spender seitlich neben dem Karussell, die sie an den Ohren ihres Reittiers sammeln. Der letzte Ring ist aus Messing, erklärt Darren, und wer diesen Messingring erbeutet, gewinnt eine weitere Fahrt gratis. Ein ziemliches Tamtam, um vierzig Cent zu sparen, sagt er, aber es macht die Fahrt lustiger.

»Hast du den Messingring mal erwischt?«, fragt Kirby.

»Kein einziges Mal«, gesteht Darren. »Ich solle nicht traurig sein, hat meine Mutter immer gesagt, ich hätte im Leben schon genug Glück.«

»Deine Mutter mag mich, glaube ich, nicht«, sagt Kirby. »Neulich am Strand hat sie mich ganz böse angesehen.«

Darren wirft die leere Popcorntüte weg und nimmt dann wieder Kirbys Hand. Ihr Herz singt vor Glück. »Meine Mutter ist sehr auf meinen Schutz bedacht. Keine Sorge, das hat mit dir nichts zu tun.«

Und ob das was mit mir zu tun hat, denkt Kirby. »Hattest du schon mal eine feste Freundin?«, fragt sie.

»Einmal«, sagt Darren. »Im ersten Studienjahr. Sie hieß Amanda.«

Amanda. Das klingt nach einer Weißen, aber Kirby traut sich nicht nachzufragen. Und sie ist spontan eifersüchtig auf Amanda, was lächerlich ist. »Wie fand deine Mutter Amanda?«, fragt sie. »Hat sie sie gemocht?«

»Nee«, sagt Darren. »Ganz und gar nicht.« Er lacht. »Und du? Hattest du schon mal einen festen Freund?«

Ja, denkt sie. Officer Scottie Turbo. Ein Erlebnis, das sie ihm auf keinen Fall erzählen wird. Aber ganz weglassen kann sie es auch nicht. »Einmal«, sagt sie. »Er war … etwas älter als ich. Ein Polizist.«

»Ein Polizist?« Darren stößt einen anerkennenden Pfiff aus. »Mensch, dagegen habe ich aber schlechte Karten. Da werde ich richtiggehend eifersüchtig.«

Kirby drückt seine Hand. »Dazu besteht kein Grund«, sagt sie. »Es ist vorbei. Und zwar endgültig.«

Als sie endlich an der Reihe sind, steigen sie auf ein Pferdepaar, Darren innen und Kirby außen.

Das Karussell beginnt sich zu drehen, und Kirby reißt ausgelassen die Arme in die Höhe. Selten zuvor hat sie sich so glücklich gefühlt.

Sie gewinnen beide keine Gratisfahrt – den Messingring erwischt ein kleines Mädchen mit senffarbenen Locken, das aussieht wie Buffy aus *Lieber Onkel Bill* –, doch Kirby strahlt trotzdem, als sie vom Karussell absteigt. Auch sie fühlt sich wie ein Glückspilz, in jeder Hinsicht.

Darren begleitet Kirby noch bis zur Pension in der Narragansett Avenue. Beim Abschied sagt er: »Ich komm morgen noch mal vorbei, mit diesen Kanthölzern. Und hey, hättest du Lust, Sonntagabend zum Essen vorbeizukommen? Sonntags gibt's bei uns immer Klaffmuscheln.«

»Bist du dir sicher?«, fragt Kirby. Klaffmuscheln isst sie für ihr Leben gern. Auf Nantucket haben sie und Tiger immer ihre eigenen Muscheln geerntet, mit speziellen kleinen Rechen, die ihrem Großvater gehörten. Sie konnten die Muscheln noch so oft abspülen, am Ende hatten sie immer Sand auf dem Teller, aber das machte es erst so richtig authentisch.

»Klar bin ich mir sicher«, sagt Darren. »Komm um fünf vorbei; so haben wir ein gutes Zeitpolster, ehe du zur Arbeit musst. Dann kannst du meine Mom etwas besser kennenlernen, und meinen Dad. Der ist um einiges lockerer als meine Mom.«

Die eigentliche Richterin ist seine Mom, denkt Kirby. »Okay«, sagt sie. »Dann komme ich Sonntag vorbei.«

Darren beugt sich zu ihr und küsst sie sanft auf die Lippen. Es fühlt sich wundervoll an, aber dann ist es auch schon wieder vorbei; er entfernt sich mit einem Winken.

Kirby schwebt wie auf Wolken, als sie in die Pension kommt. Darren Frazier hat sie geküsst! Er hat sie zum Essen eingeladen! Und das wirklich Überragende ist, dass sie ihn gar nicht mehr als schwarz wahrnimmt. Für sie ist er einfach nur Darren.

Einer spontanen Eingebung folgend, klopft Kirby an Pattys Zimmertür. »Betreten auf eigene Gefahr!«, ruft Patty zurück.

Als sie ins Zimmer kommt, findet sie Patty an ihrer Kommode vor. Sie trägt nur ein dünnes Unterkleid und starrt in den Spiegel.

»Hey«, sagt Kirby. Sie dämpft ihre Stimme zu einem Flüstern. »Ich hab jetzt eine Klimaanlage. Wie wär's, willst du sie dir mal ansehen?«

»Ich muss zur Arbeit«, sagt Patty. »Eine Doppelvorstellung, *Charlie staubt Millionen ab* und *Der Marshall.*« Sie gibt sich betont unbefangen, aber Kirby spürt, dass irgendetwas nicht stimmt. Und dann sieht sie den Bluterguss an Pattys Oberarm.

»Hey.« Kirby nimmt Patty sanft am Ellbogen, um sich ihren Arm genauer anzusehen. »Was hast du denn da?«

Patty macht sich unwirsch von ihr los. »Wie gesagt«, sagt sie. »Wir stehen auf Rollenspiele.«

»Patty.« Kirby nimmt im Spiegel mit ihr Blickkontakt auf, das scheint einfacher, als mit ihr von Angesicht zu Angesicht zu reden. »Tut er dir etwa weh?«

»Es ist nur ein Spiel«, sagt Patty. »Und jetzt lass mich bitte allein.«

HELP!

Es kommt Blair vor, als wäre sie die Geisel ihres eigenen Körpers. Sie ist in der vierunddreißigsten Woche schwanger. Noch sechs Wochen bis zum errechneten Geburtstermin. Sie hat gehört, dass Zwillinge oft früher zur Welt kommen, aber ebenso hat sie gehört, dass erste Kinder sich mitunter Zeit lassen.

Früher, denkt sie. Bitte kommt früher zur Welt. Heute, morgen oder jetzt gleich.

Auch wenn die Babys keinen Vater haben werden.

Blair ist noch immer fassungslos, dass Angus sie aus der Wohnung komplimentiert hat. Dann aber versucht sie, sich vorzustellen, wie es ihr ginge, wenn sie umgekehrt Angus im Nahkampf mit ihrer Schwester Kirby erwischt hätte. Es wäre der reinste Horror, gar nicht zu beschreiben – viel, viel schlimmer als die Sache mit der gesichtslosen Trixie.

Eigentlich hatte sie halb damit gerechnet, in All's Fair einen Blumenstrauß vorzufinden, mit einem versöhnlichen Brief dabei. Aber sie wurde enttäuscht. Als Nächstes dachte sie, dass Angus dann eben persönlich auftauchen würde. Blair würde erst die Empörte spielen, wenn sie ihn vor der Haustür stehen sähe. Sie würde ihn einige Minuten lang zappeln lassen, ehe sie nachgäbe und ihn doch hereinließe.

Und dann würden sie dort weitermachen, wo sie letzten Sommer aufgehört hatten. Angus würde sich am Schreibtisch ihres Großvaters seiner Arbeit widmen; sie könnten in die Stadt bummeln, zur Eisdiele, könnten abends romantisch essen gehen, sich auf der Bank oben an der Main Street eine Zigarette teilen, wie früher. Angus war ohnehin urlaubsreif, das war nicht zu übersehen, und diesen Urlaub sollten Angus und Blair zusammen verbringen.

Angus allerdings rief nicht mal an, um sich zu erkundigen, ob sie gut angekommen war. Hoffentlich hat er mal wieder eine seiner Episoden, denkt Blair, und muss das Bett hüten. Geschähe ihm nur recht.

An Blairs erstem vollem Tag auf Nantucket geht Exalta morgens mit Jessie zu ihrer Tennisstunde, und Kate hat Besorgungen zu erledigen; also hat Blair das Haus ganz für sich. Sie liebt All's Fair, aber noch lieber mag sie Little Fair. Mit Little Fair sind all ihre Sommererinnerungen aus ihrer Jugend verbunden. Blair hat dort ihre erste Zigarette geraucht und sich ihren ersten Gin-Tonic eingegossen, in eins der Marmeladengläser, die im Küchenschrank stehen. Mit vierzehn ließ sie sich von Larry Winter auf der kleinen Dachterrasse küssen, die zur Plumb Lane hinausgeht, und den ganzen restlichen Sommer kam er immer in den frühen Morgenstunden vorbei und rief von der Straße aus mit gedämpfter Stimme nach Blair, bis sie auf der Terrasse erschien, ein bisschen wie bei Romeo und Julia. In Little Fair hat sie mit ihrem Bruder und ihrer Schwester unzählige Partien Monopoly und Gin Rommé gespielt; hat in einem Stieltopf Popcorn gemacht, das dummerweise oft anbrannte; sie hat dort den ersten Roman gelesen, in den sie sich wirklich verliebte, *Vom Winde verweht*, und Kirby und Tiger und den Dunscombe-Zwillingen beigebracht, wie man kleine Dosen hübsch mit Muscheln beklebte.

An dem kleinen runden Küchentisch in Little Fair hat sie gesessen, als ihre Mutter ihr sagte, dass sie wieder heiraten würde, nämlich ihren Anwalt, David Levin. Blair wusste nicht recht, wie sie darauf reagieren sollte. Einerseits mochte sie David Levin, weil er ihre Intelligenz schätzte; er fragte sie immerzu nach den Hauptstädten der verschiedenen Bundesstaaten (Frankfort, Kentucky; Juneau, Alaska) und der Reihenfolge diverser US-Präsidenten (Zachary Taylor, Millard Fillmore, Franklin Pierce). Andererseits war ihr klar, dass sie ihrem erst kürzlich verstorbenen Vater eine gewisse Treue schuldig war. Sie überlegte, ob sie einen Flunsch ziehen oder sogar weinen sollte, nahm die Neuigkeit dann aber doch freudig auf, worüber ihre Mutter sichtlich erleichtert war. *Bei dir habe ich mir als Einzige von euch dreien Sorgen gemacht,* sagte Kate. *Kirby und Tiger sind ja noch zu klein, um das zu verstehen.*

Eigentlich hatte Blair gehofft, Little Fair ganz für sich zu haben, da Kirby und Tiger ja nicht hier waren, doch Kate klärte sie auf, dass Little Fair diesen Sommer zwei Bewohner hatte, Mr Crimmins und seinen Enkelsohn.

»Enkelsohn?«, fragte Blair. »Meinst du damit …«

»Lorraines Sohn, ja«, sagte ihre Mutter. »Pickford heißt er. Kurz Pick.«

»Wie alt ist er?«, fragte Blair.

»Fünfzehn«, sagte Kate.

Ja, kommt hin, dachte Blair. So lange war es ungefähr her, seit Lorraine seinerzeit die Insel verlassen hatte. An Lorraine konnte sie sich gut erinnern; sie war mal Blairs Babysitterin gewesen. Lorraine konnte köstliche Zitronen-Plätzchen backen. Blair durfte immer die Eier für den Teig aufschlagen. Sie weiß noch genau, wie Lorraine ihr gezeigt hat, wie man am Rand der Schüssel erst einen Sprung in das Ei schlägt, dann die Daumen an den Rand des Sprungs legt und die Schale behutsam aufklappt, um das Innere herauslaufen zu lassen – das schleimige Eiweiß und das gelbe Eidotter.

»Und wo ist Lorraine?«, wollte Blair wissen. »Das weiß niemand«, erwiderte ihre Mutter. »Sie und Pick haben in einer Kommune in Kalifornien gelebt, und eines Morgens, jetzt im Frühjahr, ist Pick aufgewacht, und sie war fort.«

»Sie hat ihn *allein* zurückgelassen?« Blairs Reise in die Mutterschaft hat noch gar nicht richtig begonnen, aber sie versteht auch so, wie grässlich und unnatürlich das ist. Aber Lorraine ist schon früher ein trauriger, versehrter Mensch gewesen, der sich Mr Crimmins' herzensguter Erziehung trotzig widersetzte. Lorraine hatte lange dunkle Haare, das war das Auffallendste an ihr. Beim Backen band sie es zu einem dicken Knoten zusammen, doch wenn sie abends ausging, trug sie es immer offen, und dieses lange, wunderschöne Haar hatte etwas von einem Geheimnis, das sie hütete. Lorraine hatte auch eine Tätowierung, einen Felsenbarsch, oben auf ihrem Fuß. Blair war vollkommen fasziniert davon, denn beim Gehen sah es immer aus, als würde dieser Fisch auf Lorraines Fuß schwimmen. Tätowierungen waren etwas, das Blair sonst nur bei Soldaten kannte, und einmal bekam sie mit, wie ihre Großmutter Lorraines Tattoo als Schande bezeichnete. *Man merkt, dass dieses Mädchen keine Mutter hat,* sagte Exalta. Lorraine traf sich regelmäßig mit irgendwelchen Männern, in Bosun's Locker, und blieb nachts so lange aus, dass sie morgens gleich in der Charcoal Galley frühstücken ging. Für Strände hatte Lorraine nichts übrig, aber Exalta erlaubte ihr, das Motorboot der Familie zu benutzen, den vier Meter langen Boston Whaler. Blair erzählte sie, dass sie das Boot allein aus der Mole steuerte und dann rausfuhr bis zum Pocomo Head, wo sie sich vorne auf dem Boot ausstreckte, splitternackt.

Ein Detail, das Blair schlicht schockierend fand. Wenn sie an Lorraine Crimmins denkt, sieht sie bis heute ihre Gestalt vor sich, ausgestreckt vorn auf dem Boot und mit langem Nixenhaar, das bis ins Wasser hinabhängt.

Blair hat einen Bärenhunger. Sie ist mittlerweile so dick, dass sie auf jede Art von Diät verzichtet; das Abspecken muss warten, bis die Babys auf der Welt sind. Blair gießt sich in der Küche eine Tasse Kaffee ein, der sie Sahne und Zucker hinzufügt, dann toastet sie sich portugiesisches Brot, das sie dick mit Erdnussbutter bestreicht und dann noch mit Bananenscheiben belegt. Das reicht, denkt sie, das ist ein gutes Frühstück. Aber sie kann nicht aufhören. Nach dem Bananentoast fällt sie über ein halbes Hähnchen her, löst nach und nach das weiße Fleisch von den Knochen und leckt sich genüsslich das Fett von den Fingern. Sie pfeift auf die guten Tischmanieren, die Exalta und Kate ihr beigebracht haben, und stillt ihren Hunger wie ein wildes Tier. Im Eisfach stößt sie auf eine Packung Brigham's Karamell-Eiscreme; ganz mit Eis überkrustet und offenbar noch vom letzten Sommer, was einleuchtet, denn der Einzige in der Familie, der diese Eissorte mag, ist Tiger. Nachdem sie sich die Packung komplett einverleibt hat, gönnt sie sich einen gehäuften Esslöffel Traubenmarmelade. Ihr fällt eine Brie-Spitze von Savenor's ins Auge, die sie ebenfalls verputzt, zusammen mit einer halben Packung nicht mehr ganz frischem Zwieback; vermutlich auch ein Überbleibsel vom letzten Sommer.

Sie hört jemanden draußen im Garten. Exalta und Jessie womöglich, zurück vom Tennis. Blair räumt eilig den Tisch auf – die Küche sieht aus, als wäre eine Waschbärenfamilie darüber hergefallen –, doch bei einem Blick aus dem Fenster sieht sie, dass es ein Junge ist, ein goldblonder Teenager in einer gelben Badehose und mit einer Muschelkette um den Hals, die sich weiß von seiner sonnengebräunten Haut abhebt.

Blair öffnet eilig die Hintertür. »Guten Morgen!«, ruft sie. »Bist du Pick? Erfreut, dich kennenzulernen! Ich bin Blair Whalen, Kates älteste Tochter.«

Pick legt den Kopf schräg. »Oh, hi, hallo«, sagt er. »Du bist Jessies Schwester?«

Jessies Schwester, Kates Tochter, Angus' Ehefrau, Exaltas Enkelin, werdende Mutter zweier lebhafter Geschöpfe, die sich zurzeit noch in ihrem Bauch befinden. Blair hat in diesem Augenblick nur einen dringenden Wunsch: nicht durch andere Menschen definiert zu werden.

»Ja«, sagt sie. »Freut mich, dich kennenzulernen.«

»Gleichfalls«, sagt Pick. »Ich wollte gerade in die Stadt, zum Münztelefon. Magst du mitkommen?«

Blair hatte eigentlich nicht vor, das Haus zu verlassen. Ihre Mutter und Großmutter würden das sicher nicht so gern sehen, aber das macht es auf einmal umso verlockender. Blair hat gerade den Kühlschrank halb leergefuttert; da kann ein Verdauungsspaziergang wohl nicht schaden. Und auch die Vorstellung eines Münztelefons hat ihren Reiz. Vielleicht versucht sie es von dort aus mal bei Angus. Es gibt zwar ein Telefon in All's Fair, aber es ist eine Gemeinschaftsleitung, und Blair möchte nun wirklich nicht, dass irgendein Wildfremder ihre Gespräche belauscht.

»Sehr gern«, sagt sie. »Augenblick, ich muss noch meine Tasche holen.«

Blair und Pick schlendern die Fair Street hinunter zur Hauptstraße. Blair nimmt sich auf dem gepflasterten Gehweg in Acht, und Pick stützt sie am Ellbogen, wenn sie vom Bordstein steigen muss.

»Erwartest du Zwillinge?«, fragt Pick.

»Sieht man das nicht?«, erwidert Blair.

»Stimmt, du bist schon ziemlich dick«, sagt Pick. »Wobei ich einmal gesehen habe, wie eine Frau Drillinge bekommen hat.«

»Du hast … was?«, fragt Blair.

»Ich habe bei einer Drillingsgeburt geholfen«, sagt Pick. »Meine Mutter ist mit der Hebamme befreundet, in der Kommune, in der wir in Kalifornien leben.«

Blair verschlägt es die Sprache. Lorraine hat Pick erlaubt – oder ihn sogar dazu *ermuntert* –, bei einer Geburt zu helfen? Blair ist auch die Gegenwartsform aufgefallen, die Pick benutzt hat, und sie fragt sich, ob er wohl nach dem Sommer wieder nach Kalifornien zurückgeht. Sie würde ihn zu gerne nach Lorraine fragen, aber sie schafft es gerade so, sich zu beherrschen. Schließlich kommen sie zu den Münzapparaten, draußen am Gebäude der Nantucket Electric Company. Da sie die einzigen Nutzer sind, entscheidet Blair sich für das Telefon am äußersten

Ende der Reihe, während Pick zum Apparat am anderen Ende geht, unweit der Main Street.

Blair öffnet ihr Portemonnaie. »Brauchst du Kleingeld?«

»Nein. Es soll ein R-Gespräch werden«, sagt Pick und blickt Blair kurz in die Augen. Er hat das halblange, sonnengebleichte Haar eines Surfers und auffallend eisblaue Augen. Ein wirklich hübscher Junge. In seinem Gesicht erkennt sie gewisse Züge von Lorraine wieder, es ist, als würde sie nach langer Zeit einem alten Bekannten begegnen. Pick wirkt irgendwie so vertraut, dass in ihr sofort der Beschützerinstinkt erwacht.

»Okay«, sagt sie. »Warte danach auf mich, dann können wir zusammen zurückgehen.«

Als Blair in Angus' Büro anruft, teilt ihr Ingrid, die neue Empfangssekretärin, mit, dass Dr. Whalen seit Montag nicht mehr bei der Arbeit war.

Blair ist von dieser Neuigkeit so überrumpelt, dass sie ins Stottern gerät. »I-i-ist er in Houston?« Das ist die einzige infrage kommende Erklärung. Vielleicht hat man den Start zum Mond vorgezogen, oder es gibt ein Problem vor Ort, das nur Angus beheben kann.

»In Houston?«, sagt Ingrid. »Nein, da ist er noch nicht.«

Blair wartet, aber mehr kommt nicht. »Danke, Ingrid.« Mit diesen Worten hängt sie den Hörer ein.

Als Nächstes versucht sie es bei ihnen zu Hause, doch es geht niemand ran, obwohl sie ewig lange klingeln lässt.

Blair betrachtet sich im glänzenden Metall des Münzapparats; ihre Züge wirken darin ganz verzerrt. Angus hat wahrscheinlich eine seiner Episoden. Er liegt im abgedunkelten Schlafzimmer im Bett, außerstande, sich zu bewegen. Blair verflucht sich dafür, ihm das an den Hals gewünscht zu haben. Ihr hätte klar sein müssen, dass das passieren würde, gleich nach ihrer Abreise; es hätte ihnen *beiden* klar sein müssen.

Blair versucht es ein weiteres Mal zu Hause. Geh ran!, denkt sie. Aber nichts passiert, niemand meldet sich.

Hätte sie sich doch bloß mit Leuten aus der Nachbarschaft angefreundet. Ihre direkten Nachbarn im Haus, in der einzigen weiteren Wohnung, sind Japaner, ein Ehepaar; beide zwar ganz reizend, aber sie sprechen kaum Englisch. Blair könnte vermutlich ihren Vater anrufen, oder Sallie, und sie bitten, bei Angus nach dem Rechten zu sehen; aber es wäre Angus sicher entsetzlich unangenehm, wenn David oder Sally ihn in seinem elenden Zustand anträfen. Außer Joey – und ihr natürlich – weiß sonst niemand von Angus' Episoden. Ob sie vielleicht Joey bitten sollte, mal bei ihm vorbeizusehen?

Den nächsten Gedanken, der ihr kommt, hat Blair bisher verdrängt. Was, wenn Angus gar nicht zu Hause ist, gelähmt von einer Episode? Was, wenn er bei Trixie ist? Oder gar mit ihr zusammen verreist ist? Angus hat Zugriff auf Blairs Treuhandvermögen. Was, wenn er das Geld dazu verwendet hat, um mit Trixie nach Aruba oder Tahiti zu fliegen?

Blair merkt, wie ihr mit einem Mal übel wird, ihr Magen krampft sich zusammen. Muss sie sich etwa übergeben, hier auf der Union Street, in aller Öffentlichkeit? Diese Demütigung würde ihr endgültig den Rest geben.

Atmen, schärft sie sich ein. Durch die Nase ein, durch den Mund wieder aus. Sie sucht mit ihren geschwollenen Füßen festen Stand auf dem Pflaster und stellt sich vor, sie wäre ein Baum, stark und majestätisch. Sie wirft weitere zehn Cent ein, um Joey Whalen bei der Arbeit anzurufen.

»Blair«, sagt er, als er ihre Stimme hört. »Was ist los, ist es etwa so weit?«

Sie beißt sich auf die Unterlippe. Bei ihrem Picknick am Craigville Beach hat Joey geschildert, wie er sie zum ersten Mal gesehen hat. Es war auf der Newbury Street, wo sie mit Sallie unterwegs gewesen war. *Du hattest einen taubenblauen Pulli an,* sagte er. *Dein Haar war mit einer Perlmuttspange zurückgesteckt. Du hast gelacht, und ich dachte, ich möchte der Mann sein, der dieses Mädchen für den Rest ihres Lebens zum Lachen bringt.*

Es ist Balsam für Blairs wunde Seele, sich diese Worte wieder zu vergegenwärtigen. Hat Angus je auf die Farbe von Blairs Pullis geachtet oder sich über den Klang ihres Lachens gefreut? Eher nicht, vermutet sie. Er liebt sie auf ganz andere Art – dringlicher, verzweifelter. Zumindest war es so, bis er dann von seiner Arbeit aufgefressen wurde und Blair feststellte, dass sie schwanger war.

Blair ist verwirrt. Empfindet sie noch etwas für Joey? Überlief sie nicht jedes Mal ein heimlicher, köstlicher Schauer, wenn sie das Feuerzeug mit der Liebesgravur zückte? War sie Joey nicht förmlich in die Arme gesunken, und das nach gerade einem Schlückchen Kalter Ente und einem Bissen Schokoladen-Babka? Was wäre wohl noch alles passiert, wenn Angus nicht hereingeplatzt wäre – wäre es womöglich bis zum Äußersten gekommen, und das nicht, weil ihre Hormone verrücktspielten und auch nicht wegen Trixie, sondern weil sie Joey begehrte?

»Nein, es ist noch nicht so weit«, sagt Blair zu Joey. »Aber ich habe mich jetzt hier eingerichtet und würde dich gern sehen. Kommst du am Wochenende? Du könntest dir ein Hotelzimmer nehmen. Im Gordon Folger ist es sehr nett. Vielleicht nicht ganz so nett wie in deinem Hotel in Boston, aber …«

»Ach, wie schade, Blair«, sagt Joey. »Ich habe gerade erst erfahren, dass ich am Wochenende nach Rhode Island muss. Ein Kunde in Newport hat mich zum Segeln auf die Jacht eines Freundes eingeladen, die Shamrock, und danach steigt eine Cocktailparty, auf dem Rasen vor einer der Vanderbilt-Villen. Ich würde dich gern sehen, aber da muss ich dich auf ein andermal vertrösten.«

Segeln auf einer Jacht. Cocktails vor einer Vanderbilt-Villa. So hätte Blairs Leben aussehen können, wenn sie nicht Angus, sondern Joey das Ja-Wort gegeben hätte.

Er muss sie *auf ein andermal vertrösten*. Das klingt vage und unbestimmt. Was ist aus dem Mann geworden, der ihr eigens Schlagsahne für ihren Kuchen besorgt hat? Diesen Mann braucht sie … und zwar jetzt. Blair schüttelt den Kopf über sich – vor zehn Minuten wollte sie noch völlig autonom sein, doch hier steht sie nun und sehnt sich nach einem Mann, egal was für einem. Aber beide Whalen-Brüder erweisen sich als unabkömmlich.

»Kein Problem«, sagt Blair kühl. Immerhin, einen nonchalanten Tonfall bekommt sie hin. »Dann viel Spaß in Newport.« Sie hängt ein und stellt sich vor, wie Joey mit einem Cocktail in der Hand, vielleicht einem Tom Collins, im Ambiente einer gepflegten, weitläufigen Rasenfläche hübsche Mädchen in eleganten Sommerkleidern anspricht, mit aufwendigen Hochsteckfrisuren und baumelnden Ohrgehängen. An die hochschwangere Frau seines Bruders, dessen ist sie sich sicher, wird er dabei keinen Gedanken verschwenden.

Sie lässt den Kopf sinken. Warum musste sie bloß alles so vermasseln. Sie hätte auf ihre Mutter hören sollen. Hätte sie doch nur den Mund gehalten und abgewartet, bis sich Angus' kleine Affäre von selbst erledigt hatte! Sie ist so konfus und verunsichert, dass sie ernsthaft erwägt, die Zwillinge einfach zur Adoption freizugeben. Dann lacht sie sich einen Liebhaber an und taucht tagelang ab! Geht auf feine Partys und lässt sich zu Segeltouren einladen. Sie wird so tun, als wäre all das hier *nie passiert*!

Als sie sich umwendet, sieht sie, wie Pick wütend den Hörer seines Münztelefons einhängt, sichtlich frustriert.

»Alles in Ordnung?«, fragt sie.

Er ballt die Fäuste und starrt den Apparat vor sich an, als wollte er ihn gleich demolieren.

»Pick?«, sagt Blair. Plötzlich wird ihr klar, dass er vermutlich versucht hat, seine Mutter zu erreichen. »Wolltest du Lorraine anrufen?«

»Lavender«, sagt Pick. »Sie hat sich umbenannt in Lavender.«

»Oh«, sagt Blair. »Klar, verstehe.«

»Ich dachte, sie wäre vielleicht inzwischen wieder zu Hause«, sagt er. »Aber sie ist wohl immer noch auf Achse.« Er zuckt mit den Schultern. »Na ja. Nicht so wichtig.«

Wer hätte gedacht, dass sie und Pick so viel gemeinsam haben? »Mein Mann hat mich vor die Tür gesetzt«, sagt Blair. »Und ich dachte, er wäre inzwischen wieder zur Vernunft gekommen, aber er war seit zwei Tagen nicht im Büro, und bei uns zu Hause habe ich auch niemanden erreicht. Ich bin mir ziemlich sicher, dass er bei seiner Geliebten ist.«

»Im Ernst?«, sagt Pick.

Blair weiß, dass es eigentlich kein passendes Gesprächsthema ist, aber wenn Pick schon dabei war, als eine Frau Drillinge zur Welt brachte, wird ihn auch die Existenz einer Geliebten nicht übermäßig schocken können. »Im Ernst«, bestätigt sie.

»Dein Mann soll unwahrscheinlich schlau sein«, sagt Pick. »Hat mir mein Großvater erzählt.«

»Er hat viel Bücherwissen, ja«, sagt Blair. »Aber mit Menschen kennt er sich nicht besonders aus.«

»Ich würde mich lieber gut mit Menschen auskennen«, sagt Pick.

Blair lächelt ihn an, trotz ihres großen Kummers.

Pick bietet Blair seinen Arm an, sie hakt sich bei ihm unter, und dann kehren sie einträchtig schweigend nach All's Fair zurück. Als sie dort ankommen, macht Pick sich behutsam von ihr los. »Ich will noch zum Strand, ehe ich zur Arbeit muss«, erklärt er.

»Wo arbeitest du denn?«, erkundigt sich Blair.

»Im North Shore Restaurant«, sagt er. »Ich will später mal Koch werden. Wenn ich groß bin.«

»Weißt du, was ich später mal werden will, wenn ich groß bin?«, sagt Blair.

Er wirft belustigt den Kopf zur Seite. Auf ihn dürfte sie natürlich längst erwachsen wirken. Wenn er wüsste! »Was denn?«, fragt er.

»Die Mutter von jemandem, der so ist wie du«, sagt sie.

WHITE RABBIT

Jessie rechnet damit, dass ihre Mutter ihr gemeinsames Abendessen vergessen wird. Am Donnerstagmorgen allerdings, ehe Jessie mit Exalta zur Tennisstunde aufbricht, steckt Kate den Kopf aus ihrem Zimmer. »Mad Hatter, Jessie«, sagt sie. »Heute Abend um sieben.«

Jessies Laune hellt sich umgehend auf. Sie und Exalta legen ihren üblichen Weg auf der Main Street zurück, vorbei an der Charcoal Galley und Bosun's Locker, doch statt an der gewohnten Stelle die Straße zu überqueren, geht Exalta mit ihr noch ein Stück weiter bis zu Buttner's, dem hiesigen Kaufhaus, und bleibt vorm Schaufenster stehen.

»Wie wär's, wollen wir dir nachher ein neues Kleid kaufen, für heute Abend?«, sagt Exalta. »Auf dem Rückweg von deiner Tennisstunde, meine ich.«

Jessie staunt nicht schlecht, aber das überspielt sie, so gut es geht. »Danke, Nonny.«

»Es gibt kaum was Schöneres als neue Kleider«, stellt Exalta fest. »So ein neues Kleid muntert einen sofort auf. Und zurzeit sind alle so gedrückter Stimmung. Ist dir das auch schon aufgefallen?«

Ja, das ist Jessie aufgefallen. Blair geht es gar nicht gut, sie stopft sich mit Essen voll, liegt den ganzen Tag im Bett und schläft oder sitzt vorm Fernseher und vergießt Tränen bei irgendwelchen Seifenopern. Kate ist nicht viel besser. In der ersten Tageshälfte ist sie wie benebelt, und danach betrinkt sie sich für den Rest des Tages. Tigers letzter Brief liegt fast zwei Wochen zurück, seither haben sie nichts mehr von ihm gehört.

Einzig Exalta ist guter Dinge. Außergewöhnlich guter Dinge sogar. Unterwegs auf der Straße summt sie vergnügt vor sich hin, und zwar ihren Lieblingssong von Cole Porter, »I Get a Kick Out of You«. Sie summt vor sich hin! Jessie kann sich keinen Reim darauf machen.

»Freust du dich schon, Nonny?«, fragt Jessie. »Auf dein Bridge heute Abend?« Von Bridge versteht sie nichts, aber sie mag die Knabbereien – Erdnüsse, Salzstangen, Käsekräcker und bunte Mandeldragees in allen Farben des Regenbogens –, die Exalta in pik-, herz-, kreuz- und karoförmigen Glasschälchen bereitstellt, wenn sie den Bridgeabend bei sich zu Hause ausrichtet. Hier auf Nantucket spielt Exalta im Anglers' Club Bridge, einer schummrigen Bar mit dunkler Holztäfelung, unten am Hafen, mit Blick aufs Straight Warf. Dem Angelclub gehören überwiegend Männer an – Mr Crimmins etwa, und auch Jessies verstorbener Großvater war Mitglied –, aber eben auch Nonny. Wenn auch nur wegen der Bridgeabende immer donnerstags; sie hat noch nie im Leben eine Angel in der Hand gehabt.

»Niemand *freut* sich auf Bridge«, sagt Nonny.

»Nein?«, sagt Jessie. »Aber es ist doch ein Spiel.«

»Es ist Gymnastik für den Kopf«, sagt Nonny. »Hält mich geistig frisch.« Sie hebt ihre Sonnenbrille in die Höhe und blickt Jessie direkt an. Nonnys Augen sind hellblau, mit einem Gespinst feiner Fältchen ringsherum. Jessie ist von Nonny so eingeschüchtert, dass sie ihrem Blick sonst immer ausweicht. »Du magst die Tennisstunden nicht, Jessica, das ist mir wohl bewusst. Aber es ist wichtig, dass du zumindest die Grundtechniken des Spiels und das Vokabular lernst. Was, wenn du in zehn Jahren mal übers Wochenende bei Leuten auf Hilton Head Island eingeladen bist und dein Gastgeber ein gemischtes Doppel anregt und noch eine Spielerin benötigt wird? Dann kannst du dich selbstbewusst melden, weil du das Spiel in deiner Jugend gelernt hast. Wenn du mal in einer solcher Lage bist, denkst du vielleicht an deine alte Nonny und wirst ihr dankbar sein.«

Jessie ist vollkommen überrumpelt. Bislang dachte sie, Nonny wollte sie mit den Tennisstunden bloß schikanieren. Nun gerät sie ins Grübeln. Vielleicht meint Nonny es ja ehrlich gut mit ihr. Besteht nur aus Liebe so darauf, dass sie Tennisspielen lernt.

Eine halbe Stunde darauf hat Jessie Gelegenheit, ihre

geänderte Einstellung unter Beweis zu stellen, ganz wie von Suze erhofft. Als Suze ihr eröffnet, dass sie nun so weit ist, ihre ersten Partien gegen andere Tennisanfänger zu spielen, protestiert Jessie nicht, sondern stellt sich der Herausforderung. Und als sie erfährt, dass sie gegen die biestige Helen Dunscombe antreten soll, umklammert sie ihren Schläger ähnlich grimmig wie ein Höhlenmensch seine Keule. Jessie will Helen Dunscombe um jeden Preis schlagen, nicht zuletzt auch, weil sie von Garrison Howe trainiert wird, dem ekligen Sittenstrolch.

Suze postiert sich an Jessies Platzhälfte, gegenüber von Garrison, der drüben an Helens Hälfte steht. Garrison murmelt Helen etwas Unhörbares zu, und Suze sagt zu ihr: »Spiel dein eigenes Spiel. Und nicht vergessen, immer kühlen Kopf bewahren.«

Jessie beherzigt ihren Rat. Sie hält ihre Emotionen sorgsam in Schach. Denkt immer nur dann an Garrisons abstoßenden Annäherungsversuch und an Helen Dunscombes mieses Grinsen bei der Frage, wann Jessie sich die Nase operativ verkleinern lässt, wenn der Schläger den Ball trifft. Sie schwingt ihre Schläge mit einer Vehemenz durch, die selbst Suze verblüfft, und schlägt jeden Ball übers Netz, sogar mit Leichtigkeit. Jessies Rückhand ist schwächer als ihre Vorhand, aber jederzeit sauber und technisch einwandfrei. Ihre Aufschläge landen in der hinteren Ecke der Aufschlagbox, sodass sie schwierig zu retournieren sind. Jessie gewinnt drei Spiele in Folge, und zwar mühelos. Als sie gerade den Ball aufprallen lässt, um gleich zum vierten Spiel aufzuschlagen, pfeffert Helen Dunscombe ihren Schläger wütend zu Boden, und Garrison legt ihr den Arm um die Schulter und führt sie vom Platz.

»Wir brauchen noch mehr Übung«, ruft er Suze zu. Dann wendet er sich an Jessie. »Nette Rückhand.«

»Ich hab gewonnen!«, verkündet Jessie Exalta voller Stolz, nachdem Suze ihr auf die Schulter geklopft und gesagt hat: »Starkes Spiel, Jessica.« Jessie kann nicht anders, sie strahlt übers ganze Gesicht. »Ich hab Helen Dunscombe geschlagen. Drei zu Null.«

Exalta sitzt wie üblich mit Mrs Winter auf der Terrasse, mit ihrem zweiten oder dritten oder zehnten Mimosa vor sich auf dem Tisch.

»Bitte entschuldigen Sie meine Enkelin«, sagt sie zu Mrs Winter. Dann gibt sie dem Kellner Zeichen, ihr den Verzehrbeleg zu bringen, und erhebt sich von ihrem Stuhl, ein wenig wackelig auf den Beinen.

»Wofür soll sie mich entschuldigen?«, fragt Jessie, als sie außer Hörweite von Mrs Winter sind. »Ich dachte, du würdest stolz auf mich sein. Ich habe gewonnen! Ich habe Helen Dunscombe geschlagen.« Sie schluckt mühsam. »Ich bin dabei, das Spiel zu lernen, ganz, wie du wolltest.«

»Alles gut und schön«, sagt Exalta. »Aber du hast mit deinem Sieg geprahlt, und das gehört sich nicht für ein Mädchen. Ich weiß nicht, wo du solche Unsitten gelernt hast … oder vielmehr, ich ahne schon, wo. Von der Familie deines Vaters. Dein Großvater trägt diesen grässlichen Goldring am kleinen Finger, und Mrs Levin fährt einen

Bentley, und wie ich höre, haben sie ihre Namen groß an der Synagoge in Boca Raton anbringen lassen. Alles sehr grell, sehr protzig. Nach einem Sieg beim Tennis oder anderen Gelegenheiten reicht man seiner Gegnerin die Hand, gratuliert ihr zu ihrer Leistung und erwähnt diesen Sieg danach bei absolut niemandem, *so* gehört es sich, Jessica. Hast du das verstanden?«

Jessicas Wangen glühen vor Verlegenheit. Sie hatte ihre Stunde so voller Selbstvertrauen begonnen, und es war eine Genugtuung gewesen, gegen jemanden zu gewinnen, den sie nicht ausstehen kann – genauer gesagt, sogar gegen zwei ihr verhasste Personen. Sie schämt sich, weil sie Exalta recht geben muss, ihre Angeberei war tatsächlich unfein. Aber dass Exalta alles, was sie an ihr auszusetzen hat, auf ihren Vater oder, wie jetzt, ihre Großeltern zurückführt, bringt sie maßlos auf. Jessie war gar nicht bewusst, dass Exalta ihre anderen Großeltern kannte, Bud und Freda Levin, zu denen Jessie Mimi und Großpapa sagt. Großpapa war früher Juwelier und hatte einen Laden an der Boylston Street, und Mimi hat früher tatsächlich einen Bentley gefahren, aber heute leben sie in Florida, auf einem Golfplatz, Großpapa arbeitet nicht mehr, und Mimi darf nicht mehr Auto fahren, weil sie unter grauem Star leidet.

»Jessica«, sagt Exalta. »Ob du das verstanden hast?«

Ein Nicken wird nicht genügen, so viel ist klar. »Ja«, sagt Jessie leise.

Auf dem Rückweg ist von einem neuen Kleid für Jessie nicht mehr die Rede, als sie bei Buttner's vorbeikommen, und sie wagt es nicht, Exalta darauf anzusprechen. Der Morgen ist gründlich im Eimer.

Bei ihrer Heimkehr haben Jessies Gefühle Exalta gegenüber einen neuen Tiefpunkt erreicht. Sie *hasst* ihre Großmutter. Ihre Großmutter ist eine fürchterliche Person und vermutlich Antisemitin. Nicht ganz so schlimm wie die Nazis wahrscheinlich, aber Jessie würde ihr durchaus zutrauen, dass sie Anne Franks Familie verraten hätte, wenn sie hinter ihr Versteck gekommen wäre.

Exalta ist dagegen nach wie vor bester Stimmung. Als sie mit Jessie in die Küche kommt, wo Kate und Blair sich gerade mit Orangensaft stärken, sagt sie: »Den Tag heute sollten wir alle mal am Strand verbringen!«

»Aber ohne mich, Nonny«, sagt Blair. »Ich kann nirgendwohin.«

»Unfug«, sagt Exalta. »Es ist herrliches Wetter. Fahren wir im Scout raus nach Smith's Point. Dann brauchst du nicht zu Fuß zu laufen. Wir fahren mit dir direkt bis ans Wasser. Und wir nehmen ein Picknick mit.« Sie wendet sich Kate zu. »Haben wir Lebensmittel im Haus?«

»Ja, Mutter«, sagt Kate. »Ich habe harte Eier und gekochten Schinken, dazu einen Laib portugiesisches Brot, ganz frisch vom Bäcker. Und eine halbe Melone haben wir auch noch.«

»Wundervoll.« Exalta betrachtet Blair eingehend. »Dein Bauch hat sich ja noch nicht mal gesenkt. Es wird noch Wochen dauern, bis wir diese Babys zu sehen bekommen.«

Blair blickt missmutig drein. »Ich kann nicht schwimmen gehen. Ich habe keine Badekleidung.«

»Aber du kannst dir die Füße benetzen«, sagt Exalta. »Es wird dir guttun.«

»Ich komme nicht mit«, sagt Jessie. »Ich habe ein Buch, das ich über den Sommer lesen muss: *Das Tagebuch der Anne Frank*.« Sie stampft aus der Küche in den Garten und knallt die Tür hinter sich zu, obwohl eigentlich beides, Stampfen und Türenknallen, streng verboten ist. Sie hält kurz auf der Terrasse inne und wartet darauf, dass Kate erscheint, um sie entweder scharf zu rüffeln oder um sie zu fragen, was los ist. Nachdem keins von beidem passiert, folgert Jessie, dass sie wohl ungestraft davonkommt. Sie stapft los über den Rasen und sieht, dass Picks Fahrrad nicht am gewohnten Platz steht, hofft aber trotzdem, ihn in Little Fair anzutreffen. Vielleicht bereitet er oben in der Küche gerade ein Mittagessen vor.

Aber das kleine Haus ist menschenleer. Jessy nimmt die Chipsdose aus dem Schrank und verzieht sich damit in ihr Zimmer.

Das Buch liegt aufgeschlagen auf ihrem Bett. Sie ist inzwischen in dem Teil, wo Anne anfängt, für Peter Gefühle zu hegen, was ungefähr Jessies Situation mit Pick entspricht. Peter ist ein paar Jahre älter, ganz wie Pick. Jessie hat Pick nicht danach gefragt, welcher Religion er angehört, aber jüdisch ist er nicht, das steht fest. Doch sie hat irgendwie das Gefühl, dass er auch kein Christ ist. Immerhin hat er in einer Kommune gelebt, und vielleicht haben sie da eine eigene Religion ausgeübt.

Jessie will ihre Lektüre fortsetzen, aber dazu ist sie noch zu aufgebracht. Sie ist so wütend auf Exalta, und in solchen Situationen hilft eigentlich nur eines. Sie kann hören, wie Exalta, Kate und Blair zwischen Haus und Straße, wo der Scout geparkt ist, hin und her gehen. Sie fahren also ohne sie zum Strand. Jessie liebt Smith's Point sonst heiß und innig, weil man dort mit dem Auto mitten auf den Strand fahren kann, aber auch, weil es auf der einen Seite, zum Ozean hin, große, heftig schäumende Wellen gibt, während das Wasser auf der Sundseite bedeutend ruhiger ist, und weil sie zwischen beiden Seiten ohne Weiteres zu Fuß hin und her wechseln kann. Tuckernuck liegt so nahe, dass Jessie, wenn sie ein Fernglas benutzt, die Leute sehen kann, die dort mit ihren offenen Jeeps über die Sandpisten heizen. An Smith's Point kann man auch gut Muscheln und Treibholz sammeln, und der Sand dort ist flach, ideal zum Spazierengehen. Trotzdem ist Jessie froh, dass die drei sie nicht nötigen, heute mitzukommen.

Sie wartet, bis sie alle in den Scout eingestiegen sind, mitsamt Sonnenschirm und Badelaken, Picknickkorb und Kühltasche. Blair hat sichtlich Schwierigkeiten beim Einsteigen, und Jessie denkt kurz, dass Blair wohl doch zu Hause bleiben muss, aber dann gelingt es ihr schließlich, sich in die Höhe und in den Wagen zu hieven, wo sie sich auf dem Rücksitz niederlässt. Kate setzt sich ans Steuer, und der Scout fährt los, ein Stück die Plumb Lane hinunter, ehe er nach rechts in die Fair Street abbiegt. Jessie wartet fünf Minuten, zehn Minuten, zwölf Minuten, nur für den Fall, dass sie irgendetwas vergessen haben und noch mal zurückkommen müssen. Sie werden wohl mindestens drei Stunden außer Haus sein, ihrer Einschätzung nach.

Unterwegs nach draußen kommt Jessie im Erdgeschoss von Little Fair an Mr Crimmins' Zimmer vorbei. Seine Tür steht offen, aber er ist nicht da. Tagsüber erledigt er Hausmeisterdienste bei diversen anderen Leuten und kommt meist erst zur Essenszeit wieder nach Hause. Jessie bleibt kurz in der offenen Tür stehen und überlegt, ob Mr Crimmins wohl irgendwas von Wert hat, das sie klauen könnte, aber sie sieht nur einen Roman auf dem Nachttisch, *Der Pate,* und daneben ein Trinkglas, sowie einige Kleidungsstücke im Schrank. Nichts davon erscheint irgendwie reizvoll, und auf Mr Crimmins hat sie es ja auch gar nicht abgesehen.

Sie betritt All's Fair durch die Hintertür, die in die Küche führt, und findet auf dem Tisch ein Sandwich mit Kochschinken vor, eingeschlagen in Wachspapier, sowie eine saure Gurke, Jessies absolutes Lieblingsessen, offenbar beides für sie zurückgelassen von ihrer Mutter. Sie beißt einmal von der Gurke ab, spart sich aber das Sandwich für später auf. Sie darf sich jetzt nicht ablenken lassen.

Im kleinen Wohnzimmer betrachtet sie die Whirligigs. Welche der Figuren würde Exalta wohl am meisten fehlen? Wahrscheinlich der Mann auf dem Dreirad – aber was sollte Jessie damit anstellen? Ihn irgendwo in Little Fair verstecken? Im Garten verbuddeln? In die Mülltonne versenken? Exalta würde sofort darauf tippen, dass Jessie die Figur entwendet hat, und sie umgehend einem peinlichen Verhör unterziehen.

Dann kommt Jessie eine Idee.

Sie steigt leise die Treppe hoch und geht durch den Flur zum Zimmer ihrer Großmutter. Sie dreht den Türknopf, tritt ein und schließt die Tür hinter sich. Im Zimmer herrscht ein kühles Halbdunkel; Exalta hat stets die Vorhänge zugezogen und lässt durchgehend die Klimaanlage laufen, sogar in ihrer Abwesenheit. Allen anderen ist das streng untersagt – pure Stromverschwendung! –, für Exalta aber gelten diese Regeln nicht, weil das Haus ihr gehört. Kirby verkündet schon seit Langem, dass sie, falls sie das Haus mal erben sollte, sämtliche Klimaanlagen rund um die Uhr wird laufen lassen, und zwar voll aufgedreht.

Jessie sieht sich um. Sie war noch nicht oft in diesem Zimmer. Außer zwei Einzelbetten, die direkt nebeneinander stehen und so hoch sind, dass Exalta einen Tritthocker benutzen muss, wenn sie schlafen geht, gibt es einen Kleiderschrank und einen Frisiertisch mit einem dreiseitigen Spiegel, auf dem eine silberne Haarbürste nebst passendem Handspiegel liegt.

Jessie sieht sich den Handspiegel näher an. Ein antikes Stück, in das auf der Rückseite die Initialen von Exaltas Mutter eingraviert sind, KFB, für Katharine Fox Baskett.

Drüben beim Wandschrank steht ein dreieckiges Tischchen, auf dem Exalta ihren Schmuck aufbewahrt. Da es auf Nantucket eher leger zugeht, hat sie immer nur eine überschaubare Auswahl dabei; die Ringe aus ihren Porzellanschatullen etwa wären hier ganz fehl am Platz. Auf dem Tisch jedoch steht auch das kleine Schmucketui mit dem weinroten Samtbezug. Jessie klappt es auf und erblickt ihre Goldkette mit dem Diamantanhänger.

Sie nimmt das Kettchen heraus, ehe sie das Etui zuklappt und auf den Tisch zurückstellt. Dann verlässt sie leise das Zimmer. Als sie wieder drüben in Little Fair ist, wickelt sie die Kette sorgsam in ein Taschentuch ein, das sie in ihr Täschchen mit Kordelzug steckt. Sie wird die Kette heute Abend tragen, wenn sie mit ihrer Mutter essen geht.

Es ist kein richtiger Diebstahl, beruhigt Jessie sich, die Kette gehört ja schließlich ihr. Trotzdem geht es ihr nun erheblich besser; einfach nur, weil sie das Stück heimlich an sich genommen hat, ohne Exaltas Wissen oder Erlaubnis.

Exalta bricht um fünf zum Bridge auf, und Blair bestellt zwei Pizzen bei Vincent's, die um sechs angeliefert werden sollen. Kate hat Blair zur Rede gestellt und gefragt, warum sie gleich zwei Pizzen bestellt.

Als wärst du noch nicht dick genug, stellte Kate unverblümt fest.

Ich hab Hunger, Mutter, erwiderte Blair. *Ich muss für drei essen.*

Jessie zieht ihr Sommerkleid vom Vorjahr an, aus blauem Seersucker, doch es ist obenherum sehr eng, sie bekommt es nicht zu. Sie muss notgedrungen runter in die Küche, damit ihre Mutter oder ihre Schwester ihr den Reißverschluss zuzieht.

»Es ist dir zu klein inzwischen«, sagt Kate.

»Du bekommst ja Brüste«, sagt Blair. Sie wendet sich Kate zu. »Hast du ihr schon einen BH besorgt?«

»Sie ist doch gerade mal zwölf«, wehrt Kate ab.

»Dreizehn«, sagt Jessie. Ihre Wangen glühen, halb vor Verlegenheit, halb vor Freude. Sie bekommt Brüste!

»Ihr müsst zu Buttner's und ihr einen Sport-BH kaufen, Mutter«, stellt Blair fest.

Kate seufzt. »Das ist mir jetzt zu viel.«

»Gut.« Blair sieht Jessie an. »Dann erledige ich das mit dir.«

»Zieh irgendwas anderes an«, sagt Kate.

Jesse geht wieder nach oben, um ihr einziges anderes Kleid anzuziehen, weiß und mit Lochstickerei, trapezförmig geschnitten. Es sitzt etwas lockerer. Sie legt die Kette an und betrachtet sich dann im Spiegel. Schade, dass Pick sie jetzt nicht sehen kann, aber er ist schon zur Arbeit aufgebrochen. Jessie hätte vorschlagen sollen, dass sie ins North Shore Restaurant gehen.

Bei ihrem Eintreffen im Mad Hatter begrüßt der Oberkellner Kate mit einer Verbeugung. »Guten Abend, Mrs Foley«, sagt er.

»Mrs Levin«, sagt Kate. »Ich bitte Sie, Shep. Ich bin doch jetzt seit vierzehn Jahren Mrs Levin.« Sie nimmt es ihm nicht weiter krumm, ihrem Tonfall nach. Es war ein Versehen, mehr nicht, und Shep ist ein älterer Herr, er kannte Jessies Mutter schon, als sie noch Katie Nichols hieß. Jessie aber mustert Shep unwillkürlich. Könnte er Antisemit sein?

»Selbstverständlich. Entschuldigen Sie, Mrs Levin. Dann ist das hier wohl die junge Jessica Levin. Wenn ich nicht irre, feiern Sie heute Jessicas Geburtstag bei uns.«

»Ja, ganz recht. Danke, Shep.« Kate gibt Jessie Zeichen, ihr zu folgen.

Wenn man ins Mad Hatter kommt, fühlt man sich in eine ganz andere Welt versetzt, deshalb ist es Jessies Lieblingsrestaurant. Die Wände sind mit Szenen aus *Alice im Wunderland* und *Alice hinter den Spiegeln* bemalt, auf denen nicht nur der Mad Hatter selbst, der verrückte Hutmacher, zu sehen ist, sondern auch eine herrisch wirkende Herzkönigin, das weiße Kaninchen und eine Darstellung des Jabberwocky, vor dem Jessie früher, als sie noch kleiner war, richtiggehend Angst hatte. Bei ihrem Essen hier letztes Jahr haben Tiger und Kirby Jessie erzählt, dass Lewis Carroll Opium geraucht habe, als er die beiden Bücher schrieb.

»Deswegen ist die geschilderte Welt auch so sonderbar«, sagte Kirby. »Es geht um bewusstseinsverändernde Drogen.«

»Wirklich?«, fragte Jessie. Sie wusste nicht recht, ob das tatsächlich stimmte; die beiden erzählten ihr gern die wildesten Geschichten, um zu sehen, ob sie so leichtgläubig war, ihnen auf den Leim zu gehen. Jessie hatte die Alice-Bücher immer für normale Kindergeschichten gehalten, wie etwa *Goldlöckchen und die drei Bären*.

»Nimm zum Beispiel die Grinsekatze«, sagte Tiger. »Rate doch mal, warum die so breit grinst.«

Hier war Kate eingeschritten und sagte, sie sollten Jessie keine Flausen in den Kopf setzen; woraus Jessie den Schluss zog, dass die beiden wohl die Wahrheit sagten.

Nun kommt die Kellnerin zu ihnen an den Tisch, in einem hellblauen Kleid mit weißer Schürze. Sie stellt sich als Alice vor, ehe sie mit gedämpfter Stimme raunt: »Ich heiße wirklich Alice.«

Alice kommt Jessie ein bisschen komisch vor. Ihre Stimme klingt merkwürdig entrückt, und sie hat rote Augen, so wie Kirby jedes Mal, wenn sie Marihuana raucht. Einmal wollte Exalta wissen, ob Kirby, die kurz zuvor was geraucht hatte, in einem Pool schwimmen war, ihre Augen seien ja so gerötet, das fällt Jessie jetzt ein. Darüber hatten Kirby und Tiger – und sogar Blair – sich später schiefgelacht, und von da an war »in einem Pool schwimmen« ihr geheimer Ausdruck, wenn es um Drogen ging.

Ob ihre Kellnerin Alice in einem Pool schwimmen war?, fragt Jessie sich. Schade, wenn ihre Geschwister jetzt hier wären, könnte sie sie mit der Frage zum Lachen bringen.

Nach ihrer Getränkebestellung – Kate möchte einen Martini mit zwei Oliven, Jessie einen Shirley Temple mit zwei Kirschen – kichert Alice albern. Kate sieht sich unauffällig um, aber es ist niemand da, den sie kennt, weder an den anderen Tischen noch auf den Hockern vor der halb in den Boden eingelassenen Jabberwocky Bar. Das beruhigt sie offenbar, und als ihr Martini eintrifft, hellt sich ihre Stimmung noch weiter auf. Sie lächelt sogar. Es ist das erste Mal, dass sie ihre Mutter lächeln sieht, seit Tigers Einberufung ins Haus geflattert ist, wie Jessie mit Bestürzung klar wird.

»Auf dein Wohl, mein Schatz«, sagt Kate. »Herzlichen Glückwunsch zum Geburtstag!«

Jessies Geburtstag liegt zehn Tage zurück, aber hier gilt auf jeden Fall, besser spät als nie. Jessie stößt leicht mit ihrer Mutter an, und dann trinken sie beide ein Schlückchen.

Die Rohkostplatte trifft ein. Jessie spießt sich mit der kleinen dreizinkigen Gabel ein Röschen eingelegten Blumenkohl auf. So gern mag sie den eigentlich gar nicht, doch um den Blumenkohl hatten sich ihre Geschwister immer gestritten, daher ist er nun besonders begehrenswert.

Als Nächstes bringt Alice ihnen eine Auswahl von Kräckern mit einem Schälchen Käsecreme. »Hau rein, Schatz«, sagt Kate und schiebt Jessie den Teller hin, denn sie weiß, wie gern Jessie diese würzige Käsezubereitung mag, etwa auf einem Zwiebelkräcker. Jessie entfernt das dünne Abdeckpapier mit dem Bild des Mad Hatter und bestreicht zwei Kräcker mit dem Frischkäse; ihre Mutter schüttelt den Kopf, als sie ihr einen anbietet. Als nächstes Geschenk wird der Korb mit Brötchen gebracht – Nonny nennt diese kleinen Vorspeisen Geschenke, weil jeder, der sich hier zu Tisch setzt, sie bekommt. Jessie fragt sich schon seit Langem, warum man hier überhaupt noch Speisen bestellt, die man bezahlen muss, wenn man sich doch eigentlich schon an der Rohkostplatte, den Kräckern mit Käse und den Brötchen sattessen könnte. Im Brotkorb des Mad Hatter befinden sich auch immer hausgemachte Zimtbrötchen, die Tiger besonders gern mochte. Jessie lässt beide im Korb liegen, obwohl sie liebend gern eins äße; als würde Tiger dann vielleicht auf wundersame Weise aus dem Krieg erscheinen und sich zu ihnen setzen, um die Zimtbrötchen zu verspeisen. Stattdessen nimmt Jessie sich eins der weichen, kissenähnlichen Parker-House-Brötchen. Sie zieht es auseinander und zerrupft es dann in kleinere Stücke, die sie sorgfältig mit Butter bestreicht, ganz, wie sie es von Nonny gelernt hat. Sie zieht eine kleine Schau ab, damit Kate sieht, was sie für tadellose Tischmanieren hat, doch Kate wirkt abwesend. Sie leert ihren ersten Martini und bestellt einen zweiten, den Alice ihr umgehend bringt. Jessie beschleicht das ungute Gefühl, dass ihr Geburtstagessen damit endet, dass ihre Mutter sich betrinkt und dann für eine tränenreiche Szene im Mad Hatter sorgt, mit der Folge, dass sie sich hier für den Rest des Sommers nicht mehr blicken lassen können.

Nach dem zweiten Martini jedoch erwacht Kate unvermittelt aus ihrer Trance, als wäre dem Drink heimlich ein Schuss Adrenalin beigemischt worden.

»Schatz«, sagt sie. »Erzähl mir alles. Ich möchte alles wissen.«

»Was denn, alles?«, fragt Jessie.

»Na, alles, was sich in deinem schönen, blitzgescheiten Kopf so tut. Blair hat gesagt, du bekommst Brüste, und ich sehe jetzt, dass das stimmt.« Kate mustert Jessies Brust, und Jessie macht sich darauf gefasst, dass sie als Nächstes fragt, was sie da für eine Kette trägt. Aber danach fragt sie nicht.

»Deiner Großmutter habe ich nie irgendwas erzählt«, sagt ihre Mutter. »Ich habe ihr als junges Mädchen alles verheimlicht, sogar harmlose Sachen wie Timothy Whity aus der Nachbarschaft, der mir in seinem Studebaker das Autofahren beigebracht hat, und weißt du, was das zur Folge hatte? Ich habe gelernt, wie man Geheimnisse für sich behält.« Kate nimmt die Oliven aus ihrem Cocktail und zieht eine mit den Zähnen von dem Zahnstocher, an dem sie stecken. Jessie ist froh, dass ihre Mutter endlich etwas isst, denn bisher hat sie von den Vorspeisen nichts angerührt. »Und es gibt immer noch Geheimnisse, die ich für mich behalte, auch als Erwachsene noch. Große Geheimnisse.«

»Ach wirklich?« Jessie versucht sich vorzustellen, was das für Geheimnisse sein könnten. Aber sie muss passen.

Kate nickt, verspeist die zweite Olive. »Deswegen sollst du wissen, dass du mir alles erzählen kannst, wirklich alles, und ich werde dir nie böse sein. Ich werde dich immer so liebhaben wie jetzt, daran wird sich nie etwas ändern. Blair und Kirby sind wie ich, weißt du, sie haben beide ihre Geheimnisse, aber Tiger erzählt mir alles. Und du wirst mir auch alles erzählen, ja?« Sie blinzelt heftig. »Bitte erzähl mir alles, Jessie, ja?«

Jessie überlegt, wie es wäre, ihrer Mutter *alles* zu erzählen. *Zu Hause in Brookline hat Leslie sich ein Spiel aus-*

gedacht, bei dem wir alle in Geschäften was haben mitgehen lassen, ohne dafür zu bezahlen. Jessie weiß, dass es eigentlich kein »Spiel« war, sondern Diebstahl. *Und es hat mir gefallen, obwohl mir klar war, dass es nicht recht war. Wenn ich mich über irgendwas ärgere, mache ich jetzt also immer lange Finger. Neulich etwa, als Garrison Howe, mein Tennislehrer, die Arme um mich gelegt und sich an mir gerieben …*

Allein bei der Vorstellung, ihrer Mutter von diesem Vorfall zu erzählen, steigt ihr die Schamesröte ins Gesicht.

Alice kommt mit der Kreidetafel an den Tisch, auf dem die Tagesgerichte stehen, und Jessie tut so, als würde sie das Angebot prüfen – Kalbfleisch Oscar, Ente à l'Orange, Coquilles St. Jacques –, ganz wie Kate, aber sie wissen längst, was sie essen wollen, weil sie immer das Gleiche bestellen: einen Caesar-Salat für sie beide, Scampi für Kate und für Jessie das Filet Mignon mit Sauce Béarnaise, dazu eine Backkartoffel mit Sour Cream und Schnittlauch.

»Und zum Dessert ein Stück Erdbeerkuchen bitte«, sagt Kate, weil der Erdbeerkuchen hier immer in Windeseile ausverkauft ist, man muss sich also rechtzeitig welchen sichern.

Alice schreibt alles auf ihren kleinen Notizblock und liest die Bestellung dann noch mal vor. »Einen Caesar mit zwei Gabeln; einmal Scampi, ein Filet halb durch mit Backkartoffel. Und ein Stück Erdbeerkuchen mit zwei Gabeln.« Sie sieht sie mit undurchdringlichem Lächeln an. *»Remember what the dormouse said.«*

»Was?«, sagt Jessie.

Alice bricht erneut in Gekicher aus; dabei kneift sie ihre geröteten Augen zusammen, aus denen Tränen quellen.

»Ich hätte gern noch einen Martini«, sagt Kate.

Jessie isst den Rest des Brötchens und nimmt sich dann noch einen Kräcker, obwohl sie sich langsam satt fühlt. Ihr Steak bekommt sie unmöglich ganz auf, was aber in Ordnung ist. Sie wird es sich einpacken lassen, vielleicht kann sie es sich dann später noch mit Pick teilen.

Ich bin in Pick verknallt. Jessie überlegt, ob sie ihrer Mutter davon erzählen soll, entscheidet sich aber dagegen. Falls sie derart erwachsene Gefühle eingesteht, wird man sie vermutlich umgehend aus Little Fair entfernen und dazu verdonnern, neben Nonny zu schlafen.

Jessie merkt bald, dass es nicht weiter schlimm wäre, wenn sie ihrer Mutter nicht alles erzählt, oder sogar gar nichts, denn nachdem Alice den dritten Martini gebracht hat, verrät ihr Kates träumerisches Lächeln, dass sie ihr Anliegen längst vergessen hat. Jessie beschließt trotzdem, warum auch immer, ihr etwas anzuvertrauen.

»Ich habe dir tatsächlich etwas zu erzählen«, sagt sie.

Kate wirkt sofort hellwach und neigt sich über den Tisch vor. »Was ist es? Hast du deine Tage bekommen, Schatz?«

»Nein.« Jessie ist kurz unschlüssig, ob sie die Bombe wirklich platzen lassen soll. Aber – ja, sie muss es sagen. Die Worte sammeln sich hinten in ihrer Kehle wie eine wütende Menge. Dreizehn, ruft sie sich in Erinnerung, ist ein Alter der Reife und des Verantwortungsbewusstseins.

»Nonny erlaubt mir nicht, mich im Club mit dem Namen Levin einzutragen«, sagt Jessie. »Weil sie Antisemitin ist.«

Jessie weiß nicht ganz, womit sie gerechnet hat – Schock, Empörung, Zorn, Fassungslosigkeit –, aber das Gelächter ihrer Mutter verblüfft sie nun doch. Kate wirft den Kopf zurück, sodass ihr Hals mit der Perlenkette zum Vorschein kommt. »Ha-ha-ha-ha-ha!«

Jessie spürt einen Kloß im Hals. »Mom«, sagt sie mit bebender Stimme. »Das ist mein Name.« *Und es ist auch dein Name,* würde sie gern hinzufügen, aber Kate hat natürlich noch andere Namen zur Auswahl, möglicherweise hängt sie also nicht ganz so sehr an Levin wie Jessie.

Kate wird wieder ernst, vielleicht ist ihr Jessies Tonfall aufgefallen oder ihr Gesichtsausdruck. »Ja, Schatz, es ist dein Name, und du solltest sehr stolz darauf sein. Ich werde mir deine Großmutter mal vorknöpfen. Zu sagen, dass sie Antisemitin ist, so weit würde ich nicht gehen. Aber es stimmt, deinen Vater hat sie nicht besonders gern.«

So unverblümt hat ihre Mutter das Kind noch nie beim Namen genannt. Jessie ist wie vor den Kopf geschlagen. »Aber warum denn nicht? Dad ist doch …«

»Der wundervollste Mann der Welt, ja«, sagt Kate. »Da sind wir uns einig, du und ich. Aber deine Großmutter hatte eben eine Schwäche für Wilder.«

Jessie sinkt in sich zusammen. Da taucht Alice mit der großen Holzschüssel und den Zutaten für den Caesar-

Salat auf. Bei der Zubereitung beweist Alice überraschendes Geschick, das muss Jessie anerkennen, obwohl ihr beim Zusehen weh ums Herz ist. Alice zerdrückt den Knoblauch und die Sardellen zu einer Paste und kippt von ganz hoch oben Olivenöl dazu. Frischer Pfeffer kommt als Nächstes hinzu, aus einer Pfeffermühle, so lang wie Jessies Arm. Nach Beigabe eines Eigelbs sowie eines Teelöffels französischem Senf gibt sie die Romana-Salatblätter in die Schüssel und mengt alles gründlich durch. Den krönenden Abschluss bildet der Parmesan, den sie hauchdünn über den Salat hobelt. Dass der Caesar-Salat im Mad Hatter frisch am Tisch zubereitet wird, ist einer der Gründe, warum Jessie so gern herkommt; heute Abend aber ist sie so abgelenkt, dass sie sich kaum darüber freuen kann.

Exalta hatte also eine Schwäche für Wilder Foley. Was hat das für Jessie zu bedeuten? Nichts Gutes.

Nachdem Alice sich entfernt hat, senkt Kate den Blick auf ihren Salat. »Wobei Nonny natürlich keine Ahnung hatte, wie Wilder wirklich war. Er war … na ja, ein Dreckskerl war er, nichts anderes.«

Jessie erschrickt über die krasse Ausdrucksweise ihrer Mutter. Noch nie hat sie in der Familie auch nur ein böses Wort über Wilder Foley gehört. Er war Berufssoldat, erst Infanterist im zweiten Weltkrieg, dann Lieutenant in Korea, und schon das machte ihn automatisch zum Helden. Und er war so tragisch ums Leben gekommen, ein Unfall mit seiner Pistole in seiner Werkstatt, als Jessies Geschwister noch so jung waren, als *er* noch so jung war.

Gerade mal dreiunddreißig. Was Wilder Foleys Tod angeht, ist Jessie hin- und hergerissen. Es ist eine traurige, bestürzende Geschichte, und sie bedauert Blair, Kirby und Tiger für ihren Verlust von ganzem Herzen. Aber wenn Wilder nicht gestorben wäre, gäbe es Jessie gar nicht.

Blair bewahrte in ihrem Mädchenzimmer ein Foto von Wilder Foley auf. Er trägt darauf eine Uniformjacke voller Orden und Ordensbänder. Dieses Bild hat Jessie früher oft angestarrt und versucht herauszufinden, welche Gesichtszüge ihre Geschwister von ihm geerbt hatten. Wilder Foley sah blendend aus, weit besser als David Levin, und Jessie hatte immer die Theorie, dass Kate nach dem Verlust dieses bildschönen Mannes auf Äußerlichkeiten nicht mehr so großen Wert legte und sich daher mit dem Anwalt mit den dunklen, seelenvollen Augen zufriedengab. Zu hören, wie sie Wilder als Dreckskerl bezeichnet, ist aufschlussreich. Gelinde gesagt.

»Was hat er denn getan?«, fragt Jessie.

Kate stürzt den letzten Rest Martini hinunter. »Tja. Die Frage lautet eher, was er nicht getan hat.« Sie deutet auf Jessies Teller. »Iss deinen Salat.«

Auf dem Heimweg haben sie eine Tüte mit drei Mitnahme-Boxen dabei: für die Scampi, das Steak mit der Kartoffel und den Erdbeerkuchen. Jessie beschließt, aufzubleiben und auf Pick zu warten. Kate wird die Speisen im Nu vergessen haben, und Jessie kann in Little Fair alles in den Kühlschrank räumen. Sie wüsste nicht zu sagen, ob ihr Geburtstagsessen nun gut verlaufen ist oder nicht. Jedenfalls ist sie froh, dass sie das Restaurant ohne missliche Zwischenfälle verlassen konnten.

Als sie in die Fair Street einbiegen, sagt Kate: »Ich weiß, was du jetzt denkst.«

Jessie kann nur hoffen, dass das nicht stimmt.

»Du denkst, dass ich dir nichts zum Geburtstag geschenkt habe«, sagt Kate.

»Lass mal, ich möchte nichts«, wehrt Jessie ab. Sie hebt die Hand an die Kette ihrer Großmutter und denkt an die Kette mit dem Lebensbaum-Medaillon sowie die LP von Joni Mitchell, die sie sich noch immer nicht angehört hat. Was zählt, ist nicht das Geschenk an sich, sondern der Gedanke dahinter. Jessie weiß, dass ihre Mutter sie liebhat. Sie weiß auch, dass ihre Mutter traurig ist. Wenn Jessie sich etwas wünschen dürfte, dann nur, dass Tiger nach Hause kommt, aber wenn sie das ausspricht, wird ihre Mutter sicher weinen.

»Ich werde dir das Geschenk der Freiheit machen«, sagt Kate. Sie stehen inzwischen vor der St. Paul' Episcopal, ihrer Kirche, der Gehweg ist also beleuchtet. Sie wendet sich Jessie zu und nimmt sie bei den Händen. »Solange du weiter mit Nonny zu deinen Tennisstunden gehst, erlaube ich dir, nachmittags allein mit dem Fahrrad zum Strand zu fahren.«

»Wirklich?«, sagt Jessie.

»Ja. Wirklich.«

Jessie kann ihr Glück kaum fassen. Nun muss sie nicht mehr nachmittags mit Anne Frank zu Hause hocken. Sie kann sich am Strand mit Pick treffen. Das ist ihr erster und einziger Gedanke. Sie kann sich mit Pick treffen.

Als sie wieder zu Hause sind, zieht Kate sich umgehend zum Schlafen zurück, während Jessie freudestrahlend mit den übrig gebliebenen Speisen auf Little Fair zusteuert. Sie ist unfassbar aufgeregt. Es ist bereits halb zehn, ihr bleibt also nur noch eine Stunde Zeit, bis Pick von der Arbeit zurückkommt. Im Haus stellt sie erleichtert fest, dass Mr Crimmins' Zimmertür geschlossen ist; er dürfte also schon schlafen oder noch in seinem Roman schmökern und dann bald einschlafen. Jessie schleicht leise, leise die Treppe hoch und schaltet nur ein Licht an, die Lampe über der Spüle, eine 40-Watt-Birne, die das Obergeschoss in ein schummriges Licht taucht. Sie stellt nur den Kuchen in den Kühlschrank; die Schachteln mit den übrigen Speisen, die noch warm sind, lässt sie auf der Anrichte stehen.

Sie hört das Geräusch von Schritten auf der Treppe und huscht in ihr Zimmer, wo sie sich am Türrahmen postiert. Falls es Mr Crimmins ist oder ihre Mutter, wird sie so tun, als läge sie schon im Bett.

Sie sieht ein weißes T-Shirt und eine Jeans. Es ist Pick. Anscheinend nimmt er die Essensdüfte wahr, jedenfalls steuert er sofort auf die Anrichte mit den Boxen zu. Jessie tritt aus ihrer Zimmertür.

»Pick«, flüstert sie.

Er schnellt zu ihr herum, mustert sie kurz und pfeift dann anerkennend. »Wow, ich hab dich fast nicht erkannt. Hast dich ja richtig schick gemacht. Echt hübsch siehst du aus, Jess.«

Jessie fühlt sich einer Ohnmacht nahe. Er hat nicht Jessie zu ihr gesagt, sondern Jess, und das gefällt ihr wahnsinnig gut. Weil es so erwachsen klingt. »Danke«, sagt sie. »Ich war mit meiner Mutter essen.« Sie tritt in den gelblichen Lichtschein, damit Pick sie besser sehen kann, »richtig schick gemacht«. Er lässt sie nicht aus den Augen, während sie auf ihn zukommt. Er wird sie küssen, da ist Jessie sich ganz sicher. Sein Blick hat etwas Sehnsüchtiges. Er mag sie also, denkt sie. Er erwidert ihre Zuneigung!

Sie weiß nicht ganz, wie dicht sie auf ihn zugehen soll, und ob sie schweigen oder ihn dazu ermuntern soll, sich an den Speiseresten zu bedienen. Sie hebt die Hand, um den goldenen Anhänger mit dem Diamanten zu berühren, aber dann stellt sie fest, dass etwas nicht stimmt.

Moment mal, denkt sie. Moment mal!

Jessie tastet mit beiden Händen hektisch an ihrem Hals herum. Auf einmal wird alles andere unwichtig – Pick, dass Tiger schon so lange nicht mehr geschrieben hat, die Freiheit, die ihre Mutter ihr in Aussicht gestellt hat.

Nonnys Kette ist weg.

Zweiter Teil

☮

Juli 1969

SUMMERTIME BLUES

Kirbys neue Klimaanlage bewährt sich hervorragend, das ist die gute Nachricht. Sie nennt die Dachkammer inzwischen ihr Iglu. Am Tag nach ihrer Karussellfahrt ist Darren, wie versprochen, mit den Kanthölzern vorbeigekommen, und Evan hat ihn wohl reingelassen, denn als Kirby an jenem Tag vom State Beach nach Hause kam, war das Gerät ordnungsgemäß ins Fenster eingepasst, und die Romane lagen säuberlich auf ihrem Nachttisch, zusammen mit einer kleinen Notiz: *Viel Spaß! XO, D.*

Das ist nun fast eine Woche her, das ist die schlechte Nachricht, und Kirby hat seither nichts mehr von Darren gehört. Sie war davon ausgegangen, dass die Einladung zum Muschelessen so gut wie fix war, obwohl sie zwischenzeitlich keine Bestätigung mehr von ihm erhalten hatte. Dessen ungeachtet hatte sie sich am Sonntag schick zurechtgemacht und am späten Nachmittag eine qualvolle Stunde lang draußen auf der Veranda gewartet, während sie gleichzeitig horchte, ob vielleicht im Haus das Telefon klingelte. Sie hatte sogar erwogen, ob sie einfach losziehen und an die Tür des blauen Hauses in Methodist Campground klopfen sollte, aber ein Blick in Emily Posts Benimmratgeber belehrte sie, dass das überaus unhöflich wäre. Darren musste irgendetwas dazwischengekommen sein. Vielleicht hatten sich die Fraziers stattdessen für Pizza entschieden, oder jemand war erkrankt … oder aber Darren war zu dem Schluss gelangt, dass sie doch nicht sein Fall war. Das Kürzel *XO* in seiner kurzen Nachricht hatte gewisse Hoffnungen in ihr geweckt, doch womöglich hatte sie da zu viel hineingedeutet.

Vielleicht hatte seine Mutter dem Vorhaben aber auch einen energischen Riegel vorgeschoben, als sie erfuhr, dass Darren ausgerechnet Kirby zu ihnen zum Essen eingeladen hatte?

Falls ja, dann möglicherweise, weil Kirby weiß ist.

Oder weil Dr. Frazier weiß, dass Kirby Clarissa Bouvier ist.

Kirby versucht, sich Darren aus dem Kopf zu schlagen. Schließlich ist er nicht der Grund, warum sie hier auf Martha's Vineyard ist. Und sie hat aus der Erfahrung mit Scottie Turbo eine wichtige Lehre gezogen: Man sollte sein Glück nie von einem Mann abhängig machen. Von nun an wird Kirby sich selbst um ihr Glück kümmern.

Und sie kann zufrieden sein, alles in allem. Kirby mag ihren Job. Der Umgang mit den Gästen macht ihr Spaß, und dank ihrer Freundschaft mit Mr Ames hat sie eine Mitfahrgelegenheit zur Arbeit und wieder zurück, nicht zu vergessen die Möglichkeit, während ihrer Schicht im Back Office getrost ein Nickerchen einzulegen. Auch Mrs Bennie war bei einer ersten Beurteilung voll des Lobes für sie. Sie hat Kirby darauf vorbereitet, dass im Juli noch mehr Betrieb im Hotel herrschen würde, und es wurden auch prominente Gäste erwartet. Es war sogar davon die Rede, dass Frank Sinatra und Mia Farrow vielleicht im Haus absteigen könnten, und Senator Kennedys Besuch stand in zwei Wochen bevor.

»Wenn wir prominente Gäste haben«, betonte Mrs Bennie, »müssen wir besondere Diskretion wahren. Ihre Privatsphäre genießt für uns höchste Priorität.«

»Verstanden«, sagte Kirby. Kaum zu glauben, dass sie der Dreh- und Angelpunkt sein könnte, der zwischen Frank Sinatra oder Senator Kennedy und einem potenziellen Skandal stand – aber man konnte nie wissen. Ein Pärchen, das unter den Namen Mr Light und Miss Shadow bei ihnen abgestiegen war, hatte sie davon in Kenntnis gesetzt, dass sie bei ihrem Aufenthalt mit LSD experimentieren würden. Sie hatten darum ersucht, sechsunddreißig Stunden lang nicht gestört zu werden – keine Tageszeitung, keine Zimmerreinigung. Kirby hatte ihnen zugesichert, sich persönlich darum zu kümmern, sie könnten ganz beruhigt sein. Gewisse Bedenken kamen ihr dann aber doch – vielleicht war sie zu liberal, zu nachsichtig. Was, wenn er oder sie einen schlechten Trip erwischte und einen Schwalbensprung vom Dach machte? Musste Kirby das dann auf ihre Kappe nehmen? Anscheinend aber war alles gut gegangen. Als das Pärchen auscheckte, hatte Miss Shadow Kirby einen Umschlag mit fünfzig Dollar zugesteckt.

Wenn Kirby nicht gerade arbeitet oder schläft, verbringt sie Zeit mit Patty und Luke. Die Sache mit den Rollenspielen, oder was auch immer sie da im Bett treiben, ist ihr zwar nicht ganz geheuer, aber Kirby weiß mittlerweile, dass zur Beurteilung einer Beziehung nur zwei Personen befugt sind, nämlich die beteiligten Partner. Und Langeweile, das muss man ihm lassen, kommt mit Luke Winslow ganz bestimmt nicht auf. Einmal hat er Patty und sie an einem Montagnachmittag in seinem Willys-Jeep in der Pension abgeholt, mit einem fetten Joint und einer Kühltasche voll Bier, und ist mit ihnen bis zu den Steilklippen von Gay Head rausgefahren, am westlichsten Zipfel der Insel. Kirby hatte von den Klippen schon einiges gehört, und sie wurde nicht enttäuscht. Die Klippen waren in Erdfarben gestreift – Ocker, Rostbraun, Ziegelrot – und fielen zur tosenden See hin schnurgerade ab. Sie ließen sich auf einer Decke nieder, tranken Bier, rauchten den Joint zusammen und ließen die Erhabenheit des Ortes auf sich wirken – atemberaubend, uralt, heilig. Als Luke und Patty anfingen rumzuknutschen, streckte Kirby sich auf der Decke aus, schloss die Augen und ließ sich von der Sonne bescheinen. Sie war schon halb eingedöst, als sie mitbekam, wie sich die beiden davonstahlen. Leiser Neid stieg in ihr auf, nicht bloß, weil die beiden nun unter freiem Himmel Sex hatten, mit einer unvergleichlichen Aussicht auf Mutter Natur, sondern auch, weil die beiden einander hatten, und sie hatte niemanden.

Wenn man für sein eigenes Glück verantwortlich ist, fühlt man sich mitunter recht einsam. So viel weiß sie inzwischen.

Patty merkt offenbar, dass Kirby sich allein fühlt. Am Abend darauf lädt sie Kirby jedenfalls ein, mit ihr, Luke sowie ihrem Bruder Tommy auszugehen. Ziel ist das Dunes Restaurant im Katama Shore Motor Inn, einer ehemaligen Kaserne, die zu einem modernen Motel umgestaltet worden ist. Das Dunes hat eine gewölbte Fensterfront mit einer sagenhaften Aussicht aufs Meer, es gibt köstliche Häppchen und dazu Live-Musik; als sie eintreten, kommt es Kirby vor, als fände hier gerade eine elegante Cocktailparty statt.

Ihr gefällt die Atmosphäre auf Anhieb. Es geht mir prima!, denkt sie. Ich bin glücklich!

Luke treibt für sie einen Vierertisch auf. Tommy setzt sich neben Kirby und rückt mit seinem Stuhl dicht an sie heran. Tommy sieht seiner Schwester sehr ähnlich. Auch er ist ein wenig moppelig, hat einen dunklen Wuschelkopf und Sommersprossen. Er sieht weder gut noch schlecht aus; bloß ein ganz normaler Typ, der über die Gelegenheit, Kirby kennenzulernen, sichtlich begeistert ist.

»Du bist echt 'ne Wucht«, sagt er, mit den Lippen direkt an Kirbys Ohr, was ihr ein wenig zudringlich erscheint; aber es ist sehr laut, und man muss fast schreien, um sich zu verständigen. Es gibt eine vierköpfige Band, die Songs von den Beatles, den Turtles und von The Cyrkle spielt.

»Oh, danke«, sagt Kirby. Bei seinem Kompliment muss sie unwillkürlich an Darren denken, warum auch immer. Nach Scottie Turbo war sie davon überzeugt, dass sie nie mehr jemanden mögen würde, aber sie mag Darren, und sie dachte, Darren mag sie auch. Bis er dann plötzlich auf Tauchstation ging. Kirby hat ihr letztes Gespräch Hunderte Male Revue passieren lassen, Wort für Wort, um zu ergründen, was sie womöglich falsch verstanden hat. Ohne Ergebnis. Vielleicht muss sie sich damit abfinden, dass hochklassige Männer wie Darren einfach nichts mit ihr zu tun haben wollen. Dass ihr Leben stattdessen von Langweilern wie Tommy O'Callahan bevölkert sein wird.

Gegenüber am Tisch sind Patty und Luke in ihren üblichen Liebeskokon eingesponnen. Luke winkt die Kellnerin in ihren hohen weißen Lackstiefeln heran und bestellt etwas; Kirby kann nicht hören, was, doch sie hofft, dass es etwas Starkes ist. Sie muss sich einen anzwitschern, das ist ihre einzige Chance.

Die Band fängt an, »Red Rubber Ball« zu spielen.

»Wollen wir tanzen?«, fragt Tommy.

»Klar«, sagt Kirby, obwohl sie überhaupt nicht zum Tanzen aufgelegt ist. Der Song ist weder schnell noch langsam, doch Tommy will natürlich Klammerblues tanzen. Er legt seine fleischigen Arme um Kirby und zieht sie an sich. Sie rückt ein sittsames Stück von ihm ab, wie sie es von ihrer Mutter gelernt hat, als sie elf war. Sie bereut es, in den Tanz eingewilligt zu haben; sie hätte erst etwas trinken müssen.

»Also«, fängt Kirby an. Sie überlegt, was sie Tommy O'Callahan fragen könnte. Sie weiß, dass er Pattys Bruder ist, zwei Jahre älter als sie. Es gibt sechs ältere Geschwister, Joseph, Claire, Matthew, John, Kevin und Sara, dann kommt er als Nummer sieben und zuletzt die jüngeren Schwestern Rose und Patty. Sie weiß, dass er in South Boston aufgewachsen ist und an der University of Massachusetts in Boston studiert hat, ehe er auf die Insel kam, um die Geschäftsführung des Strand Theater zu übernehmen, des Kinos, in dem Patty jobbt. Sie erwägt, ihm politisch auf den Zahn zu fühlen – wie steht er zum Krieg in Vietnam? Was hält er von Nixon? –, denn seine Antworten könnten darüber entscheiden, ob sie ihn komplett abschreibt oder bereit ist, ihn mit freundlicheren Augen zu sehen. Aber ein solches Kreuzverhör will nicht recht zu der fröhlichen Stimmung hier passen, und Kirby befürchtet, dass ein Gespräch über den Krieg ihr bei ihrem angeschlagenen Seelenzustand den Rest geben könnte. »Wie hast du Luke kennengelernt?«

»Das war reines Glück«, sagt Tommy. »Es war auf der Fähre hierher. Luke sprach mich an und sagte, er suche noch Mitbewohner. Mein Kumpel Eugene und ich haben uns die Hütte also mal angesehen, und da mussten wir nicht lange überlegen. Ich meine, fünfzehn Dollar die Woche für so ein Haus? *Mit* Dienstmädchen? Das ist zu schön, um wahr zu sein. Ich muss mich jeden Tag kneifen.«

Luke kassiert von den beiden also nur dreißig Dollar Miete die Woche, denkt Kirby. Was passiert mit dem Geld – gibt er es seinen Eltern, oder steckt er es sich in die eigene Tasche? Ist schon irgendwie komisch, dass Luke auf der Fähre zwei wildfremden Typen angeboten hat, bei ihm zu wohnen, oder? Hat er denn keine Freunde? Er ist reich, sieht gut aus, ein Müßiggänger. Irgendwas passt hier nicht zusammen.

»Ist er nett?«, fragt Kirby.

Tommy zuckt die Achseln. »Klar. Sicher.«

Dann ist der Song endlich zu Ende, und Kirby atmet auf. Sie kehren an den Tisch zurück, auf dem inzwischen vier riesige knallblaue Cocktails stehen. Kirby setzt sich und trinkt erst mal einen tüchtigen Schluck. Dann werden Speisen serviert, Garnelen und schwedische Fleischbällchen, je ein großer Teller voll. Patty fängt über den Tisch Kirbys Blick auf und deutet mit einer Kopfbewegung auf Tommy, wie um zu fragen: Und, wie gefällt er dir?

Kirby schlägt die Augen nieder und betrachtet ihren Cocktail. Sie würde am liebsten darin schwimmen.

Drei Cocktails, vier Garnelen und sechs Fleischbällchen später geht es Kirby schon bedeutend besser. Die Band stimmt »I Am the Walrus« an, und sie steht auf, um zu tanzen; um Tommy kümmert sie sich dabei nicht groß, doch er folgt ihr natürlich und bemüht sich wacker, ihren Tanzstil zu imitieren, bei dem sie unter anderem ihre Arme abwechselnd über dem Kopf schlängeln lässt wie Tentakel. Sie wirbelt auch herum und ahmt Tauchbewegungen nach, bei denen sie große Teile der Tanzfläche beansprucht, sehr zum Befremden der anderen Tanzwütigen, während Tommy zunehmend frustriert wirkt. Am Ende gibt er auf und verdrückt sich, und Kirby beendet ihren Tanz allein. Bei ihrer Rückkehr an den Tisch ist Tommys Platz leer, und Patty wirkt angesäuert.

»Er ist draußen, geht ein bisschen am Strand spazieren«, berichtet Patty. »Du hättest ihn links liegen gelassen, hat er gesagt.«

Es wird eine weitere Runde Cocktails serviert, und Kirby möchte sich eigentlich nur hinsetzen und genüsslich ihren Drink schlürfen. Dann allerdings sieht sie, wie Luke Patty mit einem Fleischbällchen füttert, direkt vom Zahnstocher, und entscheidet, dass sie derlei groteske Szenen nicht länger mit ansehen kann. Also wendet sie sich ab und geht raus, um Tommy aufzuspüren und ihm zu sagen, dass es ihr leidtut.

Sie findet ihn am Zugang zum Katama Beach, wo er sich gerade eine Zigarette anzünden will.

Kirby beschließt, auf Koketterie zu setzen. »Ich hätte gern auch eine, danke«, säuselt sie.

Tommy steckt sich wortlos eine zweite Zigarette in den Mund und zündet beide zusammen an. Sehr sympathisch; Kirby mag ihn auf Anhieb eine ganze Ecke lieber.

»Wollen wir ein bisschen spazieren gehen?«, fragt sie, als er ihr die Zigarette gibt.

Er nickt und steigt aus seinen Slippers. Kirby stützt sich mit der Hand an seiner Schulter ab, während sie mit der anderen ihre Sandalen von den Füßen streift. Dann stapfen sie durch den kühlen Sand los zum Strand. Kirby liebt es, abends am Strand zu sein. Auf Nantucket ist sie mit ihren Freunden immer zum Feiern zum Madequecham Beach rausgefahren, in Jeans und mit einem dicken irischen Fischerpulli über ihrem Bikini; sie machten ein Lagerfeuer, tranken Bier, rösteten sich Würstchen am Stock und sangen mit, während ihr Freund Lincoln kitschige alte Lieder auf der Gitarre spielte (*Michael, row the boat ashore …*). Sie ließen auch Joints kreisen, teilten sich Chips und tütenweise Zimtplätzchen von Aime's Bakery. Immer zog sich irgendwann einer aus und flitzte zum Wasser, und Kirby schloss sich jedes Mal an. Man sollte annehmen, das Wasser wäre abends, wenn die Sonne untergegangen ist, kälter, aber es fühlte sich eher wärmer an. Ein bisschen gruselig war es auch: Die Größe der Wellen, die auf einen zurollten, ließ sich nicht genau abschätzen, man konnte die eigenen Beine nicht sehen, von allem, was in der Tiefe lauern mochte, ganz zu schweigen. Noch dazu gab es eine sehr reale Furcht vor Haien, von denen es hieß, dass sie nachts auf Futtersuche waren. Für Kirby allerdings machte das alles bloß noch aufregender. Es gab für sie nichts Schöneres, als sich auf dem Rücken treiben zu lassen und den Nachthimmel über sich zu betrachten, den Mond und die Sterne.

Sie hat Sehnsucht nach diesen Nächten. Überlegt sogar kurz, ob sie Tommy vorschlagen soll, eine Runde im Meer zu schwimmen. Sie müssten sich wohl in Unterwäsche in die Fluten stürzen, oder nackt. Sie verwirft die Idee wieder.

Stattdessen spazieren sie am Wasser entlang, nach rechts, also nach Westen. Tommy sagt nichts und greift auch nicht nach ihrer Hand, woraus Kirby schließt, dass er wohl immer noch sauer ist. Fürs Tanzen aber wird sie sich nicht entschuldigen. Zumal sie ja gar kein richtiges Date haben; sie sind bloß als Anhängsel dabei, für Luke und Patty, das eigentliche Liebespaar. Kirby erwägt, ob sie Tommy von ihrer Besorgnis wegen Luke erzählen soll, aber er ist Pattys Bruder und dürfte kaum das Sexualleben seiner Schwester diskutieren wollen.

Kirby macht einen Schwenk zur Seite und watet in die Fluten. Das Wasser leuchtet, als sie es hochkickt.

»Sieh doch nur«, sagt sie. »Es phosphoresziert. Das nennt man Meeresleuchten.«

Jetzt wagt sich auch Tommy ins Wasser, sie planschen und spritzen ein paar Minuten herum und lachen jedes Mal, wenn dabei das Wasser aufleuchtet. Dann fällt Kirby am Strand etwas ins Auge, eine weiß schimmernde Quahog-Muschel.

»Fantastisch!« Sie bückt sich und hebt sie auf. »So eine suche ich schon lange.«

»Als Aschenbecher?«, fragt Tommy.

»Nein. Als Seifenschale«, sagt Kirby. Sie spült die Muschel im seichten Wasser aus; sie ist absolut intakt, mit einem weiß-blauen Wirbel im Muschelinneren, fast wie das Meer selbst. »Kommt mir gelegen, ich muss nämlich sparen.«

Aus Tommys Lachen schließt Kirby, dass er ihr verziehen hat. Er nimmt ihre Hand und zieht sie an sich, und sie ahnt, was jetzt kommt. Und tatsächlich, als sie das Gesicht hebt, küsst er sie. Sein Timing ist nicht übel – es ist dunkel, sie stehen am Strand, mit den Füßen im plätschernden Wasser, eigentlich geht es kaum romantischer.

Aber es gibt ein Problem: Er küsst miserabel. Sein Mund ist zu weit aufgerissen, als hätte er es darauf abgesehen, Kirby mit seiner dicken, fleischigen Zunge zu ersticken. Sie duldet es ein, zwei Sekunden lang, mit dem Gedanken im Hinterkopf, dass es vielleicht doch noch auf wundersame Weise besser wird. Zugleich denkt sie staunend über das Phänomen der menschlichen Chemie nach. Wird Tommy eines Tages eine Frau kennenlernen, die seine Küsse toll findet und nicht genug davon bekommen kann?

Kirby drückt ihm die Hand an die Brust, und er ist so anständig, sofort aufzuhören.

»Wir sollten mal umkehren«, sagt sie.

»Hast recht«, sagt Tommy niedergeschlagen. »Gute Idee.«

Einige Tage darauf hört Kirby von Rajani.

»Die Aldworths sind nicht da. Sie schippern auf ihrem Boot nach Cattyhunk, mitsamt ihren verzogenen Gören«, verkündet sie. »Und sie bezahlen mich dafür, bei ihnen zu Hause auf ihre Katze aufzupassen.«

»Nicht dein Ernst, oder?«, sagt Kirby. Sie hat so wenig Kontakt zu Rajani, dass sie über die Familie, deren Kinder sie betreut, kaum etwas weiß; dass sie Bootsbesitzer sind, dass die Kleinen verzogen sind, dass sie eine Katze haben, all das ist ihr völlig neu. Sie wohnen in Chilmark, das ist alles, was sie bisher wusste.

»Komm doch vorbei, wie wär's?«, sagt Rajani. »Wir können an ihrem Privatstrand schwimmen gehen und hinterher nach Menemsha essen fahren. Sie haben mir die Schlüssel zu ihrem Porsche dagelassen.«

Das lässt Kirby sich nicht zweimal sagen. Sie leiht sich Pattys Fahrrad und macht sich auf den Weg zu der Adresse, die Rajani ihr genannt hat, an der Tea Lane. Es ist weiter, als sie gedacht hatte, aber die Strecke entlang der State Road ist recht nett; sie verläuft durch eine ländliche Gegend, sanft gewellt, mit Steinmauern, Teichen und großen Bäumen. Eine ganz andere Landschaft als auf Nantucket, wo eher geduckte, windzerzauste Sträucher vorherrschen und außer Sandkiefern kaum andere Bäume gedeihen.

Schließlich ist Kirby am Ziel, sie biegt in die Tea Lane ein und strampelt bis ganz hinunter zum Wasser. Am Ende einer Einfahrt, die hell mit Muschelkalk gepflastert ist, entdeckt sie die fragliche Hausnummer, in einen Stein graviert. Etwas weiter unten rückt dann das Haus ins Blickfeld, eine feudale, zweistöckige Villa, sogar mit einem Türmchen an einem Ende. Einen Swimmingpool gibt es auch, ebenso wie einen privaten Tennisplatz. Als Kirby gerade das Rad abstellt, taucht Rajani in der Haustür auf und breitet die Arme aus.

»Willkommen bei mir daheim«, sagt sie. »In meinem zweiten Zuhause.«

Auch im Haus ist alles vom Feinsten. Es gibt einen weißen Flügel, am Boden liegen Leopardenfelle, und in der Küche hängt ein Bild an der Wand, das stark nach einem Andy Warhol aussieht, gleich neben dem Kühlschrank, wo andere Leute eher Bilder aufhängen würden, die ihre Kinder mit Buntstiften fabriziert haben. Die Küche ist hochmodern, alle Geräte sind avocadogrün, ein poppig-frischer Kontrast zu den weißen Bodenfliesen und dem Kachelmosaik in Rosa und Gelb an der Küchenrückwand.

Kirby folgt Rajani nach draußen auf die Terrasse, neben der sich links der Swimmingpool befindet. Drei Treppenstufen führen hinab zu einer kleinen Düne, und dahinter ist dann schon das Meer.

»Willst du mich auf den Arm nehmen?«, sagt Kirby. »Hier arbeitest du jeden Tag? Warum hast du mir noch nicht davon erzählt?«

»Weil ich vollauf mit Eric und Randy ausgelastet war«, sagt sie. »Den Höllenzwillingen.«

Kirby ist völlig überwältigt. Sicher, es ist nett hier, aber wenn sie wählen müsste, würde sie sich eher für Luke Winslows Flachbau am Nashaquitsa Pond entscheiden. Wer braucht bitteschön einen Konzertflügel, Leopardenfelle und einen Warhol in einem Ferienhaus? Kirby hat sich immer privilegiert gefühlt, weil ihrer Familie das alte Haus an der Fair Street gehört, mitten in der Stadt, mit seltenen alten Wandmalereien, und auch wegen ihrer langjährigen Mitgliedschaft im Field and Oar Club. Aber nachdem sie jetzt dieses Haus und Lukes Domizil kennengelernt hat, wird ihr bewusst, dass All's Fair überhaupt nichts Besonderes ist.

»Wollen wir schwimmen gehen?«, fragt Rajani.

Kirby hat ihren Bikini unter ihren Sachen bereits an. Sie entblättert sich eilig und stürmt los, zum Wasser.

Gegen Mittag pflückt Rajani den Autoschlüssel aus einer rubinroten Glasschüssel (»Ich glaube, die Aldworths feiern hier Schlüsselpartys«, flüstert sie), dann steigen sie in Mrs Aldworths Porsche 911 und brausen los, von Chilmark nach Menemsha.

Kirby hat hochgespannte Erwartungen an Menemsha, weil ihr schon verschiedentlich zu Ohren gekommen ist, dass man sich diesen Ort auf keinen Fall entgehen lassen sollte. Bei ihrer Ankunft aber entpuppt es sich als ein winziges Fischerdorf, in dem auch nach wie vor Fischfang betrieben wird. Der kleine Hafen ist voller Kutter und anderer Boote, die jetzt zur Mittagszeit ihren Fang ausladen; die Lawine glitschig silbriger Fische erinnert an Münzen, die von einem Glücksspielautomaten ausgespuckt werden. Auch riesige Fallen aus Holz sind zu sehen, berstend voll mit Hummern.

Kirby blinzelt hinter ihrer Cat-Eye-Sonnenbrille. »Wer soll all die Hummer essen?«

»Wir«, stellt Rajani fest. »Auf geht's, komm.« Sie lotst Kirby in ein unscheinbares Gebäude mit dem Namen HOMEPORT an der Fassade. Die Gäste im Hotel schwärmen in den höchsten Tönen vom Homeport, und es gefällt Kirby, wie schlicht alles ist. Wenn es die Leute nicht wegen der Einrichtung herzieht, dann vermutlich wegen der Küche. Rajani marschiert zum Tresen und bestellt zwei Hummer-Menüs. Kirby bewundert, wie selbstbewusst ihre Freundin klingt, und wie wunderschön sie aussieht, mit ihrer bronzefarbenen Haut, dem blauschwarzen Haar und den haselnussbraunen Augen. Jetzt im Sommer wirkt sie so viel entspannter als sonst am College, unter dem Druck der Lehrveranstaltungen.

Das Hummer-Menü besteht aus anderthalb Pfund gekochtem Hummer, einem Maiskolben, einer Tasse sämiger Fischsuppe, einer Schale Krautsalat, einem Mini-Laib Weißbrot und dazu reichlich Butter, teils flüssig ausgelassen, teils abgepackt. Rajani lässt es sich nicht nehmen, Kirby einzuladen, ungeachtet ihrer Proteste. »Keine Sorge«, sagt sie. »Die Aldworths bezahlen mich verdammt gut.«

Sie setzen sich an den einzigen Tisch, der noch frei ist. Rajani knackt eine Schere ihres Schalentiers mit der Hummerzange. »Also, was gibt's Neues bei dir?«

Kirby pustet auf ihren Löffel, denn die mit frischer Petersilie gesprenkelte Fischsuppe ist heiß. Was soll sie sagen? Von ihrem Job hat sie Rajani schon erzählt – von dem inneren Frieden, der sie in den frühen Morgenstunden erfüllt, von den freundlichen Gästen und dem wundervollen Mr Ames, von den Promis – Sänger, Filmstars und Senatoren –, die sie demnächst im Haus erwarten. Soll sie Rajani von Patty und Luke erzählen? Von Darren gar? Rajani kennt Darren schon seit Jahren. Aber hätte Rajani es nicht längst erwähnt, wenn Darren ihr unterbreitet hätte, dass er Kirby kennengelernt hat und sogar mit ihr Karussellfahren war?

Aber noch ehe Kirby sich diesbezüglich entscheiden kann, werden sie und Rajani beim Essen unterbrochen, das ist die gute Nachricht.

Die weniger gute Nachricht bezieht sich darauf, wer

sie da unterbricht. Es ist … Darren höchstpersönlich. Kirby blinzelt verwirrt. Darren Frazier steht an ihrem Tisch und hat sein umwerfendes Lächeln angeknipst, als könnte er sein Glück kaum fassen. Er ist in Begleitung eines älteren Herrn, dessen Kahlkopf wie glänzend poliert wirkt. Sein Vater, vermutlich, der Richter.

»Na so was«, sagt Darren. »Euch beiden hier draußen über den Weg zu laufen, so weit weg von Oak Bluffs.«

»Darren!« Rajani springt auf, um ihn zu umarmen, und wendet sich dann seinem Vater zu. »Euer Ehren.«

»Rajani«, sagt der Richter. Er umfasst ihre Hand mit beiden Händen, ehe er sie auf die Wange küsst. »Wir haben dich den ganzen Sommer noch nicht gesehen. Wie ist das möglich?«

Während Rajani von ihrem Job als Kindermädchen erzählt, wendet Darren sich Kirby zu. »Freut mich, dass wir uns hier sehen«, sagt er mit gedämpfter Stimme. »Ich will schon die ganze Zeit vorbeikommen, um wegen Sonntag um Entschuldigung zu bitten. Es ist was dazwischengekommen.«

Es ist was dazwischengekommen. Kirby wüsste zu gern, was, doch es ist nicht die rechte Gelegenheit, mit ihm jetzt ein tiefschürfendes Gespräch anzufangen. Also zuckt sie bloß mit den Schultern. »Halb so wild. Mach dir keine Sorgen.«

Darren greift nach ihrer Hand und drückt sie verstohlen. Kirby überläuft prompt ein kleiner Schauer.

Darren räuspert sich vernehmlich. »Dad, darf ich vorstellen, das ist Kirby Foley, Rajanis Freundin.«

Der Richter schüttelt Kirby die Hand. »Erfreut, dich kennenzulernen, Kirby.«

»Wir sind Kommilitoninnen am Simmons«, erklärt Rajani. »Ich habe Kirby zum Leben hier auf Vineyard bekehrt, obwohl ihre Familie ein Haus drüben auf Nantucket hat.«

Der Richter zieht die Augenbrauen hoch. »Ah, dann bist du also das Mädchen, das sonst auf Nantucket lebt. Ja, meine Frau hat dich erwähnt.«

Kirby merkt, wie ihr das Lächeln ein wenig gefriert. »Ich fühle mich sehr wohl auf Vineyard, mal was ganz anderes«, sagt sie. »Ich habe einen Job im Shiretown Inn, an der Rezeption.«

»Na, dann recht schöne Grüße an Mrs Bennie«, sagt der Richter. »Wollen wir jetzt aufbrechen, Darren, ehe das Essen hier in der Tüte kalt wird?« Er sieht Rajani lächelnd an. »Dann noch guten Appetit.«

Auf der Radtour zurück nach Hause lässt Kirby die Begegnung mit den beiden immer wieder im Kopf Revue passieren. Der Richter, denkt sie, war die Liebenswürdigkeit selbst, bis Darren ihm Kirby namentlich vorstellte. Von da ab drängte er zum Aufbruch. Oder aber Kirby ist bloß paranoid.

Vorn am Lenker schaukelt eine Papiertüte mit den Resten ihres Hummer-Menüs. Nach dem Intermezzo mit Darren und seinem Vater war Kirby gründlich der Appetit vergangen.

Aber Rajani schilderte so angeregt, wie hoch es bei den

Partys der Aldworths immer herging, dass sie davon gar nichts mitbekam. Zum Glück.

Am Morgen darauf kommt Mr Ames eine halbe Stunde vor Kirbys Schichtende zu ihr ins Back Office, aber nicht mit leeren Händen. Er hat eine rote Rose mit etwas Farn- und Schleierkraut dabei, eingeschlagen in Zellophan.

»Für mich?«, fragt Kirby. Mr Ames scheidet als Rosenkavalier aus – er ist ein verheirateter Mann und geht mit Kirby um wie ein freundlicher Onkel –, aber sie beschleicht die Sorge, dass Mr Rochester dahinterstecken könnte, aus Zimmer 3. Mr Rochester ist ein rundlicher Mann mit Glatzkopf und Brille, mindestens schon dreißig, der im Auftrag des Automobilclubs hier ist, um das Hotel zu bewerten. Einmal war er nach einem Abend bei Giordano's, wo er offenbar reichlich Chianti und Sambuca getankt hatte, ins Hotel zurückgekehrt und hatte Kirby mit lüsternem Blick noch auf einen Schlummertrunk in sein Zimmer eingeladen. Was sie natürlich abgelehnt hatte. Sicher, womöglich wirkte sich diese Abfuhr negativ auf die Hotelbewertung aus, aber was blieb ihr anderes übrig?

»Aber doch wohl nicht von Mr Rochester?«, fragt Kirby.

Mr Ames hebt die Hände. »Ich bin zum Schweigen verpflichtet.«

Kirby füllt eine Langhalsvase mit Wasser und stellt die Rose auf den Empfangstresen. Es könnte auch Bobby Hogue dahinterstecken, der diese Woche wieder bei ihnen logiert. Er ist so ein netter Mann, wenn auch sogar älter als Scottie Turbo. Kirby überlegt, ob sie mit einem Handamputierten eine Beziehung eingehen könnte. Ja, entscheidet sie. Weil sie Darren auch dann noch mögen würde, wenn er nur noch eine Hand hätte.

Als sie dann Feierabend haben, sagt Mr Ames zu ihr, sie möge schon mal draußen auf der Veranda auf ihn warten; er habe noch etwas mit Mrs Bennie zu klären. Das kommt Kirby merkwürdig vor – weil sich ihr Dienst eigentlich nicht mit Mrs Bennie überschneidet, die erst um neun ins Haus kommt –, aber sie geht trotzdem raus.

Und dort erwartet sie bereits Darren, in seinem roten Corvair, der mit laufendem Motor am Bordstein steht. Bei Kirbys Anblick steigt er eilig aus, um ihr die Beifahrertür zu öffnen.

»Wohin soll's gehen, nach Hause?«, fragt er.

Sie ist sprachlos. Darren ist hergekommen, um sie um sieben Uhr früh vom Hotel abzuholen. Seinem Aufzug nach ist er nicht unterwegs zur Arbeit, dann trägt er immer ein weißes T-Shirt und Shorts. Nein, er ist nur ihretwegen hier. Und Mr Ames war eingeweiht. Dann hat also Darren die rote Rose für Kirby vorbeigebracht!

Kirby lässt sich nichts anmerken. »Ja, gern.« Sie steigt damenhaft-elegant in den Wagen ein. »Danke.«

I HEARD IT THROUGH THE GRAPEVINE

Kate hätte es nie vermutet, doch Bitsy Dunscombe trinkt sogar noch mehr als sie. Es ist ein Freitagabend im Juli, und sie haben einen guten Tisch im Opera House ergattert. Das allein ist schon ein Grund zum Feiern. Bitsy ruft den Kellner an den Tisch und bestellt Champagner, den besten – einen Jahrgangsschaumwein von Krug.

Bitsy Dunscombe, geborene Entwhistle, wohnhaft an der Park Avenue in New York City und der Main Street, Nantucket, entstammt einer aristokratischen Familie. Sie hat Ward Dunscombe geheiratet, dessen Familie wiederum Platinminen besitzt, und nun hat Bitsy mehr Geld als alle anderen auf Nantucket zusammen – annähernd, jedenfalls. Kate ist von Bitsys ungenierter Protzerei sonst weniger begeistert, außer in Situationen wie dieser.

Kate und Bitsy machen mit dem Champagner gemeinsam kurzen Prozess, während dazu dezent das Piano klimpert und bei den Stammgästen an Tisch 1 immer wieder wahre Lachstürme aufbranden. Ehe sie zu Martinis übergehen, genehmigt sich Kate einen der kleinen Käsewindbeutel, die der Kellner ihnen gebracht hat.

Kate reißt sich nicht gerade darum, mit Bitsy an einem Freitagabend essen zu gehen, doch es hat schon eine gewisse Tradition bei ihnen, sich einmal im Sommer zu treffen; obendrein sind sie dieses Wochenende beide Strohwitwen. Als Bitsy bei ihr anrief, dachte Kate sich also, warum nicht, und nahm ihre Einladung an.

David hat am Vorabend angerufen und erklärt, er könne es diesmal nicht einrichten, da er mit einem arbeitsintensiven Fall befasst sei, aber Kate weiß, dass er bewusst Distanz wahrt. Er wird erst wieder auf die Insel kommen, wenn sie ihr Trinkproblem in den Griff bekommen hat; wenn sie es schafft, mit ihm ein nüchternes Telefonat zu führen, ohne Hicksen, ohne Lallen. Was seit ihrer Ankunft hier kein einziges Mal der Fall gewesen ist.

Was Ward betrifft … nun, dass er eine Geliebte auf Long Island hat, pfeifen die Spatzen von den Dächern, das ist ein offenes Geheimnis. Sie heißt Kimberly Titus und ist die Tochter des Mehlmoguls Reggie Titus. Auch Bitsy ist darüber im Bilde und macht daraus kein großes Drama. Als Kate ihr erzählte, dass David dieses Wochenende nicht kommt, fragte Bitsy: »Hat David in Boston auch eine Kimberly?«

»Nein. Er ist beruflich stark eingespannt.« Bitsy, dachte Kate gleich darauf, hielt sie dieser Aussage wegen vermutlich für rettungslos naiv und viel zu gutgläubig, aber sie hatte eine Ehe mit einem Schürzenjäger hinter sich und war nicht so verrückt, sich so etwas ein zweites Mal anzutun. David ist anständig und prinzipientreu; vielleicht *zu* prinzipientreu. Kate ist diejenige von ihnen beiden mit dem dunklen Geheimnis und der nicht immer ganz einwandfreien Moral.

Ein Martini, zwei Martinis. Kate bestellt sich als Vorspeise Schnecken und Bitsy den pikanten Appetithappen – ein Crêpe mit in Béchamel-Sauce geschwenkten Meeresfrüchten –, den sie allerdings kaum anrührt.

»Sollen wir Wein ordern?«, fragt Bitsy. Das könnte des Guten ein wenig zu viel sein. Kate sieht bereits doppelt, und sie muss vom Knoblauch der Schnecken immer wieder aufstoßen. Um Abhilfe zu schaffen, verspeist sie eine Scheibe Brot, bestrichen mit köstlicher Butter. Aber die Frage war natürlich rein rhetorisch. Bitsy winkt ihren Kellner an den Tisch und hält ihn weit länger auf als nötig, hängt förmlich an seinem Arm, während sie ihn ausführlich ausfragt, welcher Wein vorzuziehen sei, Sancerre oder Chablis, obwohl sie ihren Hauptgang, *le boeuf*, längst bestellt hat.

Als der arme Fernando oder Arnoldo – Kate kann sich den Namen beim besten Willen nicht merken – endlich entkommen ist, blickt Bitsy Kate über den Tisch hinweg an und sagt: »Ich gehe mit ihm ins Bett.«

Vor Schreck verschluckt Kate sich beinahe an ihrem Brot. »Mit wem?«

»Mit Arturo«, sagt Bitsy. »Er kommt immer abends nach der Arbeit vorbei und wirft Steinchen an mein Fenster.«

Kate hebt sich die Karte vors Gesicht, damit Bitsy nicht sehen kann, wie entgeistert sie ist. Bitsy Dunscombe geht also mit einem Kellner aus dem Opera House ins Bett. Gewiss, im Rest von Amerika findet gerade eine sexuelle Revolution statt, aber dass diese mittlerweile schon auf die feine Gesellschaft hier auf Nantucket übergegriffen hat, hätte sie nie für möglich gehalten.

»Richte nicht über mich, Katie Nichols«, sagt Bitsy. Kate mag diesen alten Kosenamen aus Kindertagen nicht.

Bitsy ist allerdings eine der wenigen, die sie schon so lange kennen, dass sie für den Gebrauch des Namens eine Art Gewohnheitsrecht geltend machen können. Sie hatten zusammen Segelunterricht, als sie beide gerade elf waren. »Ich weiß, du hältst dich für was Besseres als ich, mit deinen vier perfekten Kindern, aber lass dir eines gesagt sein …«

So also sieht es aus, denkt Kate, wenn Bitsy Dunscombe einen über den Durst getrunken hat. Sie wird hässlich – nicht nur in ihrer Sprache. Ihr Gesicht verzerrt sich zu einer Art schaurigen Maske mit angriffslustig funkelnden, zu Schlitzen verengten Augen und unschön gekräuselten Lippen. Falls sie irgendwas über Tiger sagen sollte, würde Kate ihr eine runterhauen oder ihr ihren Drink ins Gesicht kippen. Der Mann am Klavier würde innehalten, mitten in »Try to Remember«, und die Gäste an Tisch 1 würden erst neugierig herüberstarren und später dann tuscheln und tratschen. Und wer wollte es ihnen verargen? Kate Levin und Bitsy Dunscombe sind zwei Damen mittleren Alters, beide wohlerzogen und aus bestem Hause. Sie sollten dazu in der Lage sein, im Opera House ohne weitere Zwischenfälle zu Abend zu essen.

Nein, denkt Kate. Sie greift auf ihre gute Kinderstube zurück wie auf etwas, das sie aus der Handtasche holt. »Ich habe mich nie für was Besseres gehalten, Bitsy. Du hast wunderschöne Zwillingsmädchen. Und du warst gescheiter als ich – du hast nicht den Fehler gemacht, zu jung zu heiraten.«

»Behandle mich nicht so von oben herab«, zischt Bitsy giftig. »Da bist du bei mir an der falschen Adresse.«

Genau da bringt Arturo den Wein, einen Cabernet, der zu Bitsys *boeuf* ebenso gut passt wie zu Kates *canard*. Während Bitsy darauf besteht, den Wein erst noch zu kosten, lässt Kate ihren Blick durch den Raum schweifen. Das Opera House ist winzig klein, eigentlich ein Schmuckkästchen, dunkel und magisch, mit einer ikonischen, mit Samt ausgekleideten Telefonhaube in der Ecke. Kate hat Wilder dort mal mit dem schwedischen Au-pair-Mädchen der Broussards erwischt, beim Küssen. Wilder war an dem Abend betrunken, so schwer betrunken, dass er nicht mehr wusste, was er tat, deshalb verzieh Kate ihm, trotz der öffentlichen Demütigung.

Kate denkt an die arme Blair, die jetzt vermutlich gerade wie ein gestrandetes Walross auf der Couch vor dem Fernseher hängt und sich mit Käsetoast und Dessertpudding vollfuttert. Kate hat sie ermuntert, die Ehe mit Angus nicht leichtfertig zu beenden, obwohl er sie mit dieser Trixie betrügt (es kann sich nur um eine Prostituierte handeln – was für ein Name!), denn genau das hatte Kate getan: die Zähne zusammengebissen und an ihrer Ehe festgehalten. Aber warum sollte die arme Blair so leiden wie sie damals? Aus Gründen der Schicklichkeit? Schicklichkeit, die steht heutzutage nicht mehr hoch im Kurs, wie von Bitsy Dunscombe so anschaulich demonstriert. Warum sollte Blair sich nicht mit Angus' Bruder Joey zusammentun, wenn er der Mann ist, den sie eigentlich liebt? Blair hat es verdient, vergöttert zu werden.

»Entschuldige, Bitsy, deine Äußerung hat mich ein wenig überrascht«, sagt Kate. Sie dämpft die Stimme. »Bitte glaube mir, ich würde nie den Stab über dich …«

»Du solltest dich für deine Tochter schämen, in Grund und Boden«, sagt Bitsy. Sie trinkt einen großen Schluck Wein, der ihre Lippen lila färbt. Kate fragt sich, ob Bitsy von Blair gehört hat; ihre Anwesenheit auf der Insel lässt sich schwerlich verheimlichen. Wahrscheinlich hat sich herumgesprochen, dass es bei Blair und Angus Eheprobleme gibt, und vielleicht hat sogar jemand erfahren, dass Angus sie vor die Tür gesetzt hat, weil er Blair *mit seinem eigenen Bruder* erwischt hat. Aber wer könnte die undichte Stelle gewesen sein? Wer hat geplaudert? Exalta? Exalta trifft sich jeden Morgen mit Mrs Winter im Club, sie trinken Mimosas zusammen. Vielleicht ist ihr versehentlich etwas herausgerutscht, und Mrs Winter, das ist bekannt, hat Blair bis heute nicht verziehen, dass sie damals mit Larry Schluss gemacht hat, ihrem Enkel.

Oder redet Bitsy von Kirby? Sollte es sich bis New York herumgesprochen haben, dass sie in Boston verhaftet worden ist, nicht nur einmal, nein, gleich zweimal? Oder war Kirby noch in dunklere Machenschaften verwickelt? Im Frühjahr war Kirby einmal mitten in der Woche zu Hause in Brookline aufgetaucht, unangekündigt, und drei Tage lang geblieben, dabei hätte sie am College sein müssen. Sie lieferte keinerlei Erklärung, kam nicht aus ihrem Zimmer und verweigerte jegliche Nahrung. Kate stand zu der Zeit noch unter Schock –

Tiger war erst kürzlich nach Vietnam geschickt worden –, aber sie brachte dennoch ihre Beunruhigung zum Ausdruck und stellte einige bohrende Fragen, die wütend abgeschmettert wurden. Bei Kirby, das wusste Kate aus langjähriger Erfahrung, wallten die Emotionen immer eine Zeit lang heiß und heftig auf – so heiß und heftig wie die Außendusche von Little Fair –, ehe sie sich wieder beruhigte. Und in der Tat, am Wochenende kehrte Kirby ans Simmons College zurück, nicht direkt fröhlich vielleicht, aber schicksalsergeben. Über Kirbys Entscheidung, den Sommer auf Vineyard zu verbringen, hatte Kate sich im Stillen gefreut, denn um sie brauchte sie sich dann auf Nantucket nicht auch noch täglich zu sorgen. Vier Kinder, das erschien ihr anfangs so ideal, so ausgeglichen; häufig jedoch wird es ihr mit ihrem Quartett schlicht zu viel, wie Kate sich eingestehen muss.

»Von welcher Tochter redest du?« Kate kostet den Wein – ein vorzüglicher Tropfen, was sie aber nur noch mehr verärgert – und sieht Bitsy mit unverhohlener Neugier an.

»Jessica«, zischt Bitsy. »Sie hat Heather im Club fünf Dollar aus der Handtasche gestohlen, als Heather gerade auf Toilette war. Fünf Dollar *und* ein Lipgloss. Heather wollte nichts sagen, aber Helen, die in der Nachbarkabine war, hat Jessie durch den Türspalt beobachtet. Jessie hat in Heathers Bermuda Bag gegriffen, hat sie gesagt, das Geld und das Lipgloss eingesteckt und dann die Umkleide verlassen.«

Kate verdreht die Augen. »Bitte verschone mich. So etwas würde Jessie nie tun. Ich würde mein Leben drauf verwetten.«

»Helen hat sie doch gesehen, Katie!«, sagt Bitsy. »Und Heather hat zugegeben, dass das Geld weg ist. Diese fünf Dollar hat sie sich selbst verdient ...«

»Womit? Indem sie Blinden was vorgelesen hat?«, fällt Kate ihr ins Wort. Sie kann es nicht mehr hören, wie unermüdlich Heather im Dienst der guten Sache aktiv ist. Sie macht bei den Girl Scouts mit und füttert streunende Hunde, fährt ältere Leute im Rollstuhl spazieren. Zugegeben, Heather ist immer noch besser als Helen, diese kleine Hexe. Helen sorgt für Ärger, seit sie auf der Welt ist. Natürlich versucht sie, Jessie diesen Diebstahl anzuhängen. Wahrscheinlich hat Helen das Geld selbst an sich genommen! »Wahrscheinlich hat Helen das Geld selbst an sich genommen«, sagt Kate. »Und nun will sie es Jessie in die Schuhe schieben. Hast du das schon mal in Erwägung gezogen?«

»Helen hat gesagt, dass es Jessie war. Das genügt mir, das ist Beweis genug. Helen lügt nicht.«

»Jessie stiehlt nicht.«

»Vielleicht war es ein Schrei nach Aufmerksamkeit, weil sie sich nicht beachtet fühlt.« Bitsy lehnt sich im Stuhl zurück und zündet sich eine Zigarette an. »Das wird es sein. Die arme Kleine. Die eine Schwester erwartet Zwillinge, die andere haut auf Martha's Vineyard auf den Putz, und ihr Bruder ist im Krieg. Jessie hat Mitleid verdient, so habe ich es auch meinen Mädchen erklärt.

Soll sie das Geld und das Lipgloss ruhig behalten, wenn es ihr dann besser geht.«

Arturo bringt ihr Essen, und Kate steht auf. »Viel Spaß noch euch beiden«, sagt sie. »Ich gehe nach Hause.« Sie pfeffert ihre Serviette auf den Stuhl und bahnt sich dann einen Weg durchs Restaurant, vorbei an der vermaledeiten Telefonhaube und hinaus auf die Terrasse, wo sie sich mit einem Winken von Gwen verabschiedet, der Inhaberin, die sich gerade angeregt mit dem Künstler Roy Bailey unterhält.

»Es war ein wunderschöner Abend, wie immer«, ruft Kate ihr zu. »Dankeschön.«

Auf dem Weg nach Hause kocht sie beinahe über vor Wut. Bitsy Dunscombe ist eine … eine … nun, hier fehlt Kate ein passender Ausdruck. Bitsy hat es jedenfalls fertiggebracht, einen Schlusspunkt unter eine lebenslange Freundschaft zu setzen. Kate wird nie wieder ein Wort mit ihr reden. Was fällt ihr ein, Jessie als Diebin zu bezichtigen und dann anzudeuten, dass Kate ihrer Tochter nicht genug Beachtung schenkt!

Kate kommt an Bosun's Locker vorbei und überlegt, ob sie auf einen Drink dort einkehren soll. Die Stammgäste würde es vermutlich von ihren Barhockern hauen, oder man würde sie so sehr auslachen, dass sie eilends den Rückzug antreten müsste. Hier im Bosun's ist Wilder regelmäßig versackt, und Kate rief entweder an, um darum zu bitten, dass man ihn heimschickte, oder sie kam sogar vorbei, um ihn eigenhändig am Schlafittchen zu packen und mit sich nach Hause zu schleifen. Was aber immer noch besser war als jene Abende, wenn sie in die Kneipe stürmte und ihn dort, anders als erwartet, nicht antraf.

Nein. Sie lässt Bosun's Locker links liegen.

Aber vielleicht sollte sie noch einen Abstecher in die Charcoal Galley machen? Die sechs Weinbergschnecken und das Brot haben sie jedenfalls nicht sehr satt gemacht. Ein fettiger Cheeseburger mit gerösteten Zwiebeln und dazu Pommes frites mit Ketchup und Mayo, das klingt überaus verlockend. Doch um diese Uhrzeit dürfte sie in der Charcoal Galley auf dieselben Gestalten stoßen, die sonst im Bosun's hocken und sich nun in der Galley den Bauch vollschlagen, entweder, nachdem sie den ganzen Tag gezecht haben, oder aber als solide Grundlage, weil sie gleich noch saufen gehen.

Wütend biegt sie nach links in die Fair Street ein. Sie hat Bill Crimmins nun lang genug Zeit gelassen. Sie wird bei ihm anklopfen – wen kümmert's schon, ob er schläft? – und Antworten fordern. Hat er inzwischen von seinem Schwager gehört? Was ist mit Tigers Entbindung vom Militärdienst?

Sie ahnt, dass er noch nichts gehört hat. Sonst hätte er ihr sicher schon längst Bescheid gegeben. Aber Kate wird trotzdem nachfragen. Sie erwartet Ergebnisse – und zwar zügig!

Kate ist noch zwei Häuser entfernt, als sie sieht, wie vor All's Fair ein Taxi anhält. Sie bekommt spontan Herzklopfen – das wird Tiger sein, der seine Heimkehr nicht angekündigt hat, um sie zu überraschen. Oder es ist

Kirby – ja, ihre eigensinnige zweite Tochter fehlt Kate ganz fürchterlich. Sie wäre entzückt, wenn es Kirby wäre, es würde ihr den Abend retten. Oder … es ist vielleicht David. Kate bereut es aufrichtig, so viel getrunken zu haben, eine halbe Flasche Champagner, zwei Martinis und ein Glas Cabernet. Nun ist David zwar doch noch gekommen, wird aber feststellen müssen, dass sich nichts geändert hat. Kate trinkt zu viel. Schlimmer noch – sie säuft wie ein Loch.

Es ist dunkel, aber sie erkennt trotzdem, dass aus dem Taxi ein Mann ausgestiegen ist. David also. Sie muss sich ihm auf Gedeih und Verderb ausliefern, das ist ihre einzige Chance. Mit diesem Gedanken hastet Kate los. Im Näherkommen allerdings sieht sie, dass es gar nicht David ist – sondern Angus, Dr. Angus Whalen, der so kaltschnäuzig ist, seine Frau zu betrügen, während sie seine Zwillinge unter dem Herzen trägt.

»Halt. Stehen geblieben«, sagt Kate, und Angus bleibt auf dem Gehweg vorm Haus tatsächlich wie angewurzelt stehen. Angus ist zwar ein kluger Kopf, aber körperlich nicht besonders einschüchternd. Mit seiner Brille und der spitzen Nase hat er etwas von einer gelehrigen Maus. Kate, die wegen Bitsy ohnehin schon auf hundertachtzig ist, richtet ihren Zorn nun voll gegen Angus, stellvertretend für ihre älteste Tochter. Das verheißt für ihn nichts Gutes.

»Was willst *du* denn hier?«, stellt Kate ihn zur Rede.

»Ich möchte zu meiner Frau«, sagt er und blickt dem Taxi ein wenig sehnsüchtig nach.

»Erstens, sie schläft schon«, sagt Kate. »Zweitens, du hast ganz schön Nerven, hier aufzukreuzen, nachdem du deine schwangere Frau vor die Tür gesetzt hast.« Kate blinzelt. Es ist dunkel auf der Straße, und sie muss sich konzentrieren, um Angus deutlich im Blick zu behalten. Nur gut, dass ihr wütender Tonfall etwas kaschiert, wie beschwipst sie ist. »Was fällt dir ein!«

»Ich habe sie mit meinem Bruder ertappt«, sagt Angus. »Hat sie dir das erzählt?«

»Ja, allerdings, Angus. Es sei alles ein großes Missverständnis, hat sie erzählt. Sie und Joey hätten sich bloß umarmt, weil sie Trost bei ihm suchte. Nachdem sie deiner Untreue auf die Schliche gekommen war.«

»Apropos …«, fängt Angus an.

Aber Kate ist an seinen Ausreden oder Erklärungen nicht interessiert. Sie war mit einem unverbesserlichen Schürzenjäger verheiratet, zehn Jahre lang! Sie hat genug Ausreden gehört, musste oft genug vergeben und vergessen – damit ist für sie endgültig Schluss! Kate bemerkt mit Genugtuung, wie gut es tut, einem Mann derlei abstoßendes Benehmen nicht durchgehen zu lassen, statt es klaglos hinzunehmen wie Bitsy Dunscombe, oder wie sie selbst früher. Mag sein, dass Blair am Ende als Geschiedene dasteht, aber zumindest ihren Stolz hat sie sich dann bewahrt.

»Ich fordere dich hiermit freundlich auf, diese Insel zu verlassen und dich hier nie mehr blicken zu lassen«, sagt Kate. »Blair hat Besseres verdient. Vielleicht weiß dein Bruder ja, wie man anständig mit ihr umgeht, und falls nicht, findet sie mühelos jemand anderen. Das weißt du ebenso gut wie ich, Angus. Und jetzt geh bitte.«

»Ich muss mit ihr reden«, sagt Angus. »Ich muss sie sehen.« Er zupft und rupft an seinem Haar herum – wie ein Fall für die Klapsmühle, denkt Kate. »Sie trägt doch meine Kinder unter dem Herzen.«

»Das hättest du dir vor deinem Seitensprung überlegen sollen«, sagt Kate. »Und auch, ehe du sie aus eurer Wohnung gejagt hast. Gute Nacht, Angus, und Lebwohl.«

»Kate, *bitte*«, sagt Angus.

Kate versucht, sich zu erinnern, ob er sie schon je bei ihrem Vornamen genannt hat. Angus ist zehn Jahre älter als Blair, er könnte sich also durchaus als gleichaltrig mit Kate empfinden, obwohl er das mitnichten ist, und so nahe, dass er je Mutter zu ihr gesagt hätte, stehen sie einander auch nicht. Kurzum, er sollte gefälligst Mrs Levin zu ihr sagen. Aber ihm das jetzt alles beizubringen würde ihn nur unnötig hier aufhalten.

»Ich warne dich. Mein nächster Schritt ist ein Anruf bei der Polizei«, sagt Kate. Wer Kate Nichols Foley Levin auch nur annähernd kennt, wüsste sofort, dass sie bei einer Familienangelegenheit nie und nimmer die Polizei mit Sirene und Blaulicht anrücken ließe. Doch Angus Whalen kennt Kate eben nicht, deshalb hebt er abwehrend die Hände und weicht zurück, in Richtung Straße.

»Ist gut, ist gut, ich geh ja schon«, sagt er. »Aber richte Blair bitte aus, dass ich hier war, um sie zu sehen.«

Kate nickt, eine Geste, die alles Mögliche bedeuten könnte. Sie bleibt vorm Haus stehen und wartet, bis Angus am Ende der Fair Street angekommen ist, in die Main Street abbiegt und schließlich verschwunden ist.

SUMMERTIME BLUES (REPRISE)

Die Kette ihrer Großmutter ist weg. Verschwunden. Jessie wird jedes Mal von Neuem speiübel, sooft sie daran denkt. Zweimal musste sie sich deswegen sogar schon erbrechen, aber es kam fast nur Galle, denn allzu viel hat sie in den Tagen seit dem Abhandenkommen der Kette nicht zu sich genommen. Ihre Mutter fragt jeden Morgen, ob ihr etwas fehlt. Sie sähe kränklich aus, sagt Kate. Und dann raunt sie Blair halblaut zu: »Liegt wohl an der Pubertät. Aus unserer Jessie wird bald eine Frau, das dauert nicht mehr lang!«

Worauf Blair erwidert: »Die arme Jessie.«

Beide ahnen nicht, in welcher Notlage sich Jessie befindet. Die Goldkette mit dem Diamantanhänger ist *weg*. Jessie hat sie *verloren*.

Pick ist außer ihr der Einzige, der Bescheid weiß. Jessie fing an zu zittern und brach in Tränen aus, als sie an jenem Abend den Verlust der Kette bemerkte, und ihre heimliche Hoffnung auf ein erstes romantisches Zwischenspiel war damit natürlich zerplatzt.

»Was ist los?«, fragte Pick. »Jessie, was hast du denn?«

Sie war nicht mehr Jess, sondern wieder Jessie. Sie war

ein Kind, dem etwas Wertvolles, ja, sogar Unersetzliches anvertraut worden war, und sie hatte es verloren. Sie versuchte, es Pick unter Schluchzen zu erklären, aber sie musste leise sein, denn sie wollte auf keinen Fall Mr Crimmins auf den Plan rufen. Weil er wahrscheinlich sofort zu Exalta gehen und es ihr erzählen würde.

»Die Kette meiner Großmutter … ich habe sie bei dem Essen mit meiner Mutter getragen, und jetzt ist sie weg«, sagte Jessie.

»Oje. Das ist Mist«, sagte Pick, aber ihm war anzuhören, dass er die Tragweite der Situation nicht voll erfasste. Er war eben ein Junge. Jungen gaben nichts auf Schmuck oder sentimentale Erinnerungen, obwohl Jessie ihm gleich darauf erklärte, dass ihr schon lange verstorbener Großvater mütterlicherseits, Penn Nichols, die Kette Exalta zu ihrem ersten Hochzeitstag geschenkt hatte, 1919. Außerdem war die Kette wertvoll, aus Gold und mit einem Diamantanhänger. Als er das erfuhr, konnte Pick ihre Bestürzung über den Verlust schon eher nachvollziehen, und sie machten sich gemeinsam daran, den Fußboden in Little Fair auf Händen und Knien nach der Kette abzusuchen, jeden einzelnen Zentimeter.

Danach gingen sie raus und nahmen sich den gepflasterten Gartenweg sowie die kleine Rasenfläche zwischen den Häusern vor. Pick hatte in der Küche eine Taschenlampe ausfindig gemacht, die aber, weil die Batterien annähernd verbraucht waren, nur noch ein ganz mattes Licht spendete, das ihnen kaum eine Hilfe war. Nachdem sie die Terrasse abgesucht hatten, nahmen sie sich den Linoleumboden der Küche in All's Fair vor; alles, was sie dabei mit den Händen ertasteten, waren Toastkrümel, vertrocknete Tomatenkerne und Cornflakes, aber keine Kette. Als sie danach in die Diele gingen, um die Suche dort fortzusetzen, geschah es: Sie hörten Schritte auf der Treppe. Pick riss geistesgegenwärtig die niedrige Tür unter der Treppe auf, schnappte sich Jessies Hand und zog sie mit in die Butterkammer, jenen beengten Raum, in den Kirby vor so vielen Jahren zur Strafe eingesperrt worden war. Es war finster und roch nach feuchtem Backstein und Moder, aber die Kammer war ein gutes Versteck; niemand wäre auf die Idee gekommen, dort jemanden zu vermuten. Sie kauerten zusammen im Dunkel, notgedrungen eng aneinandergepresst. Pick drückte Jessies Hand, doch sie war zu nervös, um sich darüber freuen zu können. Es war Exalta, die da durchs Haus geisterte, das verrieten ihr die Schritte. Gleich darauf waren von der Küche her leise Stimmen zu hören, eine davon männlich – Mr Crimmins, keine Frage. Jessie zitterte heftig. Pick legte ihr den Arm um den Rücken und wollte sie möglicherweise küssen, aber es endete damit, dass seine Nase unter ihrem Kiefer landete.

»Dreh dein Gesicht zu mir«, sagte er. Es stimmte also, er wollte sie wirklich küssen – in dem Augenblick jedoch kehrten die Schritte wieder aus der Küche zurück. Jessie erstarrte und musste unwillkürlich an Anne Frank in ihrem Versteck auf dem Dachboden des schmalen Hauses in Amsterdam denken, und daran, welche Angst sie vermutlich wegen der ständigen Bedrohung durch die Nazis ausgestanden hatte.

Exalta stieg wieder die Treppe hoch. Nachdem im Haus von Neuem Stille eingekehrt war, verharrten Jessie und Pick noch einige Minuten reglos im Dunkel, und dann stieß Jessie die Tür auf und verließ die Butterkammer, dicht gefolgt von Pick.

Schweigend kehrten sie nach Little Fair zurück. Als sie wieder oben in der Küche waren, sagte Jessie: »Da sind noch Reste vom Essen heute Abend. Bediene dich ruhig.«

»Willst du etwa schlafen gehen?«, fragte Pick. »Ich dachte, wir setzen uns noch raus und essen zusammen. Keine Lust?«

Sie schüttelte den Kopf. Bei dem Kloß, den sie im Hals verspürte, bekäme sie ohnehin nichts herunter. Sie wollte sich nur noch eng zusammenrollen und vor Angst einen stillen Tod sterben. Es hätte die beste Nacht ihres jungen Lebens werden können, werden sollen, die Nacht, in der sie ihren ersten Kuss bekam, aber es war nichts daraus geworden. Anscheinend verdiente sie es nicht, glücklich zu sein.

Dennoch rang sie sich ein mattes Lächeln ab. »Ich werde morgen früh noch mal nach der Kette suchen. Und wenn ich dafür den ganzen Weg zum Mad Hatter noch einmal abgehen muss.«

»Gute Idee«, sagte Pick mit vollem Mund. Er ließ sich bereits die Scampi schmecken.

Jessie schlief unruhig, und um halb sechs, als die Sonne aufging, war sie dann endgültig wach. Sie war in ihrem Kleid eingeschlafen, das sie nun auszog und in die hinterste Ecke ihres Kleiderschranks pfefferte; sie würde es nie wieder tragen, gelobte sie sich. Wenig später eilte sie in T-Shirt, kurzer Hose und Turnschuhen nach unten, verließ das Haus und trat durch die Seitenpforte auf die Straße.

Morgens um halb acht, wenn sie mit Exalta zu ihrer Tennisstunde unterwegs war, bot Nantucket immer einen hübschen Anblick, doch früh um halb sechs war es sogar noch schöner. Die Luft war taufrisch, das Licht perlmuttartig. In der Fair Street war es mucksmäuschenstill; fast so, als wäre außer ihr noch niemand auf den Beinen. Doch Jessie konnte sich nicht recht daran erfreuen, dazu war sie zu aufgewühlt. Falls sie die Kette auf der Straße verloren und sie jemand anders gefunden hatte, war das Stück für immer verloren. Andere Möglichkeiten gingen ihr durch den Kopf – ein Vogel hatte die Kette womöglich aufgelesen und in sein Nest verwoben; Kette nebst Anhänger waren knirschend zermalmt worden, als ein Auto darüber hinwegrollte; sie war in einen Gully gefallen und auf Nimmerwiedersehen in der Kanalisation gelandet.

Jessie hielt den Blick zu Boden gesenkt, während sie den Weg abging, auf dem sie und Kate am Vorabend vom Mad Hatter nach Hause zurückgekehrt waren. Das Glitzern hier und da auf dem Bürgersteig stellte sich jedes Mal als Katzensilber heraus, was ihr wie ein böser Streich vorkam; ebenso wie die silbrig schimmernden Verschlussringe von Bier- und anderen Getränkedosen, mit denen das Ziegelpflaster vor Bosun's Locker übersät war. Beim Überqueren der Main Street achtete Jessie besonders auf die Ritzen im Kopfsteinpflaster. Gleichzeitig versuchte sie, sich vorzustellen, wie sie Exalta beichtete, dass sie die Kette verloren hatte; die Kette, die Jessie nicht einmal hätte haben dürfen, die sie praktisch aus Exaltas Zimmer gestohlen hatte. Wodurch alles noch viel schlimmer wurde. Gleich zwei Geständnisse, die sie ablegen musste.

Dass ihr unterwegs in der Stadt keine einzige Menschenseele begegnete, traf sich gut, denn sie hatte keine Ausrede dafür parat, warum sie so früh schon auf den Beinen war. Am Mad Hatter schließlich stieg sie die Treppe hoch und pochte an die Glasscheibe in der Tür, doch dahinter blieb alles still. Nicht weiter verwunderlich um diese Tageszeit. Während sie überlegte, wann wohl die Reinigungskräfte anrückten, und ob die Kette womöglich am Vorabend von Angestellten gefunden worden war, unter ihrem Stuhl etwa, fiel Jessie auf einmal etwas ein. Die Kette konnte ihr nicht im Mad Hatter abhandengekommen sein, weil sie sie noch auf dem Nachhauseweg berührt hatte, oben an ihrem Hals. Auf der Main Street!

Jessie machte kehrt und hastete im Laufschritt zu der Stelle vor der Pacific National Bank zurück, wo sie ihrer Erinnerung nach die Kette das letzte Mal berührt hatte. Von dort fing sie noch einmal an und suchte das Pflaster zu ihren Füßen mit Argusaugen ab, den ganzen Weg zurück nach Hause.

Irgendwo musste die Kette sein. So viel stand fest.

Aber sie war unauffindbar. Die Kette war weg.

Inzwischen ist eine Woche vergangen, und Jessie ist wegen der Kette im Dauerkrisenmodus. Jeden Morgen beim Aufwachen wird ihr heiß und kalt bei dem Gedanken, dass heute der gefürchtete Tag gekommen ist, an dem Exalta feststellt, dass die Kette fort ist.

Am Donnerstagabend, als Exalta beim Bridge im Anglers' Club ist, schleicht Jessie sich nochmals in ihr Zimmer. Es ist angenehm kühl, die Bettwäsche schimmert schneeweiß im Dämmerlicht, und das weinrote Schmucketui steht auf dem dreieckigen Tisch. Jessie graust es regelrecht bei dem Anblick, als läge dort eine abgetrennte Hand.

Beim Aufklappen des Etuis keimt eine wahnwitzige Hoffnung in ihr auf; sie malt sich aus, sie könnte die Vergangenheit ändern, dass sie die Kette letzte Woche eben nicht vor Wut stibitzt, sondern sie dort gelassen hat, wo sie hingehört.

Das Etui ist leer. Jessie wird vor Enttäuschung kurz flau im Magen.

Sie überlegt, ob sie das Etui an sich nehmen soll. Würde Nonny bemerken, dass es nicht mehr da ist? Ließe sich so das Risiko vermindern, dass sie Jessie den Vorschlag macht, die Kette zu irgendeinem künftigen festlichen Anlass anzulegen?

Vielleicht sollte Jessie den Schmuck, den Exalta auf dem Dreieckstisch aufbewahrt, komplett verschwinden lassen. Sie könnte ein wildes Durcheinander zurücklassen, als wäre ein Dieb dagewesen und hätte alles geraubt.

Ja!, denkt Jessie. Das wäre doch *die* Lösung. Und es wäre durchaus vorstellbar, denn sie schließen die Haustüren nie ab. Es kann zu jeder Tages- und Nachtzeit jemand ins Haus spazieren und sich dann mit dem Schmuck wieder davonmachen.

Aber die Sache hat einen Haken: Dass überhaupt niemand zu Hause ist, kommt so gut wie nie vor, zumal jetzt, wo Blair hier ist. Und bei einem inszenierten Einbruch, das weiß Jessie irgendwie, würde als Erster Pick unter Verdacht geraten.

Blair, denkt Jessie. Sie wird sich Blair anvertrauen und sie um Rat fragen. Eine Ablenkung wäre ihrer Schwester vielleicht ganz recht, sie wirkt ziemlich niedergeschlagen. Wer weiß, vielleicht gibt Blair ihr sogar Geld, um die Kette zu ersetzen. Jessie könnte zu S. J. Patten gehen, dem Juwelier in der Main Street, die Kette beschreiben und einen Ersatz anfertigen lassen.

Jessie stellt das samtbezogene Etui wieder auf den Tisch und geht zu ihrem alten Zimmer, weiter hinten im Flur, in dem jetzt Blair untergebracht ist. Die Tür ist geschlossen, Blair hält sich also gerade dort auf, gottlob, und sitzt nicht unten vorm Fernseher. Wenn *The Flying Nun* läuft, ist sie nicht ansprechbar.

Auf ihr Klopfen hin vernimmt Jessie eine belegt klingende Stimme: »Herein.«

Die Klimaanlage summt, und Blair hat die Vorhänge gegen die Sonne zugezogen, die auch jetzt, abends um sieben, noch ziemlich intensiv ist. Blair liegt auf dem Bett, in dem gelben Kleid, dessen Nähte bereits erste Auflösungserscheinungen zeigen. Bei Jessies Anblick setzt sie ein Lächeln auf und hievt sich mühsam hoch, bis sie aufrecht dasitzt. Ihr Haar wirkt ungepflegt, und sie ist ungeschminkt, trägt nicht mal Lippenstift. Ihr Bauch ist so dick, als würde sich unter dem gelben Kleid eine ganze Familie verbergen.

»Hey«, sagt Blair.

»Hey«, sagt Jessie. Sie schließt die Tür hinter sich und setzt sich zu Blair aufs Bett. »Ich habe ein Problem.«

»Liebeskummer?«, fragt Blair.

Jessie schüttelt den Kopf, und ihr kommt in den Sinn, wie Pick sie in der engen Butterkammer praktisch um einen Kuss gebeten hat, und was das für eine verpasste Gelegenheit war. Doch darüber kann sie sich jetzt nicht grämen, dazu ist das Problem der verlorenen Kette zu drängend.

»Ist es … hast du inzwischen deine …«

»Nein«, sagt Jessie. Sie denkt an den letzten Abend in Brookline zurück, wie Leslie verkündet hat, dass sie nun offiziell in der Pubertät sei, während Doris sich den Bauch hielt, wegen irgendwelcher Krämpfe, die sie sich einbildete, und staunt darüber, wie unschuldig sie damals noch war. Sie atmet tief durch. »Nonny hat mir eine Kette zum Geburtstag geschenkt, aus Gold, mit einem knotenförmigen Anhänger mit einem kleinen Diamanten drin. Die hat Opa ihr wohl zum ersten Hochzeitstag geschenkt.«

»Wow«, sagt Blair. »Und die hat sie dir … geschenkt? So richtig, zum Behalten?«

Jessie kommen die Tränen. »Ja. Es sollte eine Kette für besondere Anlässe sein.«

»Klar, das leuchtet ein«, sagt Blair.

»Aber sie hat sie für mich in ihrem Zimmer aufbewahrt. Und letzten Donnerstag, als ich mit Mom im Mad Hatter essen war, habe ich sie angelegt … ohne Nonny zu fragen, meine ich. Sie war beim Bridge, ich konnte sie also nicht fragen …«

»Ja?«, hakt Blair behutsam nach.

»Und ich hab sie verloren!«, sagt Jessie. »Sie muss mir vom Hals gefallen sein. Ich hab das ganze Haus abgesucht, von oben bis unten, bin den Weg zum Mad Hatter noch mal abgegangen, hab mein Kleid abgesucht, um sicherzugehen, dass sie sich nicht irgendwo im Stoff verfangen hat. Die Kette ist weg, Blair.«

Blair lässt sich in die Kissen zurücksinken und legt die Hände vorm Bauch zusammen. »Jessie«, sagt sie.

»Ich weiß!«, ruft Jessie. »Du brauchst mir keine Vorwürfe zu machen, es geht mir schon schlecht genug, und du brauchst mir auch nicht zu sagen, dass ich auf schöne Sachen besser aufpassen muss. Das weiß ich längst selbst.«

»Oh, Jessie«, sagt Blair. »Es tut mir echt leid.«

»Sie ist unersetzlich.« Jessie wischt sich die Nase ab. »Opa hat sie ihr 1919 geschenkt. Fünfzig Jahre ist der

Kette nichts passiert, dann habe ich sie einen Abend lang, und schon ist sie futsch.«

»Verstehe ich recht«, sagt Blair, »Nonny hast du noch nichts davon erzählt?«

»Ich kann es ihr nicht erzählen«, sagt Jessie. »Ausgeschlossen.«

»Aber dahinter kommt sie sowieso, früher oder später. Das ist dir klar, oder?«

»Ich hatte gehofft, du könntest mir Geld geben, damit ich zum Juwelier gehen und einen Ersatz anfertigen lassen kann«, sagt Jessie. »Der Anhänger braucht nicht eins zu eins auszusehen. Nonny sieht ja schon nicht mehr so gut. Wenn sie keine Lupe nimmt, wird es ihr gar nicht auffallen. Und das Geld bekommst du zurück, bis auf den letzten Penny, Ehrenwort.«

Blair lacht. »Ach, Süße.«

Das bedeutet wohl Nein, denkt Jessie. Sie lässt den Kopf hängen. Jetzt kann sie nur noch hoffen, dass Exalta das Verschwinden der Kette die nächsten sechs Wochen nicht auffällt. Dann fährt sie mit Pick nach Woodstock und kommt niemals wieder.

»Warte mal«, sagt Blair. Sie stapft schwerfällig durchs Zimmer zum Bücherregal und überfliegt die Titel. Manche Bücher sind alt, stammen aus der Jugend ihrer Mutter, andere sind noch von Nonny. Blair zieht einen dünnen Band heraus, den sie Jessie in die Hand drückt.

»Lies das«, sagt sie. »Dann weißt du, was du tun musst.«

Der Buchtitel lautet *Der Schmuck und andere Erzählungen*, von Guy de Maupassant.

Jessie nimmt das Buch mit und liest es später in Little Fair, auf ihrem Bett ausgestreckt; warum nicht, andere Möglichkeiten hat sie ja nicht mehr. Die erste Erzählung, »Der Schmuck«, handelt von einer Frau, die Gäste auf einem Ball beeindrucken will und sich dazu von einer Freundin eine teure Halskette ausleiht – die sie dann verliert. Bei einem Juwelier findet sie eine ähnliche Kette, und sie und ihr Mann leihen sich von überallher Geld zusammen, um das Stück kaufen zu können. Die Frau übergibt ihrer Freundin die Kette, natürlich ohne zu erwähnen, dass es sich um ein Ersatzstück handelt, und das Ehepaar verbringt Jahre in bitterer Armut, um das geliehene Geld zurückzuzahlen; die Frau, die früher ein Dienstmädchen hatte, muss nun alle niederen Arbeiten im Haushalt selbst verrichten. Zehn Jahre später trifft sie zufällig ihre Freundin und erfährt bei dieser Gelegenheit, dass die Kette, die sie verloren hatte, überhaupt nicht wertvoll war; die Edelsteine waren falsch.

Als Jessie die Erzählung zu Ende gelesen hat, schlägt sie das Buch zu. Diese Geschichte hilft ihr nicht weiter, weil die Kette, die sie verloren hat, ja nicht falsch war. Sondern echt, die echte Kette, die Nonny von Opa bekommen hat. Nicht wahr? Sie fühlte sich schwer an, wie echtes Gold, und auch der Diamant sah echt aus. Vielleicht denkt Blair ja, Nonny hatte ihr ein wertloses Duplikat geschenkt, um zu testen, ob sie schon mit wertvollem Schmuck umgehen kann.

Was würde ihr da für ein Stein vom Herzen fallen! Aber Jessie hat starke Zweifel, dass es so war.

Nach kurzem Nachdenken versteht sie, warum Blair ihr die Erzählung empfohlen hat. Es gibt nur einen Ausweg aus ihrer Bredouille: Sie muss Nonny die Wahrheit sagen.

Wann wäre es am günstigsten? Morgens, auf dem Weg zu ihren Tennisstunden? Hinterher auf dem Rückweg? Abends, wenn Nonny schon den einen oder anderen Gin-Tonic getrunken hat? Jessie geht dazu über, ihre Großmutter zu beobachten, um ihre jeweilige Laune abzuschätzen. Aber ihr wird jedes Mal ganz schlecht, wenn sie sich die Stunde der Wahrheit auszumalen versucht. Es geht nicht. Sie bringt es nicht über sich.

Nach dem Feiertag am 4. Juli sitzt Nonny viel vor dem Fernseher im kleinen Wohnzimmer und schaut Wimbledon. Rod Laver, ihr Liebling, setzt sich im Viertelfinale durch und gewinnt dann auch im Halbfinale. Und auch das Endspiel gegen John Newcombe entscheidet er für sich. Er ist erneut Wimbledon-Sieger, und Exalta klatscht vor Freude in die Hände. Als Jessie sich zu ihr aufs Sofa setzt, wendet Exalta sich ihr zu. »Hach.« Sie strahlt. »Ist das nicht herrlich?«

Es liegt Jessie auf der Zunge – *Nonny, ich habe die Kette verloren*. Aber warum Exalta die gute Laune verderben? Sie hält den Mund.

Als Jessie an jenem Abend vom Essen nach Little Fair zurückkehrt, findet sie auf dem Küchentisch einen Brief vor. Sie nähert sich vorsichtig, als wäre es eine scheue Taube, die jederzeit wegflattern könnte. Ist es denkbar, dass jemand die Kette gefunden und hier in diesem Umschlag für Jessie hinterlegt hat? Sie kneift kurz die Augen zu und schlägt sie dann mutig wieder auf. Es wird schon alles gut ausgehen, egal, was das hier für ein Brief sein mag.

Der Umschlag ist an sie adressiert, hier in All's Fair.

Die Absenderadresse lautet *Private Richard Foley, U.S. Army*.

Post von Tiger.

Jessie lässt sich auf einem Stuhl nieder und befühlt den Umschlag; sie würde ihn am liebsten aufreißen. Sie umfasst den Brief mit beiden Händen und betrachtet ihn – sie muss warten, ehe sie ihn öffnet, das weiß sie irgendwie.

Warten, bis sie Nonny die Wahrheit erzählt hat.

Am Morgen darauf regnet es, als Jessie aufwacht. Sie zieht ihre Tenniskluft an und bindet sich einen Pferdeschwanz, doch schon nach dem kurzen Weg hinüber nach All's Fair ist sie klatschnass, es ist also abzusehen, dass im Club heute kein Tennis stattfinden wird. Nonny sitzt in dem grünen Kimono mit der Hibiskus-Stickerei in der Küche, den sie sich vor dem Zweiten Weltkrieg aus Japan mitgebracht hat. Sie trinkt Kaffee und ist in die Zeitung vertieft, ganz gegen ihre sonstige Gewohnheit. Dann aber sieht Jessie, dass sie den Sportteil aufgeschlagen hat. Auf der Seite prangt ein großes Foto von Rod Laver.

»Die Tennisstunden fallen heute aus«, sagt Exalta. Sie lächelt Jessie zu. »Du kannst dich noch mal hinlegen.«

Das könnte das Zeichen sein, auf das Jessie gewartet hat. Sich in Little Fair wieder unter die Bettdecke zu kuscheln und dem Regen zu lauschen, der oben aufs Dach prasselt, das klingt verlockend – aber es wäre auch feige. Und sie muss nun mutig sein.

Jessie nimmt gegenüber von Exalta Platz. »Es gibt da etwas, das ich dir sagen muss, Nonny.«

Ihre Großmutter wendet sich ihr interessiert zu. Exalta trägt kein Make-up, ihre Falten treten also klar zutage, und auch die Tränensäcke unter ihren blauen Augen. Ihre Lippen sind farblos, so hell wie ihre restliche Haut. Ihr Haar, das sonst, wenn es frisiert ist, silberblond wirkt, sieht jetzt eher grau aus, eisengrau. Jessie versucht, sich ihre Großmutter als Dreizehnjährige vorzustellen. Das war im Jahr 1907, ehe die meisten Leute Autos hatten oder per Flugzeug reisten, ehe Russland zu einem Feind wurde.

»Ich habe deine Kette verloren«, sagt Jessie. »Die, die Opa dir damals zum Hochzeitstag geschenkt hat.«

Exalta sitzt da und blinzelt. Jessica hat noch nie einen so schlimmen Augenblick erlebt wie diesen, in dem Exalta registriert, was ihre Enkelin ihr gerade gesagt hat.

Auch ihr anschließendes Schweigen ist schrecklich. Jessie hält die Stille nicht aus. »Ich hab die Kette aus deinem Zimmer genommen, letzten Donnerstag, und sie dann abends getragen, als ich mit Mom essen war.«

Exalta nickt fast unmerklich, und dann ändert sich ihr Gesichtsausdruck. Sie zieht leicht die Mundwinkel nach unten. Reagiert nicht entsetzt auf die Neuigkcit und auch nicht aufgebracht. Nein, sie ist einfach nur enttäuscht. Jessie ist unzuverlässig, ganz, wie sie befürchtet hatte. Sie war der Kette nicht würdig. Ist der gesamten Familie nicht würdig.

»Du hast sie also genommen, ohne zu fragen«, sagt Exalta. »Weißt du, wie man das nennt, Jessica?«

»Stehlen«, sagt Jessie. Eine mutigere, selbstbewusstere Version ihrer selbst – Jessica Levin mit achtzehn oder auch schon mit sechzehn – hätte darauf hingewiesen, dass die Kette eigentlich ihr gehörte, da Nonny sie ihr ja geschenkt hatte, und dass es per definitionem kein Diebstahl war, wenn sie ihr eigenes Hab und Gut an sich nahm. Nonny hätte dann mit der Erwiderung kontern können, dass sie ihr die Kette nur zum Tragen bei besonderen Anlässen geschenkt hatte – aber das Essen beim Mad Hatter war ja so ein Anlass, oder? Nonny hatte damit doch wohl nicht gemeint, dass Jessie die Kette erst zum Highschool-Abschluss tragen durfte, oder bei ihrer Hochzeit, richtig?

»Stehlen«, wiederholt Exalta, voller Abscheu. Nur Verbrecher stahlen, Kriminelle wie John Dillinger oder Bonnie und Clyde. »Und das war auch nicht das erste Mal, dass du etwas gestohlen hast, stimmt's, Jessica?«

»Ich …« Weiter kommt Jessie nicht. Was weiß Nonny genau? Jessie holt tief Luft und … was soll sie tun, soll sie lügen? Nur Feiglinge lügen. Kurz sitzt sie still da und besinnt sich. Die Wahrheit zu sagen, wenn man etwas Falsches getan hat, das kostet mit die größte Überwindung. Jessy mag sich noch so sehr geärgert haben – über ihren Tennislehrer und seinen ekligen Annäherungsversuch; über ihre Großmutter, die ihr untersagt, ihren Nachnamen zu benutzen; über die Einberufung ihres Bruder zum Militärdienst. Was sie getan hat, bleibt trotzdem falsch.

»Nein«, sagt sie. »Es war nicht das erste Mal.«

»Mrs Winter hat mir erzählt, dass Bitsy Dunscombe ihr erzählt hat, dass du fünf Dollar und einen Lippenstift aus der Tasche ihrer Tochter Heather entwendet hast. Worauf ich ihr gesagt habe, ich würde all meine weltliche Habe darauf verwetten, dass das nicht stimmte. Weißt du, warum ich das gesagt habe, Jessica?«

Bei der Vorstellung, wie ihre Großmutter sie gegen Mrs Winter und Bitsy Dunscombe in Schutz nimmt, kommen Jessie spontan die Tränen. »Nein«, sagt sie. »Warum?«

»Weil ich dachte, du wärst anders als die übrigen drei Kinder«, sagt Exalta. »Ich hielt dich für feinfühlig und besonnen. Für zuverlässig. Ich dachte, dir könnte man vertrauen.«

Jessie kann nicht anders, sie lässt ihren Tränen freien Lauf.

»Jetzt erkenne ich, dass ich mich getäuscht habe.«

Jessie weint. Sie schluchzt. Es ist zu schrecklich – nicht, dass Exalta enttäuscht ist; das war vorauszusehen. Nein. Schrecklich ist, dass Exalta an Jessie geglaubt und ihr wundervolle Eigenschaften zugeschrieben hat, sie für feinfühlig und besonnen hielt, und dass Jessie das nie gemerkt hat. Gewiss, sie hat immer gewusst, dass sie anders war als ihre drei Geschwister, aber sie hatte sich immer für irgendwie minderwertig gehalten – klein, dunkel, sonderbar.

»Und nun holst du die fünf Dollar und den Lippenstift und bringst sie mir«, sagt Exalta. »Ich werde beides zurückgeben.«

Exalta will das Diebesgut zurückgeben? Jessica dachte eher, sie würde nun zur Strafe dazu vergattert, Heather ihr Geld und das Lipgloss persönlich zurückzugeben, verbunden mit einem umfassenden, peinlichen Geständnis und der aufrichtigen Bitte um Verzeihung? Dann aber kommt ihr die Erleuchtung: Exalta muss ihr Gesicht wahren.

Jessie saust durch den Regen und hoch in ihr Zimmer in Little Fair. Sie reißt die oberste Schublade der Kommode auf und nimmt nicht nur die fünf Dollar und das Lipgloss heraus, sondern gleich auch noch das Schweißband und das Tütchen mit Fruchtgummis. Als sie wieder in die Küche kommt und alles auf den Tisch legt, scheint Exalta nicht weiter überrascht.

»Ist das alles?«

Jessie nickt. »Bis auf die Kette.« Das Thema des wertvollen Erbstücks, das nun für immer verloren ist, scheint ganz vergessen zu sein.

»Du hast Glück gehabt«, sagt Exalta. »Mr Crimmins hat die Kette gefunden, zwischen den Bodendielen im Flur. Und ich habe sie nun sicher verwahrt.«

Jessies Erleichterung ist unbeschreiblich. Ihr ist so federleicht zumute, als könnte sie fliegen. Mr Crimmins hat die Kette gefunden! Dass sie noch mal mit einem blauen

Auge davongekommen ist, darum geht es ihr nicht; sie freut sich, weil ihr an der Kette wirklich etwas liegt.

»Keine Angst, ich nehme sie dir nicht weg«, sagt Exalta. »Aber ich werde sie vorerst aufbewahren, bis du etwas älter bist. Sechzehn vielleicht.«

»Ich habe die Kette nicht verdient«, sagt Jessie. Und es ist ihr Ernst. Bei Blair oder Kirby wäre die Kette in besseren Händen, oder sogar später bei einem von Blairs Kindern.

»Rede keinen Unsinn«, sagt Exalta. »Du bist dieser Kette vollauf würdig, Jessica. Du musst bloß erst etwas älter werden.« Exaltas Mundwinkel heben sich leicht. »Ich möchte nicht noch mal dreizehn sein. Um keinen Preis der Welt.«

Jessie stimmt ihr insgeheim zu. Bisher erweist sich dreizehn als ein ganz fürchterliches Alter.

»Für den Diebstahl wirst du bestraft«, sagt Exalta. »Eine Woche Stubenarrest. Zusätzliche häusliche Pflichten. Du wirst weiter deine Tennisstunden absolvieren, aber mit dem Imbiss hinterher an der Snackbar ist vorläufig Schluss. Du kannst zu Hause was essen. Es widerstrebt mir zwar, ein Kind an einem Sommertag nicht vor die Tür zu lassen, aber du lässt mir keine andere Wahl. Du wirst nachmittags zu Hause bleiben, und natürlich abends auch. Hast du das verstanden?«

»Ja.« Jessie schluckt schwer. »Weiß meine Mutter davon?«

»Deine Mutter hat schon genug um die Ohren«, sagt Exalta. »Und nun ab mit dir. Geh mir aus den Augen.«

Zurück durch den Regen nach Little Fair, zurück nach oben in ihr Zimmer, wo sie die Tür hinter sich abschließt, sich die durchnässten Tennissachen vom Leib schält und wieder ihren Schlafanzug anzieht. Sie hat ein peinliches Geständnis hinter sich und ist nun erst mal in Ungnade gefallen, und trotzdem geht es ihr seltsamerweise besser. Sie fühlt sich sauber. Als wäre sie nun geheilt.

Sie greift nach ihrem Anne-Frank-Buch und nimmt Tigers Brief heraus, den sie zwischen die Seiten gesteckt hatte. Ihre Hände sind ganz ruhig.

20. Juni 1969

Liebe Messie,

vorab, versprich mir, dass Du diesen Brief niemandem zeigst.

Unsere Kompanie ist letzte Woche in einen Hinterhalt geraten, unweit von dem Dörfchen Dak Lak. Wir haben die Hälfte unserer Männer verloren.

Jessie, sie sind beide umgekommen, Puppy und Frog. Frog wurde von einem Scharfschützen erwischt – ein sauberer Schuss, mitten zwischen die Augen. Puppy ist losgerannt, er wollte Frog bergen, und dabei ist er auf eine Mine getreten. Das rechte Bein wurde ihm abgesprengt. Also habe ich Frog geborgen und bin mit ihm über der Schulter zu Puppy gelaufen. Ich habe Frog das Hemd vom Leib gerissen und damit

Puppys Bein abgebunden, und erst sah es so aus, als könnte ich ihn retten. Er hat noch geredet, hat erst zum lieben Herrn Jesus gebetet und dann nach seiner Mama gerufen, und ich habe mit ihm gebetet und gesagt, »Lieber Gott, bitte nimm mir nicht beide Brüder an einem Tag, aber wenn es schon sein muss, dann nimm mich auch zu dir.«

Puppy ist dann in meinen Armen gestorben, während wir auf den Hubschrauber warteten.

Weil wir so viele Männer verloren hatten, hat man uns Überlebende anderen Kompanien zugeteilt. Ich breche demnächst zu einer streng geheimen Mission auf, da werde ich eine Weile keinen Kontakt halten können. Ich melde mich wieder, sobald es geht.

Ich habe echt Heimweh, Messie. Weißt Du überhaupt, warum ich Dich so nenne? Du hast wahrscheinlich all die Jahre gedacht, ich wollte Dich damit aufziehen, wie es sich für einen großen Bruder gehört. Aber weißt Du, ich nenne Dich so, weil Mom mir immer erlaubt hat, Dich zu füttern, als Du noch ein kleines Baby warst. Ich hielt Dir den Löffel mit Kürbisbrei oder Pflaumenpüree hin, und die Hälfte der Zeit hast Du Dein Schnütchen aufgesperrt wie ein kleiner Vogel und alles brav vom Löffel gegessen. Und die restliche Zeit hast Du immer das Händchen ausgestreckt, Dir den Brei oder was auch immer vom Löffel gegriffen und Dir übers Gesicht geschmiert. Und dann hast Du so fröhlich gelacht, dass ich einfach mitlachen musste.

Deswegen habe ich Dir den Spitznamen Messie gegeben. Weil Du immer so eine Sauerei gemacht hast.

Seit Frog und Puppy draufgegangen sind, frage ich mich, was das eigentlich alles soll – nicht bloß der Krieg, das Leben ganz allgemein. Mir kommen oft die finstersten Gedanken. Dann stelle ich mir Dein Babygesicht vor, ganz beschmiert mit Pflaumenbrei, und dazu höre ich dieses quietschende Gelächter, wie Himmelsglöckchen, und schon geht's mir wieder besser. Meine kleine Schwester. Wer hätte das gedacht?

Erzähl bitte niemandem von diesem Brief oder der geheimen Mission, Mom nicht, Nonny nicht und auch sonst keinem. Magee ist allerdings eingeweiht, ihr habe ich schon geschrieben. Wo wir schon bei Geheimnissen sind, kann ich Dir wohl auch verraten, dass ich Magee einen Heiratsantrag gemacht habe. Sie hat Ja gesagt. Statt eines Diamantrings habe ich ihr Opas alten Ring aus Harvard geschickt. Wenn ich hier lebend rauskomme, feiern wir ganz groß Hochzeit.

Hoffentlich komme ich hier lebend raus, Messie. Das hoffe ich wirklich sehr.

Alles Liebe
Dein Bruder Tiger

NINETEENTH NERVOUS BREAKDOWN

Laut ausgesprochen hat es zwar niemand, aber am 7. Juli, weniger als vier Wochen vor Blairs errechnetem Termin, wird klar, dass sie nicht zur Entbindung nach Boston zurückkehren wird. Sie wird die Zwillinge hier zur Welt bringen, auf Nantucket. Seitdem das feststeht, mischen sich unter das bunte Wechselbad von Gefühlen, das Blair jeden Tag durchmacht, noch andere Empfindungen, ganz verstohlen: Sie freut sich darüber, ist sogar stolz darauf. Ihre Kinder werden gebürtige Nantucketer! Sie werden ebenso Anspruch auf die Insel erheben dürfen wie die Coffins und die Starbucks und (das entzückt Blair am meisten) eine noch viel engere Verbindung zu ihr haben als all jene, die seit Jahrzehnten den Sommer auf der Insel verbringen – Menschen wie Exalta.

Als sie mit ihrer Mutter beim Frühstück sitzt und ihren Toast knabbert (denn Kate pocht darauf, dass Blair morgens in ihrem Beisein nur trockenen Toast zu sich nimmt, damit sie nicht noch fülliger wird), verkündet Blair, dass sie wohl besser mal Dr. Van de Berg aufsuchen sollten, den Arzt, der alle Geburten hier auf Nantucket betreut.

»Da kann ich dir nicht widersprechen«, sagt Kate mit einem schweren Seufzen. »Ich sehe zu, dass ich für heute einen Termin bekomme.«

Man bestellt sie für halb eins mittags in die Sprechstunde, und Blair freut sich, trotz der Hitze, mal aus dem Haus zu kommen. Ein herrlicher Sommertag nach dem anderen ist an ihr vorbeigezogen, während sie den ganzen Tag im Bett herumliegt oder sich im kleinen Wohnzimmer von Fernsehserien berieseln lässt.

»Können wir danach irgendwo was essen gehen?«, fragt Blair. »Wäre das drin?«

Zu ihrer Verblüffung legt Kate sich nicht lange quer, sondern fragt bloß: »Wo würdest du denn gerne hin?«

»In die Galley«, sagt Blair. Ihr steht der Sinn nach Hummerbrötchen mit Pommes frites und dazu einem großen Glas Eistee mit viel Zucker und Zitrone. Noch vor wenigen Tagen wäre ein Besuch in der Galley nicht in Betracht gekommen, weil es ihre Nerven zu sehr strapaziert hätte; denn dort ist sie im Vorjahr immer am liebsten zum Lunch eingekehrt, in jenem Sommer, als sie schon verheiratet, aber noch nicht schwanger war, als sie noch dünn war, als sie noch sie selbst war. Aber nun, da der Geburtstermin näher rückt, setzt sich bei ihr langsam die Erkenntnis durch, dass eine Schwangerschaft kein Lebenslänglich bedeutet: Sie endet auch wieder. Sie bringt die Kinder zur Welt, und dann wird ihr derzeitiges Elend nur noch eine ferne Erinnerung sein.

Kate nickt zustimmend. »Wunderbar. Da gibt's die besten Gimlets.«

Das Nantucket Cottage Hospital ist nur ein kleines Provinzkrankenhaus, das jedoch alles, was an großstädtischer Raffinesse fehlen mag, durch persönliche Zuwendung mehr als wettmacht. Dr. Van de Berg bietet ein sehr erfreuliches Kontrastprogramm zu dem meist herablassend-arroganten Dr. Sayer im Boston Hospital for Women. Dr. Van de Berg ist nicht besonders groß und hat das Gesicht eines vergnügten Kobolds. Er ist braun gebrannt und wirkt kerngesund; fast scheint es, als wäre Geburtshilfe für ihn nur ein Zeitvertreib, dem er nachgeht, wenn er nicht gerade an Segelregatten teilnimmt oder Golf spielt. Unter seinem weißen Arztkittel trägt er ein babyblaues Polohemd und eine Hose in flottem Madraskaro. Ein Sommerarzt wie aus dem Bilderbuch, und Blair ist von ihm auf Anhieb angetan. Es macht ihr also auch nichts aus, als er sie auffordert, sich auf den Metalltisch zu legen, damit er sie untersuchen kann.

Untersuchung bedeutet in diesem Fall, dass Dr. Van de Berg in sie hineingreift. Blair muss spontan an Julia Childs Anleitung denken, wie man ein Huhn ausnimmt, und das wiederum erinnert sie daran, wie sie letzten Herbst gleich dreimal an *poulet au porto* gescheitert ist. Sie überlegt, ob Trixie wohl eine Küchenfee ist, die vollendet französisch kochen kann und der nie ein Topf kaputtgeht. Blair steigert sich dermaßen in ihren Neid auf Trixies vermeintliche Kochkünste hinein, dass sie gar nicht richtig hinhört, als Dr. Van de Berg von seinem Posten zwischen ihren Beinen aus etwas sagt.

»Entschuldigung. Was haben Sie gesagt?«

»Ihr Gebärmutterhals ist verkürzt, und der Muttermund hat sich zwei Zentimeter geöffnet. Die Babys sollten in einer Woche hier sein, vielleicht auch in zweien. Vielleicht auch schon früher.«

Blair richtet sich auf den Ellbogen auf. »Was?«

Als Kate sie bei ihrer Rückkehr ins Wartezimmer fragt, wie es war, sagt Blair: »Gut, bestens. Jetzt lass uns was essen, ich komme um vor Hunger.«

Während der Fahrt zur Galley widmet Blair sich ihren Atemübungen. Sie muss sich beruhigen. Einerseits versetzt Dr. Van den Bergs Prognose sie in Hochstimmung – noch eine Woche, vielleicht zwei, vielleicht auch schon früher. Doch sie sieht sich dadurch auch gezwungen, den Realitäten ins Auge zu sehen: Falls es morgen oder nächste Woche oder in der Woche darauf so weit ist, wird sie bei der Entbindung allein sein, ganz auf sich gestellt. Weder Angus noch Joey haben etwas von sich hören lassen. Die Lage ist so deprimierend, dass Blair sich am liebsten umgehend wieder in ihrem Bett verkriechen würde, doch sie möchte sich nicht ihre womöglich letzte Gelegenheit entgehen lassen, mal unter Leute zu kommen.

Die Galley befindet sich direkt auf dem Cliffside Beach, nur vierzig Meter von den plätschernden Wellen des Nantucket Sound entfernt, und bietet schlichte, aber solide Kost. Kate und Blair werden an einem der begehrten Zweiertische am äußeren Rand platziert, unweit des Taus, das ringsherum als Absperrung dient. Der Oberkellner ist noch derselbe wie letztes Jahr, aber er erkennt Blair nicht wieder. Als er sie von Weitem kommen sah, hat er für sie den Weg freigemacht wie für einen 40-Tonner, der im Begriff war, zwischen den Tischen hindurchzudonnern. Blair freut sich so sehr, mal wieder hier zu sein, dass sie sich nicht mal wegen ihres gelben Kleides geniert; in der Galley darf es gern zwanglos zugehen, die meisten Gäste sitzen in Badesachen und leichten Strandhängern an ihren Tischen.

Kate scheint weniger an der Küche interessiert zu sein als Blair, die sich auf Hummerbrötchen mit Pommes frites freut.

»Für mich bitte einen Gimlet«, sagt Kate zu der jungen Kellnerin, ein Mädchen von etwa siebzehn mit Flechtzöpfen. »Und in zehn Minuten gleich noch einen.«

Blair zieht hinter ihrer Sonnenbrille die Augenbrauen in die Höhe, sagt aber nichts. Sie bestellt sich einen Eistee und mustert ihre Mutter – Katharine Nichols Foley Levin, die Sommerversion. Seit Tiger nach Vietnam musste, wirkt Kate um Jahre gealtert. Sie trägt ihr Haar offen, zurückgehalten nur von einem Band aus grob gerippter Seide, und ihre Haut ist leicht gebräunt, doch um ihre Lippen liegt ein angespannter Zug, und ihre Stirn ist von Sorgenfalten gefurcht. Die Augen hinter ihrer Sonnenbrille sind vermutlich leicht getrübt. Sie trägt eine Perlenkette zu ihrer weißen, kurzärmeligen Bluse, ist also noch immer als sie selbst zu erkennen, aber ihren ersten Gimlet leert sie in weniger als einer Minute. Mit drei großen Schlucken. Blair zählt mit, während sie ihren Eistee trinkt.

»Mutter«, sagt Blair.

Kate blickt schweigend aufs Meer, bis ihr zweiter Gimlet gebracht wird. Nachdem sie diesen ebenfalls in kürzester Zeit inhaliert hat, wendet sie sich Blair zu. »Ich habe dir einiges zu sagen, was du vielleicht nicht so gern hören wirst.«

Blair meint zu ahnen, was nun kommt: Ihre Mutter wird die Gründe aufzählen, warum Blair auf Joey Whalen verzichten und sich wieder mit Angus versöhnen muss. »Mutter …«

»Hör mir einfach zu«, sagt Kate. Sie winkt die Kellnerin herüber. »Zweimal Hummerbrötchen bitte, mit Pommes frites. Und noch einen Gimlet.«

»Ja, Ma'am.« Die bezopfte Kellnerin entschwindet wieder. Was mag sie von einer Frau halten, die auf dem besten Weg ist, noch vor Ende ihrer Mahlzeit ein halbes Dutzend Gimlets in sich reinzuschütten?

Kate neigt sich über den Tisch vor. »Dein Vater, Wilder Foley, war ein Schürzenjäger. Er hat mich während unserer Ehe mit … Dutzenden Frauen betrogen.«

Blair rührt mit ihrem Trinkhalm im Glas, um den Zucker unten in ihrem Eistee aufzulösen. Es überrascht sie nicht sonderlich, von der ehelichen Untreue ihres Vaters zu hören – vermutet hat sie so was schon immer –, aber gleich Dutzende Seitensprünge? Sicherlich übertreibt ihre Mutter.

»Das ist keine Übertreibung«, sagt Kate. »Es waren mehr als vierzig Frauen.« Sie pocht mit dem Finger auf den Tisch aus schon etwas verwittertem Holz. »Und das sind nur die, von denen ich hier zu Hause wusste. Aber da waren ja noch seine Kriegseinsätze in Übersee …« Sie lacht unfroh. »Tja, da sind nach oben wohl keine Grenzen gesetzt.«

»Warum hast du dich nicht von ihm getrennt?«, fragt Blair.

»Drei kleine Kinder«, erwidert Kate. »Außerdem war es damals üblich, dass man so etwas als Ehefrau tolerierte. Und ich hatte Angst, was deine Großmutter sagen würde, wenn ich ihn verließe. Sie hat Wilder vergöttert.«

Ja, das ist in der Familie allgemein bekannt. Wilder war zu Lebzeiten Nonnys erklärter Liebling, ganz so wie jetzt Kirby. Und Angus ebenfalls, wie Blair sich schweren Herzens vor Augen hält. Nonny hat Angus sehr gern, auf ihn lässt sie nichts kommen.

»Warst du … traurig, als er gestorben ist?«, fragt Blair. Sie hatte sich oft vorgestellt, wie Kate überall im Haus nach Wilder suchte und ihn schließlich blutüberströmt in seiner Werkstatt vorfand, leblos, mit einer Schusswunde im Kopf. Kate hatte sicher vor Entsetzen laut aufgeschrien. Oder vielleicht auch nicht. Immerhin lagen im Haus die Kinder in ihren Betten und schliefen.

»Was ich empfand, lässt sich nicht in Worte fassen. Es ist einfach … unbeschreiblich. Ein Mensch ist eben noch lebendig, und gleich darauf ist er tot. Das kann der menschliche Geist gar nicht verarbeiten. Traurigkeit, die stellt sich erst ein, nachdem man all die anderen, viel schwierigeren und destruktiven Gefühle durchgestanden und hinter sich gelassen hat. Aber ich war dann irgendwann auch traurig, ja. Tieftraurig.« Kate steckt sich eine Zigarette zwischen die Lippen und bietet auch Blair die Packung an, die dankend ablehnt. Das Atmen fällt ihr auch so schon schwer genug. Sie sucht allerdings das silberne Feuerzeug aus ihrer Tasche, um ihrer Mutter Feuer zu geben. Ehe sie beim Anblick dieses Feuerzeugs wieder in Verzweiflung wegen der Situation mit Angus und Joey versinken kann, fügt Kate nach einem tiefen Zug an ihrer Zigarette hinzu: »Wir hatten einen Riesenkrach. Unmittelbar vor seinem Tod.«

»Einen Riesenkrach?« Blair kann sich nicht entsinnen, diesen Ausdruck von ihrer Mutter schon einmal gehört zu haben. »Weswegen? Aus welchem Anlass?«

In diesem Moment treffen ihre Hummerbrötchen ein, zusammen mit einem dritten Gimlet für Kate. Der delikate Augenblick zerplatzt wie eine Seifenblase; Blair kann Kates Miene ansehen, dass sie nicht vorhat, noch mehr zu offenbaren.

Blair betrachtet ihr Mahl – das getoastete, buttertriefende Brötchen, auf das ein wahrer Berg von weißem, in Mayonnaise geschwenktem Hummerfleisch mit fein gewürfeltem, knackigem Sellerie getürmt ist, und dazu die goldgelben Pommes frites. Es sieht sehr verführerisch aus, fast schon sexy. Blair nimmt sich vor, nicht zu schlingen und jeden Bissen genüsslich auszukosten.

»Mutter?«, hakt Blair ungeduldig nach. Dass Kate eine brisante Andeutung macht und dann nicht weiter vertieft, findet sie unmöglich. »Erzähl mir von eurem Krach.«

Kate stippt ein Pommes-frites-Stäbchen ins Ketchup. Ihre Mutter wirkt immer elegant, denkt Blair, bei allem, was sie tut. Es ist einfach nicht fair.

»Der Punkt ist«, sagt Kate, »ich möchte nicht, dass du vor mir irgendwie Angst hast, so wie ich damals vor Nonny. Angus betrügt dich mit einer anderen, er hat es zugegeben, und du brauchst es nicht einfach hinzunehmen.« Sie nimmt ihr Hummerbrötchen vom Teller, beißt ab und betupft sich danach die Mundwinkel mit ihrer Serviette. »Aus dem Grund habe ich ihn auch wieder weggeschickt.«

»Weggeschickt? Von wem redest du?« Auch Blair nimmt sich als Erstes die Pommes frites vor. Nur dass ihr ein einzelnes Stäbchen nicht reicht, sie nimmt sich gleich mehrere und muss an sich halten, sie sich nicht gierig in den Mund zu stopfen.

»Angus«, sagt Kate. »Er ist vor ein paar Tagen am Haus aufgekreuzt. Freitag war's. Ich bin ihm begegnet, als ich gerade von diesem Katastrophendinner mit Bitsy Dunscombe kam.«

Blair schluckt mühsam. »An welchem Haus ist Angus aufgekreuzt? Doch wohl nicht All's Fair? Er war doch nicht etwa hier auf Nantucket, Mutter, oder?«

»Doch, Schatz«, erwidert Kate. »Aber sei unbesorgt, ich habe ihn wieder fortgeschickt und ihm geraten, sich hier nicht noch einmal blicken zu lassen.«

Blair könnte Kate nun in gebührender Form unterbreiten, was sie davon hält, dass sie sich so in ihre Ehe einmischt, aufstehen, aus dem Restaurant stürmen und sich von einem Taxi zurück in die Fair Street bringen lassen. Stattdessen gönnt sie sich einen großen, gloriosen Bissen von ihrem Hummerbrötchen. Auf dem Teller befindet sich auch etwas pfeffriger Krautsalat und eine Dillgurke.

Angus war also hier auf Nantucket, und Kate hat ihn wieder fortgeschickt. Ja, denkt Blair, geschieht ihm recht. Insgeheim ist sie entzückt – und sehr, sehr erleichtert –, dass Angus sie offenbar doch nicht ganz vergessen hat. Auch wenn er womöglich hier war, um die Scheidung zu verlangen.

Sie wird ihn später anrufen. Sie muss ihm ohnehin von den Babys erzählen.

An jenem Abend gehen Exalta und Kate ins Straight Wharf Theater, um sich eine Produktion von *Damn Yankees* anzusehen, dem Baseball-Musical. Ihre Eintrittskarten haben sie schon vor Wochen besorgt, lange vor Blairs Eintreffen, darunter auch eine Karte für Jessie, aber Jessie hat Stubenarrest, weil sie so unachtsam war, die Kette zu verlieren. Sie fragen erst Blair, ob sie mitkommen möchte, aber sie winkt ab – zwei Stunden eingezwängt auf einem engen Klappsessel, das kommt in ihrem Zustand nicht in Frage. Also laden sie am Ende Mr Crimmins ein, sie zu begleiten. Nachdem sie alle aufgebrochen sind, greift Blair zum Telefonhörer. Die Leitung wird gerade anderweitig genutzt, deshalb legt sie auf und versucht es nach fünf Minuten noch mal, und dann nach zehn Minuten noch einmal, während sie Exalta dafür verwünscht, dass sie zu knausrig für die paar Dollar mehr ist, die für einen Einzelanschluss monatlich fällig wären.

Beim dritten Anlauf ist die Leitung endlich frei. Es ist halb sieben, normale Leute sitzen gerade beim Abendbrot, aber Angus dürfte noch bei der Arbeit sein, wie üblich. Sie wählt seine Büronummer, doch es geht niemand ran, Ingrid hat wohl schon Feierabend gemacht. Nach endlosem Läuten landet Blair schließlich beim

Telefonauftragsdienst der Uni, lehnt es jedoch ab, eine Nachricht zu hinterlassen.

Sie atmet tief durch. Ärgert sich, ihn nicht schon früher angerufen zu haben, aber hier in diesem Haus ist man ja nie ungestört.

Auf gut Glück probiert sie es bei ihnen zu Hause. Niemand da. Danach wählt sie Joey Whalens Nummer im Hotel. Er meldet sich nach dem vierten Läuten. Im Hintergrund läuft Musik, und Blair hört eine Frau lachen.

»Blair?«, sagt er. »Was ist, alles in Ordnung bei dir? Ist es so weit?«

»Nein, noch nicht«, sagt sie. »Ich wollte nur ein bisschen mit dir quatschen, hören, wie es in Newport war. Aber wenn es ungelegen kommt …«

»Ich hab gerade Gäste«, sagt Joey. »Wie wär's, wenn ich mich morgen bei dir melde – hey, hey, gib her, ich will auch noch mal –, vom Büro aus?«

Blair sieht es förmlich vor sich: Er raucht gerade einen Joint und trinkt Martinis mit einer entzückenden Brünetten in einem roten Kleid, figurbetont und tief ausgeschnitten. Joey wird sie in Newport kennengelernt haben, ein Mädel, das in irgendeinem Kaufhaus in der Kosmetikabteilung arbeitet. Für Joey genau richtig, die Sorte Mädchen, mit der er zusammen sein sollte. An Blair war er im Grunde nie interessiert. Na ja, früher vielleicht schon, als sie noch frei und ungebunden war. Aber die Aufmerksamkeit, die er ihr in letzter Zeit gewidmet hat, das wird ihr unvermittelt klar, beruht nur auf alten, schwelenden Rivalitäten zwischen ihm und Angus.

Blair legt wortlos auf, ohne sich zu verabschieden. Sie nimmt das silberne Feuerzeug aus ihrer Handtasche, geht raus und schleudert es in hohem Bogen von sich. Es fliegt über die Gartenpforte, landet in der Plumb Lane und schliddert ein Stück übers Pflaster. Irgendein Auto wird es dort plattfahren, oder es fällt einem Passanten ins Auge, der es aufhebt, die Gravur auf der Rückseite liest und sich fragt, was es wohl mit diesem Joey und der Frau auf sich haben mag, die das Glück hatte, seiner ewigen Liebe versichert zu werden.

Blair nimmt sich vor, Angus gleich am nächsten Morgen anzurufen, möglichst früh, aber als sie aufwacht, ist es schon fast zehn. Exalta ist mit Jessie bei der Tennisstunde, und Kate ist einkaufen. (Oder sie hebt in der Stadt gerade irgendwo einen, denkt Blair. Und den ominösen *Riesenkrach* hat sie auch noch im Hinterkopf.) Die Telefonleitung ist auch jetzt wieder belegt. Blair wartet zehn Minuten lang, und nach fünfzehn Minuten reißt ihr der Geduldsfaden, sie greift zum Hörer und bittet die Frau, die da gerade an der Strippe hängt, so freundlich wie möglich, ihr Gespräch langsam zu beenden, weil sie, Blair, einen recht dringenden Anruf tätigen muss. Die Frau will ihr nichts versprechen und quasselt in der Tat noch längere Zeit weiter. Um Viertel vor elf kann Blair endlich bei Angus im Büro anrufen.

»Bedaure, Mrs Whalen«, sagt Ingrid. »Er ist leider nicht zu sprechen.«

»Nicht zu sprechen? Was soll das heißen, nicht zu

sprechen?« Kurz steigt in Blair die schlimme Befürchtung auf, Angus könnte tot sein. Dass er sich vor Verzweiflung das Leben genommen hat, weil seine Schwiegermutter ihn von Nantucket verbannt hat.

»Er ist heute früh nach Houston geflogen«, erklärt Ingrid. »Er wird bis Abschluss der Mission dort bleiben. In Boston erwarten wir ihn erst am Fünfundzwanzigsten zurück.«

Blair legt auf. Der Fünfundzwanzigste, das ist erst in zwei Wochen. Sie umfasst behutsam ihren Bauch.

»Lasst euch noch zwei Wochen Zeit«, sagt sie. »Nur noch zwei Wochen.«

A WHITER SHADE OF PALE

Was einen Sommer jeweils denkwürdig macht, sind nicht nur die besonderen Erlebnisse, sondern auch die Routinen, Kirbys Erfahrung nach zumindest. Im Sommer 1957 etwa, als sie neun war, betrieb sie mit Blair zusammen, damals zwölf, einen Limonadenstand namens »Foley's Finest« an der Ecke Main und Fair Street, mit Tageseinnahmen von mindestens einem Dollar fünfzig, nicht selten auch mehr. Blair sparte ihr Geld, weil sie sich einen elektrischen Lockenstab kaufen wollte, aber Kirby ging oft mit ihrer Mutter oder Nonny zu Robinson's, wo sie ihren Anteil der Einnahmen für Kleinkram ausgab, Kaugummi, ein Jo-Jo oder auch mal ein Comic-Heft. Dann war da noch der Sommer, als sie vierzehn war und Blair siebzehn. Blair war mit Larry Winter zusammen, in den Kirby heimlich bis über beide Ohren verknallt war. Zufällig jobbte Kirby in jenem Sommer 1962 auch noch als Babysitter für Larrys kleine Schwestern Eve und Carolyn, zwei und vier damals, und zwar immer zu Hause bei den Winters, draußen in Quaise Pasture, weil die Mädchen ihr langes Nachmittagsschläfchen brauchten, das machte alles noch komplizierter. Larry wurde oft damit beauftragt, Kirby nach Hause zu fahren, wenn er von seiner Schicht bei Aime's Bakery kam, und diese Minuten allein mit Larry im Auto vertieften Kirbys Schwärmerei für ihn noch. Larry war groß, sah gut aus und spielte Squash in der Auswahl seiner Schule, der Phillips Exeter Academy. Er wäre an jeder Uni der Ivy League angenommen worden, hatte sich aber bereits für Georgetown entschieden, wie Kirby während dieser Autofahrten erfuhr; er wollte dort das Fach Verwaltungswissenschaft mit dem Schwerpunkt Regierungsorganisation studieren und eines Tages Präsident der Vereinigten Staaten werden. Kirby war damals ganz hingerissen, sein Ehrgeiz imponierte ihr, wobei sie heute weiß, wie unoriginell Larry Winters Träume waren; 1962 waren die Zeitungen voll mit Fotos der sonnengebräunten, unbeschwerten Kennedys im Sommerurlaub in Hyannis Port. Zu jener Zeit wollte *jeder* JFK nacheifern und Präsident werden.

Larry brachte oft gute Sachen aus der Bäckerei mit, Donuts oder Haferkekse mit getrockneten Cranberrys. Kirby gab er davon auch immer was ab, natürlich nicht, weil er ihre Gefühle erwiderte, mehr aus Freundlichkeit.

Wenn sie dann vor All's Fair anhielten, wartete Blair jedes Mal schon ungeduldig, um sie auf dem Beifahrersitz abzulösen. Mitunter fingen sie und Larry dann an, dort vor dem Haus im Wagen rumzuknutschen, bis entweder Kate oder Exalta vor die Tür gingen, um dem ein Ende zu setzen.

Diesen Sommer, im Sommer 1969, sieht ihre Routine ganz anders aus, klar – Kirby ist ja diesmal nicht auf Nantucket! –, doch wenn sie später mal Rückschau hält, wird sie sich wahrscheinlich an die Pension an der Narragansett Avenue erinnern. An Patty, Barb, die drei M und an Evan; an das Porridge und das Schwarzbrot, das es zum Frühstück gab; daran, was es für eine Wohltat war, nach dem Erklimmen der Treppe in ihre klimatisierte Dachkammer zu kommen. (Die anderen Mädchen, hat Patty ihr erzählt, sind furchtbar neidisch, was Kirby gut verstehen kann; sie hat mit ihrer Unterkunft riesig Glück gehabt. Ab und zu plagt sie gar die stille Sorge, dass sie es irgendwie wird büßen müssen, dass bis zum Ende des Sommers noch irgendetwas Schlimmes passieren könnte.) Sie wird sich an ihre Pflichten an der Rezeption des Shiretown Inn erinnern – Rechnungen prüfen, Kaffee kochen, die Zeitungen und Donuts ordentlich auslegen –, und auch daran, wie nett Mr Ames und Bobby Hogue immer zu ihr waren. Auch die halb verdösten Stunden im Back Office wird sie nicht vergessen, untermalt von der leisen Musik aus dem Transistorradio, Songs wie »Up on Cripple Creek« von The Band oder »Crystal Blue Persuasion« von Tommy Lake & The Shondells.

Und jetzt, nach der ersten Julihälfte, sieht es ganz so aus, als würde Kirby sich später auch mal daran erinnern können, einen Flirt mit Darren Frazier angefangen zu haben. Seit jenem Morgen, als er sie in aller Frühe vom Hotel abgeholt und nach Hause gefahren hat, haben sie sich jeden Tag gesehen. Darren geht von neun bis fünf seinem Job als Rettungsschwimmer nach und verbringt fast jeden Abend mit seinen Eltern und der erweiterten Frazier-Sippe, bei der eigentlich nonstop etwas los ist – gesellige Hummeressen, Strandpartys am Lagerfeuer, Hauspartys, Grillpartys mit Spanferkel am Spieß, Bingo, Eiscremepartys, Tanzabende und sonntags natürlich Muschelessen. Darren fragt nie, ob Kirby zu diesen Anlässen mal mitkommen möchte, was sie anfangs auch versteht – weil sie sich eben erst kennenlernen. Aber sie ist sich sicher, dass es nur eine Frage der Zeit ist. Ihr zuliebe verabschiedet sich Darren bei diesen Anlässen jedes Mal früher, um sie um zehn Uhr abzuholen und zur Arbeit zu fahren, und am Morgen erwartet er sie um Punkt sieben vorm Hotel, um sie in die Pension zurückzufahren, ehe er seinen Posten am Inkwell Beach bezieht.

Abends parken sie immer in der abgelegenen Thayer Street und tauschen in seinem Wagen Küsse und andere Zärtlichkeiten aus, morgens vor der Pension dagegen gehen sie auf Nummer sicher und beschränken sich auf sittsames Händchenhalten, für den Fall, dass eine von Kirbys Mitbewohnerinnen aus dem Fenster sieht. Kirby würde die Beziehung zu Darren gern vertiefen, nicht nur sexuell, auch emotional. Sie sitzen immer nur in seinem Wagen, wo sie sich unterhalten und auch küssen; Kirby bekommt jedes Mal schon Herzklopfen, wenn sie den roten Corvair nur um die Ecke biegen sieht. Aber sie würde gern mal etwas anderes mit ihm unternehmen, ins Kino oder mal essen gehen, im Boston House etwa, oder auch bloß mal eine Runde Billard bei Lou's Worry spielen. Sie hätte nichts dagegen, mal als Kleeblatt auszugehen, mit Patty und Luke, wobei die beiden seit dem Abend mit Tommy O'Callahan eher für sich bleiben. Kirby nimmt es ihnen nicht krumm. Sie möchte mit Darren am liebsten auch immer allein sein.

»Können wir noch mal zum Karussell?«, fragt sie ihn. »Vielleicht heute Abend, ehe ich zur Arbeit muss?«

»Heute hat meine Tante Geburtstag«, erwidert er. »Der Richter macht Austerneintopf.«

»Austerneintopf? Ich liebe Austerneintopf«, sagt Kirby, aber das ist faustdick gelogen. Sie mag gern Krabben, Garnelen und Muscheln, und Hummer liebt sie geradezu, aber was an Austern so besonders sein soll, hat sich ihr noch nicht erschlossen. Es geht ihr nur darum, eine Einladung zu ergattern.

Aber Pustekuchen.

»Keine Sorge, wir gehen noch mal zum Karussell«, sagt Darren. »Heute Abend geht's nur leider nicht.«

Aber dann ... ein glücklicher Zufall! Sie haben am selben Tag frei, dienstags, und Darren schlägt einen Ausflug zum Strand vor.

»Ich kümmere mich um alles«, sagt er. »Du brauchst bloß deinen Bikini und ein Buch zum Lesen.«

Kirby findet es süß, dass er sie an ein Buch erinnert – was wäre ein Tag am Strand ohne gute Lektüre? –, aber sie hofft schon, dass sie vor lauter Schwimmen und Küssen und Planschen und Rangeleien im Sand gar nicht zum Lesen kommen. Trotzdem packt sie für alle Fälle *Myra Breckinridge* ein, das sie noch gar nicht angefangen hat, und kommt zu dem Entschluss, dass sie endlich braun genug für ihren weißen Häkelbikini ist.

Darren sagt, dass sie zu Tony's Market kommen soll, um ihn davor zu treffen; er will noch Bier und Eis besorgen, und dann können sie von dort aus losfahren. Kirby willigt ein ... doch auf dem Fußmarsch von der Narragansett Avenue zu Tony's kommt sie am Haus der Fraziers vorbei, und Darrens Wagen steht noch davor. Soll sie mal anklopfen, oder soll sie weitergehen und ihn bei Tony's treffen, wie abgemacht?

Ihr Kopf rät ihr weiterzugehen. Ihr Herz ist anderer Meinung.

Sie geht durch den Vorgarten und klopft an die Haustür.

»Herein!«, ruft jemand mit dröhnender Stimme.

Kirby öffnet die Fliegengittertür und tritt ins Haus. Vom Flur aus wirft sie einen Blick in das sonnige Wohnzimmer mit der farbenfrohen Einrichtung; auf dem weißen Nierentisch steht eine Vase mit blauen Hortensien, durch die der Raum noch sommerlicher wirkt, noch einladender. Dr. Frazier ist also nicht nur attraktiv und beruflich versiert, sie hat auch noch tadellosen Geschmack. Kirby würde wirklich zu gern das Eis zwischen ihnen brechen. Sie setzt ihren Weg fort, vorbei an einer kleinen Gästetoilette, die in Bambusoptik tapeziert ist, bis zu der letzten Tür rechts im Flur, die in eine Wohnküche führt. Der Raum ist im Stil einer Pariser Brasserie eingerichtet, mit schwarz-weißem Fliesenboden, Tischen und Arbeitsflächen aus weißem Marmor, kugelrunden Hängelampen aus Milchglas und einer Holztafel über der Spüle aus Kupfer, mit der Aufschrift CAFÉ, CHOCOLAT, PÂTE ET SIROPS. Im Hintergrund läuft beschwingte Klarinettenmusik.

Der Richter lehnt am Frühstückstresen, mit einer Lesebrille auf der Nase, offenbar gerade in die Zeitung vertieft, die aufgeschlagen vor ihm liegt. Er trägt ein gelbes Polohemd, dazu eine grüne Golf-Hose. An dem runden Bistrotisch sitzt ein Pärchen, sie haben Kaffee vor sich stehen, außerdem eine Kristallschale mit Obst und einen Teller Muffins.

»Hi«, sagt Kirby. Der Mann und die Frau am Tisch sind schon älter, im Alter des Richters, und Kirby beschließt, sich ganz normal zu benehmen, als handelte es sich um Freunde ihrer Eltern. »Entschuldigen Sie bitte die Störung. Ich suche eigentlich Darren.«

Die drei Erwachsenen starren sie kurz an wie eine Außerirdische vom Mars. Kirby ist insgeheim froh, dass Dr. Frazier nicht zugegen ist. Vielleicht ist das ihre Chance, beim Richter ihren Charme spielen zu lassen. Sie sieht ihn lächelnd an. »Euer Ehren, ich bin Kirby

Foley. Wir sind uns schon mal im Homeport begegnet, mit Rajani?«

»Ja«, sagt der Richter. »Ich erinnere mich. Guten Morgen.«

Die Frau erhebt sich. »Ich bin Cassandra Frazier«, sagt sie und reicht Kirby die Hand. Ihr Haar ist zu einem hohen Dutt frisiert, um den ein buntes Tuch gewunden ist, und sie trägt Ohrgehänge aus Holz, die leise klappern, als sie Kirby die Hand schüttelt. »Und das ist mein Mann, Hank.« Mit diesen Worten setzt sie sich wieder.

Hank hat gerade in einen Muffin gebissen und kann noch nicht reden, aber er steht schon mal auf und reicht Kirby ebenfalls die Hand. Als er das Gebäck heruntergeschluckt hat, sagt er: »Eugene Frazier, ich bin der Cousin des ehrenwerten Herrn Richters.«

Kirby sieht Cassandra an. »Sind Sie zufällig die Schwester von Susanna, der Frau von Mr Ames?«

Cassandra legt den Kopf schräg und lächelt, aber nur halb. »Ja, die bin ich. Woher kennen Sie Susanna?«

»Oh, persönlich kenne ich sie nicht. Aber ich arbeite im Shiretown Inn, die Nachtschicht, mit Mr Ames zusammen, und als ich erwähnt habe, dass ich mit Darren befreundet bin, hat er gesagt, die Schwester seiner Frau sei mit dem Cousin des Richters verheiratet.« Kirby verspürt einen heimlichen kleinen Triumph, als hätte sie gerade das letzte Stück in ein Puzzle eingefügt.

»Ja!«, ruft Cassandra aus. »Dann sind Sie also die junge Dame aus Nantucket, richtig? Cal kann Sie gut leiden, er schwärmt immer von Ihnen.«

»Danke, das höre ich gern«, sagt Kirby und wirft Richter Frazier einen Blick zu. Hoffentlich hat er mitbekommen, dass der Mann der Schwester der Frau seines Cousins sie gut leiden kann und sogar von ihr schwärmt. *Sehen Sie?*, würde sie am liebsten sagen. *Jemand, den Sie kennen, und sei es noch so entfernt, gerät über mich ins Schwärmen.*

»Und Sie wollten also zu Darren?«, sagt der Richter.

»Ja.« Kirby nickt. »Wir wollen zum Strand.«

»Zum Strand?«, sagt der Richter, als höre er dieses Wort zum ersten Mal. Er wendet sich zur offenen Tür. »Darren! Besuch für dich!«

Kirby würde gern sagen, wie gut ihr der Raum gefällt – die Einrichtung ist so cool, mit all den Art-Deco-Details, so witzig und originell. Sie möchte sich das Obst in der Schale genau einprägen, um später mal, wenn sie das Geld dafür hat, eine ähnlich exquisite Auswahl anzurichten: hellgrüne Scheiben Honigmelone, Kiwis in kräftigerem Grün, frische Ananas, hellgelbe Bananenscheibchen, fächerartig aufgeschnittene Erdbeeren und als Mittelpunkt Blaubeeren und Brombeeren, bunt gemischt. Sie möchte Cassandra fragen, wo ihr schickes Tuch und ihre Armreifen herstammen. Ist das Tuch aus Paris? Die Armreifen sehen afrikanisch aus; hat sie die auf einem Markt in Nairobi aufgetan? Kirby wüsste auch gern, was da für Musik läuft. Sonst steht sie eher auf Rock, aber die Klarinette klingt so heiter und vergnügt, dass sie perfekt zu einem Sommermorgen passt. Ist das Benny Goodman? Kurzum, Kirby würde gern eingeladen werden, ein Teil dieser Welt sein, aber sie hält lieber den Mund, aus Angst, irgendwie aufdringlich zu wirken. So herrscht in der Küche also betretenes Schweigen, bis Darren endlich nach unten kommt. Als er Kirby sieht, wirkt er regelrecht erschrocken.

»Was machst du denn hier?«, sagt er.

Kirby lächelt gequält. »Wir wollten doch zum Strand … oder?«

»Ich wusste ja gar nicht, dass deine Freundin hier eine Kollegin von Cal ist, im Shiretown Inn«, sagt Cassandra. »Hättest du mir ruhig sagen können.«

Darren nickt seiner Tante geistesabwesend zu. Zu Kirby gewandt sagt er: »Hatte ich nicht gesagt, Tony's?«

»Ja, schon. Aber ich war gerade in der Gegend.«

»Ihr beide wollt zum Strand?«, fragt der Richter.

»Zum FKK-Strand?«, kräht Eugene.

»Nein. Lobsterville«, sagt Darren. »Wir treffen uns da mit Leuten.«

Ach ja? Das wusste Kirby noch gar nicht.

Aller Augen ruhen auf dem Richter, der nun seelenruhig die Zeitung zusammenfaltet, ganz gemächlich. Er sinnt über irgendetwas nach, denkt Kirby, so viel ist klar. Wie wird sein Urteil ausfallen?

»Ja, dann nur zu«, sagt er. »Ab mit euch, ehe deine Mutter nach Hause kommt.«

Unterwegs nach draußen zum Auto fällt zwischen ihnen kein Wort. Kirby spürt, dass sie Darren um Entschuldigung bitten sollte; es war ungezogen von ihr, einfach so hier aufzutauchen. Sie wollte etwas beweisen, aber was?

Dass sie keine Angst hatte? Dass sie ganz normal Umgang mit Darrens Familie pflegen kann, ohne irgendwie anzuecken? Letzten Endes hat sie gar nichts bewiesen, und Darren ist sauer auf sie. Er parkt den Corvair vor Tony's Market, steigt wortlos aus und läuft rein, ehe Kirby ihm Geld mitgeben kann. Sie überlegt, ob sie ihn zurückrufen soll, lässt es aber dann bleiben. Faltet die Hände vor sich auf dem Schoß und sitzt mit gesenktem Kopf da. *Ab mit euch, ehe deine Mutter nach Hause kommt.* Was der Richter damit gemeint hat, liegt auf der Hand.

Darren scheint wieder ganz er selbst, als er aus dem Laden kommt, er grinst. Er packt das Eis und das Bier hinten in den Fußraum vorm Rücksitz, startet den Wagen, stellt das Radio an, dreht es laut. Gerade läuft Bob Dylan, er singt »Lay Lady Lay«.

»Hauen wir ab hier aus der Stadt«, sagt er. »Ich will mich entspannen.«

Es ist Kirbys vierter Abstecher in den Süden der Insel, und langsam erkennt sie unterwegs einiges wieder – die Ag Hall und Alley's General Store in West Tisbury, und danach die lange Strecke auf der Middle Road. Sie kommen an der Abzweigung in die Tea Lane vorbei, wo Rajani in dem Schloss am Meer mit dem Warhol in der Küche die Satanszwillinge hütet, und später, als die Middle Road zur State Road wird, fällt Kirby draußen die Auffahrt ins Auge, die zu Lukes Anwesen am Nashaquitsa Pond führt. Hinter Menemsha geht es rechts ab, und dann kommen sie schließlich zum Lobsterville Beach.

»Von dem Strand habe ich schon gehört, von Gästen im Hotel«, sagt Kirby. »Ein Mann hat sich hier wohl einen schlimmen Sonnenbrand zugezogen. Er hat's mit Humor genommen. Der Strandname hätte mir eine Warnung sein sollen, hat er gesagt. Hier wird man eben gekocht wie ein Hummer.«

Darren lacht, und es klingt echt. Der Tag hatte einen etwas wackligen Start, aber Kirby hat den Eindruck, sie finden langsam wieder in die Spur.

Der Lobsterville Beach ist nahezu menschenleer; hier treffen sie sich mit niemandem, so viel ist klar. Darren schleppt ihre Liegestühle und die Kühltasche in eine abgeschiedene kleine Bucht, von der aus die steil ins Meer abfallenden Klippen von Gay Head zu sehen sind. Das dürfte der schönste Fleck hier auf der Insel sein, denkt Kirby, und er ist extra mit ihr hergekommen. Er klappt die Liegestühle auf, breitet die Badelaken aus und zieht dann sein T-Shirt aus. Kirby würde ihm gern sagen, wie wunderschön sie seine Hautfarbe findet, aber sie weiß nicht ganz, wie sie sich ausdrücken soll.

Sie starrt ihn unverhohlen an, und er ertappt sie dabei. »Kommst du mit, schwimmen?«

»Aber unbedingt.« Dann rennt sie mit ihm um die Wette, wer als Erster im Wasser ist.

Darren hat ihr Lieblingsbier besorgt, Schlitz, und es ist eiskalt. Sie reißen sich beide eine Dose auf, und dann, weil sie völlig ungestört sind, bringt Kirby aus ihrem Portemonnaie einen Joint zum Vorschein, den sie am Morgen eingesteckt hat, ehe sie die Pension verließ.

»Wollen wir einen durchziehen?«, fragt sie.

»Sonst lasse ich eigentlich die Finger davon«, sagt er. »Aber heute mache ich mal eine Ausnahme.«

Kirby zündet den Joint an und nimmt einen tiefen Zug, ehe sie ihn Darren reicht. Auch er inhaliert tief und nickt dann anerkennend. Sie teilen sich den Joint, bis nur noch ein winziger Stummel übrig ist, und dann lässt Kirby sich auf ihr Badelaken zurücksinken, erfüllt von einer Wolke süßem Rauch und einem tiefen Wohlgefühl. Drogen sind in vieler Hinsicht von Übel, und dennoch machen sie absolut alles besser, zumindest vorübergehend. Ehe sie weiß, wie ihr geschieht, zieht Darren sie an der Hand hoch und geht mit ihr zu einem großen Felsen am Rande der Bucht. Er fängt an, sie im Schutz des Felsens zu küssen. Es ist ungewohnt, ihn im Stehen zu küssen, Hüfte an Hüfte, und dann, als wäre das noch nicht sexy genug, hebt Darren sie hoch. Ihr Rücken scheuert am rauen Felsen entlang, aber das stört sie nicht. Sie schlingt die Beine um ihn und zieht ihn ganz eng an sich, verliert sich völlig in seinen Küssen und in der Hitze ihrer aneinandergepressten Leiber. Als sie die Augen aufschlägt, fällt ihr Blick auf die grünen, schäumenden Fluten hinter ihm, und sie weiß, dass sie diesen Moment nie vergessen wird.

Sie löst sich von ihm. »Ich möchte noch warten.«

»Ja?«, sagt Darren. Er setzt sie vorsichtig wieder im Sand ab. »Ich meine, okay, ist cool. Wir können warten.«

»Ich würde lieber mit dir in einem Bett liegen«, sagt Kirby. »Das hört sich sicher altmodisch an.«

Darren küsst sie. »Überhaupt nicht altmodisch. Mir wäre ein Bett auch lieber. Du verdienst einen Mann, der sich Zeit mit dir lässt. Der dich mit Hingabe verwöhnt.«

Kirby kommen unvermutet die Tränen, ganz ohne Grund. Oder vielleicht doch nicht ohne Grund. Erinnerungen an den Sex mit Officer Scottie Turbo stürmen auf sie ein. Er war schnell, er war rau, es ging einzig um sein Vergnügen, nicht um ihres; seine Bedürfnisse, sein Dienstplan, seine Agenda standen im Vordergrund, sonst nichts.

Er hat sie benutzt, und dann hat er sie weggeworfen.

»Hey.« Darren fährt ihr mit dem Daumen sanft unterm Auge entlang. »Was hast du denn?«

»Deine Eltern wissen gar nichts davon, dass wir uns sehen, oder?« Denn mehr ist es nicht, sie sehen sich. Aber sie gehen nie irgendwohin, lassen sich nie zusammen in der Öffentlichkeit blicken. Sie ist ein Geheimnis für ihn, ganz wie für Scottie Turbo.

Darren seufzt. »Nein. Sie haben keine Ahnung.«

»Und deine Mutter ist es, die dagegen ist.«

»Ja. Und sie hat meinen Vater davon überzeugt, dass du … keine Ahnung. Für mich unpassend bist? Warum, ist mir nicht ganz klar.«

»Ich weiß, warum«, sagt Kirby. Sie hebt die Hand über die Augen und späht den Strand entlang; er ist menschenleer. »Gehen wir ein bisschen spazieren?«

»Klar doch«, sagt Darren.

Die Geschichte lässt sich leichter erzählen, wenn sie in Bewegung sind. Weil es Kirby zu einer gewissen emotionalen Distanz verhilft, wenn sie Darren nicht anzusehen braucht, sondern den Blick in die Ferne richten kann.

»Weißt du noch, der Polizist, mit dem ich zusammen war? Von dem ich dir erzählt habe?«, fängt sie an.

»O ja«, sagt Darren. »Der verfolgt mich, seit du ihn erwähnt hast.«

»Ich war letzten Winter bei einer Antikriegs-Demo«, sagt Kirby. »In Cambridge.«

Darren zuckt die Achseln. »Bei diesen Demos war ich nicht. Ich meine, klar, ich bin gegen den Krieg, aber ich hatte ein solches Lernpensum …«

»Schon gut, das verstehe ich«, sagt Kirby. »Für so eine Demo muss man sich Zeit nehmen.« Sie hatte viel Zeit fürs Plakate-Malen aufgewendet und dafür, Kommilitoninnen am Simmons zur Teilnahme zu überreden. Es war im Februar, im zweiten Jahr der Überraschungsangriffe im Rahmen der Tet-Offensive, aber noch vor Tigers Einberufung, Kirbys Anti-Kriegseinstellung war also noch rein und unkompliziert. Sie war zusammen mit den anderen marschiert, hatte Parolen skandiert und den Anweisungen der Polizei an die Teilnehmer, jetzt die Straße zu räumen und nach Hause zu gehen, keine Folge geleistet. Sie hatte einen Polizisten gerade als Bullenschwein beschimpft und war drauf und dran, gegen seinen Schild zu spucken, ganz wie sie Jahre zuvor Roger Donnelly aufs Pult gespuckt hatte, aber da packte er sie, riss unsanft ihre Arme nach hinten und legte ihr Handschellen an. »Du kommst mit, Püppchen«, sagte er.

Wenn sie daran zurückdenkt, überläuft Kirby jetzt noch ein Schauer.

Die Handschellen hatten sie sehr rasch auf den Boden der Tatsachen zurückgeholt. Die Lage war auf einmal ernst. Ihr ging unaufhörlich durch den Kopf, wie wütend ihre Eltern sein würden, und dann erst Exalta – nicht auszudenken. Sie wurde gerade *verhaftet!* Der Polizist tat sein Möglichstes, um der aufgeheizten Menge aus dem Weg zu gehen, während er Kirby schweigend zum Streifenwagen brachte. Er zog sie am Oberarm neben sich her, aber sein Griff lockerte sich bald, und eigentlich ging er mit ihr fast sanft um, fürsorglich. Kirby war beinahe erleichtert. Dieser Mann brachte sie in Sicherheit. Was hatte sie in dieser tobenden Meute überhaupt verloren? Sie wollte, dass der Krieg beendet wurde, und sie wollte, dass ihre Stimme die Regierenden in Washington erreichte – Nixon, John Mitchell, Spiro Agnew, Henry Kissinger. Aber nun drohten ihr für ihren Idealismus echte Konsequenzen – eine Geldbuße, mutmaßlich, dazu die öffentliche Schande.

»Tut mir leid, dass ich Sie Bullenschwein genannt habe«, sagte Kirby. »Eigentlich habe ich gar nichts gegen die Polizei. Keine Ahnung, warum ich das gesagt habe.«

Der Polizist zuckte mit den Schultern. »Niemand hat recht, wenn alle unrecht haben.«

Kirby musste sich ein Lächeln verkneifen. Er zitierte Buffalo Springfield! *Nobody's right, when everybody's wrong.* Hatte sie es fertiggebracht, von dem einzigen Polizeibeamten in Boston verhaftet zu werden, der heimlich eine rebellische Ader hatte?

Am Streifenwagen dann verlas der Polizist ihr ihre Rechte – darunter das Recht auf Aussageverweigerung –, doch er schien nicht ganz bei der Sache zu sein. Kirby starrte die ganze Zeit auf sein Namensschild, TURBO, und dachte, dass der Name eher zu einem Kampfpiloten passen würde. Dann fielen ihr seine Augen auf. Sie waren grün, ihre Lieblingsfarbe. Und er hatte dieses gewisse Etwas, ein wenig frech, ein wenig durchtrieben, das sie bei Männern immer schon unwiderstehlich fand.

»Wie alt bist du, Püppchen?«, fragte er.

»Einundzwanzig«, sagte sie. »Ich studiere am Simmons College, im dritten Jahr.«

»Ach ja?«, sagte er. »Ich dachte, du wärst vielleicht eine dieser vorlauten Gören vom Wellesley.«

»Da bin ich abgelehnt worden.« Kirby hätte eigentlich in Blairs Fußstapfen treten und ebenfalls am Wellesley College studieren sollen. Aber ihr Notendurchschnitt war nicht gut genug gewesen, deshalb war sie, sehr zu Exaltas Leidwesen, mit ihrer Bewerbung durchs Raster gefallen.

»Die haben *dich* abgelehnt, Püppchen?«, sagte er. »Das ist doch wohl ein Witz.«

Sie funkelte ihn empört an. »Hören Sie auf, mich so zu nennen.« *Püppchen.* Was für ein erniedrigender Ausdruck. Sie war keine Puppe. Sie war ein Mensch, eine Frau.

Dann geschah es. Officer Turbo schob plötzlich ihr Kinn hoch und küsste sie. Erst wollte sie sich zur Wehr setzen, ihn wegstoßen, ihm vielleicht sogar einen Tritt in die Eier verpassen. Das war eindeutig Amtsmissbrauch!

Aber sie fühlte sich sofort zu ihm hingezogen. Und sie konnte ja ohnehin nichts unternehmen, mit ihren auf dem Rücken gefesselten Händen. Aber diese Hilflosigkeit gefiel ihr sogar, das war das Widersinnige, es machte sie an. Es widersprach all ihren Prinzipien, eigentlich wollte sie doch eine starke Frau sein. Sie fühlte sich von ihrem Körper schmählich verraten.

Er war es schließlich, der den Kuss beendete. Er sah ähnlich erschrocken aus, wie sie sich fühlte. »Ich bin auch gegen den Krieg«, sagte er. Ehe sie etwas erwidern konnte, setzte er hinzu: »Ich werde dich nicht festnehmen. Aber ich stelle dir einen Strafzettel aus, wegen Ruhestörung.«

Ha, welch Ironie!, hatte sie gedacht. Sie wurde wegen einer solchen Lappalie bestraft, während Richard Nixon ungestraft in einem fernen Land Krieg führte – genau wie vor ihm schon Johnson und McNamara. Kirby gab keinen Mucks von sich, während Officer Turbo einen Strafzettel ausstellte, ihr dann die Handschellen abnahm und den Bußgeldbescheid aushändigte, als wäre nichts passiert. Als hätte er ihr nicht gerade den heißesten Kuss ihres jungen Lebens gegeben.

»Ach ja, ich heiße übrigens Scottie«, sagte er. »Bleib sauber von jetzt an.«

Kirby hatte ihr Missgeschick in eine Anekdote von Stärke und Selbstbehauptung umgedichtet. Ja, sie war festgenommen worden, mit Handschellen und allem Pipapo, aber in ihrer stark beschönigten Darstellung war es ihr gelungen, den Polizisten, der sie abgeführt hatte, so weit zu beschwatzen, dass er es bei einem Bußgeld bewenden ließ. Fünfundsiebzig Dollar. Eine Summe, die sie aus ihrem schmalen Budget als Studentin leider nicht aufbringen konnte, deshalb musste sie es ihren Eltern erzählen. Sie sollten dankbar sein, sagte sie. Er hatte sie mit einem blauen Auge davonkommen lassen.

Kate und David waren nicht dankbar, sondern entsetzt. Kirby hatte sich nicht beirren lassen und betont, dass sie lediglich gegen die Außenpolitik der Regierung protestiert und damit ein verfassungsmäßig garantiertes Grundrecht wahrgenommen hatte. Wenn es jemand verdiente, verurteilt zu werden, dann nicht Kirby, sondern der Polizist.

»Wie hieß dieser Polizist?«, fragte David.

»Hab ich vergessen«, log Kirby. David als einflussreicher Anwalt konnte vermutlich veranlassen, dass Officer Scottie Turbo diszipliniert oder sogar vom Dienst suspendiert wurde, und das wollte Kirby nicht. Kirby hatte nur einen Wunsch, sie wollte Scottie Turbo wiedersehen – aber wie? Sie wusste nur, dass er dem Bostoner Police Department angehörte und an jenem Tag bei der Demonstration in Cambridge zum Einsatz gekommen war. Wie sein normaler Dienst aussah, wusste sie leider nicht. Klemmte er in Fenway Falschparkern Strafzettel an die Windschutzscheibe? War er in Back Bay für die Aufklärung von Einbrüchen zuständig? Oder stellte er an der Route 93 Radarfallen auf? Kirby kam letzten Endes zu dem Schluss, dass sie Scottie Turbo wohl am ehesten wiedersehen würde, wenn sie sich noch einmal an einem

Protest beteiligte. Als einige Wochen später die nächste Demo gegen den Krieg in Harvard angesetzt war, nahm Kirby also wieder daran teil.

Sie dachte angestrengt nach, wo er sie letztes Mal genau festgenommen hatte; es war in der Russell Street, meinte sie sich zu entsinnen, gegenüber vom Supermarkt. Und richtig, da sah sie ihn auch schon, er stand wieder an derselben Stelle.

»Bullenschwein!«, schrie sie aus Leibeskräften. So zu tun, als wollte sie ihn anspucken, das brachte sie allerdings nicht über sich. Stattdessen zwinkerte sie ihm zu, und er packte sie umgehend am Arm – fester diesmal –, zerrte ihr grob die Hände auf den Rücken und legte ihr Handschellen an.

»Hey, Püppchen«, raunte er ihr ins Ohr.

Er führte Kirby zum Streifenwagen, verlas ihr wieder ihre Rechte und öffnete dann die hintere Tür am Wagen.

»Einsteigen«, sagte er.

Kirby erschrak ein wenig. Machte er etwa diesmal Ernst, zog er die Festnahme durch? Sie zog den Kopf ein und kletterte auf den Rücksitz, der mit einem Metallgitter vom vorderen Teil des Wagens abgetrennt war. Wie ein wildes Tier kam sie sich vor. Er fuhr mit ihr quer durch Boston, vorbei an der University of Massachusetts und vorbei an Quincy, bis sie nach Braintree kamen, südlich der Stadt, wo er abbog und hinter einem verlassenen alten Lagerhaus anhielt. In der Zwischenzeit hatte Regen eingesetzt, wodurch alles noch trostloser wirkte. Was wollte er hier mit ihr? Officer Turbo stellte den Motor ab und stieg aus, es schien, als würde er die Gegend auskundschaften. Auch Kirby sah sich unwillkürlich um. Kein Mensch weit und breit, sie waren ganz allein. Er könnte sie abknallen und hier liegen lassen, ohne je erwischt zu werden.

Er öffnete die hintere Wagentür. »Rutsch mal«, sagte er. Dann stieg er neben ihr ein und machte sich daran, ihr die Handschellen abzunehmen.

Sie fingen an, sich alle paar Tage zu sehen. Sie knutschten und fummelten, bis hin zum Petting – und dann hörte Scottie jedes Mal auf. Es war quälend. Kirby wollte ihn in ihr Wohnheim einschmuggeln, aber in ihrem Zimmer wären sie nie allein gewesen, weil ihre Mitbewohnerin immer da war.

»Wie sieht's bei dir aus? Können wir nicht zu dir gehen?«, fragte sie.

»Nein«, sagte er. »Ich wohne noch bei meiner Mutter. Sie ist nicht mehr die Jüngste, aber geistig voll da. Und sie hat einen Deutschen Schäferhund, der sehr eifersüchtig sein Revier verteidigt.«

»Sollen wir in ein Motel?« Ein Motel, das klang schmierig und drittklassig, aber was blieb ihnen sonst übrig?

»Ich weiß was Besseres«, sagte er. »Ich habe eine kleine Angelhütte, oben am Lake Winnipesaukee. Sobald das Wetter besser wird, fahren wir hin.«

Ab der zweiten Aprilwoche, gleich nach Ostern, wurde es endlich frühlingshaft, mild und sonnig. Officer Scottie Turbo holte Kirby in einem Cabrio, einem dunkelblauen

Dodge, vom Simmons-Campus ab, und dann fuhren sie auf der I-95 nach Norden, zu einem Städtchen namens Wolfeboro in New Hampshire, direkt am See.

»Ich war hier in der Stadt auf dem Internat«, sagte er.

»Echt?«, fragte Kirby. Sie merkte, wie wenig sie eigentlich über Scottie wusste. Er wohnte bei seiner Mutter und ihrem Deutschen Schäferhund, hatte die Polizeischule mit eher mittelmäßigen Leistungen absolviert, und er hatte sich als Ordnungshüter bewährt, wenn es Randale gab. Er wurde routinemäßig bei Sportveranstaltungen eingesetzt, im Fenway-Park-Stadion und im Alumni Stadium. Das war ungefähr alles, was sie wusste.

»Ja. An der Brewster Academy«, sagte er. »Dahin haben meine Eltern mich geschickt, nachdem ich in Weymouth von der Highschool geflogen war. Wegen Schlägereien.« Er zeigte ihr den Schulcampus – eine Ansammlung weiß geschindelter Gebäude inmitten ausgedehnter Rasenflächen, mit einer allerliebsten Kapelle –, und Kirby versuchte, sich einen jugendlichen Scottie Turbo vorzustellen, der gerade zum Unterricht ging. Es wollte ihr nicht recht gelingen; er war so kräftig, so ernsthaft und unwirsch. Es schien, als wäre er schon als erwachsener Mann auf die Welt gekommen.

Die Angelhütte war denkbar schlicht, ein Holzbau mit vier Wänden, einem Fußboden und einem Dach, nur mit dem Nötigsten ausgestattet; es gab ein Aluspülbecken, einen kleinen Kühlschrank, ein Klappbett mit einer nicht bezogenen Matratze. Scottie öffnete zwei Türen, und voilà, helles Sonnenlicht strömte in die dämmrige Hütte.

Durch die Türen gelangte man auf eine kleine Holzterrasse mit einem Tischchen und zwei Stühlen, und jenseits davon führte eine verschlammte, steile Uferböschung zum Wasser des Lake Winnipesaukee hinunter.

Der See strahlte eine herbe, strenge Schönheit aus. Die Bäume fingen erst an zu knospen, aber der für die Jahreszeit ungewöhnlich warme Tag ließ erahnen, wie hübsch es hier im Sommer und bis in den Herbst hinein sein musste. Kirby stand am Terrassengeländer und blickte auf den See, unschlüssig, was sie sonst tun sollte. Scottie trat hinter sie, schob ihr Haar beiseite und küsste sie auf den Nacken.

An jenem Tag liebten sie sich drei- oder viermal, ehe sie eng umschlungen auf dem Bett einschliefen; sie gingen sogar nackt im See schwimmen. Das Wasser war so kalt, dass es auf der Haut brannte, aber hinterher fühlte Kirby sich gereinigt und stark, wie nach einem Stahlbad. Am frühen Abend stiegen sie in den Dodge und fuhren zu einer kleinen Gaststätte in der Innenstadt, um sich mit warmem Roastbeef-Sandwich und kaltem Bier zu stärken.

Als Scottie sie wieder am Simmons College ablieferte, wusste Kirby, dass sie verliebt war.

Kirby fasst sich natürlich wesentlich kürzer, all diese Einzelheiten erzählt sie Darren nicht; wie er es aufnimmt, weiß sie nicht, sie sieht ihn zwischendurch nicht an. Als sie am Strandende ankommen, wo es nicht weitergeht, drehen sie um und machen sich auf den Rückweg.

Jetzt kommt der schwierige Teil, denkt Kirby.

Nachdem Scottie und Kirby nun also miteinander geschlafen hatten, gab es kein Zurück mehr. Tagelang konnte Kirby nur daran denken, wie sie wieder zusammen sein könnten. Da sich ein weiterer Abstecher zum Winnipesaukee nicht einrichten ließ, mussten sie sich notgedrungen heimlich treffen, in allerlei dunklen Ecken von Boston, um hastig ihr gegenseitiges Verlangen zu stillen. Besonders oft trieben sie es hinter dem einsamen Lagerhaus in Braintree, aber auch an einem gewissen abgeschiedenen Fleckchen im Park, direkt am Charles River; einmal war es sogar die Toilette eines Irish Pub beim Fenway-Stadion, während des ersten Saisonspiels der Red Sox.

Und dann spürte Kirby, dass irgendetwas anders war. Ihr war oft schwindelig; ihr Busen spannte und war empfindlich gegen Berührungen; sie war immer müde.

Nein, dachte sie. Blair war auch schwanger, aber das hatte seine Ordnung und war sogar erfreulich, weil sie mit Angus verheiratet war. Dass Kirby nun mit ihr in einem Boot saß, war eine Schande. Hinzu kam noch, dass sie keine Kinder wollte, niemals.

Als es mit der Übelkeit losging, vereinbarte sie einen Termin in der Sozialklinik in Roxbury, in der sich Arme und Gestrauchelte kostenlos behandeln lassen konnten, unter dem Namen Clarissa Bouvier – der Vorname stammte aus dem Buch, das sie gerade im Seminar zum zeitgenössischen Roman las, *Mrs Dalloway* von Virginia Woolf, und der Nachname Bouvier war eine Hommage an die ehemalige First Lady, Jackie Kennedy. Nachdem die Krankenschwester bestätigt hatte, dass Kirby in der Tat schwanger war, ungefähr in der sechsten Woche, sagte sie: »Die Ärztin kommt dann gleich, um Sie zu untersuchen.«

Die Frau, die in den Raum kam, hieß Dr. Frazier. Kirby war in Tränen ausgebrochen.

Dr. Frazier hatte eine Braue hochgezogen. »Es ist also … keine geplante Schwangerschaft?«

Nein, weder geplant noch gewollt. »Ich kann dieses Baby nicht bekommen«, sagte Kirby. »Völlig ausgeschlossen. Ich kann nicht mal eine Zeit lang verreisen, das Kind zur Welt bringen und dann wiederkommen. Ich bin am College, ich kann mein Studium nicht sausen lassen. Mein Bruder ist kürzlich nach Vietnam geschickt worden. Noch mehr Schocks hält meine Familie nicht aus. Sie würden nicht zögern, mich zu verstoßen.«

»Das scheint mir doch sehr zweifelhaft«, sagte Dr. Frazier. »Wo wohnen Sie?«

»In Brookline«, sagte Kirby.

»Sie verfügen also über gewisse Mittel«, sagte Dr. Frazier.

Gewiss doch, wenn damit Geld gemeint war. Den Foley-Levins fehlte es nicht an finanziellen Mitteln. Emotional dagegen kochten sie zusehends auf Sparflamme. »Ich kann dieses Baby nicht bekommen. Kommt nicht infrage.«

»Rechtlich gesehen bleibt Ihnen aber nichts anderes übrig«, sagte Dr. Frazier. Kirby weiß noch, wie sehr sie Dr. Frazier in dem Moment hasste. Die Ärztin war etwa

Mitte vierzig und sehr attraktiv, sehr gepflegt, zu elegant eigentlich, um in dieser schäbigen Klinik zu arbeiten. Kirby tippte darauf, dass sie wohl ehrenamtlich hier arbeitete, ein, zwei Tage die Woche.

»Irgendeine Möglichkeit muss es doch geben«, sagte Kirby. Am Simmons wurde darüber getuschelt, wie man sich einer ungewollten Schwangerschaft entledigen konnte. Da gab es etwa einen gewissen Laden in Chinatown. Man musste ein geheimes Kennwort nennen, dann erhielt man einen Zaubertrank, und wenn man am Morgen aufwachte, war die Sache erledigt. »In Chinatown?«

Die Ärztin seufzte. »Ich könnte dafür in Schwierigkeiten geraten, aber hier ist eine Adresse. Schieben Sie es nicht zu lange auf« – sie warf einen Blick in die Patientenakte –, »Clarissa. Es ist sicher, aber nicht billig.«

Für Kirby war es der schlimmste Moment ihres Lebens, doch für die Ärztin war es wohl ganz normale Routine. Die Adresse war in der Washington Street, irgendwo im trostlosen South End. Kirby drückte den Zettel an sich wie einen Rettungsring.

Schieben Sie es nicht zu lange auf, hatte die Ärztin gesagt, aber Kirby musste zunächst etwas Wichtiges erledigen. Sie verabredete sich für jenen Abend mit Scottie, hinter dem Lagerhaus in Braintree. Am Telefon ließ sie sich nicht anmerken, worum es ging, doch als sie ihn dann sah, erzählt sie Darren, geriet sie ins Stottern, als sie es ihm eröffnete: *Scottie, ich b-b-bin schwanger!*

»Und wie hat er reagiert?«, fragt Darren. »Hat er um

deine Hand angehalten, wie es sich für einen Ehrenmann gehört?«

Würde sie dann hier stehen? Hätte Scottie Turbo gesagt, willst du meine Frau werden, dass er das Kind gern mit ihr bekommen wollte, sie hätte Ja gesagt, denn sie liebte ihn zu der Zeit über alles, bis zum Wahnsinn. Aber Scottie Turbo hatte nichts dergleichen gesagt. Stattdessen zückte er seine Brieftasche und nahm alles an Geld heraus, was er dabeihatte – hundertzweiundvierzig Dollar –, mit den Worten, er hoffe, das werde reichen. Kirby fragte nicht nach, wofür es reichen sollte. Das war auch so klar. Und obwohl sie selbst abtreiben wollte, war sie tief verletzt, dass er die Lage ebenso bereinigen wollte.

Sie nahm sein Geld und atmete tief durch. »Du wohnst gar nicht bei deiner Mutter, stimmt's? Du bist verheiratet, habe ich recht?«

»Bist du Detektivin, oder was?« Nach diesen Worten hatte er sie auf die Stirn geküsst und war eilig wieder in seinen Streifenwagen gestiegen.

Seither hat sie nichts mehr von ihm gehört.

Später in der Nacht dann war sie aufgewacht, weil sie schmerzhafte Krämpfe hatte, und am Morgen setzten Blutungen bei ihr ein.

»Das Problem hat sich also von selbst gelöst«, sagt Kirby nun zu Darren. »Aber ich konnte es kaum fassen, als ich mit Rajani kurz bei euch war und … da stand Dr. Frazier vor mir. Erst dachte ich, sie würde sich vielleicht nicht an mich erinnern. Aber sie erinnert sich, das weiß ich nun.«

Darren drückt Kirby aufmunternd die Hand. »Tut mir leid, was du da alles durchmachen musstest. An meinen Gefühlen für dich ändert das nichts. Menschen haben ihre Vorgeschichten, Kirby. Was meine Mutter denkt, ist mir egal.«

»Es ist dir ja eben nicht egal«, sagt Kirby. »Klar, wir sind jetzt zusammen hier – an einem menschenleeren Strand. Aber du hättest mal dein Gesicht sehen sollen, heute Morgen.«

»Ich war bloß so überrumpelt, dich in unserer Küche …«

»Du wolltest mich nicht dahaben. Und dein Vater hat gesagt, wir sollen abhauen, ehe deine Mutter kommt.«

»Ich glaube nicht, dass meine Mutter dich verurteilen würde«, sagt Darren. »So ist sie nicht. Sie hat ständig mit Mädchen zu tun, die in dieser Lage sind.«

»Ich halte deine Mutter für einen tollen Menschen«, sagt Kirby. »Und sie hat mir geholfen, als ich Hilfe bitter nötig hatte. Aber sie möchte nicht, dass du dich mit mir einlässt. Du bist ihr einziges Kind, ein Sohn, der in Harvard studiert. Sie wünscht sich für dich eine Freundin, die tugendhaft ist, die Prinzipien hat, die unbefleckt ist. Dass ich am Ende gar keine Abtreibung hatte, darauf kommt es nicht an. Sondern nur darauf, dass ich unvorsichtig und leichtsinnig war, dass ich mich selbstverschuldet in eine missliche Lage gebracht habe.« Sie kommen wieder bei ihren Badelaken an. Kirbys Herz fühlt sich hart und kalt an, wie ein Eisbrocken in ihrer Brust. Sie sammelt ihre Sachen ein. »Bitte bring mich jetzt nach Hause.«

»Kirby.«

»Darren.«

Sie stehen einander gegenüber und sehen sich an, es hat etwas von einem Showdown. »Dann musst du für mich kämpfen«, sagt sie. »Mich zu dem Strandpicknick am Freitag in Lambert's Cove einladen, oder sonntags bei euch zum Muschelessen. Sag deinen Eltern, deinen Tanten und Onkeln und Cousins, dass wir zusammen sind, und wenn es ihnen nicht passt, tja, Pech gehabt.«

»Du wirst dich bei ihnen nicht wohlfühlen, fürchte ich«, sagt Darren.

»Du fürchtest, dass *du* dich ihretwegen nicht wohlfühlen wirst«, sagt Kirby.

»Ich denke, wenn wir's schön langsam angehen lassen …«

»Im Klartext, du willst es weiter verheimlichen.«

»Du bist unfair.«

»So ist die Sache zum Scheitern verurteilt!«, sagt Kirby. Nach der Erfahrung mit Scottie Turbo weiß sie, wie eine Beziehung aussieht, die keine Zukunft hat. »Manches im Leben können wir ändern und manches nicht. Ich kann ändern, wie deine Familie mich sieht, versprochen. Aber dazu musst du mir ermöglichen, mit ihnen Zeit zu verbringen.«

»Kirby …«

Er weiß, dass sie recht hat, das ist ihm anzusehen, aber ebenso leider auch, dass er vor entsprechenden Konsequenzen zurückscheut.

»Fahr mich nach Hause, Darren«, sagt sie. »Bitte.«

Darren sammelt alles wieder ein und macht sich, bepackt mit Kühltasche, Badelaken und Liegestühlen, auf den Weg zurück zum Wagen. Kirby trödelt ein Stückchen hinterher. Als sie neben ihm in den Corvair einsteigt, versetzt sie sich im Geist vier Wochen zurück, zu dem Morgen, an dem sie Darren kennengelernt hat, als er sie beim Trampen mitnahm. Dass ihre Einwilligung, bei ihm einzusteigen, letzten Endes in eine so bittere Enttäuschung münden würde, hat sie bei der Gelegenheit nicht ahnen können. Und dennoch, wenn sie diesen Moment wiederholen könnte, würde sie alles wieder genauso machen. Sie würde wieder bei ihm einsteigen.

WHATEVER LOLA WANTS

Im Straight Wharf Theater hat Kate über die Jahre mit die glücklichsten Abende ihres Lebens verbracht. Diesen Sommer ist Glück für sie bisher Mangelware, es geht ihr hundeelend. Und so hellt sich ihre Stimmung trotz allem auf, als Exalta sie daran erinnert, dass sie für die Vorstellung heute Abend drei Eintrittskarten haben, für Plätze in der ersten Reihe. Die Show, *Damn Yankees*, kennt Kate noch nicht, aber sie liebt alles von Richard Adler und Jerry Ross, und ebenso sehr liebt sie es, dieses kleine Theater hier auf Nantucket zu besuchen, mit vertrauten Gesichtern, die auf der Bühne agieren.

Eigentlich sollte Jessie mitkommen, aber sie hat Stubenarrest, weil Exalta die Sache mit dem Diebstahl im

Club zu Ohren gekommen ist und Jessie zugegeben hat, dass sie es war. Als Exalta ihr davon erzählte, sagte Kate: »Ich werde sie mir mal vornehmen«, doch Exalta wiegelte ab. »Ich habe mich schon darum gekümmert, Schatz. Glaub mir, sie hat ihre Lektion gelernt.«

Kate weiß, dass sie trotzdem mal ein ernstes Wörtchen mit Jessie wechseln sollte, aber dazu fehlt ihr schlicht die Energie. Jessie hat die restliche Woche über Stubenarrest – kein Strand, keine Abstecher in die Stadt und auch kein Theater heute Abend. Sei's drum.

Blair winkt ab, mit der Begründung, dass sie in ihrem Zustand unmöglich zwei Stunden auf einem engen Theatersessel sitzen kann. Exalta bietet die dritte Karte also Bill Crimmins an, was Sinn macht, schließlich ist er der einzige andere Erwachsene im Haus, aber dennoch ist Kate bei dem Gedanken nicht ganz wohl.

»Wirklich, Mutter?«, sagt sie. »Du willst *Bill* mitnehmen?«

»Er geht sehr gern ins Theater«, sagt Exalta. »Und nun guck bitte nicht so, Schatz. Ist ja nicht so, als wäre er unser Diener.«

»Nein, natürlich nicht«, sagt Kate. Aber er ist immer noch ihr Angestellter und diesen Sommer sogar ihr Mieter. Trotzdem hält sie den Mund, denn ihr Problem mit Bill Crimmins hat nichts mit seinem sozialen Status zu tun; er arbeitet nun schon so lange für sie, dass er praktisch zur Familie gehört. Nein, Bill Crimmins ist ihr noch eine Antwort wegen ihres Sohnes schuldig, und es scheint ihn kein bisschen zu kümmern, wie qualvoll es für Kate ist, tagein, tagaus darauf warten zu müssen. Wie soll sie da normal mit diesem Mann umgehen?

Für diesen Abend im Theater wird sie also auf ihr Talent zum Schauspielern zurückgreifen müssen. Beginn der Vorstellung ist um halb acht, und sie brechen zeitig auf. Bill trägt eine helle Hose mit Bügelfalte und dazu einen dunkelblauen Blazer, er sieht also mehr als präsentabel aus. Noch dazu ist er umsichtig und höflich, achtet darauf, seiner Rolle als Begleiter für sie beide vollauf gerecht zu werden. Er kennt hier auf der Insel absolut jeden, und so wird er unterwegs zum Theater von gefühlt hundert Leuten gegrüßt, und auch im Theater wird er unentwegt gegrüßt und grüßt zurück.

»Was du alles für Leute kennst«, sagt Exalta. Es klingt fast ein wenig neidisch, und Kate muss sich den Hinweis verkneifen, dass sie kaum Leute kennen, weil sich ihr gesellschaftliches Leben seit Jahrzehnten ausschließlich auf einen Ort konzentriert, nämlich den Field and Oar Club. Gewiss, bisweilen hat es den Anschein, als würde sich auf der Insel alles nur um den Club drehen, aber wenn Kate sich so umschaut, muss sie feststellen, dass es hier Unmengen Leute gibt – Sommergäste und Einheimische –, die sie noch nie gesehen hat. Schon bedauerlich, dass ihr Bekanntenkreis eher begrenzt ist, doch wirklich darüber grämen kann sie sich diesen Sommer nicht; das ist ein Luxus für Frauen, deren Sohn nicht in Vietnam ist. Kate wird sich heute Abend ganz auf die Vorstellung konzentrieren. Ein Musical, bei dem es gottlob nicht ums Militär geht; *South Pacific* etwa könnte sie jetzt nicht ertragen, und auch *Bye Bye Birdie* nicht. Nein, es geht um Baseball.

Doch als das Licht erlischt und die Vorstellung beginnt, steigt in Kate dennoch Unbehagen auf. Die Handlung scheint harmlos genug – ein langjähriger Fan der Washington Senators hat den sehnlichen Wunsch, seine Mannschaft möge die Yankees schlagen und damit den Meisterschaftswimpel erringen. Aber dann geht es schon bald darum, dass die Hauptfigur einen Pakt mit dem Teufel eingeht. Die Figur des Mr Applegate wird den alten Joe Boyd in den jungen Baseballspieler Shoeless Joe Hardy verwandeln, der so gut ist, dass er die Senators zur Meisterschaft führen kann ... im Austausch für seine Seele.

Kate kommt nicht umhin, die Parallelen zu sehen. Sie und Bill haben eine Übereinkunft, eine Abmachung. Er und sein Enkel können auf unbestimmte Zeit in Little Fair wohnen ... wenn er eine Möglichkeit findet, Tiger heimzuholen.

Aber was, wenn er das nicht einlöst?

Die Aufführung ist unterhaltsam, Kate verliert sich phasenweise ganz im Geschehen auf der Bühne. Bill Crimmins sitzt zwischen ihr und Exalta, aber sie kann sehen, dass Exalta sich auf ihrem Sitz gespannt vorbeugt, völlig in Bann geschlagen von den Darstellern und der Musik.

Die Darstellerin der Lola ist einfach umwerfend. Kate erkennt sie wieder, sie saß neulich im Opera House mit an Tisch 1. Als sie die Nummer »Whatever Lola Wants« vorträgt, singt Exalta leise mit.

War ja klar, denkt Kate, dass ihrer Mutter dieses Lied gefällt.

Kate nimmt sich vor, noch heute Abend mit Bill Crimmins zu reden. Sie hält die Ungewissheit keinen Tag länger aus. Nixon hat versprochen, die Truppen nun schrittweise abzuziehen, aber es sind immer noch eine halbe Million US-Soldaten in Vietnam, und es werden als Erste die nach Hause geholt, die schon am längsten dort sind, Tiger darf sich also keine Hoffnungen machen. Kate möchte gern glauben, dass die Friedensgespräche in Paris zu einem Erfolg führen, aber vorläufig sind sich die Unterhändler noch nicht mal darüber einig, ob die Gespräche an einem runden oder an einem eckigen Tisch stattfinden sollen. Wie also sollen sie da erst ihre ideologischen Differenzen bereinigen?

Das Stück geht gut aus – Shoeless Joe erringt nicht nur den Wimpel, er entrinnt auch der ewigen Verdammnis und wird obendrein mit seiner wahren Liebe wiedervereint, seiner Frau. *So viel erwarte ich ja gar nicht,* denkt Kate. Sie wünscht sich nur, dass Tiger nach Hause kommt.

Als die Darsteller noch Hand in Hand vor den Vorhang treten und sich verbeugen, springt Exalta wild klatschend auf, und Bill Crimmins erhebt sich ebenfalls, vielleicht aus Achtung vor Exalta. (Exalta, denkt Kate, setzt eben immer ihren Willen durch. Wie Lola in dem Song.) Bald schon spendet auch das übrige Publikum stehende Ovationen, es wird vor Begeisterung gepfiffen und »Bravo« gerufen. Das Ensemble dankt mit einer Verbeugung und verbeugt sich dann gleich noch einmal.

Das Licht im Saal geht an. Und Kate atmet insgeheim auf, dass es nun vorbei ist, so sehr ihr die Aufführung auch gefallen hat.

Als sie wieder in der Fair Street sind, ist Exalta immer noch ganz begeistert. »Das war doch mal herrlich, oder?«

»O ja«, pflichtet Bill Crimmins ihr eifrig bei. »Es war großartig.«

»Gehen wir noch was essen«, regt Exalta an.

»Mutter«, sagt Kate.

»In der Woodbox.« Exalta lässt sich nicht beirren. »Da war ich den ganzen Sommer noch nicht, dabei ist es gleich gegenüber!«

»So ein paar Eiermuffins könnte ich schon vertragen«, sagt Bill Crimmins. »Und Madame T. kann mich auch ganz gut leiden, wisst ihr.«

»Hier auf der Insel kann dich doch jeder gut leiden, Bill«, stellt Exalta fest.

»Geht ihr mal ohne mich«, sagt Kate. Sie isst gern in der Woodbox, wenn sie im Herbst mal übers Wochenende herkommen, aber im Sommer ist es ihr dort entschieden zu warm, und außerdem hat Kate jetzt nicht den Nerv, mit ihnen dazusitzen und belangloses Blabla über die Vorstellung zu wechseln, während es ihr unter den Nägeln brennt, endlich ihr Gespräch mit Bill Crimmins zu führen. Und wenn sie nicht mitkommt, wird auch Exalta notgedrungen auf den Besuch in der Woodbox verzichten müssen, denn was will sie sonst machen? Etwa allein mit Bill Crimmins losziehen?

Anscheinend ja. Bill hakt sich bei Exalta ein, und dann schlendern sie über die Straße, während Kate allein vor All's Fair zurückbleibt.

Auch egal, denkt Kate und geht ins Haus, um sich einen Wodka einzuschenken.

Kate ist bereits bei ihrem dritten Drink, als sie hört, wie ihre Mutter und Bill Crimmins nach Hause kommen. Die beiden sagen sich gute Nacht, und dann hört sie, wie Exalta die Treppe hochsteigt, während Bill in die Küche kommt. Er hat sein Sakko an einen Finger gehakt und pfeift vergnügt eine Melodie aus dem Musical vor sich hin, »Shoeless Joe from Hannibal, Mo«. Als er Kate bemerkt, die in dem fast dunklen Raum am Tisch sitzt, mit einem Wodka auf Eis vor sich, zuckt er zusammen und sieht auf einmal ängstlich aus, als wäre ihm der Teufel persönlich erschienen.

»Bill«, sagt sie.

»Katie.«

Und wieder dieser verhasste Kosename. Kate steht auf und muss sich am Tisch abstützen. »Ich muss wissen, was nun mit Tiger ist.«

Bill wirkt mit einem Mal bekümmert, und Kate sucht mit der Hand Halt an der Tischkante.

»Ich habe den Einfluss meines Schwagers überschätzt«, sagt er. »Er kann leider doch nicht bewerkstelligen, dass Tiger heimgeschickt wird.«

»Bill«, sagt Kate. Sie weiß nicht, welchem Gefühl sie zuerst nachgeben soll, der Wut oder doch ihrer Qual.

Sie wusste, dass es so enden würde – im US-Militär ist es nicht üblich, Dienstvorschriften aus persönlicher Gefälligkeit einfach so über den Haufen zu werden, auch dann nicht, wenn dieser Wunsch von ganz oben kommt –, und trotzdem fühlt sie sich nun hereingelegt. Bill hatte ihr den Handel allein aus Verzweiflung vorgeschlagen. Er brauchte für sich und den Jungen dringend ein Dach über dem Kopf; womöglich hatte er sogar schamlos gelogen, um sich das Wohnrecht in Little Fair zu ergaunern. Kannte Bills Schwager den General überhaupt? Hatte dieser Schwager tatsächlich am Zweiten Weltkrieg teilgenommen? Hatte Bill überhaupt einen Schwager?

»Dafür habe ich aber Informationen«, sagt Bill. »Die habe ich mir beschaffen können.«

»Informationen?«, sagt Kate. »Was meinst du damit?«

Bill zieht sich einen Stuhl heraus, als wollte er sich setzen, aber Kate schüttelt entschieden den Kopf. »Erzähl schon.«

»Man hat Tiger auf eine Sondermission geschickt.« Bill sieht sie nicht an. Er blickt auf seinen Blazer, an dem er nun mit beiden Händen herumknüllt. »Das war so nicht geplant. Aber Tigers Kompanie ist in ein übles Feuergefecht geraten« – Kate kneift die Augen zu –, »und dabei sind so viele seiner Kameraden umgekommen, dass man die Überlebenden der Kompanie auf andere Kompanien verteilt hat, und Tiger hat man dann nach …«

»Wohin?«, fragt Kate ungeduldig. »Wohin hat man ihn geschickt?«

»Nach Kambodscha«, sagt Bill. »Man hat ihn auf eine Sondermission nach Kambodscha geschickt.«

Kambodscha, denkt Kate, als sie sich ins Bett fallen lässt. Tiger ist angeblich mit der Mission entsandt worden, die Nachschublinie auf dem Ho-Chi-Minh-Pfad zu unterbrechen. Kate ist skeptisch. Ist dieser Information zu trauen? Bill Crimmins hat ja schon gezeigt, dass auf ihn kein Verlass ist; woher soll sie wissen, ob er das nicht auch erfunden hat? Obwohl es erklären würde, warum schon so lange keine Briefe gekommen sind.

Kate hat Bill gefragt, wie lange er das mit Kambodscha schon weiß. »Ich hab's erst vor ein paar Tagen erfahren«, sagte er. »Hab nur auf den richtigen Augenblick gewartet, es dir zu erzählen.«

Kate hätte ihm dafür an die Gurgel gehen können. Sicher, über die letzten Tage hatte sie Bill so gut wie nie gesehen, aber er hatte gerade im Theater *zwei* Stunden neben ihr gesessen, ohne ihr irgendein Zeichen zu geben, dass er Neuigkeiten für sie hatte! Er hatte vor sich hin gepfiffen, als er in die Küche kam! Als würde ihn das Wissen um Tigers Sondermission nicht weiter belasten. Wenn Kate ihn nicht zur Rede gestellt hätte, hätte er sein Wissen dann weiter für sich behalten, um mit Pick in Little Fair wohnen bleiben zu können?

Ja. Ganz ohne Zweifel.

Kate war so außer sich – und so beunruhigt wegen Tiger in Kambodscha, einem Ort, der ihr überhaupt nichts sagte und den sie vermutlich nicht mal auf einer Landkarte gefunden hätte –, dass sie Bill Crimmins zum Auszug aufforderte. Bis Ende des Wochenendes könne er noch bleiben, sagte sie. Aber dann sei Schluss.

Bill war aschfahl geworden, das sah sie sogar in der dunklen Küche. »Aber es ist Juli, Katie«, sagte er. »Wo sollen wir denn hin? Alle Ferienwohnungen sind jetzt vermietet, und die könnte ich mir ohnehin nicht leisten.«

»Ich habe euch hier wohnen lassen, weil du gesagt hast, du könntest Tiger helfen. Du hast es mir versprochen.« Ob Bill es ihr explizit versprochen hatte, wusste Kate nicht mehr so genau, aber eins ging aus seinem Brief unzweideutig hervor: Er würde seine Beziehungen nutzen, um Tiger vor Unheil zu bewahren. Diese Zusage hatte er jedoch nicht eingelöst, und das hatte nun Konsequenzen. Dass er sich lediglich nach bestem Wissen und Gewissen bemühte, war nicht genug; nicht, wenn Tigers Leben auf dem Spiel stand.

»Pick hat hier einen Job«, sagte Bill. »Er arbeitet jeden Tag wie verrückt. Und ich muss meinen Betrieb führen! Ich habe Kunden, die sich auf mich verlassen.«

»Tja. Vielleicht kann euch ja ein Kunde irgendwo unterbringen«, sagte sie.

»Katie«, sagte er. »Komm schon. Das passt gar nicht zu dir.«

Er hatte recht; das passte wirklich nicht zu ihr. So knallhart und unnachgiebig war sonst nur Exalta. Kate hatte sich immer durch ihre Freundlichkeit ausgezeichnet. Immer hatte sie ein offenes Ohr für andere, war mitfühlend und hilfsbereit – lauter Eigenschaften, die ihre

Mutter als Schwächen betrachtete. Kate hatte ihr Herz erst verpanzert, seitdem Tiger nach Vietnam musste. »Hast du je darüber nachgedacht, was das für mich bedeutet?«, fragte sie. »Ihn hierzuhaben?«

»Er ist doch fast nie da …«

»Selbst dann«, sagte Kate. Sie wandte sich zum Gehen. »Gute Nacht, Bill.«

»Überleg's dir lieber noch mal, Kate.« Seine Stimme, die aus der dunklen Küche zu ihr in den Flur drang, hatte einen drohenden Unterton. »Ich weiß, ich habe versprochen, nie einer Menschenseele zu verraten, was passiert ist … aber du hast mich nun in eine Lage gebracht, in der ich womöglich nicht länger schweigen kann.«

Er wollte ihr also drohen – und unter anderen Umständen hätte das möglicherweise auch gewirkt. Bill Crimmins war der einzige Mensch auf Erden, der Kates Geheimnis kannte. Doch seine Drohung jagte ihr seltsamerweise keine Angst ein. Falls er irgendwem erzählte, was sie ihm vor so vielen Jahren eingestanden hatte, würde sein Wort gegen ihres stehen. Und Bill Crimmins würde kein Mensch glauben.

Außer Exalta. Wenn sie hörte, was Bill Crimmins zu sagen hatte, würde sie sofort wissen, dass es die Wahrheit war.

Aber das konnte Kate nicht mehr schrecken. Sie wollte nur, dass Tiger baldmöglichst wieder nach Hause kam, heil und gesund. Alles andere war ihr egal.

Während ihrer wahrhaft trübseligen Woche unter Arrest liest Jessie das Anne-Frank-Buch zu Ende. Das Tagebuch endet ganz unvermittelt, und das Nachwort gibt Aufschluss: Anne und ihre Schwester Margot wurden in ihrem Versteck entdeckt und erst nach Auschwitz und dann nach Bergen-Belsen deportiert, wo beide an Typhus starben. Jessie muss heiße Tränen zurückblinzeln und glaubt erst, sie hätte sich verlesen. Sie hatte gedacht, Anne hätte überlebt, denn wie konnte man einer Siebtklässlerin dieses Buch zur Lektüre aufgeben, wenn Anne *gestorben* war? Sie liest das Nachwort noch einmal, doch am Ausgang der Geschehnisse ändert sich nichts. Anne ist gestorben; nur ihr Vater Otto Frank hat überlebt. Miep Gies hat Annes Tagebuch sichergestellt und es später Otto Frank übergeben, der sich dann zu einer Veröffentlichung entschloss.

Die Stelle, bei der bei Jessie schließlich alle Dämme brechen, lautet: *Trotzdem halte ich an meinen Erwartungen fest, trotz allem, weil ich noch immer an das innere Gute im Menschen glaube.*

Jessie weint und schluchzt hemmungslos. Was ist mit Helen Dunscombe?, fragt sie sich. Ist *sie* innerlich gut? Was ist mit Garrison Howe? Und mit Exalta? Auf sie ist Jessie so sauer, dass sie den Verdacht hat, nein, Exalta ist *nicht* innerlich gut. Sie ist voreingenommen und voller Vorurteile. Aber wie konnte sie so werden? Sie hat doch alles, was sich ein Mensch nur wünschen könnte.

Jessie versucht, sich zu beruhigen, ohne viel Erfolg, der Tränenstrom will gar nicht mehr abreißen. Tiger ist auf einer Geheimmission. Jessie kennt keine Einzelheiten, aber es klingt gefährlich, sogar noch gefährlicher als der reguläre Vietnamkrieg.

Ist der *Vietcong* innerlich gut?

Manche vermutlich schon. Der Vietcong ist für den Kommunismus, ein System, in dem alle alles teilen. Aber dieses System ist schlecht, weil die Menschen im Austausch für dieses Teilen ihre Freiheit aufgeben müssen, und für Amerikaner ist die Freiheit das höchste Gut.

Jessie ist die ganze Woche ihrer Freiheit beraubt worden, sie weiß deren Wert also zu schätzen.

Es klopft an der Tür, und Jessie wischt sich eilig mit einem Papiertaschentuch die Tränen ab. »Hallo?«, sagt sie.

Die Tür geht einen Spaltbreit auf, und Pick steckt den Kopf herein. »Alles klar bei dir?«, fragt er. »Ich hab dich weinen hören.«

Jessie kann unmöglich zugeben, dass sie wegen ihrer Ferienlektüre geweint hat. »Man hat meinen Bruder auf eine Geheimmission geschickt«, sagt sie.

Pick kommt herein, schließt die Tür hinter sich und setzt sich zu Jessie aufs Bett. Er ist nur eine Armlänge entfernt. Jessies Mutter würde in die Luft gehen wie eine Granate, wenn sie wüsste, dass Jessie mit Pick allein in ihrem Zimmer ist, hinter geschlossener Tür. Dafür wäre eine weitere Woche Stubenarrest fällig, mindestens, doch sie denkt trotzdem nicht daran, Pick wieder rauszuschicken.

»Das ist ja cool. Vielleicht muss er jemand Wichtiges umbringen, als Attentäter. Vielleicht wird er zum Helden.«

Jessie würde Pick gern belehren, dass Tiger bereits ein Held *ist*; so wie jeder amerikanische Soldat, der in Vietnam kämpft. »Kann sein«, sagt sie. »Wieso bist du zu Hause?« Es ist halb zwölf, fast Mittag. Um diese Zeit ist Pick normalerweise schon am Strand.

»Wetter ist nicht so toll heute«, sagt er. »Und ich wollte mal richtig auspennen. Ich gehe heute Abend noch am Strand feiern, nach der Arbeit. Leute vom Servicepersonal wollen da ein Lagerfeuer machen.«

»Klingt spaßig«, sagt Jessie.

»Ich würde dich echt gern mitnehmen, aber ich bin zum ersten Mal dabei, da wäre es vielleicht nicht so cool, wenn ich mit einem Date aufkreuze.«

Date. Das Wort verleiht Jessies Herz Flügel, trotz ihrer gedrückten Stimmung.

»Ich könnte sowieso nicht mit«, sagt sie. »Ich hab Stubenarrest.«

Pick streckt die Hand aus, um Jessie die Tränen abzuwischen. Sie hält ganz still, und hinterher fühlt sich die Stelle, wo er sie im Gesicht berührt hat, ganz warm an. »Stubenarrest? Was hast du denn ausgefressen?«

»Nonny ist dahintergekommen, dass ich die Kette verloren habe«, sagt sie. »Ich hatte sie genommen, ohne vorher zu fragen.«

»Oh, ein Langfinger«, sagt Pick. »Gefällt mir.« Er beugt sich unvermittelt zu Jessie vor und küsst sie auf die Lippen.

Jessie ist wie vom Donner gerührt. Der Kuss war sehr zart, sehr flüchtig und süß. Noch mal!, denkt Jessie. Mach das noch mal!

Es ist, als könnte er ihre Gedanken lesen, denn er küsst sie wirklich noch einmal, und diesmal bleibt sein Mund auf ihrem Mund, und dann teilen sich seine Lippen, und sie spürt seine Zunge. Es ist ungewohnt, eine fremde Zunge in ihrem Mund, aber auch elektrisierend, ihr ist, als wäre sie gerade eingestöpselt worden. Ihre Zungen berühren sich, und dann küssen sie sich auch schon richtig, wie im Film, und Pick rückt näher, legt ihr eine Hand an den Hinterkopf und zieht sie enger an sich.

Wie lang dauert ihr Kuss? Ein paar Minuten vielleicht. Die schönsten, berauschendsten Minuten, die Jesse je erlebt hat. Küssen ist ... tja, Jessie versteht nun, dass es das Geheimnis des Glücks ist. Von ihr aus könnte dieser Kuss ewig weitergehen. Sie versucht, an nichts zu denken. Gibt sich ganz dem Gefühl ihrer Zungen hin, Picks weichen Lippen, wie er riecht, wie er schmeckt.

Schließlich löst er sich von ihr. Ihr ist leicht schwindelig.

Er grinst. »Das wollte ich längst schon tun.«

»Ehrlich?«

»Ja«, sagt er. »Du nicht?«

Darauf fällt ihr keine Antwort ein.

Pick steht auf. »Ich hole mir was zu essen bei Susie's Snack Bar. Soll ich dir was mitbringen?«

Jessie ist noch immer ganz benommen. »Hähnchen?«, sagt sie.

»Ein Brathähnchen?«, sagt er. »Ist gebongt. Bis später.«

Jessie beobachtet von ihrem Fenster aus, wie Pick sich unten auf sein Rad schwingt und losfährt, selbstsicher und souverän. Er tritt kräftig im Stehen in die Pedale und lässt sich dann ein Stück rollen, hoch auf dem Lenker aufgerichtet, die Haare im Wind. Es gibt auf der ganzen Welt keinen Jungen, der so magnetisch und unwiderstehlich ist wie Pick Crimmins. Jessie ist verliebt in ihn, und sie wird ihn lieben bis an ihr Lebensende und vielleicht sogar darüber hinaus.

Jessie und Pick setzen sich zum Essen auf die kleine Dachterrasse, und hinterher räumt er ihren Abfall weg. Und jetzt?, denkt Jessie. Sie braucht auf die Auflösung nicht lange zu warten – Pick nimmt sie an der Hand und zieht sie mit rein, denn draußen könnten sie von der Plumb Lane aus gesehen werden, und dann küsst er sie wieder. Diesmal ist es sogar noch schöner als beim ersten Mal; Jessie kann sich mehr auf den Kuss einlassen, sie weiß nun, wie es geht. Aber dann will Pick ihr das T-Shirt hochschieben.

Jessie gibt ihm einen Klaps auf die Hand, ohne lang nachzudenken; es ist wie ein Reflex.

Pick weicht zurück. »Entschuldige.« Er hält beide Hände in die Höhe. »Ich konnte mich nicht mehr bremsen. Hören wir besser auf. Ich muss mich auch so langsam für die Arbeit fertig machen.«

Jessie möchte noch nicht aufhören, und außerdem, das weiß sie, muss Pick erst in einigen Stunden ins North

Shore aufbrechen. Aber zu mehr als Küssen ist sie noch nicht bereit. Dass Pick sich bei ihr nicht bremsen kann, freut sie natürlich, aber es macht ihr auch etwas Angst. Angst vor dem Unbekannten.

Später am Nachmittag schreibt Jessie an Leslie und Doris, zwei gleichlautende Briefe.

> *Na, wie läuft Dein Sommer? Mein Sommer ist bisher prima. Ich muss jeden Morgen zur Tennisstunde im Field and Oar Club. Meine Rückhand und mein Aufschlag werden immer besser. Wenn ich mal übers Wochenende nach Hilton Head eingeladen werde, bin ich also gut vorbereitet.*

Jessie erwägt, das Blatt zusammenzuknüllen und noch mal von vorn anzufangen. Leslie könnte verstehen, warum eine Wochenendeinladung nach Hilton Head etwas Besonderes ist, aber Doris kennt sich in solchen Dingen nicht aus, weil ihre Eltern nicht in so feinen Kreisen verkehren.

> *Die einzige »Neuigkeit«, die es bei mir gibt, ist, dass ich einen Jungen kennengelernt habe. Er heißt Pickford Crimmins, wird aber nur Pick genannt. Er ist fünfzehn, aus Kalifornien, und sehr süß – blonde Haare, hellblaue Augen, und sogar braungebrannter als George Hamilton! Seine Familie wohnt diesen Sommer hier bei uns, so sind wir uns überhaupt begegnet.*

Dass wir fest miteinander gehen, würde ich nicht sagen, aber das kommt wahrscheinlich bald.

Jessie lehnt sich zurück, um sich auszumalen, was Leslie und Doris für Gesichter machen werden, wenn sie das lesen – die Neuigkeit haut sie bestimmt um! Sie, Jessie Levin, ist die Erste von ihnen dreien, die einen Freund hat. Dass Pick, technisch gesehen, gar nicht ihr Freund ist, tut nichts zur Sache, denn Leslie und Doris werden ihn ja nie kennenlernen.

Außerdem fahren wir im August zusammen nach Woodstock.

Das streicht Jessie hastig durch. Sie kann sich lebhaft ausmalen, wie Leslie das bei ihrer Mutter ausplaudert, und wie Leslies Mutter dann umgehend David Levin anruft, um zu fragen, was er sich denn bitteschön dabei denkt, seine dreizehnjährige Tochter zu einem Musikfestival fahren zu lassen.

Blair erwartet übrigens Zwillinge! Fällig am ersten August. Sie ist jetzt bei uns auf Nantucket und wird die Kinder im hiesigen Krankenhaus zur Welt bringen. Mein Bruder

Jessie hält inne. Sie möchte über Tigers Geheimmission nicht zu viel verraten. Dass es viel Schaden anrichten könnte, wenn zwei junge Mädchen in Brookline, Massachusetts, davon erführen, kann sie sich zwar nicht vorstellen. Aber trotzdem.

schickt Briefe voller Sachen, die ich niemandem verraten darf. Kirby

Kirby will sie in den Brief einflechten, weil ihre Freundinnen, insbesondere Leslie, ganz besessen von ihrer Schwester sind. Aber Jessie hat sie seit Wochen nicht gesehen und auch nicht mit ihr gesprochen. Sie hat zwar ein Päckchen von ihr bekommen, mit einem Martha's-Vineyard-Batik-T-Shirt und einer Karte mit der Botschaft: *Du fehlst mir!* Ansonsten aber ist es, als wäre Kirby vom Erdboden verschluckt worden.

verbringt den Sommer auf Martha's Vineyard. Ich hoffe, dass ich sie mal besuchen darf, aber ich fürchte, meine Mom lässt mich nicht, weil sie wegen Tiger sehr traurig ist und sich von keinem weiteren Kind trennen möchte, nicht mal für ein paar Tage.

Das sind bisher die wahrsten Worte in ihrem Brief, fällt Jessie auf.

So, das wäre erst mal alles. Schreib zurück!
Deine beste Freundin
Jessie

PS: Danke noch mal für die LP! Ich höre sie ständig!

Eine Notlüge, denkt Jessie. Sie hat sich die Platte noch kein einziges Mal angehört, und jetzt, wo sie und Exalta Krach haben, kann sie auch nicht fragen, ob sie mal den Plattenspieler benutzen darf. Der obendrein im kleinen Wohnzimmer steht, wo Blair den ganzen Tag vorm Fernseher sitzt, tagein, tagaus. Aber was soll's, auch davon werden Leslie und Doris nie erfahren.

Jessie steckt die Briefe in Umschläge, die sie sorgsam beschriftet und frankiert; zum Briefkasten aber kann sie leider noch nicht, da sie ja nicht vor die Tür darf.

Sie lehnt sich im Bett zurück und denkt daran, wie Pick sie geküsst hat.

Ich konnte mich nicht mehr bremsen.

Ist sie tatsächlich so begehrenswert? Das wäre Jessie bisher nie in den Sinn gekommen. Ein erstaunlicher Gedanke, der etwas Beflügelndes hat; sie fühlt sich, als würde sie durch die Lüfte segeln, hoch oben bei den Wolken.

Als sie am Morgen aufgewacht ist, war alles noch wie immer, aber jetzt ist es, als hätte ihr Leben eine ganz neue Richtung eingeschlagen.

Am Morgen darauf sagt Exalta auf dem Heimweg von der Tennisstunde zu Jessie: »Nun, Jessica, heute hast du den letzten Tag Stubenarrest. Ab morgen kannst du wieder tun und lassen, was du willst.«

Sie kann tun und lassen, was sie will. Jessie muss an das Essen mit ihrer Mutter im Mad Hatter denken, bei dem Kate gesagt hat, sie würde ihr die Freiheit schenken, nachmittags mit dem Rad zum Strand zu fahren. Hat Kate inzwischen von der Sache mit der Kette Wind bekommen? Jessie geht stark davon aus, obwohl Kate bisher kein Wort darüber verloren hat. Vielleicht – nein, wahrscheinlich – hat Kate noch nicht mal etwas von Jessies Diebstählen mitbekommen; was eigentlich nicht besonders gut ist, Jessie aber ganz gelegen kommt.

Sie wird Pick zum Strand begleiten, gleich morgen.

In der Nacht schreckt Jessie aus dem Schlaf, weil im Haus jemand herumbrüllt. Mr Crimmins. Sie steht leise auf und öffnet ihre Türen einen Spalt, um besser hören zu können, was los ist. Jedes Wort versteht sie nicht, aber worum es geht, wird trotzdem klar: Mr Crimmins staucht Pick zusammen, weil er sich nicht an seine Ausgehzeit gehalten hat.

Ausgehzeit? Dass Pick eine bestimmte Ausgehzeit hat oder sich überhaupt an irgendwelche Regeln halten muss, wusste Jessie bisher gar nicht. Weil das bei ihm unnötig ist, er hat seine festen Abläufe – Strand, Arbeiten, Schlafen. Ein Blick auf ihren Wecker aber verrät ihr, dass es schon drei Uhr morgens ist.

Drei Uhr morgens? Kommt Pick etwa jetzt erst nach Hause? Dann fällt Jessie die Strandparty am Lagerfeuer ein, aber das war vorgestern Abend. Vielleicht macht die Belegschaft des North Shore jeden Abend ein Lagerfeuer am Strand, so wie Kirby mit ihren Freunden früher. Vielleicht hat man Pick fest in die Runde aufgenommen, und er darf nun jeden Abend mitfeiern, und irgendwann kann er auch Jessie mal mitnehmen, in ein, zwei Wochen, wer weiß? (Nie im Leben wird ihr das erlaubt, sie wird sich also heimlich aus dem Haus stehlen müssen und dabei vermutlich prompt ertappt werden, und da sie damit gleich zwei schwere Verstöße in einem Sommer auf dem Kerbholz hat, wird man sie zur Strafe wahrscheinlich auf ein Internat schicken.)

Jessie beschleicht die Sorge, dass nun Pick unter Arrest gestellt wird, ausgerechnet jetzt, wo ihre Strafe abgebüßt ist.

»Willst du, dass wir hier hochkant rausfliegen?«, fragt Mr Crimmins.

»Nein, Sir.«

»Wir bewegen uns auch so schon auf dünnem Eis.«

»Ja, Sir.«

Als Jessie gleich darauf hört, wie Pick die Treppe heraufkommt, schließt sie eilig ihre Tür und kehrt ins Bett zurück. Von Stubenarrest war nicht die Rede. Jessie kuschelt sich in ihre Bettdecke. Morgen wird sie ihren gelben Bikini tragen.

Am Morgen sieht Jessie bei Pick nach dem Rechten, ehe sie zur Tennisstunde aufbricht. Seine Zimmertür ist geschlossen, er schläft also noch. Als sie vom Tennis zurückkommt, ist sein Fahrrad nicht da, und seine Zimmertür steht offen.

Er wird zum Strand gefahren sein, wie üblich.

Während Jessie in ihren Bikini schlüpft, überlegt sie, ob sie noch etwas zu essen einpacken soll, verwirft den

Gedanken jedoch wieder; das kostet nur wertvolle Zeit. Sie saust nach unten zu Blair, die sich auf dem Sofa ausgestreckt hat, mit einem Kissen zwischen den Beinen. Sie trägt ein neues Kleid, das war die Sensation der letzten Tage, das Kate für sie aus einem Katalog bestellt hat. Es ist aus orangegelbem Cord, mit Rüschen oben am Ausschnitt und langen Ärmeln, was zwar nicht ganz zum Hochsommer passt – Blair steht der Schweiß auf der Stirn, obwohl sie reglos daliegt –, aber auf jeden Fall eine Verbesserung darstellt, denn das gelbe Kleid war längst abgetragen bis zum Gehtnichtmehr.

»Kannst du mir einen Dollar pumpen?«, fragt Jessie. »Ich fahre jetzt zum Surfside Beach und wollte mir da später an der Bude einen Hamburger holen.«

Sie sorgt sich kurz, dass Blair sie fragen könnte, ob sie überhaupt an den Strand darf, oder dass Blair sie darüber belehrt, was es für krasse Geldverschwendung ist, fünfzig Cent für einen Burger und je fünfundzwanzig Cent für Pommes frites und eine Dose Cola auszugeben, obwohl sie sich leicht in der Küche ein Sandwich machen könnte.

Aber Blair sieht sie nicht einmal an. »Mein Portemonnaie ist oben im Zimmer, in meiner Handtasche«, sagt sie. »Nimm dir, so viel du willst.«

»Super, danke.« Jessie mustert ihre Schwester kurz. Ob sie sich Sorgen machen sollte? Blair sieht aus wie ein aufgeblähter, trauriger orangegelber Zombie, der süchtig nach TV-Seifenopern ist. »Brauchst du irgendwas?«

»Ich? Nein, alles gut. Aber danke der Nachfrage.«

Jessie gelobt sich, niemals schwanger zu werden.

Wie anders die Welt ist, jetzt, wo Jessie wieder ihre Freiheit hat. Die Sonne scheint heller, der Himmel ist blauer, die Blumenkästen auf der Fair Street gewinnen alle den ersten Preis. Sie atmet sogar leichter, und es fühlt sich großartig an, auf ihrem Fahrrad kräftig in die Pedale zu treten.

Gleich wird sie Pick am Strand sehen!

Am Surfside Beach angelangt hält sie nach Picks Fahrrad Ausschau. Als es unter den vielen anderen Rädern in den Ständern nicht zu entdecken ist, steigt Panik in ihr auf. Was, wenn er heute woanders ist – Cisco, Madaket, Steps? Vor ihrem geistigen Auge sieht Jessie bereits, wie sie hektisch einen Strand nach dem anderen abklappert. Doch dann sieht sie es, ganz am Ende, mit dem grünlichschwarzen Rahmen und dem weißen Klebeband, das um die Lenkergriffe gewickelt ist, ganz unverwechselbar. Es ist nicht abgeschlossen, was leichtsinnig von ihm ist, aber keine große Überraschung. Pick kennt es vermutlich nicht anders von seinem Leben in der Kommune her, wo alle sich alles teilen und Fahrradschlösser nicht nötig sind. Jessie kettet ihre beiden Räder zusammen und zur Sicherheit auch noch an den Ständer.

Von der Imbissbude her duftet es herrlich nach Hamburgern und gerösteten Zwiebelringen. Jessie überlegt, ob sie sich schon anstellen soll, beschließt aber dann, erst Pick ausfindig zu machen. Sie hat extra zwei Dollar aus Blairs Portemonnaie genommen, um ihn einladen zu können.

Der Surfside Beach ist brechend voll. Die breite Sandfläche ist dicht an dicht mit bunten Sonnenschirmen und

Strandtüchern übersät, dazu dudelt Musik aus Transistorradios durcheinander. Jessie hört erst »Proud Mary« von Creedence und gleich darauf »Touch Me« von den Doors. Es sind hauptsächlich Familien hier, aber da und dort sieht sie auch Grüppchen von Teenagern – Jungs, die sich einen Football zuwerfen, Mädchen, die sich zum Bräunen mit Baby-Öl einschmieren. Jessie hält nach allen Seiten hin Ausschau nach Pick. Er schwimmt wahrscheinlich viel und döst dann in der Sonne; vielleicht lädt man ihn auch ein, bei dem Spiel mit dem Football mitzumachen. Das wünscht sie ihm jedenfalls. Denn ganz allein hier am Strand zu sitzen, wo es von fröhlichen Menschen nur so wimmelt, wäre schon irgendwie traurig.

»Jessie!«

Jessie späht in die Richtung, aus der sie ihren Namen gehört hat, und da entdeckt sie ihn, weiter unten beim Wasser, Pick in seiner senfgelben Badehose, er winkt ihr zu. Überglücklich stapft sie in ihren Flipflops los, quer durch den heißen Sand.

Pick grinst. »Ich wusste doch, dass du das bist«, sagt er. »Trotzdem, ich bin ganz schön überrascht. Dass du so ganz allein herkommst, meine ich, jetzt, wo du wieder vor die Tür darfst.« Er wirft einen Blick über ihre Schulter. »Du bist doch allein hier, oder? Oder ist deine Mutter mitgekommen?«

»Nein, ich bin allein hier.« Jessie spürt, wie sie rot anläuft; er dachte doch wohl nicht etwa, sie würde mit ihrer Mutter herkommen? Dann fällt ihr Blick auf ein Mädchen in einem schwarzen Bikini, direkt hinter Pick, auf einem Badelaken, das sie wiedererkennt, es stammt aus All's Fair. Als er Jessies Blick bemerkt, sagt Pick: »Ach, hey, das ist übrigens Sabrina.«

Jessies Beine fühlen sich mit einem Mal an wie aus Gummi, ganz weich. *Schön ruhig atmen*, schärft sie sich ein. *Kein Grund zur Sorge.*

Sabrina steht eilig auf. Sie ist ungefähr in Picks Alter, fünfzehn oder sechzehn, und sie ist wunderschön, mit einem blonden Pferdeschwanz, einem wahren Zahnpastalächeln und einem richtigen Busen. Ihre Zehennägel sind erdbeerrot lackiert.

»Hey«, sagt Sabrina und reicht ihr die Hand, ganz erwachsen. »Ich bin Sabrina. Du musst Jessie sein. Pick erzählt ständig von dir.«

»Hi«, piepst Jessie zurück. Er erzählt also ständig von ihr; das baut sie ein bisschen auf, trotz der bangen Sorge, dass diese Worte nicht ganz bedeuten, was sie sich wünscht. Wie zur Bestätigung legt Pick der süßen Sabrina den Arm um die Schulter und drückt ihr einen Kuss auf die Wange.

»Sabrina kellnert im North Shore«, erklärt er. »Und sie hat gestern Abend eingewilligt, meine Freundin zu sein.« Er strahlt Jessie an. Es fühlt sich an, als hätte er soeben ihr Herz mit einem Reifen plattgewalzt; oder als hätte er es aufgehoben wie eine Muschel am Strand und dann im hohen Bogen ins Meer geschleudert. *Eingewilligt, meine Freundin zu sein.*

Sabrina pufft ihn in die Seite. »Du weißt, warum ich Ja gesagt habe. Nur, weil ich unbedingt nach Woodstock will.«

»Woodstock oder nichts!«, sagt Pick. »In vier Wochen dürfte ich einen Haufen Geld gespart haben.«

Sabrina lächelt Jessie zu. »Stell deine Sachen ab«, sagt sie. »Dann können wir schwimmen gehen.«

»Oh«, sagt Jessie. »Ich bleibe nicht. Ich wollte nur kurz Hallo sagen.« Sie blickt aufs Meer und versucht, die heißen Tränen wegzublinzeln. Das Wasser funkelt, und Jessie ist erhitzt vom Radfahren, ihr ist schrecklich heiß – aber hier am Strand zu bleiben, mit Pick und Sabrina schwimmen zu gehen, das kommt nicht infrage. Sabrina ist Picks Freundin. Er geht fest mit ihr, und nicht Jessie wird ihn nach Woodstock begleiten, sondern Sabrina. Aber was ist mit neulich? Als sie sich in Little Fair geküsst haben? Es war mehr als bloß ein Küsschen auf die Wange; sie haben sich richtig geküsst. Was hat sich geändert? Pick war in der Zwischenzeit bei einer Strandparty am Lagerfeuer, vielleicht sogar bei zwei solchen Partys, und klar, Jessie hat ihn seither eigentlich nicht mehr gesehen. An ihre Küsse allerdings hat sie in der Zwischenzeit zigmal zurückgedacht, und sie dachte, ihm ginge es genauso. Aber anscheinend kann Jessie ihm nicht gut genug küssen. Warum sonst hätte er sie so schnöde auf den Status einer kleinen Schwester zurückstufen sollen?

Sie hätte ihn nicht wegstoßen dürfen. Hätte ihm erlauben sollen, ihr die Hand unters T-Shirt zu schieben. Aber es war alles noch so neu für sie gewesen, ihr einfach zu schnell gegangen. Trotzdem ist es wahnsinnig unfair, dass Pick nun Sabrina küsst und ihr unters T-Shirt greift. Jetzt kann Pick sich bei Sabrina nicht mehr bremsen, und Jessie ist außen vor.

Sie wendet sich um und bahnt sich einen Weg durch den Irrgarten aus Decken und Badelaken; ist dabei sorgsam bemüht, niemanden mit Sand zu bestäuben, trotz ihres inneren Aufruhrs.

Aus einem Transistorradio ertönt gerade »Suite: Judy Blue Eyes« – *It's getting to the point, where I'm no fun anymore.*

»Jessie!«, ruft Pick ihr hinterher. Sie hört ihn, aber sie sieht sich nicht um. Zumindest so weit wahrt sie ihren Stolz.

Auf dem Parkplatz kettet sie ihr Rad los und versetzt dann Picks Rad trotzig einen Tritt; es kippt scheppernd um.

Bei ihrer Rückkehr nach All's Fair – *All's fair in love and war,* denkt sie und schaudert, weil ihr der Name auf einmal furchtbar grausam erscheint – hört Jessie von der Küche her die laute, erregte Stimme ihrer Mutter. Es interessiert sie nicht weiter. Sie wird einen Brief an ihren Vater schreiben. Wird ihm berichten, wie Garrison sich an ihr gerieben hat, oder ihm Exaltas Antisemitismus schildern, oder dass sie sich Sorgen macht, weil Kate so viel trinkt, und dann darf sie nach Hause. Sie muss weg hier. Wenn sie noch länger auf dieser Insel bleibt, wird sie sterben, zumindest innerlich, das steht fest.

Sie hat jetzt schon Bauchschmerzen. Ist davon überzeugt, dass sie nie wieder wird essen oder schlafen können, nie mehr glücklich sein wird, sorglos und unbekümmert. Die Liebe verdirbt alles, das hat sie auf die harte Tour gelernt.

Sie ist bereits auf der Treppe in Little Fair, als sie von ihrer Mutter erst den Namen von Mr Crimmins und dann den von Pick aufschnappt. Das weckt ihre Neugier, und sie macht noch einmal kehrt.

Als sie in die Küche kommt, funkeln Kate und Exalta sich gerade zornig an, beide mit vor der Brust verschränkten Armen. Sie ist wohl in einen Showdown geplatzt.

»Was ist los?«, fragt sie.

»Mr Crimmins und sein Enkel verlassen uns«, sagt Kate.

»Sie verlassen uns?«, hakt Jessie nach.

»Sie ziehen aus«, erklärt Kate.

Jessie jubiliert innerlich. Das kommt unerwartet. Sie fühlt sich schon etwas leichter.

»Unsinn«, sagt Exalta. »Bill Crimmins ist weit über siebzig, und der Junge ist gerade mal fünfzehn. Wir können die beiden nicht einfach auf die Straße setzen.«

»Und ob wir das können«, sagt Kate. »Bill Crimmins ist ein Hochstapler.«

»Er hat sicher getan, was er konnte«, sagt Exalta. »Und ich erinnere dich nur ungern daran, Schatz, aber dieses Haus gehört mir, und ich allein bestimme, wer hier wohnen darf oder ausziehen muss.«

»Mutter, bitte«, sagt Kate. »Versetz dich doch mal in mich hinein. Versuch dir vorzustellen, wie schwierig es für mich ist …«

»Jessie und Pick haben sich angefreundet«, sagt Exalta. »Es tut ihr gut, wenn noch ein junger Mensch hier ist.« Sie blickt auf und sieht Jessie an. »Nicht wahr, Jessica, du magst Pickford leiden?«

Jessie fängt endlich an, in Tennisbegriffen zu denken. Es kommt ihr vor, als hätte Exalta ihr gerade einen Ball per Lob auf die Vorhand gespielt. Ran ans Netz!, denkt sie. »Offen gesagt, Nonny, kann ich Pick nicht sonderlich leiden. Er erscheint mir so …« Sie bemüht sich, ihre Worte mit Bedacht zu wählen. »Gewöhnlich.« Sie sieht ihre Mutter an. »Und auch irgendwie gefährlich. Ein schlechter Einfluss. Er hat gefragt, ob ich mit ihm nach Woodstock fahren will.«

»Woodstock!«, ruft Kate entsetzt.

Exalta sieht perplex drein. »Man muss bedenken, welche Erziehung der Junge genossen hat. Oder auch nicht genossen hat, je nachdem. Wir können ihn kaum deswegen rauswerfen. Und das möchte ich auch Bill nicht antun, nicht nach all den Jahren, den *Jahrzehnten,* in denen er diesem Haushalt treue Dienste geleistet hat.«

»Er hat uns mehr Ärger verursacht als erspart«, sagt Kate.

»Das ist Unsinn, Katharine, und das weißt du auch«, sagt Exalta. »Und jetzt möchte ich nichts mehr davon hören. Die beiden bleiben, und damit basta.«

»Mutter«, sagt Kate.

»Nonny …«, sagt Jessie.

»Nein«, sagt Exalta. »Mein letztes Wort.«

Jessie kehrt nach Little Fair zurück und stapft langsam

die Treppe hoch. Jetzt fühlt sie sich gleich doppelt betrogen. Nein, sogar dreifach: kein Strand, kein Pick, und keine Aussicht darauf, Pick loszuwerden.

Sie bringt es noch nicht mal über sich, Sabrina zu hassen. Sabrina war nett. Pick hat mit ihr als Freundin eine gute Wahl getroffen. Sie ist hübsch, lieb, freundlich und in seinem Alter. Nicht Sabrina ist das Problem, sondern Jessie selbst.

Ihr Bauch tut inzwischen schrecklich weh. Sie wird sich in ihrem Schlafanzug ins Bett legen, beschließt sie, trotz des herrlichen Sonnenscheins. Sie hat noch ein Buch dabei, das sie nur zum Vergnügen liest, nicht für die Schule, wie Anne Frank. *Merkwürdiges aus dem Frankweiler-Geheimarchiv,* über zwei Kinder, die von zu Hause ausreißen und am Ende im Metropolitan Museum of Art leben.

Jessie würde zu gern auch ausreißen. Das war der Hintergedanke bei der Woodstock-Aktion, aber Pick hat wohl inzwischen vergessen, dass er ihr vorgeschlagen hat, dahin mitzukommen. Ebenso, wie er auch vergessen hat, dass er sie erst in der Butterkammer küssen wollte und dann später wirklich geküsst hat, und zwar leidenschaftlich, gleich zweimal.

Es ist passiert. Sie hat es nicht bloß geträumt – auch wenn es ihr von nun an immer mehr so vorkommen wird.

Als Jessie ihre Bikinihose auszieht, stockt ihr kurz der Atem – sie ist voller Blut. Ihre Periode, denkt sie. Es ist so weit, sie hat zum ersten Mal ihre Tage. Wie sehr hat sie sich diesen Moment herbeigewünscht, ja, herbeigebetet, und jetzt interessiert es sie nicht mal sonderlich. Es ist ihr egal.

CAN'T FIND MY WAY HOME

Tiger ist in Kambodscha. Exalta hat Kates Plan durchkreuzt, Bill Crimmins wegen erwiesener Unfähigkeit an die Luft zu setzen. David boykottiert nach wie vor sie und die Insel. Kate hat in der Kanzlei angerufen, um ihm von ihrem Pakt mit Bill zu erzählen, doch als sie von der Sekretärin durchgestellt wurde, war er überaus kurz angebunden: »Ich hab gerade sehr viel um die Ohren. Können wir uns auf später vertagen?«

Kate wollte erst drängeln: *Wann später? Heute Abend um acht, wäre dir das recht?* Aber dann von ihm zu hören, nein, acht Uhr sei ungünstig, es passe überhaupt die nächste Zeit schlecht, das mochte sie sich nicht antun. Denn es ging nicht darum, dass er zu tun hatte; zu tun hatte er immer. Er wollte einfach nicht mit Kate reden, das war der Punkt.

Ihre Probleme sind alle miteinander verwoben, das sieht sie nun. Womöglich kann sie Bill Crimmins weismachen, nun, da sie ihn leider nicht rauswerfen kann, dass er dank ihrer Güte und Nachsicht bleiben darf; aber auch nur, solange er seinem Schwager weiter Dampf macht, Informationen über Tiger zu beschaffen. Kate klammert sich halbherzig an die Hoffnung, dass diese

Mission in Kambodscha – den Nachschub an den Vietcong zu unterbrechen – weniger gefährlich ist als der Kampf in Vietnam selbst, aber wem will sie etwas vormachen? Da drüben ist alles gefährlich. Sie braucht eine Bestätigung aus zuverlässiger Quelle, dass es Tiger gut geht, dass er heil und unversehrt ist, das ist das Mindeste. Dann erst kann Kate darauf verzichten, sich mit Alkohol zu betäuben, und David hat keinen Grund mehr, ihr die kalte Schulter zu zeigen.

Kate legt sich auf die Lauer und fängt Bill früh am Morgen ab, als er gerade unterwegs zu seinem Pick-up ist, den er immer in der Plumb Lane parkt. »Entschuldige bitte, dass ich neulich so ausfallend geworden bin, Bill«, sagt sie. »Ich war bloß so außer mir wegen Tiger …«

Das scheint Bill umgehend zu besänftigen, sie kann ihm ansehen, dass er bereit ist, ihr zu verzeihen. Er ist ein guter Mensch, und Exalta hat recht, er steht jetzt seit dreißig Jahren diesem Haus und ihrer Familie treu zu Diensten. Dass Kate sich nunmehr in die Lage gedrängt sieht, Bill Crimmins böse zu sein, ihm zu grollen und, schlimmer noch, über ihn ernüchtert zu sein, das bricht ihr das Herz, zusammen mit allem Übrigen in ihrem Leben.

Bill legt ihr eine Hand auf die Schulter. »Das verstehe ich schon, Katie. Ich habe ja auch ein Kind verloren.«

Tatsächlich?, fragt sie um ein Haar. Sie überlegt, ob vielleicht Bills Frau, die schon so lange tot ist, dass Kate sie nicht mehr kennengelernt hat, mal ein Kind verloren hat. Dann erst geht ihr auf, dass er von Lorraine spricht, und knurrt ihn beinahe an.

Bill mag Lorraine verloren haben, aber nicht annähernd so, wie sie Tiger verloren hat. Die beiden in einem Atemzug zu nennen, das grenzt schon an eine Beleidigung. Sei's drum, Kate wird ein Auge zudrücken. Weil seine Tochter, ungeachtet aller Umstände, Bill vermutlich trotzdem fehlt.

»Ihr beide dürft natürlich gern bleiben, du und … Pick.« Der Name des Jungen bleibt ihr fast in der Kehle stecken, wie eine Fischgräte. »Bleibt, solange es nötig ist. Es war herzlos von mir, das sehe ich inzwischen ein, dir einfach so den Boden unter den Füßen wegzuziehen. Nur eine große Bitte hätte ich: Könntest du dafür weiter deinen Schwager anzapfen, dass er alles an dich weiterleitet, was er über Tiger an Neuigkeiten erfährt …?«

»Aber ja, selbstverständlich«, sagt Bill. Seine Augen glitzern verdächtig. »Mir fehlt er doch auch, Kate. Für mich ist er fast wie ein eigener Sohn.«

Um ein eigenes Kind zu bangen oder bloß um jemanden, den man als Ziehkind betrachtet, dazwischen klaffen gefühlsmäßig immer noch Welten. Aber Bill kennt Tiger tatsächlich schon von klein an, und sie standen sich immer nah. Sie sind beide Anhänger der Red Sox und schrauben für ihr Leben gern an Autos herum. Würde Tiger, wenn es hart auf hart käme, sein Leben in Bill Crimmins' Hände legen? Wahrscheinlich schon, muss Kate einräumen.

»Danke«, flüstert sie.

Es gibt noch etwas anderes, was sie unternehmen kann, um sich aus der Patsche zu befreien, in der sie derzeit steckt. Sobald Jessie und Exalta morgens zum Club aufgebrochen sind, bindet Kate sich also ein Tuch ums Haar, setzt ihre Sonnenbrille auf und klettert auf den Fahrersitz des Scout.

Bei der Holperfahrt über das Kopfsteinpflaster der Main Street fühlt sie sich, als säße sie in einem Cocktailshaker. Kate passiert den Kreisverkehr am Bürgerkriegsdenkmal und rumpelt dann weiter über die Upper Main Street. Sie kommt an ihren zwei absoluten Lieblingshäusern vorbei, mit den saftig grünen Grasflächen dahinter, die den Quarter Mile Hill säumen. Das eine ist eher rustikal und scheunenartig, mit Kunstschmiedegittern vor den Fenstern mit dem alten, wellig wirkenden Bleiglas. Das andere eine strahlend weiße Prachtvilla mit einem giebelgekrönten Säulenvorbau und zwei verglasten Wintergärten. Diese Häuser verkörpern die beste Mischung aus Stadt und Land, und Kate träumt davon, Exalta eines Tages zu erzählen, dass sie ein Haus an der Upper Main gekauft hat, der einzigen Adresse, die allen noch begehrenswerter erschiene als die Fair Street. Aber leider fehlt Kate dazu das nötige Kleingeld, zumal derartige Häuser meist ohnehin über fünf oder sechs oder zehn Generationen im Besitz einer Familie verbleiben.

Am Flaggenmast am Caton Circle wirft Kate einen Blick auf die Uhr – vier Minuten. Vier Minuten, gar nicht übel. Bis zu ihrem Ziel allerdings liegt noch eine gewisse Wegstrecke vor ihr.

Sie biegt in die Madaket Road ein. Links steht die Chase Barn, eine in ein Wohnhaus umgebaute alte Scheune, aber das war's dann auch schon mit Häusern. Die Landschaft ringsherum ist ja auch so sehr hübsch, nicht wahr? Rechts glitzert der Macy Pond spiegelblank im Sonnenschein, und dann gelangt Kate auch schon mit Schwung auf den Kamm der Anhöhe, vor der leuchtend grün die sanft gewellten Flächen der Sandford Farm ausgebreitet liegen. Die Madaket Road ist eine geschwungene Landstraße mit nicht weniger als siebenundzwanzig Kurven; Kate überlegt, wie es wohl wäre, sie bei Dunkelheit zu befahren, nach dem Genuss einiger Cocktails.

Schließlich gelangt man in das namensgebende Madaket, ein winziges Dörfchen. In einem der kleinen Cottages hier draußen am Hither Creek haust Madaket Millie, so etwas wie eine lebende Legende auf Nantucket. Im Zweiten Weltkrieg hat sie als Spezialistin in der Küstenverteidigung gedient und viele Stunden lang Ausschau nach Schiffen in Seenot gehalten, aber auch nach deutschen U-Booten. Sie gilt als kauzig und verschroben; nur mit Kindern, Tieren und ihren Nachbarn hier in Madaket geht sie freundlich um. Kate erwägt gleichwohl, ob sie Madaket Millie mal guten Tag sagen und sie einladen soll, mit ihr im Field and Oar Club zu Mittag zu essen. Eine Idee, die nicht so radikal ist, wie es auf den ersten Blick anmutet. Bitsy Dunscombe wird mit Kate wahrscheinlich nie wieder ein Wort wechseln; sie könnte eine neue Freundin gebrauchen, warum also nicht Madaket Millie?

Die Insel ist viel größer, als ihr bisher bewusst war.

Kate biegt nach links in die erste nicht asphaltierte Straße nach dem Weiler ein, die Massasoit Bridge Road. Auf der gleichnamigen Brücke sieht sie erneut auf die Uhr – sechzehn Minuten, seit sie die Stadt verlassen hat. Die Massasoit Bridge Road hört irgendwann auf, und an ihrem Ende biegt Kate wieder links ab und erblickt sofort das Gebäude, dem die Red Barn Road ihren Namen verdankt. Die einst rote Scheune ist zu einem staubigen Rosa ausgebleicht, das Dach teilweise eingestürzt. Genutzt wird die alte Scheune schon lange nicht mehr, doch sie hat sich einen gewissen Charme bewahrt; sie könnte einem Gemälde von Andrew Wyeth entsprungen sein, mit dem platten, windzerzausten Land im Hintergrund und dem Ozean davor.

An dieser einsamen Straße steht nur ein weiteres Gebäude, das Haus mit den sechs Zimmern nämlich, auf das David über eine Verkaufsanzeige in der Zeitung gestoßen ist. Kate erspäht es schon von Weitem. Sie biegt in die breite Auffahrt ein. Die Hausverkleidung aus grauen Schindeln ist recht verwittert, und von der Holzrahmung blättert die weiße Farbe; dennoch wirkt das Haus nicht verwahrlost, sondern strahlt Würde und Charakter aus. Es ist hoch und breit; beide Häuser in der Fair Street würden bequem hineinpassen. Die vordere Veranda geht direkt aufs Meer hinaus. Kate ist hingerissen: Hier spürt man ganz deutlich, dass man auf einer Insel ist.

Kate stellt fest, dass die Haustür nicht abgeschlossen ist, also spaziert sie einfach hinein. Das Haus macht auf

Anhieb einen einladenden Eindruck. Es gibt links ein Wohnzimmer und rechts ein Esszimmer mit einem prächtigen Säulentisch, um den herum zehn Stühle mit hoher Rückenlehne gruppiert sind, und in der Mitte dazwischen einen Treppenaufgang. Hinten befindet sich eine Wohnküche mit großen Fenstern mit Blick auf das mittlerweile brachliegende Land. Mehr als genug Fläche, denkt Kate unwillkürlich, für einen Tennisplatz und einen Swimmingpool; sie hat David zwar gescholten, als er davon sprach (und zwar, wie sie sich zerknirscht erinnert, mit erhobener Stimme; warum ist er immer noch mit ihr verheiratet?), doch jetzt denkt sie, dass es ganz wundervoll sein könnte, hier ein richtiges Anwesen für den Sommer zu erschaffen. Es gibt weit und breit keine Nachbarn, daher wäre ein Tennisplatz hier weder protzig noch vulgär, wie sie anfangs gedacht hatte.

Im oberen Stock findet Kate ein buntes Durcheinander von Zimmern, Badezimmern und Wandschränken vor; hier oben ist alles weiß gestrichen, und hinter jeder Ecke, um die sie biegt, stößt Kate auf ein weiteres Zimmer, ein weiteres Bad. In einigen Zimmern stehen zwei Einzelbetten, in anderen Doppelbetten; zwei sind durch ein Bad mit zwei Waschbecken verbunden. Es gibt einen geräumigen Wäscheschrank und ein Kinderzimmer, in dem noch ein Gitterbettchen steht. In einem anderen Zimmer findet sie Wandregale voller Bücher vor, die wellig aufgequollenen Taschenbücher des Sommers, und Kate stellt sich eine Zukunft vor, in der sie wieder die innere Ruhe hat, um lesen zu können.

Hinter einer Tür verbirgt sich statt eines weiteren Wandschranks eine Treppe, die auf den Dachboden führt. Der Raum ist wohnlich saniert – allerdings stickig warm, es müsste dringend ein leistungsstarker Standventilator her, um es hier oben erträglich zu machen –, mit sechs eingebauten Etagenbetten. Die Betten sind qualitativ hochwertig, aus stabilem, massivem Holz, und die Matratzen sehen neu aus. Vielleicht, überlegt Kate, hat der frühere Hausherr sie für seine Enkel einbauen lassen, auf ihren Wunsch hin oder als Überraschung, und die Brüder und Schwestern und Cousins haben hier oben zusammen nette Stunden verbracht, ganz für sich, haben einander Geheimnisse anvertraut und erfundene Spukgeschichten erzählt, unbelauscht von den Großen.

Kate kommt der Gedanke, ob sie je genug Enkelkinder haben wird, um dieses Dachzimmer zu füllen.

Sie kehrt in den ersten Stock zurück, um das Zimmer zu bestimmen, das mal Tiger gehören wird. Eins der großen Zimmer nach vorn raus, entscheidet sie, mit einem großen Bett und einer Toilette. Nach seiner Rückkehr aus Vietnam können er und Magee – wenn sie denn zusammenbleiben – von hier aus gleich morgens beim Aufwachen aufs Meer sehen, das im Licht der ersten Sonnenstrahlen funkelt.

Das andere Zimmer nach vorn raus werden sie und David nehmen; das Eheschlafzimmer offenbar, mit einem Bad, in dem eine Badewanne mit Löwenfüßen steht. Wenn die übrigen Zimmer an Blair, Kirby und Jessie verteilt sind, bleibt noch eins frei, das sie als Gästezimmer nutzen können.

Kate stellt sich an den Kopf der Treppe und blickt nach unten. Sie hatte nicht damit gerechnet, dass ihr das Haus derart gut gefallen würde; eigentlich dachte sie, es würde ihr überhaupt nicht zusagen. Tatsächlich wollte sie die Besichtigung nur abhaken, um Exalta eine Weile zu entrinnen und David zu beschwichtigen. Vorgefunden hat sie jedoch ein Haus, das der ganzen Familie ein Zuhause sein könnte. Ein Nobeldomizil ist es nicht direkt – es gibt keinen Stuck an den Decken, keine einzigartigen Wandmalereien, keine Möglichkeit, richtige Vorhänge anzubringen. Und auch alte Ziegelfußböden, einen Küchenofen aus Backstein oder eine kuriose Butterkammer sucht man hier vergebens. Kein Haus mit einem altehrwürdigen Stammbaum – vermutlich stammt es aus den Zwanzigern, ein aus Börsenerlösen finanziertes Sommerhaus, erbaut von Leuten mit einer Liebe zur Natur, die obendrein gern ungestört waren.

Ja, es fühlt sich an wie ein Zuhause. Wie der Ort, an dem sie und David die Siebziger-, Achtziger- und, mit etwas Glück, auch noch die Neunzigerjahre verbringen könnten. Vielleicht werden sie hier sogar den ersten Sonnenaufgang des neuen Jahrtausends miterleben.

Das Jahr 2000. Bis dahin sind es nur noch einunddreißig Jahre, und dennoch mutet es an wie reinste Science Fiction.

Der Gedanke beflügelt sie. Die nächsten tausend Jahre wird sie hier einläuten, an der Red Barn Road.

Kate kann es nicht riskieren, den Immobilienmakler von zu Hause aus anzurufen, und sie kann Laundry Real Estate auch nicht persönlich aufsuchen. Was, wenn sie dabei von irgendwelchen Bekannten gesehen wird, die umgehend Exalta Bericht erstatten? Nein, sie wird von einem der Münzfernsprecher aus telefonieren, draußen am Gebäude der Nantucket Electric Company. Es ist Mittag, und es herrscht brütende Hitze. Die Innenstadt ist menschenleer, was günstig ist. Irgendwer könnte sie sonst am Münztelefon beobachten und sofort ins Grübeln geraten, ob sie womöglich eine Affäre hat. Zumindest Bitsy Dunscombe würde so etwas auf Anhieb vermuten.

Kate muss die Gunst der Stunde nutzen.

Ganz allein ist sie indes nicht, an einem der Apparate mit den Plexiglashauben telefoniert gerade ein halbwüchsiger Junge, blond, mit dem Rücken zu ihr. Er brüllt ziemlich herum, sie versteht jedes Wort. »Wo steckt sie denn? Habt ihr von ihr gehört? Nein? Gar nichts?« Dann hängt er den Hörer ein, mit einem solchen Knall, dass Kate vor Schreck der Atem stockt.

»Pick?«, sagt Kate. Es ist das erste Mal, dass sie seinen Namen benutzt. Bill Crimmins hat taktvollerweise davon abgesehen, ihn ihr in aller Form vorzustellen, aber sie kennen sich natürlich vom Sehen. Kate sieht Pick meistens auf seinem Rad, unterwegs zum Strand, später dann zur Arbeit, oder bei seiner Rückkehr. Wenn er herüberschaut und sie bemerkt, winkt er ihr zu, und sie winkt zurück.

Pick wirkt verlegen, als sei es ihm unangenehm, hier angetroffen zu werden; er scheint aufgewühlt, fährt sich hastig mit dem Unterarm über die Augen. Hat der Junge etwa geweint? Kate ruft sich seine Worte ins Gedächtnis, und dann begreift sie auf einmal: Er hat offenbar versucht, seine Mutter ausfindig zu machen.

»Hey, Mrs Levin«, sagt er. Er deutet mit ausholender Gebärde auf die Münztelefone. »Bitteschön, Sie können nun.« Damit wendet er sich zum Gehen, sein Fahrrad, sieht sie nun, lehnt am Telefonmast. Normalerweise wäre sie froh, ihn so rasch loszuwerden. Sie hat ein vertrauliches Gespräch zu führen, bei dem sie nicht von ihm belauscht werden möchte, außerdem flößt er ihr ohnehin Unbehagen ein. Was so weit geht, dass sie es vermeidet, ihn sich allzu genau anzusehen. Jetzt aber bringt sie es nicht übers Herz, ihn in seinem Zustand einfach ziehen zu lassen.

»Pick, geht es dir gut? Ist alles in Ordnung? Versuchst du gerade, Lorraine ausfindig zu machen?«

Er nickt, während er vor sich aufs Pflaster starrt. Dann hebt er den Blick und sieht Kate an. »Sie haben sie gekannt, nicht wahr? Meine Mutter?«

»Oh«, sagt Kate. Geschieht ihr ganz recht, wieso hat sie nicht einfach den Mund gehalten. »Ja, ich kannte sie, aber das ist lange her. Sie hat jahrelang für unsere Familie gearbeitet.« Kate schluckt. »Sie hat sich um die Kinder gekümmert, meine älteren Kinder, als sie noch sehr klein waren.«

»Ich hab keine Ahnung, wo sie steckt«, sagt Pick. »Keine

Ahnung, wo sie hin ist oder wann sie wieder zurückkommt. Ich hab ihr einiges zu erzählen. Dieser ganze Sommer … ich meine, ich habe einen Job gefunden und bin sogar befördert worden, zu den Warmgerichten …«

Kate lächelt. »Gratuliere.«

»Und ich hab eine neue Freundin. Sie heißt Sabrina. Sie ist die hübscheste Kellnerin im Restaurant und außerdem lustig und klug. Es gibt da so zwei alte Damen, die immer bei uns essen kommen, und Sabrina nennt sie nur Arsen und Spitzenhäubchen.« Pick hat die Augenfarbe von Lorraine geerbt, fällt ihr auf, das milchige Blau von Strandglas. »Entschuldigung.«

Kate legt ihm die Hand auf den Arm. Man sieht, dass er an der Sonne war, er ist knackig braun. »Kein Grund, dich zu entschuldigen. Ich weiß, wie es ist, wenn man einen geliebten Menschen vermisst. Mein Sohn ist in Vietnam.«

»Hat Jessie mir schon erzählt«, sagt Pick. »Da sind Sie doch sicher stolz auf ihn.«

»Ja, bin ich«, sagt Kate. »Aber leicht ist es natürlich trotzdem nicht.« Sie stehen noch einige Sekunden wortlos da. Dann wendet Kate sich zum Telefon um. »So, nun will ich mal meinen Anruf erledigen.«

Pick steigt auf sein Rad. »Bis später dann, zu Hause.«

Zu Hause, denkt sie. Er wohnt dort seit gerade mal vier Wochen, mit Menschen, die er kaum kennt, und betrachtet es schon als Zuhause. Das ist entweder wundervoll oder das Traurigste, was sie je gehört hat; Kate weiß nicht, was eher zutrifft.

Sie wirft eine Zehn-Cent-Münze ein und wählt die Nummer.

»Laundry Real Estate«, meldet sich die Vorzimmerdame.

»Ja, hallo«, sagt Kate. »Ich würde gern ein Gebot für ein Haus abgeben.«

FLY ME TO THE MOON (REPRISE)

Eines Morgens wacht Blair früh auf und stellt fest, dass es ihr gut geht, wie von Zauberhand. Es geht ihr sogar besser als gut, sie fühlt sich energiegeladen, voller Tatendrang. Sie steht auf und streift ihr Kleid über. Das Kleid aus orangegelbem Cord, das Kate ihr besorgt hat, ist für Mitte Juli zu warm, aber dank der Wechselmöglichkeit ist Blair zumindest dazu gekommen, ihr zuverlässiges gelbes Kleid mal zu waschen, zu bügeln und auszubessern. Jessie und Exalta sind noch nicht zur Tennisstunde aufgebrochen, Blair findet die beiden beim Frühstück vor, als sie in die Küche kommt. Jessie sitzt da und blickt verdrossen in ihre Cornflakes. Zwei Tage zuvor hat sie an Blairs Tür geklopft und gesagt, sie hätte ihre Tage bekommen.

»Was mache ich jetzt?«, fragte Jessie.

Blair hätte beinahe gesagt, *Geh und frag Mom,* aber Kate war zurzeit kaum ansprechbar, immer leicht weggetreten; man konnte sich ihr nicht anvertrauen, und Verlass war auch nicht auf sie. Halb so wild; Blair würde diese Gelegenheit nutzen, um schon mal ihre Mutterrolle einzuüben. Sie hievte sich umständlich vom Sofa hoch.

»Ich geh rasch in die Drogerie«, sagte Blair. »Lauf hoch und hol mir meine Tasche.«

Später, nachdem sie Jessie gezeigt hatte, wie sie ihre Monatshygiene am besten handhabte, sagte sie: »Wir sollten mal zusammen losgehen und dir einen BH besorgen.«

Jessie war knallrot geworden.

»Das ist die harte Wirklichkeit«, sagte Blair.

An diesem Morgen nun wartet Blair, bis Exalta die Küche verlassen hat, um sich anzukleiden, ehe sie mit Jessie zum Club aufbricht. Dann berührt sie Jessie an der Schulter. »Du und ich, heute Nachmittag«, sagt sie. »Buttner's.«

Nach ihrem Frühstück, einer Banane mit Erdnussbutter, räumt Blair ihr Geschirr und das der beiden anderen vom Tisch und stellt für ihre Mutter ein Glas frischen Orangensaft sowie ein Schälchen Erdbeeren mit etwas Zucker parat. Sie geht wieder hoch, um erstmals seit ihrer Ankunft ihr Bett neu zu beziehen. Sie liebt das Gefühl frischer, sauberer Bettwäsche; die neuen Bezüge, die sie ausgesucht hat, sind weiß und mit Lavendelzweigen bedruckt. Als sie das Bett fertig bezogen und die Kissen schön dick aufgeschüttelt hat, trägt Blair die benutzte Bettwäsche ins Erdgeschoss, wo die Waschmaschine steht, und spannt dann im Garten die Wäscheleine. Es ist ein herrlicher Tag, und sie würde sich am liebsten auf die

Treppe setzen und sich die Sonne aufs Gesicht scheinen lassen; aber sie hat keine Zeit zu vertrödeln. Sie hat noch eine Menge zu tun.

Sie geht nach oben, um ihre Tasche fürs Krankenhaus zu packen: ein seit vier Monaten nicht mehr getragenes Nachthemd, das ihr nach der Entbindung hoffentlich wieder passen wird, Pantoffeln, Haarbürste, Parfüm, Lockenwickler, Zahnbürste, Gesichtspuder und eine Ausgabe von Dr. Spocks Handbuch zur Säuglings- und Kinderpflege, in das sie noch keinen einzigen Blick geworfen hat.

Sie räumt ihr Zimmer ordentlich auf, wischt den Staub von der Kommode und geht dann den Staubsauger holen, aus dem Garderobenschrank. Sie geht mit dem Teppichkehrer über die Holzdielen und den geflochtenen Teppich.

Sie geht wieder nach unten, holt die Bettwäsche aus der Waschmaschine und hängt sie im Garten zum Trocknen auf. Dann hört sie Exalta und Jessie, die soeben von der Tennisstunde zurückkommen. Was für ein Timing!, denkt sie. Sie wird mit Jessie erst zu Buttner's gehen und sie dann in der Charcoal Galley zum Essen einladen, um mit ihr zu feiern, dass sie jetzt eine Frau ist.

Blair fängt Jessie im Garten ab, ehe sie in Little Fair verschwinden kann. »Hey, zieh dich um. Wenn wir bei Buttner's waren, gehen wir noch was essen.«

»Okay.« Jessie nickt. Sie wirkt ein bisschen fröhlicher als noch am Morgen, aber dann vernimmt Blair Stimmen, von der Plumb Lane her, und Jessies Miene fällt in sich zusammen wie ein Soufflé. Blair lugt zwischen der aufgehängten Bettwäsche hindurch und sieht Pick, der soeben auf seinem Fahrrad heranrollt, mit einer hübschen Blondine vor sich auf dem Lenker. Schließlich legt er ein rasantes Bremsmanöver hin, bei dem das Mädchen mehr oder weniger vom Lenker purzelt; sie schafft es gerade noch so, einen Sturz auf die Straße zu vermeiden, und lacht dabei ausgelassen.

»Hey, Jessie!«, ruft Pick.

»Hey, Jessie«, sagt auch seine blonde Begleiterin.

Jessie geht nicht darauf ein. Sie stürmt wortlos auf Little Fair zu und verschwindet im Hausinneren.

Hoppla, denkt Blair. Sie macht sich auf den Weg, um dem glücklichen Pärchen die Gartenpforte zu öffnen. »Hey, Pick«, sagt sie. Dann streckt sie dem Mädchen die Hand entgegen. »Hallo. Ich bin Blair.«

»Sabrina.« Das Mädchen setzt ein gewinnendes Lächeln auf. Niedlich sieht sie aus, mit ihren schneeweißen Zähnen, den blauen Augen und dem kecken kleinen Busen; Blair muss an ein Zuckerplätzchen denken. »Ich bin Picks Freundin.«

Picks Freundin?! Davon hört Blair zum ersten Mal – aber sie war diesen Sommer auch hauptsächlich mit sich selbst beschäftigt, wie sie sich eingestehen muss.

»Nett, dich kennenzulernen«, sagt Blair. Jessies heftige Reaktion auf die beiden, überlegt sie, lässt eigentlich nur einen Schluss zu. »Wo geht's denn hin, ihr zwei?«

»Ich werde Sabrina was zu Mittag kochen.« Pick deutet mit dem Kopf auf Little Fair. »Oben.«

»Dein Großvater ist aber nicht da«, sagt Blair. »Ich muss diesen Plänen also leider einen Dämpfer verpassen. Unbeaufsichtigt kann ich euch beide nicht nach oben lassen.«

Pick macht ein Gesicht, das Blair wiedererkennt; es ist ihr so vertraut, dass sie ein Frösteln überläuft. Flashbacks vermutlich, denkt sie. An Lorraine. »Jessie ist doch gerade hochgegangen«, sagt Pick. »Sie kann für uns die Anstandsdame spielen.«

»Nein. Ich geh gleich mit Jessie in die Stadt«, sagt Blair. »Tut mir leid, Pick. Es ist nervig, ich weiß, aber so sind nun mal die Hausregeln. Die galten schon, als ich noch in deinem Alter war. Ihr könnt gern ins große Haus gehen. Meine Mutter müsste da sein, und meine Großmutter auch.«

Pick seufzt. »Nein, danke. Dann gehen wir eben in die Charcoal Galley und essen da einen Burger.«

Mist!, denkt Blair. Das macht mir einen Strich durch die Rechnung. Aber das macht nichts. Sie kann mit Jessie auch woanders hin. In Cy's Green Coffee Pot etwa.

»Tschüss dann«, sagt sie.

»Also«, wendet Blair sich an Jessie, als sie auf der Main Street unterwegs zu Buttner's sind. »Ich hab die Freundin von Pick kennengelernt.«

Keine Reaktion von ihrer Schwester.

»Nettes Mädel, fand ich.«

Jessie zuckt die Achseln.

»Sie ist sehr hübsch.«

»Ja. Schätze schon«, sagt Jessie.

»Nicht so hübsch wie du, natürlich«, setzt Blair hinzu.

Jessie bleibt unvermittelt stehen. »Blair?«

»Ja?«

»Kannst du bitte aufhören?«

Blair spürt einen Stich, als hätten sich die Worte in ihren Leib gebohrt. »Okay. Entschuldige, entschuldige.«

»Bringen wir's einfach hinter uns, ja«, sagt Jessie und stößt die Eingangstür bei Buttner's auf.

Hier riecht's wie immer, denkt Blair. Nach dem Leder neuer Schulschuhe und der Walkwolle von Kapitänsjacken, nach dem Parfüm der Verkäuferinnen und nach Bohnerwachs. Blair kennt dieses Geschäft schon ihr ganzes Leben lang; hier kauft sie lieber ein als in jedem Kaufhaus in Boston.

Sie geht mit Jessie in die Unterwäscheabteilung, ganz hinten durch, und findet dort Miss Timsy vor, die altvertraute Verkäuferin, die auch Blair schon bei ihrem ersten BH beraten hat. Francesca Timsy, gebürtig hier auf Nantucket, ist ein altes Fräulein, das mit seiner Schwester Donatella Timsy zusammen ein winziges Cottage an der Farmer Street bewohnt. Die Schwestern singen im Kirchenchor von St. Paul's. Beide sind schon steinalt, und dennoch sieht Miss Timsy noch genauso aus wie vor zwölf Jahren – blaue Haare (die sie sich einmal die Woche in Claire Elaine's Beauty Shop ondulieren lässt, gleich nebenan), Nickelbrille und Bleistiftrock, dazu ein Bandmaß, das ihr um den Hals baumelt.

»Katie Nichols?«, fragt Miss Timsy. »Bist du das? Sag bloß, du bekommst schon wieder ein Baby?«

Blair legt Miss Timsy die Hand auf den zerbrechlich-zarten Unterarm. »Nein, Miss Timsy, ich bin Blair Foley, Kates Tochter. Ich erwarte Zwillinge.« Sosehr es ihr schmeichelt, mit ihrer glamourösen Mutter verwechselt zu werden – dieser Irrtum dürfte wohl eher darauf beruhen, dass die betagte Verkäuferin schon sehr senil ist.

Miss Timsy scheint ruckartig in den Sommer 1969 zurückzukehren. »Ach, Blair, natürlich, Liebes«, sagt sie. »Meine Augen haben mir einen Streich gespielt, kein Wunder bei der Hitze dieses Jahr. Von deinen Zwillingen habe ich schon gehört. Donatella ist deiner Mutter beim Einkaufen über den Weg gelaufen.«

»Tja, heute sind wir hier, um für meine Schwester Jessie einen Büstenhalter zu kaufen!«, sagt Blair. Jessie windet sich vor Verlegenheit, und da merkt Blair, dass sie viel lauter redet als sonst, aus Rücksicht auf Miss Timsys betagte Ohren. »Ihren ersten BH!«

Miss Timsy mustert Jessie. »Schwester?«, sagt sie. »Das ist aber nicht Kirby. Kirby ist doch blond.«

»Nein.« Blair schüttelt den Kopf. »Das ist nicht Kirby.« Dass Jessie sich daraufhin noch ein bisschen mehr windet, entgeht ihr nicht. Hoffentlich muss sie Miss Timsy jetzt nicht jede einzelne Familienverästelung erklären. »Das ist Jessica, das Nesthäkchen.«

Miss Timsy hat das Thema für sich gottlob bereits abgehakt. Sie begutachtet Jessies Brust.

»Nun, du wirst in ein paar Jahren eine prächtige Oberweite haben, das sehe ich jetzt schon. Komm, gehen wir dich mal abmessen.«

Blair tut so, als würde sie Jessies flehentlichen Blick nicht bemerken. Miss Timsy ist vom Fach, und von ihr einen BH angepasst zu bekommen, gehört zum Erwachsenwerden einfach dazu. Blair hat es damals überlebt; Kirby hat es überlebt; und Jessie wird es auch überleben.

»Falls was ist, ich bin drüben bei den Babysachen!«, ruft Blair.

Sie streift durch die Damenabteilung und bewundert die neue Herbstmode, die hier schon aushängt, und das Mitte Juli. Bei den hübschen Sachen versetzt es ihr einen schmerzlichen Stich. Ob sie bis Herbst wieder so schlank ist, dass sie in normale Kleidung passt?

In der Kinderabteilung steigen umgehend Erinnerungen in ihr auf, daran, wie sie hier mit Kate und Exalta immer Sachen fürs neue Schuljahr ausgesucht hat. Sie kann sich sogar an ein Jahr erinnern, als Tiger noch im Kinderwagen lag, da muss ihr Vater also noch gelebt haben. Ihr fällt auch das Drama wieder ein, als sie sich eine Paisley-Bluse mit passendem orangerotem Rock ausgesucht hatte, aber dieser Rock es irgendwie nicht mit zu ihnen nach Hause nach Brookline schaffte. Blair war völlig außer sich, weil sie Bluse und Rock zusammen am ersten Schultag tragen wollte. Kate hatte bei Buttner's angerufen, und sie schickten ihnen den Rock per Post nach. Aber war er noch rechtzeitig eingetroffen? Daran erinnert sie sich nicht. So vieles von dem, was einem punktuell wahnsinnig wichtig ist, schwindet schließlich aus dem Gedächtnis. Jessie mag es jetzt peinlich finden, sich einen BH anpassen zu lassen, aber in zehn Jahren, wenn sie die von Miss Timsy prophezeite prächtige Oberweite hat, wird sie sich schwarze Spitzen-BHs und Push-up-BHs zulegen, um ihrem Liebsten eine Freude zu machen; und eines Nachmittags vielleicht, wenn sie mit Freundinnen im Marliave beim Brunch sitzt, erzählt sie ihnen dann davon, wie sie ihren ersten BH bei Buttner's bekommen hat.

Schließlich gelangt Blair in die Babyabteilung – hier gibt es Sachen für Kleinkinder, Säuglinge und Neugeborene. Sie hat noch nichts für die Zwillinge, und es hat auch niemand etwas geschickt. Blair beschließt, vier Ausstattungen für jedes Geschlecht zu besorgen, nur zur Sicherheit. Die Sachen sind allerliebst, winzig und fein wie Puppenkleidchen. Blair entscheidet sich für vier einfache weiße Strampelanzüge, je zwei mit rosa und zwei mit hellblauen Paspeln, und vier kleine Matrosenanzüge, zwei für Jungen, zwei für Mädchen. Die Matrosenanzüge sind unpraktisch, klar, aber sie kann nicht widerstehen, sie sehen zu niedlich aus. Sie übergibt die Sachen der jungen Verkäuferin, die damit zur Kasse geht.

»Warten Sie bitte noch mit dem Eintippen«, sagt Blair. »Es kommt noch ein BH dazu, für meine Schwester.«

Blair geht zurück in die Unterwäscheabteilung, um bei Jessie nach dem Rechten zu sehen. Sie kann Miss Timsy hören, die in einem fort vor sich hin plappert: »Der hier hebt die Büste schön, siehst du das, meine Liebe? Schultern ganz zurück, Kinn hoch …«

Auf einmal durchzuckt Blair ein furchtbarer Schmerz; es fühlt sich an, als würde ihr Leib von zwei riesigen

Händen zusammengedrückt. Dann ist ein Geräusch zu hören, wie das dumpfe Platzen eines Ballons, und ein Schwall Wasser kommt aus Blair herausgeströmt.

Sie schreit los.

Miss Timsy steckt den Kopf aus dem Vorhang der Ankleidekabine, und die junge Verkäuferin hastet herbei, um Blair am Arm zu stützen. »Alles in Ordnung, Miss?« Dann fällt ihr Blick auf die Lache, die sich gerade unten am Boden bildet. Flüssigkeit läuft Blair an den nackten Beinen hinunter, sie ist verlegen und verwirrt, weil sie erst denkt, sie hätte die Kontrolle über ihre Blase verloren, aber dann wird ihr blitzartig klar, dass ihre Fruchtblase geplatzt ist, *hier bei Buttner's,* neben einem Drehständer mit Latzhosen für Jungen. Dann kommt ein Schmerz, der so gewaltig und beharrlich ist, dass sie weiß, das müssen Wehen sein. Es geht also los, es ist so weit.

»Jessie!«, sagt sie. »Wir müssen gehen, ganz schnell!«

Jessie kommt aus der Ankleidekabine, sie hat nur ihre kurze Hose und einen weißen BH an.

»Zieh dein Oberteil an!«, sagt Blair. »Wir müssen nach Hause, ganz fix. Bei mir haben die Wehen eingesetzt. Es geht los.«

»Wir können einen Krankenwagen rufen«, sagt Miss Timsy.

»Nein, nein«, wehrt Blair ab. Sie möchte keine Umstände machen; schon schlimm genug, dass sie nun ihretwegen den Boden aufwischen müssen. »Wir müssen gehen. Meine Tasche, meine Sachen – meine Mutter fährt mich, alles in Ordnung.«

Blendender Schmerz. Blair presst die Zähne zusammen, zählt bis zehn. Der Schmerz hört auf.

Sie machen sich auf den Weg die Main Street hoch; Blair hält sich an Jessies Arm fest wie eine Ertrinkende. Direkt vor Mitchell's Book Corner spürt sie, wie sich eine neue Wehe anbahnt; es ist, als würde ein Lastwagen auf sie zudonnern.

»Wir müssen kurz stehen bleiben«, sagt Blair. Vor dem Buchladen steht eine Bank, und sie kann Jessies Stimme hören, die fragt, ob sie sich nicht lieber setzen will, aber merkwürdig leise, wie aus weiter Ferne. In Blairs Kopf ist gerade nur Platz für ihre eigenen Gedanken und diesen brennenden, weiß glühenden Schmerz. Sitzen dürfte da nichts helfen; vielleicht wird es dadurch eher noch schlimmer – sofern es etwas Schlimmeres geben kann, als auf der Main Street seine Wehen zu haben, unter der heißen, gleißenden Sonne.

Die Wehe trifft sie mit voller Wucht, und Blair bekommt kurz weiche Knie, aber Jessie stützt sie ab.

»Soll ich nach Hause laufen und Mom holen?«, fragt sie.

Blair kann erst wieder reden, als die Wehe abgeebbt ist. »Und mich hier allein zurücklassen? Nein. Komm, gehen wir weiter.«

Sie schaffen es bis zur Ecke Main und Fair Street, doch dort zeichnet sich die nächste Wehe ab. »Geh du vor«, sagt Blair. »Ich bleibe hier.«

Jessie flitzt los. Blair lehnt sich an einen Baum. Das Quaker Meeting House ist gleich gegenüber, auf der anderen Straßenseite – still, ruhig, friedlich. Blair versucht, nur an diese Oase der Ruhe zu denken, aber der Schmerz verzehrt sie geradezu, er ist zu stark, zu übermächtig. Sie weint und schwitzt und verwünscht heftig den Tag, an dem sie Angus kennengelernt hat. Angus, der in Houston ist, tausend Meilen weit weg. Blair versucht, sich an das heutige Datum zu erinnern. Der fünfzehnte, meint sie, also wird morgen der Mondflug starten. Nicht wahr? Oder? Es spielt keine Rolle. Angus könnte ebenso gut auf dem Mond sein, so unerreichbar, wie er jetzt ist.

Ein Auto bleibt vor ihr stehen. Blair senkt den Blick, spricht ein Stoßgebet, dass es weiterfahren möge. Ihre Beine sind klebrig vom Fruchtwasser, ihr Kleid ist hinten klatschnass, sie wäre am liebsten unsichtbar; einen guten Samariter kann sie jetzt wirklich nicht gebrauchen.

»Blair!«

Es ist ihre Mutter, im Scout, zusammen mit Jessie. Jessie springt raus und geleitet Blair zur Beifahrerseite, aber wie soll sie je da hoch und in den Wagen kommen? Doch Jessie stützt und schiebt von hinten, während sie sich das Trittbrett hochhievt, und dann ist es geschafft. Da kündigt sich die nächste Wehe an.

»Wir können nicht übers Kopfsteinpflaster fahren«, sagt Blair.

»Was?«, sagt Kate. »Aber Häschen, es geht doch nicht anders.«

»Wir! Können! Nicht! Übers! Kopfsteinpflaster! Fahren!«, wiederholt Blair mit einer Stimme, die sie selbst nicht erkennt. »Setz zurück.«

»Ich soll zurücksetzen?«, sagt Kate. »Aber die Fair Street ist eine Einbahnstraße, Schatz.«

»Setz zurück, Mom«, sagt Jessie. »Hinter uns ist niemand. Ich behalte die Straße im Auge.«

Eine weitere Wehe kommt. Blair heult auf.

Kate setzt zurück.

»Weiter, nicht stehen bleiben! Weiter!«, sagt Jessie. »Bis zur Lucretia Mott ist alles frei.«

Danke, lieber Gott, denkt Blair. Von der Lucretia Mott Lane geht es in die Pine Street, von der Pine Street in die Lyons, von der Lyons in die South Mill, die in die Prospect Street einmündet, gleich gegenüber vom Krankenhaus. Kate macht vor der Notaufnahme mit quietschenden Bremsen Halt, und es kommen sofort zwei Pfleger mit einer Trage herausgelaufen.

»Ihr lasst mich doch nicht allein, oder?«, fragt Blair ihre Mutter.

»Wir bleiben ganz in deiner Nähe, Schatz«, beruhigt Kate sie. »Keine Sorge, du wirst nicht allein sein.«

Blair schließt die Augen. Sie wird nicht allein sein. Kate und Jessie bleiben bei ihr. Jemand fehlt noch, denkt sie. »Jemand fehlt noch«, murmelt Blair dem Pfleger zu.

»Ach ja?«, sagt er. »Ihr Mann?«

Angus?, denkt sie. Nein.

Es ist Kirby, die noch fehlt.

Blair liegt achtzehn Stunden in den Wehen. Das mag sich strapaziös anhören, doch eigentlich ist es immer nur der Anfang der Wehen und dann das Ende, die nicht leicht sind. Die Wehen kommen in schneller Abfolge, bis Dr. Van de Berg eintrifft und Myrtle, die Krankenschwester, anweist, ihr etwas zu verabreichen, damit sie es »angenehmer« hat.

»Hier kommt Ihr Glas Wein«, sagt Myrtle, als sie Blair etwas in die Infusion spritzt.

Sie verbringt die Nacht in einer Art Dämmerschlaf. Bei Morgengrauen wird sie von der Schwester geweckt, die ihr mitteilt, dass es nun an der Zeit ist zu pressen.

Kate sitzt gleich neben ihr am Bett, und auch Jessie ist mit im Raum, auf einem Hocker in der Ecke. Das wäre in einem Großstadtklinikum undenkbar, aber Blair ist froh, dass man hier nicht päpstlicher als der Papst ist, was Vorschriften angeht.

Dr. Van de Berg kommt wieder ins Zimmer, in blauer OP-Montur. »Wer hätte gern ein Baby oder zwei?«, fragt er. Nach einer raschen Untersuchung sagt er: »Der Kopf des ersten Babys ist schon zu sehen, Blair. Jetzt heißt es pressen.«

Es passiert. Blair wird spontan von Rührung übermannt. Sie wird ein Baby bekommen, zwei Babys. Wird eine Familie erschaffen, genau hier, genau jetzt, am 16. Juli 1969, demselben Tag, an dem der Mensch die erste Reise zum Mond antritt. Angus dürfte in Houston ganz von dem bevorstehenden Start in Atem gehalten werden, Berechnungen überprüfen, immer und immer wieder, in ständigem Kontakt mit Cape Kennedy. Davon aber, dass auf einer Insel dreißig Meilen vor der Küste von Massachusetts gerade seine Kinder im Begriff sind, das Licht der Welt zu erblicken, dürfte er keine Ahnung haben.

»Pressen, Blair, pressen«, sagt Dr. Van de Berg.

Blair tut wie geheißen, sie presst.

»Noch einmal«, sagt Dr. Van de Berg.

»Pressen, Schatz«, sagt Kate. Blair sieht ihre Mutter an. Kates Haar ist wie immer zu einem Knoten frisiert, sie trägt ein pfirsichfarbenes Kleid und dazu eine Perlenkette. Sie hält Blairs Hand mit eisenhartem Griff umklammert, und Blair kann spüren, wie Kate ihre Kraft an sie weitergibt, ihre innere Stärke. Blair weiß, auch ihre Mutter hat das durchgestanden, und vor ihr Nonny, und davor Nonnys Mutter, und so weiter und so fort. Blair hofft, dass Jessie genau zusieht, damit sie lernt, dass alle Frauen stark sind und wundersam.

Stark, denkt Blair. Wundersam.

»Es ist ein Mädchen!«, sagt Dr. Van de Berg mit einem Mal. »Sie ist vollkommen.«

Ein Mädchen!, denkt Blair, und ihr Herz schlägt höher. Jessie hält es nicht mehr auf ihrem Hocker, sie ist aufgesprungen, steht mit großen Augen und vor Anspannung oder Freude geballten Fäusten da. Kate schnieft, wischt sich eine Träne ab.

»Meine kleine Enkelin«, sagt sie.

Dr. Van de Berg reicht das Baby an Myrtle weiter wie einen Laib Brot, den er gerade aus dem Ofen gezogen hat. »Wir sind noch nicht fertig«, erklärt er. »Sie können erst mal tief durchatmen, und dann geht's weiter, wenn es Ihnen recht ist.«

Blair wendet ihrer Mutter das Gesicht zu. »Ich habe schon Ausstattungen besorgt.«

»Die hat Miss Timsy bei uns vorbeigebracht«, sagt Kate. »Zusammen mit drei BHs für Jessie. Danke, dass du dich darum gekümmert hast. Ich hatte ganz fest vor, das …«

»Na bitte«, sagt Dr. Van de Berg. »Da kommt ja schon der Kopf.«

»Noch ein Mädchen, jede Wette«, sagt Myrtle. »Wahrscheinlich eineiige Zwillinge.«

»Pressen«, sagt Dr. Van de Berg.

Blair presst.

Kate drückt ihre Hand. »Du machst das wirklich großartig, Schatz.«

Blair ächzt laut auf, während sie mit aller Kraft presst.

»Noch mal bitte«, sagt Dr. Van de Berg.

»Ich kann nicht«, wimmert Blair. »Es geht nicht.«

»O doch, du kannst es, Schatz«, sagt Kate. »Na komm, noch einmal.«

Blair presst erneut und spürt, wie sich etwas löst, lockert.

»Es ist ein Junge«, verkündet Dr. Van de Berg aufgeregt und voller Freude. »Ein wunderschöner kleiner Junge. Gut gemacht, Mama! Sie haben ein Mädchen und einen Jungen. Einen Sohn und eine Tochter.«

Blair bricht in Tränen aus.

TELEGRAMM AN DR. ANGUS WHALEN,
MISSION CONTROL, HOUSTON, TEXAS

GENEVIEVE FOLEY WHALEN 2.780 GRAMM GEB. UM 6:38 UHR.

GEORGE NICHOLS WHALEN 2.670 GRAMM GEB. UM 6:44 UHR.

MUTTER UND KINDER ALLE WOHLAUF.

Zwei Stunden später, nachdem die Kinder gesäubert und in Tücher eingehüllt worden sind, nachdem Blair die Nachgeburt ausgeschieden hat, genäht worden ist und die Babys mit Erfolg für die allererste Mahlzeit ihres Lebens angelegt hat, bittet Blair um einen Fernseher. Es ist inzwischen fast neun Uhr, und der Start soll in einer halben Stunde stattfinden.

Myrtle sieht sie stirnrunzelnd an. »Wollen Sie denn jetzt nicht schlafen?«

»Mein Mann ist Astrophysiker«, erklärt Blair. »Auf diese Mission arbeitet er seit Jahren hin. Deswegen ist er auch nicht hier. Er ist in Houston, im Kontrollzentrum.«

»Ach so«, sagt Myrtle. »Einen Augenblick.« Sie eilt durch den Flur davon und kehrt wenige Minuten später mit einem kleinen tragbaren Schwarz-Weiß-Fernseher zurück, den sie auf einen Tisch stellt, am Fußende von Blairs Bett.

»Das ist der Apparat aus unserem Schwesternzimmer«, erklärt Myrtle. Sie stöpselt das Kabel ein und dreht an den Antennen herum, bis der Empfang einwandfrei ist – zu sehen ist Cape Kennedy in Florida und die Zuschauer, die sich zu Tausenden zum Start der Mondrakete eingefunden haben. Als Fotos der drei Astronauten eingeblendet werden – Neil Armstrong, Buzz Aldrin und Michael Collins –, überläuft Blair eine Gänsehaut. Sie würde gern darauf hinweisen, dass diese Männer zwar ins Weltall aufbrechen, aber auch nur dank der Vorarbeit vieler anderer, die diesen Flug ermöglicht haben – darunter Dr. Angus Whalen. Die stimmungsaufhellenden Mittel wirken offenbar, denn nach kurzer Selbstbefragung stellt Blair fest, dass sie Angus dafür, dass er die Geburt versäumt hat, nicht die Spur böse ist. Er war in Houston und hat seine Aufgabe erfüllt, während Blair hier ihre Aufgabe erfüllt hat. Keine allzu feministische Sicht der Dinge, klar, aber das ist ihr jetzt völlig egal. Sie hat Zwillinge! Einen Jungen und ein Mädchen, von jeder Sorte eins. Als Dr. Van de Berg gesagt hat, »Gut gemacht, Mama«, hat er damit sie gemeint, Blair. Sie ist jetzt Mama!

Tracy, eine junge Frau, die ehrenamtlich auf der Entbindungsstation aushilft, kommt hinter Myrtle ins Zimmer. Sie hat zwei Flaschen Asti Spumante dabei, in einer Bettpfanne voller Eis.

»Zwillingsgeburten, das haben wir hier nicht alle Tage«, verkündet Myrtle. »Das sollte mit Sekt begossen werden, haben wir uns gedacht.«

Blair klatscht in die Hände. »Gute Idee. Wir sollten alle anstoßen, wenn die Rakete startet!«

»Na, na, wir sind im Dienst«, sagt Myrtle. »Aber ein, zwei Schlückchen werden schon nicht schaden. Immerhin, es ist ein monumentaler Anlass. Zwillinge und der Flug zum Mond, beides an einem Tag!«

Tracy geht los, um Pappbecher zu besorgen, während Myrtle den Sekt entkorkt.

Die riesigen Triebwerke zünden, von unter der Rakete quillt eine feurige Wolke auf, und der Reporter, der hörbar aufgeregt ist, zählt beim Countdown mit: »Fünf … vier … drei … zwei … eins … und sie hebt ab!« Blair prostet den anderen im Raum mit ihrem Pappbecher zu und stößt einen Freudenschrei aus.

»Prosit!«, ruft sie. »Auf zu neuen Abenteuern!« Ein Trinkspruch, denkt sie, der zu mehr als nur einem Anlass passt.

Dr. Van de Berg taucht in der offenen Tür auf und verfolgt auf dem Fernseher, wie die Rakete die Erdatmosphäre durchbricht. Als er sich ihnen zuwendet, wirkt er fast andächtig. »Ihre Kinder«, sagt er, »werden in einer wirklich erstaunlichen Welt aufwachsen.«

TELEGRAMM AN BLAIR FOLEY WHALEN, NANTUCKET COTTAGE HOSPITAL, ENTBINDUNGSSTATION

FROHE KUNDE ÜBER DIE ZWILLINGE ERHALTEN. SENDE BESTE GRÜSSE UND HERZLICHE GLÜCKWÜNSCHE. RÜCKKEHR NACH BOSTON AM 25. JULI. ANGUS.

RING OF FIRE

17. Juli 1969

Lieber Tiger,

Jessie stellt sich Tiger inzwischen als ihre Version von Anne Franks Kitty vor, denn ob Tiger diesen Brief je lesen wird, erscheint ihr doch sehr fraglich. Dieser Zweifel hat auch etwas Befreiendes. Wenn dieser Brief mutmaßlich nie gelesen wird, kann sie die volle Wahrheit schreiben.

Es war eine ereignisreiche Woche.

Jessie erwägt ernsthaft, mit der Neuigkeit anzufangen, dass sie ihre Tage bekommen hat, aber dann hält sie noch mal inne. Was, wenn er diese Zeilen doch liest? Er könnte so angeekelt sein, dass er den Brief vielleicht zusammenknüllt und wegwirft, ehe er den interessanteren Rest gelesen hat.

Dienstagnachmittag war Blair mit mir bei Buttner's, um mir ein paar neue Sachen zu besorgen.

Sie überlegt, ob sie präzisieren soll, dass es um einen BH für sie ging, übt aber erneut Selbstzensur, obwohl Tiger Miss Timsys Prophezeiung, dass Jessie eines Tages mal eine »prächtige Oberweite« haben werde, sicher saukomisch fände.

Als ich gerade in der Ankleide war, halb nackt,

Jessie hatte in kurzer Hose und einem BH dagestanden, während Miss Timsy gerade mit den Trägern beschäftigt war.

hörte ich einen spitzen Schrei. Ich habe den Kopf aus dem Vorhang gesteckt und gesehen, dass Blairs Fruchtblase geplatzt war, der Boden war ganz nass. Die Wehen hatten auch schon eingesetzt.

Die Verkäuferin bei Buttner's hat angeboten, einen Krankenwagen zu rufen, aber das hat Blair abgelehnt. Sie wollte unbedingt nach Hause, und zwar zu Fuß, obwohl sie schlimme Schmerzen hatte. Wir mussten unterwegs mehrmals kurz rasten, unter anderem auch vor Bosun's Locker, und ich hatte riesig Angst, dass die Babys genau dort zur Welt kommen könnten und einer von den Stammgästen Geburtshilfe leisten müsste, aber letzten Endes durfte ich dann doch losrennen und Mom holen. Blair wollte auf keinen Fall über Kopfsteinpflaster fahren, deswegen musste Mom im Rückwärtsgang durch die Fair Street setzen, entgegen der Einbahnstraße!, um zum Krankenhaus zu kommen. Gott sei Dank hat Nonny davon nichts mitbekommen!

Und jetzt zu der wirklich wichtigen Neuigkeit: Du bist offiziell Onkel! Du hast nun eine Nichte namens Genevieve Foley Whalen und einen Neffen namens George Nichols Whalen.

Jessie überlegt, ob Angus wohl etwas dagegen haben wird, dass beide Babys nach Blairs Familie benannt worden sind. Irgendwie erscheint ihr sogar fraglich, ob er bei den Vornamen Genevieve und George irgendwie mitzureden hatte. Im Krankenhaus hat sich niemand nach Angus erkundigt, worüber Jessie sich erst gewundert hat. Bis ihr einfiel, dass es auf Nantucket in früheren Zeiten viele Fischer gab – Walfänger und dergleichen –, und dazu viele Sommer-Strohwitwen wie Kate, deren Männer unter der Woche in der Stadt waren, bei der Arbeit, eine Entbindung in Abwesenheit des Vaters war hier also vielleicht fast schon der Normalfall.

Angus war nicht hier, weil gestern ja die Apollo 11 zum Mond gestartet ist.

Jessie fragt sich, ob Tiger überhaupt etwas von dem großen Ereignis mitbekommen hat. Wie sieht es drüben bei ihm mit aktuellen Zeitungen aus? Letzten Heiligabend hatten Tiger und Jessie noch die Apollo 8 bei der Mondumkreisung beobachtet und den Astronauten gelauscht, die aus der Bibel vorlasen, den Anfang der Schöpfungsgeschichte, und dabei waren sie sich einig gewesen, dass ein schreckliches Jahr damit doch noch ein gutes Ende gefunden hatte.

Er ist in Houston, in der Kontrollzentrale, und als Blair den Schwestern das erzählt hat, haben sie einen Fernseher ins Zimmer gebracht, damit wir den Start live verfolgen konnten. Außerdem haben sie zwei Flaschen Sekt spendiert, und mir haben sie auch einen Becher voll eingeschenkt!

Jessie überlegt, wie viel sie Tiger verraten soll. Denn Tatsache ist, Jessie hat mehr als nur einen Becher Sekt getrunken. Als sie ihren eigenen Becher geleert hatte, hat sie es ausgenutzt, dass alle förmlich mit den Augen am Fernseher klebten, und heimlich noch Blairs Sekt und den von Myrtle, der Krankenschwester, geschlürft. Es war das erste Mal, dass Jessie Alkohol trank, und als sie ihre anfängliche Aversion gegen den Geschmack überwunden hatte – der Sekt war prickelig wie Limonade, aber eher bitter, säuerlich –, machte sich ein warmes, kribbliges Wohlgefühl in ihr breit, und die Welt kam ihr plötzlich vor wie ein ganz wundervoller Ort, an dem beides seinen Platz hatte, das intime Wunder einer Geburt ebenso wie das von allen mit Spannung erwartete Wunder einer Reise zum Mond.

Vom Weltraum aus würden die Astronauten die gesamte Erde sehen können – die Insel Nantucket ebenso wie Vietnam im fernen Asien –, und diese Vorstellung erschien Jessie irgendwie tröstlich.

Wenn sie es bei dem Sekt belassen hätte, wären die Dinge vielleicht nicht derart aus dem Ruder gelaufen. Doch als sie und Kate am Vormittag nach Hause kamen, merkte Jessie, dass sich bei ihr ein dumpfer Kopfschmerz ankündigte. Dank ihrer Mutter und Großmutter wusste sie, dass dieser Zustand Kater genannt wurde, und dass es nur eine Möglichkeit gab, sich dieses unerfreuliche Gefühl vom Leib zu halten: Man musste weitertrinken.

Jessie rechnete damit, Pick in Little Fair anzutreffen, als sie die Treppe hochstieg – sein Fahrrad lehnte draußen am Zaun –, aber seine Zimmertür war geschlossen. Und darüber war Jessie heilfroh. Sie warf einen Blick in den Kühlschrank. Unten in der Tür stand ein ganzes Regiment gedrungener brauner Bierflaschen, Budweiser. Sie zählte nach. Es waren neun. Die Flaschen standen dort schon den ganzen Sommer. Würde es Mr Crimmins auffallen, wenn eine fehlte? Wohl kaum, dachte Jessie, aber zur Sicherheit rückte sie die Flaschen etwas auseinander, als sie sich eine genommen hatte, damit die Lücke nicht auffiel.

Sie verzog sich mit dem Bier und einem Flaschenöffner in ihr Zimmer, den sie in der Kramschublade gefunden hatte. Beim Öffnen des Kronkorkens kam ihr etwas in den Sinn, was sie in Naturwissenschaften gelernt hatte: Der Flaschenöffner funktionierte nach dem Hebelprinzip.

Sie probierte das Bier. Es schmeckte sogar noch scheußlicher als der Sekt anfangs, aber nach ein paar konzentrierten Schlucken merkte Jessie, wie sich das wohlig duselige Gefühl wieder in ihr ausbreitete. Ab da konnte sie den Geschmack außer Acht lassen und das Bier einfach so in sich reinschütten. Sie rülpste.

Noch eins?, überlegte sie. Langsam war ihr ein wenig schwindelig.

Und da hörte sie Stimmen – von Pick und einem Mädchen. Sabrina. Hier oben, im Haus. Waren die beiden etwa in Picks Zimmer gewesen?

Jessie riss die Zimmertür auf und stürmte in den Flur.

»Hey, Jessie!«, sagte Pick. »Die Babys sind da, habe ich gehört. Ein Junge und ein Mädchen. Das ist echt cool.«

Jessie funkelte Sabrina aufgebracht an. »Ihr wisst doch, dass ihr hier oben nicht allein sein dürft. Wenn kein Erwachsener im Haus ist.«

Die bisher immer so freundliche Sabrina verwandelte sich mit einem Mal in eine biestige Hexe, ganz wie von Jessie im Stillen erhofft. »Was willst du denn machen, uns verpetzen?«

»Könnte ich machen«, sagte Jessie. »Meine Familie plant ohnehin schon, Pick und seinen Großvater rauszuschmeißen. Wenn meine Mutter dahinterkommt, dass du hier oben bei Pick im Zimmer warst, wird sie bestimmt ziemlich sauer.«

»Jessie«, sagte Pick. Die Angst stand ihm ins Gesicht geschrieben. Jessie spürte, wie viel Macht sie auf einmal hatte.

»Mach, was du willst.« Sabrina zuckte die Achseln. »Ich muss jetzt nach Hause, duschen.« Sie wandte sich Pick zu. »Bis später, bei der Arbeit.« Sie küsste ihn, ein feuchter, schlabbriger Kuss, der gar nicht mehr aufhören wollte. Jessie wurde spontan übel, sie hätte sich um ein Haar übergeben müssen, aber da stieß Pick Sabrina von sich. Er zumindest wusste anscheinend, was sich gehörte.

Sabrina huschte wortlos die Treppe hinunter. Pick und Jessie blieben allein zurück.

»Jessie«, sagte er.

»Vor ein paar Tagen«, sagte sie, »hast du jemand anderen so geküsst. Mich.«

»Ich weiß, Jessie, aber …«

»Was, aber?«

»Das war, ehe ich erfuhr, dass Sabrina mich ebenfalls mag«, sagte er.

Seine Worte waren wie ein Schlag ins Gesicht. Aber Jessie war stolz auf sich, sie ließ sich nichts anmerken. Zuckte nicht mit der Wimper. Starrte ihn einfach nur an, so hasserfüllt es nur ging.

»Ich mag dich, Jessie, aber du bist erst dreizehn. Sabrina ist fünfzehn, wir sind Kollegen. Ich hab sie auf Anhieb gemocht, seit ich sie zum ersten Mal gesehen habe. Sie ist so hübsch. Ich meine, du bist auch hübsch, und du bist echt nett, aber …«

»Aber du magst eben Sabrina. Du hast sie gefragt, ob sie deine Freundin sein will, und hast ihr angeboten, mit dir nach Woodstock zu fahren. Dass du ursprünglich mit mir nach Woodstock wolltest, hast du aber nicht vergessen, oder?«

»Ja, gut.« Pick verdrehte die Augen. »Aber das war doch nur Spaß.« Er schluckte. »Nicht ernst gemeint. Ich meine, wir wissen doch beide, dass du nie und nimmer mit nach Woodstock dürftest.«

»Hier darf nur einer nicht nach Woodstock: du!« Jessie wurde zunehmend angriffslustig. »Niemals lässt Mr Crimmins dich dahinfahren, du wirst dich also mit Sabrina heimlich wegschleichen müssen, und ihr werdet bestimmt erwischt!« Jessie wollte gern daran glauben, aber sie wusste auch, dass Pick ziemlich gewieft war, mit allen Wassern gewaschen. Er und Sabrina würden nach Woodstock fahren, sich die Bands anhören, zusammen tanzen und dann später bei jemandem hinten auf dem Pick-up schlafen, eng aneinandergekuschelt. Pick würde seine Mutter finden und ihr Sabrina vorstellen, seine Freundin. Jessie sah es ganz deutlich vor sich: Pick und Sabrina, nicht Jessie. Sie würde hier auf Nantucket bleiben, brav ihre Tennisstunden absolvieren, Windeln wechseln und auf Neuigkeiten von ihrem Bruder warten, ob er noch lebte, oder ob es ihn erwischt hatte.

»Jessie«, sagte Pick. »Es tut mir leid. Ich wollte dir nicht … ich finde, du bist ein tolles Mädel. Ich meine, wir sind doch noch Freunde, oder?«

Jessie konnte die Tränen nicht mehr zurückhalten. Weil er nun so nette Sachen sagte, und das, obwohl sie ihn doch eigentlich hassen wollte.

»Freunde?« Sie sah ihn mit schräg gelegtem Kopf an. »Da bin ich mir nicht so sicher, Pick. Ganz im Gegenteil.« Nach dieser Antwort fühlte sie sich wieder etwas stärker, und da sie mit Blair etliche Stunden Seifenopern konsumiert hatte, wusste sie auch, was nun zu tun war. Sie wandte sich schroff ab, ging zurück in ihr Zimmer und schloss die Tür hinter sich, leise, aber mit Nachdruck.

Von all dem, beschließt Jessie, braucht Tiger nichts zu erfahren; von ihrer großen Demütigung, von ihrem gebrochenen Herzen oder von ihrem nachfolgenden Kater – grauenhafte Kopfschmerzen, als drohte ihr der Schädel zu platzen. Sie versteht nun, was das Trinken reizvoll macht, hat aber auch die Konsequenzen kennengelernt.

Lohnt sich nicht, unterm Strich.

Das war also die Geschichte von der Geburt unserer Nichte und unseres Neffen. Blair kommt erst am Sonntag nach Hause – nach der Geburt von Zwillingen darf sie extralange im Krankenhaus bleiben –, und wenn die Babys hier sind, zeige ich ihnen ein Foto von Dir und erzähle ihnen von ihrem tapferen Onkel Tiger.

Du fehlst mir sehr. Bitte lass bald von Dir hören!

Alles Liebe
Messie

Tags darauf kehrt das Leben in seine gewohnten Bahnen zurück, doch Jessie hat auf ihre Tennisstunde wirklich keine Lust. Sie versucht, sich davor zu drücken, indem sie Kate fragt, ob sie ins Krankenhaus mitkommen darf, um die Babys zu besuchen, aber Kate erklärt, dass George diesen Morgen seine Beschneidung hat und der Nachmittag für einen Besuch daher günstiger wäre. Jessie kann sich unter dem Wort »Beschneidung« nichts Rechtes vorstellen und hakt bei Kate nach, die jedoch bloß den Kopf schüttelt, wie um anzudeuten, dass sie das mit Jessie jetzt nicht vertiefen möchte.

Jessie und Exalta brechen also zum Club auf, mit einem Schlenker zur Post, damit Jessie ihren Brief an Tiger einwerfen kann. Exalta steht dabei und beobachtet sie halb nachsichtig, halb mitleidig, in etwa so, als würde Jessie einen Brief an den Weihnachtsmann aufgeben.

In Jessie schwelt noch immer der Unmut wegen Pick. Sie starrt Exalta wütend an. »Schickst du Tiger vielleicht auch mal einen Brief?«

»Auf geht's«, sagt Exalta. »Wir müssen weiter, sonst kommen wir noch zu spät.«

Aber Jessie lässt sich nicht beirren. Andauernd wird sie ignoriert, übergangen, nicht für voll genommen, sie ist es leid. »Nonny, schreibst du je an Tiger? Hast du ihm auch nur einmal geschrieben, seit er in Übersee ist?«

»Nein«, sagt Exalta. Das kurze Wort hängt in der Luft, nackt und grausam, und das merkt sie wohl selbst auch, denn sie setzt hinzu: »Vielleicht sollte ich das mal nachholen.«

Vielleicht?, würde Jessie ihr am liebsten ins Gesicht schreien. *Du solltest es* vielleicht *mal nachholen?* Aber Schweigen, das weiß sie seit Kurzem, ist mitunter wirksamer als ein lauter Wutausbruch.

Als sie im Club ankommen, verspürt Jessie wieder den starken Drang, etwas zu stehlen, am liebsten sofort, in Exaltas Beisein, doch das könnte nach hinten losgehen. Stattdessen steuert sie wortlos auf die Umkleide zu, um sich vor ihrer Stunde etwas abzuregen.

»Nicht trödeln, hörst du«, sagt Exalta. »Ich gehe jetzt und treffe mich mit Mrs Winter.«

Jessie ist noch immer auf hundertachtzig, als sie in die Umkleide kommt. Sie würde am liebsten mit ihrem

Schläger die Spiegel zertrümmern, einen nach dem anderen. Aber dann hält sie inne – auf dem kleinen Sofa im Vorraum sitzt einer der Dunscombe-Zwillinge, bitterlich weinend, das Gesicht in die Hände gestützt.

»Hallo?«, sagt Jessie behutsam. Sie weiß nicht, ob es Helen oder Heather ist. Wenn sie sich sicher sein könnte, dass es Helen ist, würde Jessie sie einfach ignorieren; aber Helen mag sie ja, und außerdem hat sie noch immer ein schlechtes Gewissen, weil sie ihr das Geld geklaut hat.

Die Weinende blickt auf. Es ist Helen.

Nun kann Jessie nicht mehr zurück. »Alles in Ordnung?«, fragt sie betont beiläufig.

Helen ringt um Atem. »Ich hasse meinen Tennislehrer«, sagt sie.

Jessie verdreht beinahe die Augen. Das sieht Helen Dunscombe ähnlich, wegen etwas so Blödsinnigem wie Tennis zu weinen.

»Ich könnte ihn … ich könnte ihn *umbringen*!«

Jessie wird hellhörig. Weniger wegen der Worte – jeder will schließlich irgendwen umbringen –, sondern wegen Helens Tonfall und der Art, wie sie dabei die Fäuste ballt. Jessie will erst fragen, um wen es geht, aber dann fällt ihr ein, dass Helen bei Garrison Howe Unterricht hat. Und dann geht ihr ein Licht auf. Obwohl sie Helen wirklich nicht ausstehen kann, lässt sie sich vor ihr nieder, auf der Kante des Couchtischs.

»Garrison«, sagt sie. »Hat er …« Sie weiß nicht ganz, wie sie es ausdrücken soll. Sie räuspert sich. »Er hat dich berührt, richtig?«

Helen hört kurz auf zu weinen und sieht sie verblüfft an. »Woher weißt du das?«, flüstert sie.

»Ich hatte meine erste Stunde bei ihm, und da hat er sich an mir gerieben«, sagt Jessie. »Ich bin vor ihm geflohen.«

»Ich hab's meiner Mutter erzählt, beim ersten Vorfall«, sagt Helen. »Ich würde sicher übertreiben, hat sie gesagt, und dass ich mich nicht so anstellen soll. Dann ist es wieder passiert – er ist mir mit dem Handrücken über die Brust gefahren, als er meinen Aufschlag korrigierte –, und als ich ihr davon erzählt habe, hat meine Mutter nur gesagt, so wären Männer nun mal, ich müsste mich halt damit abfinden.«

Jessie blinzelt. Genau deswegen hat sie nicht den Mut aufgebracht, sich Kate oder irgendwem anderen anzuvertrauen. »Wir könnten zusammen zu Ollie Hayward gehen, ihm schildern, was vorgefallen ist«, sagt sie. »Uns beiden müsste er glauben.«

Helen schüttelt den Kopf. »Kann sein, dass er uns glaubt, aber unternehmen wird er nichts. Sogar Heather denkt, ich würde nur einen Vorwand suchen, um zu Topher zu wechseln.«

Das wäre auch Jessies erster Gedanke, wenn sie nicht über Garrison Bescheid wüsste. »Du willst es also niemandem erzählen?« Jessie tut das bisher Unvorstellbare – sie hält Helen ihre Hand hin.

Helen greift danach und sieht Jessie mit einem matten Lächeln an. »Na ja«, sagt sie. »Dir hab ich's ja jetzt erzählt.«

Die ganze Tennisstunde über drischt Jessie auf den Ball ein wie niemals zuvor. Ihre Vorhand ist ein Feuerball, ihre Rückhand verlässlich und solide, ihr Aufschlag mörderisch – so kommt es ihr zumindest vor, weil sie so wütend ist. Garrison hat sich bei Helen Dunscombe krasse Freiheiten herausgenommen und bei all seinen anderen Schülerinnen vermutlich auch. Vielleicht sogar bei Mädchen, die noch jünger sind als Helen und Jessie.

Es ist diese Vorstellung, die den Ausschlag gibt. Jessie steckt den Ball ein und geht aufs Netz zu. Suze steht da und erwartet ihren Aufschlag, leicht vorgebeugt, den Schläger beidhändig umfasst.

»Ach, ich bitte dich«, sagt sie. »Hör nicht schon auf. Du hast heute echt einen Lauf. So stark hast du den ganzen Sommer noch nicht gespielt.«

»Suze«, sagt Jessie. »Ich muss dir was erzählen.«

Sie denkt an den Ratschlag ihres Vaters, vor dem Reden immer erst gut nachzudenken. »Ehe ich zu dir kam, war Garrison mein Lehrer.« Sie hält kurz inne, um Atem zu schöpfen. »Während der ersten Stunde wollte er mir zeigen, wie eine beidhändige Rückhand geht, und hat sich dabei von hinten an mir gerieben.«

»Er hat sich an dir gerieben? Anzüglich?«, sagt Suze. Sie stemmt die Hände in die Hüften. »Ernsthaft? Kein Scherz?«

»Ich bin vor ihm weggerannt«, sagt Jessie. »Und hab meine Großmutter gebeten, zu einer Lehrerin wechseln zu dürfen. Und so bin ich bei dir gelandet.«

»Hast du deiner Großmutter gesagt, was Garrison gemacht hat?«, fragt Suze. »Oder irgendwem sonst davon erzählt?«

»Nein«, sagt Jessie.

»Oh, Jessie.« Suze sieht sie mitfühlend an. »Mir hättest du es doch sagen können. Du weißt, dass ich für dich immer ein offenes Ohr habe, jederzeit.«

»Jetzt sage ich es dir ja«, sagt Jessie. Die Sonne knallt nur so auf den Platz aus orangegelber Tonerde, sie kommt fast um vor Hitze und Durst, bräuchte dringend Schatten und Wasser. Aber das muss warten, entscheidet sie beim Gedanken an Garrisons andere potenzielle Opfer, Mädchen, die vielleicht gerade erst zehn oder elf sind, oder nächsten Sommer, wenn Garrison wieder hier unterrichtet, zwölf oder dreizehn sein werden. »Helen Dunscombe hat er auch betatscht. Sie hat in der Umkleide geweint deswegen. Er hat ihre Brust berührt, beim Korrigieren ihres Aufschlags. Helen hat es ihrer Mutter erzählt, und die hat bloß gesagt, dass Männer nun mal so sind.«

Suze reißt die Augen auf. »Was?« Sie richtet sich zu ihrer vollen Größe auf und fängt an, das Netz des Schlägers von ihrer flachen Hand abfedern zu lassen. »Gut, ganz unrecht hat sie nicht. Stimmt schon, Männer sind wirklich so. Aber wir müssen uns das nicht bieten lassen. Hast du gehört, Jessie? Wir müssen es uns nicht bieten lassen.«

»Was sollen wir denn tun?«, fragt Jessie. Auf einmal bereut sie es, Suze ins Vertrauen gezogen zu haben, und sie hätte auch Helen Dunscombe besser nicht erwähnen sollen. »Willst du es Ollie Hayward erzählen?« Ihr wird ganz anders bei der Vorstellung, in Ollies Büro antreten zu müssen, oder gar im Büro von Mr Bosley, dem Geschäftsführer des Field and Oar Club, oder – das wäre der schlimmste Horror – vor dem Direktorium, einer ergrauten Altherrenriege, bestehend aus Leuten wie Mrs Winters Ehemann. Jessie wird gezwungen sein, diesen Leuten ihr peinliches Erlebnis zu schildern, und dann ist ihr guter Ruf befleckt, und Helen Dunscombes Ruf gleich mit – und danach streitet Helen vielleicht alles ab, und Jessie steht ganz allein da, auf verlorenem Posten. Für sie würde es jedenfalls ungleich schlimmer ausgehen als für Garrison Howe, das steht fest. »Bitte. Meine Großmutter, meine Familie … die dürfen von der Sache nichts erfahren.«

Suzes Gesicht ist vom Sonnenvisier überschattet; in der gleißenden Sonne kann Jessie nur den weißen Streifen Zinksalbe auf ihrer Nase erkennen, sonst nichts. Aber Suze denkt offenbar gerade nach, so viel ist klar.

»Nein, ich werde Ollie nichts erzählen«, sagt Suze schließlich. »Der wird bloß abwinken, und selbst wenn nicht, wird er Garrison kaum angemessen bestrafen. Aber ich schon. Ich werde ihn angemessen bestrafen. Werde dafür sorgen, dass Garrison von selbst seinen Hut nimmt.«

Jessie atmet erleichtert auf. Suze versteht sie. Suze ist ihr Vorbild. »Was hast du denn vor?«, fragt sie.

»Ich werde Jeremy Pryors Hilfe einspannen. Er hat meiner Wenigkeit seine ewige Liebe und Ergebenheit geschworen.« Suze grinst. »Der kann mir keine Bitte abschlagen.«

Jessie ist fasziniert, aber nicht überrascht. Weil Suze ein Mensch ist, der wirklich solche Gefühle in einem weckt. »Worum willst du ihn bitten? Soll er Garrison vermöbeln?«

»Viel besser«, sagt Suze. »Jeffrey hat hier gleich zwei Jobs. Zum einen Grillkoch an der Snackbar« – von ihm hat sie also die Fruchtgummis geklaut, denkt Jessie schuldbewusst –, »aber er ist auch für die Herrenumkleide zuständig!« Suze reckt triumphierend die Fäuste in die Luft.

Jessie ist verwirrt. »Verstehe ich nicht.«

»Tja, lass dich aufklären. Ich werde Jeffrey bitten, Tigerbalsam in Garrisons Sackhalter zu schmieren, ihm Juckpulver in die Socken zu streuen und seine Cola mit Abführmittel zu versetzen!« Suze grinst erneut. »Vertrau mir, in einer Woche ist Garrison über alle Berge. Der lässt sich hier nie mehr blicken.«

Jessie malt sich aus, wie Garrison mitten in der Stunde den Platz verlässt und mit hochrotem Kopf zur Toilette rast, voller Angst, vor aller Augen ein sehr peinliches Missgeschick zu erleiden. Sie würde Suze am liebsten um den Hals fallen. Wenn sie das erst Helen Dunscombe erzählt!

»So. Nun aber zurück mit dir an die Grundlinie«, sagt Suze. »Du bist mir noch einen Volley schuldig.«

ALL ALONG THE WATCHTOWER

Als Kirby am Freitag zur Arbeit kommt, setzt Mrs Bennie sie darüber in Kenntnis, dass Senator Edward Kennedy und sein Cousin Joe Gargan am Morgen ihre Zimmer bezogen haben, nun am Abend aber außer Haus seien.

Kirby weiß bereits, dass der Senator auf der Insel Chappaquiddick eine Feier für die jungen Frauen ausrichtet, die 1968 als Wahlkampfhelferinnen für seinen Bruder Bobby Kennedy, damals Präsidentschaftsbewerber, im Einsatz waren. Auch Pattys Schwester Sara gehörte diesem erlesenen Kreis an, und sie ist aus Anlass der Party hierher auf Martha's Vineyard gekommen. Als sie am Nachmittag in der Pension an der Narragansett Avenue vorbeischaute, um guten Tag zu sagen, hat sie nicht nur Patty eingeladen mitzukommen, sondern auch Kirby. Sara O'Callahan hob sich wohltuend von dem nichtssagenden Tommy ab; *die weiblichen Familienmitglieder*, dachte Kirby, *haben eindeutig die besseren Gene erwischt*. Sara war so dunkelhaarig wie Patty, mit dem gleichen milchweißen Teint, trug aber ihr Haar ganz kurz, ähnlich wie Mia Farrow, wodurch ihre blauen Augen unfassbar groß und nahezu kugelrund wirkten. Sie war schlank und zierlich und trug ein rotes Kleid in modischer A-Linie, dazu Ohrringe aus gehämmertem Gold. Sara hatte ihre Freundin dabei, Mary Jo, die nicht nur in Bobby Kennedys Wahlkampf geholfen hatte, sondern auch als Sekretärin für ihn tätig war. Mary Jo trug ein dunkelblaues Etuikleid und dazu eine Perlenkette. Kirby war von Sara und Mary Jo mehr als beeindruckt. Sie wirkten wie richtige Damen, elegant und weltgewandt, obwohl sie nur fünf, sechs Jahre älter waren als sie; Kirby hätte gern mit ihnen tauschen mögen.

Sie würde ihnen nacheifern, nahm sie sich spontan vor, und so werden wie sie. Seit sie in der Vorwoche mit Darren Schluss gemacht hatte, war Kirby ziemlich ins Schwimmen geraten. Wer war sie eigentlich? Was wünschte sie sich vom Leben? Sie musste ihren Liebeskummer und ihre Ernüchterung hinter sich lassen und anfangen, sich eine richtige Identität zu schmieden. Sie würde wieder zu der Person zurückfinden, die sie am Morgen der ersten Protestdemo gewesen war, als sie ihr Batik-T-Shirt mit dem Peace-Zeichen übergestreift und den Reißverschluss ihrer fransenbesetzten Wildlederstiefel zugezogen hatte. Diese Frau war leidenschaftlich und dabei selbstbeherrscht, unbekümmert und souverän. Bisher hatte ihr das Gefühl zu schaffen gemacht, durch ihr Scheitern in der Liebe, erst mit Scottie Turbo und jetzt noch mit Darren, irgendwie Federn gelassen zu haben, aber das war grundverkehrt, das sah sie nun. Weil sie aus beiden Beziehungen letzten Endes profitiert hatte – sie war daraus stärker hervorgegangen. Entschlossener. So empfand sie es jedenfalls.

Bei ihrer Rückkehr ans Simmons im September würde sie sich endlich auf ein Hauptfach festlegen: Politikwissenschaften. Sie würde sich voll und ganz auf ihr Studium konzentrieren und sich außerdem um ein Praktikum bewerben, vielleicht in Tip O'Neills Abgeordnetenbüro.

Vielleicht würde sie aber auch im Hotel Senator Kennedy begegnen, und wenn sie Glück hatte, fand er sie auf Anhieb so sympathisch, dass er ihr seine Visitenkarte gab. Es wurde gemunkelt, dass er bei der nächsten Wahl als Kandidat gegen Nixon antreten wollte.

An der Feier auf Chappaquiddick allerdings konnte Kirby nicht teilnehmen. Sie musste ab elf arbeiten.

»Komm doch mit, nur für ein paar Stündchen«, drängte Patty. »Es geht schon um sieben los, eine Grillparty. Du kannst dich ja gleich nach dem Essen wieder verabschieden. Irgendjemand fährt dich sicher zur Fähre, und von der Anlegestelle bist du im Handumdrehen beim Hotel.« Sie griff nach Kirbys Hand, und dabei kam Kirby nicht umhin, die blauen Flecken an Pattys Handgelenk zu bemerken.

»Ich würde ja gern«, sagte Kirby. Kurz kam ihr der Gedanke, sich im Hotel krankzumelden und mit nach Chappaquiddick zu fahren – sie hatte noch keinen einzigen Abend am Empfang versäumt –, aber das war unverantwortlich, zumal absehbar war, dass sie die Party ohne Alkohol oder Marihuana wohl kaum überstehen würde. Und überhaupt, sie hatte dort nichts verloren. Als Freundin von Saras Schwester wäre sie das ultimative Anhängsel. Nein, ihr Gespür sagte ihr, dass es besser wäre, sich Senator Kennedy später vorzustellen, wenn er ins Hotel zurückkam.

Trotzdem platzte sie fast vor Neid, als sie Patty dabei half, für den Abend etwas Schickes auszusuchen. »Weiß Luke, dass du auf diese Feier gehst?«, fragte sie. Wenn sie selbst schon so mit ihren Gefühlen zu kämpfen hatte, dann würde Luke sicher durchdrehen vor Eifersucht!

»Das geht ihn nichts an«, sagte Patty. Dann fiel ihr im Spiegel Kirbys Gesichtsausdruck auf. »Was denn? Ich bin doch nicht sein Eigentum.«

Dass Mrs Bennie so spät noch im Hotel anzutreffen ist, kommt selten vor; sie will wohl persönlich überwachen, vermutet Kirby, dass beim Aufenthalt des Senators alles glattläuft. Doch sie wirkt alles andere als taufrisch, ihr Lippenstift ist verblasst, und aus ihrem Dutt haben sich hier und da Strähnchen gelöst. Kirby möchte ihr versichern, dass sie alles im Griff hat, dass sie nun beruhigt nach Hause gehen kann. Mrs Bennie hält es jedoch für unumgänglich, sie noch ein letztes Mal eindringlich zu instruieren.

»Nicht vergessen, Katharine, Diskretion, Diskretion und nochmals Diskretion. Das Wohlergehen des Senators und seine Privatsphäre haben für uns höchste Priorität.«

»Ja, Ma'am.« Kirby nickt eifrig.

Nachdem Mrs Bennie gegangen ist, versieht Kirby ihren Dienst wie immer. Eigentlich ist ja auch alles wie immer, mit dem Unterschied allerdings, dass Kirby immer wieder nervös zum Eingang sieht – jeden Moment kann jetzt der Senator hereinkommen! Sie wird ihn nicht weiter behelligen, nimmt sie sich vor, ihm lediglich noch einen angenehmen Abend wünschen. Teddy Kennedy ist jung und sieht gut aus, wenn auch nicht ganz so gut wie

Bobby und schon gar nicht so umwerfend wie Präsident Kennedy, dem alle Herzen nur so zuflogen. Kirby gerät ins Grübeln. Wie es wohl wäre, einer solchen Familie anzugehören? Vielleicht hat Teddy Kennedy zu seinen Brüdern gar kein so anderes Verhältnis als sie zu Blair und Kirby.

Gäste tröpfeln nach und nach in der Lobby ein, immer paarweise, und ziehen sich auf ihre Zimmer zurück. Einige der Frauen bleiben stehen und machen Kirby Komplimente für ihr hübsches Kleid, gelb und mit Gänseblümchenstickerei, das hellste, fröhlichste Stück, das in ihrem Kleiderschrank hängt. Um nichts, oder besser gesagt niemanden zu verpassen, geht sie die Gästerechnungen am Empfang durch statt wie sonst immer im Back Office.

Als sie damit fertig ist, gestattet sie sich, einige Minuten an Darren zu denken. Auf der Rückfahrt vom Lobsterville Beach hatte er schweigend neben ihr am Steuer gesessen, und sie dachte schon, er hätte sich mit ihrer Sichtweise abgefunden: dass sie aufgrund seines engen Verhältnisses zu seinen Eltern die Beziehung nicht fortführen konnten. Doch als sie vor der Pension aus dem Wagen aussteigen wollte, nahm er ihre Hand und drückte sie sich an die Lippen.

»Ich möchte dich nicht gehen lassen«, sagte er. »Ich hab dich gern, Kirby.«

»Ja«, sagte sie. »Ich dich auch.«

»Wenn wir beide wieder in der Stadt sind, du am College, ich an der Uni, können wir ja vielleicht mal …«

Sie öffnete die Tür und stieg aus, ehe er zu Ende gesprochen hatte. Weil sie wusste, was nun kam – er wollte vorschlagen, es im Herbst noch mal zu probieren, nach Semesterbeginn, wenn er nicht mehr mit seinen Eltern unter einem Dach lebte. Die Idee hatte ihren Reiz, das leuchtete Kirby durchaus ein; sie könnten sich ihrer Liebe neun Monate lang ungestört widmen, ohne dass vonseiten dieser lästigen Kleinigkeit namens Familie dazwischengefunkt werden konnte.

Aber es hätte einen schalen Beigeschmack.

Kirby machte Darren seine Schwäche durchaus zum Vorwurf – aber hätte sie selbst die Traute, ihn nach Hause mitzubringen, zu Kate und David? Ja, ohne Weiteres. Ihre Eltern waren aufgeschlossene Leute, ohne Vorurteile. Was, wenn es um Exalta ginge? Mit einem Mal konnte Kirby sich etwas besser in Darrens Zwangslage hineinversetzen. Darren ihrer Großmutter vorzustellen, das wäre schon irgendwie heikel. Darauf wäre sie nicht ganz so erpicht.

Es hat eben nicht sollen sein, dachte Kirby.

Sie hatte sich ihre Strandtasche um die Schulter geworfen, war ins Haus marschiert und nach oben in ihr Iglu, wo sie sich aufs Bett warf.

Am Tag darauf klopfte es an ihrer Tür. Michaela. Wahrscheinlich wollte sie sich über die Musik beschweren. Kirby ließ seit Stunden ihre LP von Simon and Garfunkel laufen, immer wieder dieselben Stücke.

»Schieb ab«, sagte sie, ehe die lästige Besucherin auch nur den Mund aufgetan hatte.

»Darren ist am Telefon«, sagte Michaela.

»Sag ihm, ich bin nicht da«, erwiderte Kirby.

Michaela stemmte eine Hand in die Hüfte. »Ich soll also für dich lügen?«

»Korrekt.« Kirby nickte. »Wenn du moralische Vorbehalte hast, dann leg einfach auf und häng danach den Hörer aus. Bitte.«

Michaela zuckte die Achseln. »Mal sehen, vielleicht möchte er ja mit mir ausgehen«, sagte sie. »Er sieht süß aus.«

Dieses Gespräch versucht Kirby zu verdrängen. Sie schiebt die Rechnungen ordentlich zusammen und legt sie dann mit einem Seufzer zurück in die Aktenmappe.

Um halb zwei stürmt ein Mann in die Lobby und steuert zielstrebig auf die Rezeption zu.

Es dauert einen Moment, bis Kirby die Gestalt erkennt; es ist Luke. Er ist knallrot im Gesicht und schwitzt heftig, sein Haar ist wüst zerzaust, und mit den vorquellenden Augen hat er Ähnlichkeit mit einem Ochsenfrosch. Auch sein Aufzug ist eigenartig, ein grünes, am Hals eingerissenes T-Shirt und eine lockere Hose aus Baumwolle, mit Kordelzug. Er ist im Schlafanzug hergekommen, begreift Kirby, und da weiß sie, dass etwas nicht stimmt.

»Luke«, sagt sie. »Ist irgendwas mit Patty?«

Luke lässt beide Hände auf den Tresen klatschen. »Das wollte ich eigentlich dich fragen!«, blafft er. »Wo steckt sie? Sie ist nicht in der Pension, sie ist nicht im Kino, und ihr Idiot von Bruder sagt, er hätte sie nicht gesehen. Bleibst also nur noch du. Ich dachte, ihr zwei wärt aus und würdet irgendwo rumhuren, weil du ja mit deinem Schoko Schluss gemacht hast, wie sie mir erzählt hat. Aber nein, hier sitzt du ja.« Er beugt sich über den Tresen und packt Kirby am Handgelenk.

»Lass los«, sagt sie leise, aus Rücksicht auf die schlafenden Gäste.

»Wo steckt sie?« Luke verdreht ihr das Handgelenk, und zwar so sehr, dass sie an sich halten muss, um nicht vor Schmerz aufzuschreien.

»Ich hab keine Ahnung.« Selbst Kirby muss zugeben, dass es nicht sehr überzeugend klingt.

»Raus mit der Sprache«, herrscht er sie an. »Du weißt, wo sie ist.«

Der Schmerz in Kirbys Handgelenk wird immer schlimmer; je mehr sie sich von Luke loszumachen versucht, desto eiserner wird sein Griff.

Sie ist zu einer Party gefahren, sagt Kirby um ein Haar, *auf Chappy* – aber ehe sie dazu kommt, dringt eine tiefe Stimme an ihr Ohr.

»Hey!«

Sie wenden sich beide um, und Luke lässt sie eilig los. Es ist Mr Ames, der liebe, gute, verständnisvolle Mr Ames, der jetzt alles andere als lieb aussieht. Er packt Luke vorn am T-Shirt und hebt ihn beinahe vom Boden hoch. »Hast du eben die Dame belästigt?«

»Nein«, sagt Luke.

»Das ist Luke Winslow, der Freund meiner Mitbewohnerin«, erklärt Kirby. »Er ist gerade auf der Suche nach Patty, aber ich weiß auch nicht, wo sie ist.«

Mr Ames lässt Luke wieder los. »Hör zu, Freundchen, hier einfach reinspaziert kommen und den wilden Mann markieren, das läuft nicht. Du hast Miss Foley wehgetan, ich hab's gesehen. Weißt du was, ich rufe besser die Polizei.« Er greift nach seinem Funkgerät, das er an der Hüfte trägt.

Luke lässt den Kopf sinken und fängt an zu heulen.

Kirby verdreht die Augen. »Ich glaube, er ist betrunken«, sagt sie. »Wie bist du hergekommen, Luke? Etwa im Auto?«

Er blickt wieder auf. »Wo ist sie denn?«, jammert er. »Ich will doch bloß die Wahrheit wissen. Ist sie mit einem anderen Typen unterwegs?«

»Herrgott noch mal«, brummt Mr Ames. »Jetzt rufe ich aber wirklich die Polizei.«

»Nein, Augenblick.« Kirby eilt um den Tresen herum zu Mr Ames. »Der Senator kann jeden Moment wieder da sein«, raunt sie ihm ins Ohr. »Da sollten wir besser nicht die Polizei rufen.«

Mr Ames sieht auf seine Uhr. »Ja. Du hast recht.«

»Könnte ich mir vielleicht … Ihren Wagen ausleihen und ihn nach Hause fahren?«, fragt Kirby.

»Wo wohnt er denn?«, fragt Mr Ames.

»In Chilmark«, sagt Kirby. »Unweit der State Road.«

»Das ist zu weit.« Mr Ames schüttelt den Kopf. »Da bist du mindestens vierzig Minuten unterwegs. Ruf dem Jungen ein Taxi.«

»Okay«, willigt Kirby ein. Sie ruft in der Taxizentrale an, während Luke sich auf das Sofa in der Lobby plumpsen lässt und Mr Ames wachsam vor ihm Posten bezieht. Kirby muss an all die ruhigen, einschläfernden Nächte hier im Hotel denken, als sie sich nach ein bisschen Trubel sehnte, und nun ist dieser Wunsch in Erfüllung gegangen … ausgerechnet heute Nacht, wo es überhaupt nicht passt. Senator Kennedy könnte jeden Moment auftauchen, und statt eine anheimelnde, einladende Lobby vorzufinden, wird ihm als Erstes Luke ins Auge fallen, der hemmungslos in seine Hände schluchzt, wenn er nicht gerade halblaute Drohungen an Pattys Adresse vor sich hin murmelt; das werde sie ihm büßen, das Miststück, und dergleichen.

Vielleicht sollten sie doch die Polizei rufen, denkt Kirby. Ja, das wäre wohl besser. Luke ist unberechenbar. Aber dann kommt ihr Mrs Bennie in den Sinn, die sie eigens noch ermahnt hat. Falls Mrs Bennie erfährt, dass am ersten Abend des Senators im Hotel die Polizei angerückt ist, und zwar wegen eines Freundes von Kirby …

Sie müssen ihn hier rausschaffen.

»Wir müssen ihn hier rausschaffen«, sagt Kirby, mehr zu sich selbst.

Wie aufs Stichwort fährt draußen das Taxi vor.

»Auf geht's, Luke«, sagt Kirby in aufgesetzt munterem Tonfall.

»Hoch mit dir, Kumpel«, stimmt Mr Ames mit ein. »Schlaf dich mal richtig aus.«

Luke rappelt sich widerstrebend vom Sofa hoch.

»Hast du nun alles im Griff?«, fragt Mr Ames. »Ich muss an meinen Posten zurück.«

»Klar, kein Problem.« Kirby lächelt ihm zu, ehe sie Luke am Arm nimmt und in Richtung Eingangstür zieht. »Na los, komm schon.«

Luke stolpert die Treppe hinunter aufs Taxi zu. Er hat schwer getankt – und ein Psychopath ist er auch, gar keine Frage. Diese sogenannten Rollenspiele zwischen ihm und Patty – es kann sich nur um ein Feigenblatt handeln, in Wahrheit will er sie bloß misshandeln, und diese Spielchen liefern den Vorwand dafür.

Ich bin nicht sein Eigentum, hat Patty gesagt. Aber das ist sie eben doch, in gewisser Weise, das sieht Kirby nun glasklar. Er tut ihr weh, damit sie ihm zu Willen ist, und sie lässt es zu.

Der Taxifahrer steigt aus, um Luke die Wagentür zu öffnen. Es ist ein ganz junger, schmächtiger Bursche. Er wirkt kaum älter als Jessie, ein richtiges Bübchen. Kirby flucht leise vor sich hin; hätte man ihnen doch bloß jemand anderes geschickt.

»Wo soll's hingehen?«, fragt der Fahrer.

»Er wohnt in Chilmark«, sagt Kirby. »Unweit der State Road.«

»Ich will nach Oak Bluffs«, sagt Luke. »In die Narragansett Avenue.«

»Nein!«, sagt Kirby. Sie hat in weiser Voraussicht fünf Dollar aus der Handkasse genommen, fürs Taxi. »Er muss nach Chilmark. Die Adresse lautet … Luke, wie lautet die genaue Adresse?«

Luke ist gerade dabei, auf den Rücksitz zu kriechen. »Narragansett Avenue, in Oak Bluffs.«

Kirby drückt dem schmächtigen jungen Taxifahrer die fünf Dollar in die Hand. »Bringen Sie ihn nach Chilmark, sonst nirgendwohin. Er wohnt an der State Road, das Haus steht etwas abseits davon.«

»Aber wo an der State Road?«, fragt der Junge. »Die Straßen da unten sind kaum beleuchtet, und ich möchte nicht die ganze Nacht rumkurven müssen, um das richtige Haus zu finden.«

»Oak Bluffs«, knurrt Luke vom Rücksitz.

Kirby sieht sich zum Hotel um. Sie kann nicht einfach ihren Posten verlassen – aber sie kann auch nicht das Risiko eingehen, dass sich Luke nach Oak Bluffs bringen lässt. Er wird Patty ausfindig machen und es ihr heimzahlen. Kirby sieht ein blaues Auge vor sich, oder Schlimmeres.

Mr Ames hat es abgelehnt, Kirby seinen Wagen zu leihen, mit der Begründung, die Fahrt nach Chilmark dauere zu lange, und selbstverständlich darf Kirby nicht einfach so während der Arbeitszeit das Hotel verlassen; auch dann nicht, wenn die Fahrt nur fünf Minuten dauerte. Jetzt im Augenblick aber kommt es ihr vor, als wäre Pattys Sicherheit Mr Ames ganz egal, als wollte er Luke im Grunde freie Hand lassen; was durchaus logisch wäre, denn sie sind beide Männer, also stecken sie unter einer Decke, denn das ganze Land ist ein einziges unterdrückerisches Patriarchat!

Kirby öffnet die Beifahrertür und steigt ein; auf den Rücksitz neben Luke würden sie keine zehn Pferde bringen.

»Ich erkläre Ihnen den Weg«, sagt sie zum Taxifahrer. »Und danach können Sie mich wieder herbringen. Fahren Sie einfach. Und zwar bitte so schnell, wie es geht.«

Als Kirby ins Hotel zurückkommt – sie war fast eine Stunde fort, weil sie Lukes Anwesen in der Finsternis verpasst hatten und dann wieder umkehren mussten –, ist es in der Lobby still und ruhig, und der Schlüssel des Senators hängt nicht mehr am Brett. Kirby beschleicht ein flaues Gefühl. Ist alles in Ordnung oder nicht? Sie macht sich auf die Suche nach Mr Ames und findet ihn in seinem Sessel am Seiteneingang vor, leise schnarchend. Kirby berührt ihn sachte am Arm, und er schreckt sofort aus dem Schlaf auf.

»Kirby.« Er steht auf und sieht sie kopfschüttelnd an. »Wieso bist du einfach weggefahren? Habe ich dir nicht gesagt, du sollst das bleiben lassen? Hast du den Senator vergessen, wer sollte sich denn um den Empfang kümmern?«

Kirby klammert sich an die Reste ihrer selbstgerechten Empörung. »Es ging nicht anders«, sagt sie. »Weil Luke sich sonst nach Oak Bluffs hätte fahren lassen. Dort hätte er dann Patty gefunden. Er tut ihr weh, Mr Ames.«

»Du wolltest deiner Freundin helfen, schon klar, aber du hast hier einen Job, Kirby, und dazu gehören Pflichten. Hast du eine Ahnung, wie erschrocken ich war, als du einfach so verschwunden bist, ohne mir Bescheid zu geben?«

»Entschuldigung«, sagt sie. »Tut mir leid.«

»Na ja, du hast noch mal Glück gehabt«, sagt Mr Ames. »Der Senator hat den Seiteneingang benutzt, und ich saß ja hier und konnte ihm dann seinen Schlüssel holen gehen. Offen gesagt, er sah nicht viel besser aus als der Penner von vorhin.«

»Was, wirklich?«, fragt Kirby. »War er betrunken?«

»Weiß der Geier«, sagt Mr Ames. »Er sah aus, als wäre er schwimmen gewesen, in voller Montur. Er war irgendwie durcheinander, nehme ich an, deswegen ist er hier zum Seiteneingang gekommen. Er wollte immerzu wissen, wie spät es ist. Halb drei, habe ich gesagt, und er wollte mir nicht glauben, es könne doch unmöglich schon so spät sein, hat er gesagt. Also bin ich schließlich mit ihm zur Wanduhr gegangen und habe es ihm gezeigt. Das Seltsame ist, er hatte eine Uhr am Handgelenk.« Mr Ames zuckt mit den Schultern. »Vielleicht war sie stehen geblieben.«

Morgens um sieben taucht überraschend Mrs Bennie auf, jetzt wieder taufrisch und wie aus dem Ei gepellt, in einem kleegrünen Hemdblusenkleid und mit Perlenkette. Und sie trägt ihr Haar offen, zum ersten Mal, seit Kirby sie kennt; sie wirkt zehn Jahre jünger dadurch, viel hübscher, weniger streng als sonst. Sie möchte sich wohl beim Senator von ihrer besten Seite zeigen. Verglichen mit dieser neuen, geradezu glamourösen Mrs Bennie kommt Kirby sich blass und übernächtigt vor. Und bei aller Sehnsucht, den Senator kennenzulernen, ist sie doch froh, als ihre Chefin sagt, sie könne ruhig nach Hause fahren. »Ich werde Mr Ames bitten, bis neun zu bleiben«, fügt Mrs Bennie hinzu. »Sie müssen sich also um eine andere Mitfahrgelegenheit nach Oak Bluffs kümmern, fürchte ich.«

Das ist keine große Sache. Nach den Turbulenzen der Nacht hätte Kirby sich ohnehin gescheut, wie gewohnt mit Mr Ames nach Hause zu fahren. Sie bestellt sich ein Taxi, und der Fahrer, der kurze Zeit später eintrifft, ist ein bulliger Typ mit tätowierten Armen, der aussieht wie ein Hochseefischer. Warum konnte man diesen Fahrer nicht in der Nacht herschicken? Das hätte ihr manche Unannehmlichkeit erspart, denkt Kirby.

Sie schläft prompt auf dem Rücksitz ein und kommt erst wieder zu sich, als sie in die Circuit Avenue einbiegen. Sie setzt sich aufrecht hin und sammelt schon mal ihre Sachen ein. Es ärgert sie maßlos, dass sie den Senator verpasst hat. Verfluchter Luke Winslow, wie sie ihn hasst! Und dann, als hätte sie ihn damit irgendwie heraufbeschworen, sieht Kirby ihn, als sie sich der Pension nähern – Luke, der auf dem Bürgersteig davor umhertigert.

Nein, denkt sie, das darf doch wohl nicht wahr sein! Aber er ist es, keine Frage, die Fäuste geballt und vor sich hin murmelnd. Immerhin, er hat in der Zwischenzeit geduscht und sich umgezogen. Er trägt nun ein weißes Polohemd und dunkelblaue Bermudas, und auch sein Haar ist so ordentlich wie sonst immer. Das ist fast schlimmer als in der Nacht, denkt sie; weil er so wohlanständig wirkt.

»Ich habe mich in der Adresse geirrt«, sagt Kirby zum Taxifahrer. »Fahren Sie einfach weiter.«

»Wohin, weiter?«, will der Fahrer wissen. Als sie sich über die Lehne des Beifahrersitzes zu ihm vorbeugt, fällt Kirby auf seinem Unterarm ein Elvis-Tattoo ins Auge; es wirkt, als würde der King die Zähne fletschen.

»Zum Methodist Campground?«, sagt sie. Leider kennt sie Darrens genaue Adresse nicht. »Zu dem großen blauen Haus? Von Richter Frazier? Kennen Sie es zufällig?«

»Ja«, sagt der Fahrer. »Das Haus kenne ich.« Er steuert das Taxi um den Ocean Park herum und hält wenig später vor dem blauen Haus an. »Macht einen Dollar fünfundzwanzig.«

Kirby gibt ihm mit den Worten »Stimmt so« einen Dollar fünfzig und steigt dann aus. An dem weißen Gartentor gerät sie kurz ins Zaudern; vielleicht sollte sie doch besser Evan unten im Souterrain wecken oder sich ein Münztelefon suchen – sie sieht eins, gleich drüben beim Süßwarenladen – und direkt bei der Polizei anrufen.

Aber … nun ist sie schon mal hier. Sie atmet tief durch, marschiert durch den Vorgarten und klopft an die Haustür. Gleich darauf steht sie Dr. Frazier Auge in Auge gegenüber. Die Ärztin trägt eine kurze Sporthose und ein weißes Achselhemd, dazu ein gestreiftes Schweißband aus Frottee, um sich die Haare aus dem Gesicht zu halten.

»Hallo«, sagt sie.

»Dr. Frazier …«

»Darren schläft noch«, sagt sie. »Er muss erst mittags zur Arbeit.«

»Ich bräuchte seine Hilfe«, erklärt Kirby. »In einem dringenden Notfall.«

»Was denn für ein dringender Notfall?«, fragt Dr. Frazier leicht amüsiert. Kirby hält auf ihr Gegenüber große Stücke, und sie wünschte sich, dass diese Gefühle auf Gegenseitigkeit beruhten. Doch dem ist leider nicht so, und jetzt kann sie sich nicht mal mehr auf Mr Ames' gute Meinung über sie berufen.

»Es geht um meine Mitbewohnerin«, erklärt Kirby. »Sie hat einen Freund, der ihr regelmäßig wehtut, und der steht nun vor der Pension an der Narragansett Avenue, um sie dort abzufangen.«

Kirby kann sehen, dass Dr. Frazier kurz zwischen ihren Rollen als Medizinerin und Mutter schwankt. Am Ende setzt sich die Mutter durch. »Was hat das mit Darren zu tun?«

»Nichts. Aber …«

»Ich halte es für besser, er hält sich da raus«, sagt Dr. Frazier. »Er ist ein guter Junge. Immer anständig, sieht zu, dass er nicht in Schwierigkeiten gerät. Der Freund deiner Mitbewohnerin dürfte wohl weiß sein, richtig?«

Kirby nickt. Was das zur Sache tut, will ihr nicht recht einleuchten.

»Wenn Darren in eine Auseinandersetzung mit einem jungen Weißen gerät …« Dr. Frazier sieht sie aus schmalen Augen an. »Du solltest dich besser anderweitig um Hilfe bemühen.«

»Aber ich dachte, Darren könnte ihn irgendwie zur Vernunft bringen.«

»Männer, die Frauen wehtun, lassen sich nicht zur Vernunft bringen«, sagt Dr. Frazier. »Wenn's ein Notfall ist, dann ruf die Polizei.«

»Es ist ein Notfall«, sagt Kirby.

»Na gut. Möchtest du von hier aus telefonieren?«

Möchte sie das? Dr. Frazier behält sie aufmerksam im Auge, das entgeht ihr nicht. Wie um zu bestimmen, ob ein Anruf bei der Polizei wirklich erforderlich ist, oder ob sie bloß hergekommen ist, um Darren zu sehen.

»Du kannst gerne reinkommen«, fährt Dr. Frazier fort. »Ich habe nichts gegen dich persönlich, Kirby.«

Das ist nicht wahr, denkt Kirby. Sie würde sich zu gern verteidigen, aber dazu fehlt jetzt die Zeit.

»Ich werde mich an den Vermieter wenden«, sagt Kirby. »Trotzdem danke, Dr. Frazier. Und entschuldigen Sie bitte die frühe Störung.« Damit macht sie kehrt, eilt zurück zum Gartentor und wieder auf die Straße – in der Gewissheit, dass Dr. Frazier sie von der Tür aus im Auge behält.

Kirby macht sich im Laufschritt auf den Weg zur Narragansett Avenue. Sie wird Evan nicht wecken. Mit Luke wird sie schon allein fertig.

Als sie nur noch anderthalb Blocks entfernt ist, tut sich etwas vor der Pension. Eine schwarze Limousine kommt angefahren und hält vor dem Haus an, und Patty steigt auf der Beifahrerseite aus. Wer am Steuer sitzt, kann Kirby nicht erkennen; den Wagen kennt sie jedenfalls nicht. Dann fährt die Limousine davon.

»Patty!«, schreit Kirby.

Patty wendet sich in ihre Richtung um, aber dann kommt Luke auf sie zu und … Patty fällt ihm um den Hals, und sie und Luke fangen sofort an, sich innig zu küssen, mitten auf dem Bürgersteig. Okay?, denkt Kirby. Möglicherweise hat Luke sich ja inzwischen etwas abgeregt. Doch Kirby bleibt auf der Hut. Und richtig, da stößt Luke Patty auch schon von sich, so grob, dass sie ins Straucheln gerät, und dann packt er sie am Haar und fängt an, sie die Treppe zur Haustür hochzuzerren.

Kirby setzt sich in Bewegung. »Lass sie los!«

Lake überhört die Aufforderung. Er flucht in einem fort vor sich hin, beschimpft Patty als Flittchen, fragt, wo sie die Nacht über gewesen sei, mit wem sie zusammen war, mit wie vielen Typen sie es getrieben habe. Patty verteidigt sich unter Tränen. »Ich war mit meiner Schwester Sara bei einer Party, auf Chappy. Lass los, Luke, du tust mir weh!«

»Ich dachte, das gefällt dir«, sagt Luke. »Wenn ich dir wehtue.«

Kirby jagt die Treppe hoch, zwei Stufen auf einmal nehmend, und fängt an, mit beiden Fäusten auf Lukes Rücken herumzutrommeln. »Lass sie los, Luke! Lass sie in Ruhe!«

Luke schnellt zu Kirby herum und haut ihr eine runter. Mit dem Handrücken.

Sie steht da wie betäubt. Ihr Leben lang hat ihr noch nie jemand ins Gesicht geschlagen. Sie betastet ihre Lippen. Betrachtet ihre Finger und stellt fest, dass sie blutet.

Da lässt sich aus der Nähe eine Stimme vernehmen. »Du spinnst wohl!«

Kirby weicht einige Stufen zurück, als Darren die Treppe hochgestürmt kommt. Er sieht Luke kurz an und versetzt ihm dann einen Kinnhaken. Es knackt ganz scheußlich, der Treffer hat gesessen. Luke kippt sofort um.

»Geh ins Haus«, sagt Darren zu Kirby. »Ruf die Polizei.«

Luke versucht erst gar nicht, sich aufzurappeln. Er liegt da und wimmert.

Patty kniet sich neben ihn. »Er ist verletzt!«, sagt sie. Sie starrt Darren wütend an. »Du hast ihn verletzt!«

»Er hat Kirby geschlagen«, erwidert Darren. »Ein Mann, der die Hand gegen eine Frau erhebt, hat dein Mitgefühl nicht verdient.«

»Es war Notwehr«, sagt Patty. »Kirby hat angefangen, sie hat ihn angegriffen.«

»Ich hab *ihn* angegriffen?«, sagt Kirby. Ihr Gesicht brennt; sie wird eine dicke Lippe davontragen. »Er hat dich gerade an den Haaren die Treppe hochgezerrt, wie ein Höhlenmensch.«

»Wie oft soll ich es dir noch sagen?«, faucht Patty. »Das geht dich überhaupt nichts an!«

»Du hast eine solche Behandlung nicht verdient«, lässt Kirby nicht locker. »Ich hab die blauen Flecken gesehen, Patty, und auch die Abdrücke, wo er dich geschlagen hat.«

Patty wirft Darren einen Blick von der Seite zu, ehe sie sich Kirby zuwendet. »Es geht dich nichts an«, knirscht sie leise. »Du hast keinen Schimmer, was mir gefällt oder nicht gefällt …«

»Wir haben 1969«, sagt Kirby. »Du musst es nicht klaglos hinnehmen, wenn er dich misshandelt.«

Patty rappelt sich hoch, und kurz scheint es, als wollte sie auf Kirby losgehen; Kirby fürchtet schon, sich nun zum zweiten Mal im Leben eine zu fangen. »Halt dich gefälligst da raus! Ich sage nichts zu deinen … *Vorlieben*, also lass mich bitte auch in Frieden.« Sie zieht Luke vom Boden hoch.

»Tja, er hat mich aber geschlagen, das ist Tatsache«, sagt Kirby. »Ich könnte ihn anzeigen.«

»Bitteschön, nur zu!« Patty funkelt sie zornig an, voller Trotz, aber Kirby meint auch eine gewisse Angst bei ihr zu wittern, Unsicherheit – oder ist sie bloß müde und übernächtigt? Kirby tippt darauf, dass sie auf Chappy wenig Schlaf bekommen hat. »Jetzt komm, Luke.« Patty zerrt den ramponierten Luke mit sich über die Türschwelle, ein klarer Verstoß gegen die Hausordnung, nach der Herrenbesuch streng verboten ist. Die Haustür knallt hinter ihnen zu.

Kirby und Darren starren sich wortlos an, wie vom Donner gerührt.

»Was soll ich tun, was rätst du mir?«, fragt Kirby.

Genau da nähert sich ein Streifenwagen. Kirby fällt ein Stein vom Herzen. Vielleicht hat irgendein Nachbar die Polizei gerufen; Pattys Geschrei hätte die Toten aufwecken können.

»Edgartown?«, sagt Darren verwundert.

Kirby versteht erst nicht, was er meint. Dann jedoch fällt ihr auf, dass es ein Streifenwagen aus Edgartown ist, nicht aus Oaks Bluff, und das ist in der Tat ungewöhnlich.

Ein Polizist steigt aus und kommt die Treppe hoch. Er nickt Kirby und Darren zu.

»Ich suche Patricia O'Callahan«, sagt er.

Kirby zaudert kurz – soll sie noch hier unten bleiben und lauschen oder sich doch nach oben in ihr Iglu verziehen und schlafen?

»Ich sollte mir wohl Eis besorgen«, sagt sie zu Darren.

Er berührt behutsam ihre geschwollene Lippe. »Ich werde hier warten, bis er rauskommt. Und dann kriegt er richtig Dresche.«

»Besser nicht«, sagt Kirby. »Die Polizei kümmert sich jetzt um alles.« Sie rätselt, ob vielleicht Mr Ames die Polizei in Edgartown verständigt hat.

»Hast recht«, sagt Darren. Er lächelt sie an, und Kirby gestattet sich kurz, in der Wärme seiner braunen Augen zu schwelgen. Er sieht blendend aus, ist aufrichtig, lieb und nett und all ihren bisherigen Freunden haushoch überlegen – doch er wird nie ihr gehören. Kirby würde die Schuld gern abwälzen, auf die Geschichte ihres Landes, auf die Gesellschaft, dabei liegt es an ihr selbst, an ihren vergangenen Taten, dass es für sie beide keine Zukunft gibt.

»Danke, dass du mich gerettet hast«, sagt sie. »Mein Held.«

»Kein Problem«, sagt Darren. »Jederzeit.«

Kirby liegt bäuchlings auf ihrem Bett – zu müde, um das Gänseblümchenkleid auszuziehen, aber nicht zu müde, um Simon and Garfunkel zu hören –, als von unten ein Schrei zu ihr heraufdringt. Sie hebt ein wenig den Kopf.

Es ist Patty.

Normalerweise würde Kirby sofort zu ihrer Freundin eilen, doch diesmal bleibt sie liegen. Patty hat deutlich gemacht, dass sie von ihr keine Hilfe wünscht.

Es ertönt ein zweiter Schrei, dann poltern Schritte die Treppe hoch, und es wird an ihre Tür gehämmert. Sie steht auf, um zu öffnen. Es sind Michaela und Barb.

»Du musst runterkommen«, sagt Michaela. »Sie fragt nach dir.«

»Es ist was passiert«, ergänzt Barb.

Kirby weiß nicht ganz, womit sie gerechnet hat, aber gewiss nicht damit, Luke und den Polizisten zu erblicken, die untätig dabeistehen, während Patty herzzerreißend heult. Als Kirby ins Erdgeschoss kommt, sieht Patty auf, mit rotem, schmerzverzerrtem Gesicht.

»Mary Jo«, sagt Patty.

Kirby blinzelt ratlos.

»Saras Freundin, Mary Jo Kopechne?«, hilft Patty ihr auf die Sprünge. »Jemand ist mit ihr im Wagen von der Dike Bridge ins Wasser gefahren, und sie konnte nicht raus. Sie ist ertrunken, Kirby. Sie ist tot.«

Davids Reaktion fiel merkwürdig aus, als Kate anrief, um ihm die frohe Kunde von den Zwillingen zu unterbreiten. »Das ist wundervoll, Kate. Du bist sicher überglücklich.«

Das »du« behagte ihr nicht. Wie er dadurch zu ihr und der restlichen Familie auf Abstand ging. Es sah ihm gar nicht ähnlich. David liebte Blair über alles und ging mit ihr – wie auch mit Kates anderen Kindern – um wie ein Vater.

»Magst du nicht dieses Wochenende kommen, um die Kleinen kennenzulernen?«, fragte sie. »Bitte?«

David ließ nur ein lautes Seufzen vernehmen. *Jetzt kommt's,* dachte Kate. *Jetzt wird er mir sagen, dass er die Scheidung will.*

»Ich könnte uns ein Zimmer im Gordon Folger mieten, was meinst du?«, regte sie an. Dorthin waren sie früher immer ausgewichen, um ihrer Mutter aus dem Weg zu gehen; Exalta machte keinen Hehl daraus, wie sehr sie es missbilligte, dass Kate sich so kurze Zeit nach Wilders Tod mit einem neuen Mann einließ, noch dazu ihrem Anwalt! Exalta pochte darauf, dass für Witwen gewisse Anstandsregeln einzuhalten waren, womit jedoch nur ihre eigenen Regeln gemeint waren – dass Kate sich, wenn schon, bei der Gattenwahl auf die gute Boston Gesellschaft beschränken sollte.

»Ein Zimmer im Gordon Folger wird nicht nötig sein«, sagte David. »Ich würde gern Zeit mit meiner Tochter verbringen.«

»Unserer Tochter«, sagte Kate.

»Ja, Kate. Mit unserer Tochter«, sagte er. »Aber der Verkehr am Freitagabend ist mir zu stressig. Ich komme am Samstagmittag mit der Fähre, und Sonntagnachmittag fahre ich dann wieder zurück, ehe der große Ansturm einsetzt.«

Gerade mal vierundzwanzig Stunden würde er auf Nantucket sein, dachte Kate, und offenbar in erster Linie, um Jessie zu sehen. Kate genoss bei ihm anscheinend keine Priorität mehr, und sie war es auch nicht wert, für sie einen Stau in Kauf zu nehmen. Allerdings hatte sie sich diesen Sommer auch abscheulich benommen, das musste sie sich selbstkritisch eingestehen.

»Danke«, sagte sie. »Es würde mir sehr viel bedeuten. Uns allen hier.«

David lachte trocken auf. »Warne bitte Exalta vor, dass ich vorbeikomme.«

»Apropos«, sagte Kate. »Mutter hat neulich erst gefragt, warum wir dich diesen Sommer nicht öfter sehen.« Eine glatte Lüge. Aber immerhin, Exalta hatte bisher, ganz gegen ihre Gewohnheit, diesen Sommer noch nichts allzu Negatives über David verlauten lassen.

»Kate, bitte«, sagte David. »Mach es nicht noch schlimmer.«

Am Samstagmorgen klopft es an der Haustür von All's Fair, und zwar zunehmend lauter und heftiger. Kate ist hundemüde; sie war am Vorabend bis fast elf im Krankenhaus, um jeweils ein Baby im Arm zu halten, während

Blair das andere stillte. Sie wartet ab, ob vielleicht Jessie oder Exalta an die Tür gehen, ehe ihr einfällt, dass ja Wochenende ist, sprich, keine Tennisstunde; sie werden also beide noch im Bett liegen. Kate schlägt die Bettdecke zurück und steht auf. Das wird David sein, der doch früher gekommen ist, denkt sie und streicht sich die Haare glatt, ehe sie den Gürtel ihres Bademantels zubindet. Das Klopfen hört nicht auf. Warum so einen Radau veranstalten?, denkt sie. Er könnte doch einfach reinkommen. Er weiß, dass sie die Tür nie abschließen. Vermutlich geht es ihm ums Prinzip: Es ist nicht sein Haus, also wird er sich benehmen wie ein Gast.

Auf der Treppe hält sie auf halbem Weg unvermittelt inne. Das kann nicht David sein, weil die erste Fähre erst um zehn einläuft. Wer sonst könnte also an einem Samstag so frühmorgens an ihre Tür klopfen? Jemand mit einem Auftrag. Jemand von der U.S. Army.

Kate wird schwindelig, sie muss sich erst mal setzen, auf die viertletzte Treppenstufe. Sie wird nicht öffnen. Es geht nicht. Und wenn sie hier bis ans Ende ihrer Tage sitzen bleibt oder sich in Stein verwandelt, egal, sie wird nicht die Tür öffnen, um zu erfahren, dass Tiger tot ist.

Das Klopfen hört nicht auf. »Aufmachen!«, sagt eine Frauenstimme. »Ich weiß, dass ihr da seid!«

Eine Frau?, denkt Kate. Sie erhebt sich von der Treppe.

Vor der Tür steht eine Frau mit langem dunklem Haar, in einem schwarz-weißen Batik-T-Shirt und einem Jeansrock. Sie ist barfuß und trägt eine Knöchelkette aus winzigen Glöckchen.

»Ja, Sie wünschen?«, fragt Kate. Diese Frau ist ein Blumenkind, eine Hippiebraut, vermutlich auf Betteltour, um für einen bloß ausgedachten guten Zweck um Spenden zu bitten. Aber Kate ist ein solcher Stein vom Herzen gefallen, dass sie der Frau fünfundzwanzig Cent geben und sie bitten wird, nun ihrer Wege zu gehen. Vielleicht sollte sie die Hippie-Bettlerin zu Bitsy Dunscombe schicken, ein Stück die Straße hoch. Kate frohlockt jetzt schon bei dem Gedanken, ein herrlicher Streich!

Die Frau trägt eine winzige runde Sonnenbrille mit verspiegelten Gläsern. Als sie die Brille hochschiebt, kommen eisblaue Augen zum Vorschein.

Du lieber Himmel. Kate möchte der Frau am liebsten die Tür vor der Nase zuknallen. Aber sie beherrscht sich.

»Katie?«, fragt die Frau.

Es ist Lorraine. Lorraine Crimmins.

Kate besinnt sich auf ihre guten Manieren. »Lorraine«, sagt sie. »Entschuldige … Du hast mir vielleicht einen Schreck versetzt. Ich … wir … haben ja nicht mit dir gerechnet, nicht wahr? Bill … dein Vater … hat kein Wort gesagt …«

»Er weiß nichts von meinem Kommen«, sagt Lorraine. »Er wird noch überraschter sein als du.«

»Ah«, sagt Kate. Sie weiß nicht ein noch aus. »Es wird ihn sicher freuen, dich zu sehen.«

»Das glaube ich kaum«, sagt Lorraine. »Aber ich bin nicht hier, um den Alten zu sehen. Sondern, um meinen Jungen zu holen.«

»Tja«, sagt Kate. Es würde sich gehören, Lorraine jetzt ins Haus zu bitten, aber das bringt sie nicht über sich. Nun, da der erste Schreck abgeklungen ist, fühlt sie, wie der alte Hass wieder in ihr aufsteigt, wie chemische Schmutzbrühe in einem Fluss. »Das wirst du mit deinem Vater abklären müssen. Soweit ich weiß, hast du Pick ja allein zurückgelassen, bist einfach verschwunden. Wie eine Mutter so etwas fertigbringt, ist mir unbegreiflich, aber ich finde nicht, dass du es verdienst, den Jungen zurückzubekommen. Er fühlt sich recht wohl hier bei uns. Er hat einen Job und sogar eine Freundin. Ab Herbst kann er dann die hiesige Highschool besuchen.«

»Ha!« Lorraine lacht wie über einen gelungenen Witz. »Jetzt mach mal halblang, Katie.«

»Ich habe ihn neulich am Telefon gehört, Lorraine, er hat wohl an diesem … Ort angerufen, wo ihr lebt oder gelebt habt, um sich nach dir zu erkundigen. Und niemand konnte ihm sagen, wo du steckst. Es hat ihn sehr mitgenommen.«

»Tja. Dann wird er sich doch freuen, mich wiederzusehen.«

Kate schließt die Tür und lehnt sich mit dem Rücken dagegen. Lorraine fängt an, gegen die Tür zu hämmern. Kate wünschte, Exalta würde von dem Lärm aufwachen, aber sie schläft immer mit Ohrstöpseln, es ist also unwahrscheinlich, dass sie von all dem etwas mitbekommt. Kate dreht leise am Knopf des Türriegels; schließlich rastet er ein, mit einem unverwechselbaren Klackern. Lorraine stellt ihr Klopfen ein.

Gut, denkt Kate. Lorraine begreift offenbar, was Sache ist – sie ist hier unerwünscht. Kate erwägt, die Polizei zu rufen, aber so früh am Morgen mag sie keine Szene machen. Oder überhaupt je. Sie mag keine Szenen.

Kate hastet durch den Flur in die Küche und von dort in den Garten. Sie muss zu Bill Crimmins, ihn wecken. Doch als sie durch die Tür von Little Fair kommt, sieht sie, dass sein Zimmer leer ist. Ein Blick aus dem Fenster bestätigt ihre Vermutung, sein Pick-up ist fort. Es ist zwar früh, aber nicht mehr so früh. Bill ist schon zur Arbeit gefahren.

Als Kate aus dem kleinen Haus kommt, fällt ihr Blick auf Lorraine, die drüben gerade die Hintertür öffnet und sich so über die Küche Zutritt zu All's Fair verschafft.

»Was machst du da?«, ruft Kate aufgebracht durch den Garten, in lautem Flüsterton. »Ich hab dich nicht hereingebeten!« Sie hetzt in die Küche, wo Lorraine sich bereits am Tisch niedergelassen hat und die Pfirsiche in der Obstschale begutachtet. Sie nimmt sich einen und beißt herzhaft hinein. Saft rinnt ihr übers Kinn, während sie Kate frech ansieht, herausfordernd.

»Verschwinde! Raus mit dir.« Kate hat sich vor Lorraine aufgebaut. Sie bebt vor Zorn. Würde sie am liebsten ohrfeigen.

»Nur zu«, sagt Lorraine. »Schlag mich ruhig. Das würdest du gern, ich weiß. Seit sechzehn Jahren sehnst du dich danach.« Sie steht auf, hält Kate eine Wange hin. »Zu sehen, wie Katie Nichols die Beherrschung verliert, wird mir eine große Genugtuung sein.«

»Du bist abscheulich«, sagt Kate. »Du warst es damals schon, und jetzt bist du noch abscheulicher. Wo ist deine Selbstachtung? Du tauchst hier barfuß auf, wie eine arme Landstreicherin. Du stinkst erbärmlich. Und Geld hast du sicher auch keins.«

»Stimmt.« Lorraine grinst. »Ich bin abgebrannt. Aber mein Vater hilft mir schon aus der Klemme.«

Da stimmt ihr Kate insgeheim zu. Dennoch. »Hier bleibst du auf keinen Fall, Lorraine.«

»So heiße ich nicht mehr. Ich heiße jetzt Lavender«, sagt Lorraine. »Wenn's dich nicht stört.«

»Meinetwegen. Was mich stört, Lavender, ist, dass du einfach so ungebeten in unser Heim eindringst.«

»Apropos, das Haus hat mir richtig gefehlt«, sagt Lorraine. »Mit all den kuriosen Besonderheiten. Die Wandmalerei, die Butterkammer …«

»Sieh dich vor, Lorraine«, sagt Kate. Was diese Person sich herausnimmt, ist wirklich ungeheuerlich. Sicher hat sie irgendwas genommen.

»Und so viele kostbare Antiquitäten. Exaltas Sammlung, na, wie heißen die Dinger noch, und dieses Spinnrad. Hey, weißt du noch, als Kirby damals Ärger bekommen hat, weil sie das Spinnrad beschädigt hatte und sich nicht entschuldigen wollte? Weißt du, warum? Sie war es gar nicht. Ich hatte 'ne Handvoll von deinen Diätpillen eingeworfen und war etwas weggetreten, und da wollte ich sehen, wie schnell es sich drehen kann, und dabei ist es mir dann kaputtgegangen.«

Kate starrt Lorraine an. Selbstverständlich hat sie die

Sache mit dem kaputten Spinnrad nicht vergessen. War das etwa ein Geständnis von Lorraine, nach so vielen Jahren? Hatte sie sich erst ungeniert an Kates Diätpillen bedient (nach Tigers Geburt hatte sie etwas Mühe, die überflüssigen Pfunde wieder loszuwerden), dann im Pillenrausch die wertvollste Antiquität im Haus beschädigt und die Schuld auf eine Fünfjährige abgewälzt?

»Ha, jetzt kommen alle Familiengeheimnisse ans Licht!«, kräht Lorraine, mit dem Lächeln einer Geisteskranken. Dabei wird eine Zahnlücke sichtbar, seitlich. »Wenn Kirby richtig Ärger bekommen hätte, hätte ich natürlich was gesagt, aber es ging ja glimpflich für sie aus. Sie war schließlich Exaltas kleiner Augenstern. Übrigens, wie geht's denn Blair? Hat sich das mit dem Daumenlutschen noch gegeben? Und wie geht's meinem kleinen Liebling, Tiger? Wie geht's unserem kleinen Tiger?«

»Du bist eine Nutte«, sagt Kate. »Eine ordinäre Nutte, mehr nicht.«

»Zum Glück für deinen Mann«, sagt Lorraine.

Damit ist das Maß für Kate endgültig voll. Sie packt Lorraine am Arm und will sie zur Hintertür zerren, aber Lorraine sträubt sich heftig, sie stemmt die schmutzigen Fersen ins Küchenlinoleum. Kate spricht ein Stoßgebet, dass bitte, bitte ihre Mutter auftauchen möge; zu Exalta hat Lorraine immer aufgeblickt. Doch es erscheint jemand anderes draußen auf der Gartenterrasse, Jessie nämlich. Kate fragt sich erschrocken, wie lange sie schon dort stehen mag und was sie alles mitgehört hat. Hinter

Jessie ist Pick zu sehen, der sich gerade auf sein Fahrrad schwingt, in seiner senfgelben Badehose und mit einem Badelaken, das er sich um den Hals gelegt hat.

Lorraine entdeckt Pick wohl ebenfalls, denn plötzlich gibt sie ihren Widerstand auf und stürmt los, genau dahin, wo Kate sie hinhaben möchte – nach draußen.

Das Wiedersehen fällt theatralisch aus. Lorraine schluchzt; sie fleht um Vergebung und beteuert, wie lieb sie Pick doch habe, der zunächst eher kühl bleibt. Am Ende aber lässt er zu, dass ihn seine Mutter umarmt, und dann liegen sie sich in den Armen und wiegen sich vor und zurück. Kate und Jessie beobachten alles von der Gartenterrasse aus. Kate ist sprachlos. Wie kann Lorraine Crimmins es wagen, nach Nantucket zurückzukommen und sich dann noch erdreisten, an die Tür von All's Fair zu klopfen, nachdem sie die Insel vor so vielen Jahren überstürzt verlassen hat, in Schimpf und Schande?

Und dennoch, diese Wiedersehensszene von Mutter und Sohn hat etwas seltsam Rührendes.

Tiger, denkt Kate.

Aber Tiger ist weit weg, er kämpft als Soldat der U.S. Army in Übersee. Er kämpft unter anderem, damit wurzellose, zahnlose Flittchen wie Lorraine Crimmins barfuß die Lande durchstreifen können.

»Will sie ihn wieder nach Kalifornien holen?«, fragt Jessie.

»Wer weiß«, sagt Kate.

»Wie war das gemeint, als sie gesagt hat …«

»Ich erklär dir das alles später«, sagt Kate. »Jetzt muss ich erst mal Bill Crimmins auftreiben.«

Sie ruft als Erstes in der Charcoal Galley an, um zu fragen, ob Bill zum Frühstück dort war, und falls ja, ob er gesagt hat, wo er später hinwollte.

»Ja, er war hier«, bestätigt die Kellnerin, Joelle. »Er hat schon die ganze Woche in der Pfingstkirche zu tun, irgendwelche Handwerksarbeiten.«

Hervorragend. Kate ruft bei der Pfingstgemeinde an und ersucht die Sekretärin, Bill Crimmins bitte nach Hause zu schicken, in die Fair Street.

»Seine Tochter ist ganz überraschend zu Besuch gekommen«, erklärt Kate. »Aus Kalifornien.«

Bill trifft schon wenige Minuten später in seinem Pick-up ein. Kate sitzt mit Jessie am Küchentisch und trinkt ihren morgendlichen Kaffee, während Jessie vor sich ein Glas Saft stehen hat und an einem Toast herumknabbert. Durchs Fenster beobachten sie, wie Bill die Wagentür zuknallt, ehe er mit grimmiger Miene auf die Tür von Little Fair zusteuert und im Haus verschwindet. Kate hat keine Ahnung, was sich dort nun abspielen wird.

»Was meinst du, wird er …«, fragt Jessie.

»Ich weiß es nicht, und es kümmert mich auch nicht«, erwidert Kate. »Dich sollte es auch nicht kümmern. Sie gehören nicht zur Familie.« Kate stürzt den letzten Schluck Kaffee hinunter. »Nicht wirklich.«

Nicht wirklich.

Zum Glück für deinen Mann.

Kate schenkt sich Kaffee nach und widersteht der Versuchung, ihn durch einen Schuss Whiskey aufzupeppen, weil heute David kommt und sie bei seiner Ankunft nicht betrunken sein darf und nicht betrunken sein *wird*. Ohne Alkohol allerdings ist es schwierig, die Gespenster zu vertreiben.

Wilder.

Kate wusste schon früh, dass er nicht treu sein konnte – bei der Hochzeitsfeier hatte er mit Kates Cousine geflirtet, über jedes vertretbare Maß hinaus –, aber wie stark sein Selbstwertgefühl davon abhing, immer neue Frauen zu erobern, das erkannte sie eben erst nach einiger Zeit. Kate konnte sagen oder tun, was sie wollte, es half nichts. Wenn sie ihm damit drohte, ihn zu verlassen, gelobte er feierlich Besserung. Und schon Wochen oder Monate später zog es ihn wieder in die Bars und Kneipen, aus denen er erst spät in der Nacht nach Hause kam, oder auch gar nicht.

Eigentlich war sie fast froh, als er nach Korea abkommandiert wurde.

Als Wilder von dort zurückkam, wirkte er wie ausgewechselt – geläutert und hingebungsvoll, ein Mann, dessen Leidenschaft Kate galt, nur Kate allein. Exalta war in jenem Sommer auf Nantucket ungeheuer stolz auf ihn – er sei ein Kriegsheld, erzählte sie den anderen Damen im Field and Oar Club –, und Kates Vater Penn geizte bei ihm nicht mit Scotch und guten Zigarren. Schon nach wenigen Wochen jedoch schlug Wilders sonnig-heitere Stimmung in ihr Gegenteil um: tiefste Niedergeschlagenheit. Kate wusste, dass Wilder in Übersee angefangen hatte, Benzedrin zu nehmen, als Aufputschmittel, und sie befürchtete, dass er das Zeug auch hier in der Heimat weiter nahm. Sie merkte es immer sofort, wenn er high war – seine Augen hatten dann so einen gewissen Glanz, und er redete wie ein Wasserfall. Um wieder etwas runterzukommen, half im Grunde nur Alkohol. In jenem Sommer versackte er regelmäßig in Bosun's Locker, und dann gab es eine ganze Reihe Nächte, in denen sie zu Hause vergeblich auf ihn wartete. Einmal waren seine Schuhe schmutzverkrustet, als er morgens nach Hause kam; er sei auf einem Grab auf dem Quäker-Friedhof eingeschlafen, sagte er, wo er um die Männer geweint habe, die er in Korea verloren hatte. Ein andermal hatte er bei der spätnächtlichen Heimkehr einen Batzen Sand dabei, den er mit ins Bett nahm. Er sei in der Nacht bis zum Surfside Beach marschiert, erzählte er Kate am nächsten Morgen, und dann von dort weiter zum Cisco Beach, ehe er schließlich wieder den Heimweg antrat.

Sie hatte sich dafür entschieden, ihm die Geschichte zu glauben.

In der, wie sich herausstellen sollte, letzten dieser Nächte war Kate aufgewacht und hatte festgestellt, dass Wilder wieder einmal nicht neben ihr lag. Sie ging nach unten, um sich in der Küche eine heiße Milch mit Honig zu machen. Vom Flur her hörte sie ein Geräusch, und als sie nachsah, fand sie Wilder in der Butterkammer vor. Erst dachte sie, er wäre allein da drin, was sie nicht weiter gewundert hätte; er war sternhagelvoll, und womöglich hatte er sich dort verkrochen, weil er sie in der Küche gehört und irrtümlich für Penn oder Exalta gehalten hatte. Dann aber war Kate ein geisterhaft weißer Fuß ins Auge gefallen, der hinten aus der Butterkammer herausragte.

Es war Lorraine. Lorraine Crimmins, die für Exalta kochte und buk und in jenem Sommer außerdem die Kinder betreute.

In diesem Augenblick war der gemeinsame Sommer für Kate beendet. Sie packte noch in derselben Nacht, nicht nur ihre Sachen, sondern auch die der Kinder, mit denen sie auf der ersten Fähre gleich morgens die Insel verließ, noch ehe ihre Eltern auf den Beinen waren.

»Du kannst ihnen ja erklären, warum ich mit den Kindern abgereist bin«, sagte sie zu Wilder. »Bleib du hier bei ihr, wenn dir das lieber ist.«

Kate hatte auf dem Oberdeck der Fähre gestanden, die Autoschlüssel zwischen die Finger geklemmt wie eine Waffe, und dabei zugesehen, wie Nantucket sich langsam in der Ferne verlor. Lorraine Crimmins; das war ein solcher Verrat. Sie hatte mit sechzehn angefangen, im Haushalt der Nichols' zu arbeiten, als Kate gerade zwanzig war und im zweiten Jahr am Smith College studierte. Damals herrschte gerade Krieg. Kate hatte Lorraine eingeladen, abends mit ihr Radio zu hören; dabei hatten sie zusammen gestrickt, Strümpfe für die Männer in Übersee. Kate war freundlich zu Lorraine gewesen, weil sie sie bedauerte, aus Mitleid. Schließlich war Lorraine ein trauriger Fall – sie hatte schon als Baby ihre Mutter verloren. Damit waren die Weichen gestellt, sie brachte im Leben nichts Rechtes zuwege, war für ihren Vater eine einzige Enttäuschung. Lorraine war sehr hübsch, aber sie hatte nie gelernt, sich mit Geschmack zu kleiden. Sie schminkte sich übertrieben, wenn sie abends ausging, und ihre Aufmachung war billig und etwas ordinär. Es zog sie regelmäßig in Bosun's Locker, wo sie ständig neue Männer kennenlernte – Muschelfischer, Anstreicher, Handelsreisende. Immer nur flüchtige Bekanntschaften, nie etwas Ernstes.

Wilder und Lorraine, zusammen in die Butterkammer gezwängt. Und das Einzige, was sie verraten hatte, war ein weißer Fuß, der Kate ins Auge gefallen war. Diesen Anblick würde sie nicht so schnell vergessen.

Kate hatte zwar zu Wilder gesagt, er möge bei Lorraine bleiben, doch unterwegs auf der Fähre stieg in ihr die Angst auf, dass er genau das tun könnte. Denn Kate liebte Wilder, und sie hasste sich dafür. Wie konnte sie im Leben nur ein so grausames Los erwischen – dass ihre Liebe zu jemandem, der sie so schlimm verletzen konnte, trotzdem nicht vergehen wollte. Im Gegenteil, sie liebte ihn sogar umso mehr. Kate wollte, dass Wilder *sie* liebte und begehrte, nicht Lorraine Crimmins.

Warum gerade sie? Warum ausgerechnet Lorraine?

Tags darauf hatte Exalta angerufen, um sich nach Tigers Fieber zu erkundigen.

»Tigers Fieber?«, hatte Kate zurückgefragt.

Ja, sagte Exalta. Wilder habe ihr erklärt, dass Tiger schlimmes Fieber hatte und Kate deswegen mit den Kindern so überstürzt nach Boston zurückgekehrt sei.

Der große Kriegsheld, dachte Kate, war also feige.

Sie versuchte gerade, den Mut dazu aufzubringen, Exalta reinen Wein einzuschenken – es wäre demütigend, gewiss, aber auch eine Genugtuung, Exalta über den Mann aufzuklären, den sie so sehr vergötterte –, doch da ging die Tür auf, und Wilder kam herein. Er fiel vor Kate auf die Knie, und bei seinem Anblick durchströmte sie eine schier grenzenlose Dankbarkeit und Erleichterung.

Nur wenige Minuten, nachdem Bill Crimmins in Little Fair verschwunden ist, sehen Kate und Jessie, wie er auch schon wieder ins Freie kommt, mit einem prallen Seesack, gefolgt von Lorraine und Pick. Als Pick sich umwendet, entdeckt er Kate und Jessie im Küchenfenster und winkt ihnen zu, ein wenig halbherzig. Jessie steht auf und macht einen Schritt auf die Tür zu, aber Kate sagt: »Lass sie gehen.« Eine bombastische, überzogene Abschiedsszene ist nun wirklich das Letzte, was sie sich wünscht. Und sie möchte sich nicht zu irgendwas hinreißen lassen, was sie mit Sicherheit bedauern würde – allein schon deswegen ist es klüger, wenn sie von Lorraine weiter ausreichend Abstand hält.

»Aber …«, sagt Jessie. Sie blickt ihre Mutter mit feuchten Augen an. »Ich bin in ihn verliebt.«

Kate lässt diese Neuigkeit kurz sacken. »Komm mit«, sagt sie dann. »Ich möchte mich mit dir unterhalten.«

Jessie steigt in Little Fair hinter ihrer Mutter die Treppe hoch. Es ist fast unerträglich, hier zu sein, jetzt, wo Pick fort ist, wirklich fort; wäre er doch bloß noch da, selbst mit Sabrina, sogar das wäre Jessie lieber. Sie denkt an den Tag zurück, als sie Pick das erste Mal hier antraf, auf der Couch, mit diesem beknackten Schläger und dem Ball an der Schnur. Im Nachhinein kommt es ihr vor, als wäre sie in eine Falle getappt. Pick war so süß mit seinem sonnengebleichten Haar und dem Seilarmband, und dazu diese locker-charmante Art, wie er Jessie ausfragte, sich für sie interessierte, ihr ein schlichtes, aber köstliches Mahl zauberte, als ihr vor Hunger der Magen knurrte. Wie hätte sie sich nicht auf der Stelle in ihn verlieben sollen? Unmöglich.

Kate deutet mit einer Handbewegung auf einen der Stühle, und Jessie setzt sich folgsam an den kleinen Tisch. Zu ihrer tiefen Enttäuschung hat Pick ihr dort keine Nachricht hinterlassen, kein kleines Andenken oder Ähnliches, rein gar nichts, was darauf hingedeutet hätte, dass sie befreundet waren oder sie ihm gar fehlen wird. Vielleicht hat er aus Rücksicht auf Sabrina darauf verzichtet – oder auch nicht. Vielleicht war er einfach froh, dass seine Mutter gekommen war, um ihn wieder zu sich zu nehmen. Schwer zu sagen; aus seiner Miene bei ihrem Aufbruch war Jessie nicht ganz schlau geworden.

»Weißt du, wann der glücklichste Sommer meines Lebens war?«, fängt Kate an.

Jessie muss raten. »Als du dreizehn geworden bist?«

»Eher nicht, das war während der großen Depression«, sagt Kate. »Also, falsch.«

Jessie zuckt die Achseln, sie hat keine Lust, weiter zu rätseln. Irgendwie ist es ihr egal.

»Es war der Sommer, als du auf die Welt gekommen bist«, sagt Kate. »Dein Dad und ich sind mit dir hergekommen, als du erst vier Wochen alt warst, ein ganz kleines Würmchen. Und wir haben hier oben in Little Fair gewohnt, nur wir drei, während die drei anderen Kinder drüben bei Nonny und Opa im großen Haus untergebracht waren.«

»Oh.« Jessie kann sich nur an die Zeit erinnern, als ihre Geschwister immer hier in Little Fair wohnten, ganz für sich.

»Ich war glücklich … na ja, vermutlich, weil ich hier etwas Abstand zu Nonny hatte. Es war sehr schön, nur du, ich und Daddy. Es hat sich angefühlt wie ein Neuanfang … und ich brauchte einen Neuanfang, ganz dringend.«

Jesse spielt gedankenverloren an ihrer Kette mit dem Lebensbaum-Medaillon herum, während sie an den Wortwechsel zwischen Lorraine Crimmins und ihrer Mutter denkt, den sie zufällig mitbekommen hat. Kate hatte Lorraine Crimmins als Nutte bezeichnet, und statt darüber empört zu sein, wie es Jessie erwartet hätte, sagte Lorraine bloß, *zum Glück für deinen Mann*. Jessie hatte ein ganz komisches Gefühl dabei, als würde sich eine Tür öffnen, eine geheime Tür, und sie entdeckte endlich, was sich dahinter verbarg. Eine Nutte ist eine Prostituierte, so viel weiß sie, eine Frau also, die sich von Männern für Sex bezahlen lässt, und mit der Äußerung *zum Glück für deinen Mann* meinte Lorraine Wilder Foley, nicht David Levin.

Wilder Foley und Lorraine Crimmins?

Jessie denkt an den Pubertätsvortrag am Ende des Schuljahrs zurück und spürt, wie sie rot anläuft. Denn auf einmal weiß sie, worüber ihre Mutter mit ihr reden möchte.

Jessie hat nur mit halbem Ohr zugehört, während ihre Mutter davon erzählte, wie sie und David Jessie in jenem Sommer überallhin mitgenommen haben, im Kinderwagen oder in ihrem Babykorb. Sogar eine Überfahrt nach Tuckernuck haben sie mit ihr unternommen, auf einem Kabinenkreuzer.

»Mom«, unterbricht Jessie sie unvermittelt. »Ist Pick etwa …« Sie weiß nicht recht, wie sie die Frage formulieren soll, aber das ist halb so wild, denn sie ahnt schon jetzt, dass die Antwort Ja lautet.

Kate nickt. »Pick ist Wilder Foleys Sohn«, stellt sie in sachlichem Tonfall fest. »Wilder hat Lorraine Crimmins geschwängert. Sie hat sich nach Kalifornien abgesetzt und dort Pick bekommen, und seither hatte ich sie nicht mehr gesehen. Bis heute.«

Jessie wird kurz kalt vor Panik, weil sie denkt, sie hätte sich in ihren eigenen Bruder verliebt – bis ihr gleich darauf ein Licht aufgeht. Nein, Pick ist gar nicht ihr Bruder. Seine Eltern sind Lorraine Crimmins und Wilder Foley;

ihre Eltern sind Kate und David. Pick ist allerdings der Halbbruder von Blair, Kirby und Tiger, ganz wie Jessie die Halbschwester des Trios ist. Pick hat den gleichen Rang wie sie, bloß von der anderen Seite her.

Jessie ist schwindelig. »Weiß Nonny davon?«, fragt sie.

Kate zuckt mit den Schultern. »Sie wird's vermuten, nehme ich an. Aber Genaueres weiß ich nicht, keine Ahnung. Deine Großmutter und ich haben nie darüber gesprochen, weil wir auch sonst über nichts sprechen. Mein Leben ist immer sehr einsam gewesen.«

»Wirklich?«, sagt Jessie. Für sie ist ihre Mutter immer eher der Mittelpunkt gewesen, um den sich alles dreht. Sie ist Exaltas Tochter; sie war Wilders Frau und ist jetzt Davids Frau; sie ist die Mutter von Blair, Kirby, Tiger und Jessie. Wie kann sie da einsam sein?

Kate steigen Tränen in die Augen, und Jessie sieht sie verwundert an. Ihre Mutter ist so wunderschön, selbst in ihrem Bademantel und dem Pyjama aus rosa Seide, auch ohne Perlenkette oder Lippenstift. Jessie weiß, dass ihre Mutter krank vor Sorge wegen Tiger ist, doch jetzt scheint es, als wäre sie noch aus anderen Gründen traurig, wegen älteren Dingen.

»Der Abend, als Wilder gestorben ist …«, sagt Kate.

»Du musst nicht darüber reden, wenn du nicht magst«, fällt Jessie ihr hastig ins Wort.

»Aber ich muss darüber reden«, sagt Kate. »Ich muss es endlich loswerden, verstehst du nicht?« Sie drückt Jessies Hand, und Jessie begreift zum ersten Mal in ihrem Leben, dass ihre Mutter real ist.

Es ist wie eine Offenbarung. Ihre Mutter ist ein Mensch mit Gefühlen, sie empfindet Schmerz – ebenso Traurigkeit, Einsamkeit, Verwirrung. Jessie dachte bisher, Erwachsene würden in einer anderen Atmosphäre leben, wie in einer Art kühlem, klarem Gel. Erwachsene hatten Probleme, so viel wusste Jessie – Geld und ihre Kinder –, doch sie ging bisher davon aus, dass man, wenn man erwachsen wurde, die rohen, heißen, chaotischen Gefühle hinter sich ließ, die einem als junger Mensch so zu schaffen machten.

»Der Abend, als Wilder gestorben ist, hatte eine Vorgeschichte. Einige Tage davor hatte ich einen Brief von Lorraine erhalten, in dem sie mir eröffnete, dass sie von ihm ein Kind erwartete.«

Jessie wird kurz flau im Magen.

»Ich wollte ihn deswegen zur Rede stellen, nachdem die Kinder im Bett waren«, fährt Kate fort. »Nach kurzer Suche habe ich ihn in seiner Werkstatt gefunden, er reinigte gerade seine Pistole.«

Jessie lässt den Kopf sinken und schließt die Augen. Klar, sie sollte sich geehrt fühlen, dass ihre Mutter sie ausgewählt hat, um sich ihr anzuvertrauen … Aber sie will kein Wort mehr hören. Schon der Anfang der Geschichte ist anders als die Version, die Jessie ihr Leben lang gekannt hat; dementsprechend dachte sie immer, Kate wäre in die Werkstatt gekommen und hätte Wilder dort bereits tot vorgefunden.

»Ich habe ihm den Brief von Lorraine zu lesen gegeben«, sagt Kate. »Und dann habe ich gesagt: ›Wie es aussieht, wirst du Vater eines Bastards. Ich habe nachgedacht. Ich nehme die Kinder und verlasse dich. Ziehe wieder zu meinen Eltern nach Beacon Hill. Ich habe endgültig die Nase voll, Wilder, und du wirst mich nicht mehr umstimmen können. Ich habe mir schon einen Anwalt genommen und reiche die Scheidung ein.‹«

Jessie sitzt da und hält den Atem an. Ihr war vor langer Zeit erzählt worden – von wem, weiß sie nicht mehr –, dass Wilder sich versehentlich erschossen hatte, als sich beim Reinigen der Pistole ein Schuss löste, und dass Kate David Levin engagiert hatte, damit er den Beweis führte, dass es kein Selbstmord war. Und genau das hatte er getan.

»Dann bin ich rausgegangen und habe die Tür hinter mir geschlossen«, sagt Kate. »Aber weißt du, was ich bereue?«

Sie erwartet keine Antwort von ihr, das spürt Jessie. Und sie brächte auch ohnehin kein Wort heraus.

»Ich bereue es, dass ich die Tür nicht zugeknallt habe«, sagt Kate. »Vielleicht hätte es Wilder aus seiner Lethargie gerissen, wenn ich meine Wut gezeigt hätte. Vielleicht wäre er mir dann nachgelaufen, um doch noch einen Versuch zu unternehmen, mich umzustimmen. Er … litt unter starken Stimmungsschwankungen, hatte Probleme mit Tabletten und Whiskey … Aber mir war nicht bewusst, wie tief seine Tiefpunkte tatsächlich waren. Ganz ehrlich, Jessica, an ihn habe ich in dem Moment gar keinen Gedanken verschwendet. Ich dachte nur an mich. Daran, dass er mich betrogen hatte. Noch dazu mit einer

Person, die ich kannte und mochte. Er war so achtlos gewesen, sie zu schwängern, und dadurch würde aller Welt vor Augen geführt, dass Wilder eine andere Frau lieber mochte als mich. Lorraine Crimmins. Eine entsetzliche Demütigung für mich, zusätzlich zu meinem Liebeskummer.«

»Wie ging es weiter?«, fragt Jessie.

»Nachdem ich die Tür leise, aber bestimmt zugeklinkt hatte und mich bereits wieder entfernte, hörte ich einen Schuss. Es war kaum ein, zwei Sekunden später.«

»Er hat sich umgebracht«, sagt Jessie.

»Ja.« Kate nickt. »Zunächst war ich mir nicht hundert Prozent sicher, weil Wilder auch immer einen Hang zur Theatralik hatte. Ich dachte, er hätte vielleicht in die Wand gefeuert, damit ich denken sollte, er hätte sich erschossen. Und weil er so labil war, so unberechenbar, erschien es mir nicht ausgeschlossen, dass er mich, wenn ich die Tür öffnete, mit vorgehaltener Waffe empfangen würde.«

»Und weiter?«, fragt Jessie.

»Ich habe einige Minuten abgewartet. Als es in der Werkstatt weiter still blieb, bin ich nachsehen gegangen und habe festgestellt, was er getan hatte.« Kate wirkt ruhig und gefasst, als sie ihr das erzählt. Ebenso gut könnte sie schildern, wie sie die Tür geöffnet und festgestellt hat, dass Wilder den Staubsauer repariert hatte. »Meine erste Reaktion war völlig irrational: Ich war wütend. Wütend darüber, dass Wilder sich so feige aus der Affäre gezogen hatte. Ich wollte, dass er sich mit den Folgen seines Tuns auseinandersetzt. Wollte, dass er sich schämt, vor meinem Vater, vor meiner Mutter.«

Das kommt so unvermutet, dass Jessie nicht weiß, wie sie es aufnehmen soll.

»Und dann stiegen Schuldgefühle in mir auf, wie eine Welle, die über mich hinwegrollte, so eine wirklich mächtige Welle, die einen umreißt und so wild herumwirbelt, dass einem beißendes Salzwasser in Mund und Nase dringt. Weil ...« Kate lacht traurig. »Wie kann ich dir das alles erzählen, unfassbar. Ich sollte besser aufhören.«

Ja, denkt Jessie. Hör auf! Es reicht, bitte! Doch ihre Mutter kann noch nicht aufhören, das ahnt sie irgendwie.

»Ich fühlte mich schuldig, weil ich Wilder belogen hatte. Das mit dem Anwalt stimmte nicht, und ich hatte auch nicht ernstlich vor, mich von ihm scheiden zu lassen. Ich wäre vorübergehend zu meiner Mutter gezogen, und dann hätten wir eine Lösung gefunden. Ich habe das alles nur gesagt, um ihm einen Schreck zu versetzen.« Kate hält kurz inne, denkt sichtlich nach. »Der einzige Mensch auf der Welt, der außer mir die Wahrheit kennt, ist Bill Crimmins.«

»Mr Crimmins?«, sagt Jessie.

»Ich hab ihn auf Nantucket angerufen und ihm erzählt, was passiert war. Er hat die nächste Fähre genommen, um Mitternacht stand er bei uns vor der Tür. Er hat die Sache geregelt.«

»Wie, geregelt?«, fragt Jessie. Ihre Hände fühlen sich taub an, in ihren Lippen kribbelt es. Sie spürt, dass sie nie mehr dieselbe sein wird. Nichts ist mehr von Bedeutung – Pick nicht, der Baum des Lebens nicht, und auch nicht die Tatsache, dass Anne Frank von den Nazis entdeckt wurde und in einem Konzentrationslager gestorben ist. Ihre Mutter hat über die Umstände von Wilder Foleys Tod gelogen. Er hat sich ihretwegen umgebracht, wegen Dingen, die sie gesagt hatte. Und Mr Crimmins weiß darüber Bescheid.

»Er hat die Sache eben geregelt«, sagt Kate. »Hat dafür gesorgt, dass es aussah wie ein Unfall.«

»Wegen Dad?«, fragt Jessie.

»In erster Linie mussten wir David hinters Licht führen, ganz recht«, sagt Kate. »Und natürlich die Versicherung, die bei einem Selbstmord keinen Penny gezahlt hätte. Und auch meine Freunde und Nachbarn sollten nicht erfahren, was wirklich geschehen war. Als sie hörten, dass Wilder durch einen schrecklichen Unfall zu Tode gekommen war, beim Reinigen seiner Waffe, haben sie uns bedauert. Weil das eine Tragödie war. Einem Selbstmord dagegen haftet ein Stigma an. Damit wollte und konnte ich meine Kinder nicht belasten. Außer mir weiß also nur Bill davon. Und jetzt auch du. Ich vertraue dir dieses Geheimnis an, aber ich will dich nicht damit belasten. Wenn du jetzt die Polizei anrufen willst, dann tu das.« In Kates Augen schimmern Tränen. »Vielleicht wäre es eine Erleichterung. Wenn du wüsstest, was es für eine Hölle war, all die Jahre mit diesem Geheimnis zu leben. Jeden Tag bin ich mit dem Gedanken aufgewacht, dass nun die Strafe kommt. Denn im Leben, Jessie, kommt niemand ungestraft davon. Und als dein Bruder einberufen wurde, was der Rest der Welt womöglich als bloßes Pech betrachtet, wusste ich, dass Tiger meinetwegen eingezogen wurde. Und dass er vermutlich nicht lebend zurückkommen würde.«

»Mom«, flüstert Jessie. »Bitte sag so was nicht.«

»Es ist meine Schuld.« Kate wirkt, als würde sie sie gar nicht wahrnehmen. Sie lässt den Kopf vor sich auf den Tisch sinken, und jetzt endlich fließen auch ihre Tränen. »Ich bin schuld. Ich habe Wilder in den Tod getrieben.«

Jessie erinnert sich an das Bild der Verwüstung, nachdem der Bonneville damals bei Buttner's ins Schaufenster gekracht war. Es wirkte so, als könnte dieser Schaden nie wieder behoben werden. Und dennoch war das Fenster bei Buttner's am Ende ersetzt worden, durch ein ganz neues Fenster, besser eigentlich als vorher. So ähnlich ist es auch bei Kates alles umstürzender Beichte. Kate weint eine Weile; Jessie reicht ihr Papiertaschentücher; Kate wischt sich die Tränen ab und geht dann wieder rüber nach All's Fair. Als Jessie einige Zeit später bei ihr nach dem Rechten sieht, geht es Kate besser, sie wirkt geradezu heiter, glücklich. Sie schlägt vor, an den Strand zu fahren, nur sie beide.

»Wir haben schon den neunzehnten Juli«, sagt Kate mit ganz normaler Stimme. »Und wir waren bisher kaum am Strand.«

»Was ist mit Dad?«, fragt Jessie in betont ruhigem Tonfall, obwohl ihr ganzes Denken und Fühlen gerade um die Ankunft ihres Vaters kreist. Ihre Mutter dürfte wissen, dass Jessie sie nie bei der Polizei anschwärzen würde, aber ebenso dürfte ihr klar sein, dass Jessie ihrem Vater alles erzählen wird. Dass Kate und Mr Crimmins ihn so bedenkenlos hinters Licht geführt haben, lässt ihr keine Ruhe. Er *muss* die Wahrheit erfahren.

»Er kommt erst mit der Fähre um Viertel nach drei«, sagt Kate. »Wenn wir bis elf aus dem Haus sind, haben wir immer noch einen halben Tag.«

Jessie möchte ungern ablehnen, damit ihre Mutter nicht denkt, dass sie aus Entsetzen über das Geheimnis nicht mitwill. Aber es stimmt, Jessie ist entsetzt darüber. Seit sechzehn langen Jahren hat ihre Mutter nun alle und jeden belogen. Und dafür wird ihre Mutter jetzt bestraft – nein, sie alle werden bestraft, weil Tiger nach Vietnam geschickt worden ist und womöglich in einem Leichensack zurückkehrt.

Doch an Jessies Liebe zu ihrer Mutter hat sich, das ist das Unbegreifliche, auch nach ihrem Geständnis nichts geändert; vielleicht liebt sie sie sogar noch etwas mehr als zuvor. Jessie hat nicht vergessen, wie qualvoll jene Woche war, als sie dachte, Nonnys Kette sei unwiderruflich verloren, wie schwer das Bewusstsein ihrer Schuld ihr im Magen lag, wie eine Ladung Steine, die sie unentwegt bedrückte und zermürbte. Was mag da erst ihre Mutter ausgestanden haben, die ihr Geheimnis all die Jahre mit sich herumgeschleppt hat, ohne Nonny, David und ihren Kindern je ein Sterbenswörtchen zu verraten? Kein Wunder, dass sie sich einsam gefühlt hat.

Jessie wird es David erzählen, und dann wird David Kate zur Rede stellen. Danach dürfte es zwar schwierig und unschön werden, aber Kate wird es bedeutend besser gehen, weil die Lügerei endlich ein Ende hat, und vielleicht rettet das sogar Tiger das Leben.

»Einverstanden«, sagt Jessie. »Ich zieh nur rasch meinen Bikini an.«

»Ich mache uns Sandwiches«, sagt Kate.

»Mom«, sagt Jessie. Kate hält inne. Sie sehen sich an, und dieser Moment ist entscheidend, das kann Jessie spüren.

»Keinen Senf«, sagt Jessie.

Der Tag wird dann doch viel schöner, als Jessie insgeheim befürchtet hat. Kate fährt mit ihr raus nach Ram Pasture. Exalta wäre auch gern mitgekommen, doch Kate ließ nicht mit sich reden – »Ich würde gern etwas Zeit allein mit Jessie verbringen, danke, Mutter.« Sie haben den Strand mehr oder weniger für sich. Die Sonne ist angenehm, nicht zu heiß, und da Exalta nicht dabei ist, kann Jessie in ihrem Stuhl sitzen, einem Sleepy Hollow, dessen Name nicht von ungefähr kommt. Jessie schläft tatsächlich darin ein, erleidet aber keinen Sonnenbrand, da ihre Mutter an die Sonnenmilch gedacht hat. Als sie wieder aufwacht, gehen sie und Kate schwimmen. Das Wasser ist kühl, erfrischend und irgendwie reinigend. Hinterher lassen sie sich auf ihren Badelaken ihren Imbiss schmecken. Jessies Sandwich ist mit Käse und gekochtem Schinken belegt, dazu einigen Blatt Kopfsalat und sauren

Gürkchen, auf leicht getoastetem portugiesischem Brot mit Butter. Es ist das beste Sandwich, das sie diesen Sommer bisher gegessen hat, mit einer Ausnahme – dem Sandwich mit Speck, Salat und Tomaten, das Pick ihr gleich am ersten Tag gezaubert hat.

Nach dem Essen streckt Jessie sich auf dem Bauch aus und schmökert in *Merkwürdiges aus dem Frankweiler-Geheimarchiv*. Alle paar Seiten legt sie eine Pause ein, um von der Zukunft zu träumen; wenn sie ihr College-Examen in der Tasche hat, wird sie in irgendeine tolle Stadt ziehen, nach New York oder Paris oder auch nach Amsterdam, wo Anne Frank gelebt hat.

Um Viertel vor drei brechen sie ihre Zelte ab und steigen in den Scout. Zeitlich klappt alles perfekt, denn bei ihrer Ankunft an der Fähre kommt David gerade die Landungsbrücke herunter.

»Ab mit dir«, sagt Kate. »Ist schon in Ordnung.«

Jessie steigt aus und stürmt ihrem Vater entgegen, der schon die Arme ausgebreitet hat. Er drückt sie an sich und sagt: »Oh, Süße, ist das schön, dich wiederzusehen!« Jessie drückt ihn ebenso fest und freut sich genauso unbändig, ihn wiederzusehen; erst jetzt wird ihr bewusst, wie sehr er ihr gefehlt hat.

Er löst sich von ihr und mustert sie eingehend. »Du wirst immer erwachsener«, staunt er. »Eine richtig schöne junge Dame. Nicht zu fassen.«

Jessie spürt, wie sie rot anläuft; vielleicht liegt es aber auch an der Sonne, dass ihre Wangen auf einmal so glühen.

»Wir haben eine Verabredung zum Eisessen, denk dran«, sagt ihr Vater. »Aber jetzt will ich erst mal deine Mutter küssen.«

Sie fahren nach Hause, wo Kate und David sich nach oben zurückziehen. Als Jessie nach einer ausgiebigen Dusche im Freien ins Obergeschoss von Little Fair kommt, fällt ihr Blick auf einen Brief, der auf dem Küchentisch liegt. Ihr bleibt kurz das Herz stehen. Post von Tiger? Im Näherkommen aber sieht sie, dass es bloß ein Brief von Doris ist. Sie nimmt ihn mit in ihr Zimmer und streckt sich auf dem Bett aus. Ihre Haut spannt von der Sonne, und trotz der Dusche kann sie noch immer Sandkörnchen spüren, oben auf der Kopfhaut und auch in den Ohrknorpeln, aber genau so muss es ja im Sommer sein.

Liebe Jessie,

Du hast also einen Freund, nicht zu glauben. Hoffentlich kommt er mal nach Brookline, damit wir ihn kennenlernen können.

Jessie merkt, dass dieser Satz durchaus mehrdeutig ist: Doris lässt durchblicken, dass sie ihr das mit dem Freund nicht abnimmt. Dass sie damit goldrichtig liegt, braucht sie allerdings nie zu erfahren.

Hier gibt's große Neuigkeiten: Stell Dir vor, Leslie ist beim Klauen erwischt worden. Sie war mit Pammy

Pope bei Filene's und hat Pammy erzählt, wie kinderleicht es ist, sich einfach zu nehmen, was sie gern hätte, ohne dafür zu bezahlen. Prima, hat Pammy gesagt, sie hätte gern ein Paar Perlenohrstecker. Kinderspiel, hat Leslie gesagt. Sie hat ihre Goldohrstecker rausgenommen und eingesteckt. In der Schmuckabteilung hat sie dann auf die Perlenohrstecker in der Vitrine gezeigt und gesagt, die würde sie sich gern mal ansehen. Sie hat sie sich in die Ohrläppchen gesteckt und so getan, als würde sie sich im Spiegel bewundern. Als die Verkäuferin dann kurz abgelenkt war, ist Leslie einfach in die nächste Abteilung spaziert, dann in die übernächste, und da war sie auch schon am Ausgang, und husch, war sie draußen auf der Straße. Pammy war ganz sprachlos. Sie dachte, Leslie hätte es tatsächlich geschafft.

Zwei Blocks weiter wurde Leslie von der Polizei angehalten.

Sie musste mit aufs Revier, wo ein Polizist ihre Eltern anrief. Er sagte, sie hätten den Diebstahl mit angesehen, über eine versteckte Kamera, dass sie ein Verfahren gegen Leslie einleiten könnten, dass sie dann vor Gericht müsste und vielleicht sogar zu einer Haftstrafe verurteilt würde, in einem Jugendgefängnis. Leslies Vater konnte den Polizisten mit knapper Not noch mal umstimmen und hat Leslie dann vom Revier abgeholt.

Aber jetzt … haben Leslies Eltern entschieden, sie auf ein Internat in der Schweiz zu schicken (wo ihre

Großmutter lebt), weil sie nicht wollen, dass Leslie »auf die schiefe Bahn gerät«.

Tja. Bleiben also nur noch wir beide, Du und ich, wenn im Herbst die siebte Klasse losgeht!

Bis in ein paar Wochen dann.

Viele Grüße von Deiner besten Freundin Doris

Es war ein kräftezehrender Tag. Erst die Turbulenzen am Morgen und dann die Stunden am Strand in der Sonne. Jessie ist jedenfalls ziemlich geschafft. Eigentlich ist sie fest entschlossen, sich bei Vincent's noch eine Pizza zu holen, mit dem Dollar, den ihr Vater ihr dafür gegeben hat, doch sobald ihre Eltern, die im Skipper zu Abend essen, das Haus verlassen haben, schleppt sie sich nach oben in ihr Zimmer, legt sich hin und schläft sofort ein.

Tief in der Nacht wacht sie mit Magenknurren auf. Sie hat einen Bärenhunger. Der Kühlschrank hier in Little Fair ist eher dürftig bestückt – ein angebrochenes Glas Gurken, Traubenmarmelade, eine Packung Würstchen, die erst warm gemacht werden müssten, was ihr jetzt zu mühsam ist. Jessie geht leise nach unten. Die Tür zu Mr Crimmins' Zimmer aber steht offen, der Raum ist dunkel und menschenleer. Sie fragt sich, ob Mr Crimmins wohl wieder in seine Wohnung in der Pine Street zurückzieht, jetzt, wo Pick nicht mehr da ist. Wahrscheinlich ja.

Jessie huscht durch den Garten und in die Küche von All's Fair, in der Hoffnung, dass Kate aus dem Skipper eine Tüte mit Essbarem mitgebracht hat; ihre Mutter isst sehr wenig, seit Tiger in Vietnam ist. Aber tatsächlich, auf der Anrichte steht eine Papiertüte mit einer Schachtel, in der Jessie ein kaltes Hähnchen vorfindet. Voller Heißhunger nimmt sie sich den Schlegel und beißt noch im Stehen hinein. Da hört sie Stimmen. Vielleicht ist sie nicht die Einzige, die zu dieser nachtschlafenden Zeit wach ist, oder es hat jemand den Fernseher angelassen.

Jessie schleicht leise durch den Flur. Seit Blair im Krankenhaus ist, war der Fernseher nicht mehr in Betrieb. Nun jedoch sieht Jessie den Lichtschein der Mattscheibe, der wässrig in den Flur hinausflackert.

Sie postiert sich seitlich am Türrahmen, mit dem angebissenen Hähnchenschenkel in der Hand, und wagt einen Blick ins Zimmer. Sie erkennt den Umriss ihrer Eltern, die auf dem Sofa sitzen, aber was sie wirklich in den Bann schlägt, ist das Bild auf dem Fernseher: Dort steigt gerade ein Mann im Astronautenanzug aus einem Raumschiff.

Eine Stimme sagt: »Wir sehen, wie Sie die Leiter herunterkommen.«

Es ist die Mondlandung! Dass es bald so weit sein würde, wusste Jessie, bei allem übrigen Trubel aber war ihr ganz entfallen, dass es heute Nacht passieren würde. Nur gut, dass sie aufgewacht ist, sonst hätte sie das verpasst.

Dann meldet sich eine andere Stimme, weit weg und verzerrt, als würde jemand in eine Konservendose sprechen. Die Stimme sagt: »Das ist ein kleiner Schritt für einen Menschen, aber ein gewaltiger Sprung für die Menschheit!«

Ihre Eltern stehen auf – aber nein, es sind gar nicht Jessies Eltern. Sondern … Nonny und Mr Crimmins. Nonny wendet sich Mr Crimmins zu und reicht ihm beide Hände.

»Bill«, sagt sie. »Hättest du je gedacht, dass wir so etwas noch miterleben würden?«

Mr Crimmins zieht Exalta an sich und küsst sie – und zwar richtig, wie eine Figur aus Blairs Seifenopern.

Jessie klappt der Mund auf. Hinter Nonny und Bill Crimmins macht Neil Armstrong die ersten Schritte auf dem Mond.

Der Mensch hat den Mond betreten! Spaziert auf ihm herum!

Exalta stößt Mr Crimmins nicht von sich. Sie küsst ihn zurück. Beide küssen sich, und da wird Jessie bewusst, dass auch Exalta real ist. Sie ist ein Mensch aus Fleisch und Blut, und sie empfindet etwas für Mr Crimmins.

Exalta löst sich von ihm. »Komm mit nach oben«, sagt sie.

Höchste Zeit zum Rückzug. Jessie huscht leise, mucksmäuschenleise in die Küche zurück.

Am Morgen wird Jessie vom Sonnenlicht geweckt, das hell in ihr Zimmer flutet. Sie schlägt die Augen auf und sieht blinzelnd zur Decke hoch. Dann muss sie lachen. Es ist komisch, oder? Komisch im Sinne von seltsam, aber auch komisch, weil es ulkig ist. Exalta ist alt, und

Mr Crimmins noch älter! Und dennoch lagen sie sich letzte Nacht in den Armen. Jessie fragt sich, was es mit dieser Romanze auf sich haben mag. War es eine spontane Regung, ausgelöst vom Staunen über das Wunder der Raumfahrt? Oder läuft da schon den ganzen Sommer über was? Oder … findet Jessie etwa noch heraus, dass Exalta und Mr Crimmins schon seit Jahren eine Liebesaffäre haben, seit dem Ableben von Penn Nichols womöglich, oder sogar noch länger?

Jessie springt aus dem Bett, tapst barfuß an Mr Crimmins' jetzt geschlossener Zimmertür vorbei und dann quer über den Rasen. Als sie in die Küche kommt, findet sie ihren Vater dort vor, vertieft in die Zeitung. Auf der Titelseite prangt riesengroß die Schlagzeile »Der erste Mensch auf dem Mond«, zusammen mit einem Schwarz-Weiß-Foto von Armstrong und Aldrin, die gerade die Flagge aufpflanzen.

»Wir haben die Mondlandung verpasst«, sagt David. »Zu viel Wein zum Essen. Tut mir leid, Jessie. Ich wollte dich eigentlich wecken, damit wir es zusammen ansehen können.«

»Schon in Ordnung«, sagt Jessie. Sie wagt es nicht, ihn anzusehen, weil sie sich ein irres Grinsen dabei wohl nicht verkneifen könnte. Sie klappt den Kühlschrank auf und hält nach Saft Ausschau.

»Deine Mutter ist ins Krankenhaus gefahren, um Blair mit den Babys abzuholen. Was hältst du davon, wenn wir beide irgendwas unternehmen, damit sie hier zu Hause dann erst mal ungestört sind? Wir könnten Tennis spielen gehen. Dann kannst du mir zeigen, was du schon draufhast.«

Tennis an einem Sonntag; das ist schlimmer als Kirche. Aber Jessie muss mit ihrem Vater reden, unter vier Augen, und das könnte die passende Gelegenheit sein. »Okay«, sagt sie.

Nach dem Frühstück legen Jessie und David ihre Tenniskluft an und brechen mit ihren Schlägern zum Club auf. Jessie ist aufgeregt, und diese Aufregung wird immer größer, je mehr sie sich dem Club nähern. Zum einen ist ihr mulmig, weil sie ja das Geheimnis ihrer Mutter lüften will, aber noch nervöser wird sie bei dem Gedanken, wie es bei der Anmeldung ihres Vaters laufen wird. Was, wenn man ihn am Clubtresen abweist, weil er jüdisch ist? Sie erwägt kurz, ob sie vorschlagen soll, lieber zu den öffentlichen Plätzen am Jetties Beach zu gehen, eine Viertelmeile entfernt, verwirft die Idee jedoch rasch. Sie will ihren Vater nicht unnötig beunruhigen oder ihm den Eindruck vermitteln, dass er für den Field and Oar Club nicht gut genug ist.

Jessie hat heftiges Herzklopfen, als sie auf den Empfangstresen zugehen. Heute sitzt nicht mal Lizz dahinter, sondern irgendeine Vertretung, die Jessie nicht erkennen wird und keine Ahnung hat, dass sie dem Club angehört.

David lächelt. »Guten Morgen«, sagt er zu der jungen Person hinter dem Tresen, die mit ihrem zerzausten Haar und den dunklen Ringen unter den Augen aussieht, als wäre sie erst vor fünf Minuten aus dem Bett geholt worden. »Ich bin David Levin, der Schwiegersohn von Exalta Nichols. Meine Tochter und ich hätten gern einen Platz.«

Das verschlafen wirkende Mädchen – BRENDA, steht auf ihrem Namensschild – zuckt nicht mal mit der Wimper. »Gern. Tragen Sie sich ein.« Ihre Stimme klingt nach Restalkohol.

Jessie sieht ihrem Vater beim Schreiben zu. Er trägt sich mit dem Namen »Nichols N-3« ein.

Er wendet sich Jessie zu. »So. Kann's losgehen?«

»Wieso hast du dich nicht mit Levin eingetragen?«, fragt sie ihn, als sie auf die Plätze zusteuern.

»Weil es die Mitgliedschaft deiner Großmutter ist.«

»Ja, aber du heißt doch Levin«, sagt sie. *Und ich auch!* »Hast du den Namen nicht benutzt, damit niemand mitbekommt, dass du jüdisch bist?«

David wirft den Kopf zurück und bricht in Gelächter aus. Er legt den Arm um Jessie und zieht sie näher an sich. »Hier wissen alle schon, dass ich jüdisch bin, glaub mir. Aber weißt du, was sie noch wissen?«

»Was denn?«, fragt Jessie.

Sie sind bei Platz 11 angekommen, der direkt am Wasser liegt. Den ganzen Sommer spielt Jessie jetzt schon auf diesem Platz, hat aber noch nie richtig wahrgenommen, wie hübsch die Umgebung hier ist, weil sie immer so nervös wegen ihrer Stunde ist. Der Himmel ist heute strahlend blau, und davor flattert eine amerikanische Flagge im Wind. Unten im Jachthafen liegen Boote aller Art vor Anker. Eine wirklich atemberaubende Aussicht, aber auch exklusiv, da nicht jedem zugänglich.

David blickt sie an. »Sie wissen, dass ich intelligent bin und einen wichtigen Job habe, und sie wissen, dass ich wirklich sehr gut Tennis spiele. Außerdem wissen sie, dass ich euch alle liebe, deine Mutter, deine Schwestern, deinen Bruder und dich. Und nur darauf kommt es den meisten Leuten hier an, Jessie, den guten Leuten. Okay?«

Jessie hat Tränen in den Augen, die aber, so hofft sie, durch das Sonnenvisier verborgen werden. Sie nickt, ehe sie das Tor öffnet und ihren Vater auf den Platz führt.

Sie schlagen den Ball hin und her, und ihr Vater macht ihr allerlei Komplimente – »Deine Rückhand ist ja richtig stark und so präzise! Und deine Aufschläge, aber hallo, annähernd perfekt!« –, aber nach einer Stunde haben sie beide genug, auch, weil die Sonne allmählich unangenehm auf sie niederbrennt.

»Wollen wir nun zum Sweet Shoppe?«, fragt David. »Da können wir das Eis essen, das ich dir versprochen hatte.«

Jessie war den ganzen Sommer noch nicht im Sweet Shoppe, dabei ist bereits der 20. Juli. Es duftet hier, wie es in allen guten Eisdielen duften sollte, nach gerösteten Marshmallows, geschmolzener Schokolade und dem Malz-Vanille-Aroma von frisch gebackenen Waffelhörnchen. Jessie bestellt sich zwei Kugeln Malachit-Eis in einem Silberschälchen, David entscheidet sich für Himbeereis im Hörnchen, und dann lassen sie sich an einem der kleinen runden Marmortische nieder, auf unbequemen Stühlen aus weiß lackiertem Schmiedeeisen.

»So, nun kannst du dein Herz ausschütten«, sagt David. »Ich bin nicht hier, um zu richten. Nur, um dir zuzuhören.«

Nicht hier, um zu richten. Was für eine ungewöhnliche Äußerung, denkt Jessie. Womöglich ein Zeichen, dass sie nun das Geheimnis ihrer Mutter lüften kann.

Sie bringt es nicht über die Lippen.

Vielleicht sollte sie zunächst mit etwas anderem anfangen, überlegt sie, ehe sie zum Geständnis ihrer Mutter kommt. Und Themen gibt es genug: Garrisons unerwünschter Annäherungsversuch, Jessies Diebstahlserie, wie ihr Nonnys Kette abhandengekommen ist und sie dafür Stubenarrest bekam, dass sie sich in Pick verliebt hat, ihr erster Kuss, ihr erster Liebeskummer, weil dann Sabrina auftauchte, der BH-Kauf bei Buttner's und sein vorzeitiges Ende, als Blair im Laden die Fruchtblase platzte, das Trinkproblem ihrer Mutter, Jessies erste Monatsblutung, wie erschütternd sie es fand, dass Anne Frank den Krieg nicht überlebt hat, die Szene mit Lorraine Crimmins und ihre anschließende Abreise mit Pick, den sie vielleicht nie wiedersieht, Tigers Brief, in dem er ihr vom Tod seiner beiden Freunde Frog und Poppy berichtet hat und davon, dass er auf eine geheime Mission entsandt wurde, die Entdeckung, dass Exalta und Mr Crimmins … ein Liebespaar sind?

Jessie öffnet den Mund, doch es kommt kein Ton heraus, ihr ist die Zunge erfroren, nicht nur im bildlichen Sinn, sondern ganz wortwörtlich. Es wurmt sie, sie kommt sich vor wie ein mickriger Versager. Sie schafft es nicht, ihrem Vater auch nur von einem ihrer Erlebnisse dieses Sommers zu berichten. Es geht einfach nicht.

Stattdessen widmet sie sich ihrem Malachit-Eis – der Name ist bloß eine hochtrabende Umschreibung für zerkleinerte Pfefferminzschokolade –, das mittlerweile leicht geschmolzen und damit besonders verlockend ist.

Sie spürt ihr Lebensbaum-Medaillon, das kühl und schwer an ihrem Brustbein ruht. Ihr Vater hat ganz leuchtende Augen bekommen, als er sah, dass sie die Kette trug. Reife und Verantwortungsbewusstsein, denkt sie. Und dann kommt ihr eine radikale Idee.

Als sie klein war, hat sie ihren Eltern immer alles erzählt: *Ich habe Hunger, ich bin müde, ich muss mal, ich hab mir das Knie aufgeschlagen, ich mag, ich hasse, ich möchte, ich brauche.* Was, wenn Erwachsenwerden auch bedeutet, dass man manches für sich behält? Die Erlebnisse dieses Sommers werden ebenso sehr zu einem Teil von ihr werden wie ihre Knochen und Muskeln, ihr Hirn und ihr Herz. Später mal, wenn sie in zehn oder zwanzig Jahren auf den Sommer 1969 zurückblickt, wird sie dabei denken: *Das war der Sommer, in dem ich real wurde. Zu meiner eigenen, echten Person.*

Sie führt ihren Löffel am köstlich geschmolzenen Rand ihrer Eiscreme entlang und sagt: »Ich hab meine neue Platte noch kein einziges Mal anhören können.«

»Die LP von Joni Mitchell?«, fragt David.

Ihr Vater hat es sich gemerkt, und dafür liebt Jessie ihn. Und dann kommt ihr ein weiterer radikaler Gedanke: Für ihren Vater ist sie bereits eine reale Person.

»Na, das sollten wir aber umgehend beheben, wenn wir wieder zu Hause sind«, sagt David. Er legt den Kopf schief und sieht sie direkt an. »Mit anderen Worten, dieser Sommer war bisher also doch schöner, als du befürchtet hast?«

»O ja.« Jessie nickt mit Nachdruck. »Viel schöner.«

FOR WHAT IT'S WORTH

Senator Kennedy steckt in Schwierigkeiten.

Schon kurze Zeit, nachdem Patty ihr die grauenhafte Neuigkeit von Mary Jo Kopechne erzählt hat, ruft Mrs Bennie in der Pension an und bestellt Kirby ins Hotel. Sie hat kaum ein Auge zugetan und ist nach all der Aufregung der zurückliegenden Stunden das reinste Nervenbündel, aber zu dieser Aufforderung kann sie schlecht Nein sagen. Als sie im Hotel ankommt, noch immer in ihrem Gänseblümchenkleid, wird sie sofort ins Büro gebracht, zu Mrs Bennie und einem gewissen Sergeant Braga von der Polizei hier in Edgartown.

»Wo ist Mr Ames?«, fragt Kirby.

»Er hat beim Sergeant bereits ausgesagt«, sagt Mrs Bennie. Kirby sieht, dass ihre Chefin ihr Haar wieder zu ihrem gewohnten Dutt hochgesteckt hat und eine sehr ernste, bedrückte Miene zur Schau trägt; keine Spur mehr von Pep und Lebensfreude. Kirby wird etwas nervös. Wenn sie doch bloß wüsste, was Mr Ames ausgesagt hat.

»Wir sind gerade dabei, die Geschichte des Senators zu überprüfen«, sagt Sergeant Braga. »Seiner Aussage zufolge hat er die Party im Lawrence-Cottage gegen Viertel nach elf verlassen, um Miss Kopechne zur Fähre zu fahren, die nach Edgartown zurückwollte, in ihre Unterkunft. Der Senator hat sich allerdings in der Finsternis verfahren und ist dann auf der Dike Bridge von der Fahrbahn abgekommen, wo der Wagen sich überschlagen hat und im Wasser versunken ist. Der Senator sagt, er habe mehrere Tauchversuche unternommen, um Miss Kopechne, die auf der Beifahrerseite festsaß, aus dem Wagen zu befreien, aber ohne Erfolg. Der Senator hat sich kurz ausgeruht und ist dann zu Fuß zum Lawrence-Cottage zurückgekehrt, um seinem Cousin, Mr Gargan, und einem Freund zu berichten, was geschehen war. Auch diese beiden Herren sind noch mehrfach ins Wasser getaucht, um Miss Kopechne zu befreien, leider ebenfalls vergeblich.«

Kirby gibt sich Mühe, betont ruhig zu atmen. Sie kann noch immer nicht fassen, dass Sara O'Callahans Freundin in dem dunkelblauen Kleid und mit der Perlenkette, Mary Jo Kopechne, tot sein soll. Eine junge Frau, die Kirby erst am Vortag kennengelernt hat.

Tot.

Der Senator hat die Party mit Mary Jo verlassen. Schon das wirkt irgendwie verdächtig, oder? Aber vielleicht war es auch ganz unschuldig. Vielleicht wollte er Mary Jo wirklich, wie er ausgesagt hat, bloß zur Fähre fahren. Wäre Kirby zu der Party mitgekommen, hätte es leicht sie sein können, die er zur Fähre brachte. Dann wäre es

Kirby gewesen, die unter Wasser in dem Wagen feststeckte.

»Der Senator sagt, er wäre gegen Viertel nach eins ins Hotel zurückgekommen. Können Sie das bestätigen?«

Um Viertel nach eins? Nein, das kann nicht sein. Luke ist um halb zwei in die Lobby gestürmt, daran erinnert Kirby sich genau. Das Taxi traf gegen zwei ein, und um zehn vor drei war Kirby zurück im Hotel. Mr Ames hat gesagt, der Senator sei um halb drei am Seiteneingang aufgetaucht. Nicht wahr? Der Polizei wird Mr Ames dasselbe berichtet haben, aber wenn seine Angaben von der Version des Senators abweichen, wäre es von großer Bedeutung, an welche Uhrzeit sich Kirby erinnert – dumm nur, dass sie gerade nicht da war, als Teddy K. zurückkam.

»Ich habe den Senator gar nicht gesehen«, sagt Kirby.

»Aber er ist doch nach oben auf sein Zimmer gegangen«, sagt Mrs Bennie. »Sie müssen ihm also seinen Schlüssel ausgehändigt haben.«

»Den hat Mr Ames ihm gegeben«, sagt Kirby. Sie hält den Blick auf ihre Hände gesenkt, unten auf ihrem Schoß. »Bei der Rückkehr des Senators war ich leider nicht anwesend.«

»Wie bitte?«, sagt Mrs Bennie.

»Ich musste mich um einen Eindringling kümmern.«

»Einen Eindringling?«

»Der Freund meiner Mitbewohnerin ist unerwartet in der Lobby aufgetaucht. Betrunken. Er hat laut herumkrakeelt, ist aggressiv geworden. Wir haben ihn in ein Taxi gesetzt.«

»Das will ich doch mal hoffen!«, ruft Mrs Bennie.

»Ich habe ihn begleitet.« Diese Worte richtet Kirby an Sergeant Braga, weil sie es vor Beschämung nicht wagt, Mrs Bennie anzusehen. »Mir war klar, dass ich das Hotel nicht verlassen durfte, aber ich musste sicherstellen, dass Luke auch wirklich nach Hause fuhr. Ich hatte Angst, dass er meine Mitbewohnerin aufspüren und ihr wehtun könnte.«

Kirbys Mut und selbstloser Einsatz für ihre Freundin scheint Sergeant Braga nicht weiter zu imponieren. Er wirkt eher enttäuscht. »Sie haben den Senator also überhaupt nicht gesehen? Hatten keinerlei Kontakt mit ihm?«

»Nein, null Kontakt«, bestätigt Kirby.

Der Sergeant erhebt sich. »Na schön, damit wäre ich dann hier fertig. Danke für Ihre Unterstützung, Mrs Bennie. Falls noch irgendwas ist, melde ich mich bei Ihnen.«

Auch Mrs Bennie steht auf, legt Kirby jedoch freundlich, aber bestimmt die Hand auf die Schulter, zum Zeichen, dass sie noch sitzen bleiben soll. »Gern, Sergeant. Jederzeit.«

Als sich die Bürotür schließt, wendet Mrs Bennie sich Kirby zu. »Der Senator hat dieses Mädchen nicht umgebracht«, sagt sie mit Nachdruck. »Es war ein Unfall. Wir wissen alle nicht, ob wir lebend zurückkommen, wenn wir in ein Auto steigen.«

Mrs Bennie wirkt beinahe verzweifelt, und Kirby kann ihre Gefühle nachvollziehen, sie teilt sie sogar. Es tut immer weh, wenn sich ein angehimmelter Held als Mensch mit Schwächen wie jeder andere entpuppt. Anders als Mrs Bennie allerdings hält Kirby es für durchaus denkbar, dass der Senator den Tod von Mary Jo Kopechne verschuldet haben könnte. Anscheinend hat er ja das Auto von der Brücke gelenkt und später den Unfallort verlassen, ohne Mary Jo aus dem Wagen zu ziehen. Der Senator hatte Mr Ames wiederholt gefragt, ob es wirklich schon so spät sei, ob es nicht viel früher als halb drei sei. Wahrscheinlich wollte er sich ein Alibi verschaffen, als sei er zum Unfallzeitpunkt nicht mehr auf Chappaquiddick gewesen, sondern bereits im Hotel!

Kirbys munter sprudelnder Redestrom darüber, wie es gewesen sein könnte, wird von Mrs Bennie mit einem Seufzen unterbrochen. »So leid es mir tut, ich kann Sie nicht länger beschäftigen«, sagt sie.

»Was?«, sagt Kirby.

»Sie haben sich unerlaubt von Ihrem Arbeitsplatz entfernt«, stellt Mrs Bennie fest. »Wir bezahlen Sie nicht dafür, in der Gegend herumzufahren, und sei es aus noch so edelmütigen Gründen.«

»Aber … aber …« Kirbys Protest flackert nur kurz auf, ehe er wieder erlischt.

Mrs Bennie nimmt ihre Lesebrille ab und lässt sie auf ihrer Oberweite ruhen. »Es ist schwierig, Katharine, ich weiß«, sagt sie. »Wir sind mit Ihrer Leistung hier hochzufrieden. Ich wollte, das alles wäre nie passiert. Der arme, arme Senator …«

»Und die arme Mary Jo!«, sagt Kirby. »Mary Jo ist tot.« Kirby erwähnt um ein Haar, dass sie Mary Jo kurz begegnet ist. Ja, sie kennt die junge Frau, die bei einem von Senator Kennedy verursachten Unfall ertrunken ist. Vielleicht würde die Welt den Namen Mary Jo Kopechne irgendwann vergessen, aber nicht Kirby. Auf keinen Fall.

»Ich werde Ihnen ein sehr schönes Zeugnis ausstellen«, sagt Mrs Bennie. »Und Sie werden für die ganze Woche entlohnt, selbstredend.«

Kirby sieht ein, dass sie ihren Job wohl verloren geben muss, und Mrs Bennie verfährt ja auch mehr als großzügig mit ihr, was Zeugnis und Lohn angeht – wahrscheinlich, damit sie in aller Stille geht und diese ganze schäbige Affäre nicht noch schlimmer macht.

Während Kirby draußen auf der Veranda des Shiretown Inn auf ihr Taxi zurück nach Oak Bluffs wartet, grübelt sie darüber nach, wie es sein kann, dass eben noch alles in bester Ordnung ist und schon gleich darauf rein gar nichts mehr.

Edgartown wird ihr fehlen – die weiß geschindelten Häuser mit den schwarzen Fensterläden und dem üppigen Blumenschmuck vor den Fenstern, der blaue Streifen des Hafens, der immer wieder aus den Lücken zwischen den Häusern hervorblitzt. Der Ort ist ihr inzwischen vertraut, sie fühlt sich fast schon heimisch hier, was nur bedeuten kann, dass es für sie nichts mehr zu beweisen gibt.

Sie wird in die Pension an der Narragansett Avenue zurückfahren und schon mal packen. Gleich morgen früh reist sie nach Nantucket ab.

Nantucket ist in Luftlinie lumpige elf Meilen von Martha's Vineyard entfernt, doch um hinzugelangen, muss Kirby erst die Fähre nach Woods Hole nehmen und dann eine andere Fähre, die nach Nantucket übersetzt.

Darren bietet an, sie zur Anlegestelle zu fahren, aber Kirby winkt ab. Sie könne gut zu Fuß laufen.

»Mit all deinem Gepäck?«, fragt Darren. »Sei doch nicht so stur, Kirby. Bitte. Sag Ja.«

Kirby willigt ein, verbunden mit dem Hinweis allerdings, dass sie sehr früh aufbrechen möchte, ehe die anderen Mädchen zum Frühstück erscheinen. Sie kann Abschiedsszenen nicht ausstehen, erst recht nicht unter diesen Umständen; immerhin verlässt sie die Insel vorzeitig, mitten im Sommer und unter etwas schmählichen Vorzeichen. Bloß Patty wird ihr wirklich fehlen – obwohl sie und Luke nun anscheinend ein noch engeres Paar sind als zuvor. Nach dem Sommer, hat Patty ihr in selbstgerechtem Tonfall erzählt, werde sie mit ihm nach New York City ziehen. Sie will versuchen, ihren Traum von der Schauspielerei auf die altmodische Art zu verwirklichen – indem sie das Branchenblatt *Backstage* studiert und dann zum Vorsprechen geht.

»Ich bin um sieben zur Stelle und erwarte dich«, sagt Darren. »Ganz unspektakulär.«

Er hält Wort. Lehnt vor der Pension schon an seinem Wagen, als Kirby aus der Haustür kommt, und eilt ihr sofort entgegen, um ihr beim Gepäcktragen zu helfen. Ehe sie losfahren, wirft Kirby dem Haus vom Beifahrersitz aus noch einen letzten Blick zu. Sie hat den Mädchen eine kurze Abschiedsnotiz hinterlassen, und vermutlich entbrennt noch heute ein heißer Kampf darum, wer jetzt in ihr Iglu ziehen darf.

Darren parkt am Fährterminal, trotz Kirbys Protesten, weil er noch ihr Gepäck auf die Karre räumen möchte. Okay, okay, danke schön, denkt Kirby, und nun tschüss. Ihre Abneigung gegen Abschiedsszenen ist besonders ausgeprägt, wenn es ums Abschiednehmen von Darren geht.

Nachdem er sich um das Gepäck gekümmert und Kirby ihre Fahrkarte besorgt hat, schließt er sie in die Arme. Sehr zu Kirbys Verblüffung.

»Hier sind doch überall Leute«, sagt sie.

»Ist mir egal.«

Aber es ist ihm eben nicht egal – deswegen sind sie nun in ihrer jetzigen Lage. Darren meint lediglich, dass es ihm egal ist, weil die Leute ringsherum lauter Fremde sind. Es sind Touristen, die meisten davon – wenn auch nicht alle – weiß. Familien, die sich bemühen, weinende Kinder zu beruhigen, die man zu früh aus dem Schlaf gerissen hat; Jungverheiratete in den Flitterwochen, die sich auf Polaroid-Fotos verewigen; ein älteres schwarzes Ehepaar, das gemächlich auf die Rampe zuschlurft, der Mann auf seine Frau gelehnt.

»Darren …«

»Wir sehen uns dann im Herbst«, sagt er.

»Das halte ich für keine so gute Idee.«

»Nur ein Date«, sagt er. »Ich lade dich zum Essen ein, bei Mr Bartley's Gourmet Burgers. Einverstanden? Der

Laden ist legendär. Wenn du magst, können wir aber auch in den Rathskeller gehen …«

»Burger sind prima«, sagt Kirby. Sie würde es ihm gegenüber zwar nie zugeben, aber es freut sie schon, dass er sie in der Stadt wiedersehen möchte. Und *ein* Date kann ja nicht schaden.

Darren küsst sie zum Abschied. Der Kuss fällt länger und inniger aus als erwartet, und es fühlt sich so gut an, ihn zu küssen, dass Kirby gar nicht mehr aufhören mag. Am Rande meint sie mitzubekommen, wie das ältere schwarze Ehepaar auf ihren Anblick mit Kopfschütteln reagiert, vielleicht aber sieht sie auch nur Gespenster. Vielleicht haben sich die Dinge inzwischen doch so weit geändert, dass sich ein schwarzer Junge und ein weißes Mädchen in der Öffentlichkeit küssen können, ohne groß für Aufsehen zu sorgen.

»Cool, cool!«, sagt eine Stimme. Kirby löst sich von Darren und erblickt einen sehr langen, sehr dünnen Typen etwa in ihrem Alter mit einem gewaltigen orangeroten Afro. Er trägt eine regenbogengestreifte Velourshose mit einer passenden Weste und dazu einen schwarzen Zylinder auf dem Kopf. Er ist barfuß. Er sieht Darren und Kirby an und reckt zustimmend den Daumen in die Höhe. »Liebe, Mann. Das ist alles, was man braucht.«

Kirby fühlt sich ziemlich gut, als sie an Bord der Fähre geht. Das Nebelhorn tutet, ein Klang, bei dem Kirby immer etwas wehmütig ums Herz wird, weil es in der Regel das Letzte ist, was sie beim Abschied von Nantucket hört. Aber heute nicht. Heute schifft sie sich nach Nantucket ein. Am Abend wird sie ihr Haupt in ihrem Bett auf *ihrer* Insel zur Ruhe betten; der Sommer ist noch lange nicht zu Ende, sechs Wochen liegen noch vor ihr. Sie wird ihre kleine Nichte und ihren kleinen Neffen kennenlernen; wird sich nützlich machen und Jessie herumkutschieren; wird ihr Bestes tun, um bei Exalta für frischen Wind zu sorgen und sie mit neuen, revolutionären Ideen anzustecken, wie etwa der Gleichheit zwischen den Menschen, ungeachtet der Hautfarbe. Sie wird sich mit ihr Songs von Bob Dylan anhören. Und vielleicht, vielleicht wird dieser Sommer ja am Ende so legendär, dass er sogar in Songs verewigt wird.

Während Kirby sich am Bug der Fähre den Wind um die Nase wehen lässt, fällt ihr etwas ins Auge. Ein Mann. Und eine Frau neben diesem Mann.

Es überrascht sie, denn sie hielt die Zeiten für passé, als sie noch jeden Mann hungrig anstarrte, der auch nur entfernt Ähnlichkeit mit Scottie Turbo hatte. Ein Irrtum offenbar, denn was Kirbys Aufmerksamkeit fesselt, ist der Bürstenhaarschnitt und die unfassbar starke, stabile Art, wie der Mann dasteht, als wäre er aus Stein gemauert. Hundert Prozent sicher ist Kirby sich anfangs nicht. Sie schlendert etwas näher heran. Zum Glück sind genug Leute hier an Deck, sodass sie das Objekt ihrer Neugier unauffällig beschatten kann.

Er wendet sich zur Seite, und sein Profil trifft sie wie ein Schlag in die Magengrube. Unverwechselbar. Kirby muss sich an der Reling abstützen. Scottie Turbo befindet sich hier auf der Fähre. Mit anderen Worten, er war auf Martha's Vineyard. Das wundert sie jetzt. Als sie Scottie damals erzählte, dass ihre Familie ein Haus auf Nantucket hat, verzog er verächtlich das Gesicht und schnippte sich gegen die Nasenspitze.

»Nichts als Snobs«, sagte er. »Auf diesen Inseln wimmelt es nur so von denen.«

Und in der Tat, Scottie Turbo und Nantucket, das wollte nicht zusammenpassen. Ihn nach All's Fair mitzubringen und mit ihrer Großmutter bekanntzumachen; Scottie, der mit kennerhaftem Blick die Wandmalerei im Wohnzimmer rühmt oder sich an Exaltas Sammlung von Whirligigs ergötzt; Scottie, der sich an einem Tisch im Field and Oar Club lässig einen Gin-Tonic bestellt – all das vermochte sie sich beim besten Willen nicht vorzustellen.

Die etwas demokratischere Atmosphäre auf Vineyard scheint ihm offenbar eher zugesagt zu haben. Kirby überlegt, wo er wohl gewohnt hat, und malt sich dann das Albtraumszenario aus, wie Scottie mit dieser Frau ins Shiretown Inn kommt, während sie an der Rezeption Dienst tut.

O nein, bloß nicht!

Nachdem ihr erster Schock nachgelassen hat, nimmt Kirby Scotties Begleiterin näher unter die Lupe. Seine Ehefrau, denkt sie. Keine Freundin. Das schließt sie daraus, wie geradezu gleichgültig die beiden nebeneinander an der Reling stehen, ohne sich zu berühren. Die Frau hat blondes Haar, wenn auch nicht ganz so helles wie Kirby, und es ist bloß schulterlang, stumpf abgeschnitten, ganz wie bei Exalta. Kirby rückt noch etwas näher, um sich sein Weib genauer ansehen zu können; dazu postiert sie sich hinter Scotties Rücken. Sein Weib hat einen fahlen, bleichen Teint und rote Flecken auf den Wangen. Sie ist ungeschminkt, und ihre Augen gehen in ihrem Gesicht geradezu unter. Sie ist unscheinbar. Sieht Scottie sogar ein bisschen ähnlich. Ähnliche Haar- und Augenfarbe, derselbe grimmige Zug um den Mund, als wären sie immerzu auf schlechte Neuigkeiten gefasst. Was mag sie beruflich machen?, überlegt Kirby. Nach Arbeiterklasse sieht sie nicht aus, hat aber auch nicht die freundlich-gütige Ausstrahlung einer Krankenschwester oder Lehrerin. Sie könnte Sekretärin sein. Ja, denkt Kirby, das würde passen. Sie macht einen patenten, organisierten Eindruck, so als wäre sie die unersetzliche rechte Hand ihres Chefs, der ein richtig hohes Tier ist – ein Fabrikdirektor etwa, oder vielleicht ein Immobilienmogul. Vermutlich tippt sie hundertzehn Wörter in der Minute und kann außerdem stenografieren; sie bringt ihm seinen Kaffee, bestellt sein Mittagessen und holt seine Kleidung von der chemischen Reinigung ab. Vielleicht ist Scottie sogar ein bisschen eifersüchtig, weil sie ihren Chef so treu und voller Hingabe umsorgt.

Doch das ist alles bloß Projektion von Kirby; sie hat nicht die leiseste Ahnung, was sein Weib beruflich macht oder nicht macht.

Gibt es auf der Welt etwas Faszinierenderes als eine Rivalin, die einen letzten Endes ausgestochen hat? Wenn

Kirby sich diese Frau so ansieht, will ihr beim besten Willen nicht einleuchten, was Sottie an ihr so anziehend findet.

Dann dreht sich sein Weib zur Seite, und Kirby geht ein Licht auf. Sie ist schwanger, mit einem stattlichen, rund gewölbten Bauch – im fünften oder sechsten Monat vielleicht. Kirby rechnet rasch im Kopf zurück. Sein Weib war also schon schwanger, als Kirby Scottie über *ihre* Schwangerschaft in Kenntnis setzte.

Ach so …

Sein Weib bemerkt, dass Kirby sie anstarrt, und blickt sie daraufhin ebenfalls an, sehr direkt und herausfordernd.

»Ja?«, sagt sie. »Kann ich Ihnen irgendwie helfen?«

Kirby erstarrt. In ihrem Kopf überschlägt sich alles. Was soll sie nun sagen? Sie könnte so tun, als wäre sie ganz entzückt über die Schwangerschaft der anderen. Blair hat Kirby mal erzählt, dass man als Schwangere sozusagen zu öffentlichem Eigentum wird; jede dahergelaufene Tammy, Dina oder Harriet auf der Straße fühlt sich befugt dazu, irgendeine Bemerkung zu dem Babybauch zu machen, den man vor sich herträgt, und ihn mitunter sogar zu berühren, ohne sich vorher lang mit Fragen aufzuhalten.

Scottie will sehen, wen sein Weib da zur Rede stellt, und wendet sich um. Als er Kirby sieht, versteinert seine Miene. Nicht vor Hass oder Ablehnung, sondern vor Angst. So viel ist klar.

Kirby setzt ein strahlendes Lächeln auf und tritt auf

die beiden zu. »Ich habe Sie angestarrt, Entschuldigung«, sagt sie. »Aber Sie kommen mir irgendwie bekannt vor. Ich heiße Kirby Foley. Wie heißen Sie?«

»Ann«, sagt sie. »Ann Turbo, geborene Herlihy. Ich bin an der Mount Alvernia zur Schule gegangen. Kennen wir uns vielleicht von daher? Sie sind doch um einiges jünger als ich.«

Um die fünf Jahre jünger, Kirbys Schätzung nach. Sie kannte mal ein Mädchen, das auch an der Mount Alvernia war – Deirdre Metcalfe –, aber sie bringt es nicht über sich, so zu tun, als wäre sie dort zur Schule gegangen.

»Ich war an der Highschool in Brookline«, erwidert Kirby mit einem Achselzucken. »Eine öffentliche Schule. Nichts Besonderes.«

Scottie schaltet sich ein. »Sie dürften sich täuschen, Miss. Sie kennen uns nicht.«

Sie weiß nicht, was sie mehr aufregt, die Anrede »Miss« oder das »uns«. Als würde er einen verbalen Schlagstock schwingen, um sie zum Weitergehen zu bewegen. Natürlich, er will sie loswerden. Er ist ganz starr vor Angst. Innerlich wird er wohl gerade tausend Tode sterben.

»Vielleicht liegt es an Ihrer Schwangerschaft, dass ich mich zu Ihnen hingezogen fühle«, sagt Kirby. »Weil ich selbst vor nicht allzu langer Zeit schwanger war.«

»Tatsächlich?« Ann sieht sich um, als würde sie hinter Kirby nach einem Kind Ausschau halten.

»Ich habe das Baby verloren«, erklärt Kirby.

Ann zuckt zusammen wie nach einem Schlag ins Gesicht. »Nein!«, ruft sie aus.

»Es war wahrscheinlich besser so.« Kirby hält die linke Hand in die Höhe, um Ann zu zeigen, dass sie keinen Ring trägt. »Ich bin in Schwierigkeiten geraten. Und der Vater …« Sie macht einen Schritt auf Scottie zu. Steht nun so dicht vor ihm, dass sie ihn ohrfeigen könnte – oder küssen. »… war verheiratet. Was er mir aber natürlich verheimlicht hatte.«

Ann schnappt nach Luft, sichtlich empört. Scottie öffnet den Mund, will etwas sagen, doch Kirby hebt die Hand, gebieterisch wie ein Verkehrspolizist. »Er war ein Schuft, verschlagen und unredlich, ein richtig mieser Charakter«, sagt Kirby. »Aber irgendwann im Leben wird er dafür schon büßen, ganz sicher.«

»Das will ich mal schwer hoffen!«, sagt Ann. Sie ist nun völlig auf Kirbys Seite, und Scottie fährt sich mit einem Taschentuch über die schweißnasse Stirn.

»Aber Sie haben ja offenbar Glück mit Ihrem Mann.« Kirby deutet mit einem Kopfnicken auf Scottie. »Er wirkt von Grund auf anständig. Ein ehrlicher, aufrechter Mensch.«

»Er ist Polizist!«, erklärt Ann stolz.

»Ach ja?«, sagt Kirby. Sie gestattet sich einen direkten Blick in Scotties grüne Augen; ebenso gut könnte sie von der Fähre in den Sund springen. *»What a field day for the heat«*, singt sie. *»A thousand people in the street.«* Eine zarte Anspielung auf die Proteste in Cambridge, bei denen sie sich kennengelernt haben.

Sie rechnet damit, auf ein unüberwindliches Hindernis zu stoßen, eine Felswand, einen Betonblock – doch es empfängt sie etwas Weicheres, Sanfteres. Eine grüne Wiese.

Es tut mir leid, sagen seine Augen. *Ich hatte eine Frau, und ein Kind war auch unterwegs. Aber bitte glaub mir, ich habe mich wirklich in dich verliebt. Und ich liebe dich noch immer, daran wird sich nie etwas ändern.*

So zumindest deutet Kirby den Blick, mit dem er sie ansieht. Und das genügt ihr vollkommen.

Sie grinst. »Ja, dann. Einen schönen Tag noch!« Sie wendet sich um und schlendert davon, in den hinteren Teil der Fähre.

Weil alle Fähren nach Nantucket ausgebucht sind – »Wir haben Juli, Schätzchen«, sagt die Frau am Kartenschalter ein wenig mitleidig –, setzt Kirby schließlich auf dem Frachtschiff über, das abends Kurs auf die Insel nimmt. Sie sucht sich mit ihren beiden Koffern ein Plätzchen auf der Steuerbordseite und lässt sich auf einer der Kisten mit Trockengut nieder, die dort aufgestapelt sind. So erschöpft sie auch ist, körperlich und seelisch – als die funkelnden Lichter von Nantucket am Horizont auftauchen, wird sie sofort wieder munter. Sie kann den spitzen weißen Turm der Pfingstkirche ausmachen, ebenso den Uhrenturm der Unitarierkirche, die jeweils Nord und Süd markieren, doch was sie am meisten liebt, sind die Lichter der Boote, die hie und da im dunklen Hafen blinken wie die Sterne am nächtlichen Firmament.

Als das Schiff am Dock anlegt, warten dort keine Taxis auf Passagiere. Also macht Kirby sich zu Fuß auf den Weg, mit ihren beiden Koffern, die so schwer sind, als enthielten sie Golddukaten, und ihrem geliebten Silvertone-Plattenspieler, erst die Easy Street hinunter und dann die Main Street hinauf. Als sie schließlich nach links in die Fair Street einbiegt, würde sie am liebsten losrennen.

Zu Hause. Sie ist endlich zu Hause.

Sie lässt ihr Gepäck auf der vorderen Treppe zurück – sie wird es am Morgen holen –, schleicht leise ins Haus und die Treppe hoch. Ihre Großmutter oder ihre Eltern würde sie natürlich so spät nachts nie stören, doch sie hat kein Problem damit, Jessie zu wecken.

Überraschung! Das dritte Zimmer ist quasi überbelegt – neben dem Bett mit einer rundlichen Frau darin stehen noch zwei Stubenwagen. Kirby lässt Blair weiterschlafen, wirft aber kurz einen Blick auf die winzigen Gesichter ihrer Nichte und ihres Neffen. Wer nun wer ist, weiß sie natürlich nicht, aber sie wird ja am Morgen ihre Bekanntschaft machen.

Wieder nach unten, durch den Flur, durch die Küche, die noch immer nach dem alten Koch- und Backofen riecht, obwohl er seit über hundert Jahren nicht mehr in Gebrauch ist, zur Hintertür hinaus und über den Rasen nach Little Fair.

Das Zimmer im Erdgeschoss ist dunkel und leer. Tigers Zimmer, denkt Kirby, und ihr wird kurz schwer ums Herz. Dann steigt sie die Treppe hoch. Es ist pechfinster, doch sie braucht kein Licht; diese Wege hat sie verinnerlicht, sie würde sich in Little Fair auch mit geschlossenen Augen zurechtfinden.

Zimmer eins, Blairs Zimmer, ist leer. Die Versuchung ist groß, sich dort jetzt aufs Bett fallen zu lassen und zwei Tage am Stück zu schlafen, aber Kirby geht weiter zum zweiten Zimmer und öffnet leise die Tür.

Jessie schläft, quer übers Bett ausgestreckt, als wäre sie aus einem Flugzeug gefallen. Ihr Haar liegt auf dem Kopfkissen ausgebreitet. Auf Jessies Haar ist Kirby immer schon neidisch, es ist so dick und üppig wie Nerz. Ihr Gesicht ist glatt und makellos, ohne ein einziges Fleckchen, ganz wie ihre Seele. Kirby wollte, sie könnte auch noch einmal dreizehn sein und von vorn anfangen.

Sie hebt Jessies Arm an und schlüpft zu ihr ins Bett. Jessie regt sich, ihr eines Auge öffnet sich leicht.

»Wer da?«

»Ich bin's, Kirby.«

Jessie fällt Kirby um den Hals und drückt sie an sich, voll kindlichem Überschwang, aber mit der Kraft einer Erwachsenen. »Willkommen daheim, Kirby«, sagt Jessie. »Du hast mir gefehlt.«

Kirby schließt seufzend die Augen. Es war ein langer Tag.

Die Zwillinge sind acht Tage alt, als Neil Armstrong, Buzz Aldrin und Michael Collins bei ihrem Rückflug wieder in die Erdatmosphäre eintreten. Das einzige Lebenszeichen, das Blair von Angus erhalten hat, ist das Telegramm, ebenfalls inzwischen acht Tage alt. Er hat Blair nicht angerufen, weder im Krankenhaus noch zu Hause, und das bedeutet … ja, was?

Joey Whalen hat Blair ein Dutzend rosa Rosen geschickt, zusammen mit einer Grußkarte: *Herzlichen Glückwunsch, liebe Schwägerin!* Sie musste an seinen alten Liebesschwur denken, *Ich habe Dich zuerst geliebt. Für immer Dein, Joey*. Schon ein himmelweiter Unterschied.

Blair fühlt sich sonderbar losgelöst, wie ein Astronaut, dessen lebenswichtige Verbindung zum Mutterschiff gekappt wurde. Sie ist allein, ziellos, sich selbst überlassen.

Mit Kirbys Ankunft, frisch vom Vineyard herübergeschippert, hellt sich Blairs Stimmung auf. Sie hat ihre Vertraute wieder. Als sie ihr jedoch erzählt, wie einsam und verlassen sie sich fühlt, nachdem sie es fertiggebracht hat, Angus ebenso zu verlieren wie Joey, baut Kirby sich vor ihr auf, die Hände in die Hüften gestemmt, und hält ihr einen Vortrag. »Was würde Betty Friedan dazu sagen? Wozu brauchst du einen Mann, du kannst die Zwillinge auch allein großziehen! Ich helfe dir. Wir werden dir alle helfen.«

Blair hat da so ihre Zweifel. Obendrein sieht sie noch immer aus, als wäre sie schwanger, als wäre alles noch nicht schlimm genug! Gut, ganz so dick wie vor der Niederkunft ist sie nicht mehr, sie sieht eher aus wie im vierten, fünften Monat. Doch ihre Brüste sind riesig und schwer wie Sandsäcke, die Brustwarzen feuerrot und wund.

Trotzdem stillt Blair die Zwillinge für ihr Leben gern. Wenn sie mit ihren Mündchen saugen, strömt die Milch nur so aus ihr heraus, ganz, wie es sein soll, und ihr Körper leuchtet geradezu vor Erleichterung. Entspannen kann sie eigentlich nur, wenn sie eins der Kleinen angelegt hat, ob sie dabei nun aussieht wie eine Kuh oder nicht, egal. Kate will ihr ständig schmackhaft machen, die Kleinen stattdessen an Babynahrung zu gewöhnen, das sei »keine Schande«.

»Aber sie brauchen mich, Mutter«, sagt Blair. »Lass sie mich doch einfach stillen, ja.«

Alle sind ganz vernarrt in die Babys! Kate, David, Jessie, sogar Exalta. Als größte Hilfe entpuppt sich am Ende Kirby. Sie weiß die Babys zu handhaben und vergisst nie, Blair ein großes Glas Eiswasser und eine kalte Flasche Bier zu bringen, ehe sie die Kleinen anlegt. Beim Stillen bekommt Blair nämlich immer wahnsinnig Durst, und Biergenuss soll angeblich die Milchproduktion anregen. Vielleicht bloß ein Ammenmärchen, aber Blair nimmt es nicht so genau. Das Bier hebt jedes Mal ihre Stimmung, nur darauf kommt es an.

Kirby stört sich nicht an dem Anblick von Blairs zeppelinartigen Brüsten, und sie muntert sie immerzu auf, nennt sie »Mama«. Wenn sich eins der Kleinen satt getrunken hat, nimmt Kirby ihr das Baby ab und wiegt ihn oder sie auf dem Arm, bis sie ein Bäuerchen gehört hat.

»Nur zur Info«, sagt Kirby, »ich singe ihnen dabei leise Protestsongs ins Ohr.«

»Mach nur«, sagt Blair. »Anders möchte ich es gar nicht haben.«

Kirby ist es auch, die ihr schließlich ein zweites Telegramm von Angus bringt, endlich.

MORGEN RÜCKFLUG.
ANKOMME NANTUCKET SAMSTAGMITTAG.

Blair blickt vom Telegramm auf. »Angus kommt nach Nantucket. Am Samstag.« Mit einem Mal wird ihr schwindelig. »Was mache ich denn dann bloß?«

»Du wirst mit ihm reden«, sagt Kirby. »Und du lässt dich nicht von ihm unterbuttern. Du bist eine wunderbare Mutter, aber du hast noch viele andere Talente, die du nicht verkümmern lassen solltest. Und das muss Angus auch anerkennen.«

»Okay«, sagt Blair.

»Weißt du was«, sagt Kirby. »Wenn du meinst, dass du mit den Babys auch mal eine Weile alleine klarkommst, kümmre ich mich darum, dass ihr ungestört sein könnt, Angus und du. Ich werde einen Bootsausflug auf die Beine stellen, damit am Samstag alle aus dem Haus sind.«

»Danke«, sagt Blair. Sie beschließt, Kate und Exalta nichts davon zu erzählen, dass Angus sein Kommen angekündigt hat – nur für den Fall, dass er nicht bleibt.

Kirby hält Wort. Am Samstag unternimmt sie mit der ganzen Familie – darunter David, der auch dieses Wochenende wieder eingeschwebt ist – eine Bootstour auf dem Whaler, hinüber nach Coatue. Kate zögert erst, sie hat Bedenken, Blair allein zu lassen, aber Blair beruhigt ihre Mutter. Früher oder später muss sie ohnehin lernen, mit den Kindern allein zurechtzukommen, ohne Hilfe.

Als alle zum Field and Oar Club aufgebrochen sind, bepackt mit Schwimmwesten und einem Picknickkorb, stillt Blair die Babys, eins nach dem anderen, und lässt sie Bäuerchen machen. Alles geht gut über die Bühne. Beide sehen Blair mit großen Kulleraugen wachsam an, als wüssten sie, dass etwas Wichtiges bevorsteht.

»Ganz richtig«, sagt Blair. »Ihr lernt heute euren Vater kennen.« Ihr kommen die Tränen – seit der Geburt fahren ihre Gefühle Achterbahn, immer auf und ab –, und ihr wird klar, wovor sie am meisten Angst hat. Nicht davor, dass Angus sie nicht mehr will, sondern dass er die Babys nicht will. Er ist der Erzeuger, er hat Blair geschwängert und damit ihre Hoffnungen auf ein Promotionsstudium zerschlagen, und dann besaß er auch noch die Frechheit, sie mit einer anderen zu betrügen. Sein Benehmen ist eigentlich unverzeihlich, und dennoch möchte Blair ihm verzeihen, dringend. Sie liebt diese Kinder über alles und kann sich ein Leben ohne sie schon jetzt nicht mehr vorstellen, neun Tage nach ihrer Geburt.

Aber sie brauchen einen Vater.

Und Blair hätte gern ihren Mann zurück, Betty Friedan hin oder her.

Nachdem die Zwillinge eingeschlummert sind, duscht Blair ausgiebig, hier im Haus, was sie sich nie erlauben dürfte, wenn Exalta jetzt hier wäre, kämmt danach sorgsam ihr Haar durch und zieht ein neues Kleid an, mit hellblauem Vichy-Karo, immer noch Umstandsmode, aber dennoch schmeichelhaft. Sie schminkt sich sorgfältig, trägt Parfüm auf und legt Perlenohrringe an. Dann geht sie raus in den Garten, um sich die Wartezeit mit einer Zigarette zu verkürzen.

Um zehn nach zwölf hört Blair, wie vorne in der Straße ein Wagen Halt macht. Kurz darauf wird eine Autotür zugeschlagen.

Sie eilt ins Haus, bleibt aber hinten im Flur stehen, um erst abzuwarten. Als es an der Tür klopft, setzt sie sich in Bewegung, ganz gemächlich.

Blair öffnet und erblickt … ihren Mann?

»Blair!«, sagt Angus.

Er sieht … anders aus. Er hat sich seit Wochen nicht rasiert, hat einen Bart, und auch sein Haar ist deutlich länger, fast schon zottelig. Dazu noch seine Brille … wie ein Revoluzzer sieht er aus, wie John Lennon oder Abbie Hoffman. Außerdem trägt er Jeans – hat sie Angus schon jemals in Jeans gesehen? Blair kann sich nicht erinnern – und ein graues T-Shirt mit dem Aufdruck MIT in grünen Lettern. Die Jesussandalen an seinen Füßen runden das Bild ab. Angus wirkt, als käme er gar nicht vom Kontrollzentrum in Houston, sondern aus San Francisco, wo er sich in Haight-Ashbury mit Jefferson Airplane die Zeit vertrieben hat.

Blair schöpft dennoch Hoffnung aus seinem neuen, locker-flockigen Look. Vielleicht hat Angus sich verändert. Wäre er hier in seinem Anzug aufgetaucht, mit kurzen Haaren, hätte Blair daraus nur den Schluss ziehen können, dass sich zwischen ihnen vermutlich nichts ändern würde; die Lage bliebe weiter so unbefriedigend wie bisher.

Oder aber, denkt Blair, dieser neue Look geht auf Trixies Einfluss zurück. Vielleicht ist sie ja eine dieser Frauen, die sich die Beine nicht rasieren und mit fettigen, ungewaschenen Haaren durch die Gegend laufen; vielleicht steht sie auf Trommelkreise und experimentiert mit LSD.

Blair hält ihm die Haustür auf. »Komm rein.«

Als Angus in den Flur kommt, schnuppert sie unauffällig an seinem T-Shirt. Nein, es riecht nicht nach Marihuana, Gott sei Dank.

Blair schließt die Tür und wendet sich ihrem Mann zu, der sie seinerzeit seinem Bruder ausgespannt hat, einfach nur dadurch, dass er Edith Wharton erwähnte. Sie überlegt, ob sie ihn ins förmliche Wohnzimmer bitten oder mit ihm in die Küche gehen soll, wo sie ihm Kaffee oder Bier anbieten könnte; aber nein, er soll es nicht zu bequem haben.

Sie bleibt mit ihm im Flur stehen, am Fuß der Treppe, wo sie die Babys hören kann, falls sie weinen.

»Erzähl mir von Trixie«, verlangt Blair. »Die Wahrheit.«

»Ich habe sie über Dr. Cushion kennengelernt«, sagt Angus.

Dr. Cushion! Der berühmte emeritierte Professor für Mikrobiologie am MIT also, der damals dieses unselige Fakultäts-Potluck ausgerichtet hat? Dass es bei den Männern im Fernsehzimmer nicht bloß um wissenschaftliche Fragen ging, hatte Blair ohnehin schon geargwöhnt. Natürlich redeten sie dort auch über Frauen. Leonard Cushion hat Angus also in die hohe Kunst eingeführt, sich eine Geliebte anzulachen!

»Dr. Beatrix Scofield«, fährt Angus fort. »Sie ist eine angesehene Psychoanalytikerin. Hat an der Johns Hopkins ihren Doktor gemacht und einen Lehrstuhl am MIT inne.«

»Danke, ihren Lebenslauf brauche ich nicht«, sagt Blair. »Mich interessiert nur eins: Liebst du sie?«

»Sie ist nicht meine Geliebte, Blair. Ich bin bei ihr in Behandlung, als Patient. Meine Episoden? Die gehen auf eine klinische Depression zurück. Ich arbeite mit Trixie daran – mit Dr. Scofield –, und wir haben auch schon erste Erfolge.«

Blair ist verwirrt. Aber ihr ist irgendwie auch leichter zumute, als wäre ihr eine Last von den Schultern genommen worden. »Sie ist Psychoanalytikerin? Wie Freud? Musst du dich bei ihr auf die Couch legen?«

»O ja, in der Tat«, sagt Angus. »Aber die Gesprächstherapie macht nur eine Hälfte der Behandlung aus. Ich bekomme außerdem Medikamente.« Er lächelt scheu. »Und es funktioniert. Es geht mir besser.«

»Warum hast du mir nicht einfach reinen Wein eingeschenkt?«, fragt Blair.

»Aus Scham«, sagt Angus. »Es war mir peinlich. Ich wollte nicht, dass du mich für irgendwie mängelbehaftet hältst. Dass du es bereust, mich geheiratet zu haben, oder … dich mit mir fortzupflanzen.« Er schluckt. »Dir sollte nicht der Gedanke kommen, dass du besser Joey geheiratet hättest, weil er viel lustiger und lockerer ist als ich. Und als ich euch beide dann zusammen erwischt habe, habe ich nichts gesagt, weil du denken solltest, ich hätte auch jemanden.«

»Ich hätte Joey nicht küssen sollen«, sagt Blair. »Das war ein Fehler.«

»Das hat Trixie mir gut erklärt. Joey wollte sich damit nur an mir rächen, hat sie gesagt, zum Ausgleich für alte Ressentiments.«

Na, ich weiß ja nicht, denkt Blair. Zwischen ihr und Joey hat es immer schon geknistert. Kurz hat sie Lust, Angus von der Sache mit der Schlagsahne zu erzählen, die Joey eigens für sie besorgt hat, zu ihrem Kuchen. Aber lieber nicht. »Es braucht dir doch nicht peinlich zu sein, wenn du Hilfe in Anspruch nimmst.«

»Weißt du, ich war immer schon ein kluger Kopf«, sagt Angus. »Ich war wohl wütend, weil ich nicht aus eigener Kraft aus meiner Misere herausfand. Mich nicht selbst heilen konnte.«

»Angus, nein.«

»Weißt du, wann ich mich endlich dazu durchgerungen habe, bei Trixie Hilfe zu suchen? Weil ich jedes Mal eifersüchtig wurde, wenn ich an die Astronauten dachte.« Er streckt die Hand aus und streichelt Blair über die

Wange. »Und nein, nicht weil du diese Männer so anhimmelst und damals am College ihre Fotos aufgehängt hattest.« Er räuspert sich. »Ich war eifersüchtig, weil sie diese Welt verlassen durften. So wenig habe ich es in meinem Leben noch ausgehalten.«

»Angus!«, ruft Blair.

»So geht's mir inzwischen nicht mehr«, sagt Angus. »Trixie – Dr. Scofield – hat mir wirklich sehr geholfen.«

Dankeschön, Trixie, denkt Blair.

Angus wirkt jetzt sanfter als jemals zuvor, weicher. Aber ist er auch biegsam, flexibel? »Trixie ist nicht das einzige Problem zwischen uns, Angus«, sagt Blair. »Ich möchte wieder an die Uni, studieren. Möchte meinen Doktor in amerikanischer Literatur machen und an der Uni lehren, wie du. Spätere Professur nicht ausgeschlossen.«

Angus starrt sie an. Er mag sich verändert haben, denkt sie, aber so sehr auch wieder nicht. Er möchte, dass Blair zu Hause bleibt, die Kinder großzieht, den Schnickschnack in den Regalen abstaubt und endlich so gut kochen lernt, dass sie auch *poulet au porto* hinbekommt. »Eine Hilfe könnten wir wohl einstellen, klar«, sagt er. »Und ich kann sicher auch lernen, wie man Windeln wechselt.«

Blair stößt entnervt die Luft aus. Sie ist seit gerade neun Tagen Mutter, aber sie merkt jetzt schon, dass die Betreuung der Zwillinge ungleich zeitaufwendiger ist, als sie es sich vor der Geburt in aller Naivität vorgestellt hat. »Mit Windelwechseln ist es nicht getan, bei Weitem nicht«, stellt sie mit Nachdruck fest. »Darüber musst du dir bitte im Klaren sein. Ich brauche einen richtigen Partner, wenn wir das zusammen hinbekommen wollen.« Sind Sie jetzt nicht stolz auf mich, Betty Friedan?, denkt sie. Ihr Herz pocht wie wild, sie steht mit geballten Fäusten da; die letzten Monate voller Sorgen und Niedergeschlagenheit, das weiß sie, spitzen sich nun hier zu, im Hausflur ihrer Großmutter, wo Angus behäbig vor ihr steht. Er nimmt sanft ihre Hände und sieht sie an, mit diesem ruhigen, stetigen Blick, der ihr schon damals bei ihrer ersten Begegnung auffiel, in seinen Räumlichkeiten in Cambridge.

»Ich verstehe vollkommen, Blair«, sagt er. »Wirklich. Ich möchte für dich und die Babys da sein. Und ich möchte, dass du die Freiheit hast, alles zu tun, was dich glücklich macht.«

»Schön. Ich werde mich darauf berufen.«

»Ich liebe dich, Blair.«

Zu sagen, »ich dich auch«, so weit ist sie noch nicht ganz. »Ich bin stolz auf dich«, sagt sie stattdessen und hebt den Blick gen Himmel. »Wegen der Mondlandung, Angus. Wirklich ganz bemerkenswert.«

»Du hast dafür eine Geburt bewältigt«, sagt Angus. »Es gibt nichts, was bemerkenswerter wäre.«

Das sieht sie ganz ähnlich, belässt es aber bei einem Achselzucken.

»Darf ich unsere Babys sehen?«, fragt er.

»Ja«, sagt Blair. »Aber erst, wenn du mich geküsst hast.«

Er lässt sich nicht lange bitten. Der Kuss fühlt sich zugleich vertraut und fremdartig an. Der Bart kratzt etwas, und Blairs Finger versinken regelrecht, als sie in seiner Haarpracht herumwühlt. Danach nimmt sie ihn an der Hand und führt ihn die Treppe hoch.

BOTH SIDES NOW (REPRISE)

Bill Crimmins zieht zurück in seine Einzimmerwohnung in der Pine Street. Das sei nur recht und billig, sagt er. Kate sieht es ähnlich, aber sie hat die leise Sorge, dass er sich nun nicht länger um Neuigkeiten von Tiger bemühen wird. Als sie ihm davon erzählt, blickt er sie kopfschüttelnd an. »Sei nicht albern, Katie. Ich setze weiter alle Räder in Bewegung, um so viel wie möglich herauszufinden.«

Es ist eine großzügige Antwort, zumal jetzt, wo Bill erst vor Kurzem – erneut – seine Tochter verloren hat, und diesmal zusätzlich auch noch seinen Enkel. Als Kate fragt, ob er von ihnen gehört hat, sagt Bill nichts, sondern lächelt bloß, halb traurig, halb abgeklärt. Ein Lächeln, dem man ansieht, dass er vier Jahrzehnte Kummer hinter sich hat.

Es wird August, und im Haushalt herrscht jeden Tag Trubel. Angus und Blair haben sich ausgesöhnt, und da Angus noch einige Zeit frei hat, ehe es am MIT im Frühherbst mit dem Lehrbetrieb losgeht, haben die beiden beschlossen, noch bis zum Labor Day Anfang September in All's Fair zu bleiben. Kate freut sich für Blair und ebenso darüber, ihre Enkel weiter hierzuhaben, unter ihrem Dach; obwohl sie dazu übergegangen ist, mit Ohrstöpseln zu schlafen.

Kirby findet einen Job, wieder an einer Hotelrezeption, diesmal im Gordon Folger, drei Tage die Woche, als Ersatz für eine andere Studentin, deren Großmutter ganz plötzlich gestorben ist. Sie erzählt Kate, dass sie die erste Sommerhälfte über den Plan hatte, ab Herbst im Hauptfach Politikwissenschaften zu studieren, doch der Skandal um Ted Kennedy hat bei ihr ein Umdenken bewirkt. Stattdessen hat sie sich jetzt für Hotelmanagement entschieden und plant bereits ein Auslandssemester in der Schweiz, weil es dort die besten Luxushotels der Welt gibt. Sie hofft, dass Exalta für die Kosten aufkommt.

An ihren freien Tagen fährt Kirby mit Jessie raus an den Strand.

Kate freut sich zwar, dass ihre Töchter Zeit zusammen verbringen, aber sie hat Angst, dass Jessie dabei zu schnell erwachsen wird. »Ich möchte nicht, dass du Alkohol trinkst, wenn Jessie dabei ist«, sagt sie. »Und rauch bitte auch nicht dieses Mary Jane. Versprich's mir.«

»Klar, versprochen«, sagt Kirby, mit einem frechen Grinsen allerdings, das Gott weiß was bedeuten mag. »Wir lesen, wir schlafen, wir drehen uns jede Viertelstunde um, wir schwimmen im Meer, und wir gehen spazieren und sammeln Muscheln. Wir reden.«

Reden? Aber worüber?, denkt Kate. Sie sollte sich wohl Sorgen machen, dass Jessie ihr Geheimnis ausplaudern könnte, nun, da sie es kennt, aber Kate sieht die

Sache ganz gelassen. Das Geheimnis lastet nur noch halb so schwer auf ihr, nachdem sie es endlich jemandem anvertraut hat. Hin und wieder kommt es ihr sogar so vor, als hätte das Geheimnis seine frühere Macht eingebüßt, ein bisschen so, wie wenn man das Licht anschaltet und feststellt, dass man sich die Monster im Wandschrank nur eingebildet hat.

Kate hat seit einer Woche keinen Tropfen mehr getrunken. Und sie hatte auch nie das Bedürfnis danach.

Das seit Wochen schöne, heiße, sonnige Sommerwetter schlägt unvermittelt um, es regnet, und dazu weht ein stürmischer Wind. Doch Kate liebt auch die Regentage hier auf der Insel, immer schon. Normalerweise würde sie nun ein Feuer im Kamin anzünden und Brettspiele vorschlagen, aber Kirby verkündet, dass sie mit Jessie zum Bowling fährt.

Kate erstarrt leicht. Bowling war immer Tigers Leidenschaft.

Ist seine Leidenschaft.

»Möchtest du mitkommen, Mom?«, fragt Kirby.

Kate will erst spontan ablehnen, aber was hat sie sonst schon zu tun? Exalta ist in letzter Zeit viel unterwegs, zu jeder Tages- und Nachtzeit, irgendwelche mysteriösen Besorgungen machen; sie hätte eine neue Freundin, behauptet sie, die nur ein paar Ecken weiter weg wohnt, und auch heute Vormittag ist sie wieder auf der Fair Street losgezogen, mit ihrem Schirm und in Gummistiefeln, die Espadrilles in der einen Hand, um sie vor Nässe zu schützen.

Kate könnte hier zu Hause bleiben, Blair und Angus mit den Babys zur Hand gehen. Seit Angus mit wissenschaftlichen Methoden einen Plan ausgetüftelt hat, der die Stillzeiten der Kinder genau festlegt, läuft jedoch alles wie am Schnürchen. Also, warum ihre beiden Töchter nicht begleiten? Warum nicht ein paar Runden bowlen?

Das Bowlingcenter ist über einen nicht asphaltierten Feldweg namens Youngs Way zu erreichen, es befindet sich ziemlich genau in der Mitte der Insel; Kate hat Tiger früher immer hierhergefahren, ehe er selbst Auto fahren konnte, und sie ist seit Jahren nicht mehr hier gewesen. Betreten hat sie das Center zum letzten Mal, als er eins seiner Turniere hier hatte – bei denen er jedes Mal abräumte, und zwar locker –, und Kate ist davon im Gedächtnis geblieben, wie einige der Alteingesessenen die Ansicht äußerten, Tiger sei so gut, dass er glatt Profi werden könnte. Kate amüsierte sich köstlich darüber. Als würde ihr einziger Sohn sein Leben damit vergeuden, professioneller Bowlingspieler zu werden!

Inzwischen aber hätte sie dagegen nicht mehr das Geringste einzuwenden.

Im Bowlingcenter empfängt sie ein Mischmasch von Gerüchen, nach gerösteten Erdnüssen, Zigarettenqualm und dem feuchten Wetter. Wegen des Regens herrscht hier heute Hochbetrieb, was jedoch die behaglich-gastliche Atmosphäre nicht weiter trübt. Kirby marschiert umgehend zum Tresen und sichert ihnen Bahn 10, die gottlob ganz hinten an der Wand ist, nicht in der Mitte des Geschehens, wo man sie von allen Seiten beobachten könnte. Sie legen die hässlichen Schuhe an, die man hier auf der Bahn tragen muss und die eher zu einem Clown oder Gangster passen würden (Kate graust bei dem Gedanken, wer diese Schuhe schon alles getragen haben mag, und dann kommt ihr unvermittelt Exalta in den Sinn, die sich in ihren Galoschen heiter-beschwingt auf den Weg gemacht hat, die Fair Street hinunter. Sehr merkwürdig). Sie versorgen sich noch mit Verpflegung, einer Tüte warmer Erdnüsse und drei Kräuterlimos, und dann kann's losgehen!

Bowlen wirkt täuschend einfach – man wirft Pins mit einer schweren Kugel um, das war's –, aber es dauert eine Weile, bis Kate heraushat, wie sie die Finger in die Löcher stecken muss, wie viele Schritte sie machen muss und wie man die Kugel nicht nur mit Schwung, sondern zielgenau auf die Bahn schickt. Irgendwann aber, nachdem einige Kugeln seitlich in der Rinne gelandet sind, hat sie den Bogen raus, und die Pins beginnen zu purzeln. Beim ersten von zehn Durchgängen mit je zwei Würfen, aus denen ein Spiel besteht, wirft Kate sechs Pins um, Kirby sieben, und Jessie räumt mit ihren zwei Würfen gar alle zehn Pins ab. Kate mag besonders die Geräusche gern, das vorweggreifende Rumpeln, wenn die Kugel über die glänzend polierte Bahn rollt, und dann das Klackern, wenn sie auf die Pins trifft. Im Hintergrund läuft halblaut Musik: Bill Haley and the Comets, Chuck Berry, Chad and Jeremy. Kate trinkt ihre Kräuterlimo und lässt die Erdnussschalen auf den Boden fallen. Als sie wieder an der Reihe ist, nimmt sie die Kugel, die aussieht wie eine grün-weiß verwirbelte Glasmurmel, und hält sie kurz hoch vors Gesicht. In dem Augenblick *spürt* sie Tigers Präsenz, so deutlich, dass sie den Eindruck hat, wenn sie sich umwendet, müsste sie ihn zwischen seinen Schwestern sitzen sehen. Sie hört sein Lachen. Er ist hier, in der Atmosphäre. Kate schwingt den Arm zurück und schickt die Kugel auf die Bahn. Strike. Alle zehn Pins fallen um.

Am Abend sitzt Kate allein vorm Fernseher und schaut Walter Cronkite. Blair ist oben bei den Babys, von denen eins gerade weint; Angus ist losgelaufen, um eine Pizza zu besorgen; Jessie und Kirby sind im Kino und sehen sich *Zwei Banditen* an, mit Paul Newman und Robert Redford; und Exalta ist beim Bridge im Anglers' Club, heute allerdings in Begleitung von Bill Crimmins.

Exalta und Bill Crimmins, denkt Kate. Auf einmal gerät sie ins Grübeln, ob nicht mehr dahinterstecken könnte. Bill wohnt an der Pine Street, zufällig genau auf dem Weg, den Exalta immer bei ihren mysteriösen Besorgungen einschlägt. Was auch erklären würde, warum Bill so eilig aus Little Fair ausgezogen ist, obwohl er dort weiter mietfrei hätte wohnen können. Er wollte zurück in seine eigenen vier Wände, um dort mit Exalta allein sein zu können, ungestört und unbeobachtet!

Ein schier unglaublicher Gedanke, und dabei doch nur zu glaubhaft. Kate ist so sehr damit beschäftigt, dass sie darüber die erste Hälfte von Cronkites Sendung glatt verpasst. Dann aber hört sie, wie er die kambodschanische Grenze und den Ho-Chi-Minh-Pfad erwähnt und klinkt sich sofort wieder voll in die Berichterstattung ein.

»Heute hat es bei einem Luftangriff auf eine amerikanische Stellung in der Nähe der Stadt Svay Rieng siebzehn bestätigte Opfer gegeben«, verkündet Cronkite.

Siebzehn Opfer. Im kambodschanischen Grenzgebiet. Der Ho-Chi-Minh-Pfad. Was ist unter Opfer zu verstehen … Tote? Oder Verwundete? Oder beides zusammen, Tote ebenso wie bloß Verwundete?

Tiger!

Kate ruft bei David an. Sie bekommt kaum Luft. In der Abendzeitung, die bereits ausgeliefert worden ist, war von diesem Vorfall nicht die Rede, sagt David, und auch, dass er aufbleiben wird, um die Spätnachrichten zu schauen. Er ruft sie morgen wieder an, in aller Frühe.

Kate versucht, David zu schildern, was sie am Nachmittag im Bowlingcenter erlebt hat. Sie hat Tiger gespürt, oder vielmehr seinen Geist; als sie die Kugel anhob, war es, als könnte sie Tigers Hand unterm Ellbogen spüren, und dann hat sie prompt einen Strike erzielt. Zunächst hat sie die Sache nicht ganz ernst genommen, aber jetzt weiß sie, dass es ein Zeichen war. *Das* war der Moment seines Todes. Er ist bei einem Luftangriff umgekommen, und seine Seele wurde umgehend nach Nantucket befördert, ins Mid-Island Bowl, und dort hat er seiner Mutter geholfen, alle zehn Pins mit einem Wurf abzuräumen.

Tiger!

Angus kommt mit der Pizza durch die Haustür, und Kate steht auf, um den Fernseher auszuschalten. Wie ein Zombie folgt sie Angus in die Küche.

»Magst du ein Stück, Kate?«, fragt er.

Kate schüttelt wortlos den Kopf. Schenkt sich einen Wodka ein.

Als David am Morgen anruft, hat er keine weiteren Details. Siebzehn Opfer in einer amerikanischen Stellung am Ho-Chi-Minh-Pfad, in der Nähe von Svay Rieng.

»Wir wissen nicht, ob er zu den Opfern gehört«, sagt David. »Katie, das wissen wir nicht.«

Aber Kate weiß es eben doch. Sie hat ihn gespürt. Es war nicht so wie sonst immer, wenn sie an ihn gedacht hat. Es war unmittelbar, geradezu körperlich.

»Komm heute«, sagt sie. Es ist ein Freitag. David hat einen Platz auf der Sechs-Uhr-Fähre gebucht, so wie jeder andere Anwalt, Arzt und Geschäftsmann aus Boston. »Mach dich jetzt gleich auf den Weg. Schenk dir die Arbeit heute mal. Bitte, David.« Falls Tiger tot ist, wird das Militär Leute nach Brookline schicken, um ihnen die Hiobsbotschaft zu überbringen. »Hinterlass eine Nachricht an der Haustür. Damit sie wissen, wo wir zu finden sind.«

»Okay«, flüstert David.

Sie möchte nicht, dass die Mädchen überreagieren, deswegen muss sie es für sich behalten. Alle anderen genießen den August. Alle anderen sind froh und glücklich.

Jessie und Exalta kehren von ihrem täglichen Abstecher in den Club zurück. Jessie hatte heute ihre letzte Tennisstunde und hat aus diesem Anlass eine Urkunde erhalten, zusammen mit einer handschriftlichen Notiz von Suze, ihrer Lehrerin: *Es war mir eine große Freude, Jessica diesen Sommer kennenzulernen. Sie hat das Zeug zu einer guten Tennisspielerin und zu einem noch besseren Menschen.* Kate lächelt und sagt: »Was für eine zauberhafte Notiz!«, aber ihre Stimme klingt hohl.

»Wir sollten ihre Anstrengungen gebührend feiern«, sagt Exalta. »Wie wär's, wollen wir heute Mittag essen gehen, schön draußen im Garten des Chanticleer?«

»Da kann ich nicht mitkommen«, sagt Kate. »Tut mir leid, Mutter.«

»Warum denn nicht?«, fragt Exalta.

»David kommt mit der nächsten Fähre.«

»So früh schon?« Erfreut klingt Exalta nicht.

»Ich warte mit dir hier auf Dad«, sagt Jessie.

»Nein, nein, geh ruhig mit deiner Großmutter«, sagt Kate. »Und nehmt Kirby auch mit.«

Kate sitzt oben im Schlafzimmer auf dem Bett, mit dem Familienfoto vom letzten Sommer vor sich auf dem Schoß, als David eintrifft. Sie traut sich nicht, zu ihm nach unten zu gehen, aus Angst, dass er schlechte Neuigkeiten hat. Dann rafft sie sich doch auf. Er kommt ihr schon auf halber Treppe entgegen und sagt: »Nichts.«

Nichts. Gestern Abend ist niemand zu Hause in Brookline vorbeigekommen, und es hat auch niemand angerufen. Wie lange, überlegt Kate, dauert so etwas in der Regel?

»Kommst du mit in die Kirche?«, fragt Kate. »Ich muss beten.«

David zieht die Augenbrauen hoch. »In die Kirche?«

»Bitte«, sagt sie.

Er nickt. »Möge dies der Beweis sein, dass ich für dich zu allem bereit bin, Katharine Nichols.«

Sie brechen auf, die Fair Street hinunter. David ist jüdisch, und jüdische Menschen beten im Allgemeinen nicht in christlichen Kirchen. Kate und David wurden seinerzeit im Massachusetts State House getraut, von einem Richter, den David von der Arbeit her kannte. Bud und Freda, Davids Eltern, waren per Flugzeug aus Florida angereist, um als Trauzeugen zu fungieren, und hinterher luden sie die Frischvermählten zum Essen im plüschigen Locke-Ober ein. Exalta boykottierte die Trauung und sorgte dafür, dass auch Kates Vater nicht daran teilnahm – Penn organisierte dafür heimlich ihre Hochzeitsreise, er schickte Kate und David eine Limousine, die sie zu einem kleinen Landgasthof in den Berkshires entführte, in dem er für drei Tage ein Zimmer für sie gebucht hatte. Davids Religionszugehörigkeit war der Grund, warum Exalta gegen die Hochzeit war, das war allen Beteiligten bewusst.

Dass David jüdisch ist, hat während ihrer gesamten Ehe noch nie eine Rolle gespielt. Kate geht mit den Kindern an Ostern und Weihnachten in die Kirche, und es ist Brauch bei ihnen, einmal im Sommer hier auf Nantucket in St. Paul's an einer Abendandacht teilzunehmen.

St. Paul's ist auch diesmal Kates erster Gedanke; es ist eine ganz bezaubernde Kirche, mit einer Orgel und original Tiffany-Fenstern. Die Familie Nichols gehört der Gemeinde von St. Paul's seit Generationen an, wenn auch weniger aus religiösen denn aus gesellschaftlichen Gründen, wie Kate bereitwillig einräumt. Sie könnte sich im dämmrigen Licht, das durch die prächtigen Fenster hereinströmt, auf einen der gobelinbestickten Betschemel knien und beten – gemeinsam mit David, der auch beten würde. In letzter Minute jedoch überlegt sie es sich anders und steuert auf das Quaker Meeting House zu, auf der anderen Straßenseite. David wirkt erleichtert. Er zieht die Holztür auf, und sie betreten das schlichte Gotteshaus. Links und rechts befinden sich Reihen von Holzbänken, vor einem erhöhten Podium mit Sitzgelegenheiten. Die vier Sprossenfenster sind völlig schmucklos. Der Raum vermittelt einen Eindruck von Reinheit und Heiligkeit, ein Leuchten, genau das, wonach Kate sich jetzt sehnt; eine Gelegenheit zu stiller Innenschau, der von Quäkern besonderer Wert beigemessen wird. Ihr Kirchenbegriff hat nichts mit dem eigentlichen Gebäude zu tun; Kirche, das ist für Quäker, wenn zwei oder mehr Menschen zusammen beten.

Kate setzt sich. David setzt sich. Kate neigt ihr Haupt, und David nimmt ihre Hand.

Sie sind eine Kirche.

Richard Pennington Foley. Als Kate die Augen schließt,

sieht sie seine wohlgenährten Babybeinchen und seine Pausbäckchen vor sich. Sie hört sein Kichern, wenn ihn die Mädchen kitzeln. Sie sieht ihn wegen der Lima-Bohnen auf seinem Teller schmollen; später fand Kate diese Bohnen an Tigers Platz unter der Tischdecke wieder, ganz platt gedrückt. Sie sieht vor sich, wie er am Strand Möwen scheucht, Steine übers Wasser hüpfen lässt, Krebse an den Hinterbeinen aufhebt, mitsamt den auf und zu klappenden Scheren, und vor seinen Schwestern herumschwenkt. Sie erinnert sich daran, wie sie vor einem Abendessen mit Exalta im Union Club sein schief geknöpftes Anzughemd neu zuknöpfte und ihm das Haar mit Wasser glatt kämmte. Sie vergegenwärtigt sich, wie er nach dem Football-Training immer roch – nach Schweiß, Gras und Stolz. Sie sieht vor sich, wie er den Ball mit einem Sprung aus der Luft pflückt und sich dann energisch einen Weg in die Endzone bahnt. Er war ein so hervorragender Spieler, dass es Kate fast ein bisschen genierte. Sie sieht ihn mit Magee vor sich, am Abend vor seiner Entsendung nach Vietnam, wie er sein Kinn auf Magees Haar ruhen ließ, mit geschlossenen Augen, als wollte er sich einprägen, wie es sich anfühlte, sie in den Armen zu halten. Kate hatte sich diskret abgewandt, dieser Beziehung im Stillen jedoch nur geringe Überlebenschancen eingeräumt, weil sie noch so frisch war. Magee würde ihn bald für einen anderen Jungen sausen lassen, der verfügbar war, nicht in Vietnam. Kate aber würde Tiger nie sausen lassen. Sie würde ihn nie durch irgendwen ersetzen. Weil sie seine Mutter war. Für immer und ewig.

Falls er tot ist, denkt Kate, wird sie niemals darüber hinwegkommen. Das ist alles.

Sie fühlt sich sicher in dem Versammlungshaus, gestützt durch die schmucklosen weißen Wände. Von draußen dringt Vogelgezwitscher herein, und durchs Fenster erspäht sie das grüne Laub einer Eiche, mit dem strahlenden Blau des Himmels dahinter, der völlig wolkenlos ist. Irgendwo da oben ist Gott, nimmt sie an. Nein – sie hofft es.

Bitte beschütze ihn, damit ihm nichts passiert. So lautet ihr Gebet, kindlich und schlicht, ganz im Einklang mit dem Glauben, wie er auch im Schützenloch praktiziert wird. Wobei die Mutter eines Soldaten sich noch weit inständiger als der Soldat selbst wünscht, dass er am Leben bleibt. Kate würde gern reinen Herzens beten können, mit einem Vorleben, das immer anständig war. Sie bereut es, nicht frommer gewesen zu sein, nicht gläubiger, nicht bußfertiger. Aber immerhin, sie gibt sich zumindest keiner Selbsttäuschung hin. Sie versteht ihre Sünden, räumt ihre Mängel ein, steht zu ihren Fehlern.

So viele Sünden.

So viele Mängel.

So, so viele Fehler.

Falls er tot ist, ist sie schuld daran.

Sie steht auf. »Komm, gehen wir wieder.«

»Ganz sicher?«, sagt David.

»Ja«, sagt sie. »Danke dir.«

Bei ihrer Rückkehr sehen sie schon von Weitem Exalta und Bill Crimmins vor der Haustür von All's Fair.

Bill Crimmins hält einen Briefumschlag in den Händen.

Ein Telegramm, denkt Kate. *Sehr geehrte Mrs Levin, mit aufrichtigem Bedauern müssen wir Ihnen mitteilen …*

Sie schreit los. Sie heult. Dann krümmt sie sich mit einem Mal, mitten auf der Fair Street, und würgt und röchelt und schluchzt, und David fasst sie um die Taille, um sie wieder aufzurichten.

»Katharine!«, ruft Exalta. Tadelnd, zurechtweisend.

Kate kümmert es nicht, was sie für ein Bild abgibt. Und es kümmert sie auch nicht, wer sie sehen könnte oder was sie für eine Szene macht. Ihr Sohn ist tot.

Bill Crimmins kommt mit dem Umschlag zu ihnen gehastet, aber Kate will ihn nicht in ihrer Nähe haben. Sie wedelt mit den Armen, um ihn sich vom Leib zu halten. »Hau ab, geh weg!«, schreit sie. »Du hast mir versprochen, dass du ihm helfen würdest! Dass er wieder nach Hause kommt!«

»Katie«, sagt Bill. »Ich hab die Meldung gestern Abend auch gehört, aber das hier ist nicht, was du denkst. Es ist bloß ein Brief. Ein Brief von Tiger. Lies ihn einfach und schau, was drinsteht. Was Tiger dir schreibt.«

Liebe Ma,

wenn Dich dieser Brief erreicht, sitze ich schon an einem Strand in Guam, wo man mir eine Woche Ruhe und Erholung verordnet hat. Guam ist ein US-Territorium mitten im Pazifik, was Dir womöglich schon bekannt ist, aber mir war es eben neu. Ich hätte in Erdkunde wohl doch besser aufpassen sollen!

Die eine Woche Erholung hat man mir zugestanden, weil ich in ein Feuergefecht geraten bin, bei dem fast die gesamte Einheit draufgegangen ist, und ich hab die Leichenteile von meinem Freund Puppy eingesammelt und bin bei meinem anderen Freund Frog geblieben, bis der Hubschrauber kam, und dann hat man mich einer Spezialmission in Kambodscha zugeteilt, bei der wir mit Erfolg zwanzig Tonnen an Nachschubgütern abfangen konnten, die für den Vietcong bestimmt waren. Das war gefährlich und anstrengend – wir haben vorwiegend nachts gearbeitet und uns tagsüber versteckt, und es war nie ganz klar, welchen von den Kambodschanern wir trauen konnten und welche mit den Kommunisten sympathisierten, und wir hatten keinen Zugang zu sauberem Trinkwasser, deswegen haben einige Typen vor Durst Wasser direkt aus dem Mekong getrunken, ohne es erst zu filtern oder so, und manche von ihnen haben dann die Ruhr bekommen, die einige nicht überlebt haben. Dann wurde ich für eine Aufklärungsmission ausgewählt, mit fünf anderen Soldaten der Einheit, darunter ein Typ namens Banjo aus Cape Girardeau, Missouri, der seine Dienstzeit so gut wie hinter sich hatte – er musste mit uns nur noch diese Mission beenden, dann konnte er nach Hause zu seiner Frau, seinem dreijährigen Töchterchen und dem kleinen Sohn, ein Säugling noch, den er dann erst kennenler-

nen würde. Banjo hatte eine Schraube locker, das war allgemein bekannt, aber weil er schon mehr Zeit hier unten abgerissen hatte als wir anderen alle zusammen, hatte ich die Hoffnung, dass die Erfahrung seinen Dachschaden letzten Endes aufwiegen würde. Wir sind über die Grenze wieder nach Vietnam zurück – dreißig Stunden Fußmarsch, verteilt über zwei Tage – und dort dann schließlich auf Charlie gestoßen, unterwegs auf dem Pfad. Wir sind unbemerkt geblieben, deshalb lautete der Befehl, sie erst passieren zu lassen und dann hinterrücks zu überfallen, aber Banjo ist wie aus heiterem Himmel durchgedreht und hat angefangen, mit seinem M16 in sie reinzuballern, und das mündete dann in einem riesigen Feuergefecht. Wir haben alle den Rückzug angetreten, aber wir waren mitten im Dschungel und haben die Orientierung verloren, und Banjo ist unser Funkgerät aus der Hand gefallen, als er angeschossen wurde. Ein anderer von uns, Romeo, ist auf eine Sprengfalle getreten, und dabei hat sich ein angespitzter Bambusstab mitten durch seinen Fuß gebohrt, er konnte also nicht mehr weiterlaufen, und er hat geheult vor Schmerzen. Ich bin losgezogen, um das Funkgerät zu suchen, denn ohne wären wir verloren gewesen – ich hab's zum Glück gefunden. Dann hat sich Fitz, so ein großer, kräftiger Junge, Romeo über die Schulter geworfen, ich hab mir Banjo geschnappt, und dann haben wir uns mit Macheten einen Weg durchs Dickicht freigeschlagen, bis wir aus dem Dschungel auf eine Lichtung kamen. Die Lichtung hat sich dann als kürzlich ausgebombtes Dorf entpuppt, völlig dem Erdboden gleichgemacht, alles schwarz und verkohlt, an manchen Stellen brannte es noch, und ich hab mit meinem M16 in die Luft geschossen, um zu sehen, ob hier noch was kreuchte und fleuchte. Und da habe ich das Weinen gehört. Ich bin der Sache nachgegangen und habe am Ende einen kleinen Jungen gefunden, fünf oder sechs, der neben einer Toten kauerte, offenbar seine Mutter, die bei der Bombardierung umgekommen war. Ich hab ihn mir auf den Arm gehoben, wir haben per Funk einen Hubschrauber bestellt, und den Kleinen haben wir mitgenommen. Ich hab versucht, ihn nach seinem Namen zu fragen, aber er verstand mich wohl nicht, er hat immer nur mit »Luck, luck« geantwortet. Also habe ich gesagt, »Na schön, dann heißt du eben Luck, und weißt du was, Kleiner, der Name passt. Du hast wirklich Glück gehabt.«

Ein paar Tage später dann wurde ich zu einem hohen Tier bestellt, Colonel J.B. Neumann, und ich hatte eine Privataudienz bei ihm. Ich dachte erst, vielleicht stecke ich in Schwierigkeiten. An und für sich war ich mir keiner Schuld bewusst, aber nervös war ich trotzdem.

Als ich gegenüber von Colonel Neumann an seinem Schreibtisch Platz genommen hatte, sah er mich an und sagte: »Nun, Private Foley, sieht ganz so aus, als hätten Sie einen Schutzengel.«

»Sir?«

Dann hat er mir erklärt, dass ihn ein noch höherer Offizier – sehr, sehr hoch, anscheinend – angerufen hatte, um sich nach mir zu erkundigen. Der Colonel hatte dann nachgeforscht und dabei von meinen »heldenhaften Leistungen« im Einsatz erfahren – dass ich bei meinen beiden toten Kameraden Puppy und Frog ausgeharrt hatte, dass ich wegen des Funkgeräts umgekehrt war, Banjo in Sicherheit gebracht und dann noch das Vietcong-Kind gerettet hatte. Lucks Mutter, das habe ich vergessen zu erwähnen, trug nämlich den schwarzen Pyjama der Feindseite. »Ein anderer Soldat«, hat der Colonel gesagt, »hätte sich vielleicht die Mühe erspart und mit dem Jungen gleich kurzen Prozess gemacht.«

Ich hab gesagt: »Er war bloß ein Kind, Sir, viel zu klein, um zu begreifen, warum in seinem Land Krieg herrscht. Er hat sich sofort von mir hochheben lassen und sich dann bei mir am Hals festgehalten. Ich wollte ihn in Sicherheit bringen, das war alles.«

Daraufhin hat der Colonel gesagt: »Sie sind ein guter Soldat, Foley, und ein Patriot obendrein. Wir brauchen mehr Männer wie Sie. Ich werde Sie zur Beförderung vorschlagen und Ihnen eine Woche Ruhe und Erholung zubilligen. Das haben Sie sich verdient. Wegtreten.«

Ich bin aufgestanden und hab salutiert. »Ja, Sir, danke, Sir.«

Wer genau sich nach mir erkundigt hatte, die Frage habe ich mir dann erst draußen gestellt. Ich hab mir gedacht, Du hast vermutlich ein paar Beziehungen spielen lassen, oder auch Nonny. Und eins noch, was ich Dir nicht verheimlichen will, Ma: Bei unserer Unterredung hat mir der Colonel einen ruhigeren Posten angeboten, einen Job im Materiallager, wo man praktisch den ganzen Tag in einer Lagerhalle sitzt und die Bestände überprüft. Aber ich hab abgelehnt, Ma, und zwar aus folgendem Grund.

Weil ich gern Soldat bin. Es liegt mir. Ich habe gesehen, wie Kameraden von mir – ach was, meine Brüder – in die Luft gesprengt wurden, und ich bin es ihrem Andenken schuldig, weiter an der Front zu bleiben und zu beenden, was wir zusammen angefangen haben. Ich kann mich nicht einfach im Materiallager verkriechen und eine ruhige Kugel schieben, weil meine Familie privilegiert ist und über Vitamin B verfügt.

Wenn ich aus Guam zurückkomme, werde ich einer neuen Einheit zugeteilt, als Sergeant. Ich werde Männer anführen, Ma.

Eines möchte ich noch loswerden, und ich möchte, dass Du mich klar und deutlich verstehst, nicht so, als würde ich Dir von einem anderen Zimmer aus was zubrüllen, oder vom Ende der Auffahrt aus, wie früher immer. Sondern so, als würde ich jetzt vor Dir stehen, Ma, Deine Hände halten und Dir in die Augen sehen. Ich habe fest vor, heil und unversehrt wieder zu Dir nach Hause zu kommen. Aber ob ich lebe oder sterbe, Ma, darauf kommt es unterm Strich nicht an. Wichti-

ger ist, dass Du jeden Abend in dem Bewusstsein schlafen gehst, dass Du einen Helden großgezogen hast. Darauf kommt es an.

In Liebe
Dein Sohn Tiger

Dritter Teil

☮

November 1969

SOMEDAY WE'LL BE TOGETHER

Es ist ein Wochenende der Premieren. Magee war noch nie auf Nantucket, und sie hat auch noch nie Thanksgiving anderswo begangen als zu Hause bei ihren Eltern. Als Mrs Levin anrief und sie einlud, mit den Worten, »Jetzt, wo ihr beide verlobt seid, du und Tiger, musst du unbedingt unsere Familie kennenlernen«, dachte Magee erst, ihre Mutter würde dagegen ihr Veto einlegen. Doch stattdessen hatte ihre Mutter ihr praktisch die Tasche gepackt und sie dann aus der Tür geschoben.

»So ist der Lauf der Dinge«, hatte Jean Johnson gesagt. »Du bist zwanzig, eine junge Frau. Höchste Zeit, dein eigenes Leben zu beginnen.«

Klar, Magees Eltern haben noch ihre drei achtjährigen Brüder, Drillinge, die sie kleiden und ernähren müssen, und außerdem gefällt Tiger ihrer Mutter. Als Magee ihr den Brief mit Tigers Heiratsantrag gezeigt hat, war sie völlig aus dem Häuschen. Magee hat ihm zurückgeschrieben und seinen Antrag angenommen, und sie haben sich auch schon auf einen Termin geeinigt: den 4. Juli 1970.

Tiger wird Ende Mai aus Vietnam zurückkehren. Er kann sich also noch rechtzeitig seinen Smoking anpassen lassen.

Magee und die Familien Levin-Foley und Whalen treffen am Mittwochnachmittag auf Nantucket ein, per Fähre. Magee hatte erst die Befürchtung, vielleicht seekrank zu werden – sie ist in einem Städtchen fern von der Küste aufgewachsen, Carlisle, Massachusetts, und ihre nautische Erfahrung beschränkt sich auf Ruderbootfahrten auf dem Walden Pond –, aber die Fähre ist riesig, wie ein schwimmendes Gebäude, so geräumig, dass vierzig PKW darin Platz finden. Als die Fähre angelegt hat, rollen sie hintereinander an Land wie eine Minikarawane: erst der Kombi, in dem Magee mit Tigers Eltern und seinen Schwestern Kirby und Jessie sitzt, und dann ein schwarzer Ford Galaxie mit Tigers anderer Schwester Blair nebst Ehemann und ihren vier Monate alten Zwillingen. Im Wagen verkündet Kate, Tigers Mutter, sie habe eine Überraschung.

Kirby und Jessie brechen einmütig in Stöhnen aus. Kirby sieht aus wie ein Model, bildhübsch – klapperdünn, ähnlich goldblond wie Tiger und mit zarten Gesichtszügen –, während Jessie so dunkel und geheimnisvoll wirkt wie eine kleine Zigeunerin. Eine Schwester wünscht Magee sich schon ihr Leben lang. Sie behält Tigers Schwestern aufmerksam im Auge, denn sie wünscht sich nichts sehnlicher, als von allen dreien akzeptiert zu werden.

»Was für eine Überraschung?«, fragt Kirby.

Kate grinst fröhlich. Magee hat Kate bisher als eher reserviert und förmlich kennengelernt, ihr Übermut jetzt ist also etwas ganz Neues.

»Eine große, große Überraschung. David, hier bitte nicht abbiegen.«

David, Kates Mann, ist sehr nett und umgänglich. Vor der Abfahrt aus Boston hat er Magee kurz beiseitegenommen, um ihr einen guten Rat zu geben. »Lass dich von dieser Sippe nicht einschüchtern. Die Frauen sind alle sehr stark. Sei am besten ganz du selbst.«

Jetzt wendet er sich Kate zu. »Was führst du im Schilde, Katie Nichols?«

»Ich habe etwas Wundervolles getan!« Kate klatscht in die Hände, aufgeregt wie ein Kind. »Fahr einfach da entlang, wo ich dir sage.«

Magee wird heimlich aufatmen, falls sie jetzt zu einem Hotel fahren statt zum Haus der Großmutter. Tiger hat Magee in seinem jüngsten Brief gewarnt. Bei der Großmutter würde von ihr erwartet, das ganze Wochenende im Freien zu duschen, unter einer Außendusche. Bei der Vorstellung war Magee in helle Panik geraten. Draußen herrschten gerade mal drei Grad Celsius, sie hatten seit Wochen Frost. Tiger wollte sie doch sicher nur auf den Arm nehmen?

Die kleine Karawane aus zwei Autos holpert über das Kopfsteinpflaster der Main Street, die von allerlei hübschen Ladenfronten gesäumt wird. Magee betrachtet die Kürbisse in den Schaufenstern, die gebundenen Korngarben in den Ecken der Eingänge, die fast kahlen Bäume zu beiden Seiten der Straße, an die sich vereinzelt noch letzte orangegelbe und rote Blätter klammern.

»Weiß Blair, wo wir hinfahren?«, fragt Jessie.

»Nein, das weiß sie nicht«, sagt Kate. Dann kurbelt sie ihr Fenster herunter und gibt dem Wagen hinter ihnen mit dem Arm ein Zeichen.

»Warum fuchtelt meine Mutter so mit dem Arm herum?«, sagt Blair zu Angus. »Wo fahren wir denn hin?«

»Sieht aus, als wollte sie, dass wir ihnen folgen«, sagt Angus. »Will sie an die Küste, das Meer bewundern? Ist das vielleicht so eine Art Thanksgiving-Brauch bei euch?«

»Nein«, sagt Blair. Normalerweise feiern sie Thanksgiving bei Exalta in Beacon Hill, so wie letztes Jahr, als Blair sich nach dem Genuss einer Muschel übergeben musste und tags darauf feststellte, dass sie schwanger war. Einmal nur haben sie Thanksgiving bisher auf Nantucket verbracht, da war Blair noch ein Teenager gewesen. Es war kalt und regnerisch, und Kate hatte ein Feuer im Wohnzimmerkamin entzündet, ohne indes vorher die Kaminklappe zu öffnen. Dicker Rauch quoll ins Zimmer, und Exalta regte sich fürchterlich auf, aus Sorge, dass die Wandmalereien verrußen könnten. Als Nächstes stellte sich heraus, dass Nonny vergessen hatte, vor der Abreise den bei Savenor's vorbestellten Truthahn abzuholen, sie mussten also notgedrungen in die Woodbox ausweichen, gleich vis-à-vis, wo Blair sich aus Protest gegen den missglückten Feiertagsverlauf das Filet Wellington bestellte. Anfangs hatte sie sich auch gesträubt, dieses Jahr wieder nach Nantucket zu kommen; es gab schlicht nicht genug Platz für sie alle, zumal Kate ja auch noch Magee eingeladen hatte. Aber ihre Mutter meinte vollkommen unbekümmert, sie würden eben etwas zusammenrücken.

»Ich habe keine Ahnung, wo es hingeht, aber auf eine Tour kreuz und quer über die Insel habe ich jetzt wirklich keine Lust«, sagt Blair. »Auch wegen der Babys. Wenn die aufwachen, müssen sie gestillt werden.«

»Sie sind ja eben erst eingeschlafen«, sagt Angus. »Uns bleibt also mindestens eine Stunde, wenn nicht noch länger. Ich fahre ihnen mal nach. Warum nicht?« Er streichelt Blair übers Bein. »Ein kleines Abenteuer.«

Blair umfasst Angus' Hand und lehnt sich im Sitz zurück. Angus ist ein ganz neuer Mensch, spontan und unbefangen. Die NASA hat ihm einen ansehnlichen Bonus gezahlt – zehntausend Dollar! –, aber das Angebot, auch bei der nächsten Mission mitzuarbeiten, hat er abgelehnt. Zu stressig. Stattdessen widmet er sich seinen normalen Lehrveranstaltungen am MIT, betreut seine Doktoranden und kümmert sich mit um die Babys.

Blair hatte sich schon die ketzerische Frage gestellt, ob Angus' Psychoanalyse bei Trixie nicht bloß eine bessere Art Hexerei war, doch es geht auf jeden Fall aufwärts mit ihm, gar keine Frage. Er hat keine Episoden mehr gehabt, und sein Auftreten insgesamt ist viel lockerer, nicht mehr so krampfig-angespannt. Er lächelt und lacht viel; ist immer präsent, immer im Hier und Jetzt. Blair hatte in Harvard angerufen, im Zulassungsbüro, um sich nach dem Stand der Dinge in Sachen Promotionsstudium zu erkundigen, für das sie sich ja einen Aufschub erbeten hatte, und man sagte ihr, sie könne im Januar anfangen.

Wenn sie nach Thanksgiving wieder in Boston sind, fängt Blair an, die Zwillinge abzustillen, und sie werden sich um ein Kindermädchen kümmern müssen.

Kates Eltern biegen auf die Madaket Road ein. Warum fahren sie nicht, wenn sie tatsächlich aufs Meer hinausblicken wollen, einfach zum Cisco Beach? Der läge viel näher.

»Wo fahren wir eigentlich hin?«, fragt Blair.

Eine Überraschung an Thanksgiving? Kirby weiß nicht recht, was sie davon halten soll. Eigentlich sollte es bei diesem Fest ja um Tradition gehen, um die immer gleichen, verlässlichen Rituale – wobei das abgelaufene Jahr natürlich so einiges an tiefgreifenden, unvorhersehbaren Veränderungen gebracht hat, warum also sollte es an Thanksgiving anders sein?

Kirby fragt sich, ob ihre Großmutter wohl in diese Überraschung eingeweiht ist. Exalta ist schon am Montag angereist, was absolut beispiellos ist. Vielleicht ist ja an Jessies Behauptung, mit eigenen Augen gesehen zu haben, wie Exalta und Mr Crimmins sich in der Nacht der Mondlandung geküsst haben, richtig geküsst, doch etwas dran.

Ob das gleich bedeuten muss, dass Exalta und Mr Crimmins auch miteinander schlafen – Gott bewahre! –, vermag Kirby nicht zu entscheiden. Fest steht allerdings, dass Exalta jetzt merklich umgänglicher ist. Kirby hat im Herbst einiges an Zeit investiert, um sich bei Exalta einzuschmeicheln. Einmal die Woche geht sie mit ihr im Union Club essen, weil Exalta sich bereiterklärt hat, die dreitausend Dollar zu berappen, die Kirby für ihr Auslandssemester in Genf benötigt.

Bei ihrem letzten Mittagessen hat Exalta eine Flasche Champagner bestellt, und hinterher hatten sie beide einen kleinen Schwips. Exalta hatte sich vertraulich zu ihr über den Tisch gebeugt. »Sag mal, Katharine, wie steht es eigentlich um dein Liebesleben? Da muss es doch sicher einen jungen Mann geben.«

Kirby spürte, wie ihr die Hitze in die Wangen schoss, ein für sie ungewohntes Gefühl. Warum sie errötete, ob vor Verlegenheit, vor Nervosität oder aus Verliebtheit, wusste sie selber nicht. Sie traf sich nun schon einige Zeit mit Darren. Erst war da die Verabredung bei Mr Bartley's Burgers, danach ein Nachmittag im Aquarium, dann trafen sie sich zum gemeinsamen Büffeln in der Boston Public Library und gingen hinterher noch Nudeln in Chinatown essen. Kirby achtete anfangs darauf, dass alles nett unverbindlich blieb, denn ihre Abreise in die Schweiz stand schon Anfang Januar an, und da passte ihr eine feste Beziehung wirklich nicht in den Kram. Dann aber erwähnte Darren, dass er im selben Zeitraum ein Semester an der Uni in Genua studieren würde, gerade mal zwei Zugstunden von Genf entfernt, und das änderte einiges. Kirby schwelgte mit einem Mal in Tagträumen und malte sich die stürmische Romanze aus, der sie sich in Städten hingeben konnten, wo sie kein Mensch kannte, auf einem Kontinent, wo sie niemand schief ansehen würde.

»Nein«, sagte Kirby. »Es gibt da niemand Speziellen.«

»Wirklich?«, fragte Exalta. »Nicht einen Verehrer?«

»Na ja«, sagte Kirby. Exalta ließ nicht locker, sie blickte sie eindringlich an; keine Frage, sie interessierte sich wirklich für Kirbys Leben. Kirby versuchte, sich fünfzig Jahre in die Zukunft zu versetzen, ins Jahr 2019, wenn sie vielleicht selbst Enkel hatte. Würde sie nicht auch die Wahrheit über deren Leben wissen wollen? (Wie es wohl sein würde, im Jahr 2019 einundzwanzig zu sein? Kirby musste passen, das konnte sie sich nicht vorstellen, nicht mal ansatzweise.) »Es gibt da jemanden, den ich hin und wieder mal sehe.«

»Wusste ich's doch«, sagte Exalta. »Du hast dieses Leuchten. Erzähl mir von ihm.«

»Nun, er studiert in Harvard.«

»Hervorragend!«, sagte Exalta. »Ein Harvard-Absolvent wie dein Großvater.«

Nein, dachte Kirby, kein bisschen wie Opa. »Seine Mutter ist Ärztin und sein Vater Richter. Sie haben ein Haus auf Martha's Vineyard. Da habe ich ihn auch kennengelernt.«

»Na, das klingt doch prächtig«, sagte Exalta. »Wieso hast du diesen Jungen so geheim gehalten? Er hört sich ganz himmlisch an. Sieht er auch gut aus?«

»Ja. Sehr.« Kirby nickte.

»Ha, natürlich sieht er gut aus!« Exalta schenkte ihnen beiden noch Champagner nach. Kirby beobachtete die Bläschen, die sprudelnd im Schaumwein aufstiegen, ehe sie an der Oberfläche zerplatzten und sich in Nichts auflösten. Ganz ähnlich vermutlich wie Exaltas Begeisterung für Kirbys geheimnisvollen Harvard-Studenten letzten Endes. »Wie wär's, lade ihn doch zu Thanksgiving ein?«

»Er hat eine Familie«, sagte Kirby. »Seine Eltern, dazu Tanten, Onkels und Cousins.« Sie trank ein Schlückchen Champagner. Wenn Kirby die ganze Wahrheit über Darren erzählte, bräuchten sie wahrscheinlich noch eine Flasche.

Aber warum nicht einfach Farbe bekennen? Kirby dachte an Senator Kennedy, der sich am 25. Juli übers Fernsehen an die Öffentlichkeit gewandt hatte, um eine ausführliche Erklärung zu dem Vorfall auf Chappaquiddick zu verlesen und für sein Verhalten um Verzeihung zu bitten. Der Staat Massachusetts war nicht spontan in Flammen aufgegangen, und die Bürger hatten auch nicht Kennedys Kopf gefordert, ihn ins Gefängnis geworfen oder ihm seinen Senatssitz aberkannt. Wenn das gesamte Land Kennedys Geschichte akzeptieren konnte, dass er nach dem Unfall verwirrt und durcheinander gewesen sei und unter Schock gestanden hätte – und zwar so sehr, dass er nicht mal die Polizei verständigte –, dann konnte Exalta wohl auch Kirbys Beziehung zu Darren Frazier akzeptieren.

Das hoffte sie wenigstens.

Kirby legte sorgsam die Hände neben ihr Besteck, das links und rechts vom Teller auf dem weißen Tischtuch lag, und zwang sich dann, Exalta direkt anzusehen. »Darren ist ein Schwarzer.«

Exalta blinzelte kurz und sagte dann: »In meinen fünfundsiebzig Jahren habe ich einiges gelernt, Katharine.« Sie hatte die Stimme gedämpft, wie jedes Mal, wenn es um ernste Themen ging. »Zu mancher Erkenntnis bin ich sogar erst in jüngster Zeit gelangt. Es ist dir sicher nicht leichtgefallen, mir das zu sagen, vielleicht, weil du von mir eine bestimmte Reaktion erwartest. Aber lass dir eins gesagt sein, dein junger Mann – wie heißt er denn?«

»Darren«, sagte Kirby. »Darren Frazier.«

»Du kannst Darren Frazier jederzeit mitbringen und mir vorstellen. Ich würde mich geehrt fühlen.«

Hier standen Kirby auf einmal Tränen in den Augen. Rätselhafterweise. »Wirklich?«

»Selbstverständlich«, sagte Exalta mit Nachdruck. »Menschen sind Menschen.«

Menschen sind Menschen. Keine Äußerung aus dem Mund ihrer Großmutter hätte Kirby glücklicher machen können.

Jetzt wendet Kirby ihre Aufmerksamkeit wieder ihrer Mutter zu. »Und … ist Nonny etwa am Montag selbst im Auto hergefahren?« Das dürfte eher unwahrscheinlich sein. Exalta ist Inhaberin eines Führerscheins und eines Autos, aber sie ist noch nie die weite Strecke bis nach Cape Cod gefahren, soweit Kirby weiß.

»Nein«, sagt Kate. »Bill Crimmins ist nach Boston gekommen, um sie abzuholen.«

Jessie zwickt Kirby ins Bein. »Was habe ich dir gesagt«, raunt sie.

Ihre Großmutter und Mr Crimmins. Die würdige, soignierte Dame der Gesellschaft und der Hausmeister.

Menschen sind Menschen, denkt Kirby.

Jessie kommt es vor, als wären sie unterwegs ans Ende der Welt. Als sie fast am Madaket Beach sind, wo man abends den schönsten Sonnenuntergang der Insel miterleben kann, sagt Kate zu David, nun möge er links abbiegen. Sie fahren über eine gewundene Sand-und-Schotterpiste, die zu beiden Seiten von Sandkiefern und spanischen Olivenbäumen gesäumt ist. Sie überqueren eine abgenutzte, einspurige Holzbrücke, und dann weitet sich die Landschaft mit einem Mal. Links und rechts der Straße erstrecken sich Felder, und am Horizont ist ein stahlgrauer Streifen zu sehen – der Atlantik.

Jessie ist von Ehrfurcht ergriffen. Dieser Teil der Insel ist noch wild und naturbelassen, gar kein Vergleich zu dem gepflegten Straßenbild in der Stadt. Sie versucht, sich alles gut einzuprägen, damit sie Tiger die Landschaft später in einem Brief beschreiben kann, und auch ihrem neuen Brieffreund Pick.

Jessie hat Anfang September einen Brief von Pick erhalten, kurz nach Anfang des Schuljahrs. Er lebt jetzt in einer nachhaltigen Community vor den Toren von Pottstown, Pennsylvania. Seine Mutter ist letzten Endes tatsächlich mit ihm nach Woodstock gefahren, und der Schilderung in seinem Brief nach zu urteilen, ist Jessie eigentlich heilfroh, dass ihr das erspart geblieben ist. Pick und Lorraine sind mit einem Pärchen aus der Community zum Festival losgefahren, in einem VW-Bus. Kurz vor Eldred, New York, hat der Bus einen Platten bekommen, und es war einfacher, laut Pick, den Bus stehen zu lassen und per Anhalter weiterzufahren, als irgendwo einen neuen Reifen aufzutreiben; einen Ersatzreifen hatte der Bus leider nicht an Bord. Pick und Lorraine mussten schließlich in getrennten Autos weiterfahren. Auf der Straße zur Yasgur-Farm ging es über Stunden kaum vorwärts, eine einzige Blechlawine von Fahrzeugen, die sich Stoßstange an Stoßstange stauten, und einige Autos waren so überfüllt, dass die Leute auf den Dächern und Kühlerhauben saßen. Pick hatte Angst, dass er seine Mutter in der Menschenmenge nicht wiederfinden würde.

Wie eine Nadel im Heuhaufen, schrieb er Jessie. *Vierhunderttausend Leute, die Hälfte davon Frauen, und alle sahen genauso aus wie Lavender und waren auch so drauf wie sie.*

Pick schloss sich einem Pärchen an, das seinen siebenjährigen Sohn dabeihatte, Denny. Pick passte auf den Kleinen auf, und dafür teilten sie ihr Essen mit ihm und behandelten ihn als Teil ihrer Familie.

Das Festival hatte auch gute Momente. Creedence, Picks Lieblingsband, spielte am späten Samstagabend, nach Mitternacht, doch von Janis Joplins Auftritt danach bekam er nichts mehr mit, weil ihm vor Erschöpfung die Augen zugefallen waren. Als er am nächsten Morgen wieder zu sich kam, spielten gerade Jefferson Airplane. *Ich wusste erst nicht, wo ich war,* schrieb er, *und dann höre ich plötzlich Grace Slicks Stimme. Streckenweise war's öde, ich hab mich gelangweilt, war müde und hatte Hunger, aber dann gab es auch immer wieder Momente, wo ich ein Teil dieser wogenden, tanzenden, rauchenden und singenden Menschenmasse war. Da war ich dann richtig stolz, in diesem Land zu leben.*

Am Montagmorgen, als Jimi Hendrix, der das Festival beschloss, eine psychedelisch verzerrte Version des »Star-Spangled Banner« darbot, hatte Pick seine Mutter noch immer nicht gefunden. Dass sie schon abgereist war, hielt Pick für unwahrscheinlich, denn Hendrix würde sie sich kaum entgehen lassen wollen. Er fasste einen Plan – falls sie weiter verschollen blieb, würde er sich eine Mitfahrgelegenheit nach Cape Cod suchen und von dort zu seinem Großvater nach Nantucket zurückkehren.

Aber dann geschah ein kleines Wunder. Denny sah ein anderes Kind mit einem Luftballon-Tier und verkündete, dass er so eins auch haben wollte. Pick gelang es irgendwie, sich bis zu dem Typen durchzufragen, der diese Tiere fabrizierte. Er trug nur eine Art Badehose aus rotem Satin und dazu eine rote Fliege, und Pick zögerte erst, ihn anzusprechen, weil er so weggetreten wirkte, als hätte er was genommen. Aber Denny stürmte einfach auf den Ballon-Mann zu, Gott sei Dank, denn da fiel Pick die Frau ins Auge, die für ihn das Geld einsammelte – ein Ballon-Tier kostete zehn Cent –, und diese Frau entpuppte sich als Lavender!

Wir haben es rechtzeitig in die Community zurückgeschafft, seit Beginn des Schuljahrs gehe ich jetzt hier auf eine normale Highschool, schrieb Pick. *Man musste mich zwar ein Jahr zurückstufen, aber das ist zu verschmerzen, hier kennt mich ja kein Mensch. Du fehlst mir, Jessie. Lass von Dir hören. Dein Freund Pick.*

Jessie mag nicht lügen: Sie hat sich über Picks Brief sehr gefreut und ihm umgehend zurückgeschrieben. Sie überlegte, ob sie Pick verraten sollte, dass sie beide Halbgeschwister von Blair, Kirby und Tiger waren und damit in gewisser Weise miteinander verwandt. Aber das war ein Familiengeheimnis, und Jessie würde es weiter hüten. Ihr Wissen verschaffte ihr sogar eine Art Machtgefühl – wusste man denn, was sich für Dramen daraus ergeben könnten, wenn sie dieses Geheimnis in die Welt hinausposaunte?

Stattdessen hat Jessie Pick also davon berichtet, was sich bei ihr Aufregendes getan hat, seitdem sie im Herbst in die siebte Klasse geht. Das erste Highlight war, dass sie zu Miss Flowers' Hochzeit mit Mr Barstow eingeladen wurde. Die Einladung war auf edles Bütten gedruckt, in einer verschnörkelten Schrift, die nicht ganz leicht zu entziffern war. Der Umschlag war an Miss Jessica Levin adressiert, wovon sogar Jessies Eltern beeindruckt waren. Kate hatte die Einladung stirnrunzelnd studiert, als vermutete sie eine geheime Botschaft der Russen dahinter. »Meinst du, sie hat die gesamte Schülerschaft eingeladen? Das wäre ja nur gerecht. Aber – die gesamte Schule bei ihrer Hochzeit? Ausgeschlossen.«

Jessie zog diskret Erkundigungen ein, um der Sache auf den Grund zu gehen. Sie wandte sich an Doris: »Sag mal, hast du am Samstag, dem Zwanzigsten, irgendwas vor?«

Doris hatte sie befremdet angesehen. Seit den Sommerferien litt sie unter schlimmer Akne, vermutlich, weil sie so oft Pommes frites von McDonald's futterte. »Was soll ich da vorhaben«, sagte sie. »Lang schlafen vielleicht?«

Sie würde am Traugottesdienst in der Adventskirche in Beacon Hill teilnehmen, entschied Jessie, aber nicht an der Feier im Hampshire House. So könnte Kate Jessie an der Kirche absetzen, Nonny an der Mount Vernon Street einen kurzen Besuch abstatten und Jessie hinterher wieder abholen.

Jessie wurde ein mittiger Platz in der Kirche zugewiesen, auf der Brautseite, unter lauter unbekannten Gesichtern. Sie war nicht nur die einzige Schülerin, die Miss Flowers eingeladen hatte, sondern das einzige Kind in der Kirche, abgesehen von einem kleinen Baby, dessen Weinen zu hören war, bis die Orgelmusik einsetzte und sich alle von den Bänken erhoben, weil nun Miss Flowers durch den Mittelgang geschritten kam.

Jessie konnte sich nicht entsinnen, jemals eine so schöne Frau gesehen zu haben wie Miss Flowers als Braut. Ihr dunkles Haar war zu einem seidig glänzenden Dutt frisiert, sie trug ein schmal geschnittenes Kleid aus Satin und dazu einen langen Schleier aus hauchdünner Seide. Als sie an Jessies Reihe vorbeikam, das war das Bemerkenswerteste, wandte sie sich zur Seite und reichte Jessie mit einem gefühlvollen Lächeln die Hand; in ihren Augen schimmerten Tränen, als sie ihr kurz fest die Hand drückte.

Lieber Pick,

letzten Samstag war ich zur Hochzeit meiner Vertrauenslehrerin eingeladen, die dem Jungensportlehrer von unserer Schule das Ja-Wort gegeben hat. Miss Flowers sah in ihrem weißen Kleid und dem Schleier ungeheuer elegant aus. Auf dem Weg zum Altar hat sie ein bisschen geweint. Erst dachte ich, sie wäre traurig, weil Miss Flowers letztes Jahr eigentlich einen anderen Mann heiraten sollte, Rex Rothman, der leider bei der Tet-Offensive umgekommen ist. Aber dann wurde mir klar, dass es eher Tränen der Hoffnung und Dankbarkeit waren, weil sie mit Mr Barstow eine zweite, neue Liebe gefunden hat.

Die zweite Sensation ist, dass Jessie einen neuen Freund hat, Andy Pearlstein. Er saß zusammen mit Jessie im Englischkurs. Beim Aufrufen der Schüler hatte die Lehrerin, Miss Malantantas, Jessies Nachnamen falsch ausgesprochen, als »Le*vin*«, mit Betonung auf der letzten Silbe, und Jessie hatte sich, sie staunte selbst darüber, umgehend zu Wort gemeldet, um sie zu berichtigen. »Nein, es heißt *Le*vin. Reimt sich auf Heaven.«

»*Le*vin, reimt sich auf Heaven«, wiederholte Miss Malantantas. »Danke. Eine wunderbare Eselsbrücke.«

Andy, der in der Reihe links von ihr saß, drei Plätze weiter vorn, hatte sich zu Jessie umgewandt und ihr zugezwinkert.

Später in der Woche, während der Besprechung ihrer

Ferienlektüre, *Das Tagebuch der Anne Frank,* hatte Andy sich gemeldet und gesagt: »Ich find's mies, dass sie am Ende stirbt. Das Buch wäre tausendmal besser gewesen, wenn sie am Leben geblieben wäre.«

Shane Harris widersprach ihm. Es sei ja gerade der Punkt, dass Anne gestorben sei, nur deswegen sei das Buch von Belang. Wenn sie am Leben geblieben wäre, sagte Shane, würde sich für dieses Tagebuch kein Mensch interessieren.

»Das sagst du nur, weil du nicht jüdisch bist«, erwiderte Andy.

Jessie hob reflexhaft die Hand an ihr Lebensbaum-Medaillon, und Miss Malantantas schaltete sich ein, um das Unterrichtsgespräch in eine andere Richtung zu lenken.

Nach der Stunde passte Jessie Andy noch kurz ab. Er war ein ganzes Stück größer als sie; vermutlich gehörte er zu den Jungen, die über den Sommer in die Höhe geschossen waren. Jessie sah zu ihm hoch und sagte: »Ich sehe es genauso wie du. Ich fand's auch mies, dass Anne gestorben ist. Ich habe sogar geweint deswegen.«

»Ehrlich?«, fragte Andy. Kurz schien es, als wollte er gestehen, dass bei ihm ebenfalls ein paar Tränen gekullert waren – aber es gab wohl keinen männlichen Siebtklässler auf der Welt, der so etwas zugegeben hätte.

Am darauffolgenden Wochenende rief Pammy Pope an und fragte, ob Jessie Lust auf eine Partie Tennis hatte, auf einem der Plätze am Chestnut Hill Reservoir. (Pammy Pope hatte mitbekommen, wie Jessie Doris in der Mädchenumkleide von Miss Flowers' Hochzeit erzählte, mit ungeahnten Folgen: Seither sah Pammy sie anscheinend mit ganz neuen Augen.) Jessie sagte zu und schwang sich aufs Rad, in Tenniskluft und mit Sonnenvisier, ihren Schläger mit dem Autogramm von Jack Kramer hinten im Fahrradkorb, um sich mit Pammy im Park zu treffen. Dort entdeckte sie Andy, der mit ein paar anderen Jungs von der Schule auf einer Wiese Fußball spielte. Als er sie ebenfalls entdeckte, kam er herübergetrabt und fragte, was sie herführte. »Ich treffe mich mit Pammy Pope«, sagte sie, »zum Tennisspielen.« Ihre Antwort erzielte in etwa dieselbe Wirkung, als hätte sie gesagt, dass sie während eines glamourösen Wochenendes auf Hilton Head die Nummer vier in einem gemischten Doppel war – Andy schien mächtig beeindruckt. »Weißt du was«, sagte er dann, »ich warte auf dich, und wenn ihr fertig seid, können wir noch zusammen zu Brigham's fahren, Eis essen.«

Er wollte sich mit ihr verabreden.

Jessie zuckte die Achseln. »In Ordnung.«

Dann tauchte Pammy auf. Sie einigten sich darauf, einen Satz zu spielen, den Jessie für sich entschied, mit sechs zu zwei Spielen. Pammy lud Jessie ein, später vorbeizukommen und bei ihr zu übernachten – sie hätte das neue Album der Beatles, sagte sie, *Abbey Road,* falls Jessie es sich gern mal anhören wollte –, doch Jessie winkte ab. »Lass uns das auf nächstes Wochenende verschieben. Heute Abend habe ich schon was vor.« Offenbar genau die richtige Antwort, denn Pammy sagte: »Prima, dann nächstes Wochenende. Aber auf jeden Fall.« Sobald sie auf ihrem Rad verschwunden war, kam Andy angelaufen, den Fußball unter den Arm geklemmt und mit leicht verschwitzter Haartolle. Was schon irgendwie süß aussah.

»Wer hat gewonnen?«, fragte er.

Jessie zog den Reißverschluss der Tennisschlägerhülle zu. »Och, wir haben gar nicht richtig gezählt. Pammy spielt ziemlich gut.«

»Ach ja?«, sagte Andy. »Es sah aber eher so aus, als hättest du sie locker weggeputzt.«

»Oh«, sagte Jessie. »Hast du uns zugesehen?«

Mir geht es ähnlich wie Miss Flowers. Ich habe auch eine zweite Liebe gefunden.

Das streicht Jessie aus. Pick soll nicht erfahren, dass er ihre erste Liebe war; er soll sich bloß nichts einbilden.

Ich habe einen neuen Freund. Er heißt Andy. Er spielt Fußball und hört gern die Beatles. Er hat mich ins Kino eingeladen, wir haben uns Goodbye, Mr Chips *angesehen, und nächstes Wochenende gehen seine Eltern mit uns zum Football, das Boston College gegen die Naval Academy, und wir machen ein Picknick.*
Du fehlst mir auch. Lass bald von Dir hören.

Deine Freundin Jessie

David bremst etwas ab, als die Straße einen Bogen nach links beschreibt, und Jessie fällt draußen eine alte Scheune ins Auge, mit halb eingestürztem Dach.

»Das ist die Red Barn Road«, erklärt Kate. »Und das da ist die Scheune, der sie ihren Namen verdankt.«

Ist das die Überraschung?, fragt Jessie sich. Denn falls ja, ist es eine ziemlich miese Überraschung.

»Soll ich noch weiterfahren?«, fragt David, hörbar argwöhnisch. Was haben sie hier draußen verloren?

»Ja, noch ein Stück die Straße hoch«, sagt Kate. »Da biegst du dann in die Auffahrt ein.«

David wendet ihr das Gesicht zu. »Was hast du getan, Katie Nichols?«

»Willkommen daheim«, sagt Kate bloß.

Ein Stück die Straße hoch steht noch ein Gebäude. Ein Haus, riesengroß – größer als All's Fair und Little Fair zusammen, größer als ihr Haus in Brookline, größer als Exaltas Haus an der Mount Vernon Street.

»Heiliger Bimbam!«, ruft Kirby aufgeregt. »Hast du das gekauft? Gehört das uns?«

»Ja, wir haben es gekauft«, sagt Kate. »Es gehört uns.«

Kirby stupst Jessie ungeduldig an, damit sie aussteigt. »Los, raus, raus!«

Jessie tut ihrer Schwester den Gefallen. Als sie ausgestiegen ist, stellt sie sich vor das Haus, um es in Ruhe auf sich wirken zu lassen. Im Kopf entwirft sie schon einen weiteren Brief, diesmal an Tiger.

Wir haben ein neues Haus auf Nantucket. Warte ab, wenn Du das erst siehst.

Blair und Angus machen in ihrem schwarzen Galaxie hinter dem Kombi Halt. Blair steigt aus und schließt behutsam die Tür, aus Rücksicht auf die schlummernden Babys. »Was ist das?«

»Das«, erklärt Kate, »ist unser neues Haus.«

»Was?«, sagt Blair. »Unser neues Haus?«

David sieht Kate an, völlig sprachlos. Ganz so hat er sie auch bei ihrer ersten Begegnung angesehen, als Kate, erst kürzlich verwitwet, die Haustür öffnete, um den Anwalt hereinzubitten, der sie vor Gericht vertreten würde, um die Auszahlung der Lebensversicherung ihres verstorbenen Gatten zu erstreiten. Bei ihrem Anblick hatte er weiche Knie bekommen, wie er später eingestand. *Ich wusste nicht, dass Gott so wunderschöne Frauen wie dich erschaffen hat.*

»Katie?«, sagt er.

»Ich habe es gekauft«, sagt sie. Sie weiß, dass sie das Richtige getan hat, nicht nur für sich selbst, auch für David, für die Kinder, für ihre Enkel, und dieser Gedanke hat etwas Berauschendes.

»Darf ich mir ein Zimmer aussuchen?«, fragt Jessie.

»Aber ja. Nur zu«, sagt Kate mit leicht erstickter Stimme. Sie bekommt kaum Luft; es ist, als würde ihr Herz ihre ganze Brust ausfüllen.

»Augenblick.« David nimmt Kate bei der Hand und führt sie durch den Vorgarten bis zur Haustür. Dort lädt er sie sich auf die Arme und trägt sie über die Türschwelle, als wären sie ein jung vermähltes Paar. Es fühlt sich an wie ein Neuanfang.

Wie oft, denkt Kate, darf man in einem Leben noch einmal neu beginnen?

David küsst sie auf die Wange. »Danke«, flüstert er.

Die Dynamiken in Tigers Familie sind recht unübersichtlich, doch als sie sich dann später zu Tisch setzen, hat Magee so weit alles durchschaut. Meint sie zumindest.

Kate kümmert sich um den Truthahn und teilt Kirby, Jessie und Magee verschiedene Aufgaben zu, aber dabei geht es völlig gleichberechtigt zu, weil keine von ihnen sich in der Küche auskennt – in welchem Schrank stehen die Teller, gibt es einen Kartoffelstampfer oder nicht, in welcher Schublade liegt das Besteck, und so weiter. Kate hat das Haus mitsamt Einrichtung gekauft, die aber komplett durch neue Sachen ersetzt werden soll, hoffentlich schon bis zum kommenden Sommer.

Bei ihrer Ankunft ist Kate mit Magee die Treppe ins Obergeschoss hochgestiegen und hat ihr eröffnet, dass das helle, geräumige Zimmer mit den beiden Fenstern und der Aussicht aufs Meer für sie und Tiger bestimmt sei.

»Überleg dir schon mal, in welcher Farbe es gestrichen werden soll«, sagte Kate.

Magee kam sich vor wie eine frisch gekrönte Prinzessin. Sie ließ sich auf das breite weiße Bett plumpsen und malte sich aus, wie es sein würde, mit Tiger hier zu schlafen und womöglich sogar ein Kind zu zeugen. Tiger und sie wünschten sich beide eine ganze Schar Kinder – vier oder fünf.

Das Festmenü zu Thanksgiving:

Truthahn mit einer Füllung aus portugiesischem Brot, das Kate am Vortag bei einer Bäckerei in der Stadt gekauft hat.

Kartoffelpüree. Kate fügt ihm Sour Cream hinzu und bestreut es zum Schluss mit geschnippelten Lauchzwiebeln. Das muss Magee sich unbedingt merken und ihrer Mutter erzählen. Ihre Kochkünste sind durchaus noch ausbaufähig.

Maisauflauf.

In Orangensaft gekochte Möhren, abgerundet mit brauner Butter und Zimt.

Im Ofen gebackener Rosenkohl.

Cranberry-Soße aus der Dose, ganz wie bei Magee zu Hause. Die beiden Kuchen, ein Kürbis- und ein Apfelkuchen, stammen ebenfalls aus der Bäckerei. Dazu wird es Eiscreme von Brigham's geben, Vanille und Karamell, Tigers Lieblingssorte.

Kate hat Tischwäsche von zu Hause mitgebracht, zusammen mit silbernen Kerzenständern und elfenbeinfarbenen Kerzen. Jessie verschönert die Tafel mit Flaschenkürbissen und Äpfeln, die sie in der Tischmitte anordnet. Kate stellt im Radio einen Sender ein, der klassische Musik spielt. All das ist sehr anders als Thanksgiving, wie Magee es von zu Hause kennt. Bei Jean Johnson gibt es jedes Jahr Süßkartoffeln mit Marshmallows, Grüne-Bohnen-Auflauf mit knusprigen Zwiebeln und Truthahn mit einer fertig gekauften Füllung, und zum Dessert gibt es eine Schokotorte von Sara Lee, weil sie den üblichen Apfelkuchen alle nicht so gern mögen. Magees Brüder nörgeln jedes Mal wegen der Bohnen; sie schöpfen auch die Marshmallows von den Süßkartoffeln. Die Johnsons essen auch an Thanksgiving in der Küche, an demselben Tisch wie bei allen anderen Mahlzeiten, und Magees Vater, Al Johnson, trinkt dazu sein gewohntes Budweiser direkt aus der Dose. Magee graut nicht direkt vor Thanksgiving, aber so festlich wie hier fühlt es sich zu Hause jedenfalls nicht an. Bei ihnen geht es eher an Weihnachten festlich zu, schon wegen ihrer drei kleinen Brüder.

Als Kate sie bittet, den Tisch für zehn zu decken, wird Magee etwas mulmig zumute – was, wenn sie irgendwas falsch macht? Bei ihrer Ausbildung zur Dentalhygienikerin erweist es sich als sehr nützlich, dass sie sich Dinge gut merken kann – Schneidezahn, Eckzahn, Backenzahn –, und jetzt bereut sie es, sich nicht mit einem Buch aus der Bücherei zu dem Thema, wie man einen Tisch richtig deckt, vorbereitet zu haben. Weinglas, Wasserglas, Gabel, Messer, Löffel, Dessertgabel – damit kommt Magee so weit klar. (Weil sie sich bei den beiden verschiedenen Kelchgläsern nicht sicher ist, fragt sie leise bei Kirby nach, die sie aufklärt: »Das größere ist das Wasserglas, das kommt hierhin.« Sie stellt es neben das Weinglas. »Schon irgendwie armselig, dass ich so was weiß, aber Nonny entstammt der guten Bostoner Gesellschaft.«) Immerhin, mit Fischgabeln, Suppenlöffeln oder Likörgläsern braucht sie sich nicht herumzuschlagen.

Einen Moment der Verwirrung gibt es aber doch. Magee zählt nur neun Personen, die am Tisch Platz nehmen werden, doch Kate hat sie aufgefordert, für zehn zu decken. Wird noch ein Gast erwartet, von dem Magee nichts weiß? Ein Familienmitglied, das sie vergessen hat?

Kate klärt sie auf Nachfrage hin auf: »Das zehnte Gedeck ist zu Ehren von Tiger, deshalb bleibt auch der Stuhl neben dir leer. Und schau, was ich besorgt habe.« Sie zeigt Magee ein kleines Sternenbanner auf einem Ständer, die Sorte, die immer bei den Lehrern vorn auf dem Pult stand, als Magee in der Grundschule war. »Tigers Platz ist der zweite von oben, auf der linken Tischseite.«

Magee spürt einen Kloß im Hals, als sie die Flagge an den von Kate genannten Platz stellt.

Um fünf Uhr trifft Exalta Nichols ein – Tigers Großmutter, in der Familie als »Nonny« bekannt –, zusammen mit einem Mann, den Kate Bill nennt. Diesen Bill kann Magee nicht recht unterbringen; Tigers Großvater, so viel weiß sie, ist schon länger tot, und Exalta ist nicht neu verheiratet und hat auch keinen Freund, »bis auf Rod Laver natürlich«. Aber Exalta und Bill sind ein Paar, das ist nicht zu übersehen. Als sie ins Haus kommen, hält er ihren Arm, er hilft ihr galant aus dem Mantel und bietet an, ihr einen Cocktail zu besorgen. Magee hat bereits ein Glas Champagner getrunken, bei den Vorbereitungen in der Küche; Kate hatte eine Flasche entkorkt und Magee, Kirby und Blair je ein Glas eingeschenkt.

In der Küche gab's Champagner, als wir das Essen vorbereitet haben – Magees Mutter wird ganz schön Augen machen, wenn sie ihr das erzählt.

Der Champagner hat bei Magee jedenfalls Wunder gewirkt, sie ist nicht mehr ganz so angespannt bei der Aussicht, Exalta kennenzulernen. Nachdem Exalta ihren Mantel abgelegt hat und mit ihrem Drink versorgt worden ist – ein Gin-Tonic in einem Longdrink-Glas, mit einem kunstvollen Limettentwist –, wird Magee herbeigerufen, um ihr vorgestellt zu werden.

Meine Nonny, hatte Tiger vor seiner Entsendung gesagt, *kann recht einschüchternd wirken.*

Die Frau jedoch, die Magee nun kennenlernt, ist klein und zierlich, mit einem Haarreifen aus schwarzem Samt in der silbergrauen Bobfrisur. Sie trägt einen weichen roten Rollkragenpulli und Perlenohrringe. Ihre Augenbrauen heben sich, als sie Magee prüfend mustert.

»Du bist ja ein ganz entzückendes Mädchen«, sagt Exalta, ehe sie nach Magees Hand greift. »Und du trägst Penns alten Klassenring. Wie himmlisch, dass er sogar passt.«

Tatsächlich ist er viel zu groß; Magee hat den Ring an der Innenseite mit Band umwickelt, aber das wird sie Exalta nicht verraten. »Sehr erfreut, Sie kennenzulernen«, sagt sie.

Exalta wendet sich Bill zu. »Ist sie nicht wunderschön?«

Bill stimmt ihr freundlich zu, aber was bleibt ihm auch anderes übrig, nicht wahr? Doch es ist weniger seine Reaktion, die Magee in diesem Moment interessiert; viel bemerkenswerter findet sie, was Exalta für leuchtende Augen bekommt, während sie Bill ansieht. Magee erkennt, dass sie und Exalta ein- und demselben Stamm angehören. Sie sind beide liebende Frauen.

Sie setzen sich zu Tisch. Der Truthahn steht dampfend auf einer Servierplatte in der Mitte der Tafel, goldbraun und appetitlich duftend, ganz wie auf einem Bild von Norman Rockwell. David sitzt am Kopf der Tafel und Exalta ihm gegenüber, am anderen Ende. Magee sitzt in der Mitte, zwischen Kirby und dem unbesetzten Stuhl, und gegenüber von diesem Stuhl sitzt Jessie. Das ist also nun Magees Platz am Tisch. Sie ist dabei, zu einem Teil dieser Geschichte zu werden. Pennington Nichols hat Exalta 1917 bei einem Debütantinnenball kennengelernt, kurz nach seiner Rückkehr aus Europa, wo er im Ersten Weltkrieg gekämpft hatte. Zweiundfünfzig Jahre später hat Magee Johnson sich in der Fahrschule angemeldet, weil ihre Mutter die anfallenden Gebühren von dreißig Dollar für vertretbar hielt, damit Magee sie hin und wieder entlasten konnte, wenn die Jungen irgendwohin gefahren werden mussten. Als Magee nach der Anmeldung aus dem Büro der Walden Pond Driving Academy kam, wurde sie draußen bereits von ihrem Fahrlehrer erwartet, der dort am Fahrschulwagen lehnte.

Bei ihrem Erscheinen hatte er ein spitzbübisches Grinsen aufgesetzt und ihr die Hand entgegengestreckt. Warum er so gegrinst hatte, erfuhr sie dann später von ihm: weil man ihm nach zwölf Wochen als Fahrlehrer an diesem Institut endlich mal ein hübsches Mädchen in seinem Alter als Schülerin zugeteilt hatte.

»Guten Morgen«, sagte er. »Ich bin Tiger.«

Sein Blick war ihr sofort aufgefallen – katzenhaft, wild, faszinierend.

David steht auf, um einige Worte des Dankes zu äußern, und erhebt dann sein Glas. Magee hebt ebenfalls ihr Glas, in dem sich ein köstlicher Rotwein befindet. Ihr fällt nur eines ein, was diesen Augenblick noch perfekter machen könnte – wenn Tiger jetzt hereinkäme, in seiner Kampfmontur, müde und erschöpft, aber mit einem dankbaren Ausdruck im Gesicht.

Doch so etwas passiert leider nur in Filmen und Romanen.

Aber dann, kaum zu glauben …

Gerade in dem Moment, als die erwachsenen Mitglieder der Familien Levin-Foley und Whalen das Glas erheben und sich zuprosten, während die kleine Genevieve in ihrer aufziehbaren Babyschaukel fröhlich vor sich hin kräht, ist vom Flur her zu hören, wie sich die Haustür öffnet. Alle wenden sich um. Magees Herz schwebt in der Luft; es ist ein Kolibri, dessen Flügel so schnell schlagen, dass sie nicht zu sehen sind.

Kate springt auf.

Tiger!

Aber an der Tür ist niemand.

Es war bloß der Wind, der vom Meer herüberbläst.

FORTUNATE SON (REPRISE)

Sergeant Richard »Tiger« Foley befindet sich, achttausendsiebenhundert Meilen von Nantucket entfernt, in der Landezone St. George, südöstlich von Pleiku, im zentralen Hochland von Vietnam. Die U.S. Army hat die hier stationierten Soldaten überrascht und zur Feier des Tages Truthähne, Kartoffelpüree und Thermobehälter voll Soße einfliegen lassen. Es ist nicht perfekt – es gibt keine kandierten Süßkartoffeln, keine gefüllten Eichelkürbisse oder eingelegte Okraschoten, keine Schneebrötchen, keine gebackenen Ziti für die Soldaten, die mit italienischen Großmüttern aufgewachsen sind, und statt mit Cranberry-Soße müssen alle mit Cranberry-Saft vorliebnehmen –, doch es fühlt sich trotzdem festlich an.

Major Freeland – sein Name könnte kaum passender sein – erhebt sich, um das Tischgebet zu sprechen, und die Männer neigen andächtig die Köpfe.

»Herr, wir danken Dir für das Mahl, das uns heute beschert wird. Wir beten, dass Du uns auf dem Schlachtfeld weiter behüten mögest, und wir bitten Dich um Mut und Tapferkeit, Stärke und Entschlossenheit, Langmut, Geduld und Vertrauen in unsere Kampfgefährten, damit wir unsere Bemühungen fortsetzen können, diesem kriegsgeschundenen Land endlich Frieden zu bringen.« Er hält inne, und zwar so lange, dass Tiger den Blick hebt. Der Major ringt sichtlich um Fassung. »Wir bitten Dich, Herr, nimm Dich in Liebe all der tapferen Männer an, die wir verloren haben …«

Puppy, denkt Tiger. Frog. Und so viele andere. Wie mag das Thanksgiving bei ihren Familien, ihren Hinterbliebenen heute sein? Dann denkt er an Luck, den kleinen vietnamesischen Jungen, den er auf seinen Armen aus dem kokelnden Dorf getragen hat. An dieses Leben, das er gerettet hat.

»... und lasse sie wissen, dass wir ihnen zu Ehren unsere Mission fortsetzen werden, und für die braven Bürger der Vereinigten Staaten von Amerika. In Deinem Namen beten wir. Amen.«

Magee, denkt Tiger. Blair, Kirby, Messie, David, Exalta, Angus, die Zwillinge, die er noch nicht kennt ... und seine Mutter.

Seine Mutter, Kate, liebt ihn mehr als all diese anderen Menschen zusammen. Weil ... na ja, weil sie eben seine Mutter ist.

Wie heißt es so schön in *Fortunate Son* von Creedence Clearwater Revival: *Some folks are born made to wave the flag.* Und er ist einer davon, auch er wird nie müde werden, das Sternenbanner stolz zu schwenken. Andere Soldaten an diesem Tisch mögen sich vielleicht gerade wünschen, sie könnten nun zu Hause bei ihren Familien sein, in Frieden und in Sicherheit, aber Tiger ist sich gewiss, dass er jetzt in diesem Augenblick genau da ist, wo er hingehört. Und seine Familie wird er schon bald genug wiedersehen. Daran zweifelt er keine Sekunde lang.

»Amen«, sagt er.

ANMERKUNGEN DER VERFASSERIN

Man stellt mir oft die Frage, wo ich die Ideen für meine Bücher herbekomme. Das kann ich nur selten zufriedenstellend beantworten und sage dann meistens, dass mir die Ideen nachts einfallen. Aber der Roman, den Sie gerade gelesen haben, hat eine sehr spezifische Entstehungsgeschichte.

Mein Zwillingsbruder Eric Hilderbrand und ich haben am 17. Juli 1969 im Boston Hospital for Women das Licht der Welt erblickt. Die Woche unserer Geburt war ungewöhnlich reich an dramatischen und weltbewegenden Ereignissen, fast einzigartig für das zwanzigste Jahrhundert. Die Apollo-11-Mission startete am 16. Juli, einen Tag eher also, als mein Bruder und ich unseren Start in die Welt hatten. (Ich hätte ursprünglich zu gern mein eigenes Geburtsdatum im Buch verwendet, habe dann aber doch entschieden, die Zwillinge am Tag des ersten bemannten Flugs zum Mond zur Welt kommen zu lassen; das Whalen-Zweigestirn, Genevieve und George, ist also einen Tag älter als Eric und ich.) Am Wochenende nach unserer Geburt ereignete sich dann der sogenannte Vorfall von Chappaquiddick, der in der Nation für größtes Aufsehen sorgte, aber vor allem für die Einwohner von Massachusetts von Bedeutung war. Die Stimmung im Land war im Sommer 1969 denkbar aufgeheizt: Präsident Nixon war noch nicht lange im Amt; der Krieg in Vietnam ging unvermindert weiter, zusammen mit den Protesten gegen diesen Krieg; die Themen Bürgerrechte und Emanzipation der Frau waren in aller Munde; und die Planungen für Woodstock liefen auf Hochtouren.

Auch in meiner eigenen Familie herrschte an Unruhe, Ungewissheit und Aufregung kein Mangel. Meine Mutter fand erst im siebten Monat heraus, dass sie Zwillinge erwartete. (Ganz wie Blair war ihr bis dahin unerklärlich, warum sie »so ungeheuer dick« war, und es passte ihr nur noch ein einziges Kleid.) Mein Vater war damals schwer erkrankt und musste Mitte Juli 1969 im Massachusetts General Hospital operiert werden. Seine Lage war ernst, aber alle waren zuversichtlich, dass er bis zur Geburt der Zwillinge längst wieder zu Hause und auf dem Wege der Besserung sein würde. Die Operation war auch ein Erfolg … aber rechtzeitig zu unserer Geburt wieder zu Hause zu sein, das schaffte er nicht.

Bei meiner Mutter setzten am 17. Juli morgens um drei die Wehen ein, und meine Großmutter, das wird oft und gern erzählt, raste mit ihr im Auto bei Rot über sämtliche Ampeln in der Bostoner Innenstadt, um es noch rechtzeitig mit ihr ins Krankenhaus zu schaffen. Der Entbindungsarzt meiner Mutter war verkatert (er hatte am Vortag zu ausgiebig auf den geglückten Start zum Mond angestoßen), und da Zwillingsgeburten so selten waren, fragte er, ob eine Klasse von vierzig Schwesternschülerinnen bei der Entbindung zusehen dürfte. (Meine Mutter war nicht in der Lage, dagegen wirklich Protest einzulegen, sie befand sich schon im Dämmerschlaf.)

Ich kam als Erste zur Welt, um 10:04 Uhr, und alle Schwesternschülerinnen wetteten darauf, dass jetzt noch ein Mädchen käme. Als dann mein Bruder um 10:10 Uhr geboren wurde, empfing ihn also tosender Applaus. Und wissen Sie was? Er ist auch ein toller Kerl, ein ganz wundervoller Vater und mein allerbester Freund auf der Welt (zusammen mit meinen anderen Geschwistern), er hat diesen Applaus also wirklich mehr als verdient. Dieser Roman ist mein Geburtstagsgeschenk für ihn. Die Idee, eines Tages mal über das Jahr und die Umstände unserer Geburt zu schreiben, stammt ursprünglich von ihm.

Ich habe getan, was ich konnte. Und ich bitte meine Leserinnen und Leser um Nachsicht, dass ich letztlich einige Aspekte verändert habe, die die Geschichtsschreibung von Nantucket, Martha's Vineyard und des gesamten Landes betreffen. Denn was ich vermitteln möchte, sind weniger empirische Fakten, sondern vielmehr eine tiefere, emotionale Wahrheit. Jessie, denke ich gern, würde mir dazu ihren Segen geben.

Elin Hilderbrand, Nantucket, Massachusetts,
12. Dezember 2018

DANKSAGUNG

Der einzige Unterschied zwischen mir und allen anderen Autorinnen und Autoren (bis auf einen erlesenen kleinen Kreis) besteht darin, dass meine Lektorin Reagan Arthur heißt. Reagan sorgt dafür, dass jeder einzelne meiner Romane am Ende besser wird, auf eine Art und Weise, die mir selber nicht ganz erklärlich ist. Ich würde so weit gehen, unsere Arbeitsbeziehung als magisch zu bezeichnen, doch an Magie und ähnlichen Hokuspokus dürfte sie ebenso wenig glauben wie ich. Wir glauben eher an Intelligenz, an Großzügigkeit des Geistes und an harte Arbeit. Mein erster Dank muss daher ihr gelten, weil ich mir keine bessere Lektorin wünschen könnte als sie.

Danke an Michael Carlisle und David Forrer von Inkwell Management, meine Helden, Beschützer, persönlichen Cheerleader und lieben, zuverlässigen Freunde.

Wie schon in den vorstehenden Anmerkungen erwähnt, ist die Darstellung von Nantucket und Martha's Vineyard im Jahr 1969 nicht in allen Einzelheiten hundertprozentig historisch korrekt, doch ich habe fleißig Nachforschungen angestellt, um den Geist der beiden Inseln in jenem Jahr so zutreffend wie möglich einzufangen. Von den nicht wenigen Büchern, die ich gelesen habe, fand ich *Nantucket Only Yesterday: An Island View of the Twentieth Century*, verfasst von Robert Mooney, der lebenden Legende von Nantucket, sowie *1969: The Year Everything Changed* von Rob Kirkpatrick am hilfreichsten. Wichtige Informationsquellen waren darüber hinaus alte Ausgaben des *Inquirer and Mirror*, ebenso wie John Stantons *Last Call*, ein Dokumentarfilm über die sagenumwobene Kneipe Bosun's Locker auf Nantucket. Um mehr über den Krieg in Südostasien zu erfahren, habe ich mir viele Stunden lang, wieder und wieder, *The Vietnam War* angesehen, die herausragende Dokumentarserie von Ken Burns und Lynn Novick.

Die besten Geschichten und Informationen verdanke ich natürlich den Menschen, mit denen ich mich persönlich unterhalten habe. An erster Stelle gebührt mein Dank hier Charles Marino (eine Hälfte des »perfekten Paares«), der 1967 und 1968 in Vietnam gedient hat, als Staff Sergeant bei der First Marine Division, Hotel Company, Second Battalion, Fifth Marine Regiment (besser bekannt als Hotel 2/5). Er wurde mit zwei Verwundetenabzeichen, einem Bronze Star und dem Vietnam Cross of Gallantry ausgezeichnet, und seiner Marine-Einheit wurde eine Presidential Unit Citation zuerkannt, als meistdekorierte Einheit in Vietnam. (Ja, Chuck ist schon phänomenal. Danke für deine Dienste, Chuck!) Jane Silva vom Galley Beach war so freundlich, mich einen wundervollen Abend lang nicht nur mit Geschichten über das Galley aus jener Zeit zu ergötzen, sondern auch über das glanzvolle Opera House und das Straight Wharf Theater. Jay Riggs – außer ihr braucht man auf Nantucket im Grunde niemanden zu kennen – hat mir so viele Informationen geliefert, dass sie unmöglich in nur ein Buch passen, und später hat sie mir verraten, dass sie mir noch nicht mal von all den Skandalen erzählt hat, über die sie Bescheid weiß! Brian Davis hat mit einer wahren Engelsgeduld alle meine Fragen zu den vielen Details in der historischen Innenstadt beantwortet, die ich auf keinen Fall falsch wiedergeben wollte. Michael May, Geschäftsführer des Nantucket Preservation Trust, hat mir historische Informationen zu verschiedenen Häusern in der Fair Street zugänglich gemacht, die mir bei der Schilderung von All's Fair und Little Fair enorm nützlich waren. Die großzügigen Seelen auf den Facebook-Seiten »Nantucket Years of Yore« und »Islanders' Talk (Martha's Vineyard)« haben ein wahres Füllhorn von Geschichten ausgeschüttet (alles Liebe, Linda Herrick; unfassbar, wie lebendig und detailliert Sie sich an alles erinnern können). Jeanne Casey Miller, die früher im North Shore Restaurant gekellnert hat (wenn auch natürlich nicht 1969), hat mir Näheres über Picks Arbeitsplatz verraten. Ein besonderes Dankeschön an Susan Lister Locke, Jeannie Diamond und all die anderen, die mich über Schätze wie den Mad Hatter, das Skipper und Susie's Snack Bar informiert haben.

Zu Dank bin ich auch anderen literarischen Werken verpflichtet, die bei diesem Buch Pate gestanden haben. Dem *Tagebuch der Anne Frank*, selbstredend, aber auch Judy Blumes *Bist du da, Gott? Ich bin's, Margaret*, Tim O'Briens ikonischen Vietnam-Erzählband *Was sie trugen* und dem wunderschönen, herzzerreißenden Gedicht von Anne Sexton, »Letter Written on A Ferry While Crossing Long Island Sound«.

Ein herzliches Dankeschön an meine Verlagsleute: Jenny Schaffer, Sareena Kamath, Ashley Marudas, Peggy Freudenthal, Jayne Yaffe Kemp, Tracy Roe, Brandon Kelly, Craig Young, Terry Adams, Michael Pietsch und an meine herausragende Pressefrau, Katharine Myers.

Und ein Dankeschön an meine Menschen-Menschen, die mir das Leben so viel heller und leichter machen, im Großen wie im Kleinen: Chuck und Margie Marino, Rebecca Bartlett, Debbie Briggs, Wendy Hudson, Wendy Rouillard, Elizabeth und Beau Almodobar, Matthew und Evelyn MacEachern, Linda Holliday, Sue Decoste, Melissa Long, John und Martha Sargent, Richard Congdon, Manda Riggs, David Rattner und Andrew Law, West Riggs, Helaina Jones, Gwenn und Mark Snider, Anne und Whitney Gifford, Mark und Eithne Yelle, Marty und Holly McGowan, Mary Haft, Sara Underwood, Rocky Fox, Jimmy Jaksic, Jessica Hicks, Elizabeth Harris, Melissa und Angus MacVicar, Michelle Birmingham, Ali Lubin, Christina Schwefel, Eric und Lisa Hilderbrand, Randy und Steph Osteen, Doug und Jen Hilderbrand, Todd Thorpe, Heather Thorpe – meine Schwester und beste Freundin, die Frau, die für mein geistiges und seelisches Wohlergehen zuständig ist – und, für seine Liebe und Geduld, an Timothy Field.

Schließlich an meine Kinder, Maxwell, Dawson und Shelby: Alles beginnt und endet mit euch – meine Superstars, meine hellen Lichter, meine Schätzchen. Ich liebe euch.

Autorin

Elin Hilderbrand hat ihre besten Ideen am Strand oder in den belebten Straßen von Boston. Sie hat drei Kinder und lebt mit ihrer Familie auf Nantucket, Massachusetts, wo auch ihre Geschichten spielen. Ihre Bücher stehen regelmäßig an der Spitze der *New York Times*-Bestsellerliste.
www.elinhilderbrand.net

Elin Hilderbrand im Goldmann Verlag:

Sommerromane:
Sommerhochzeit. Roman (als E-Book erhältlich)
Das Sommerversprechen. Roman (als E-Book erhältlich)
Das Licht des Sommers. Roman (als E-Book erhältlich)
Ein Stern am Sommerhimmel. Roman (als E-Book erhältlich)
Inselschwestern. Roman
Ein neuer Sommer. Roman
Der beste Sommer aller Zeiten. Roman

Winterromane:
Winterglanz. Roman (als E-Book erhältlich)
Inselwinter. Roman (als E-Book erhältlich)
Winterhochzeit. Roman (als E-Book erhältlich)
Wintertraum. Roman

(alle auch als E-Book erhältlich)

GOLDMANN
Lesen erleben